HEYNE BÜCHER

SCIENCE FICTION

Herausgegeben
von Wolfgang Jeschke

Von Julian May erschienen in der Reihe
HEYNE SCIENCE FICTION & FANTASY:

DER PLIOZÄN-ZYKLUS

Das vielfarbige Land · 06/4300
Der goldene Ring · 06/4301
Kein König von Geburt · 06/4302
Der Widersacher · 06/4303

JULIAN MAY

KEIN KÖNIG VON GEBURT

Dritter Roman des Pliozän-Zyklus

Science Fiction

Deutsche Erstausgabe

WILHELM HEYNE VERLAG
MÜNCHEN

HEYNE SCIENCE FICTION & FANTASY
Band 06/4302

Titel der amerikanischen Originalausgabe
THE NONBORN KING
Deutsche Übersetzung von Rosemarie Hundertmarck
Das Umschlagbild schuf Klaus Holitzka
Die Illustrationen im Text sind von Giuseppe Mangoni
Die Karten zeichnete Erhard Ringer

Redaktion: Wolfgang Jeschke

Printed in Germany 1987
Umschlaggestaltung: Atelier Ingrid Schütz, München
Satz: Schaber, Wels
Druck und Bindung: Elsnerdruck, Berlin

ISBN 3-453-31255-4

Inhalt

ANHANG

Was wir auch tun mögen, der Exzeß wird im menschlichen Herzen dort, wo die Einsamkeit wohnt, immer seinen Platz behalten. Wir alle tragen unsere Orte des Exils, unsere Verbrechen und unsere Verwüstungen in uns. Aber unsere Aufgabe ist nicht, sie auf die Welt loszulassen; es gilt, sie in uns selbst und in anderen zu bekämpfen. Rebellion ... ist auch heute noch Grundlage des Kampfes. Als Ursprung der Form, als Quelle echten Lebens hält sie uns in der wilden, formlosen Bewegung der Geschichte stets aufrecht.

L'homme révolté, Albert Camus

Zusammenfassung: Das Galaktische Milieu und das Pliozän-Exil

Die Große Intervention von 2013 öffnete der Menschheit den Weg zu den Sternen. Im Jahr 2110, zu Beginn der Handlung des ersten Bandes dieser Saga, waren die Erdlinge in dem Vereinigten Galaktischen Milieu als Mitglieder bereits voll akzeptiert. Es handelt sich dabei um eine moralisch hochstehende Konföderation von Planeten-Kolonisatoren, denen eine fortgeschrittene Technologie und die Fähigkeit zu schwierigen mentalen Operationen, als Metafunktionen bekannt, gemeinsam ist. Letztere – Telepathie, Psychokinese und viele andere Kräfte – waren seit undenklichen Zeiten im menschlichen Gen-Pool vorhanden gewesen, aber nur selten offenbar geworden.

Die fünf Gründerrassen des Milieus beobachteten die Entwicklung der Menschheit Zehntausende von Jahren. Trotz einiger Bedenken entschlossen sie sich, Erdlinge »vor Erlangung ihrer psychosozialen Reife« zum Milieu zuzulassen, weil das große metapsychische Potential der Menschheit das jeder anderen Rasse übertreffen mochte. Mit der Hilfe von Nichtmenschen kolonisierten Leute von der Erde mehr als 700 neue Planeten, die bereits erforscht und als geeignet erklärt worden waren.

Die Erdlinge lernten auch, die Entwicklung ihrer metapsychischen Kräfte durch ein spezielles Training und durch Gen-Manipulation zu beschleunigen. Doch obwohl die Zahl der Menschen mit operanten Metafunktionen von Generation zu Generation stieg, war 2110 der Großteil der Bevölkerung immer noch »normal« – das heißt, die metapsychische Begabung war teils nicht oder nur in ganz geringem Umfang vorhanden, teils latent, also aufgrund psychologischer Barrieren oder anderer Faktoren nicht anwendbar. Die meisten sozioökonomischen Routinearbeiten des menschlichen Sektors im Milieu wurden von »Normalen« durchgeführt. Metapsychisch begabte Menschen hatten dagegen privilegierte Posten in der Regierung, den Wissenschaften und auf anderen Gebieten inne, wo sie ihre Fähigkeiten nutzbringend für das Milieu als Ganzes anwenden konnten.

Nur einmal in der Zeit zwischen der Großen Intervention und dem Jahr 2110 entstand der Eindruck, es sei ein Fehler gewesen, die Menschheit ins Milieu aufzunehmen. Das war 2083, während der kurzen Metapsychischen Rebellion. Der Coup wurde von einer kleinen Gruppe auf der Erde lebender Menschen angezettelt und hätte fast die gesamte Organisation des Milieus vernichtet. Die Rebellion wurde von loyalen metapsychischen Menschen niedergeschlagen, und dann traf man Maßnahmen, um eine solche Katastrophe in Zukunft zu verhindern. Einer gewissen Anzahl überlebender Rebellen gelang es, vor der Vergeltung durch ein einzigartiges Schlupfloch zu entfliehen, einem Zeitportal, das ins Pliozän der Erde, sechs Millionen Jahre in die Vergangenheit führte.

Das Zeitportal wurde 2034 entdeckt, während der rauschhaften Wissensexplosion nach der Großen Intervention. Es war jedoch eine Einbahnstraße, und alles, was man in die Gegenwart zurückzuholen versuchte, wurde augenblicklich sechs Millionen Jahre alt und zerfiel für gewöhnlich zu Staub. Außerdem war es geographisch auf eine bestimmte Stelle im französischen Rhône-Tal fixiert. Deshalb kam sein Entdecker zu dem traurigen Schluß, es sei eine Kuriosität ohne praktische Nutzanwendung.

Nach dem Tod des Wissenschaftlers im Jahr 2041 machte seine Witwe Angélique Guderian die Entdekkung, daß ihr Mann im Irrtum gewesen war.

Man könnte glauben, die Intervention habe der Menschheit ein Goldenes Zeitalter erschlossen, indem sie ihr unbegrenzten Lebensraum, einen Überfluß an Energie und die Mitgliedschaft in einer großartigen galaxisweiten Zivilisation gab. Aber sogar in Goldenen Zeitaltern gibt es Leute, die schlecht angepaßt sind, in diesem Fall Menschen, die sich ihrem Temperament nach für die ziemlich stark durchstrukturierte soziale Umgebung des Milieus nicht eigneten. Wie Madame Guderian erfahren sollte, gab es davon eine beträchtliche Anzahl, und sie waren bereit, gut für den Transport in eine einfachere Welt ohne Vorschriften zu bezahlen. Geologen und Paläontologen wußten, daß das Pliozän kurz vor dem Auftreten vernunftbegabten Lebens auf unserem Planeten eine idyllische Periode gewesen war. Romantische und exzentrische Individualisten aus fast allen ethnischen Gruppen der Erde entdeckten schließlich das illegale Tor ins Pliozän, das Madame von einem altmodischen französischen Gasthof nahe der Metropole Lyon aus betrieb.

Von 2041 bis 2106 schickte die verjüngte Madame Guderian Kunden von der Alten Welt ins »Exil«, worunter sie sich ein sechs Millionen Jahre jüngeres Naturparadies vorstellten. Verspätet von Gewissensbissen über das Schicksal der Reisenden gepackt, ging Madame selbst ins Pliozän. Ihren Gasthof übernahm das Milieu, das zu der Einsicht gelangt war, das Zeitportal erlaube Dissidenten einen würdigen Abgang. Bis zum Jahr 2110 waren nahezu 100000 Zeitreisende ins Unbekannte verschwunden.

Am 25. August 2110 wurden acht Personen ins Exil geschickt. Sie stellten die »Gruppe Gün« jener Woche dar: Richard Voorhees, ein Sternenschiff-Kapitän mit Berufsverbot, Felice Landry, eine psychisch gestörte achtzehnjährige Athletin, deren heftiges Temperament und latente psychische Kräfte sie hatten kriminell werden lassen, Claude Majewski, ein alter Paläontologe, der vor kurzem verwitwet war, Schwester Amerie Roccaro, eine Ärztin und ausgebrannte Priesterin, Bryan Grenfell, ein Anthropologe, der seiner Geliebten Mercy Lamballe folgte, die das Zeitportal bereits durchschritten hatte, Elizabeth Orme, metapsychische Großmeisterin, durch eine Gehirnverletzung um ihre ungeheuren mentalen Kräfte gebracht, Stein Oleson, ein schlecht angepaßter Planetenkrustenbohrer, der von einem Leben in einer einfacheren Welt träumte, und Aiken Drum, ein bezaubernder junger Tunichtgut, der wie Felice eine beträchtliche latente Begabung besaß.

Wie die anderen Zeitreisenden vor ihnen, entdeckte Gruppe Grün, daß das idyllische Europa des Pliozän von versprengten Humanoiden aus einer anderen Galaxis beherrscht wurde. Die Fremden befanden sich ebenfalls im Exil. Sie waren wegen ihrer barbarischen Kriegsreligion aus ihrer Heimat vertrieben worden.

Die dominierende Faktion der Fremden, die Tanu, waren groß und schön. Obwohl sie schon tausend Jahre auf der Erde lebten, zählten sie immer noch weniger als 20000, denn ihre Fortpflanzung wurde durch die Strahlung unserer Sonne beeinträchtigt. Da ihr Plasma mit dem der Menschen kompatibel war, hatten sie die Zeitreisenden seit nahezu siebzig Jahren zu Zuchtzwecken benutzt und über die Menschheit des Pliozän eine wohlwollende Sklavenherrschaft ausgeübt.

Die alten Feinde der Tanu waren die Firvulag, die um mindestens das Vierfache in der Überzahl waren. Sie wurden die Kleinen Leute genannt und waren auch oft von kleiner Statur, obwohl es unter ihnen viele Individuen gab, die die Größe von Menschen oder sogar von Riesen erreichten. Sie pflanzten sich auf der Erde des Pliozän recht gut fort.

Tanu und Firvulag stellten im Grunde eine einzige dimorphe Rasse dar. Die Tanu besaßen latente metapsychische Gaben, die Firvulag dagegen operante, wenn auch für gewöhnlich nur in beschränktem Maße. Schon vor langer Zeit hatten die Tanu mit ihrer höherstehenden Technik Gedankenverstärker in Form von goldenen Halsringen entwickelt, die ihre latenten Fähigkeiten zur Operanz erhoben. Die Firvulag brauchten keine Halsringe, um ihre Metafunktionen auszuüben. Einige ihrer großen Helden waren den Tanu in aggressiver Aktion ebenbürtig; im allgemeinen waren die Firvulag jedoch schwächer.

Während der tausend Jahre, die Tanu und Firvulag auf der Erde weilten (sie nannten sie das Vielfarbene Land), war das Kräfteverhältnis zwischen ihnen bei den rituellen Kämpfen, die sie im Rahmen ihrer Kriegsreligion ausfochten, die längste Zeit ausgeglichen gewesen. Finesse und Technik der Tanu machten die Überzahl der primitiveren Firvulag wett. Aber nach der Ankunft der menschlichen Zeitreisenden senkte sich die Waagschale zugunsten der größeren Fremden. Es stellte sich nicht nur heraus, daß Mischlinge von Tanu und Menschen ungewöhnliche körperliche und geistige Eigenschaften besaßen, die Menschen brachten auch die fortgeschrittenen Kenntnisse des Galaktischen Milieus mit und hauchten dem ziemlich dekadenten wissenschaftlichen Establishment der Tanu neues Leben ein. Zeitreisenden war es streng verboten, moderne Waffen ins Pliozän mitzunehmen, und die Tanu waren sehr konservativ, was die Typen von militärischen Geräten anging, die sie ihren menschlichen Sklaven zu bauen erlaubten. Trotzdem war es menschliches Genie, durch das die Tanu schließlich eine fast vollständige Überlegenheit gewannen. Ihre Firvulag-Feinde paarten sich nie mit Menschen und verabscheuten sie im allgemeinen.

Die meisten versklavten Zeitreisenden führten unter ihren Tanu-Herren im Grunde ein recht angenehmes Leben. Alle schwere Arbeit wurde von Ramapithecinen getan. Diese kleinen Affen trugen einfache Halsringe, die sie zum Gehorsam zwangen. Eine Ironie des Schicksals ist, daß sie zu der direkten hominiden Linie gehörten, die sechs Millionen Jahre später ihren Höhepunkt im Homo sapiens finden sollte. Menschen, die Vertrauensposten innehatten oder lebenswichtige Aufgaben verrichteten, trugen *graue* Halsringe. Diese verstärkten die Geisteskräfte nicht, erlaubten jedoch die telepathische Kommunikation mit den Tanu, die mittels dieses Instruments auch strafen und belohnen konnten. Wenn der psychologische Test zeigte, daß ein eingetroffener Zeitreisender wesentliche latente Metafunktionen besaß, erhielt der Glückliche einen *silbernen* Halsring. Das war ein echter Verstärker, ähnlich den goldenen Ringen, die die Fremden trugen, jedoch zusätzlich mit Kontrollschaltungen ausgestattet. Menschen mit silbernen Ringen galten mit gewissen Einschränkungen als Bürger des Vielfarbenen Landes. Selten und nur, wenn sie sich bewährt hatten, gewährten die Tanu den Silbernen einen goldenen Ring und die volle Freiheit.

Die umfangreiche Halsring-Technologie, entwickelt aus den ursprünglichen goldenen Geräten der Tanu, war die Frucht eines einzigen schlecht angepaßten Genies. Eusebio Gomez-Nolan, einem menschlichen Psychobiologen, wurde schließlich Gold gewährt, und er stieg bis zum Präsidenten der Koerzierer-Gilde auf, einem der fünf metaphysischen Quasi-Clans, die die Grundlage der Tanu-Gesellschaft bildeten. Unter dem Namen Lord Bomnol spielte Gomez-Nolan eine große Rolle in der Machtpolitik der Tanu, bis er sich übernahm und sein Leben einbüßte.

Der Lebensweg der ganzen Rasse aus Tanu und Firvulag wurde von einer geheimnisvollen Frau subtil gelenkt, die weder der einen noch der anderen Untergruppe angehörte, sondern als Wächterin für beide wirkte. Das war Brede Schiffsgattin. Mit ihrem Lebensgefährten, dem Schiff, einem gigantischen vernunftbegabten Organismus, der zu intergalaktischen Reisen fähig war, hatte sie die Fremden zur Erde gebracht. Brede konnte die Zukunft voraussehen – allerdings nicht vollständig –, und sie stellte fest, daß die Geschicke der

Tanu, der Firvulag und der menschlichen Zeitreisenden unauflöslich miteinander verknüpft waren. Eine Schlüsselstelle in diesem gemeinsamen Geschick wurde erreicht, als die acht Mitglieder der Gruppe Grün in der Torburg, dem Empfangszentrum der Tanu, eintrafen.

Bei den Tanu war es Brauch, alle eintreffenden Zeitreisenden sofort auf latente Metafunktionen zu untersuchen. Latente und Personen mit ungewöhnlichen Fähigkeiten anderer Art brachte man nach Süden in die Tanu-Hauptstadt Muriah, auf der (Balearischen) Halbinsel Aven im fast leeren Salzbecken des späteren Mittelmeers gelegen. Normale Menschen wurden auf die anderen Tanu-Städte verteilt und zur Arbeit (oder im Falle von präsentablen Frauen) zu Zuchtzwecken eingesetzt. Nach diesen Gesichtspunkten zusammengestellte Karawanen verließen die Torburg, eskortiert von menschlichen Kämpfern mit grauen Halsringen, den sogenannten Graureif-Soldaten, normalerweise jede Woche.

Als die in der Torburg weilenden Tanu-Aufseher Lord Creyn und Lady Epone die Mitglieder von Gruppe Grün testeten, erwiesen sich diese als völlig atypisch.

Am meisten Aufsehen erregte Elizabeth Orme. Das Passieren des Zeitportals hatte ihre metapsychische Operanz wiederhergestellt, was Creyn sofort merkte. Elizabeths ungeheuerliche Kräfte in der Fernwahrnehmung und Redigierung (Geistesveränderung) mußten erst wieder wachsen, aber als sie sich erholt hatte, war offenkundig, daß sie jedem Tanu mit diesen besonderen Begabungen weit überlegen sein würde. Creyn sagte voraus, auf Elizabeth warte im Vielfarbenen Land ein »wundervolles Leben«. Sie selbst war sich nicht so sicher. Das Milieu hatte operanten Metapsychikern das Zeitreisen ausdrücklich verboten, da solche Personen in einer primitiven Umgebung ohne die mentalen Sicherungen der »Einheit« des Milieus fähig waren, eine unfaire Herrschaft über normale Menschen auszuüben.

Elizabeth, introvertiert und völlig frei von Aggressivität, sah nur eine Möglichkeit, sich vor dem zu schützen, was sie als die Versuchung zur Hybris ansah, und das war die Flucht – entweder physisch oder mental.

Bei einem zweiten Mitglied der Gruppe Grün, dem rückfälligen jungen Aiken Drum, wurden ungeheure latente Kräfte festgestellt. Er erhielt einen silbernen Halsreif und das Versprechen, wenn er sich gut benehme (eine zweifelhafte Aussicht), werde er nach einer Ausbildung in Muriah besondere Privilegien genießen. Aikens Freund, der riesige Ex-Bohrer Stein Oleson, versuchte aus einem verschlossenen Zimmer der Burg zu entfliehen, und tötete mehrere Wachtposten mit seiner Wikinger-Axt. Man bekam ihn mit einem grauen Halsring unter Kontrolle und entschied, seines gewaltigen Körperbaus wegen solle er in Muriah Gladiator werden.

Richard Voorhees, der in Ungnade gefallene Sternenschiff-Kapitän, machte ebenfalls einen Fluchtversuch. Er stolperte dabei in das Zimmer der Tanu-Koerziererin Lady Epone, die sein Gehirn ausbrannte und ihn in den Schlafsaal des Gefängnishofs bringen ließ, wo die anderen »Normalen« darauf warteten, daß die wöchentliche Karawane nach Epones Stadt Finiah abging, weit im Nordosten der Burg am Rhein gelegen.

Der Anthropologe Bryan Grenfell besaß keine latenten Metafunktionen, doch Creyn war beeindruckt von seiner beruflichen Qualifikation. Anscheinend bestand bei den Tanu dringender Bedarf an einem Kulturanthropologen. Auch Bryan wurde für Muriah vorgemerkt und sah dem gelassen entgegen, da er erwartete, seine geliebte Mercy Lamballe in der Hauptstadt zu finden.

Claude Majewski, der alte Paläontologe, und Schwester Amerie, die Priesterin, wurden getestet und zeigten keine latente Begabung. Als Lady Epone dann auch das Mädchen Felice Landry untersuchen wollte, täuschte die kleine Athletin einen hysterischen Anfall vor. Ihre Aufregung machte eine genaue Messung unmöglich.

Felice führte dieses Theater auf, weil sie ganz genau wußte, daß sie sehr starke latente Geisteskräfte besaß, und nicht die Absicht hatte, sich von einem Halsring versklaven zu lassen, vor allem nach der Entdeckung, daß sie und Schwester Amerie von den Tanu als Zuchtmaterial benutzt werden sollten. Einen Augenblick mit der Nonne allein, erklärte Felice ihren Entschluß, die ganze Tanu-Rasse zu »erledigen«. So lächerlich dieser Racheschwur zu der Zeit wirkte, Schwester Amerie zweifelte nicht an Felices Fähigkeit, ihre Drohung wahrzumachen.

Als die Karawanen an diesem Abend die Torburg verließen, war Gruppe Grün halbiert worden. Nordwärts nach Finiah zogen – zusammen mit einer größeren Schar von Normalen – Felice, Schwester Amerie, Claude und der immer noch bewußtlose Richard. Sechs Graureif-Soldaten und Lady Epone begleiteten den Zug. Alle ritten pferdeähnliche Pliozän-Tiere, Chalikos genannt. Ebenfalls dabei waren Basil, Bergsteiger und früherer Akademiker, Yoshimitsu und Tatsuji, die ihrer Abstammung entsprechend Samurai-Tracht trugen, und ein gewisser Dougal, den die unwillkommenen Aufmerksamkeiten Lady Epones fast in den Wahnsinn getrieben hatten.

Die nach Süden reisende Karawane war viel kleiner. Angeführt von Creyn und einer Eskorte von nur zwei Mann, bestand sie aus Elizabeth und Bryan, die keinen Reif trugen, Aiken Drum mit seinem Silberreif, dem bewußtlosen Stein, von einem grauen Reif unter Kontrolle gehalten, und zwei weiteren latenten Menschen, denen man Silber gewährt hatte: Sukey Davies, vormals Jugendbetreuerin auf einem Kolonialsatelliten, und Raimo Hakkinen, einem finsteren finno-kanadischen Holzfachmann.

Die nach Muriah bestimmte Karawane fuhr die Rhône mit einem Schiff hinunter; ihre Reise verlief im großen und ganzen ereignislos. Creyn erwies sich als toleranter Oberherr und zeigte großes Verständnis für Elizabeth. Aiken Drum und Raimo wurden Busenfreunde und Verschworene, und Aiken entdeckte, daß sich die latenten Eigenschaften in seinem Gehirn mit wunderbarer Schnelligkeit entfalteten. Das regte ihn zu allen möglichen Späßen und Streichen an. Stein erholte sich von den Wunden, die er bei dem Kampf in der Burg erlitten hatte. Sukey drang in seinen Geist ein und half ihm, ein schweres psychisches Trauma zu überwinden. Danach verlobten sie sich miteinander. In der am Fluß gelegenen Stadt Darask half Elizabeth einer goldreiftragenden Menschenfrau namens Estella-Sirone bei der Geburt von Zwillingen – einer davon Tanu, der andere Firvulag. Und als die Gesellschaft schließlich in Muriah eintraf, wurde sie von einem Triumphzug prächtiger Tanu-Ritter begrüßt, alle in schimmernde, vielfarbige Glasrüstungen gekleidet. Das Willkommen galt hauptsächlich Elizabeth, die bald feststellte, daß sie eine Schachfigur für mehrere gegeneinander intrigierende Faktionen am Tanu-Hof darstellte.

Inzwischen planten die anderen vier Mitglieder der Gruppe Grün auf ihrem Zug nach Norden einen Gefangenenaufstand. Felice, die professionelle Athletin, war anomal stark, und ihre latenten metapsychischen Kräfte ermöglichten es ihr, Tiere zu kontrollieren. Außerdem besaß sie einen kleinen Stahldolch, wenig mehr als ein Spielzeug, der bei der Durchsuchung übersehen worden war.

Die Karawane erreichte das ferne Ufer des Lac de Bresse, und Felices Fluchtplan wurde in die Tat umgesetzt. Richard verkleidete sich mit Ameries Nonnentracht, überrumpelte den Anführer der Soldaten und erstach ihn. Felice zwang darauf die riesigen Bärenhunde, die die Karawane begleiteten, Lady Epone und die anderen Soldaten anzugreifen. Bei dem Tumult wurde der

Samurai Tatsuji getötet, ebenso die gesamte Eskorte von Graureif-Soldaten. Richard hielt auch Epone für tot. Aber als er sich ihr näherte, griff die Fremde mit ihrem mächtigen Geist nach ihm, obwohl sic fast in Stücke gerissen worden war. Richard wäre umgekommen, hätte er sie nicht mit Felices kleinem Dolch erstochen.

(Viel später schloß die Nonne, die auch Ärztin war, daraus, daß die nahezu unverwundbaren Tanu durch Eisenwaffen eine tödliche Vergiftung erlitten. Aus diesem Grund hatten sie die Verwendung von Eisen im pliozänischen Europa verboten und behalfen sich mit Kupferlegierungen und einer widerstandsfähigen Glasart, Vitredur genannt.)

Felice hatte sich glühend nach Epones goldenem Reif gesehnt, denn sie wußte, der Gedankenverstärker würde die jetzt noch in ihrem Gehirn verschlossenen gewaltigen Metafunktionen freisetzen. Doch bevor sie der Leiche Epones den Halsring abnehmen konnte, packte der wahnsinnige Dougal ihn und schleuderte ihn in den See. Amerie mußte Felice mit einem Sedativum betäuben, damit sie Dougal nicht umbrachte.

Voller Angst sagten sich die freigewordenen Gefangenen, daß die sterbende Epone bestimmt eine telepathische Nachricht über den Kampf an das nächste Fort abgesetzt habe. Sie mußten sich schnell zerstreuen. Eine Gruppe entschloß sich, Basil, dem früheren Professor, zu folgen. Sie wollten in kleinen Booten den Lac de Bresse bis zum Jura hinunterfahren.

Claude, der 133 Jahre alte Paläontologe, hatte langjährige Forschungen auf wilden Planeten des Milieus betrieben und kannte sich besser aus. Er riet seinen Freunden aus Gruppe Grün, den offenen See zu meiden und sich statt dessen den dicht bewaldeten Vogesen zuzuwenden, die ihnen viel näher waren als der Jura. Yosh, der überlebende Samurai-Krieger, entschied sich dafür, allein nach Norden zu wandern. Er hoffte, das Meer zu erreichen.

Die große Gruppe von Flüchtlingen draußen auf dem See wurde schließlich fast vollständig wieder eingefangen und in Ketten nach der Stadt Finiah geführt. Dagegen stießen Claude, Richard, Amerie und Felice weit in die Vogesen vor, wo sie Kontakt mit einer Gruppe freier Menschen aufnahmen, Flüchtlingen aus Tanu-Siedlungen. Sie nannten sich selbst die Geringen und lebten an einem Ort, der Verborgene Quellen hieß.

Anführerin der Geringen war eine alte Frau, Angélique Guderian, frühere Verwalterin des Zeitportals und die eigentliche Urheberin für die Erniedrigung der Menschheit im Pliozän. Um ihren Hals lag ein goldener Ring, ein Geschenk der Firvulag, jener Todfeinde der Tanu, die eine sehr zerbrechliche Allianz mit den Geringen beschlossen hatten. Madame besaß bescheidene metapsychische Kräfte.

Die Ermordung Epones durch die entflohenen Gefangenen war ein noch nie dagewesener Fall. Nie zuvor war ein Mensch fähig gewesen, einen der zähen Tanu – normalerweise erfreuten sie sich Lebensspannen von Jahrhunderten – umzubringen. Jetzt schwärmten Tanu-Trupps unter Lord Velteyn von Finiah in den Vogesen aus und suchten nach den Tätern. Die Überreste von Gruppe Grün versteckten sich zusammen mit Madame Guderian und einigen 200 Geringen in einem großen hohlen Baum, bis der Verfolgungseifer sich abkühlte. In diesem Refugium erläuterte Madame den Neuankömmlingen ihren großen Plan, die Pliozän-Menschheit vom Tanu-Joch zu befreien. Diese Aufgabe hatte sie sich als Buße für ihre Schuld auferlegt.

Madames Stellvertreter, der Indianer und frühere Richter Peopeo Moxmox Burke, war sehr interessiert an Ameries Theorie über die tödliche Wirkung des Eisens auf die fremde Rasse. Das mochte eine unschätzbare Geheimwaffe bei der Befreiung der Menschheit werden.

Fitharn Holzbein, ein freundlicher Firvulag, suchte

die Geringen in ihrem Versteck auf und erzählte Gruppe Grün die Legende vom Schiffsgrab. Der große, im Raum lebende Organismus, Bredes Lebensgefährte, war an den Folgen des Sprunges von seiner Heimatgalaxis zur Milchstraße gestorben. Tanu und Firvulag, Passagiere in dem von Brede geführten Schiff, entkamen in kleinen Flugmaschinen, kurz bevor die tote Hülle die Erdoberfläche traf und einen großen Krater erzeugte, der als Schiffsgrab bekannt war.

Schon geraume Zeit hatten die Geringen in Zusammenarbeit mit Firvulag nach diesem Ort gesucht. Obwohl tausend Jahre vergangen waren, bestand die Möglichkeit, daß einige der am Grab zurückgelassenen hochentwickelten Flugmaschinen noch benutzt werden konnten. Und in einer von ihnen, dort nach einem rituellen Duell aufgebahrt, lag die Leiche Lugonns, des Leuchtenden Helden der Tanu, zusammen mit seiner heiligen Waffe, dem sogenannten Speer. Das war ein Photonenprojektor, der laserähnliche Strahlen abgab. In den Händen der Geringen konnte dieser Speer die Machtverhältnisse umkehren.

Madames Leute hatten vergeblich nach dem Schiffsgrab gesucht. Aber Claude, der sich in der zukünftigen Geologie auskannte, sagte ihnen, der Krater könne nur das als Nördlinger Ries bekannte Astroblem sein, etwa 300 Kilometer weiter östlich jenseits des Schwarzwaldes am Nordufer der Donau gelegen.

Es wurde beschlossen, sofort eine Expedition loszuschicken. Mit etwas Glück konnte sie vor Ende September zurück sein. Dann wollten sich die Firvulag den Menschen in einem gemeinsamen Angriff auf die Stadt Finiah anschließen – vorausgesetzt, der Kampf fand statt, bevor am Morgen des 1. Oktober der Waffenstillstand für den Großen Wettstreit begann. Ohne Wissen Fitharns, der sich bereiterklärte, die Expedition zu begleiten, beabsichtigten die zurückbleibenden Geringen, einen anderen ihnen von Claude bezeichneten Ort aufzusuchen, wo sie Eisenerz zu finden hofften. Sie wollten so viel Eisen wie möglich schmelzen und zu Waffen für einen Angriff auf Finiah schmieden. Das Eisen sollte vor den Firvulag geheimgehalten werden, da Madame Zweifel an ihrer Loyalität hegte.

Nachdem sie die Erlaubnis Yeochee IV., des Königs der Firvulag, eingeholt hatte, machte sich die Expedition auf den Weg. Sie bestand aus Madame Guderian, Richard, Felice, Häuptling Burke, einem früheren Luftfahrzeug-Techniker namens Stefanko, der Dynamikfeld-Ingenieurin Martha, Claude und Fitharn. Felice war besonders darauf erpicht mitzugehen. Sie war überzeugt, um den Hals des alten Helden Lugonn werde ein goldener Ring liegen, den sie sich anzueignen trachtete.

Noch bevor die Gruppe den Schwarzwald erreichte, wurde sie von einer Katastrophe ereilt. In einem Sumpf am Rheinufer tötete ein Riesenschwein Stefanko und verwundete Häuptling Burke schwer. Die kränkliche Martha, die als Tanu-Sklavin rasch hintereinander vier Kinder geboren hatte, bekam Blutungen von dem Schock. Es sah so aus, als müsse man die Expedition aufgeben. Aber Martha bestand darauf, sie werde sich erholen, und Felice erklärte, sie werde die kranke Frau notfalls tragen. Auf Martha konnte die Gruppe nicht verzichten, da sie jetzt als einzige über ausreichende technische Kenntnisse verfügte, um den Photonen-Speer und/oder einen Flieger in Betrieb zu nehmen, sobald die Expedition sie gefunden hatte. Der Firvulag Fitharn bot sich an, Häuptling Burke nach Hidden Springs, dem Dorf der Geringen, zurückzubringen, wo Amerie einen Armbruch ausheilte.

Nach vielen Abenteuern überquerte die zusammengeschmolzene Expedition die Bergkette des Schwarzwaldes und kam in das Territorium eines gewissen Sugoll. Nur dem Namen nach der Oberherrschaft des Firvulag-Königs unterstehend, regierte Sugoll über eine große Schar grotesk mutierter Firvulag, Heuler genannt.

Seinen eigenen scheußlich deformierten Körper versteckte er unter einer schönen Illusion. Sugoll lehnte es anfangs verächtlich ab, der Expedition zu helfen, und drohte, die Menschen zu töten. Aber als Claude ihm auseinandersetzte, was an den Deformierungen der Heuler schuld sei – radioaktives Felsgestein, zwischen dem sie viele Generationen gelebt hatten – gab der Herrscher nach. Claude deutete an, die Heuler könnten Hilfe bei menschlichen Genetikern finden – falls solche Personen aus der Tanu-Sklaverei befreit würden. Deshalb sei es für die Heuler von Vorteil, wenn sie zu der Befreiung der Menschheit beitrügen und zunächst der Expedition weiterhülfen. Schließlich fand Sugoll sich bereit, der Gesellschaft den Weg zur Donau zu zeigen, auf der die Menschen unschwer bis zum Schiffsgrab reisen könnten. Von neuem brachen die vier Reisenden auf.

Am 22. September erreichten sie den Krater. Richard und Martha, die Liebende geworden waren, machten sich daran, eine der Flugmaschinen und den großen Speer zu reparieren. Felice bekam einen Wutanfall, als sie entdeckte, daß Lugonns Skelett keinen goldenen Halsring trug, doch dann beruhigte sie sich und war ein Muster an Kooperation. Trotzdem wurde die Zeit verzweifelt knapp, wenn sie vor dem Beginn des Waffenstillstands zurückkehren wollten. Marthas altes Leiden machte sich wieder bemerkbar, und sie wurde vom Blutverlust gefährlich schwach. Aber sie wollte nichts von einer Rückkehr in die Vogesen wissen, bevor die Photonenwaffe gründlich getestet worden war.

Inzwischen hatte sich eine große Firvulag-Armee am Ufer des Rheins gegenüber der Tanu-Stadt Finiah versammelt. Außerdem waren mehrere hundert Geringe aus verstreuten Siedlungen in der Wildnis rekrutiert und heimlich mit Eisenwaffen ausgerüstet worden. In der Abenddämmerung des 29. September landete der Flieger mit dem einsatzbereiten Speer bei den Verborgenen Quellen. Martha hatte durch die Blutungen das Bewußtsein verloren. Amerie konnte nur eilends eine Bluttransfusion vornehmen und um ein Wunder beten. Der verzweifelte Richard durfte nicht bei seiner Geliebten bleiben, denn er mußte den Flieger bei der Bombardierung von Finiah steuern.

Abgeschirmt von Madame Guderians beschränkten metapsychischen Kräften, schwebte der Flieger über der Stadt, während Claude Löcher in die Stadtmauern schoß. Dann wandte er den Speer auf Finiahs Barium-Mine, die einzige Quelle des Vielfarbenen Landes für das Element, das für alle Arten von Reifen notwendig war. Die Mine wurde zerstört. Wellen von Firvulag drangen in den illusorischen Gestalten von gräßlichen Ungeheuern Seite an Seite mit Häuptling Burke und seinen Truppen aus Geringen in die Stadt ein. Finiah fiel nach heftigem Kampf. Die überlebende Tanu-Bevölkerung, Lord Velteyn, ihr Herrscher, eingeschlossen, floh in Richtung der Torburg. Die befreiten menschlichen Sklaven (von denen einige in der Knechtschaft ganz zufrieden gewesen waren) ließ man zwischen Freiheit und Tod wählen. Diejenigen, die graue oder silberne Reifen trugen, mußten sie mit einem eisernen Meißel entfernen lassen, ein schmerzhafter Prozeß, bei dem viele einen Nervenzusammenbruch erlitten.

Sowohl Claude als auch Madame wurden während des Angriffs durch Velteyns psychoenergetische Bolzen verwundet. Richard erblindete auf einem Auge, brachte es jedoch fertig, den Flieger sicher nach Hidden Springs zurückzubringen. Dort erfuhr er, daß Martha gestorben war. Wahnsinnig vor Kummer, lud er ihre Leiche in die mit gravomagnetischer Energie betriebene Flugmaschine, stieg auf und begab sich in einen Orbit, um dort, Tausende von Kilometern über der Erde des Pliozän, auf seinen eigenen Tod zu warten.

Unten trabte Felice auf die Ruinen von Finiah zu. Sie war bitter enttäuscht, daß sie den Krieg verpaßt hatte, aber sie wußte, irgendwo in der verwüsteten Stadt würde sie ihren langgesuchten goldenen Reif finden. Dann gewann sie die Kräfte, die sie zur Erfüllung ihres Gelübdes, die Tanu-Rasse zu vernichten, brauchte. Tatsächlich fand Felice einen goldenen Halsring. Er brachte ihre latenten Fähigkeiten des Fernspürens, der Psychokinese, des Koerzierens und der Kreativität zur Operanz. Es würde einige Zeit vergehen, bis sie lernte, ihre Kräfte richtig einzusetzen, und so kehrte sie zu den Verborgenen Quellen zurück, um Madame Guderian bei der nächsten Phase in der Befreiung der Menschheit zu helfen.

Währenddessen lernten die anderen vier Mitglieder der Gruppe Grün weit im Süden, in der Tanu-Hauptstadt Muriah ein völlig unterschiedliches Gesicht des Vielfarbenen Landes kennen.

Nach der Ankunft wurde das Grün-Quartett und seine Gefährten Raimo und Sukey bei einem üppigen Festmahl der Tanu-Aristokratie vorgestellt. Elizabeth erfuhr von dem Hochkönig Thagdal, man werde sie zu Brede Schiffsgattin bringen und von ihr in die Tanu-Sitten einweihen lassen – eine noch nie dagewesene Ehre. Nach ihrer Initiierung, die einen Monat dauern mochte, sollte sie vom König geschwängert und Stammutter einer neuen Dynastie von voll operanten (das heißt, reiflosen) Mischlingen werden. Königin Nontusvel schien damit ganz einverstanden zu sein, und Elizabeth selbst zeigte ihre Gefühle nicht, als Thagdal ihr seine Pläne darlegte.

Die anderen geehrten Gefangenen erfuhren gleichfalls, was ihnen bevorstand. Bryan, der Anthropologe, erhielt den Befehl, eine sorgfältige Untersuchung über die Wirkungen des Eintreffens der Menschen auf die Sozioökonomie der Tanu anzustellen. Eine bestimmte Faktion, angeführt von Nodonn Schlachtenmeister, dem mächtigsten Sohn und mutmaßlichen Erben von Thagdal und Nontusvel, behauptete, die Ankunft der Menschen habe der Tanu-Kultur eher geschadet, als

Nutzen gebracht, wie Thagdal und die meisten Tanu-Aristokraten glaubten. Bryan sollte die Streitfrage unter Anwendung der hochentwickelten analytischen Methoden des Milieus klären. Es braucht nicht erwähnt zu werden, daß Thagdal überzeugt war, Bryan werde die königliche Politik bestätigen.

Der riesenhafte Wikinger Stein, Raimo Hakkinen und Sukey Davies wurden gezwungen, ihre Talente vor den Anwesenden zur Schau zu stellen. Bei Sukey hatte der silberne Reif ein großes Talent zum Redigieren aktiviert. Sie sollte als Lehrling in die Redaktoren-Gilde aufgenommen werden, der der mitfühlende und zivilisierte Dionket vorstand, und die Kunst des mentalen Heilens erlernen. Der arme Raimo, der nur über schwache psychokinetische Kräfte verfügte, entdeckte, daß er zum sexuellen Spielzeug der Tanu-Frauen bestimmt war, die Schwierigkeiten hatten, von Männern ihrer eigenen Rasse zu empfangen. Stein wurde den Festgästen als Gladiator für den Großen Wettstreit vorgestellt, dem jährlichen rituellen Krieg zwischen Tanu und Firvulag, an dem auch bestimmte Menschen teilnahmen. Er sollte versteigert und dem höchstbietenden Tanu zugeschlagen werden, als ein unglaublicher Vorfall die gesamte Tanu-Aristokratie in Verwirrung stürzte.

Aiken Drum machte *sein* Angebot auf Stein.

Der silberne Reif hatte die ungeheuren latenten Geisteskräfte des charmanten jungen Schurken zu einem reißenden Strom entfesselt. So groß war die Macht von Aikens befreitem Geist, daß er bereits die Kontrollschaltungen des Reifs ausgebrannt hatte. Er war dabei, voll operant zu werden – metafunktional, ohne künstliche Verstärkung. Allein Elizabeth, die früher im Milieu junge Metapsychiker unterrichtet hatte, wußte, was sich da abspielte. Die Tanu merkten nur, daß Aiken Drum weit über dem üblichen Typ eines menschlichen Latenten stand, aber sie ahnten noch nicht, wie bedrohlich sein Potential werden sollte.

Als die Tanu-Edlen begannen, auf seinen Freund Stein zu bieten, erkannte Aiken, daß sich der große Wikinger in Lebensgefahr befand. Nicht nur hatte Stein das Mädchen Sukey zur Lebensgefährtin genommen (eine Frau, die einen Silberreif trug, beging damit nach den Begriffen der Tanu Verrat), Stein gehörte auch zu den Personen, für die der Reif unverträglich war. Wenn Stein sein graues Halsband sehr lange trug, würde er den Verstand verlieren und sterben. Die meisten Menschen, die Grau trugen, wurden auf Kompatibilität getestet, bevor man ihnen den Halsring anlegte. Bei Stein hatte der Reif nach seinem blutigen Kampf in der Torburg als Mittel der Unterwerfung gedient. Die Tanu kümmerte es im Grunde nicht, wie lange er lebte. Aber Aiken kümmerte es, und so machte er ein Angebot und gelobte dem König, als Bezahlung wolle er einen gewissen Delbaeth, ein Firvulag-Monster, töten, das das benachbarte spanische Festland terrorisierte.

Der König war sprachlos, nicht nur über Aikens Unverschämtheit, sondern auch, weil er bei einer kurzen Überprüfung von Aikens Gehirn einen Blick auf dessen Macht erhascht hatte. Es schien kaum möglich zu sein ... und doch mochte dieser kleine menschliche Angeber in seinem ganz mit Taschen bedeckten Anzug aus Goldstoff eine Bedrohung für Thagdal selbst darstellen.

Die bösen Vorahnungen des Königs verstärkten sich, als ein Mitglied der Hohen Tafel, Mayvar Königsmacherin, Oberhaupt der Fernspürer-Gilde, erklärte, sie sei dafür, Aikens Angebot zu akzeptieren, und werde ihn unter ihrem Schutz für seine Aufgabe ausbilden lassen. Thagdal betrachtete Mayvar als boshafte alte Schachtel, die sich vielleicht nur wichtig machte. Andererseits wurde sie nicht umsonst »Königsmacherin« genannt ...

Erschüttert nahm der König Aikens Gebot auf Stein an. Delbaeth war eine Bedrohung, mit der der König sich schon längst hätte befassen sollen, und nun ließ Aikens listiges Manöver dem Monarchen keine andere

Wahl mehr. Sowohl Aiken als auch Stein sollten vom Herrn der Schwerter in die ritterlichen Künste der Tanu eingeführt werden, und dann würde eine große Tanu-Truppe auf einen Feldzug gegen den schrecklichen Delbaeth gehen.

Das schicksalhafte Bankett hatte zur Folge, daß die sogenannte Heerschar Nontusvels, Kinder Thagdals und der regierenden Königin, sich verzweifelt an das Schmieden reaktionärer Pläne machte. Thagdal hatte in seinem schon zwei Jahrtausende währenden Leben andere Ehefrauen gehabt und Tausende von Kindern von Tanu- und Menschenfrauen, da sein Keimplasma als unvergleichlich galt. (Darauf gründete sich sein Anspruch auf die Königswürde.) Aber die Heerschar betrachtete sich selbst als die Elite und hegte seit langem im Gegensatz zu der alten Tanu-Sitte dynastischen Ehrgeiz.

Anführer der Heerschar war Nodonn, der größte Kriegsheld der Tanu, Oberhaupt der Psychokinetischen Gilde und Herrscher von Goriah, einer reichen Stadt an der Küste von Armorica (der Bretagne). Im Gegensatz zu seinem allzeit potenten Vater litt Nodonn jedoch an einem reproduktiven Handicap. Seine Nachkommen – zahlreich waren sie nicht – zeigten keine wichtigen metaphysischen Begabungen. Nodonn war Mitglied der Tanu-Hierarchie, der Hohen Tafel. Andere hier sitzende Notabeln der Heerschar waren die Zwillinge Fian und Kuhal, die sich den Posten des Zweiten Psychokinetischen Lords teilten, Culluket der Inquisitor, Zweiter Redakteur unter Dionket, Imidol, der Zweite Koerzierer, der keine Freude daran hatte, daß er Gomnol, dem menschlichen Präsidenten der Koerzierer-Gilde, unterstellt war, und die Kriegerin Riganone, die beabsichtigte, die alte Mayvar um die Führerschaft der Fernwahrnehmer herauszufordern. Zu der Heerschar gehörten noch weitere 200 Personen, aber nicht alle von ihnen waren erstklassig in bezug auf ihre mentalen Kräfte. Auch hatte die Heerschar an der Hohen Tafel nicht die Mehrheit. Aber ihre Dynastie mochte an die Macht gelangen, wenn Nodonn einmal Thagdal nachfolgte.

Im Augenblick schien diese Nachfolge gefährdet: Nicht durch Aiken Drum (ihn tat die Heerschar als bloße metapsychische Nova ab, die fast ebenso schnell ausbrennen würde, wie sie aufgeflammt war), sondern durch Elizabeth.

Wenn sie König Thagdal voll operante Kinder gebar, würden diese zweifellos den Kern einer Mischlingselite bilden, körperlich und geistig stärker als die reinblütigen Tanu. Der Plan, Elizabeth für ein Zuchtprogramm zu benutzen, war dem König von Gomnol vorgeschlagen worden. Mit Recht argwöhnte die Heerschar, der hinterhältige menschliche Koerzierer-Lord verfolge die Absicht, in einem neuen System, das menschliche Operante einschloß, für sich selbst Platz zu schaffen. Nach sorgenvollen Besprechungen entschieden die Anführer der Heerschar, Elizabeth müsse sterben. Das war nicht leicht zu bewerkstelligen. Sie war eine operante Großmeisterin, und kein einzelner Tanu konnte sie mittels eines mentalen Angriffs bezwingen. Doch wenn die Heerschar zusammenarbeitete, wenn jeder seinen Geist dem sogenannten metapsychischen Konzert beifügte, gelang es vielleicht, Elizabeth zu töten. (Für diesen Plan traf es sich unglücklich, daß eine solche Kooperation den individualistischen Tanu große Schwierigkeiten bereitete. Ein metapsychisches Konzert erreichten sie nur unter sehr fester Leitung. Culluket, dem Redakteur, und Imidol, dem Koerzierer, gelang es schließlich, das Unternehmen zu organisieren.)

Mehrere Wochen vergingen. Die Heerschar griff Elizabeth einige Male ziemlich ungeschickt an. Doch die Großmeisterin wußte, daß ihre Gegner mit der Zeit wirksamere Methoden finden würden. Deshalb entzog sie sich ihnen, indem sie Brede Schiffsgattin in deren

Raum ohne Türen begleitete, der sicher gegen eindringende Gedanken war. Brede verfolgte mit Elizabeth eigene Pläne, und diese hatten nichts mit denen Thagdals, Gomnols oder der Heerschar zu tun: Die Schiffsgattin, Wächterin beider Rassen, sah in Elizabeth die eine, die Tanu und Firvulag aus ihrer barbarischen und geistlosen Kampfkultur in eine wahrhaft zivilisierte Gesellschaft des Geistes zu führen vermochte, wozu Brede offenkundig nicht fähig war.

Elizabeth war nicht in der Stimmung für Bredes großherzige Hoffnung. Verzweiflung überkam sie bei dem Gefühl, die einzige metapsychische Erwachsene in einer Welt von bösartigen Kindern zu sein, die auf ein ihnen überlegenes Wesen nur in der Weise reagierten, daß sie es aus Furcht zu töten versuchten. Jeden Gedanken an eine spirituelle Mutterrolle oder eine Beteiligung an Bredes Wächteramt wies Elizabeth von sich. Sie wollte nichts anderes, so teilte sie der Schiffsgattin mit, als mit dem großen roten Ballon, den sie ins Pliozän mitgebracht hatte, davonfahren und in Frieden gelassen werden.

Unter der Anleitung von Mayvar Königsmacherin wurde Aiken Drum immer geschickter im Gebrauch seiner Metafunktionen. Mayvar gab ihm als Initiiertem einen goldenen Reif; er aber zeigte der alten Tanu-Frau schnell, daß er keinen künstlichen Verstärker brauchte. Er wollte den Halsring jedoch tragen, um die anderen Tanu zu täuschen. Mayvar gab Aiken auch ein bestimmtes einfaches Gerät, das ihm, wie sie behauptete, den Sieg über das Ungeheuer Delbaeth garantierte – vorausgesetzt, es gelang ihm, die Waffe einzusetzen, ohne daß ein Tanu-Teilnehmer an dem Feldzug etwas davon merkte.

Stein erhielt ebenfalls eine Ausbildung als Tanu-Kämpfer. Er machte sich Sorgen um Sukey, die von ihm getrennt worden war, als sie ihre Lehrzeit in der Redakteursgilde begann. Seine Ängste wurden bestätigt, als er von seiner Frau einen telepathischen Angstschrei empfing. Er stürmte ins Hauptquartier der Redakteursgilde, wo man an Sukey eine Operation vorgenommen hatte. Tasha-Bybar, eine verräterische menschliche Ärztin, hatte die Sterilisierung, zu der alle zeitreisenden Frauen verpflichtet waren, rückgängig gemacht, damit Thagdal an Sukey sein droit de seigneur ausüben konnte. (Tasha galt bei den Tanu als große Heldin. Sie hatte einen Weg gefunden, die Fruchtbarkeit wiederherzustellen. So war es den Tanu möglich, menschliche Frauen für ihr Zuchtprogramm zu benutzen. Ihre Schüler wirkten in sämtlichen Tanu-Städten und operierten die neu ankommenden Frauen. Die Pflicht-Sterilisierung, ursprünglich von Madame Guderian verlangt, war der Grund, daß Frauen nur ein Viertel von der Gesamtzahl der Menschen ausmachten, die sich zur Zeitreise ins Pliozän entschlossen.)

Stein war mit Sukey kaum wieder vereint, als er entdeckte, daß die berüchtigte Tasha sie belauschte. Durch Sukeys telepathische Beichte informiert über das, was Tasha ihr angetan hatte – und nicht nur seiner eigenen Frau, sondern auch Tausenden von anderen menschlichen Frauen – tötete Stein die Ärztin auf der Stelle.

Die Tat wurde von dem Redakteur Creyn entdeckt, der merkwürdigerweise Verständnis zu haben schien. Der Tanu-Lord versprach, Steins und Sukeys Anteil an Tashas Tod geheimzuhalten, und gab ihnen den ersten Hinweis auf die Existenz einer Friedensfaktion unter den normalerweise kriegslustigen Tanu. Diese Gruppe hegte die häretische Vorstellung, eines Tages würden Tanu und Firvulag Brüder in der Sonne ebenso wie im Schatten sein.

Beim September-Sportfest in Muriah mußten Aiken und Stein ihren Kampfesmut in der Arena vor dem hohen und geringen Adel des Vielfarbenen Landes beweisen. Wenn sie beide die Probe bestanden, wollte man sie als Mitglieder der Tanu-Kampfgesellschaft anerkennen. Dann konnte der Delbaeth-Feldzug stattfinden.

Stein focht als erster und tötete ein monströses, hyänenähnliches Tier mit seiner Streitaxt. Dann kam Aiken an die Reihe. Sein Gegner war ein siebzehn Meter langes Krokodil. Nodonn Schlachtenmeister hatte in Aiken eine Macht erkannt, mit der man rechnen mußte, und es eigens für ihn nach Muriah befördert.

Der Anthropologe Bryan Grenfell hatte die Zeit damit verbracht, zusammen mit Ogmol, einem genialen Mischling, die Tanu-Kultur zu studieren. Am Abend von Aikens Prüfung saß Bryan in der königlichen Loge bei dem König und der Königin, Aluteyn Handwerksmeister, dem Präsidenten der Kreatoren-Gilde, dem zum Untergang verurteilten menschlichen Genetik-Meister Greg-Donnet (geborenem Gregory Prentice Brown) und anderen Notabeln. Nodonn traf ein, und Bryan wurde ihm vorgestellt, aber er hatte nur Augen für Lady Rosmar, Nodonns neue Frau. Sie war keine andere als die bezaubernde Mercy Lamballe, in die Bryan sich auf den ersten Blick so verliebt hatte, daß er ihr ins Pliozän gefolgt war. Jetzt trug Mercy einen goldenen Reif und hatte gewaltige psychokreative Kräfte entwickelt.

Aiken, in eine goldene Glasrüstung gekleidet und mit nichts als einer Glaslanze bewaffnet, ritt auf einem Chaliko in die Arena ein, fand sich dem Riesenkrokodil gegenüber und bekam es mit der Angst. Er verlor die Kontrolle über sein Reittier und wurde in den Sand geworfen. Die Regeln verboten den Gebrauch von mentalen Kräften gegen das Tier, aber schließlich besiegte Aiken es durch die ihm angeborene Schläue. Die Tanu-Zuschauer rasten vor Begeisterung über seine kühne Darbietung. König Thagdal und Nodonn reagierten kühler.

Nun hatten Aiken und Stein sich als würdig erwiesen und gingen auf den Delbaeth-Feldzug. Die Expedition bestand aus mehreren hundert Rittern und wurde vom König selbst angeführt. Nodonn nahm teil, um ein Auge auf Aiken zu halten. Zwei Mitglieder der Hohen Tafel, Mischlinge von großer mentaler Kraft, wurden Parteigänger des Tunichtguts. Es waren Alberonn Gedankenfresser und Bleyn der Champion.

Die prächtig anzusehende Truppe begann den Feldzug in der großen Stadt Afaliah an der Basis der Aven-Halbinsel. Celadeyr, der hier herrschende mürrische alte Lord, war kein besonderer Freund der Heerschar, und doch widerte ihn die Vorstellung an, ein Mann wie Aiken könne den schrecklichen Delbaeth besiegen. Drei Wochen lang jagten die Ritter das Monster, das sie mit tödlichen Feuerkugeln bombardierte und wirkungsvoll Abstand hielt. Endlich verschwand der Firvulag in einem ausgedehnten Gewirr von Höhlen draußen auf dem Isthmus von Gibraltar, und König Thagdal und Nodonn verlangten von Aiken, er solle sich geschlagen geben.

Aiken weigerte sich. Er und Stein zogen ihre Glasrüstungen aus und bereiteten sich darauf vor, Delbaeth unter die Erde zu folgen. Der Feldzug mußte in drei Tagen beendigt werden, weil dann der Waffenstillstand für den Großen Wettstreit begann und Tanu wie Firvulag durch Gesetz verpflichtet waren, sich bis zum Beginn des rituellen Krieges jeder Feindseligkeit zu enthalten. Aiken bestand darauf, daß ihm diese drei Tage noch zugestanden würden, und seine Parteigänger unterstützten ihn. So gab man ihm die Chance. Mit Hilfe seiner Psychokreativität verwandelte Aiken sich und Stein in Fledermäuse, und sie flogen in die Höhlen hinab.

Zwei Tage später fanden sie Delbaeth und töteten ihn mit der Geheimwaffe, die Aiken von Mayvar erhalten hatte. Kurz bevor sie die Höhle des Firvulag verließen, machte Aiken seinen Freund Stein darauf aufmerksam, daß das Wasser des Atlantik gegen die westliche Wand schlage. Nichts als der schmale Isthmus von Gibraltar, ein natürlicher Damm zwischen Spanien und Afrika, trennte den Ozean von dem tiefen, leeren Becken des Mittelmeers.

Mit Beginn des einen Monat dauernden Waffenstillstands trafen Tanu und Firvulag aus allen Teilen des Vielfarbenen Landes auf Muriahs Weißer Silberebene ein, einer großen Salzfläche, auf der Zeltstädte, Tribünen, Arenen und das Schlachtfeld für den eigentlichen Kampf lagen. Da die Tanu von den Menschen Reittiere und andere Neuerungen übernommen hatten, waren sie vierzig Jahre hintereinander Sieger geblieben, was die Firvulag immer stärker verbitterte. Doch der vor kurzem erfolgte Fall der Stadt Finiah heiterte die Kleinen Leute auf – und inspirierte sie, in der Hoffnung, das Glück zu wenden, ein paar Kampfmethoden der Geringen einzuführen. Gegen die neuen Taktiken war Pallol Einauge, der alte Schlachtenmeister der Firvulag, aber er wurde gezwungen, sich dem Willen der jüngeren Generäle Sharn und Ayfa, einem Ehepaar, zu beugen.

Im Dorf der Geringen bei den Verborgenen Quellen, diskutierte Madame Guderian ihren Plan zur Befreiung der Menschheit vom Tanu-Joch. Phase Eins war erfolgreich verlaufen. Finiah mit seiner Barium-Mine bestand nur noch aus verlassenen Ruinen.

Phase Zwei barg größere Risiken. Den Waffenstillstand ausnutzend, wollte eine kleine Gruppe von Geringen in die Fabrik unten in Muriah eindringen und die unersetzlichen Maschinen sabotieren, mit denen die Halsreifen hergestellt wurden. Das Unternehmen war extrem gefährlich, weil die Fabrik innerhalb des festungsartigen Komplexes der Koerzierer-Gilde lag, über die der menschliche Renegat Lord Gomnol herrschte.

Phase Drei bestand aus der endgültigen Schließung des Zeitportals. Madame plante, dies selbst zu tun, und Claude bestand darauf, ihr zu helfen.

Nebenher lief eine vierte Phase, die Herstellung von

Eisenwaffen durch die Menschen. Die befreite menschliche Bevölkerung von Finiah sowie einige Geringe, die aus anderen Teilen Europas gekommen waren, um an dem Angriff auf Finiah teilzunehmen, würden mehrere Eisendörfer gründen und das »Blutmetall« in Vorbereitung auf die ultimative Forderung nach Freiheit für die Menschen abbauen, schmelzen und schmieden.

Elf Personen, darunter Madame und die Überreste der Gruppe Grün, verließen das Dorf, um Phasen Zwei und Drei in Angriff zu nehmen. Sie hatten sich als loyale menschliche Flüchtlinge aus Finiah verkleidet. Vor der Stadt Roniah trennten sich Madame und Claude von den anderen und zogen zur Torburg, in deren Nähe sie sich versteckten, während der Rest der Gesellschaft weiter südwärts zur Hauptstadt zog. Die beiden Abteilungen wollten versuchen, die Anschläge gegen das Zeitportal und die Ringefabrik zu synchronisieren.

Zu der nach Muriah reisenden Gesellschaft gehörten Felice, Schwester Amerie, Häuptling Burke, der Alpinist und frühere Professor Basil Wimborne (aus einem Gefängnis in Finiah befreit) und fünf weitere zu allem entschlossene Geringe. Felices metapsychische Kräfte entwickelten sich gut, und je länger sie ihren goldenen Reif trug, um so stärker wurden ihre mentalen Fähigkeiten. Sie trug auch den Photonenspeer. Er war bei dem Kampf um Finiah völlig entladen worden, aber die Saboteure hofften, Aiken Drum, ihr einstiger Kamerad aus Gruppe Grün, werde einen Weg finden, ihn wieder betriebsbereit zu machen. Als die kleine Schar sich der Tanu-Hauptstadt näherte, sandte sie Aiken einen telepathischen Ruf und berichtete ihm von der Verschwörung der Geringen. Die Saboteure hielten es für selbstverständlich, daß Aiken treu zur Menschheit stünde und ihnen gern helfen würde. Aber sie irrten sich.

Unten in Muriah erfuhren Aiken, Stein und Elizabeth zur gleichen Zeit von den bevorstehenden Angriffen auf die Ringefabrik und das Zeitportal. Elizabeth hatte Brede widerstrebend dabei geholfen, metapsychische Operanz zu erlangen, war jedoch immer noch entschlossen, Muriah in ihrem roten Ballon zu entfliehen und allein zu leben. Stein war begeistert von der Aussicht, einen Streich gegen die Tanu zu führen. Aiken dagegen fürchtete, die Fremden könnten Steins einfachen Geist lesen und den Plan entdecken. Deshalb versahen er und sein neuer Verbündeter Gomnol (er erklärte, auf der Seite der Menschheit zu stehen) den großen Wikinger mit einem Gehirnblock. Weder Gomnol noch Aiken sahen voraus, daß Stein den Sabotageplan seiner Redakteursfrau Sukey verraten würde.

Die Allianz zwischen Aiken und Gomnol, dem Lord Koerzierer, war nicht echt. Keiner von beiden traute dem anderen wirklich, aber Notwendigkeit hatte sie gewzungen, sich zu verbünden. Aikens Streben war, König des Vielfarbenen Landes zu werden, und er brauchte viel Hilfe, um seinen Ehrgeiz zu befriedigen. Gomnol, dem derzeitigen Thronerben Nodonn von Herzen verhaßt, war sich im klaren darüber, daß seine starke Position als Unterstützer von König Thagdal abbröckelte. Der Tanu-Monarch war im Absturz begriffen und mochte Gomnol durchaus mit sich reißen.

Der König hatte geglaubt, die Tanu-Rasse profitiere von der Beimischung menschlicher Gene und der Nutzbarmachung menschlicher Technologie. Bryan Grenfells Kulturstudie, vor kurzem vollendet, aber noch geheim, zeigte dagegen, daß die Menschen, sollte Thagdals Politik fortgeführt werden, schließlich das Vielfarbene Land beherrschen würden. Der König hegte (zu Recht) den Verdacht, sein ältester Sohn Nodonn plane, ihn mit Hilfe der Studie während des Großen Wettstreits öffentlich zu diskreditieren. Ein weiterer Schlag war es für das Prestige des Königs, daß Brede die Durchführung von Gomnols Plan, Thagdal und Elizabeth zu paaren, verbot. Elizabeth war jetzt tabu, und der

König hatte keine Aussicht mehr, Stammvater einer operanten Superrasse zu werden, wie er gehofft hatte. Im Gegenteil, diese Ehre mochte mit großer Wahrscheinlichkeit Aiken Drum zufallen!

Von Verzweiflung übermannt, vertraute Thagdal seine Ängste Königin Nontusvel an, und sie wußte genau, welche Ablenkung ihren Gemahl aufheitern würde. Sie gab den Befehl, Sukey dem König zuzuführen. Dionket wurde gezwungen, die junge Frau herauszugeben. Während Thagdal sich mit ihr vergnügte, entschlüpfte Sukey in der Hoffnung auf Rache ein Gedanke an die Saboteure aus dem Norden, die bald in Muriah eintreffen mußten. Die Königin fing diesen Gedanken auf und benachrichtigte Nodonns Bruder Culluket den Inquisitor, ein finsteres und mächtiges Mitglied der Heerschar. Culluket entriß Sukey alles, was Stein ihr unabsichtlich über den Plan verraten hatte. Danach wurden Stein und Sukey ins Gefängnis gesteckt und sollten nach Beendigung des Großen Wettstreits hingerichtet werden.

Aiken gelang es, obwohl man ihn als Steins engen Freunde kannte, Culluket davon zu überzeugen, daß er nichts von dem Plan wußte. Aber die Heerschar glaubte weiter daran, daß Aiken und Gomnol beide heimlich mit den Geringen verschworen waren.

Inzwischen hatten die Saboteure Muriah erreicht und waren bereit zuzuschlagen. Sie riefen Aiken in ihr Versteck und übergaben ihm mit einigem Widerstreben den unbrauchbaren Speer. Aiken versprach, er wolle versuchen, die Photonenwaffe wieder aufzuladen, doch in Wirklichkeit hatte er nicht die Absicht, sie den Saboteuren zurückzugeben. Sie sollte später in seinen eigenen Plänen eine Schlüsselrolle spielen. Als Aiken zur festgesetzten Stunde nicht mit dem Speer wiederkam, begannen die Geringen ihr Vorhaben ohne ihn. Sie verließen sich darauf, daß Felices wachsende metapsychische Kräfte stark genug waren, die Ringefabrik zu zerstören.

Verkleidet drangen die Geringen in den Komplex der Koerzierer-Gilde ein. Felice schmolz die Fabriktore mittels mentaler Energie – nur um zu entdecken, daß mehr als sechzig Ritter der Heerschar, angeführt von Imidol, dem Zweiten Lord Koerzierer, und Culluekt dem Inquisitor, schon auf sie warteten. Es gelang den Menschen, fünfzehn Tanu zu töten, entweder mit Eisenwaffen oder mit Felices Energiebolzen. Aber das Mädchen selbst wurde schließlich gelähmt, und alle anderen Saboteure, außer Schwester Amerie, Häuptling Burke und Basil, verloren das Leben. Die Ringefabrik blieb unbeschädigt.

Gomnol traf ein, als der Kampf vorbei war, und teilte der Heerschar kühl mit, er habe alles unter Kontrolle. Aber sie weigerten sich, seinen Unschuldsbeteuerungen zu glauben. Während ihrer vergeblichen Angriffe auf Elizabeth hatten sie ihre Zusammenarbeit im metapsychischen Konzert verbessert. Jetzt schlossen sie sich zusammen und töteten Gomnol mit mentaler Energie, wohl wissend, daß man der schrecklichen Felice die Schuld geben werde. Sie nahmen dem Mädchen den goldenen Ring ab und überließen es Culluket zur Befragung. Die anderen drei Saboteure wurden schwer verwundet in das gleiche Gefängnis geworfen wie Stein und Sukey, um dort ihr Ende zu erwarten.

Weit im Norden von Muriah, in der Nähe des Zeitportals bei der Torburg, bereiteten sich Madame Guderian und Claude auf ihr Unternehmen vor. In Platten aus Bernstein, einem Material, von dem bekannt war, daß es die Reise in umgekehrter Richtung erfolgreich zurücklegen konnte, hatten sie Botschaften eingeschlossen, die die Portal-Leute des 22. Jahrhunderts aufforderten, die Zeitreisen wegen der Versklavung der Menschen durch die Tanu einzustellen. Als die Sonne aufging, eilten die beiden alten Leute, von Madames metapsychischen Kräften unsichtbar gemacht, auf den Ort des Zeitportals zu.

Hoch oben am Himmel suchte Aiken nach ihnen. Er

wollte nicht, daß das Zeitportal geschlossen wurde, denn das würde ihn potentieller Untertanen berauben, sobald er König geworden war. Bevor Aiken seine Beute erspähte, packte ihn ein kleiner Wirbelsturm und schleuderte ihn fort. Nodonn hatte ihn erwartet – und er hatte eigene Pläne mit dem alten Paar.

Claude und Madame näherten sich dem Portal, und das Bild Nodonns füllte ihre Gehirne. Er war nicht erschienen, um sie aufzuhalten, sondern um zu erklären, warum er ihnen das Gelingen ihres Plans gestattete. Der öffentlichen Meinung wegen hatte Nodonn nicht gewagt, das Zeitportal selbst zu schließen, aber er wußte, daß es das Überleben seiner Rasse bedrohte. Jetzt sagte er Claude und Madame, sie müßten ihre Arbeit sichtbar tun, damit es keinen Zweifel daran gäbe, wer für die Schließung des Portals die Verantwortung trage. Dann ließ er sie gehen.

Hand in Hand traten die beiden alten Leute in die sich umkehrende Zeitverwerfung und wurden ins 22. Jahrhundert zurückgeschleudert. Ihre Körper zerfielen zu Staub, doch die Bernsteinplatten mit der Botschaft blieben erhalten. Das Zeitportal wurde im Nu geschlossen.

Die Zeit des Großen Wettstreits war beinahe da. Der geringe Adel der Tanu zeigte eine merkwürdige Sympathie für Aiken Drum, und seine königlichen Ambitionen waren zu einer sehr ernsten Angelegenheit geworden. Auch hatte er inzwischen den Photonenspeer repariert. Diese heilige Waffe war offiziell das letzte Mal bei einem Duell zwischen zwei großen Helden am Schiffsgrab benutzt worden, nachdem Tanu und Firvulag vor tausend Jahren auf der Erde eintrafen. Der Tanu-Heros Lugonn der Leuchtende hatte den Speer geschwungen, der Firvulag-Heros Sharn der Schreckliche eine ähnliche laserartige Waffe, das Schwert genannt. In späteren Jahren war das Schwert als Trophäe beim Großen Wettstreit vergeben worden, und zur Zeit befand es sich in der

Obhut von Nodann Schlachtenmeister. Daß Aiken sich im Besitz des Speers befand, gab seinem Ehrgeiz einen Anstrich von Legitimität. Den ritterlichen Bräuchen der Tanu entsprechend, würde es Aiken erlaubt werden, gegen Nodonn zu kämpfen, Speer gegen Schwert, sofern es ihm gelang, während des Großen Wettstreits eine ausreichend große Zahl von Anhängern um sich zu versammeln.

Da entstand für Aiken eine Bedrohung aus einer ungeahnten Quelle. Sein Freund Stein schmachtete im Gefängnis mit Sukey, und eine Fehlgeburt hatte ihrem und Steins Sohn das Leben gekostet. Nun verlor Stein unter dem schädlichen Einfluß seines grauen Reifs langsam den Verstand. Gleichzeitig begann sich der von Gomnol errichtete mentale Block aufzulösen. Es sah so aus, als werde Stein unwissentlich Aikens Verbindung mit den Saboteuren und seine Verschwörung mit dem verstorbenen menschlichen Lord Koerzierer verraten.

Aken widerstand der Versuchung, Stein und Sukey zu töten. Statt dessen bat er Mayvar, das Paar aus Muriah wegzuschaffen, hinaus aus der Reichweite des mentalen Schnüffelns der Heerschar. Mayvar versprach es ihm und suchte dann ein Treffen der heimlichen Friedensfaktion auf, die hoffte, Aiken werde die Königswürde erringen und dem Vielfarbenen Land eine neue Ära des Friedens und der Zivilisation bescheren.

Außer Mayvar gehörten der Friedensfaktion die an der Hohen Tafel sitzenden Mischlinge Bleyn, Alberonn und Katlinel die Dunkeläugige an (Katlinel verkündete, sie sei mit keinem anderen als Sugoll, dem Herrscher der Heuler, verlobt), Dionket Lord Heiler, Creyn und zwei verbannte Tanu-Recken, die beim bevorstehenden Großen Wettstreit besondere Rollen spielen mochten. Einer von ihnen war Leyr, Vater des Mischlings Katlinel. Er war Lord Koerzierer gewesen, bis Gomnol ihn verdrängte. Jetzt, wo Gomnol tot und sein Amt vakant war, wollte die Heerschar Imidol als Präsidentschaftskandidaten aufstellen. Die Friedensfaktion drängte Leyr, den jungen Imidol herauszufordern, damit die Koerzierer-Gilde nicht unter der Kontrolle der Heerschar gerate. Leyr war viel älter, aber es war bekannt, daß Imidol schwächer als Gomnol war, so daß Leyr eine kleine Chance hatte. Der andere verbannte Tanu, der an dem geheimen Treffen teilnahm, war Minanonn der Häretiker. Vor fünfhundert Jahren war er Schlachtenmeister gewesen. Seine pazifistische Überzeugung widersprach jedoch der barbarischen Kriegsreligion der Tanu, und so war Minanonn gezwungen worden, tief hinein in die Pyrenäen ins Exil zu gehen. Die Friedensfaktion hoffte, Minanonn werde, falls Aiken den Schlachtenmeister Nodonn schlug, gegen Kuhal Erderschütterer um die Präsidentschaft der Psychokinetischen Gilde kämpfen. Minanonn weigerte sich, seinen Prinzipien untreu zu werden. Leyr dagegen erklärte sich bereit, gegen Imidol anzutreten.

Später in dieser Nacht wartete Elizabeth neben ihrem großen Heißluft-Ballon auf Creyn. Er wollte Stein und Sukey zu ihr bringen, und der Ballon würde sie alle drei in sicheres Gebiet tragen. Dann erschien der Tanu-Redakteur, und er hatte nicht zwei, sondern drei Personen bei sich. In seinem Wagen lag Felice, bewußtlos zusammengekrümmt. Creyn hatte sie in einer Nachbarzelle gefunden, dem Tod nahe, nachdem sie von Culluket gefoltert worden war. Felice trug jetzt, wie Stein, einen grauen Reif. Aber Sukey hatte man eine eiserne Zange mitgegeben, mit der sie die Geräte entfernen sollte, sobald sie vom Boden abgehoben hatten.

Das Problem war allerdings, daß die Ballon-Gondel nur drei Personen trug.

Elizabeth war wütend und verzweifelt. Brede und Dionket hatten sie angefleht, bei ihnen zu bleiben. Da seien wichtige Aufgaben, die allein eine metapsychische Großmeisterin wie sie übernehmen könne. Elizabeth wollte die Verantwortung nicht – vor allem dann nicht, wenn es bedeutete, daß die Heerschar niemals mit Versuchen, sie zu töten, aufhören würde. Nun sah sie die elende Felice, Stein und Sukey vor sich und fühlte sich im Spinnennetz der Schiffsgattin gefangen.

Schließlich schickte Elizabeth die drei befreiten Gefangenen in ihrem Ballon weg. Sie selbst suchte Bredes Raum ohne Türen auf und zog sich in einen feurigen mentalen Kokon zurück, der sie vor den Gedanken aller anderen isolierte.

Der erste Tag des Kampfes begann.

Es war ein Tag unblutiger sportlicher Ereignisse und Zeremonien. Mercy kam, um zusammen mit Bryan, der buchstäblich aus Liebe zu ihr starb, den spannenden Wettkämpfen zuzusehen. Dann ließ sie ihn allein und forderte den alten Aluteyn Handwerksmeister zum Kampf um die Präsidentschaft der Kreatorengilde heraus.

Gleichzeitig fuhr der Ballon mit Felice, Stein und Sukey westwärts und landete neben dem Langen Fjord östlich des Mt. Alborán. Felice gewann das Bewußtsein zurück – und mehr. Ohne es zu wissen, hatte Culluket, als er sie folterte, die gleiche drastische gehirnverändernde Technik angewandt, mit der Elizabeth es geschafft hatte, Brede operant zu machen. Nun war auch Felice operant geworden. Sie brauchte keinen Reif mehr, um ihre metapsychischen Kräfte anzuwenden, und diese Kräfte, zumindest die zerstörerischen Aspekte der Psychokinese und der Kreativität, waren größer als bei jeder anderen Person auf der Welt.

Endlich war Felice in der Lage, Rache an den Tanu zu nehmen. Ihr Plan war, den Isthmus von Gibraltar mit Psychoenergie zu sprengen und den Atlantik das leere Mittelmeer-Becken überfluten zu lassen. Das Schlachtfeld der Weißen Silberebene unterhalb Muriahs lag ein gutes Stück niedriger als Meeresniveau. Es war Felice gleichgültig, daß Tausende von Firvulag und Menschen ebenfalls bei der Katastrophe ertrinken mußten. Sie traute den Freundschaftsbeteuerungen der Firvulag nicht (das hatte auch Madame Guderian nicht getan), und die meisten Menschen in Muriah waren Kreaturen der Tanu. Zur Durchführung ihres Plans brauchte Felice Hilfe von Stein. Als ehemaliger Planetenkrustenbohrer besaß er das technische Wissen, mit dem er ihr die Zielpunkte angeben konnte. Anfangs weigerte Stein sich, bei Felices schrecklichem Plan mitzumachen. Er hegte keinen Groll gegen die Tanu – das heißt, keinen, der nach einer so grauenhaften Vergeltung schrie.

An diesem Punkt angelangt, teilte Felice ihm triumphierend mit, König Thagdal sei verantwortlich für Sukeys Fehlgeburt, während Stein irrrtümlich sich selbst die Schuld gegeben hatte. In seinem Zorn gab Stein Felice alle Unterstützung, die sie brauchte. Er riet ihr, den Fjord zu versiegeln, so daß sich im Alborán-Becken Wasser staute. Dann ließ er sie den Isthmus öffnen.

So große Kräfte sie auch besaß, Felice hätte fast versagt, bevor die Arbeit vollendet war. Hingerissen von ihrem Haß, betete Felice um Hilfe von jeder Macht der Dunkelheit, die existieren mochte – und die Hilfe kam aus dem *Irgendwo,* und sie war imstande, das Tor von Gibraltar zu öffnen. Eine ungeheuerliche Kaskade aus Meereswasser füllte das Alborán-Becken und staute sich hinter einem Damm aus lockerem Geröll nahe dem Langen Fjord.

Am zweiten Tag des Großen Kampfes stellte die Bestimmung der Anführer mittels einer Manifestation ihrer Kräfte den Höhepunkt dar. Die neun bewährten Firvulag-Anführer wurden nicht herausgefordert, sondern durch Akklamation bestätigt. Der böse alte Pallol Einauge, Schlachtenmeister der Firvulag, führte seine gewaltigen metapsychischen Fähigkeiten vor.

Bei der Wahl der Tanu-Anführer ging es nicht so ruhig zu. Es begann recht zahm, als Bleyn, Alberonn,

Lady Bunone Kriegslehrerin und Tagan, Lord der Schwerter, ohne Kampf bestätigt wurden. Dionket ernannte zu seinem Stellvertreter Culluket, wie man es erwartet hatte, und ebenso verkündete Nodonn, für ihn werde sein Bruder Kuhal Erderschütterer kämpfen, da er selbst als Schlachtenmeister auftrat. Aber große Aufregung gab es, als Imidol wie auch der verbannte Leyr Anspruch auf Gomnols vakanten Posten erhoben. Die beiden kamen überein, sich um die Präsidentschaft der Koerzierergilde auf dem Schlachtfeld zu duellieren, statt die Entscheidung sofort durch eine Manifestation der Kräfte herbeizuführen.

Dann war Aluteyn Handwerksmeister, Lord der Kreatoren, an der Reihe. Er wurde von Mercy herausgefordert, die in der darauffolgenden Manifestation der Kräfte Siegerin blieb. Statt der Verbannung wählte der stolze Aluteyn den Tod. Er begab sich in ein riesiges Glasgefäß, die Große Retorte genannt. Darin erwarteten jene ihr Schicksal, die dazu verurteilt waren, am Ende des Wettstreits zu sterben. Mercy, die neue Lady Kreatorin, lehnte es ab, am Großen Wettstreit teilzunehmen. Sie bestimmte Velteyn, den früheren Lord des zerstörten Finiah, zu ihrem Champion.

Als letzte der Tanu-Anführer trat Mayvar vor, die Präsidentin der Fernwahrnehmer. Statt der von der Heerschar vorgeschlagenen Riganone machte sie Aiken zu ihrem Stellvertreter. König Thagdal erklärte Nodonn zum Schlachtenmeister, und dann zog sich die ganze Gesellschaft zu Schmaus und Vergnügen zurück. Tags darauf sollte der eigentliche Kampf beginnen und zwei und einen halben Tag mit nur wenigen Pausen dauern. Während dieser Zeit würde sich der Sumpf hinter dem Gerölldamm quer über das Mittelmeerbecken mit dem immer tiefer werdenden Wasser füllen ...

Der letzte, entscheidende psychokreative Energiestoß, der das Meer einließ, hatte Felice aus dem Ballon geschleudert. Stein und Sukey fanden keine Spur von dem Mädchen. Nachdem er den goldenen Halsring seiner Frau durchschnitten hatte, damit sie keine telepathische Warnung nach Muriah abstrahlen konnte, lenkte Stein den Ballon in eine nach Norden führende Luftströmung und schwebte zu einem entlegenen Teil Frankreichs und in die Freiheit davon.

Die einzige Person beim Großen Wettstreit, die die nahende Katastrophe ahnte, war Aluteyn Handwerksmeister, der abgesetzte Kreator. Als der Große Wettstreit richtig begann, bemerkte er subtile geophysikalische Hinweise auf die herankriechende See und versuchte, in der Großen Retorte gefangen, eine Warnung zu geben. Er wurde ignoriert. Tanu und Firvulag begegneten sich in ihrem rituellen Krieg, ohne an etwas anderes als ihre alte Feindschaft zu denken. Der Mensch Raimo Hakkinen wurde gezwungen, am Kampf teilzunehmen; Aiken Drum rettete ihn davor, niedergemetzelt zu werden. Dann versuchte Raimo zu desertieren, aber man entdeckte ihn und verurteilte ihn wegen Feigheit zur Retorte.

Anders als bei den vorhergegangenen vierzig Großen Kämpfen, die die Tanu mühelos gewonnen hatten, gab es in diesem Jahr Anzeichen einer Wende. Die Firvulag benutzten neue, in Finiah gelernte Taktiken gegen die Reittiere der Tanu und die reiftragenden Menschen. Die Kleinen Leute lagen nach der Zählung der gefallenen Gegner vorn, obwohl die Tanu die Führung bei der wichtigeren Zählung der erbeuteten Banner behielten. Velteyn von Finiah, der übereifrig nach Rache für den Verlust seiner Stadt lechzte, trug die Schuld an einem Fiasko für die Tanu. Andererseits erzielte Aiken Drum eine Reihe von Triumphen durch trickreiche Manöver, die die fortschrittlicher denkenden Tanu entzückten, die Reaktionäre der Heerschar, allen voran Nodonn Schlachtenmeister, dagegen in Wut versetzten.

In der Rivalität zwischen Aiken und Nodonn um das Amt des Schlachtenmeisters gab es am zweiten Tag neuen Zündstoff. Bei einem Festmahl versuchte Nodonn, Aiken zu diskreditieren. Auf dramatische Weise führte er Bryan Grenfell und seine Studie über die schlechte Einwirkung der Menschheit auf das Vielfarbene Land vor. Einige der Tanu verließen Aiken deswegen, aber eine große Zahl dachte pragmatisch genug, um bei ihm zu bleiben. Im Duell zwischen den Koerzierern schlug Imidol von der Heerschar den ältlichen Leyr. Der zähe alte Celadeyr von Afaliah nahm die Stelle des verstorbenen Velteyn als Zweiter Kreator unter Mercy ein.

Kurz vor Beginn des Kampfes hatte Brede Schiffsgattin heimlich Heilhaut in das Gefängnis Muriahs gebracht, wo Häuptling Burke, Basil und Amerie im Sterben lagen. Am letzten Tag des Kampfes hatten die drei sich völlig erholt, und Brede, für sie eine geheimnisvolle Erscheinung, führte sie in ein hoch oben auf dem Berg der Heroen gelegenes Zimmer im Hauptquartier der Redakteure, von wo aus man die Weiße Silberebene überblickte. In diesem Raum standen Schränke voll mit Gegenständen des 22. Jahrhunderts, die die Tanu von Zeitreisenden konfisziert hatten. Wichtiger war, daß Elizabeth sich dort befand, anscheinend in einem tiefen Koma. Brede übergab Elizabeth und den Inhalt der Schränke der Obhut der befreiten Gefangenen und instruierte sie, bis zum nächsten Morgen zu warten. Dann würden sie wissen, was sie zu tun hätten. Auf gar keinen Fall dürften sie den Raum vorher verlassen.

Der Große Wettstreit näherte sich seinem Finale, bei dem die Champions der Tanu und Firvulag zu Zweikämpfen antreten sollten. Der allgemeine Kampf hatte den Tanu einen knappen Vorsprung über die Kleinen Leute gegeben, aber das konnte sich bei den Heldentreffen noch ändern. Besondere Hoffnung setzten die Firvulag darauf, daß weder Nodonn noch Aiken an der ersten Runde teilnehmen konnten. Jedem Schlachtenmeister-Kandidaten hatten sich jetzt vier Helden (Anführer) verpflichtet, und der Kandidat, dessen Leute die meisten Duelle gegen die Firvulag-Helden gewann, würde in dem krönenden Duell der Schlachtenmeister gegen Pallol Einauge kämpfen.

Von den Duellen gewannen Aikens Parteigänger zwei und verloren zwei. Nodonns gewannen eins und verloren zwei, während eins unentschieden endete. Das bedeutete, Aiken würde mit Pallol kämpfen. Wenn er verlor, waren die Firvulag die Endsieger. Aiken behauptete, er könne den Firvulag-Oger schlagen, wenn die Hohe Tafel es ihm erlaubte, es auf menschliche Weise mit dem gleichen Trick zu tun, den er gegen Delbaeth angewandt hatte. Widerstrebend mußten Nodonn und seine Leute es ihm zugestehen. Aiken ging hin und unterwarf den Firvulag-Schlachtenmeister, wie er es versprochen hatte, und die Tanu wurden zu Siegern des Großen Wettstreits erklärt.

Zutiefst deprimiert durch ihre knappe Niederlage, entschieden sich die meisten Firvulag, das Schlachtfeld vor den Zeremonien der Siegerehrung zu verlassen. Nicht einmal die Aussicht, Aiken und Nodonn es mit Speer und Schwert austragen zu sehen, schien längeres Warten wert zu sein. Nur die königlichen Hoheiten der Firvulag und ihre Begleiter blieben zum Finale.

Der Tanu-Sieg wurde feierlich proklamiert und Aiken das Schwert Sharns (eine Photonenwaffe ähnlich dem Speer) als Trophäe überreicht. Statt sie in Treue König Thagdal darzubieten und so seine Oberherrschaft anzuerkennen, trieb Aiken das Schwert in den Boden. Thagdal winkte Nodonn, es als Champion des Königs aufzunehmen. Inzwischen legten Aikens Verbündete ihm die Gurte des Speers an. Die beiden Kämpfer nahmen ihre Positionen ein und begannen gerade ihr Duell, als die katastrophale Flut des herankriechenden Atlantik die Weiße Silberbene überschwemmte.

Die Gedankenschreie der Tausende von Ertrinkenden weckten Elizabeth aus ihrem selbsterzeugten Koma. Sie und ihre drei Gefährten blickten von ihrem hochgelegenen Zufluchtsort auf das verwüstete Muriah und eine wasserbedeckte Weiße Silberebene. Im Haus der Redakteure befanden sich eine Reihe von Überlebenden, und Häuptling Burke bereitete ihre Evakuierung vor.

Nicht alle jene Kämpfer und Zuschauer auf der Weißen Silberebene starben – obwohl die Mehrzahl der Tanu, die ein Untertauchen ihrer Körper nicht vertrugen, das Leben verloren. Einige wenige Tanu wurden von der Flutwelle an die Küste gespült, oder es gelang ihnen, sich mit Hilfe ihrer metapsychischen Kräfte zu retten. Viele Menschen und Mischlinge schwammen an sicheres Land. Aiken Drum kletterte in den zeremoniellen Kral-Kessel und rettete später auch Mercy. Die Große Retorte mit ihrer Ladung von Todeskandidaten trieb auf dem Wasser, so daß ironischerweise Aluteyn Handwerksmeister, Raimo Hakkinen und viele andere, die meisten davon Menschen, verschont blieben.

Am Ende von Band 2 lag es klar zutage, daß im Vielfarbenen Land jetzt ein ganz anderes Kräfteverhältnis herrschte. Die Firvulag waren stark unter ihren neuen Ko-Monarchen König Sharn-Mes und Königin Ayfa. Die Tanu-Städte, ihrer mächtigsten metapsychischen Talente beraubt, waren gegen Angriffe von menschlichen Geringen oder von Kleinen Leuten verwundbar geworden. Die meisten Tanu-Führer waren dahin, auch Brede Schiffsgattin. Die am Leben gebliebenen Tanu würden sich entscheiden müssen, ob sie einem menschlichen Usurpator, der behauptete, sie vor dem völligen Untergang bewahren zu können, den Treueeid leisten wollten oder nicht.

Nun beginnt Band 3, der nach einem kurzen Rückblick auf die Vorgeschichte die Chronik in der Zeit, die auf die Große Flut folgt, wieder aufnimmt.

KEIN KÖNIG
VON GEBURT

Die Toten und Verwundeten und diejenigen, deren Gehirn ausgebrannt war, hatte man alle weggebracht, und der Hochlandwald lag unschuldig im Pliozän-Mondschein da. Gewürzbüsche und Orchideen mischten ihre Düfte im Unterholz. Flughörnchen kamen aus ihren Verstecken und spielten zwischen den Ebereschen und Birken.

Vor der Flanke des Mont-Dore-Vulkans, wo die Bäume lichter standen, hing bewegungslos und schwach glühend die tödliche Hemisphäre. Sie hatte einen Durchmesser von etwa fünfzehn Metern. Ihre spiegelnde Oberfläche gab ihr das Aussehen einer kolossalen Hexenkugel, die zur Hälfte in der Bergflanke begraben war, durchbohrt von einem hohen, schlanken Stamm.

Ein Flughörnchen kam heldenhaft aus dem Wald gesegelt, stieg senkrecht in die Höhe, bremste ab und landete geschickt auf dem Mast, nicht weit oberhalb der spiegelnden Krümmung.

»Freches kleines Viehzeug«, brummte Leyr Lord Koerzierer.

»Nein, nur neugierig«, meinte Sebi-Gomnol, der Mensch, milde.

Das Tierchen flitzte an dem rindenlosen Stamm hinab, streckte eine Pfote aus und berührte die Hemisphäre. Nichts geschah. Mit dem Kopf nach unten schnüffelte das Flughörnchen. Dann schien es zu einem Schluß gekommen zu sein. Es ließ sich auf den Spiegel fallen, verlor sofort den Halt, rutschte auf den Boden und blieb als trauriges Häufchen liegen.

Die Beobachter brachen in bitteres Gelächter aus, als das Kerlchen davontrippelte.

»Nun weiß es ebensoviel wie wir«, bemerkte Bormol

von Roniah. »Wenn wir unsere Lektion nur ebenso billig gelernt hätten!«

Es waren sechs leuchtende Persönlichkeiten, die in einer respektvollen Entfernung von der Hemisphäre standen. Einer war ein Mensch mit einer außergewöhnlich langen Nase, die anderen gehörten der schönen Tanu-Rasse an und waren mehr als zwei Köpfe größer. Alle trugen sie phantastische Glasrüstungen, besetzt mit facettierten Dornen und Edelsteinen. Die offenen Helme waren von Hörnern oder heraldischen Tieren gekrönt. Ihre Gestalten glühten in einem weichen, inneren Licht. Der Mensch rauchte eine Zigarre.

»Sechzehn Krieger der Kampfgesellschaft von Roniah gefallen«, sagte Condateyr, Bormols erster Stellvertreter. »Ganz zu schweigen von den zwanzig oder dreißig Grauen und Silbernen, die an der Torburg umkamen, bevor wir die Jagd auch nur in die Luft bekamen. Operante Menschen! Große Tana, bisher hat man noch nie Operante durch das Zeitportal gehen lassen! Deshalb haben wir uns sofort an dich gewandt, Schlachtenmeister.«

Nodonn neigte zustimmend den Kopf. Das rosig-goldene Licht, das seine herrliche Gestalt umfloß, dämpfte das blaue und grüne Glühen der Rüstungen seiner Gefährten. Sein Geist trug wie gewöhnlich eine rätselhaft lächelnde Deckschicht, und seine gesprochenen Worte waren sehr sanft. »Das Zeitportal. Das verdammte Zeitportal.«

Bormol erklärte: »Die mentalen Attacken, die die Torwächter überwältigten, wurden von den Recken meiner Jagd mühelos abgeschirmt, Schlachtenmeister. Aber die angreifenden Geringen benutzten außerdem eine hochentwickelte Waffe, die einen ununterbrochenen Energiestrahl projizierte. Als wir sie schließlich in die Enge getrieben hatten, richteten sie das Ding auf uns. Unsere metapsychischen Schilde waren machtlos dagegen, bis Condateyr und ich daran dachten, eine massierte Geistesverteidigung nach der alten Disziplin zu koordinieren. Es geschah gerade noch rechtzeitig.«

Sebi-Gomnol grinste um seine Zigarre herum den Lord von Roniah an. »Und ihr habt hinter der Barriere einen strategischen Rückzug durchgeführt. Sehr vorsichtig, koerzibler Bruder.«

»Ich habe gelernt, vorsichtig zu sein, wenn es um euch Menschen geht – koerzibler Bruder.«

Gomnol ignorierte die beleidigende kleine Pause und wandte sich an Nodonn. »Schlachtenmeister, bei der von diesen menschlichen Operanten benutzten Waffe handelt es sich zweifellos um eine Art tragbarer Photonen-Kanone. Sie wirkt ähnlich wie euer heiliges Schwert Sharns, die Trophäe des Großen Wettstreits.«

Nodonn wies auf die spiegelnde Hemisphäre. »Und das Ding, hinter dem sie sich verstecken?«

»Die Wissenschaft meiner Zukunft würde es ein Sigma-Kraftfeld nennen. Ich vermute, es hat eine Weile gedauert, bis die Invasoren den Generator zum Laufen kriegten.«

Bormol sagte: »Keine unserer Waffen oder psychokreativen Energien kann diese verdammte Silberblase durchdringen. Sie erlaubt eine undeutliche Fernwahrnehmung, wenn man sich große Mühe gibt. Nur benutzen diese Fremden einen Gedankenmodus, der so gut wie unverständlich ist. Die meisten von ihnen schlafen seit mehreren Stunden ... das nützt uns schon gar nichts.«

Aluteyn, Präsident der Kreatoren-Gilde, erkundigte sich bei Gomnol: »Wie stark ist dies Sigma-Feld, Sohn?«

»Es würde jedem Angriff standhalten, den *wir* auf die Beine bringen könnten, Handwerksmeister.« Das Lächeln des Menschen hatte einen Hauch von Chauvinismus.

Leyr Lord Koerzierer blickte finster auf seinen menschlichen Stellvertreter nieder. »Ich dachte, die Gesetze eures menschlichen Zeitportal-Establishments verböten es, solche Ausrüstungen aus eurer Welt mitzunehmen?«

»Das ist richtig, koerzibler Lord. Keine moderne Waffe darf ins Pliozän exportiert werden. Das ist vom Konzilium des Galaktischen Milieus streng verboten worden.« Gomnol zuckte seine Saphir-Epauletten. »Natürlich verbietet der Rat auch den Zeittransport operanter Metapsychiker.«

Dem wackeren alten Aluteyn entfuhr eine bildhafte Blasphemie. »Trotzdem haben sich irgendwie mehr als hundert von diesen Bastarden durchgeschlichen! Und unsern Bruder Bormol geschlagen, hier! Was nun? Ich frage: *Was nun?*« Er schwang eine leuchtende Smaragd-Faust gegen das gerundete Kraftfeld, das einen Minatur-Mond und einen zur Unkenntlichkeit verzerrten bewaldeten Horizont widerspiegelte.

»Ich habe dich hergerufen, weil ich auf nützlichen Rat hoffte, kreativer Bruder«, erwiderte Bormol mit Würde, »nicht auf rhetorische Fragen. Die fremden Invasoren schlafen jetzt, aber sie werden aufwachen. Und wenn sie das tun ... ich nehme an, sie haben die Möglichkeit, ihre Waffen vom Innern dieses Sigma-Feldes aus abzuschießen.«

»Das hängt von dem Generator-Typ ab«, erklärte Gomnol. »Aber wir können wohl davon ausgehen.«

Alle sechs vereinigten sich zu einem primitiven metapsychischen Konzert, um die Hemisphäre mittels Fernwahrnehmung zu studieren, aber das Innere war ein nicht zu identifizierendes Durcheinander. Sie strengten ihre geistigen Ohren an und fingen doch nichts anderes auf als die Gehirnwellen der Schläfer und einen einzigen stählernen Faden von einem wachen Bewußtsein, dessen mentale Emanationen größtenteils außerhalb des Wahrnehmungsbereichs der Tanu lagen.

Schließlich sagte Gomnol zu dem Lord von Roniah: »Rekapituliere noch einmal die traurigen Ereignisse des

Tages, koerzibler Bruder, und laß keine Einzelheit aus.«

Bormols Gedanken zeigten mit Condateyrs Unterstützung den anderen vier eine alle Sinne ansprechende Wiederholung der Katastrophe. Die Ankunft der fremden Operanten war zuerst von einem Graureif-Soldaten auf den Zinnen der Torburg entdeckt worden. (Glücklicherweise überlebte er das dann folgende Massaker.) Die Invasoren kamen zu der ungewohnten Zeit von elfhundert Uhr durch das Portal, nicht im Morgengrauen, wie es seit mehr als vierzig Jahren für Zeitübergänge Brauch war. Es war niemand außerhalb der Burg, um sie in der kurzen Periode der Desorientierung, die dem Verlassen des Tau-Feldes folgte, abzufangen, und als schließlich doch graue Soldaten aus der Burg eilten, wurden sie von einem mächtigen metakoerziblen Energiestoß niedergemäht. Das alarmierte den Silberreif-Kastellan, und der wiederum benachrichtigte die beiden Tanu-Oberherren, die gerade in der Burg weilten.

Die operanten Neuankömmlinge hatten dann ihre mentalen wie auch ihre Handwaffen, eine Art Photonenpistolen mit schwacher Leistung, auf den Mitarbeiterstab der Burg gerichtet. Ein ferngesprochener Alarm ging hinaus nach Roniah, das etwas weiter als 30 Kilometer entfernt lag. Aber bis Bormol und Condateyr zwei Stunden später mit einer Fliegenden Jagd erschienen, waren die Tanu-Oberherren und rund die Hälfte des Personals tot. Die normalen Zeitreisenden in ihrem Gefängnishof lagen in Katatonie; eine redigierende Technik der Operanten hatte ihre Gehirne leergefegt.

Bormol wurde bei der Verfolgung durch metapsychische Barrieren und Luftspiegelungen behindert. Schließlich schwächte sich beides ab, und man konnte den Spuren der kleinen Geländefahrzeuge, die die Invasoren benutzten, leicht folgen. Die Fremden fuhren westwärts über die Steppe des Plateaus du Lyonnais und in den Wald hinunter, der zwischen dem Tafelland und dem ungeheuren Mont-Dore-Stratovulkan lag. Die Chalikos der Jagd kamen querfeldein besser voran als die Fahrzeuge der Fremden, als es ins Tiefland hinunterging. Fast ein Dutzend der mit Ballonreifen ausgerüsteten Wagen wurde in einem höllisch dichten Bambussumpf von ihren Fahrern aufgegeben. Zwei weitere fand man später auf einem Wildpfad, inmitten der Spuren von Stoßzahn-Elefanten zu blutigem Schrott gestampft.

Kurz nach Sonnenuntergang machten die fliehenden Operanten den Fehler, einem nach Westen führenden Tal zu folgen. Es endete nach einem steilen Anstieg in einem engen Cañon, der eine Sackgasse war. Erschöpft, verängstigt und in der Falle sitzend, hatten die Operanten ihren metapsychischen Schirm einen kurzen Augenblick lang schwanken lassen. So war es Bormols besten Fernwahrnehmern gelungen, den Feind zu erkennen. Es waren einhundertundein menschliche Wesen, alle operant, einige in sehr schlechtem Gesundheitszustand und alle an schweren mentalen Traumata leidend. Sie hatten neunundachtzig kleine Fahrzeuge mit Anhängern, die bis obenhin mit Gegenständen des 22. Jahrhunderts vollgestopft waren.

Eine vorsichtige Sondierung durch Bormol und seine ersten Koerzierer zog nur eine schwache metapsychische Vergeltung nach sich. Das Scharmützel an der Burg und die lange Verfolgungsjagd hatten die Invasoren anscheinend mitgenommen. Und jetzt waren sie in die Enge getrieben.

Die Jagd von Roniah verschmähte einen mentalen Kampf und griff an. Aller Gedanken stießen den gellenden Schlachtruf aus ... und die Photonen-Kanone empfing sie.

Nach dem chaotischen Rückzug, der Rettung der Verwundeten und der Neuformierung stellten sie fest, daß die Operanten eine Wand des Cañons angeschossen, mit dem Geröll eine Rampe gebaut und die Sackgasse verlassen hatten. Nun wurde es dunkel. Kundschafter berichteten Bormol von dem neuen Phänomen der riesigen spiegelnden Hemisphäre, und an diesem Punkt entschloß sich der Lord von Roniah, auf einen Alleingang zu verzichten und den Schlachtenmeister mit seinen ersten Ratgebern um Hilfe zu bitten ...

Nodonn sagte: »Eine Sache finde ich merkwürdig beunruhigend. Die menschlichen Gefangenen in der Torburg. Die normalen Zeitreisenden, die im Hof eingeschlossen waren. Du sagst, ihre Gehirne waren *leer?*«

»Gründlicher leergefegt als die Weiße Silberebene, Schlachtenmeister«, antwortete Bormol mit Nachdruck. »Tabulae rasae. Die verfluchteste Sache, die ich je gesehen habe. Es ist noch ein Glück, daß es Anfang der Woche war und wir nur die Gefangenen von zwei Tagen da hatten. Diese sechzehn Geringen sind jetzt nichts anderes mehr als vegetabilisches Leben. Wer das getan hat, muß des Teufels Redakteur sein.«

»Und er fand alles heraus, was die Gefangenen über uns wußten«, knurrte Leyr.

»Und wischte es aus«, setzte Gomnol hinzu. »Das impliziert, daß die letzthin eingetroffenen Zeitreisenden fähig gewesen wären, uns etwas Nützliches über diese Emigranten zu erzählen. Interessant.«

»Wir wissen, daß einige der Fremden – wenn nicht alle – das sind, was die Menschen ›Meisterklasse‹ nennen«, sagte Condateyr. »Andernfalls wären sie nicht imstande gewesen, die Tanu-Oberherren zu töten. Lord Moranet und Lady Senevar waren im Koerzieren wie im Redigieren hochbegabt.«

Nodonn Schlachtenmeister öffnete seinen Geist und teilte seinen erhabenen Gedankengang mit den anderen:

Manche von diesen Fremden besitzen ungeheure metapsychische Kräfte, größer als unsere eigenen. Sie haben sie gegen Bormols Jagd jedoch nicht in vollem Umfang eingesetzt, sondern sich auf eine physische Waffe verlassen. Außerdem entschlossen sie sich, vor unseren Truppen zu fliehen, statt ihnen Widerstand zu leisten. Gewisse Anzeichen verraten, daß einige der Fremden geschwächt sind. *Verletzt.* Diese menschlichen Metapsychiker, die Elite ihrer Rasse, sind ins Exil getrieben worden, während dieser Ausweg Personen ihrer Art sonst verboten ist. Ergo müssen sie Gesetzlose des Galaktischen Milieus sein. Und das ist ein Widerspruch in sich selbst! Alle Metapsychiker der zukünftigen Welt gehören zu einer mentalen Bruderschaft, Einheit genannt. Es kann keine Außenseiter, keine Rebellen geben.«

»Keine, von denen wir wissen, Schlachtenmeister«, sagte Gomnol laut. »Aber alles, was die Tanu von der Alten Welt wissen, stammt von menschlichen Zeitreisenden. Und was wußten normale Menschen – selbst latent wie ich – wirklich über die metapsychische Faktion und die Interna des Galaktischen Konziliums?« Er lächelte schief und berührte den goldenen Reif hinter dem blaugläsernen Ringkragen seiner Rüstung. »Wir mußten erst hierherkommen, ins Pliozän, um die wahre Verwandtschaft des geteilten Gedankens, die Ausübung gottähnlicher Macht zu finden. Das danken wir euch Tanu.«

Die Sonnenflut, die Nodonns Geist war, erhellte dunkle Zysten der Bosheit im Herzen des menschlichen Koerzierers. Apollos Gesicht blieb so heiter wie immer.

»Wir kennen deine Dankbarkeit uns gegenüber, adoptierter Bruder. Jetzt zeige sie uns. *Du* bist im Gegensatz zu uns fähig, diese fremden Invasoren zu fragen, wer sie sind und was sie wollen. Du wirst den menschlichen Modus des Fernsprechens benutzen, den wir Tanu nicht empfangen können.«

Gomnols schuldbewußtes Angstgefühl beschwichtigte der Schlachtenmeister lächelnd. »O ja, Eusebio Gomez-Nolan, wir wissen darüber Bescheid. Eine harmlose Schuljungen-Geheimnistuerei, mit der ihr menschlichen Goldringträger euch das Rückgrat stärkt. Aber jetzt kann es nützlich sein. Sprich mit diesen eingedrungenen Geringen, Zweiter Koerzierer! Und gib dir Mühe, mir wahrheitsgemäß zu berichten, was sie antworten!«

Gomnols glühende blaue Gestalt schwankte, sein Gesicht wurde innerhalb des phantastischen Helms aschgrau, und die Zigarre fiel ihm aus dem Mund. Für einen ganz kurzen Augenblick nahm ihn der Schlachtenmeister in seinen metapsychischen Griff, in dem sich alle fünf mentalen Fakultäten zu einem präzisen neuralen Schlag vereinigten. Es war der fürchterlichste Schmerz, den Gomnol je erlitten hatte. Gleich darauf wurde er durch ein andauerndes Lustgefühl ersetzt.

Nodonn wartete geduldig, bis der Mensch sich gefaßt hatte. Dann wiederholte er: »Sprich mit ihnen, Zweiter Koerzierer!«

Langsam stieß Gomnol den angehaltenen Atem aus. Inzwischen hatte er seine eigenen mentalen Schirme geschlossen, um sein Unbehagen, seinen Haß zu verbergen. »Du ... und der Handwerksmeister müßt euch in Bereitschaft halten, falls die Invasoren aggressiv werden. Diese Photonen-Kanone könnte ...«

Der alte Aluteyn sagte: »Nodonn und ich können gemeinsam einen wirksamen kleinen Schild erzeugen. Solange wir wissen, was wir zu erwarten haben, sind wir imstande, uns alle zu schützen. Tu du nur dein Teil, Sohn!«

Schnell gewann Gomnol sein Selbstvertrauen zurück. Er nickte ernst, stellte sich in Positur und langte mit all seiner koerziblen Kraft hinaus. Dies Gedankenmuster konnten die Tanu nicht entziffern, aber sie erkannten seine großartige Technik – das unmerkliche Einsickern in das Kraftfeld, die plötzliche Konzentration zu einer Flutwelle und den unaufhaltsamen Angriff des Zweiten Koerzierers auf dies müde-wache Muster kalten Bewußtseins innerhalb der spiegelnden Sphäre. Gomnol sprach, und der versteckte Wachtposten war gezwungen zu antworten.

Leyrs bitterer Kommentar zu der Darbietung seines Untergebenen knisterte über den intimen Tanu-Modus: Nun seht euch an, wie der freche Knirps das macht, Brüder! Zehn Jahre ist es erst her, daß wir ihm Gold gegeben haben, und schon ist er als Koerzierer fast ebenso stark wie ich! Wie lange wird er sich damit zufrieden geben, der Zweite zu sein, eh?

Die anderen hielten ihre Gedanken abgeschirmt. Es war eine unbequeme Frage.

Nach einer Weile zog Gomnol seinen Geist aus der Hemisphäre zurück und sprach mit großer Anstrengung zu den anderen. »Er sagt ... seine Leute wollen nur in Frieden gelassen werden. Sie werden Europa der Tanu-Herrschaft wegen verlassen. Sie wollen nach Nordamerika. Kehren nie mehr zurück.«

»Tana sei Dank!« brummte Bormol. »Wären sie nur erst weg!«

Gomnol erhob lebhaft Einspruch. »Du verstehst nicht. Die ganze Gruppe ... sie *alle* sind Operante der Meisterklasse! Es hat in meiner Welt, sechs Millionen Jahre in der Zukunft, einen mißglückten metapsychischen Staatsstreich gegeben. Diese Gruppe stellt dar, was von den Verlierern übriggeblieben ist. Aber sie hätten beinahe gesiegt! Diese kleine Schar menschlicher Rebellen hätte beinahe die metapsychischen Magnaten aller sechs Rassen des Galaktischen Milieus geschlagen! ... Sie sind augenblicklich in sehr schlechter Verfassung, aber sie werden sich erholen. Und wenn wir sie als Verbündete gewinnen könnten ...«

»Die Fremden müssen vernichtet werden.« Nodonns Gedanke und Stimme waren sturmlaut.

»Denk doch an die Vorteile eines Bündnisses! Die Firvulag ...«

»Alle Vorteile werden der Menschheit zuwachsen, Zweiter Koerzierer! Diese operanten Menschen tragen keine goldenen Reifen. Sie können niemals Teil unserer Gemeinschaft werden.«

»Du hast vollkommen recht, Schlachtenmeister!« rief Leyr aus. Er sandte Gomnol einen ermahnenden Gedanken zu. »Beherrsch dich, Nummer Zwei!«

»Verdammt, Sohn«, sagte Aluteyn Handwerksmeister in ätzendem Ton, »warum sollten diese operanten Menschen sich mit uns vereinigen, wenn sie, sobald sie sich ein bißchen ausgeruht und erholt haben, die Macht besitzen, sich das ganze Vielfarbene Land zu nehmen?«

»Und eine oder zwei weitere Photonen-Kanonen aufzustellen«, murmelte Bormol.

»Wenn wir alle im metapsychischen Konzert handeln, wird es nach unserem Willen gehen«, bestand Gomnol auf seiner Meinung. »Es gibt Tausende von uns Goldreifen und nur eine Handvoll operanter Invasoren. Einige von ihnen liegen im Sterben. Die anderen hat ihr Versagen und der Verlust ihrer Welt niedergeschmettert. Wenn wir ihnen Freundschaft anbieten, werden sie mit beiden Händen zugreifen, das sage ich euch!«

Der Schlachtenmeister nahm ihm den Wind aus den Segeln. »Ich habe mit dem König ferngesprochen. Er stimmt meiner Entscheidung zu.«

Als letzte Anstrengung flehte Gomnol den Schlachtenmeister im intimen Modus an:

Denk Schlachtenmeister denk! Einmalige Gelegenheit! AnführerInvasoren ist MagnatKonzilium MarcRemillard. Ganze FamilieRemillard tätig aufhöchsterEbene MenschlicherSektorMilieu! Marc/erholt + andere potentieller SCHLÜSSEL Maßnahmen HeerscharNontusvel gegenFirvulag ...

Nein!

Marc traumatisiertverwundbar gesehen. Andere vielschwächer. Heerschar + ich handelnd Metakonzert Koerzierung leicht ...

Nein!

Marc ist JonRemillardBruder! Und Jon = *Jack der Kör-*

perlose!! Marc Bruder fast ebenbürtig ich erinnere MilieuPolitik ...

Nein!

Mondschein glitzerte auf den Schweißtröpfchen, die Gomnol übers Gesicht liefen. Aus dem dunklen Wald tönten ein leises Wiehern und das Stapfen klauenbewehrter Füße. Die gepanzerten Chaliko-Reittiere der Gesellschaft kamen auf Leyrs telepathischen Befehl hin angetrottet. Nodonn sprang in den Sattel und ließ seine feenhafte Aura aus Rosa und Gold auf die juwelenbesetzte Schabracke des Tieres überfließen.

»Auch mit meinen Brüdern von der Heerschar habe ich ferngesprochen.« Nodonn blickte auf Gomnol nieder. »Hual Großherz und Mitheyn, Lord von Sasaran, werden einen Großen Feldzug koordinieren. Hual wird das Schwert Sharns von Goriah herunterbringen, und ich werde es gegen diese Schar von Geringen schwingen. Mithein kommt mit einem Landheer, das stark in Psychokinese, Kreativität und Koerzierung ist, von Sasaran nach Norden. Wir erlauben den Invasoren, westwärts in das Tal von Donaar zu ziehen. Irgendwo in der Grottenwildnis löschen wir sie an einem von uns gewählten Ort aus.«

»Wie Tana will«, antwortete Gomnol resignierend. Nachdem er sein Gesicht mit einem weißen Taschentuch abgewischt hatte, langte er nach einer frischen Zigarre, bestieg sein Chaliko und ritt mit den anderen davon.

Drei Tage später stieß eine massierte Truppe von Tanu-Kavallerie in der Nähe eines Flusses, der eines Tages die Dordogne genannt werden würde, auf den dahinkriechenden Zug aus Fahrzeugen des 22. Jahrhunderts nieder. Aber da die operanten Menschen auch in ihrem geschwächten Zustand immer noch weit besser im Fernwahrnehmen waren als die Tanu, hatte der Überfall keinen Erfolg. Mit ihrer hochentwickelten Aus-

GIUSEPPE·MANGONI·

rüstung waren die fliehenden metapsychischen Rebellen anfangs nicht vertraut gewesen; jetzt setzten sie sie kompetent ein. Solar-Energiepacks waren voll aufgeladen, Handwaffen und Ein-Mann-Energieschirme betriebsbereit, und die Photonen-Kanone wurde taktisch geschickt aufgestellt.

Vierhundertundneunzehn Tanu-Ritter, den Lord von Sarasan und Hual Großherz eingeschlossen, fielen in diesem Gefecht. Die doppelte Zahl, buchstäblich sämtliche Überlebenden, wurden verwundet.

Vor den Augen Nodonn Schlachtenmeisters wurde seine Fliegende Jagd dezimiert, und sein Lieblingschaliko wurde mitten in der Luft unter ihm weggeschossen. Fast hätte er das kostbare Schwert Sharns in den Donaar-Fluß fallen lassen und nicht nur seine apollinische Würde, sondern auch die Beherrschung verloren.

Leyr Lord Koerzierer büßte einen Arm, ein halbes Bein und den linken Lappen seiner Leber ein. Er mußte acht Monate in der Haut verbringen. Während dieser Zeit festigte der Mensch Sebi-Gomnol, sein Untergebener, seine eigene Position und faßte den Entschluß, seinen verblassenden Vorgesetzten im nächsten Jahr bei der Manifestation der Kräfte herauszufordern.

Die operanten Invasoren gelangten an die Atlantik-Küste. Dort verbanden sie die Bausteine ihrer Fahrzeuge zu Schiffen, pfiffen einen günstigen psychokinetischen Wind herbei und verschwanden im Sonnenuntergang.

Nach einer Pause von zwei Monaten nahm das Zeitportal seine normale Funktion wieder auf.

Dem Rat des Schlachtenmeisters folgend, erließ Thagdal, Hochkönig des Vielfarbenen Landes, das Dekret, das ganze mit der Invasion zusammenhängende Debakel habe sich nie ereignet.

Und das Tanu-Königreich im Exil blühte die nächsten siebenundzwanzig Jahre ... – bis das Gibraltar-Tor geöffnet und das leere Meer gefüllt wurde.

Erster Teil

Nach der Flut

1

In der Gestalt eines großen Raben flog sie über das verwüstete Muriah.

In diesen Tagen hatte sie bei ihrer Suche von ihrem Berg aus große Strecken zurücklegen müssen, denn die nahen Küsten von Spanien und dem schrumpfenden Aven waren an Beute nahezu leergeräumt, und die Leichen versanken immer tiefer im Schlamm unter dem ansteigenden Mittelmeer. Schon vor Monaten hatte sie die leicht zugänglichen goldenen Reifen geraubt und den Grundstein zu dem großen Schatz gelegt. Was sie jetzt noch fand, war seiner Seltenheit wegen um so kostbarer.

Die Ruinen Muriahs unter ihr verloren an Trostlosigkeit durch das grüne Leichentuch, das sich über sie breitete. Nach fast vier Monaten Regenzeit hatte sich die frühere Tanu-Hauptstadt des Vielfarbenen Landes der wuchernden Pliozän-Vegetation ergeben. Ranken und Ausläufer und Schößlinge der Zierbüsche – nie mehr beschnitten, nachdem die meisten der kleinen Rama-Gärtner umgekommen waren – erstickten die Höfe, die großartigen Treppen und die Filigranmauern aus weißem Marmor. Frische Triebe stießen sogar Türen und Fenster auf, kletterten auf die Dächer und lockerten die roten und blauen Ziegel. Aus gesplitterten Baumstämmen schossen regellos Ruten. Sporen und Samen, in die Ritzen des Pflasters und des Mauerwerks hineingespült oder -geblasen, sprossen in ghoulischem Überfluß.

Die weiten Esplanaden, die Sport-Arena, der Platz des Handels, die Herrenhäuser und all die stolzen Bauwerke, von den Tanu und ihren klugen menschlichen Sklaven errichtet, wurden gnadenlos umgeworfen und auseinandergedrängt. Schwämme, Moose und blühendes Unkraut lockerten die einstmals schimmernden Alabaster-Böden und die trüb gewordenen Mosaiken.

In den Säulengängen von König Thagdals Palast waren die schweren Pfeiler durch das unaufhaltsame Wachstum kleiner brauner Pilze aus den Fundamenten gerissen worden. Entlang den verlassenen Boulevards malte der Seenebel die leeren silbernen Fackelhalter schwarz. Die heraldischen Farben auf den Fassaden der fünf metapsychischen Gildenhallen waren von dunklen Stockflecken entstellt. Sogar die hochaufragenden Glastürmchen, deren Feenlicht für immer erloschen war, überzog eine Kruste aus getrocknetem Salz und räudigen Flechten.

Kreisend konzentrierte der Rabe seine Suche auf den Nordrand der verwüsteten Stadt. Die Hafenanlagen standen völlig unter Wasser. Träge Wellen schwappten halbwegs bis zu der Böschung unterhalb dem Hauptquartier der Koerzierer-Gilde hinauf. Die Oberlichter in dem einen Abschnitt des gewaltigen Bauwerks waren zerschmettert, und die unter ihnen liegende Ringefabrik enthielt keinen Schatz mehr. Dafür hatte das Rabenmädchen gesorgt.

Mit ihrer Fernwahrnehmung sah sie tief, durch Wasser und Fels bis in die vollgelaufenen Höhlen. Einst hatten sie hoch und trocken über den Salzebenen gelegen, die den Katalonischen Golf säumten. Vor Monaten, als Muriah noch lebte, hatte sie sich mit ihren zum Untergang verurteilten Freunden in einer dieser Höhlen versteckt. Dorthin war Aiken, der Betrüger, gekommen und hatte sie beraubt. (Aber auch *dafür* hatte sie bereits Vergeltung geübt.)

Und früher oder später würde sie sich ebenso um alle anderen unerledigten Dinge kümmern, denn in ihrem Wahnsinn war sie methodisch, dies Vogelmädchen, das in endloser Suche unter einem grauen Märzhimmel über einem grauen neuen Meer dahinglitt.

Sie sah sich Höhle nach Höhle an, wo Treibgut aufgehäuft lag, angespült von der ersten katastrophalen Flutwelle und später eingeschlossen, als das Wasser stieg. In den oberen Kammern einiger dieser Höhlen befand sich sogar noch Luft. Dort nahm sie endlich die kennzeichnende Dichte des sehr kostbaren Metalls wahr.

Gold.

Ihr harter Freudenschrei hallte von den Aven-Klippen wider. Sie stürzte hinunter, bremste dicht über dem bleiernen Wasser ab und verharrte bewegungslos, die ebenholzschwarzen Schwingen ausgebreitet. Dann erschien anstelle des Raben eine kleine Frau mit einer Wolke hellen Haars, gekleidet in einen Harnisch, Beinschienen und Handschuhe in schimmerndem Schwarz. Felice lachte laut heraus und war plötzlich nackt, blaß wie Salzschaum bis auf die großen dunklen Augen.

Sie durchschoß das Wasser wie ein Pfeil aus Fleisch. Eine einzige torpedoartige Bewegung trug sie durch den Meerestunnel und in die Höhle. Bläulich flackernd wie Elmsfeuer schritt sie über das Wasser zu einem schmalen Sims, wo die Leiche lag. Wieder lachte sie beim Anblick des toten Feindes – bis ihr bewußt wurde, daß die schmutzige Glasrüstung nicht amethystfarben war, wie ihr trügerisches blaues Licht sie hatte erscheinen lassen, sondern rubinenrot. Das Rot der Redakteur-Gilde.

»Nein!« kreischte sie und fiel neben dem Leichnam des Tanu-Ritters auf die Knie. Sein Unterkiefer hing herunter, und seine verrunzelten Augenlider waren geschlossen. Er trug keinen Helm. Glattes helles Haar klebte noch an den halb bloßgelegten Schädelknochen. Sein goldener Reif war von aufgelöstem Gewebe beschmutzt von dem verwesenden Kopf und Hals.

»O nein«, weinte sie. »Nicht *jetzt* schon!«

Sie kratzte den Schlamm weg, der das heraldische Motiv der Brustplatte verbarg, und sie keuchte und wimmerte, bis es voll sichtbar war. Es war ein stilisierter Baum mit Juwelen als Früchten, nicht der durchstochene Totenkopf Cullukets des Inquisitors.

Eine Lachsalve nach der anderen erklang in der muf-

GIUSEPPE·MANGONI

figen Höhle. Wie dumm sie doch war! Natürlich war *er* es nicht.

Felice sprang auf die Füße, faßte die an Scharnieren hängenden Ringkragen-Platten der rubinroten Rüstung und riß sie ab. Mit lautem Klingen fielen sie auf den Steinboden. Und dann fiel der abgetrennte Kopf, denn sie zog so heftig an dem Reif, daß die Halswirbel nachgaben.

Sie hielt den Reif hoch. Er flammte hell auf und war sauber. Sie tauchte wieder ins Wasser, und im Augenblick darauf schoß der Rabe himmelwärts, in kräftigen Klauen einen goldenen Ring haltend. Ihre Gedanken riefen Triumph und tiefe Erleichterung. Sie rief nach ihrem Geliebten, wie sie es schon so oft getan hatte, und benutzte den deklamatorischen Modus der mentalen Sprache, der Kontinente und Ozeane umspannen konnte und wie ersterbender Donner rund um die Welt widerhallte.

Culluket!

Sie rief. Hoch oben im konturlosen Grau über dem ertrunkenen Aven rief sie.

Die Teufel antworteten.

Felices Begeisterung verwandelte sich in Entsetzen. Sie zog sich in einen undurchlässigen Gedankenschirm zurück und schickte den Vogelkörper eilends in Richtung des spanischen Festlandes davon, vor Reibungsverbrennung durch einen psychokreativen Unterschall-Schild geschützt. Erst als sie in die Nähe des Mulhacén kam, verlangsamte sie die wahnsinnige Geschwindigkeit und überzeugte sich mit einem vorsichtigen Blick, ob die Teufel ihre Spur verfolgt hatten.

Das hatten sie nicht. Wieder einmal war sie ihnen entkommen.

Sie ließ alle Schirme sinken und stieß ein rauhes, herausforderndes Krächzen aus. Dann flog sie nach Hause, den neuesten Erwerb für ihren Schatz sicher in den Klauen.

2

Mehr als achttausend Kilometer westlich von Europa hatten die großen Bulldog-Tarpune der Pliozän-Epoche wieder einmal ihre Springwanderung zu den Laichgründen um Ocala Island und die immer noch unerforschten Bermoothes begonnen. Für den älteren Bruder des Heiligen war es Zeit, seine ermüdende Sternensuche zu unterbrechen und sich seiner einzigen Entspannung zu widmen – der Jagd auf die silbrigen Ungeheuer.

Der Mann in dem Skiff beobachtete mit seiner Fernwahrnehmung, wie die Fische kamen. Hinter einem Dickicht aus Mangroven und blühenden Schlinggewächsen in der Suwanee-Mündung an der Westseite der Insel versteckt, wartete er bewegungslos und ohne ein Geräusch zu verursachen. Freiwillig begrenzte er die ungeheure Reichweite seiner geistigen Sicht auf die Wasserstraße und ein paar hundert Meter von seinem Versteck, denn er hatte sich Regeln im Belauern der großen Tarpune gesetzt und wollte sie nicht brechen. Nicht wissentlich.

Nach ihrer Art tauchten die Fische auf, rollten sich in dem glitzernden blauen Wasser und schnappten Luft. Schuppen, größer als eine Handspanne, warfen die Strahlen der tropischen Sonne wie Spiegel zurück. Mit ihren vorstehenden Unterkiefern, den funkelnden schwarzen Augen und den gesträubten Kiemen von trübem Scharlachrot sahen die Tarpune eher schwimmenden Drachen als gewöhnlichen Fischen ähnlich. Viele von ihnen maßen mehr als drei Meter Länge, und sie konnten sogar noch größer werden, wie der Angler nur zu gut wußte. Wenn er am Haken saß, kämpfte ein Bulldog-Tarpun mit wahnsinniger Wildheit, manchmal zwanzig Stunden lang.

Er sah sie vorbeiziehen, während die Sonne höherstieg und sich seine tief sonnenbraune Haut mit einem

Schweißfilm überzog. Er trug nichts als derbe Baumwollhosen, vom Alter und vom Salzwasser ausgebleicht. Sein sich selbst verjüngender Körper war so kräftig und muskulös wie eh und je, aber sein Gesicht zeigte wie auf einer Landkarte aus Fleisch und Knochen die schmerzliche Odyssee des gescheiterten Idealisten. Nur wenn ein besonders großes Exemplar vorbeiglitt, die Kieferplatten vernarbt von einer Jahre zurückliegenden Begegnung, verzog sich der Mund des Anglers zu einem sich erinnernden, einseitigen Lächeln von eigentümlicher Süße.

Du nicht, sagte er zu dem Fisch. Du bist schon an der Reihe gewesen. Jetzt kommt ein anderer an den Haken. Ein größerer.

So sehr er sich in die Beobachtung der Tarpune vertieft hatte, spürte er die federleichte Berührung doch sofort: Die Fernwahrnehmung der Kinder, die ihm wieder nachspionierten, obwohl alle Bewohner von Ocala wußten, daß es streng verboten war, ihn zu stören, wenn der Tarpun sprang. Keiner der überlebenden Rebellen der ersten Generation würde es sich im Traum einfallen lassen, denn sie erinnerten sich nur zu gut an die Fähigkeiten des einen, der sie angeführt hatte, als sie die ganze Galaxis herausforderten. Aber die zweite Generation, jetzt zu ruhelosen jungen Leuten herangewachsen, neigte weniger zur Ehrfurcht. Sogar seine eigenen Kinder Hagen und Cloud (wäre die Rebellion erfolgreich verlaufen, hätte er Pläne mit ihnen gehabt, doch davon hatte er ihnen nie erzählt) glaubten, die Zeit habe seine mentalen Kräfte gemindert – und seine bisher vergebliche Suche nach anderen entwickelten Intelligenzen in mehr als 36000 Sonnensystemen des Pliozän.

Die Geringschätzung der Jungen war nur einmal erschüttert worden: Im letzten Herbst, als Felice Landry sich in ihrer Verzweiflung um Hilfe an das, was sie für dunkle Mächte hielt, wandte. So stark war die Ausstrahlung des Mädchens gewesen, daß die operanten

Metapsychiker von Ocala, auf der anderen Seite der Welt, durch Fernwahrnehmung klar erkannten, was sie bei Gibraltar vorhatte. *Er* hatte in seiner wunderlichen Art über ihren tollkühnen Zorn gelächelt und gefragt: »Warum soll der Engel der Finsternis nicht für die Seinen sorgen?« Und sofort hatte er die Psychoenergien der dreiundvierzig überlebenden Verschwörer der Metapsychischen Rebellion, dazu die unvereinigte, aber gewaltige Kreativität ihrer zweiunddreißig erwachsenen Kinder gebündelt und ausgerichtet und das Ganze der Wahnsinnigen dargeboten. Und das leere Meer füllte sich.

Das war nur eine Andeutung, der Schatten seines Potentials gewesen. Aber es genügte, daß die einsichtigeren von den Jungen ihre verächtliche Haltung gegenüber dem einsamen Sternensucher revidierten.

In seinem Boot sitzend, spürte er sie wieder ganz vorsichtig nach ihm tasten. Er wußte, was sie vorhatten. Sie hatten ihr Exil auf Ocala satt, sie hatten die mörderischen Intrigen und die harten Beschränkungen der älteren Leute satt, und vor allem hatten sie es satt, daß ihnen selbst jede Möglichkeit verwehrt war, die mentale Einheit zu erreichen. (Denn keiner der fliehenden Rebellen hatte die spezielle Ausbildung genossen, die ein metapsychischer Lehrer brauchte.) Jetzt hatten sie erfahren, daß in Europa, dem geheimnisvollen und verlockenden Vielfarbenen Land, chaotische Zustände herrschten, und die ehrgeizigeren Mitglieder der zweiten Generation heckten unbedarfte Eroberungspläne aus. Die geduldige Suche nach verwandten Geistern, Planet um Planet, der Traum von einer Rettung aus dem Exil war nichts für sie. Die Kinder hofften, Macht und Einheit hier auf der Erde des Pliozän zu erringen. Und die kühneren hatten einen noch größeren Ehrgeiz. Einen unvorstellbaren.

Draußen in der Flußmündung tummelten sich die riesigen Fische in der Sonne.

Der Mann nahm die Rute aus ihrer Hülle, öffnete den Gerätekasten, inspizierte den Mechanismus der Rolle mit seiner Tiefenvision, montierte sie und spulte die Schnur auf. Die Fliegenrute bestand aus gespleißtem Bambus. Er selbst hatte sie vor mehr als zwanzig Jahren hergestellt. Auch die Rolle hatte er gebastelt. Aber die Schnur war das Produkt einer Welt, die von der Suwanee-Mündung des Pliozän sechs Millionen Jahre entfernt war.

Sich verjüngend, ausbalanciert und unersetzlich, gegen die stählernen Kiefer des Tarpuns im Strang subtil bewehrt, lief sie in ein verwundbares 6,75-Kilo-Vorfach aus, das dem Fisch einen beinahe überwältigenden sportlichen Vorteil über den Angler gab. Auch nur das kleinste dieser herrlichen Ungetüme mit einer Fliegenrute und einer so schwachen Schnur zu fangen (und ohne metapsychische Kräfte anzuwenden – das verstand sich von selbst!), war eine erstaunliche Leistung. Aber in diesem Jahr würde er über das Erstaunliche hinaus das nicht mehr zu Überbietende erreichen. Er würde einen der Alten fangen, einen der glitzernden Leviathane des Tarpun-Clans, die an vier Meter Länge und dreihundert Kilogramm Gewicht heranreichten. Er würde einen dieser Fische mit seiner selbstgemachten Fliegenrute an der schwachen Schnur einholen.

Ich kann es, sagte er zu sich selbst und lächelte das attraktive einseitige Lächeln. Ein altes Ungeheuer gegen das andere.

Wieder glitt die Fernwahrnehmung seiner Kinder über ihn hin.

Marc Remillard schloß seinen Geist vor jedem anderen Eindruck, machte es sich im Sonnenschein in seinem Skiff bequem und wartete auf seine Beute.

3

In Goriah riß die Wolkendecke nach Mitternacht, als der Mond untergegangen war, entlang der bretonischen Küste auf, und die Meteore des Monats März erschienen in all ihrer Pracht. In einem Anfall spielerischer Laune befahl Aiken Drum, daß die Lichter in der Stadt gelöscht wurden. Er ließ Mercy aus dem Schlaf wecken und dahin bringen, wo er auf einer schmalen Brüstung über dem höchsten Turm der Glasburg wartete.

Sie trat in die bezaubernde Nacht hinaus und rief: »Ah!«

Zwischen den westlichen Sternbildern zogen zahllose weiße Funken ihre gekrümmte Bahn, auch größere Meteore mit leuchtenden Silberschwänzen, und gelegentlich rissen orangefarbene Feuerkugeln den Himmel mit ihrem Nachglühen auf. Sie alle rasten von einem dichten Mittelpunkt nach außen, wie die Speichen eines Sternenrades oder die Blütenblätter einer sich endlos auflösenden astralen Chrysantheme. Die Meteorite flogen über die Köpfe Aikens und Mercys und senkten sich jenseits der Meerenge hinter der Masse der Bretonischen Insel nieder. Einige von ihnen erloschen im dunklen Meer. Die Nacht war mit einem schwachen Rascheln wie mit einem ätherischen Flüstern gefüllt.

»Für dich!« erklärte Aiken großspurig und wies mit der stolzen Geste des Besitzers auf das Schauspiel. »Eine meiner bescheideneren Produktionen, aber doch würdig einer Tanu-Königin!«

Lachend trat sie zu ihm. »Noch nicht Königin, mein leuchtender Prahlhans, trotz all deiner kecken Versprechen. Aber der Sternenregen ist schön – nicht etwa, daß ich einen Augenblick lang glaube, du hättest ihn verursacht.«

»Zweifelst du schon wieder an mir, Weib?« Der kleine Mann in dem ganz mit Taschen besetzten schimmernden Anzug hob beide Arme. Ein Dutzend Meteorite fielen mit versengendem Zischen senkrecht auf ihn nieder und schrumpfte zu einer wild funkelnden Krone aus weißem Licht zusammen. Er streckte sie ihr mit triumphierendem Grinsen entgegen. »Ich kröne dich zur Königin des Vielfarbenen Landes!«

»Illusionen!« rief sie. »*Soviel* für dein schnell vergängliches Liebesgeschenk, Lord Lugonn Aiken Drum!« Sie schnippte mit den Fingern nach dem Sternendiadem. Es erstarb und brökelte Aiken durch die Finger wie ausgebrannte Kohlen durch einen Rost. Doch als sein Gesicht lang wurde, lächelte sie ihn in der flammenden Dunkelheit plötzlich an, so daß sein Herz einen Sprung über einen halben Ozean tat.

»Aber die echten Meteoriten gefallen mir wirklich, und es ist lieb von dir, daß du mich hast rufen lassen, damit ich sie sehe.«

Sie küßte ihn lange voll auf den Mund, die wilden Augen weit offen, und während er entwaffnet und die Abschirmung seines Geistes schwach war, überraschte sie ihn mit einer redigierenden Sonde.

»Du liebst mich ja!« entfuhr es ihr.

»Zum Teufel, nein!« Er überprüfte seine Verteidigungen, verstärkte die Kontrolle und versuchte, ihrem mentalen Forschen zu entschlüpfen, ohne ihr wehzutun. Seine großen metapsychischen Fähigkeiten, die während der Wintermonate ständig weiter gewachsen waren – jene Kräfte, mit denen er sich die bewundernde Unterwerfung oder die verdrossene Ehrerbietung der überlebenden Tanu-Großen errungen hatte – versagten vor Mercy-Rosmar. »Ich liebe dich nicht!« protestierten sein Geist und seine Stimme. »Es ist nicht notwendig.«

Ihre Belustigung blubberte hoch. »*Notwendig?* Aber meine Freudengeschenke würdest du annehmen, nicht wahr – ob mit oder ohne Liebe, du Erztäuscher! Und du willst sie jetzt. Gib es zu! Nun, dann ...«

Die redigierende Sonde wurde zu einem Strom von Süße, der durch seine Nervenbahnen zog und ihn umwarf, in hilflosem sexuellem Entzücken brennend wie die Meteorite. »Zauberin«, stöhnte er, flach auf dem Glasfußboden des Türmchens liegend, die Füße in den Röcken ihres fließenden Peignoirs verwickelt. Sobald er sich erholt hatte, begann er zu lachen, um die anderen Emotionen zu verdecken.

Mercy kniete sich neben ihn, nahm seinen Kopf auf den Schoß und küßte seine Augenlider. »Hab keine Angst«, sagte sie. »Es wird alles so werden, wie du es geplant hast.«

»Ich habe vor nichts Angst!« widersprach er. »Zusammen werden wir sie alle in die Tasche stecken, Lady Wildfeuer.«

»Das meine ich nicht, du Intrigant.« Sie blickte auf ihn nieder. Entspannt lag er in ihrem Schoß, den Kopf an ihren geschwollenen Bauch gelehnt. »Fast könnte ich dir glauben, daß du fähig bist, die alte Glorie wiedererstehen zu lassen.«

»Das kann ich! Vertraue mir! Ich habe alles ausgearbeitet. Wie ich die Firvulag behandeln muß, wie ich die Loyalität der alten Garde unter den Tanu gewinne, wie ich die Wirtschaft saniere – all das. Ich werde der König, du wirst die Königin sein, und alle unsere Winterträume werden wahr.«

Sein Gesicht mit dem Kaspergrinsen leuchtete wie eine Kürbislaterne. Er spürte Mercy innerlich unter einem Gefühl des déjà vu zusammenzucken, das in seiner Heftigkeit sogar den schlafenden Fötus erschreckte.

»Ich habe dein Gesicht früher schon gesehen«, stellte sie grübelnd fest. »Damals in der Alten Welt. Ich bin mir ganz sicher. Es war in Italien ... in Florenz.«

»Verdammt unwahrscheinlich. Das einzige Mal, daß ich auf der Alten Erde gewesen bin, war auf meiner Reise zur Auberge, und ich habe Frankreich sofort und ohne jeden Umweg aufgesucht. Du warst schon durch das Zeitportal gegangen.«

»Doch, ich habe dich gesehen. Oder war es ein Bild

von dir? Vielleicht im Palazzo Vecchio? Aber wessen Porträt?«

»Kein einziges italienisches Gen in meinem Körper«, murmelte er, hob die Hand und streichelte ihr Haar. Meteorite zeichneten einen surrealistischen Halo hinter ihrem Kopf. »Dalriada, wo ich aufgewachsen bin, ist eine schottische Welt. Und wir Reagenzglaskinder haben alle karierte Chromosomen mit Beglaubigungsschreiben.«

Er levitierte, bis ihre Lippen sich trafen. Von neuem schmolz sie in ihn hinein, wie er es erwartet hatte, löste die neurale Feuersbrunst aus, nach der er sich trotz seiner Furcht sehnte. Als er seine Sinne wiederfand, lag er immer noch in ihrem Schoß, das Baby trat ihm ins Ohr, und die verdammten Meteorite explodierten in pyrotechnischem Spott.

»Pfui über dich, daß du meinen Liebling Agraynel störst«, schalt Mercy.

Ihr mütterliches Gedankenlied beruhigte das ungeborene Mädchen. Aiken spürte es, und aus keinem ersichtlichen Grund füllten sich seine Augen mit Tränen. Beschämt errichtete er eine völlig undurchdringliche Barriere. Mercy sollte nicht erfahren, wie sehr er das Baby beneidete. Er sagte: »Nur noch ein Monat bis zu ihrer Geburt. Und dann werde ich dich haben, meine Lady Wildfeuer! Ich werde herausfinden, wie du es schaffst, mich aus dem Orbit zu hauen – und dir etwas von deinem Kapital mit Zinsen zurückgeben!«

»Nicht vor Mai«, mahnte sie. »Beim Großen Liebesfest, wie wir es ausgemacht haben.«

»O nein! Das ist nur die offizielle Heirat. Du wirst mich nicht so lange hinhalten! ... Und dabei fällt mir ein: Warum sollte ich dich metapsychisch nicht gleich jetzt nehmen, genau so, wie du mich im Geist gefickt hast?« Seine Arme schlossen sich um ihre Schultern, zogen sie nach unten. Seine koerzible Kraft bohrte sich in ihre Weichheit. »Zeig mir, wie du magischen Geschlechtsverkehr treibst! Zeig es mir – oder ich werde es durch Experimentieren herausfinden!«

»Das darfst du nicht!« schrie sie und parierte ihn mit einem psychokreativen Hieb, der ihn fast blendete. »Zu der nervlichen Erregung käme ein Erdbeben im Bauch. So sind wir Frauen nun einmal gemacht. Es wäre schlecht für das Baby.«

Er ließ sie los. Die verdammte Angst kam wieder, und ebenso die Tränen. »Zum Teufel mit dem Baby!«

Ihr Gesicht näherte sich ihm. Der entrüstete Ausdruck verwandelte sich in Zärtlichkeit. »Ah, armer Kleiner. Ich verstehe. Ich verstehe.«

Ihre Lippen tranken seine Tränen.

Auf dem Boden liegend, schlug er heftig um sich, wehrte sich gegen ihre physische Umarmung. Sein Mund kniff sich zu einem schmalen Schlitz zusammen, und seine Augen waren groß und schwarz. »Das will ich nicht von dir! Niemals!«

»Schon gut.« Mercy zuckte die Achseln. »Aber du brauchtest dich nicht davor zu fürchten. Es ist ganz natürlich, daß sich die beiden weiblichen Funktionen in der Liebe vereinigen.«

»Du liebst mich nicht, und ich liebe dich nicht. Also warum so tun, als ob? Und dein Mitleid brauche ich nicht, verdammt noch mal!« Er strengte sich verzweifelt an, sie ins Unrecht zu setzen. »Warum hast du nie zugelassen, daß ich dir Freude bereite? Nicht einmal! Immer bereit, mich in ein Koma zu schleudern – aber nie, dich von *mir* berühren zu lassen. Bin ich so abstoßend?«

»Sei nicht dumm. Ich sage dir doch, es ist das Baby.«

»Wenn Nodonn bei dir war, habt ihr beide einen Hurrikan herbeigebumst – und da hast du dir keine Sorge um das Baby gemacht. Und dieser arme Teufel von einem Anthropologen hat von dir all die süßen Spielereien bekommen, die er wollte. Die ganze verdammte Hauptstadt hat gewußt, wie ihr beiden es getrieben habt!«

Mercy lächelte leicht. »Damals, im zweiten Trimester hat es Agraynel nichts ausgemacht. Aber jetzt drängt sie darauf, geboren zu werden.«

»Mach mir nichts vor!« Er stand auf. Sein Gesicht strahlte nicht mehr; seine Stimme klang metallisch. »Du willst mich nicht in dich hineinlassen, weil du immer noch um Nodonn trauerst.«

»Wie könnte es anders sein?« gab sie kühl zu. Sie levitierte und stand vor ihm. Der helle Chiffon ihres Gewands schien von den Erschütterungen des Firmaments zu flattern.

Wütend schrie er: »Mayvar hat mir alles über dein kostbares Sonnengesicht erzählt! Einen feinen König hätte er abgegeben! Von dem Herrscher der Tanu erwartet man, daß er seine überlegenen Gene an sein Volk weitergibt – aber weißt du, daß dein wunderbarer Nodonn so gut wie steril war? Der große Schlachtenmeister! Achthundert Jahre hat er gelebt und nur eine Handvoll Kinder gezeugt. Und in dem ganzen Haufen nicht eine einzige erstklassige Begabung! Mayvar Königsmacherin hatte ihn zurückgewiesen. Er war nur erklärter Kronprinz, weil die Heerschar Nontusvels ihn Thagdal aufzwang. Warum, meinst du wohl, war Mayvar so froh, als *ich* auftauchte? Warum, meinst du wohl, hat sie mich Lugonn genannt nach dem wirklichen Kronprinzen?«

Mercy fing seine gestikulierenden Hände ein. Auf bloßen Füßen standen sie sich von Angesicht zu Angesicht gegenüber, und sie war mehrere Zentimeter größer.

Leise sagte sie: »Es ist wahr, daß du der Erwählte der Königsmacherin bist. Und vielleicht hättest du das Duell mit dem Schlachtenmeister auf der Weißen Silberebene gewonnen ... Nodonn ist tot. Ertrunken. Aber du lebst, Lord Aiken-Lugonn, und bist an Nodonns Stelle Herr von Goriah. Wer hätte gedacht, daß das geschehen würde, als wir naß und spuckend wie junge Hunde in einem goldenen Kessel mitten in der Großen Flut trieben! Weniger als fünf Monate sind wir jetzt beisammen – und doch ist mir, als hätte ich dich ein Jahrhundert gekannt, du Herr des Chaos. Du wirst König werden! Zweifle nicht daran! Ich sehe es – ich weiß es! Es gibt keinen Tanu und keinen menschlichen Goldenen im Vielfarbenen Land, dessen mentale Kraft an deine herankäme. Niemand sonst hätte es fertiggebracht, die Stücke dieser zerschmetterten Welt aufzulesen und sie neu zusammenzusetzen, wie du es getan hast. Das ist der Grund, weshalb ich bei dir bleiben und mit dir zusammenarbeiten werde. Und nachdem ich Thagdals Tochter geboren habe, werde ich dich heiraten und deine Königin sein. Im Mai, beim Großen Liebesfest, wie wir es ausgemacht haben. Und was deine Kinder angeht, werden wir abwarten, was die gute Göttin uns schickt.«

Seine Wut versickerte und ließ einen einzigen eigensinnigen Gedanken zurück: Wenn du mich nur lieben würdest, wäre ich sicher.

Ihr Geist, veränderlich wie der westliche Ozean, lächelte zurück. Während der ganzen Zeit, die sie nun zusammen waren, hatten sie dies Spiel getrieben, und bis heute hatte er sich für den Sieger gehalten, immun gegen die Magie, die die anderen an sie gebunden hatte.

Mercy sagte: »Du fürchtest mich, und du hoffst, durch Liebe Kontrolle zu gewinnen. Doch bist du willens, mich wiederzulieben, gebend und teilend? Oder willst du nur herrschen?«

Die festen Barrieren, die in seinem Innern die Wahrheit versteckten, zerbröckelten. »Du weißt, daß ich dich bereits liebe.«

»Genug, um nichts dafür von mir zu verlangen? Selbstlos?«

»Ich weiß es nicht.«

Ihre Stimme und ihre Gedanken tändelten mit ihm. »Und wenn ich dich nun nicht wiederliebe, du Hermes Chrysorapis? Was wirst du dann mit mir tun?«

Er zog sie in seine Arme, begrub sein Gesicht in dem duftenden Haar, das ihr über die Schultern fiel, spürte das ironische Triumphieren hinter ihrer Frage. Sie wußte es. Sie wußte es.

Er riß sich los und stand allein. Der Himmel wurde grau von der falschen Morgendämmerung. Die Zahl der Meteore verringerte sich. Er sagte: »Ich habe den Sternenregen tatsächlich nicht gemacht. Die Meteorite kommen in jedem Frühling. Sie zeigen das Ende der Regenzeit an. Aber ich wollte dich mit ihnen überraschen.«

»Was wirst du mit mir tun, wenn ich dich nicht liebe?« wiederholte sie.

»Ich glaube, du weißt es.«

Er gab ihr die Hand, und sie betraten den lichtlosen Turm. In der kühlen Dunkelheit explodierte der letzte Meteorit.

4

Nur noch ein weiterer Tag, und Tony Wayland wäre die Flucht geglückt. Nur noch ein Tag, und er hätte ganz normal mit der Karawane aufbrechen können, die von Fort Rostig abgehen sollte – und wäre verschwunden, ohne daß jemand etwas ahnte.

Aber die Heuler hatten die Mine »Eiserne Jungfrau« angegriffen, bevor die Karawane abreiste. Und jetzt wußte Tony, daß er sterben würde ...

Als rara avis des Pliozän, ein Metallurg und geistig völlig gesunder Ex-Silberner (seine psychokreativen Fähigkeiten waren bescheiden; er verdankte seinen hohen Status unter den Tanu einer verbesserten Raffinierungstechnik, die von ihm in der Barium-Mine zu Finiah eingeführt worden war), hatte Tony von seinen neuen Vorgesetzten im Führungskomitee der Geringen strengen Befehl erhalten, lebensgefährliche Situationen zu meiden. Mußte er in den Eisendörfern Schwierigkeiten aus dem Weg räumen, reiste er für gewöhnlich nur bei Tageslicht, wenn feindliche Fremde selten unterwegs waren. Sir Dougal, der ihm von Old Man Kawai zugewiesene kräftige Leibwächter, folgte ihm überallhin wie ein Schatten. Dougals exzentrische Art, den mittelalterlichen Ritter zu spielen, wurde mehr als aufgewogen durch die fanatische Hingabe an sein Amt und sein Geschick mit dem zusammengesetzten Bogen. Und, um die Wahrheit zu sagen, Tony war auch dankbar dafür, daß es wenigstens noch eine Person gab, die ihn mit »Lord« anredete. Die meisten der in den Eisendörfern arbeitenden Geringen verfolgten eine offensive Gleichmacherei, wenn sie nicht gar Verachtung für einen deklassierten Silbernen wie ihn hegten. Er hatte mit den Tanu kooperiert – und das freiwillig. Folglich war er ein Verräter an der menschlichen Rasse.

Nicht etwa, daß irgendwer wagte, es Tony ins Gesicht zu sagen! Weit davon entfernt, denn seine Talente waren unschätzbar. Wenn die freien Menschen der Vogesen-Wildnis – Geringe und Finiah-Flüchtlinge, jetzt vereinigt – der Versklavung durch die Tanu, der Bedrohung durch die Heuler und einem möglichen Verrat der Firvulag entgehen wollten, war die Eisenproduktion eine strategische Notwendigkeit. Das »Blutmetall« wirkte giftig auf alle Zweige der außergalaktischen Rasse, die das pliozänische Europa mit der bedrängten Menschheit teilte, und der Einsatz eiserner Waffen war ein Schlüsselfaktor bei der Zerstörung Finiahs durch eine Allianz aus Geringen und Firvulag gewesen. Tony Wayland hatte bei diesem menschlichen Triumph einen der Hauptpreise dargestellt. Die meisten anderen silbernen Zivilisten waren sicher auf Tanu-Gebiet geflogen worden, als Lord Velteyn seine dem Untergang geweihte Stadt evakuierte. Aber Tony hatte Pech gehabt.

Eine grinsende Bande von Geringen hatte ihn in flagranti im Freudendom von Finiah erwischt, nach einem

Amüsement mit einer Tanu-Schönen zu benebelt, um die Raketen, die in seinem Kopf losgingen, von dem Lärm der Götterdämmerung Finiahs zu unterscheiden. Also führten sie ihn ab, zerrten ihn vor ein Tribunal der Geringen und stellten ihn wie jeden anderen reiftragenden Menschen, der in Finiah festgenommen worden war, vor die Wahl: *Lebe frei oder stirb.* Tony, durch und durch Pragmatiker, hatte den Verlust seines silbernen Reifs und die folgenden Wochen qualvoller psychischer Umstellung auf sich genommen. Allein er hatte weder vergessen noch vergeben. Nur die noch größere Katastrophe, die die Tanu-Hauptstadt Muriah vernichtet und den Großteil des herrschenden Adels auslöschte, hatte verhindert, daß er nicht sofort zu den Tanu gelaufen war. Die Große Flut hatte ein solches Chaos hinterlassen, daß es ihm schwerfiel, zu entscheiden, wo seine beste Chance lag. Fort Zwiebelfluß und die anderen Graureif-Wachen an der Straße zur Torburg hatte man längst aufgegeben. Die Festung selbst, nutzlos jetzt, wo das Zeitportal geschlossen worden war, sollten die Firvulag übernommen haben. Die Kleinen Leute hatten auch die Zitadelle von Burask an der gefährlichen Weststraße besetzt, die nach Armorica und Goriah führte.

Tony blieb kaum eine andere Wahl, als in den Vogesen bei der freien Menschheit zu bleiben. Er tat, als vertrete er mit ganzem Herzen die Sache der Aufrührer, obwohl das Leben in den erst kürzlich gegründeten Eisendörfern entlang der Mosel ein schrecklicher Abstieg nach dem raffinierten Luxus von Finiah war.

Es waren sechs Siedlungen mit einer Gesamtbevölkerung von rund 400 – hauptsächlich Männern. Fünf Dörfer scharten sich in der Nachbarschaft der zukünftigen französischen Stadt Nancy zusammen. Ihre Namen waren Eiserne Jungfrau, Roteisenerz, Haut-Fourmeauville und Vulkan. Jede förderte das Erz im Tagebau und besaß eine einfache Schmelzerei innerhalb eines festen Palisadenzauns. In der Eisernen Jungfrau, der größten, wurde das von den anderen produzierte Eisen gelagert. Das Dorf grenzte an einen von einer Holzkrankheit vernichteten Nadelwald. Auf Tonys Vorschlag hin wurde hier nebenher auch das Harz der Bäume zur Herstellung von Teer, Pech und Terpentin verwertet. In Vulkan und Haut-Fourmeauville gab es kleine primitive Gebläseöfen und Walzwerke. Flußabwärts und südlich von diesem Quintett, ungefähr in der Mitte zwischen ihnen und dem Hauptquartier der Geringen bei den Verborgenen Quellen, lag 90 Kilometer entfernt Fort Rostig, die größte neue Siedlung. Hier vor allem befanden sich die metallverarbeitenden Werkstätten, wo die Masseln und Stangen in Waffen umgewandelt wurden. Im Fort gab es auch eine Kalkbrennerei und mehrere Holzkohleöfen. Das benötigte Rohmaterial wurde ebenso wie Lebensmittel und anderer Bedarf auf Flößen die Mosel hinunter zu den Bergbau- und Schmelzstädten gesandt. Karawanen aus Zug-Chalikos und giraffenartigen Helladotherien brachten das Eisen nach Fort Rostig.

Das alles bestand erst kurze Zeit, und so waren noch wenige Anstrengungen gemacht worden, Eisenwaffen an andere Gruppen von Geringen zu exportieren. Aber Nachricht hatten sie erhalten. Und während der ganzen Regenzeit waren unerschrockene Expeditionen vom Pariser Becken und von den Hohen Helvetiden und sogar von Bordeaux und Albion in die Vogesen geschlichen und hatten ihren Anteil am Blutmetall verlangt. Die Neuankömmlinge wurden zur Arbeit angestellt – sie mußten ein paar Wochen lang Kalk stoßen oder die unersättlichen Koksöfen schüren. Dann wurden sie mit Roheisen bezahlt und durften, zur Waffenherstellung gerüstet, in ihre eigenen Verstecke zurückkehren.

Den ganzen Winter, seit dem letzten November, hatte Tony Wayland zwölf und vierzehn Stunden pro Tag geschuftet. Er war ein Ein-Mann-Ausbildungsprogramm, ein Analyse-Labor, Produktionsüberwacher, Qualitätskontrolleur und überall der rußfleckige Feuerwehrmann. Jeder lobte ihn, aber niemand war sein Freund, ausgenommen der geisteskranke Dougal, der immer wieder aus seiner Rolle des fahrenden Ritters fiel, ganz wie ein Shakespeare-Darsteller, der andauernd den Text vergißt. Tony konnte nur in Geduld auf einen günstigen Zeitpunkt warten, wenn die politische Situation im Vielfarbenen Land sich erst einmal geklärt hatte.

Durfte man den Gerüchten glauben, die die letzte Gruppe von Eisensuchern mitgebracht hatte, war es bald soweit. Es hieß, ein menschlicher Emporkömmling habe sich selbst zum Herrscher der reichen Domäne von Goriah in der Bretagne erklärt, die dem verstorbenen Nodonn Schlachtenmeister gehört hatte. Es gab Hinweise, daß dieser Usurpator von den demoralisierten Überresten der Hohen Tafel akzeptiert, ja sogar willkommen geheißen wurde. Er wolle die Witwe des Schlachtenmeisters heiraten, hieß es, er wolle die reifentragende Menschheit zu einer neuen Aristokratie erheben! (Und wie hatte der Hals des armen Tony bei dieser letzten Neuigkeit gejuckt, und mit welcher Sehnsucht hatte ihn die Erinnerung an die Ekstasen seines verlorenen Reifs erfüllt!)

Als die Regenzeit sich ihrem Ende näherte, begann Tony mit dem Pläneschmieden. Wenn die Geringen von der oberen Laar mit ihrer Arbeit fertig waren und Fort Rostig mit einer Ladung aus Äxten, Messern und eisernen Pfeilspitzen verließen, konnte er ihnen vielleicht heimlich folgen und sich absetzen, sobald er weit genug von den Vogesen entfernt war und die Verfolger, die ihm bestimmt nachgeschickt wurden, es satt bekamen und nach Hause gingen. Der treue, niemals Fragen stellende Dougal würde mitkommen; dazu brauchte er nur seine Lehnsherren-Nummer abzuziehen. Und hatten sie einmal die Laar erreicht, konnten sie sie bis zum Atlantik hinunterfahren, wo sie sich praktisch oberhalb von Goriah befanden. Tony zweifelte nicht daran, daß er und Dougal von dem neuen menschlichen Monarchen mit Freuden aufgenommen werden – und schimmernde goldene Reifen erhalten würden ...

Alles wäre nach Plan gegangen, und jetzt saß er wegen dieses Heuler-Angriffs in der Scheiße.

Ein kürbisgroßer Stein rollte durch die Senke und den zerbrochenen Palisadenzaun. Er donnerte wie eine Kanonenkugel gegen die Wand des Blockhauses.

»Verdammt, Leute, sie sind immer noch außer Reichweite der Armbrüste!« Der Vorarbeiter der Mine, ein Hinterwäldler mit eckigem Kinn, Orion Blue genannt, hustete und räusperte sich und spuckte. Das Füllmaterial zwischen den halbmeterdicken Eichenstämmen wurde bei jedem Aufschlag nach innen geschleudert. Die Belagerten in der kleinen Festung erstickten in einer wirbelnden Wolke von pulverisiertem Lehm, Moos und Sägemehl.

Sir Dougal ignorierte die Beschießung. Schlammiger Schweiß tropfte ihm von seinem ingwerfarbenen Bart in die Maschen seines Kettenhemdes aus Titan. Sein ritterlicher Mantel mit dem Wappen (ein goldener Löwenkopf auf rotem Grund) war fleckenlos wie immer: Das Gewebe des 22. Jahrhunderts war ionisiert und stieß Schmutz ab.

»Höllenhunde! Zeigt euch!« rief er und schickte mit seinem mächtigen zusammengesetzten Bogen Pfeil auf Pfeil durch die Schießscharte. Ein weiterer Felsblock traf die Wand und erschütterte die ganze Unterkunft. Als das Beben erstarb, war aus der Ferne ein schwaches Kreischen zu hören.

»Aha! Aha!« rief Dougal. »Sterbt, ihr Heuler-Mißgeburten!«

Orion Blue spähte durch das Guckloch neben dem Ritter. »Jetzt rollen sie ein ganz dickes Ei heran, Doogie. Kannst du sie aufhalten?«

»Außer Reichweite«, stellte der Ritter sachlich fest. Von weiter oben kam ein lautes Rumpeln.

Beniamino, dessen Stimme vor Panik ins Falsett umschlug, sprang von seiner Schießscharte weg. »Zurück! Alle zurück! Das nächste Ding ist größer als ein VW! Und kommt haargenau auf uns zu!«

Die Verteidiger warfen sich fluchend zur Seite. Nur Tony Wayland blieb wie gelähmt an seinem Schlitz stehen, unfähig, seinen Blick von dem großen Granitblock abzuwenden, der auf sie zusprang. Weit oben am Berg, sicher vor den eisernen Pfeilspitzen der Bergleute, hüpfte und jubelte eine Horde von Gnomen. Sie glühten schwach durch den Morgennebel.

»Habt acht, Milord!« brüllte Dougal. Tony wurde von gepanzerten Armen ergriffen und mehrere Meter nach rechts geschleudert. Fast gleichzeitig gab es einen katastrophalen Treffer. Einer der dicken Baumstämme in der westlichen Wand bog sich nach innen. Die Stämme darüber brachen und sackten mit schrecklichem Kreischen ein. Das Bauwerk stand noch – für den Augenblick. Aber wenn eins dieser Wurfgeschosse das Dach traf, das aus weniger widerstandsfähigem Material – Stangen und Rindenstücken – bestand, würde ihnen das Haus über den Köpfen zusammenfallen.

Orion lag im Dreck und machte sich nicht die Mühe aufzustehen. Er kroch auf die nordöstliche Ecke des Blockhauses zu, wo die meisten überlebenden Bergleute hinter einem Schutzwall aus Ledersäcken, gefüllt mit Pfeilspitzen-Rohlingen, kauerten. »Wir sind erledigt, Jungens. Nur noch neun Söhne unserer Mütter übrig gegen das ganze Pack von Gespenstern. Sie werden uns überrollen und dann unsere Gehirne grillen, wie sie es mit den anderen armen Teufeln draußen getan haben.«

Jetzt kam auch Tony angekrochen, die nutzlose Armbrust unter den Arm geklemmt. Nur Dougal stand noch unerschrocken an der westlichen Wand, wo unaufhörlich kleinere Felsbrocken gegen das splitternde Eichenholz knallten. Er schlug mit der Faust gegen den goldenen Löwen auf seiner Brust. »Wohlan, hinweg mit kindischer Furcht! Ihr wollt euch vor den dunklen Mächten der Nacht als Memmen erweisen, ihr Hurensöhne? Ich nicht!« Er nahm sich eine neue Handvoll Pfeile. »Nun, Götter, steht mir bei!«

Bei seinem nächsten Schuß riß die Sehne, so daß sich sämtliche Rollen der Waffe sinnlos drehten. Dougal sagte: »Oh, Scheiße.«

Er ging hinüber zu der verzweifelten Schar, ließ sich vor Tony auf ein Knie nieder, zog einen Stahldolch und hielt ihn mit der Spitze nach oben vor sein Gesicht. »Ich habe Euch enttäuscht, Hoher Lord. Mein Leben ist verwirkt. Aber wenn Ihr es befehlt, werde ich dies Messer zum Gnadenstoß benutzen, um Euch und diesen Dienern den qualvollen Tod durch die Heuler-Dämonen zu ersparen.«

»Wen nennst du da Diener?« knurrte Orion.

Mehrere der anderen Männer wichen mit offenem Mund vor der knienden Gestalt zurück. »Gottverdammter Irrer!« murmelte einer. »Pfeif ihn zurück, Wayland!« verlangte ein anderer. In diesem Augenblick schlugen drei große Felsblöcke ein, und das V, das der gebrochene Baumstamm bildete, ruckte schärfer nach innen. Der kleine Beniamino leckte sich die Lippen und rollte mit den blutdurchschossenen Augen. »Doogie hat gar nicht so unrecht, Leute. Die Männer, die draußen überfallen wurden, sind schnell gestorben. Aber wenn die verdammten Heuler uns fangen, haben sie erst einmal ihren Spaß mit uns – wie mit Alf und Veng Hong, den Armen, die sie letzten Monat erwischten.«

Dougal senkte die Spitze des Dolchs, bis sie auf Tonys Kehlkopf zeigte. »Sprecht nur ein Wort, Milord. Vor dem Thron Aslans werden wir uns wiedersehen.«

»Schluß damit!« Der Metallurg drückte sich gegen die östliche Wand und hielt dem Ritter seine Armbrust hin. Nach einer Pause steckte Dougal die Klinge in die Scheide und ergriff mit höflicher Verbeugung die Armbrust. Tony redete ihm zu: »Wir haben immer noch die Armbrustschützen, Sir Dougal, auch wenn sie nicht die gleiche Reichweite haben wie Ihr mit Eurem zusammengesetzten Bogen. Und die Baumstämme mögen sich biegen, aber sie halten noch. Fort Rostig und die anderen Dörfer müssen sich inzwischen gesagt haben, daß wir in Schwierigkeiten sind. Wir haben das Signal um zehn-hundert Uhr nicht gegeben. Wenn wir aushalten, bis sie Verstärkung schicken ...«

»Träum weiter, Wayland«, bemerkte ein Bergmann bitter. Ein anderer Mann saß zusammengekrümmt, den Kopf zwischen den Knien, und bebte vor lautlosem Schluchzen. Hamid, der das Terpentin-Werk leitete, konsultierte seinen Armband-Kompaß, um sich über die Richtung zu vergewissern, wo sechs Millionen Jahre in der Zukunft Mekka liegen würde, warf sich nieder und begann seine Sterbegebete.

Orion Blue trat an eine der Öffnungen in der Ostwand, die auf die Mosel hinausgingen, und suchte das nebelverhangene Wasser mit einem kleinen Fernrohr ab.

»Höllenfeuer und weiße Blitze!« rief er aus und sprang von dem Guckloch zurück, als habe er einen elektrischen Schlag bekommen. »Und ob da etwas kommt! Aber es ist klar wie dicke Tinte, daß es keine Truppen von Rostig sind.«

Alle außer Hamid und dem weinenden Bergmann drängten sich um das Guckloch. Ein großes Floß näherte sich dem Landesteg. Es trug einen hohen hölzernen Apparat, der Ähnlichkeit mit einem Kran oder einer Plattform auf Rädern hatte. Der obere Teil der Konstruktion hatte einen drehbaren Arm mit einem schaufelartigen Behälter am einen und einem ungestalten sperrigen Gegenstand am anderen Ende. Ein kompliziertes Netz aus Tauen verband den Arm mit dem Wagen. Das Floß machte fest. Drei monströse Heuler befestigten Taue an der hölzernen Maschine, spannten sich als Troika davor und begannen, das Ding auf das offene Tor des Dorfs zuzuziehen.

»Maledizione!« jammerte Beniamino. »Una bombarda!«

»Was, zum Teufel, ist das?« fragte Tony.

Sir Dougal studierte die Maschine mit professionellem Interesse. »Ein Mangonel. Oder könnte es ein Perrier sein? Eine Bricole? Komisch ... ich habe noch nie gehört, daß Heuler mechanische Geräte benutzen.«

»Wozu *braucht* man es?« brüllte Tony aufgeregt.

»Es könnte auch ein Onager sein«, mutmaßte Dougal. Ernst wandte er sich Orion Blue zu. »Darf ich mir Euer Fernglas für eine halbe Minute ausleihen?«

Der Vorarbeiter reichte es ihm wortlos. Douglas sah konzentriert hindurch und murmelte dabei halblaut vor sich hin. »Keine klassische Ballista. Hat ein Gegengewicht. Gottes Blut – ich glaube, ich hab's! Es ist ein *Trebuchet!*« Strahlend gab er Orion das Fernrohr zurück.

Tony kreischte fast. »Wozu – braucht – man – es?«

Der Ritter zuckte die Achseln. »Nun, es ist ein mittelalterliches Katapult. Sie werden uns erledigen, indem sie Steine auf das Dach schleudern.«

»Höllenfeuer!« ächzte Orion.

Tony sah dem Herankommen der Belagerungsmaschine fatalistisch zu. Er identifizierte das mittlere der drei Ungeheuer, die sie zogen, als »Fachan«. Es bewegte sich mit unbeholfenen Hopsern, da es nur ein einziges Säulenbein besaß. Eine armlose Hand, mehr als einen Meter breit, ausgestattet mit schwarzen Klauen, entsprang dem hühnerbrüstigen Rumpf. Der Kopf hatte ein Zyklopenauge und einen Froschmund, aus dem eine obszöne Greifzunge hing. Die Jochgefährten des Fachans waren etwas konventionellere Schrecken: Eine zwei Meter hohe Eidechse mit feurigen Karbunkelaugen und ein großes himmelblaues Warzenschwein, das auf den Hinterbeinen ging.

Das Heuler-Trio arbeitete sich bis ins Dorf vor und füllte die Luft mit Kriegsgeschrei. Ihre Gevattern auf der Anhöhe über dem Fort antworteten triumphierend.

Dann deckten sie das Blockhaus mit einer regelrechten Breitseite aus Steinen ein. Doch das erwies sich ironischerweise als Vorteil für die in der Falle sitzenden Bergleute. Durch ihre ungeheure Masse bildeten die Steine vor der westlichen Wand einen Keil, der die rollenden Geschosse nach rechts und links vom Ziel ablenkte. Bald sahen die Heuler oben auf dem Berg ein, daß es keinen Sinn mehr hatte, Felsbrocken zu werfen. Sie brachen die Bombardierung ab und warteten auf die Ankunft des Trebuchet.

Dougal hob die Arme. Das glitzernde Kettenhemd und der scharlachrote Mantel machten eine großartige Wirkung in dem staubigen Dämmerlicht. »Nach oben, Seele, strebe dein Verlangen, die Erde mag getrost den Leib empfangen!«

Er schloß mit einem Seufzer von theatralischer Melancholie die Augen.

»Verdammter Irrer!« Orion griff nach der Armbrust, die der Ritter fallengelassen hatte, und einem Lederköcher mit eisenbewehrten Bolzen. »Hör auf damit, Doogie! Schwing deinen Arsch zur Vorderseite hinüber! Diese Gespenster mit ihrer Maschine kommen in Armbrust-Reichweite!«

Dougal ließ die Aura der Weltabgewandtheit von sich abgleiten. »Was sagst du da, du magerer ungewaschener Handwerker?«

»Sie haben ihren höllischen Schleuderapparat schon am Terpentinwerk vorbeigezogen! Und sie klettern überall darauf herum. Machen ihn fertig, denke ich mir. Aber sie sind ohne Deckung, und du kannst sie runterpflücken, wenn du die Flugbahn gut berechnest.«

Dougal, Tony und die meisten Bergleute kamen gelaufen. Das ebene Stück zwischen der Unterkunft und den Werkstätten war mit Leichen besät, von Menschen und von Chalikos. Der Trebuchet stand inzwischen etwa 90 Meter von der Unterkunft entfernt und verbarg sich teilweise hinter einer Ecke des Schuppens, in dem

GIUSEPPE·MANGONI

Terpentin gewonnen wurde. Ein großer Stapel von Koniferenstämmen neben der Werkstatt bot dem Feind Deckung, aber die Männer in der Unterkunft sahen eine dunkle Gestalt im oberen Teil der Belagerungsmaschine herumklettern. Wahrscheinlich wollte sie die Taue in Ordnung bringen.

»Feind im Anmarsch!« Beniamino spähte durch eins der westlichen Gucklöcher. »Sie kommen den Berg herunter – schwenken nach Norden. Wollen sicher ihren Freunden Munition bringen.«

Gestalten bewegten sich weit außer Armbrustschußweite zwischen dem entferntesten Stück des Palisadenzauns und der Eisengrube, deren rotes Erz einen erschreckenden Kontrast zu dem Dschungelgrün bildete, wie eine offene Wunde im Land. Eine unheimliche Stille war eingetreten, unterbrochen nur von knarrenden Geräuschen, unter denen der Heuler-Ingenieur den Trebuchet schußfertig machte.

Dougal zielte. *Boinng* machte die Armbrust. Auf der anderen Seite des Platzes erklang ein gurgelndes Brüllen. Ein himmelblauer Kadaver stürzte vom Turm des Trebuchet und schrumpfte zu einer viel kleineren schwarzen Gestalt, bevor er außer Sicht kam. Ein Chor wütenden Geheuls stieg hinter dem Holzstapel auf.

»Hee-*yah!*« Orion schlug sich vor Freude auf den Oberschenkel, ohne dabei das Fernrohr vom Auge zu nehmen. »Paß auf! Die andere Seite von dem Stapel! Da bewegt sich etwas in dem Palmetto-Dickicht!«

Boinng.

Eine große Pelzkugel mit Fangzähnen sprang mit rudernden Stummelgliedern in die Luft, kreischend wie eine Wildkatze. Auch diese Erscheinung verwandelte sich im Niederfallen.

»Getroffen, offenbar getroffen!« sagte Dougal.

»Das macht zwei«, kicherte Orion.

Tony schlug dem großen Ritter auf die gepanzerte Schulter. »Gut gemacht, mein Mann.«

»Euer Diener, Milord.«

Beniamino sog scharf die Luft ein. »He – der Wurfarm der Maschine bewegt sich. Sie müssen gleich soweit sein, daß sie schießen.«

Dougal schielte verzweifelt durch sein Armbrust-Visier. »Ich kann keins der Arschlöcher sehen ... ich meine, der Feind entzieht sich meinem Auge, guter Napoli, und ich – hui! Jetzt geht's los!«

Der mit einem Gegengewicht versehene Hebel war ganz nach unten gezogen. Der gesamte Mechanismus vibrierte. Plötzlich fiel das Gegengewicht, der Arm fuhr nach oben, und ein Granitblock, der 50 Kilo wiegen mußte, pfiff über das Dach des Blockhauses weg. Er landete mit widerhallendem Krachen auf der hinteren Seite.

»Bismallah!« rief der Sohn des Propheten und fiel von neuem auf die Knie. »Jetzt haben sie uns.«

»Tu etwas, Dougal!« drängte Tony seinen heroischen Vasallen. Aber der Kopf mit dem ingwerfarbenen Bart wackelte in hilflosem Kummer. »Ich kann die Dämonen nicht deutlich erkennen, Milord. Sie verbergen sich feige hinter dem Schuppen.«

»Hinter dem Schuppen!« Tonys Gesicht erhellte sich. »Darin lagern Teer, Pech, Terpentin – fässerweise. Wenn du ihn mit einem Brandpfeil treffen könntest ...«

Ein schwerer Aufprall verkündete, daß ein weiterer Felsblock weniger als fünf Meter *vor* der Unterkunft gelandet war.

»Sie schießen sich ein«, stöhnte Orion. »Alles weg aus der Schußlinie!«

Sie verteilten sich. Wild fluchend versuchte Tony, den Schaft eines Pfeils so zu ändern, daß er mit der Armbrust abgeschossen werden konnte. Einer der Männer brachte einen Lederbehälter mit Pech, und Beniamino benutzte seine Fähigkeiten als Lagerkoch, indem er schnell Feuer machte.

Das erste Geschoß, das ins Ziel traf, brach durchs

Dach, gerade als Tony das Pfeilproblem gelöst hatte. Der Raum verwandelte sich in ein Chaos aus Lärm und fliegendem Schutt. Ein stürzender Balken traf einen der Bergleute quer über die Schultern und nagelte ihn auf dem Fußboden fest. Während die Männer unter Rufen und Husten sich mühten, das Opfer zu befreien, band Tony einen mit Pech beschmierten Bausch an den Schaft und zündete ihn an. Er reichte Dougal den Brandpfeil.

»Nur eine Chance. Genau durch das offene Fenster des Schuppens. Gib's ihnen!«

Dougal zielte und ließ fliegen – und dann schien alles auf einmal zu geschehen. Ein weiterer Felsblock zerschmetterte das Dach genau über dem Guckloch, an dem Tony und Dougal standen. Sie versuchten, ihre Köpfe vor den niederregnenden Planken und Dachsparren zu schützen. Tony spürte, daß er fiel, es gab einen fürchterlichen Krach, ein lange andauerndes Klappern, einen wilden Chor von fernen Heuler-Schreien.

Tony lag in einem Wirrwarr von Dachsparren wie eine zerbrochene Puppe in den Mikado-Stäbchen eines Riesen. Er hörte Orions triumphierenden Ruf und schloß daraus, daß der Brandpfeil sein Ziel gefunden hatte. Dann verlor er das Bewußtsein.

Geschient und verbunden wachte er auf. Das Gesicht von Denny Johnson, dem derzeitigen Kriegshäuptling der Geringen, strahlte auf ihn nieder wie eine mit Pech bemalte Maske. Jafar, der Arzt von den Verborgenen Quellen, war auch da, und sogar der Chef, Old Man Kawai persönlich.

Tony versuchte zu sprechen. Sein Mund wollte sich nicht öffnen. »Wasch paschiert?« nuschelte er.

Der Arzt hob Tonys Kopf an, hielt ihm ein Glas Wasser mit einem Strohhalm hin und half ihm beim Trinken. »Dein gebrochener Kiefer ist verdrahtet worden. Nimm's leicht.«

»Musch wohl.« Der Metallurg brachte ein schiefes Lächeln zustande. »Kavall'rie gerade noch rechtscheitig kommen, wie?«

Denny nickte. »Unser Boot von Fort Rostig setzte Krieger an Land, während die Gespenster versuchten, das brennende Katapult zu löschen und ihre Verwundeten zu retten. Wir haben sie alle erledigt.«

Old Man Kawai sagte: »Du und die anderen Verteidiger, ihr habt Großes geleistet, Wayland-san. Die freie Menschheit steht tief in eurer Schuld.«

»Verdammt teurer Schieg«, murmelte Tony müde. »Gespenschter haben dreischig, viertschig von unsch auschgelöscht.«

Kawai beeilte sich, es ihm zu erklären. Sein gelbliches, unglaublich verrunzeltes Gesicht zitterte vor Erregung. »Die menschlichen Verluste sind beklagenswert, Wayland-san, aber die Kameraden sind nicht umsonst gestorben. Wir haben aus diesem Gefecht unschätzbare Informationen gewonnen.«

Tony unterbrach ihn mit dem Eigensinn des Kranken. »Doogy! Wo ist Doogy!«

Der Arzt machte sich mit einer Art Monitor zu schaffen, der auf Tonys Stirn klebte. »Er erregt sich übermäßig.«

Tony versuchte, sich hochzusetzen. Seine Augen waren weit aufgerissen. »Der alte Doogy ischt doch nicht *tot?*«

Kawai antwortete: »Sir Dougal lebt und erholt sich. Ebenso fünf weitere deiner Gefährten.«

Tony seufzte und entspannte sich. »Gut.« Er begann einzuschlummern – doch dann riß er die Augen wieder auf und durchbohrte den alten Japaner mit seinen Blikken. »Informatschonen? Wasch für Informatschonen?«

Denny Johnson beugte sich über das Bett. »In all diesen Monaten haben wir die Gespenster-Angriffe den Heulern zugeschrieben – den deformierten Mutanten, die das Bündnis zwischen der Menschheit und den Firvulag nie anerkannt haben. Wir glaubten, die Feinde müßten Heuler sein, weil die Kleinen Leute seit dem Fall von Finiah unsere Busenfreunde gewesen sind. Das haben wir *geglaubt.*«

»Du meinscht, die Gespenschter ...«

Kawais schwarze Knopfaugen funkelten zornig. »Die Leichen der Angreifer haben die Gestalt gewechselt und wieder ihre normale Form angenommen. Was Denny und seine Leute entdeckten, als sie Ordnung schafften, waren nicht die Überreste von Mutanten, sondern von normalen Firvulag. Unsere vermeintlichen Alliierten.« Er schüttelte den Kopf. »Madame Guderian hat den Kleinen Leuten nie getraut. Ihre Zweifel sind bestätigt worden. Die Firvulag haben diese verräterischen Angriffe in der Hoffnung durchgeführt, daß wir die Eisendörfer aufgeben. Sie fürchten das Blutmetall trotz unserer Versicherungen, daß wir niemals Eisenwaffen gegen unsere Freunde einsetzen würden.«

Tony blinzelte. »Vielleicht ... nur kleine Gruppe von Firvulag-Heischspornen.«

Denny berichtete: »Die Leichen trugen Obsidian-Rüstungen. Das waren reguläre Truppen von König Sharn und Königin Ayfa. Und der Einsatz der Belagerungsmaschine zeigt, daß sie keine Zeit dabei verlieren, sich jetzt, wo sich das Kräfteverhältnis zu ihren Gunsten verschoben hat, neue Methoden der Kriegsführung anzueignen.«

»Das hätten wir nie entdeckt«, setzte Kawai hinzu, »wenn ihr ihnen nicht so tapfer Widerstand geleistet hättet.«

Tony stöhnte und wandte sich ab.

»Er muß jetzt schlafen«, bestimmte der Arzt.

Der verwundete Metallurg murmelte noch einen Satz, dann schlief er ein.

»Doktor Jafar? Was hat er gesagt?« fragte Kawai.

»Ich glaube ...« – der Arzt zog verwirrt die Stirn kraus – »es hieß: ›Bringt mich zurück nach Finiah!‹«

5

Lady Estella-Sirone, die verwitwete menschliche Schloßherrin von Darask, war so überzeugt gewesen, Elizabeth werde sich für das Chalet entscheiden, daß sie ihren Majordomus für die entsprechenden Vorbereitungen voraussandte. Ihn begleiteten jene, die sich bereiterklärt hatten, Elizabeth als Haus- und Sicherheitspersonal zu dienen. Der Haupttrupp der Flüchtlinge blieb im Lager am westlichen Ende des Lac Provençal. Von da aus war es nur ein halber Tagesritt zu dem Chalet auf der Schwarzen Klippe inmitten der Montagne-Noire-Region des südlichen Frankreichs.

Als Elizabeth, ihre vier Freunde und ihre Eskorte aus loyalen Menschen und Goldreifen tragende Tanu auf ihrer Inspektionstour eintrafen, hatte der respekteinflößende Hughie B. Kennedy VII. den ländlichen Zufluchtsort seiner Herrin fegen und schmücken und für die Gäste instandsetzen lassen. In dem privaten Speisezimmer, das an die Herrschaftssuite anschloß (hier sollte Elizabeth wohnen) war ein Tisch mit dem gedeckt, was der irische Majordomus sich unter einem leichten Imbiß vorstellte: Marinierte Muscheln, pochierte Froschschenkel in Champagner-Aspik, gefüllte grüne Oliven, Räucherlachs, Regenpfeifer-Eier à la Christiana, Schinken-Soufflé mit Spargelspitzen, glasierte getrocknete Kirschen, kalter Hipparionbraten, Waldorf-Salat, pâté de foie gras, Sauerteigbrötchen, oranges rubanées und Johannisbrot-Kekse.

Es war die erste festliche und zivilisierte Mahlzeit, die die fünf Leiter der Evakuierung Muriahs seit Monaten gesehen hatten. Eine Atmosphäre bittersüßer Festlichkeit herrschte unter ihnen.

Offensichtlich paßte dies Versteck in den Bergen sehr gut für Elizabeth, und Creyn wollte bei ihr bleiben. Doch die anderen würden zu den Verborgenen Quellen weiterreisen, wie sie es geplant hatten. Das mochte eine

Trennung für immer bedeuten, wenn sie sich auch durch die goldenen Reifen, die Basil und Häuptling Burke jetzt trugen, miteinander in Verbindung setzen konnten. Daher war das Tischgespräch unzusammenhängend, und der Abschiedsschmerz verdarb allen den Appetit.

Endlich gaben sie die Versuche auf, Fröhlichkeit vorzutäuschen, und sprachen über die schreckliche Reise, die nun ein Ende gefunden hatte. Der endlos lange Treck über die verwüstete Aven-Halbinsel, bei dem die aus drei Rassen bestehende Gruppe zu einem logistischen und psychosozialen Alptraum wurde. Die verräterische Flucht des Firvulag-Kontingents bei Nacht und Nebel unter Mitnahme des Großteils der Überlebensausrüstung, gerade als sie von der schlimmsten Regenzeit überfallen wurden. Die Mühen mit kranken und verletzten und deprimierten und ausbeuterischen Flüchtlingen. Das hastige Verschwinden Celadeyrs von Afaliah und seiner Bande aus fanatischen Anhängern des Ancien régime. Die fürchterliche Durchquerung der Katalanischen Wildnis auf einem wenig benutzten Pfad, der zu einem Sumpf mit Giftschlangen, Riesenmoskitos und beißenden Blutegeln wurde ...

Und dann Sicherheit. Die Vorberge der östlichen Pyrenäen, reich an Bergwerken und Pflanzungen, und die unter gefährlichem Bevölkerungsschwund leidenden Städte Tarasiah und Geroniah, die neue Bürger mit Freuden aufnahmen. (Inzwischen waren Nachrichten bis hierher gelangt, Burask weit oben im Norden sei von den Firvulag erobert worden, und es gab andere Zeichen, daß schlecht verteidigte Städte als nächste auf der Liste standen.) Vielleicht ein Drittel der 3700 menschlichen und Tanu-Flüchtlinge faßte den Entschluß, sich in Spanien neu anzusiedeln. Die übrigen, die ihre alte Heimat zu erreichen hofften, setzten die Reise ans lächelnde Ufer des Lac Provençal fort, wo die Großzügigkeit Estella-Sirones von Darask sie mit jedem Komfort überschüttete. (Schließlich waren sie die Gefährten Elizabeths, die der Lady im Wochenbett das Leben gerettet hatte.)

Die dezimierten Einwohner der Languedoc-Städte wetteiferten miteinander, Anwerber in das Flüchtlingslager zu schicken. Noch verlockendere Angebote kamen aus dem fernen Goriah in Armorica, wo Aiken Drum seine Position festigte und allen wurzellos umherziehenden Tanu hohe Stellungen und Reichtümer und allen menschlichen Kämpfern, die Lord Aiken-Lugonn Treue gelobten, einen goldenen Halsring versprach. Aiken hatte auch Elizabeth seine persönliche ferngesprochene Einladung gesandt und ihr völlige Autonomie »unter seinem Schutz« zugesagt. Sie hatte mit kühlem Dank abgelehnt.

Dionket Lord Heiler und andere überlebende Mitglieder der Friedensfaktion machten sich auf den Weg zu Minanonn dem Häretiker in seiner fernen Pyrenäen-Enklave, wo der frühere Tanu-Schlachtenmeister das Oberhaupt einer kleinen Gruppe von Tanu, Firvulag und einigen wenigen freien Menschen war, die alle in spartanischer Freundschaft zusammenlebten. Dionket hatte Elizabeth um ihrer eigenen Sicherheit willen gedrängt, mit ihnen zu kommen. Aber auch ohne metapsychische Voraussicht wußte sie, daß pazifistische Zurückgezogenheit nicht ihr Schicksal im Vielfarbenen Land war. Schwieriger war es dann gewesen, Häuptling Burke und Basil Wimborne und Schwester Amerie Roccaro klarzumachen, daß sie sie nicht zu den Verborgenen Quellen, dem Zentrum der Geringen, begleiten würde. Sie brauchte einen isolierten Zufluchtsort, wo sie in der nächsten Zukunft bleiben, sich erholen und sich durch Meditation auf die neue, freiwillig übernommene Rolle vorbereiten konnte.

»Und nun ist der schwere Augenblick fast da.« Lächelnd erhob Elizabeth sich vom Tisch und wischte Krümel von ihrem schwarzen Gewand. »Sollen wir uns den Balkon ansehen? Ich glaube, er läuft um das ganze Chalet.«

Creyn war schon aufgestanden und öffnete ihr die halb verglasten Türen, ehe die anderen sich geregt hatten. Der Tanu hatte seine derben Reisekleider für die Mahlzeit abgelegt und trug wieder die Robe eines Redakteurs hohen Ranges in Scharlachrot und Weiß. Als er den anderen ins Sonnenlicht folgte, schrumpften seine Pupillen zu Stecknadelspitzen, und die Iris in den tiefen Augenhöhlen nahm ein unirdisches, undurchsichtiges Blau an. Sein helles Haar war für den Exodus kurzgeschnitten worden, und er ragte hinter Elizabeth auf wie ein in die Länge gezogener El-Greco-Seraph, gleichzeitig weltlich und verwundbar wirkend. Er war sechshundertundvierunddreißig Jahre alt, und er war bereit, wenn nötig für den Rest seines Lebens in dem Chalet auf der Schwarzen Klippe zu bleiben und als oberster Diener der Menschenfrau zu wirken, die Brede Schiffsgattin »die wichtigste Person auf der Welt« genannt hatte.

Basil stützte sich auf das Geländer und tat, als bewundere er das Panorama im Osten. »Dieser Ort paßt wirklich wunderbar für dich, Elizabeth!« Seine Stimme klang zu munter. »Einsamkeit, Sicherheit, eine herrliche natürliche Umgebung – und unsere Freunde in Darask am anderen Ende des Sees sind nahe genug, daß keine Versorgungsschwierigkeiten entstehen. Lady Estella-Sirone hat ganz recht. Das Chalet ist eine perfekte Eremitage. Ein Odinssitz! Ein Lugaus, um die Welt zu betrachten!«

Alle lachten über das von ihm projizierte mentale Bild, ausgenommen die reiflose Amerie. Sie schimpfte: »Nicht schon wieder ein verdammter Insider-Witz der Gedankenleser!«

»Ein komisches Bild.« Elizabeth nahm den Arm der Nonne. »Stell dir eine drittklassige Inszenierung einer Wagner-Oper vor. Ein Gipsberg mit massenhaft stroboskopischen Blitzen und Blechdonner. Und ich als nordische Göttin, oben auf meinem imitierten Asgard mit einem Flügelhelm und einem fürchterlichen Gesichtsausdruck, wie ich Midgard unter mir betrachte. Für den Fall, daß ich irgendwelche Ungezogenheiten bei den Sterblichen entdeckte, habe ich einen Korb voller Donnerkeile zur Hand, mit denen ich schmeißen kann.«

»Nur daß du es nicht *tust*«, sagte Amerie.

»Nein.«

»Und gerade das ist der Haken.« Peopeo Moxmox Burke sprach grimmig, ja, grollend, während er sich mühte, den unbeholfenen mentalen Schirm zu verstärken, der seine Emotionen schicklich vor Elizabeth verbarg. Dieser verdammte goldene Ring. Wenn es nicht unbedingt notwendig wäre ...

Der gute alte Basil bekam Wind von seinen Seelenkämpfen, von dem drohenden Angstausbruch und der Sentimentalität, die für Elizabeth und alle anderen die Sache nur noch schlimmer machen würde. Und mit seinem professoralen Takt wandte sich Basil im intimen Modus an Creyn:

Hilf ihm! Hilf uns allen, den Deckel geschlossen zu halten!

Es gab kein sichtbares Zeichen, daß der Tanu ihn gehört hatte. Doch sofort stellten die beiden menschlichen Männer fest, daß es ihnen möglich war, ihre Befürchtungen zu beherrschen und eine zivilisierte Fassade zu zeigen, im Gesicht und ebenso in dem äußersten, dem »sozialen« Aspekt ihrer mentalen Auren. Basil praktizierte gesunden Menschenverstand. Burke, der frühere Richter, war der archetypische Rote Mann, stoisch und ernst wie aus Zedernholz geschnitzt.

Falls Elizabeth etwas von dem metapsychischen Manöver merkte, verriet sie es ihnen nicht. Sie wanderte den Balkon entlang, betrachtete die alte Holzarbeit, bewunderte die atemberaubende Aussicht. Im Südwesten trennte der weiße heraldische Balken der hohen Pyrenäen den Himmel von dem dunklen Tiefland. Die Luft war ruhig, ein bißchen drückend, mit jener außergewöhnlichen Transparenz, die in den Bergen oft einem Gewitter vorausgeht.

»Ich sehe mit meiner Fernwahrnehmung Minanonns Land«, sagte sie. »Ein Tal, ringsherum hohe Schneegipfel wie Shangri-La.«

»Bei ihm und Dionket würdest du sicherer sein«, meinte Amerie. »Und sogar oben in den Vogesen, bei uns. Wir dürfen diesem Bastard Celadeyr nicht trauen. Er kann fliegen, wie du weißt, und eine Person mitnehmen. Was soll ihn daran hindern, herzukommen und dich zu entführen? Du wärst eine sehr wertvolle Geisel. Und unser schlauer kleiner Freund Aiken Drum könnte ähnliche Pläne haben.«

Elizabeth wandte sich ihren drei menschlichen Freunden zu und strahlte eine große Welle von Trost und Zuversicht aus. Sie sagte: »Ich habe versucht, es zu erklären, warum ich nicht bei Minanonn und nicht einmal in den Vogesen bei der freien Menschheit leben kann. Ich darf keine Voreingenommenheit zeigen. Ich muß für alle Faktionen des Vielfarbenen Landes erreichbar sein, wenn meine neue Rolle erfolgreich sein soll. Und das gilt besonders für Aiken Drum und Celadeyr von Afaliah.«

Basil zog mit dem Finger die Umrisse einer grotesken Schnitzerei auf der Balustrade nach. Es war ein Koboldgesicht. »Und was ist mit den Firvulag? Sie sind jetzt fast zehnmal mehr als wir, und Sharn und Ayfa sind eine ganz andere Katzenbrut als der arme alte König Yeochee. Lady Estellas Haushofmeister Kennedy erzählte mir, man habe durch Fernwahrnehmung festgestellt, daß sich Kleine Leute von den Helvetiden in der Nachbarschaft von Bardelask sammeln. Das ist eine ziemlich kleine Zitadelle an der Rhône, etwa 80 oder 90 Kilometer nördlich vom Lac Provençal. Der Ort ist außerordentlich verwundbar, wo doch Lord Daral und die meisten seiner Ritter in der Flut ertrunken sind. Kennedy glaubt, die Firvulag planen, ungeachtet unseres auf dem Papier stehenden Friedensvertrages eine der schwächeren Städte nach der anderen zu besetzen. Sharn und Ayfa können immer behaupten, die Angreifer seien Heuler gewesen.«

»Wenn du mit uns in die Vogesen zu den Verborgenen Quellen kämst«, sagte Burke, »könnten wir dich mit Eisen schützen.«

Elizabeth legte ihre kleine Hand auf den muskulösen, narbenbedeckten Unterarm des Indianers. »Ich habe jetzt meine eigenen Methoden, mich zu verteidigen, Peo. Glaub mir! Die Firvulag werden mir nichts tun. Auch sonst niemand.«

Mit finsterem Gesicht berührte Burke in einer rituellen Geste seinen neuen goldenen Reif. »Wenn du auch nur im geringsten bedroht wirst – von irgendeiner Seite aus –, mußt du uns rufen! Wir können nicht vergessen, was Brede über dich gesagt hat.«

»Brede!« Elizabeth lachte und wandte sich von ihnen ab. »Die Schiffsgattin war immer eine melodramatische, gute alte Seele. Und sie wußte genau, wie sie uns alle manipulieren konnte!« Die metapsychische Großmeisterin drehte sich wieder um und öffnete die Arme. Sie schien die Seelen von allen dreien mit großen Schwingen zu umfangen. »Aber meine Art ist das Manipulieren nicht. Ich werde ein Magnet sein – keine höhere Gewalt.«

Amerie bat den Tanu-Redakteur: »Wenn sie uns braucht, Creyn – wirst du uns dann rufen?«

»Das werde ich, Schwester.« Er zögerte, dann setzte er bedauernd hinzu: »Wenn ihr die Absicht habt, noch heute mit der Karawane nach Sayzorask weiterzureisen, müßt ihr bald aufbrechen. Ich warte unten, um euch Lebewohl zu sagen.« Mit höflichem Nicken zog er sich zurück.

Tränen schimmerten in Ameries Augen. Die symbolische Trennung der drei menschlichen Freunde von Elizabeth war in einem Augenblick geschehen. Niemand von ihnen hatte es erwartet, bis es endgültig war.

»Macht euch keine Sorgen!« Elizabeths Gesicht und Geist lächelten noch immer. »Es wird alles gut werden. Jeder von uns hat eine Aufgabe zu erfüllen. Das wird helfen.«

Basil brach den Zauber, indem er vortrat und Elizabeths Hand ergriff. »Creyn ... prima Kerl. Richtig menschlich. Er und seine Leute werden gut für dich sorgen. Davon bin ich überzeugt.«

»Lieber Basil.« Sie küßte ihn auf die wettergegerbte Wange.

Er ging bis zur Balkontür. »Du kannst auf mich zählen, daß ich in der Sache mit Sugoll mein Äußerstes tue. Und wenn dies vorbei ist und sich alles beruhigt hat, nehme ich dich zum Bergsteigen mit, wie ich es versprochen habe.«

Sie projizierte scherzhaften Skeptizismus. »Du mußt mir erst einmal beweisen, daß es da drüben in den Alpen einen Pliozän-Everest gibt! Ich kann nichts dergleichen fernspüren, weißt du.«

»Es gibt ihn!« Basil hob lehrhaft den Zeigefinger. »Für Amateure ist es sehr schwierig, Höhen abzuschätzen. Besonders mit dem geistigen Auge.« Mit einem letzten Winken verschwand er im Innern des Chalets.

Nun war Burke an der Reihe. Mit unbewegtem Gesicht ragte er über der Frau in Schwarz auf und sprach zögernd durch den ihm noch nicht vertrauten Gedankenverstärker:

Ich werde Fernsprech-Technik lernen. Mit dir reden überKilometer.

Mein liebster Peo ... ich bin mir immer noch nicht sicher, ob es klug von dir und Basil war, euch die goldenen Ringe zu nehmen.

Creyn hat uns getestet. Wirkompatibel ernachgewiesen. Nicht sorgen umuns. Nur antworten wenn wir Ratbrauchen.

»Du weißt, daß ich immer bereit sein werde, euch zu raten«, sagte Elizabeth laut. »Das ist meine Art. Aber du und Basil und die anderen Starken, ihr müßt die Menschen und die Fremden guten Willens führen. Ich kann es nicht. Die Evakuierung Muriahs war nur der Anfang. Es war ein guter Start, was hauptsächlich euch zu danken ist. Sogar die Firvulag, die weggelaufen sind, haben gelernt, daß Freundschaft zwischen den Menschen und den fremden Rassen durchaus möglich ist. Notwendig ist.«

»Ha!« Der Indianer zeigte all seinen Juristen-Zynismus. »Unmittelbar nach der Katastrophe, als ihre Augen noch glasig waren von dem Schock, haben sich die Fremden durchaus friedlich benommen. Keinem von den Tanu und den Firvulag war es je zuvor passiert, daß ihnen ihre Welt unter dem Hintern weggezogen wurde.« Ganz im Gegensatz zu uns armen zeitreisenden menschlichen Schmocks! »Deshalb ließen sie sich beim Auszug aus Aven meine Führung gern gefallen. Aber du hast gesehen, wie schnell es anders wurde, als wir uns Afaliah auf dem Festland näherten. Kaum verspürten sie einen Hauch von gewohntem Alltag, kaum hatten sie einen einzigen psychischen Anker – und *peng!* Die gleichen alten arroganten Tanu und blutgierigen Firvulag wie zuvor. Die Situation hätte brenzlig werden können, wenn sich die Kleinen Leute nicht in die Büsche geschlagen hätten.«

Einen Augenblick lang kommunizierten sie gegenseitigen Zuspruch. Dann fragte Elizabeth: »Wie viele menschliche Flüchtlinge planst du zu den Verborgenen Quellen mitzunehmen?«

»Wir haben die Zahl auf dreißig unerschrockene und tüchtige Leute beschränkt. Nützliche Techniker, Teufelskerle, die vor unserer kleinen Expedition zum Zwecke der Flugzeugbergung nicht zurückschrecken.

Wir haben zwölf frühere Gravomagnetik-Spezialisten mit Flugerfahrung aufgetrieben.«

»Wunderbar! Und wenn Sugoll und Katlinel euch helfen ...«

»Wir wollen es hoffen.« Burke war sehr ernst. »Felice und alle anderen, die die genaue Lage des Schiffsgrabes kannten, sind tot.«

Elizabeth und Burke hatten Amerie vergessen. Als Felices Name fiel, konnte die Nonne einen leisen Aufschrei nicht unterdrücken. Burkes Gedanken standen ihm auf dem Gesicht geschrieben: Oh, Teufel! Ich und mein loses Maul! Laut sagte er: »Ich muß jetzt gehen.« Er schlang seine mächtigen Arme um Elizabeth, sagte: »Maseltov!« und ging schnell hinein.

»Entschuldige, daß ich euch unterbrochen habe«, erklärte Amerie förmlich. »Aber als er mich daran erinnerte, daß ... daß Felice ...« Das Gesicht der Nonne verzog sich vor Qual. »Und mit der Sprengung von Gibraltar auf dem Gewissen ... so zu sterben ...«

Elizabeth gestand: »Ich hielt es für das beste, daß die anderen an ihren Tod glauben. Doch du hast sie geliebt. Du verdienst es, die Wahrheit zu erfahren.«

Stocksteif stand die Priesterin vor der Gedankenleserin. Schwester Amerie Roccaro trug keinen goldenen Ring, besaß keine erkennbaren metapsychischen Kräfte, doch in diesem Augenblick sprang das schreckliche Wissen aus dem Gehirn der anderen Frau in ihr eigenes über.

»Felice ist nicht tot?« flüsterte Amerie.

»Nein.«

»Wie lange bist du dessen sicher?«

»Vielleicht sechs Wochen. Ich hatte dies merkwürdige Rufen gehört – das heißt, durch Fernwahrnehmung. Anfangs kam es mir kaum menschlich vor. Ich achtete wenig darauf. Jeder einzelne Tag der Reise hatte seine eigenen überwältigenden Schwierigkeiten. Man neigt dazu, die Emanationen anderer Gehirne abzublocken, um die eigene Energie zu bewahren. Andernfalls würde man von der mentalen Statik verrückt werden. Dies Rufen jedoch ...«

»Du bist sicher, daß es Felice war?«

»Sie hat einmal mit mir ferngesprochen, als ihr auf dem Weg die Rhône hinunter wart, um die Ringefabrik anzugreifen. Daher erinnere ich mich an ihre mentale Unterschrift.« Elizabeth wandte sich ab und sah zu den fernen Bergen hinüber. »Darin sind wir Großmeister ziemlich gut.«

»Elizabeth, warum ... warum ...« Amerie versagte die Stimme. Sie rang um Beherrschung. »Warum hat sie es getan? Ich weiß, natürlich wollte sie Rache. Als wir gleich im Anfang in der Torburg getestet wurden, als die Tanu-Frau uns sagte, wir müßtem wie alle anderen menschlichen Sklavinnen Tanu-Kinder austragen, geriet Felice außer sich vor Wut. Es war ... als sehe sie in der Versklavung der Menschheit im Pliozän eine persönliche Beleidigung.«

»Du bist Ärztin ebenso wie Priesterin. Muß ich es dir einzeln auseinandersetzen? Du liebst sie – aber du weißt, was sie ist.«

»Ja.« Die Stimme der Nonne klang untröstlich.

Elizabeth schritt den Balkon hinunter, und Amerie folgte ihr. Sie kamen an die Ostseite des Chalets. Das Azurblau des Lac Provençal verblaßte nahe dem Horizont zu Schiefer. Aus dieser Richtung würde das Gewitter kommen.

»Erinnerst du dich an Culluket, den Inquisitor des Königs?« fragte Elizabeth.

»Ich habe ihn nur einmal gesehen. Als unser Angriff auf die Ringefabrik fehlschlug und wir gefangengenommen wurden – er war derjenige, der uns die grauen Sklavenringe umlegte und uns ins Gefängnis zum Sterben schickte. Ja, ich erinnere mich an den Inquisitor. Er trug eine glühende rote Glasrüstung, und er war der schönste Tanu-Mann, den ich je gesehen habe.«

»Er hat Felice gefoltert.«

»Oh, Jesus!«

»Er hat sie sehr viel schlimmer gequält, als notwendig war, um ihr Informationen zu entreißen. Dionket hat mir während der Evakuierung darüber erzählt. Als Oberhaupt der Redakteursgilde wußte Dionket, was Cull vorhatte – nur hatte er keine Möglichkeit, in die Privatangelegenheiten der Heerschar einzugreifen. Die Folter – die Algesis – zwang Felice in die metapsychische Operanz und gab ihr die Fähigkeit, Rache in vollem Umfang zu nehmen.« Elizabeth hielt inne. »Culls Handarbeit scheint außerdem eine perverse Verbindung zwischen beiden geschaffen zu haben. Darum sucht sie nach ihm, ruft immer wieder seinen Namen im deklamatorischen Modus. Felice ist sich nicht sicher, ob ihr geliebter Folterer die Flut überlebt hat. Ich schon, unglücklicherweise. Cull lebt. Er ist nach Goriah gegangen, weil er hofft, Aiken sei imstande, ihn vor Felice zu schützen. Gott helfe Cull, sollte sie ihn je aufspüren.«

In Amerie kämpfte die Ärztin mit der Liebenden; für den Augenblick gewann die Wissenschaftlerin die Oberhand. »Ja, ich verstehe, was du meinst. Felices Charakter ist natürlich durch und durch sadomasochistisch. Der Inquisitor hat ihr nicht nur furchtbare Schmerzen bereitet, sondern ihr auch die geistige Macht gegeben, nach der sie ihr ganzes Leben verlangt hat. Kein Wunder, daß sie ihn liebt ...«

Elizabeth schwieg.

»Was ... kann man für Felice tun? Ihre Macht ...! Mein Gott, nicht einmal Sankt Jack der Körperlose oder Diamantmaske hätten den Isthmus von Gibraltar sprengen können! Nicht allein.«

»Felice hat ihre zerstörerischen Kräfte seit der Flut nicht mehr benutzt. Vielleicht *kann* sie sie nicht mehr benutzen. Die meiste Zeit stellt sie sich vor, sie sei ein schwarzer Raubvogel. Sie sammelt goldene Ringe und versteckt sie. Ich weiß nicht, wo. Sie schirmt sich sehr geschickt ab – außer wenn sie nach Cull ruft.«

Die Frauen standen nebeneinander am Geländer, Elizabeth in ihrem langen schwarzen Gewand und die hochgewachsene Amerie in einem weißen Overall mit klerikalem Kragen. Ein leichter Wind hatte sich erhoben und fuhr durch die dunklen Nadelbäume, die bis dicht an die isolierte Höhe des Chalets heranrückten. Eine Felsdrossel warnte mit klagenden Rufen vor dem Wetterumschwung.

»Könntest du Felice mit deinem tiefenredigierenden Wissen helfen?« fragte Amerie. »Die Psychose heilen?«

»Vielleicht. Wenn sie voll mitarbeitet. Aber es könnte sicherer sein, sie zu lassen, wie sie ist, wenn das bedeutet, daß sie ihre psychoenergetischen Funktionen nicht voll einzusetzen vermag. Das ist ... einer der Punkte, über die ich gründlich nachdenken muß.«

Die Nonne wich vor ihr zurück und betrachtete sie mit aufkeimendem Entsetzen. Elizabeth lächelte nur resigniert. Amerie sagte: »Du wirst viele Dinge zu entscheiden haben.«

Elizabeth hob eine Schulter. Sie hatte sich so gedreht, daß die Priesterin ihr Gesicht nicht sehen konnte. »Es ist kalt und einsam auf dem Olymp.«

Amerie meinte: »Wenn ich nur helfen könnte. Wenn nur irgend jemand von uns ...«

Elizabeths Hände schlossen sich so fest um das hölzerne Geländer, daß die Sehnen weiß hervortraten. »Eins kannst du tun. Wieder. Meiner Skrupel wegen.«

»Ja. Natürlich.«

Aus einer Tasche ihres Overalls zog Amerie ein schmales violettes Band, küßte es und hängte es sich wie ein Joch um den Hals. Sie rezitierte die alte Formel. So hatte sie sie rezitiert, als ihre Gefährten in dem Zufluchtsort oben im Berg, von wo aus sie die Flut beobachtet hatten, vom Schlaf erwachten, so hatte sie sie in zahllosen Nächten auf dem langen Exodus rezitiert, während Elizabeth weinte wie der Winterregen, der auf ihr improvisiertes Dach trommelte.

»Du mußt nur *glauben,* Elizabeth!«

»Ich versuche es.« Ich versuche es.

Amerie segnete den immer noch abgewandten Kopf. »Komm, Kind Gottes, und leg deine Bürde nieder! Denn Er hat zu Seiner Kirche gesagt: ›Wem du die Sünden vergibst, dem sollen sie vergeben sein.‹«

»Segne mich, Schwester, denn ich habe gesündigt.«

»Laß die Durstigen kommen. Laß alle, die es wünschen, das Wasser des Lebens empfangen.«

»Ich bekenne Stolz. Ich bekenne Hybris, die Sünde der Überhebung. Ich bekenne Lästerung des Heiligen Geistes. Ich bekenne Verachtung für geringere Intelligenzen. Ich bekenne die Weigerung, andere vernunftbegabte Wesen zu lieben. Ich bekenne Verzweiflung. Ich bekenne die nicht zu vergebende Sünde und bitte um Vergebung. Es tut mir leid. Hilf mir zu glauben! Hilf mir zu glauben, daß es einen Gott gibt, der das nicht zu Vergebende vergibt.«

Hilf mir glauben, daß ich nicht allein bin.

Hilf mir!

6

Das große wilde Chaliko riß kreischend und schnaubend mit seinen Klauen den Zwangspferch auf, warf seinen massigen Rumpf gegen die festen Holzplanken, bis die sie zusammenhaltenden Stifte nachzugeben drohten. Vier Graufreif-Cowboys versuchten, es zu halten – zwei an der Longe, die an einem Hackamore eingehängt war, und zwei an einem Fußstrick. Sie strahlten nackte Panik aus, als Benjamin Barrett Travis die drei Erhabenen zum Korral hinüberführte, wo sie dem Einbrechen zusehen wollten.

»Du willst es wirklich mit diesem klauenfüßigen Killer aufnehmen, Brazos?« fragte Aiken Drum staunend. »Alle Wetter!«

Das eingepferchte Chaliko erhob sich auf seinem ungefesselten Hinterbein und stieß ein lautes Brüllen aus. Es war ein Blauschimmel von mindestens zwanzig Handspannen Schulterhöhe mit schwarzen Büscheln an den Fesselgelenken, schwarzer Mähne und einem erschreckenden, schwarz umrandeten weißen Auge.

»Tanas linke Titte!« lästerte Alberonn Gedankenfresser. »Es ist so groß wie ein Nashorn!«

Brazos Ben befühlte seinen silbernen Halsring. Das Chaliko ließ sich mit einem Plumps in den Pferch zurückfallen. »Teufel, er schnaubt längst nicht so wie andere wilde Chalikos, die ich gezähmt habe. Er ist nicht einmal bösartig von Natur. Nur verängstigt.«

»Travis hat ganz recht«, meinte der Inquisitor. »Der Verstand des Tiers ist durchtränkt von Angst. Das Zaumzeug, die Fessel an seinem Fuß, der Sattel – das alles zusammen mit dem Verlust seiner Freiheit und der Anwesenheit von Leuten hat es fast in den Wahnsinn getrieben. Nur seine angeborene Intelligenz und die Tatsache, daß es eigentlich nicht verletzt worden ist, bewahren es vor selbstmörderischer Heftigkeit.«

Brazos Ben lächelte den Redakteur dünn an. »Und vergiß nicht, daß ich eine Woche lang mit ihm geredet habe, Lord Cull. Du hast gesehen, wie er sich beruhigte, als ich ihm von weitem einen Gedanken zusandte. Chalikos sind klüger als Pferde und erkennen einen freundlichen Geist.«

»Warum wird das Tier dann nicht einfach durch Beugung des Geistes gezähmt?« wollte Alberonn wissen. »Warum muß all dieser physische Aufwand sein?«

»Ein Chaliko muß auf beide Arten eingebrochen werden, Lord Alby. Andernfalls wäre es nur für goldene oder silberne Reiter gut. Ein Grauer oder ein Bloßhalsiger könnte es nicht einmal berühren. Erst *nachdem* ein Chaliko gezähmt und an die üblichen Befehle mit Körper und Stimme gewöhnt ist, wird es geistig eingebrochen. Natürlich spreche ich die ganze Zeit mit meinen

Tieren, auch bei der physischen Ausbildung. Aber mit meiner Methode kann man zwanzigmal soviel wilde Tiere trainieren wie mit der geistigen – und noch dazu in kürzerer Zeit. Man kann graue und bloßhalsige Trainer anstelle der silbernen einsetzen, bis die letzte telepathische Autopilot-Programmierung an die Reihe kommt. Es ist ein bißchen anders, als wenn man domestizierte Tiere trainiert. Leichter. Aber der Schlachtenmeister ...« – Brazos Ben unterbrach sich und sah zu Aiken hinüber – »ich meine, der *verstorbene* Schlachtenmeister wollte, daß beim nächsten Großen Wettstreit Goriah die am besten berittene Mannschaft im Vielfarbenen Land haben sollte. Und das bedeutete, daß wir viele wilde Chalikos dazunehmen mußten.«

Auf der anderen Seite des Korrals wieherte das Chaliko. Brazos Ben zog eine klose Dose mit Kautabak aus der Brusttasche und schob sich eine Prise in die Backe. »Wollt ihr Erhabenen jetzt einmal etwas sehen?«

»Und ob, BB!« lachte Aiken.

Der Cowboy ging zu dem Zwangspferch hinüber, während Aiken, Culluket der Inquisitor und Alberonn Gedankenfresser sich dem Zaun des runden Korrals näherten und eine Stelle fanden, die nicht zu matschig war. Es regnete zwar nicht, doch der Himmel war trübe, und ein kalter Wind blies von der Meerenge von Redon her, die hinter den Ställen lag. Die drei Männer trugen die traditionelle Wetterkleidung der Tanu aus gefärbtem Leder mit spitzen Kapuzen und Stiefeln, die über die Knie hinaufreichten. Aikens Anzug war golden mit schwarzen Litzen, der des Inquisitors von tiefem Rot und Alberonns türkisfarben, um seinen Status als Kreator-Koerzierer zu zeigen. Alberonns menschliches Erbe verriet sich in seiner schokoladenfarbenen Haut, die einen verblüffenden Kontrast zu seinen grünen Tanu-Augen und dem Busch wolligen blonden Haars bildete, das unter seiner Kapuze hervorschlüpfte. Der Mischling, Mitglied der Hohen Tafel, war einen halben Kopf größer als Culluket und ragte über den kleinen Aiken wie ein Riese aus dem Märchen auf.

»Mein verstorbener Bruder Nodonn zählte diesen Mann Travis zu den wertvollsten seiner Diener«, bemerkte Culluket. Auf der anderen Seite des Korrals überwachte Brazos das Entfernen der Hinterfußfessel.

»Ich wünschte, wir hätten noch fünfzig wie ihn«, sagte Aiken. »Die Beschaffung einer großen Zahl von trainierten Reittieren ist wesentlich für meine Strategie gegen die Firvulag. Zumindest bis zu der Zeit, wo ich die Flugzeuge aufspüre.«

»Es ist ein schlechtes Zeichen, daß die Kleinen Leute ihr altes Vorurteil gegen das Reiten aufgegeben haben«, meinte Culluket.

Aiken nickte. »Einer meiner Spione meldete, daß sie sogar versuchen, diese kleinen Hipparions zu domestizieren, damit die Gnome darauf reiten können! Und wir wissen, daß sie von allein einsam liegenden Pflanzungen rund um die östlichen Städte zahme Chalikos für ihre Krieger-Oger-Bataillone gestohlen haben.«

Alberonn sagte: »Bleyn hat mit mir ferngesprochen und berichtet, daß es unten um Rocilan ebenso ist. Überfälle, Diebstähle, Hinterhalte. Wird natürlich alles den Heulern angelastet. Aber da unten in Candy City ist die Situation mittlerweile zu ernst für improvisierte Gegenmaßnahmen geworden. Die kleinen Lords und die ringtragenden Menschen reagieren einfach nicht auf Bleyns Führungsansprüche, auch dann nicht, wenn Lady Eadnar es ihnen befiehlt. Bleyn ist, obwohl ihr Schwager, ein Außenseiter, und hat keine Autorität. Verdammt noch mal, Aiken! – ich hätte gute Lust, hinunterzureisen und Eadnar jetzt gleich zu heiraten, nicht erst beim Großen Liebesfest im Mai!«

»Das kannst du nicht tun, kreativer Bruder«, fiel der Inquisitor ein. »Es würde noch mehr zum Aufruhr reizen als Bleyns Verhalten. Die alte Lady Morna-Ia besteht stur darauf, daß die Trauerzeit für ihren verstorbenen Sohn eingehalten wird. Sie hält sogar den Mai für einen zu frühen Termin zum Heiraten.«

Alberonn blickte düster drein. »Ich hätte die alte Fledermaus ertrinken lassen sollen. Aber da trieb sie auf den Trümmern mit Eadnar dahin – also was konnte ich tun?«

»Jetzt geht's rund.« Aiken steckte den Kopf durchs Gatter. Die Cowboys öffneten den Pferch. Brazos Ben hielt, nachdenklich kauend, die Longe in der linken Hand und einen anderen Strick, der auf komplizierte Weise an den vorderen Fesseln des Chalikos befestigt war, in der rechten. Das Tier schoß hinaus in den tiefen Schlamm, rollte sein weißes Auge und erzeugte mit seinen Klauen laute quatschende Geräusche.

»Was soll denn das Tauwerk an seinen Füßen?« fragte Alberonn. »Ich dachte, Ben wolle das Tier reiten.«

»Halt den Mund und sieh zu!« befahl Aiken.

Brazos Ben beruhigte das Chaliko nicht länger durch seinen Silberreif. Tatsächlich schien er das Tier absichtlich zum Widerstand aufzustacheln, indem er scharf an der Longe riß, die zu dem Hackamore führte. Die Flanken des Chalikos wogten. Sein Hals zuckte, es reckte den Kopf vor. Gerade als Ben es in die Mitte des Korrals manövriert hatte, fing es wild zu bocken an. Die Steigbügel des großen, sesselähnlichen Sattels schlugen gegen den Widerrist. Schlamm flog in alle Himmelsrichtungen, und Aiken errichtete hastig einen psychokinetischen Schild.

Ben zog die Fußfessel vorsichtig an, die von der rechten Seite des Sattels nach unten durch einen Ring zur rechten Fessel, hinauf über eine Rolle am Sattelgurt, wieder hinunter zur linken Fessel, über die hohe Steigbügelplatte und in Bens Hände lief. »BB nennt das ein laufendes W«, erklärte Aiken. »Man muß es richtig benutzen, oder man versaut das Chaliko. Aber es kann aufsässigen Viechern tatsächlich Gottesfurcht beibringen.«

Das Anziehen der Leine zwang das riesige Chaliko, auf die Knie in den Matsch zu fallen. Ben hielt es dort fest, sprach leise mit ihm und schnalzte mit der Zunge. Er rieb das Geschöpf an beiden Seiten des Halses, versuchte jedoch nicht, den Blick seiner von panischer Angst erfüllten Augen einzufangen. Nach ein paar Minuten lockerte er die W-Leine und ließ das Chaliko aufstehen. Ihm immer weiter zuredend, brachte er es mit behutsamem Ziehen an der Longe zum Gehen. Das Chaliko bäumte sich auf, kreischte und sammelte sich zum Losrasen. Doch da zog Ben wieder die W-Leine an. Von neuem brach das große Tier langsam in die Knie und versank tief in schwarzem Schlamm.

»Jetzt ist Travis wieder im Geist des Tiers.« Bewunderung hellte die düstere Schönheit von Cullukets Gesicht auf. »Er sagt ihm, wer der Herr ist – aber sanft. Seht ihr? Das Tier reagiert. Es ist nicht dumm. Trotzdem wird es noch einmal versuchen, durchzugehen, nur um sich zu vergewissern.«

Der Vorgang wiederholte sich. Brazos Ben summte tonlos vor sich hin, als es ihm gelang, das Chaliko ein Dutzend gehorsamer Schritte am Ende der Longe tun zu lassen, bevor es von neuem bockte und mit den Klauen um sich schlug. Ben spuckte Tabaksaft aus und ließ das Tier verächtlich an dem Segen teilhaben. Sich niederhockend, massierte er ihm das Gesicht, ermahnte es und schnalzte mit der Zunge. Die zurückgelegten Ohren drehten sich nach vorn, und die angespannten Halsmuskeln lockerten sich. Ben ließ den großen Blauschimmel aufstehen, gab ihm einen leichten Schlag mit der Longe und blieb mit befriedigtem Lächeln stehen, während dieser langsam um ihn herumtrottete, jetzt den Befehlen der Longe gehorchend. Und der trockene Gedanke kam:

Er ist eingebrochen, Erhabene.

Sie erkannten seine Leistung mit einem herzlichen *Slonshal!* an. Der Trainer winkte einem seiner Helfer, die beiden Seile zu übernehmen, überprüfte ein paar Minuten lang den Geist des Chalikos, um sich zu vergewissern, daß es keine Teufelei mehr plante, und watete aus dem sumpfigen Korral zu Aiken, Culluket und Alberonn zurück.

»Dann wirst du ihn heute nicht reiten?« erkundigte sich der Mischling enttäuscht.

»Ich könnte es mit dem W. Aber ich verzichte lieber darauf. Diese Klauen können einen Strick beim Trab zu leicht zerreißen. Es war eigentlich nichts weiter nötig, als ihm zu zeigen, wer der Boß ist. Noch ein paar Tage, um ihn halfterzahm zu machen, und wir werden mit dem Reiten anfangen. Ich glaube nicht, daß dieses Baby noch Fesseln braucht.«

»Großartige Leistung, BB!« lobte Aiken.

»Ich nehme an, du hast auf der Alten Erde mit Vieh zu tun gehabt«, meinte Alberonn.

Benjamin Barrett Travis spuckte höflich über die Schulter. »Teufel, nein, Lord Alby. Nicht etwa, daß ich es nicht gern getan hätte! Nein – ich hatte den Schreibtisch meines Daddy als Geschäftsführer bei der Westex Foodex in El Paso geerbt, der größten Exportfirma von hispano-amerikanischen Lebensmitteln im Milieu.« Seine hellen Augen zwinkerten. »In meinem ganzen Leben möchte ich keine tiefgefrorene Bohne mehr sehen ...« Er zog seine Jeans hoch. »Ich würde jetzt gern gehen und mit dem mentalen Einbrechen bei einem wirklich erstklassigen weißen Hengst beginnen, Lords. Wollt ihr helfen? Wenn ihr alle nebenherreitet, verstärkt es die Programmierung.«

»Das wäre doch herrlich!« begeisterte sich Alberonn.

»Dann geh du mit Ben, Alby«, schlug Aiken vor. »Cull und ich haben noch etwas zu besprechen.« Zu dem Trainer sagte er: »Komm heute abend zum Essen zur Glasburg hinauf, BB, und bring Sally Mae mit!«

»Geht in Ordnung, Schlachtenmeister.« Mit lässigem Winken schlenderte der Mann in den schlammbedeckten Jeans zusammen mit dem titanischen Krieger davon und erging sich telepathisch in Erinnerungen an aufsässige Reittiere, die er gekannt hatte.

»Commander Congreve hat soeben mit mir ferngesprochen«, teilte Aiken dem Inquisitor mit. »Es ist ein großer Haufen von Rekruten angekommen, und du und ich sollten sie uns ansehen. Achtunddreißig Tanu und beinahe hundert Menschen – darunter zwölf Goldene und eine Schar von silbernen Technikern. Die meisten sind von Afaliah. Der alte Celadeyr hat eine Art Säuberungsaktion durchgeführt – seine menschlichen Funktionäre und leitenden Techniker hinausgeworfen und der Mischlingsaristokratie soviel Feuer unter dem Hintern gemacht, daß sie Hals über Kopf geflohen sind.«

»Ich werde schnell herausgefunden haben, was da unten vorgeht.«

»Die übrigen Neuankömmlinge sind aus dieser spanischen Stadt, die der Handwerksmeister übernommen hat. Calamosk.«

»Blutende Göttin! Das müssen die Memmen aus der Retorte sein – der Abschaum, der am Ende des Wettstreits hätte hingerichtet werden sollen! Möchtest du dies Pack aufnehmen?«

Aikens Knopfaugen blickten kalt. »Red keinen Quatsch, Schöngesicht! In diesem Vielfarbenen Land ist jetzt alles anders geworden. Hast du das vergessen? Und es hat einmal eine Zeit gegeben, als ich selbst für Abschaum galt! – Fliegen wir!«

Sie zogen die transparenten Gesichtsschilde ihrer Kapuzen herunter und stiegen in die Luft. Kleine Regenschauer prasselten gegen ihre dahinsausenden Körper. Sie flogen über die Chaliko-Farm, die nördlich von Goriah an der Meerenge lang, überquerten Obstbäume, Olivenhaine und Gärten und näherten sich der Stadt selbst.

Goriah war an einer hochgelegenen Stelle erbaut worden und bedeckte nahezu vier Quadratkilometer.

Die meisten Gebäude, ausgenommen die herrliche, zentral gelegene Zitadelle und einige Wohnungen der Großen, waren aus sauber in Weiß getünchtem Stein gebaut und hatten rosenrote Ziegeldächer. Die Herrenhäuser der Tanu waren mit Türmchen und Filigranpfeilern in Rosa und Gold geschmückt, womit sie der Psychokinetischen Gilde des verstorbenen Nodonn Ehrerbietung erwiesen. Früher hatte auch die Glasburg diese Farben gezeigt. Doch seit der Ankunft des Usurpators waren die meisten rosenfarbenen Elemente entfernt und durch Akzente in Jettschwarz oder Mitternachtspurpur ersetzt worden. Diese einzigartigen Farbsymbole hatte der neue Schlachtenmeister für sich gewählt. Des Nachts wurde jedes Wohngebäude der Stadt mit Myriaden von Öllämpchen entlang der Dächer und Gartenmauern silhouettiert. Die Tanu-Gebäude wurden von meta-aktivierten Feenlichtern in vielen verschiedenen Farben umrissen, und die Glasburg glänzte in Gold und Amethyst – leuchtender, als sie je während Nodonns Amtszeit gewesen war –, ein Signalfeuer, das bis zur Mündung der Laar in 30 Kilometer Entfernung zu sehen war.

Als sich die beiden Levitanten auf das Gebiet nahe dem östlichen Stadttor, wo Neuankömmlinge empfangen wurden, niedersenkten, bemerkte Aiken: »Commander Congreve hat heute einen wirklich großen menschlichen Goldenen im Netz entdeckt. Sein Name ist Sullivan-Tonn, ursprünglich aus Finiah am Rhein. Je von ihm gehört?«

Der Inquisitor stieß ein paar sensationelle Lästerungen aus. »Dieser fette Angstpisser! Hätte er seine Kräfte so gebraucht, wie ein Krieger es sollte, wäre Finiah Guderians Angriff vielleicht nicht zum Opfer gefallen! Und ob ich ihn kenne!« Er übermittelte Aiken die Daten:

Aloysius X. Sullivan, genannt Sullivan-Tonn. Sechsundneunzig Jahre alt, verjüngt, seit nahezu zweiunddreißig Jahren im Pliozän lebend. Vormals Küng-Pro-

GIUSEPPE·MANGONI

fessor der Moraltheologie an der Fordham-Universität, später Psychokinet in hoher leitender Stellung unter Lord Velteyn von Finiah. Tonns wesentliche Metafunktion war enorm (er war fähig, vierzig Personen oder nahezu fünf Tonnen träger Materie zu levitieren), aber seine Nützlichkeit für die Tanu wurde durch seinen Pazifismus beschränkt, der eine unüberwindliche Feigheit maskierte. Er war berüchtigt dafür, daß er sich glatt geweigert hatte, seine PK beim Großen Wettstreit, bei der Jagd oder anderen aggressiven Unternehmungen einzusetzen. Doch seine sonstigen Pflichten hat er treu erfüllt. Nach dem Fall von Finiah half er bei der Luft-Evakuierung der Zivilisten mit und gelangte schließlich in die Torburg, die damals als Auffanglager für Flüchtlinge benutzt wurde. Während der Flut saß Tonn sicher in der kleinen spanischen Stadt Calamosk und widmete sich seiner jungen Tanu-Verlobten Lady Olone. Sie hatte während des Großen Wettstreits zu Hause bleiben müssen, weil sie sich in einem unüberlegten Versuch, aus eigener Kraft zu fliehen, das Rückgrat gebrochen hatte und sich in der Haut davon erholte. Olone, eine leckere Honigblonde, und ein Koerzierer von erschreckend wilder Kraft, hatten Tonn nach Goriah begleitet.

»Ich werde für dich bei dem Paar eine Tiefensondierung durchführen«, erbot sich Culluket. »Aber es liegt auf der Hand, warum sie hergekommen sind. Olones Vater ertrank in der Flut, und der Handwerksmeister ist aus zu zähem Holz geschnitzt, um ihren Launen nachzugeben. Tonn kann ein selbstgerechter Esel sein, und Oly ist ein schlaues kleines Luder, aber ich glaube, auf ihre Loyalität dürfen wir zählen.«

Aiken und Culluket senkten sich zu den Empfangsräumen hinab, wo die Tanu und die goldtragenden Menschen von den geringeren unter den Neuankömmlingen getrennt worden waren. Congreve, ein schwerfälliger Goldreifträger, der die vollständige blaue Koerzierer-Rüstung trug, schlug salutierend gegen seine

Brustplatte und verlor keine Zeit, seine telepathische Huldigung darzubieten:

Ich grüße den Schlachtenmeister und den Erhabenen Lord Inquisitor! Abgesehen von Sullivan-Tonn und Lady Olone enthält das heutige Gold-Kontingent hauptsächlich bescheidene Talente. Die von Afaliah stellen respektablen Mischungsadel dar, der die reaktionären Diktate Lord Celadeyrs nicht ertrug. Elf reinblütige Tanu aus Calamosk sind frühere Gefährten Aluteyns als Gefangene in der Großen Retorte (Klassifizierung).

Danke Congreve. Feine Auswahl. Vier Verräter sechs Gattenmörder und ein Steuerhinterzieher unter unsern exotischen Knastbrüdern. Aber da es so wenige Tanu-Überlebende gibt, muß ich jeden willkommen heißen, der bereit ist, mir zu folgen. Cull ... du überprüfst sie gründlich. Besonders die Verräter!

Das versteht sich von selbst Leuchtender. Und ich werde mir bei diesen zwanzig weniger begabten menschlichen Goldenen aus Calamosk ebensoviel Mühe geben. Retortenfutter, beim Wettstreit wegen Feigheit zum Tode verurteilt. Jetzt widme bitte Tonn und seiner Kleinen einige höfliche Aufmerksamkeit. Sie sind verärgert daß sie hier festgehalten werden.

»Heil dir, siegender Schlachtenmeister Aiken-Lugonn!« deklamierte ein korpulentes Individuum, prachtvoll in Kirschrot und Gold gekleidet. Bevor Sullivan-Tonn fortfahren konnte, war ein kehliger Aufschrei zu hören:

»Aik! Aik – bist du es wirklich?«

Aus der buntscheckigen Gruppe der goldtragenden Menschen drängte sich ein dünner Mann mit strohfarbenem Haar und flachen, ein bißchen mongolischen Zügen. Er trug ein kariertes Flanellhemd, Twillhosen und schwere Waldarbeiterstiefel mit genagelten Sohlen. Vor dem kleinen Usurpator von Goriah auf die Knie fallend, murmelte er: »Ich meine, Lord Lugonn. Tut mir leid, daß ich die Rede von diesem andern Kerl unterbrochen habe, aber …«

Überrascht schlug Aiken die goldene Kapuze seines Wetteranzugs zurück. »Raimo! Du alter Holzhacker, du!«

»Wenn du mich haben willst, Junge, gehöre ich dir. Und ich habe auch ein paar Freunde mitgebracht.«

»Und ob ich dich haben will!« rief der Leuchtende. Sie fielen sich in die Arme und kicherten wie zwei Verrückte.

»*Also!*« Sullivan-Tonn richtete sich in frostigem Hochmut auf.

Die zärtliche Wiedervereinigung wurde von Culluket unterbrochen, der Aiken telepathisch im intimen Modus ansprach.

Congreve vorläufigeSondierung festgestellt dieser-RaimoHakkinen vollvon heißenDaten erbitte dringend Erlaubnis ihn sofort mitTiefenbefragung auszunehmen.

?! Vergiß es. Entrüstung. »Ray, Baby – heißt das, sie wollten dich *braten?* Nur weil du dich beim Wettstreit verdrückt hattest?«

Hörzu Leuchtender derda vielInfo Friedensfaktion Dionket + MinanonnHäretiker Gegenmaßnahmen CeloAfaliah außerdem …

Sullivan-Tonn blökte: »Lord Aiken-Lugonn, bitte laß mich fortfahren!«

Die Gedanken Aikens und des Inquisitors knatterten im intimen Modus:

Cull befrage Blödmann Tonn nicht Raimo Händeweg MEIN.

Ich weiß RaimodeinFreund Leuchtender aber er hat WissengroßerWert sogar über *Felice.* Erlaube Ausquetschung …

Du läßt Pfotenvon Raimo FelicebesessenerSadistCullufolterquisitor.

Raimo Gerücht Felice holte SPEER vom GrundNeuesMeer.

Jesus!

Befriedigung. Dachte das läßt dich aufhorchen. Nun? Stimmst du Befragung zu?

... Raimwo weiß wo Felice + Speer sind?

KeineDaten. ToterFreundRaimo sah Vogelmädchen fliegen BetischeKordilleren. Muß tiefbohren nachEinzelheiten. Du genehmigst Ausräumung?

Nein! ... ja ... *Scheiße!* Dann später. Aber wenn *ich* es sage und unter *meiner* Überwachung und du reparierst sein Gehirn hinterher. Hörst du redigierenderBruder/Großwesir/CullSchöngesicht?

Ich höre und anerkenne deine Autorität König. (Aber du/ich müssen ScheißliebendeHurengöttin finden bevor sie UNS erwischt warum habe ich sie nichtgetötet als ich Chance hatte?)

Verachtung. Weißt du es nicht?

»Ich grüße euch alle!« rief Aiken strahlend und mit lauter Stimme. Die mentale Diskussion mit dem Inquisitor hatte etwa zehn Sekunden gedauert. Aiken schob Cullukets ihn weiter bedrängende Gedanken beiseite und richtete die volle Wattzahl seines Charmes auf Raimo, Sullivan-Tonn, die gertenschlanke Lady Olone (deren Blick an Aiken hing, seit er gelandet war) und alle die anderen in der trostlosen Empfangshalle herumstehenden Tanu und Menschen. Das gab Sullivan-Tonn neuen Auftrieb. Er beschwerte sich:

»Uns ist durch diesen deinen militärischen Lakaien eine unerhörte Behandlung zuteil geworden, Lord Lugonn. Seine Männer haben sich erdreistet, unser Gepäck zu durchsuchen – und ein ungeschickter Esel hat eine unschätzbare Flasche mit vierundzwanzig Jahre altem Jameson's Reserve fallengelassen! Es ist mir nur knapp gelungen, sie mit meiner PK zu retten.«

»Entsetzlich.« Aiken runzelte die Stirn. Er gab dem Kommandanten einen unmerklichen Wink. »Du mußt doch wissen, Congreve, daß eine erhabene Persönlichkeit in Lord Sullivan-Tonns Rang von einer solchen Prozedur ausgenommen wird. Das ist ein Verweis.«

Congreve salutierte mit dem Schlag vor die Brust. »Ich demütige mich, Schlachtenmeister. Solche Überprüfungen gehören zu den Standard-Sicherheitsmaßnahmen. Wir treffen sie bei allen menschlichen Personen, die sich für dauernd in Goriah niederlassen wollen. Wegen der Blutmetall-Gefahr wurden die Vorschriften unter Lord Nodonn verschärft.«

»Nodonn«, stellte Aiken fest, »ist Fischfutter. Und ich sage, daß von nun an den menschlichen Neuankömmlingen ein ebenso freundlicher Empfang gewährt wird wie den Tanu. Denke daran, oder du wirst dich mir verantworten müssen!«

Sullivan-Tonn lächelte vor Vergnügen. Er zog die verschämte Olone nach vorn und stellte sie Aiken und dem Inquisitor vor. »Lady Olone von Calamosk, Tochter des verstorbenen Lord Onedan Trompeter, die beim Großen Liebesfest dieses Jahrs meine Frau werden wird.«

Ein feuriger Blitz aus dem Gehirn des Mädchens wurde schnell verschleiert. Sie verbeugte sich anmutig. Der Leuchtende pflanzte einen langen Kuß in ihre Handfläche. Sie fragte leise: »Ist es wahr, Lord Schlachtenmeister, daß du König werden wirst?«

Die schwarzen Augen funkelten. »Wie Tana will, Schätzchen!«

»Mit ... ah ... all den königlichen Vorrechten?« Ein Lächeln stahl sich über ihre Korallenlippen. Sullivan-Tonns Gesicht blieb unbewegt.

»Die Vorrechte«, versicherte Aiken ihr, »gehören zum Amt.«

Er ging zu dem grinsenden Raimo hinüber, legte seinem alten Freund den Arm um die Schulter und rief aus: »Und jetzt – seid guten Mutes, ihr alle! Aiken Drum ist hier! Schluß mit dem Wartenlassen, dem Durchsuchen, dem widerwärtigen Befragen. Ihr kommt alle mit mir in meine Glasburg, und da werden wir feiern!«

7

Der alte Isak Henning keifte und keifte, und schließlich erklärte Huldah sich bereit, die mühsame Klettertour auf den Berg zu unternehmen und dort bis Mitternacht Wache zu halten. Dabei wußte sie, daß es bald regnen würde.

»Wir sind als einzige noch übrig, um die Warnung zu geben!« Knochige Daumen gruben sich in ihre kräftigen Oberarme. Isaks trübe Augen rollten angstvoll in die Richtung der inneren Höhle. »Es ist die gefährlichste Zeit überhaupt! Vollmond nach der Tagundnachtgleiche des Frühlings! Die Jagd wird bestimmt kommen. Das geschieht jedes Jahr. Und nun hör mir zu, Mädchen! Wenn du sie, von Aven kommend, über die Lagune fliegen siehst, entzündest du das Signalfeuer. Ganz Kersic verläßt sich auf dich!«

»Ja, Opa.«

»Er könnte sie rufen! Sogar in seinem Schlaf!« Die Stimme des alten Mannes war ein bösartiges Zischen.

»Ja, Opa.«

Zitternd schaufelte Isak glühende Kohlen aus dem Kochfeuer in einen Keramikbecher. Er häufte Asche darauf, damit sie nicht zu schnell niederbrannten. Huldah nahm den Becher und die dicke Fackel aus talggetränkten Pflanzenfasern, die er vorbereitet hatte.

»Jetzt weißt du, was du mit diesen Dingen zu tun hast!« schnauzte er sie an.

»Was?« fragte sie.

»Das Signal, du verdammte blöde Kuh!« explodierte er. »Wenn du die Fliegende Jagd siehst, benutzt du die heißen Kohlen, um die Fackel anzuzünden. Dann benutzt du die Fackel, um den großen Holzstapel in Brand zu setzen!«

Huldah lächelte. »Fackel anzünden. Holz in Brand setzen. Ja, Opa.«

Der alte Mann kreischte beinahe. »Aber nur, wenn du

die Jagd siehst, verdammt! Nur wenn du sie zwischen den Sternen auf uns zukommen siehst – sich drehend und steigend und fallend wie eine aus Regenbogenlichtern gemachte Schlange!«

»Ist gut.« Huldah stand und blickte geistesabwesend auf ihn hinab. Sie hatte nichts von physischer Schönheit an sich, nur Kraft und Gesundheit. Ihre Lippen und Wangen glänzten von den butterfetten gebratenen Haselmäusen, die sie zum Abendessen gehabt hatten. Ihr Wildlederhemd war noch ziemlich sauber. Ihre Brüste, die aus einem Grund schwollen, den Isak durchaus zu erraten vermochte, strafften das Leder zwischen den vorstehenden Warzen.

»Nun?« brüllte er. »Geh schon, du Riesenbaby!«

Sie blieb im Vorraum der Höhle stehen. Ihre Hände, in denen sie Fackel und Becher hielt, hingen an ihren Oberschenkeln nieder. »Du wirst dem Gott nichts tun, solange ich weg bin, Opa.«

Isak wandte den Blick ab. »Du steigst auf den Berg hinauf. Tu deine Pflicht und überlaß ihn mir!« Sein Atem ging schnell. »Die Fliegende Jagd kann schon unterwegs nach Kersic sein!«

»Du wirst dem Gott nichts tun.«

Huldah deponierte Kohlenbecher und Fackel auf den Steinfußboden. Isak versuchte sich zu ducken, aber sie war viel zu schnell für ihn. Sie packte seine stockdünnen Arme, drückte sie ihm gegen die Rippen und hob ihn hoch. In der Luft baumelnd, mit steifen Armen von der Titanin gehalten, trat und heulte und spuckte er wütend nach ihr. Schließlich brach er in Tränen aus. Sie setzte ihn mit großer Sorgfalt ab, hockte sich neben ihn, als er zusammenbrach, und wischte ihm das Gesicht mit einem Zipfel ihres geschlitzten Hemdes ab.

»Du wirst meinem Gott vom Meer nichts tun«, stellte sie befriedigt fest.

»Nein.« Er konnte nicht aufhören zu erschauern. Der Moschusgeruch, der von ihr ausging, war überwältigend.

»Dann gehe ich«, sagte sie. »Und wenn ich die Fliegende Jagd sehe, werde ich dein Signalfeuer entzünden. Obwohl auf Kersic keine anderen Leute mehr übrig sind, die es sehen könnten.«

»Doch, es gibt noch welche«, jammerte der alte Mann. Er bedeckte das Gesicht mit den Händen.

»Nein«, entgegnete Huldah. »Sie sind weggesegelt, als das salzige Wasser stieg. Hier sind jetzt nur noch du und ich und der Gott.« Sie tätschelte Isak freundlich den sommersprossigen Kahlkopf und hob das Feuergerät wieder auf. »Und die Fliegende Jagd wird nie mehr kommen. Das Wasser ist zu tief. Es ist tief genug, um sich in den Spalt zu ergießen, wo die Sonne untergeht. Deshalb können die Jäger nicht mehr zu uns durchkommen.«

»Verdammte, verrückte Kuh«, brummelte Isak. »Geh! Geh! Halte gut Wache!«

»Gut. Es kann ja nichts schaden.«

Sie ließ ihn als zusammengekrümmtes Häufchen liegen und verschwand in der Dunkelheit. Über dem Wasser hatte der Himmel die Farbe von Enteneiern, ein ganz tiefes Blau mit violetten Federwölkchen über dem Rückgrat von Kersic. Ein paar verschleierte Sterne kamen heraus. Huldah summte im Ausschreiten leise vor sich hin. Es war feucht und kühl, aber das machte ihr nichts aus. Und der Gott war mit seiner Decke, die aus Streifen von Kaninchenfell geflochten war, warm zugedeckt.

Ihr Herz füllte sich im Gedanken an ihn mit Freude. So schön, so freudenbringend noch in seinem endlosen Schlaf! (Für seine arme Hand würde er bald Ersatz bekommen, wenn Opa mit dem Abschmirgeln und Glätten fertig war.) Kehrte sie nach der vergeblichen Wache schnell zurück, war immer noch Zeit, ihn zu verehren, und Opa würde aufwachen und zusehen und stöhnen.

»Ich hasse dich, Opa«, sagte sie.

Sich durch den dichten Maquis zwängend, erreichte

sie endlich den Gipfel, wo es einen freien Platz zwischen verdrehten Regenschirm-Pinien und einen hohen silbergrauen Holzstapel gab. Huldah stellte den Feuertopf auf den Boden, legte die Fackel daneben und trat an den steil nach Westen abfallenden Rand des Vorgebirges. Sie setzte sich auf die Kante, ließ ihre kräftigen Beine baumeln und sich von dem auffrischenden Wind kitzeln, der ihren Rock hochtrieb.

Da unten in jener Bucht, an einem Ort scharfer Riffe, jetzt vom Wasser bedeckt, hatte sie ihn gefunden. Das Wunder. Die Freude. Den Gott vom Meer. Seine Augen hatten sich in den Monaten, die sie ihn gepflegt hatte, nie geöffnet, aber sie wußte, das würden sie eines Tages tun, jetzt, wo seine schrecklichen Wunden geheilt waren. Er würde aufwachen und sie lieben.

»Dann werden wir Opa töten«, entschied Huldah.

8

An der Maghreb-Küste Afrikas schlugen schwarze Wellen an den Fuß der Rif-Berge und der alten vulkanischen Hügel, die einmal das südliche Ende eines Gerölldamms verankert hatten. Ein dünner Nieselregen hatte eingesetzt.

Kuhal Erderschütterer, Zweiter Lord der Psychokinetiker, hatte das Lager an der geschütztesten Stelle aufgeschlagen, die er finden konnte, einem steilwandigen Wadi mit einer dünnen Wasserspur, die im Kies des Strandes verschwand, bevor sie das Neue Meer erreichte. Dort standen Palmen und blühende Akazien, und eine auffallende Gruppe pinkfarbener Narzissen nickte im tiefen Schatten neben einer kleinen Quelle.

Er hatte das Firvulag-Lederboot wie eine Kuppel über einer ziemlich trockenen Nische aufgebaut. Darunter lag Fian. Kuhal war es mit seiner schwachen Kreativität gelungen, Feuer zu machen, aber das Abendessen war mager: ein Palmenherz, zwei fast ausgebrütete, mit den Embryos gebackene Vogeleier, ein paar im letzten Rest des Hamsterfetts gebratene Akazienblüten, die köstlich schmeckten, aber wenig Substanz hatten. Eine Schlange von Ausmaßen, bei denen einem der Mund wässerte, war ihm entkommen. Und von den reichlich vorhandenen Narzissenzwiebeln wußte Kuhal, daß sie giftig waren.

Fian stöhnte. Der Nieselregen verwandelte sich in Schauer, die von scharfen Böen gegen die Lederhaut des Bootes geschleudert wurden.

KALT!
kalt kalt
KALT KALT
KALTKALT ich/ich weiß. KALTKALT
kalt kalt
kalt kalt
KALT

Der Schlafrock, den Kuhal aus den Fellen kleiner Tiere hergestellt hatte, fiel schon fast in Stücke. Die Sehnennähte waren verfault, und das brüchige Leder hatte die meisten Haare verloren. Er hatte versucht, den Rock mit frischen Fellen zu flicken, aber die älteren Teile neigten dazu, von den Flicken abzureißen. Kuhal stopfte das zerlumpte Ding so fest wie möglich um Fian fest. Dann ging er, um mehr Holz für das Feuer zu suchen. Er fand tote Zweige auf einem Baum höher im Wadi. Dornen rissen seine Hände auf, als er sie in Stücke brach und auf das rauchende Feuer häufte. Er kroch wieder unter das Bootsdach, zog seinen durchweichten und schleimigen Poncho aus und hängte ihn über eine Ruderbank. So diente er als Vorhang und Wärmefalle. Das Antilopenfell stank gräßlich. Fian regte sich, zupfte an den Verbänden aus schmutzigem, rosig-goldenem Stoff, die seine furchtbaren Kopfwunden bedeckten. Kuhal zog die Hände seines Bruders davon zurück und drückte sie fest unter die Felldecke. Sie waren feuchtkalt; die Haut spannte sich über hervortretenden Knochen und Sehnen, und der Puls flatterte im Netz der Blutgefäße.

Sterben ...
Nein.
wir sterben zusammen ...
Nein.
wir sterben an der Kälte? ...
NEIN!
sokaltblutlangsamherzlangsam ...
NEIN ICH/ICH WÄRME UNS!!

Der vereinigte Geist kämpfte. Die eine Hälfte drängte es, sich loszureißen und Monaten des Leidens ein Ende zu setzen. Die andere, gnadenlos in ihrer Liebe, befahl Leben.

A
(psychoki A *netische*
gefäßer A *weiternde)*
Stimu A *lierung*
A
A
A
H
!

Der Schmerz rührte hauptsächlich von den infizierten Gesichtsnerven her. Und von der feuchten Kälte. Kuhal, der kaum genug PK hatte mobilisieren können, um den stockenden Blutkreislauf seines Bruders in Gang zu bringen, bereitete sich jetzt darauf vor, den Schmerz von neuem mit seiner redigierenden Fähigkeit zu dämpfen. Dazu reichte seine Kraft fast nicht mehr aus. Es war die zehnte Nacht hintereinander, in der er nicht geschlafen hatte, die äußerste Grenze. Morgen mußten sie hier aufbrechen. Schlafen, warm und trocken werden, nahrhaftes Essen finden. Fians Lebenswille war fast auf Null herabgesunken.

Schlaf, Fian.
ja
Schlaf, lieberBruder.
ja
Schlaf, Seelenspiegel.
ja
Schlaf, sanfter Einflüsterer.
j a
Schlaf, geliebtesverwundetesSelbst.
j a
Schlaf, FianGeistvonmeinemGeist, schlaf.
(Theta-Wellen in langsamem Rhythmus)
Schlaf.

Den größten Teil des Tages hatte Fian deliriert, und die mentalen Stürme der rechten Gehirnhälfte ergriffen die von Erschöpfung betäubten Verteidigungen der linken an, bis Kuhal selbst eine Halluzination hatte.

Er war den ewigen Strand entlanggewandert und hatte Fian in dem gefundenen Firvulag-Lederboot durch das seichte Wasser gezogen. Plötzlich sah er eine Stadt in dem Nebel weit draußen auf dem Meer. Sie leuchtete wie eine erdgebundene Sonne – Muriah, in voller Pracht wiedergeboren! Kuhal hörte die Tanu-Frauen das Lied singen, Zuschauer in der Arena beim Frühlingssportfest jubeln, Glastrompeten schmettern und juwelenbesetzte Schwerter auf Glasschilden dröhnen.

Hingerissen ließ er den Strick des Bootes fahren. Zu Hause! Sie waren beinahe zu Hause! Nach Monaten, in denen sie an der afrikanischen Küste westwärts gekrochen waren – elend, halb wahnsinnig, verhungernd, mit metapsychischer Impotenz geschlagen – war doch noch ein Wunder geschehen.

Mit ausgestreckten Armen watete Kuhal ins tiefe Wasser auf die Vision zu.

Der schwerer verwundete Bruder, dessen Anteil am Gehirn die größere intuitive Begabung hatte, erkannte das Phantom als das, was es war. Einen Fetzen an koerzibler Kraft zusammenraffend, hatte er Kuhal gezwungen, umzukehren und den Strick wieder in die Hand zu nehmen.

»Jetzt werden wir zusammen zu der Gesegneten Insel reisen«, hatte Fian gesagt.

Aber Kuhals geistige Verwirrung war vorüber. Entschlossen wählte er das Leben für sie beide. Sie kamen ans Ufer.

»Ich sterbe langsam«, hatte Fian gesagt. »Warum kein Ende machen?«

»Du wirst nicht sterben. Ich lasse dich nicht sterben. Wir werden es schaffen, das europäische Festland zu erreichen. Sobald der Regen aufhört, wird der Wind sich auf Süden drehen. Ich werde ein Segel für das Boot herstellen.«

»Es würde uns nichts nützen, ans jenseitige Ufer überzusetzen. Die anderen sind alle in der Flut ertrunken.«

»Das wissen wir nicht! Unsere Fernwahrnehmung ist so geschwächt, daß wir nur noch bis auf Hörweite hinausgelangen – höchstens.«

»Kuhal! Geist von meinem Geist. Nichts gibt es mehr für uns als Tod ... wenn wir vereinigt bleiben wollen.«

Schreiend hatte Kuhal es abgestritten. Der Tod war unvorstellbar. Eine Trennung war unvorstellbar. »Vertraue mir! Du hast mir immer vertraut, bist mir immer gefolgt. Wir sind *eins.*«

Und der Schmerz und die Hoffnungslosigkeit wuchsen, und Fian sagte: »Wenn du mir nicht folgen willst, muß ich vielleicht allein gehen.«

»Nein!« Auf Kuhals niedrigster bewußter Ebene kroch die Wahrheit heraus: *Ich fürchte mich ...*

In dem vom Regen gepeitschten Unterschlupf sitzend, hielt Kuhal Erderschütterer, der Zweiter psychokinetischer Lord unter dem großen Nodonn gewesen war, seinen Zwillingsbruder fest. Das Feuer zischte; bald würde der Regen es auslöschen. Fians Gehirnwellen waren langsam und friedlich. Er spürte keinen Schmerz. Aber für den wachenden Bruder war es anders:

(Langsame Theta-Wellen)
(Langsame Theta-Wellen) **FURCHT** *(Langsame Theta-Wellen)*
(Langsame Theta-Wellen)

9

Es goß und war schon ziemlich dunkel, als der Ronin Yoshimitsu Watanabe an das zwölfte Troll-Tor auf der Redon-Straße kam.

»Dreckige Firvulag-Erpresser«, brummelte er.

Yosh zog die Zügel an und erwog die Angelegenheit mit müdem Abscheu. Er hatte schon soviel Zeit verloren beim Durchschwimmen überfluteter Furten und bei Umwegen um Ausspülungen und Erdrutsche. Wenn er Goriah heute nacht überhaupt noch erreichte, würde es in den frühen Morgenstunden sein, wo ein Reisender, selbst wenn er Geld hatte, schwer Unterkunft fand. Und wenn er pleite war ...

Yoshs ausgehungerte Chaliko-Stute nutzte den Halt, um sich ein paar Chufas aus der schlammigen Erde zu wühlen. Er drängte sie mit einem leisen »Hup, Kiku« zum Weitergehen. Kiku kam an den Rand eines Abgrunds, blickte auf den schäumenden Strom unten und wieherte ängstlich. Die Schlucht war schmal, aber außerordentlich steil und von angeschwemmtem Holz verstopft. Überspannt war sie von einer einfachen

Brücke aus Stämmen, mit dem Breitbeil behauen. An beiden Enden befand sich ein »Tor«, ein mannshohes Steinmal mit einer Stange an der Spitze, von der eine Laterne aus gefärbtem Pergament in der Form eines phantastisch gehörnten Schädels baumelte. Im Gehäuse eingesperrte große Feuerfliegen sorgten für eine unstete Beleuchtung.

Wenn ein Reisender die Brücke benutzen wollte, mußte er die übliche Opfergabe in Löcher am Fuß des Steinmals legen. Tat er es nicht, lief er Gefahr, von dem Troll gefressen zu werden.

Yosh öffnete seinen capeartigen Mino und ließ ihn von den Schultern gleiten, so daß die unheilverkündende Pracht seines rotverschnürten Uma-Yoroi für jeden nächtlichen Räuber deutlich zu erkennen war. Mit zwei schnellen Bewegungen ersetzte er seinen Stroh-Regenhut durch den gepanzerten Kabuto. Als seine Hände von seinem Kopf niedersanken, griffen sie den imitierten (aber tödlichen) Nodachi, der in der Scheide hinter seiner rechten Schulter steckte.

Yosh hielt das Langschwert vor sich hin. Er und Kiku standen so bewegungslos wie eine Reiterstatue. Die geisterhaften Laternen hüpften und flackerten. Lauwarmer Regen prasselte auf die Dschungelgewächse nieder, und ein paar Baumfrösche quarrten ein Frühlingsmadrigal.

»Nun hör mal zu, du!« rief Yosh mit hallender Stimme. »Ich bin ein Mann von Ehre. Ich halte zu der Menschen-Firvulag-Allianz. Ich habe eure verdammten Zölle auf dem ganzen Weg vom Pariser Becken ohne Murren bezahlt. Aber jetzt habe ich nur noch drei Silbermünzen übrig. Gebe ich sie dir, bin ich völlig abgebrannt, wenn ich heute nacht in Goriah einziehe. Kein Geld, um ein Bett, Essen, Futter für mein Reittier oder sonst etwas zu kaufen. Deshalb bezahle ich nicht! Du wirst dir dein Geld holen müssen!«

Die Frösche verstummten, und nichts war mehr zu

hören als der Regen und das gedämpfte Dröhnen des Wasserfalls. Etwas Großes und Nasses und Scheußliches sprang auf den Pfad, den japanischen Krieger und sein pferdeartiges Reittier bedrohend. Die Erscheinung war reptilisch, mit Schwimmhäuten zwischen den Fingern und einem schuppigen Körper. Der Kopf ähnelte den gehörnten Gehäusen der Laternen. Er war überzogen mit einer körnigen Haut. Riesige, hervortretende Augen leuchteten wie grüne Suchscheinwerfer.

Bevor das Ding angreifen konnte, öffnete Yosh den Mund. Er stieß den Kiai aus, den Geisterschrei der alten Bujutsu-Meister. Es war ein Laut von so umwerfendem Volumen und so grausigem Klang, daß er den Troll wie ein körperlicher Hieb traf. Das Wesen taumelte, sank auf ein Knie nieder und drückte die Klauenhände an die Schläfen.

Von Yosh angespornt, sprang die Chaliko-Stute. Sie war ein großes Tier, höher als neunzehn Handspannen. Ihre Vorderfüße, bewaffnet mit halb einziehbaren Klauen, größer als die Handfläche eines Mannes, landeten nur Zentimeter vor dem gelähmten Körper des Trolls. Die Spitze von Yoshs großem Nodachi schwebte über dem Bauch des Firvulag.

»Das Schwert ist Eisen – keine Bronze, kein Glas«, sagte Yosh. »Du sprichst Standard-Englisch? Dies ist eine Blutmetall-Waffe! Nopar o beyn! Ein Kratzer, und du bist warmes Fleisch. Ich habe zweiundzwanzig Heuler und zwei Tanu mit diesem Nodachi getötet, und ich bin bereit für meinen ersten Firvulag, wenn du auch nur häßlich *blinzelst.*«

Der Troll stieß den Atem in flatternden Stößen aus. »Du ... du sagst, du hältst zur Allianz, Geringer?«

»Das habe ich bisher getan. Wirst du wegen des Zolls vernünftig sein?«

Die Augen des Wesens flammten. »Habe ich nicht das Recht, mir meinen Lebensunterhalt zu verdienen? Dreimal ist die Brücke in diesem Winter weggespült worden, und ich mußte sie wieder anbringen! Zwei Silbermünzen ist billig. Ich kassiere nicht einmal soviel, wie die Unterhaltskosten betragen. Und außerdem nehmen mir die königlichen Steuerhaie dreißig Prozent ab.«

Das Schwert schwankte nicht. »Ich kann es mir nicht leisten. Die Zeiten sind hart im Norden, wo die Welt seit der Flut auf dem Kopf steht. Darum reise ich nach Goriah. Nun? Willst du für zwei lausige Silbermünzen sterben?«

Das Leuchten des Ungeheuers schwächte sich ab. »Oh, Hölle. Reite durch und sei verdammt! Hör mal – kann ich die Gestalt wechseln und aufstehen? Dieser kalte Schlamm ist Gift für mein Rheuma.«

Yosh nickte und hob das Schwert. Die Reptiliengestalt erzitterte. Farbige Funken durchschossen sie und fanden sich zu dem leicht glühenden Körper eines mittelgroßen Fremden zusammen. Sein Gesicht war faltig, seine Nase war lang und spitz, und seine kleinen Knopfaugen funkelten unter außergewöhnlich buschigen roten Brauen hervor. Er trug eine spitze rote Mütze, dazu passende Reithosen (jetzt vom Schlamm durchtränkt), ein am Hals verschnürtes, gekräuseltes Hemd, eine mit aparten Mustern aus eineinander verschlungenen stilisierten Tieren bestickte Lederweste und genagelte Stiefel mit hochgebogenen Spitzen.

»Hör mal, wir können einen Handel abschließen«, sagte der Troll. »Du bist immer noch mehr als dreißig Geringen-Meilen von der Stadt des Leuchtenden entfernt. Ein langer Weg in einer bösen Nacht. Und wie du sagst, klingelt in deiner Börse nicht mehr viel. Du würdest auch mehr als diese drei Silbermünzen brauchen, um in Goriah ein anständiges Unterkommen zu finden. Aber mein Schwager Malachee hat eine prima Kneipe nur ein paar Kilometer von hier. Dort kannst du eine gute Mahlzeit und für dein Tier einen Platz im Stall und einen Beutel Wurzeln für nur zwei Münzen bekommen.

Morgen früh lasse ich dich dann zu ermäßigtem Preis durch: Ein Silberstück anstelle der üblichen zwei. Was sagst du?«

Yosh kniff die Augen zusammen. »Du willst mich nicht verscheißern?«

Der Firvulag hob die Hände. »Menschen und Kleine Leute sind Verbündete! König Sharn und Königin Ayfa haben es amtlich gemacht. Niemand wird dich in deinem Bett bei Malachee umbringen.«

»Aber ein Mensch, der in einem Firvulag-Gasthof übernachtet ...«

»Das ist im Hinterland nicht gerade üblich, kommt hier jedoch immer häufiger vor, besonders seit der Leuchtende seinen Ruf nach Rekruten ausgesandt hat. Unsere Leute können das Geschäft brauchen! Hör mal, ich habe heute abend schon zwei Geringe zu Malachee geschickt. Fußwanderer. Du wirst Gesellschaft haben.«

Yosh grinste. Er ließ das Langschwert wieder in die Scheide auf seinem Rücken gleiten. Eine Berührung seiner Fersen und eine leichte Gewichtsverlagerung veranlaßten das Chaliko, sich von dem schmutzig gewordenen Fremden zurückzuziehen. »Okay. Ich bin einverstanden. Wie finde ich den Ort?«

»Reite auf dem Weg zurück, bis du an die Biegung kommst, die zu den Klippen an der Straße von Redon führt. Biege beim Korkeichenhain rechts ein, folge dann dem Grasstreifen, bis du in einen Grabhügel hineinrennst. Das ist es. Malachees Schenke. Sag ihm, Kipol Grünzahn schickt dich.«

Er wackelte an den Rand des Abgrunds und blickte dort über die Schulter zurück. »Dieser Schlachtruf von dir ist in Wirklichkeit ein traditioneller Firvulag-Gag, weißt du. Aber die alten Tricks sind die besten. Nichts für ungut.« Mit einem ironischen Salut sank Kipol Grünzahn in den Boden.

Yosh fand den Tumulus, der den Umfang eines großen Zirkuszelts hatte und mit Buschwerk überwachsen war. Er wirkte da in der stürmischen Nacht völlig verlassen, einsam auf einer vom Wind gefegten Heide liegend, vielleicht einen halben Kilometer von der Meerenge entfernt. Der Regen hatte für den Augenblick aufgehört. Zerrissene Wolkenfetzen jagten über den Himmel wie Hexenschwadronen. Entlang dem südwestlichen Horizont zeichneten sich niedrige Küstenhügel vor einem perlfarbenen Schimmern ab. Dies quälende Licht hinter dem Festland kam von Goriah, Aiken Drums neuem Hauptquartier, jetzt de facto Hauptstadt des Vielfarbenen Landes. Ein operanter Mensch herrschte über das alte Tanu-Königreich, und das Pliozän-Exil würde eine ganz andere Welt werden.

»Und ich kann es kaum erwarten, dabei mitzuwirken!« gestand Yosh der geduldigen Kiku.

Jedenfalls würde er auf eindrucksvollere Weise in Goriah einziehen, wenn er bei Tageslicht kam. Kiku war dann frisch und mit dem hübschen Lederzeug geschmückt, das er angefertigt hatte. Sie hatten eine auffallende Reihe von Papierdrachen im Schlepptau, die an den Stadttoren die Aufmerksamkeit der Leute erregen würden. Dann ritt er in Goriah ein, überwältigend in seiner Samurai-Rüstung der Muromachi-Periode, das Schwert in der Hand. Er bot dies Schwert aus handgeschmiedetem Eisen Lord Aiken-Lugonn dar. Und Yoshimitsu Watanabe war kein Ronin mehr, kein herrenloses Gut, das auf dem Meer des Lebens dahintrieb. Er war ein Goshosamurai – ein kaiserlicher Krieger!

Kurz fragte Yosh sich, was seine Kollegen des 22. Jahrhunderts vom Rocky-Mountain-Robotwerk im guten alten Denver, Colorado, sagen würden, wenn sie ihn in dieser Stunde der Glorie sehen könnten ...

Die Wirklichkeit holte ihn zurück auf die Erde des Pliozän. Seine Schuppenrüstung war schwer und leckte wie ein Sieb. Der Magen schlappte ihm leer gegen das

Rückgrat, und die arme Kiku mußte sich damit zufriedengeben, einen dürren Ginsterbusch zu kauen.

Wo mochte die verdammte Kneipe sein? Er ritt um den Hügel herum, leuchtete mit seiner Solarbatterie-Lampe in Senkungen und Gebüsch. Alles, was er fand, war ein kleiner aufrechtstehender Stein, dünn und etwa einen halben Meter hoch, auf den ein schwarzes Ideogramm gemalt war. Yosh beugte sich aus dem Sattel und studierte es. Da hörte er aus der Ferne grobes Lachen und Musik.

Kam das *aus* dem Hügel?

»Hallo!« rief er.

Die fröhlichen Geräusche verschmolzen mit dem pfeifenden Wind.

»Ist jemand da drinnen? Ist dies Malachees Schenke? Äh – Kippy Grünzahn hat mich geschickt!«

Ein Poltern und Scharren ertönte, und das Chaliko scheute zurück. Ein Rechteck aus trübgelbem Licht, fast drei Meter hoch und etwas weniger breit, erschien auf dem Abhang vor ihm. Die Erde senkte sich und enthüllte einen bemerkenswert großen Tunnel, erleuchtet von brennenden Kohlenpfannen an den Wänden. Abzweigungen führten nach rechts und links. Am hinteren Ende war eine große Holztür mit zwei Gucklöchern wie rote Augen, und durch diese Tür drangen gedämpft trunkenes Lachen, Singen, Klirren, Poltern und andere Anzeichen einer ausgelassenen Geselligkeit.

»Willst du die ganze Nacht da stehenbleiben, Geringer – oder hereinkommen?«

Ein halbwüchsiger Firvulag, bucklig und pickelig, aber mit einem überlegenen Lächeln im Gesicht, winkte Yosh vorwärts. Als der Krieger dem jugendlichen Fremden in den rechten Gang folgte, schloß sich der Eingang zu dem hohlen Berg hinter ihm. Yosh hielt seine Panik im Zaum (ebenso Kiku, die in dieser neuartigen Umgebung nervös geworden war) und ritt in eine trockene Erdkammer ein, wo alle Arten von Ballen, ver-

GIUSEPPE·MANGONI

siegelten Krügen, vollen Säcken und Hausrat herumstanden und -lagen.

Das Bürschchen lehnte sich an ein Faß und polkte mit einem schmutzigen Fingernagel an einem entzündeten Mitesser auf seiner Nase herum. Er wies auf eine Stelle an der Wand, wo Stroh den Boden bedeckte.

»Stell dein Tier dahin. Binde es am Ring in der Wand fest. Wurzeln zum Fressen in Säcken. Du fütterst und versorgst es selbst. Chalikos mögen mich nicht.« Er kicherte, und ein Ausdruck katzenhafter Wildheit verzerrte seine Züge. Kiku schnaubte und zeigte das Weiße ihrer Augen.

Yosh stieg ab. Während er sich um sein Tier kümmerte, hatte er das Gefühl, der Blick des Firvulag bohre sich in die Rückenplatte seiner Rüstung, wo der große, gekrümmte Nodachi sich verbarg.

Das stockende Englisch des Jungen war vernichtend. »Du läßt Blutmetall-Schwert hier. Im Vorratsraum.«

Yosh sah ihn nicht an. Er fuhr fort, Kiku mit einer Handvoll Stroh abzureiben. »Nein. Ich behalte meine Waffen und meine Rüstung bei mir. Und morgen früh sehe ich nach, ob nichts von den Dingen, die ich hier draußen lasse ... verlegt worden ist. Ich wäre einfach aufgeschmissen, sollte eins meiner Besitztümer verlorengehen ...«

Im Bruchteil einer Sekunde drehte er sich um. Sein Schwert fuhr blitzend in einer Iaijutsu-Bewegung nieder und machte erst kurz vor der Stirn des sprachlosen Firvulag Halt.

»... und dann wärst du dran, Junge. Wenn du dich an meinem Chaliko vergreifst. Verstanden?«

»Mala-*chee!*« kreischte das Bürschchen entsetzt.

Yosh machte von dem Schwert den unschuldigen Gebrauch, einen Sack Wurzeln aufzuschlitzen, als der zwergenhafte fremde Kneipenwirt hereinstürmte.

»Aber, aber! Was soll dieser Aufruhr, Nuckalarn, mein Junge? Ein neuer Gast? Willkommen, menschlicher Freund!« Malachees Gesicht war rund und rosig. Seine Spitzohren lugten aus einer Krone silberweißen Haars hervor. Er hatte die Ärmel bis zum Ellbogen aufgekrempelt, sehr saubere Hände und eine lederne Latzschürze an. Das Schwert mit einem kurzen Blick streifend zwinkerte er Yosh zu. »Natürlich können Sie Ihre Waffen bei sich behalten, Sir. Aber bitte, die ganze Zeit in der Scheide. In Malachees Schenke sind keine Demonstrationen kriegerischer Künste erlaubt.«

Der Junge Nuckalarn, auf dessen Gesicht in Ergänzung der ursprünglichen Pickel häßliche weiße Angstflecken entstanden waren, schob mit forcierter Frechheit die Unterlippe vor.

»Er sagt, er schneidet mich mit Blutmetall in Stücke! Hurensohn, Geringer!«

Malachee hob, Yosh ansehend, vorwurfsvoll eine Augenbraue.

»Ein Mißverständnis.« Der Krieger strahlte Malachee an und ignorierte die Schmeicheleien, die der Firvulag-Jüngling in seiner eigenen Sprache murmelte. Nachdem er sein Schwert wieder in die Rückenscheide gesteckt hatte, holte er zwei Silbermünzen aus seinem Uchi-bukuro und hielt sie dem Wirt hin. »Erlauben Sie mir, als Zeichen meines guten Willens im voraus zu bezahlen. Ihr braver Schwager hat mir Ihr Wirtshaus warm empfohlen.«

Malachee zwinkerte, nahm das Geld und ging in den Schankraum voraus. Die Holztür schwang auf, und Yosh hatte einen Eindruck von pulsierendem rötlichen Licht, tumultuarischem Lärm, dem Geruch nach bratendem Fleisch und verschüttetem Bier und einer Menge fröhlicher Fremder, deren Größe von apfelwangigen Zwergen, die auf dem Fußboden zechten, bis zu kronleuchterstreifenden Ogern reichte. Nicht einer der Firvulag trug einen illusorischen Aspekt. Das war fast unverbrüchlicher Brauch bei dieser Rasse, wenn sie mit Menschen zusammenkamen. Interessant fand Yosh es, daß trotz der Unterschiede in der Größe keiner dieser Firvulag körperliche Deformierungen aufwies, wie er sie bei den mutierten Heulern gesehen hatte. Auch waren sie nicht ärmlich gekleidet. Die mittelgroßen Individuen hätten, in die Tracht des 22. Jahrhunderts gesteckt, in einer typischen Wirtshausmenge auf der Alten Erde keinerlei Aufmerksamkeit auf sich gezogen.

Malachee mußte den Krach überbrüllen. »Gleich hier entlang zu einem schönen Tisch! Sie können mit zwei von Ihren Landsleuten zusammensitzen!«

Zur Dekoration des Schankraums dienten polierte knorrige Wurzeln und Schnitte ornamentaler Mineralien. Holzschnitzereien in Wasserspeierform verschönten massige Stützbalken, und man hatte genialen Gebrauch von Pilzmotiven gemacht. Als Yosh dem Wirt durch die Menge folgte, zogen sich die Firvulag-Kunden mit argwöhnischem Ausdruck zurück. Einige murrten oder zogen finstere Gesichter. Trotz aller königlichen Dekrete war die Allianz offensichtlich immer noch ein zerbrechliches Ding.

In dem Dunst am anderen Ende des Raums schwenkte ein gigantischer Betrunkener seine Arme durch die Luft wie eine wahnsinnig gewordene Windmühle. Er sang in einem überraschend wohllautenden Bariton ein einziges beschwörendes Wort:

»Vaaf-na!«

Die Schar der Gäste antwortete im Chor: »Vafna! Vafna!«

Yosh wurde auf einen der pilzförmigen Holzschemel an einem Wandtisch niedergedrückt. Malachee gellte ihm ins Ohr: »Amüsieren Sie sich! Ich lasse Ihnen Ihr Abendessen sofort bringen. Mit den beiden Silbermünzen ist alles bezahlt, was Sie essen und trinken möchten! Sie werden das Schlafzimmer mit diesen Reisenden hier teilen! Danke für Ihr Kommen!«

Das tiefrote Licht am anderen Ende des Raums hellte sich zu Orange auf. Yosh warf einen forschenden Blick auf die beiden Menschen, die mit ihm am Tisch saßen. Der eine war ein stämmiger junger Mann mit einem pfirsichfarbenen Flaumbart in schäbigem gefransten Wildleder. Das scheue Lächeln, mit dem er Yosh begrüßte, ließ auf einen Simpel schließen. Der andere Mann war beträchtlich älter. Seine fadenkahle Bluse und sein zerrissener Umhang waren von der Art, wie sie die Unteroffiziere der Graureif-Soldaten trugen. Er hatte ein stoppelbärtiges, vorspringendes Kinn, fettiges Haar, das ihm über feindselig zusammengekniffene Augen fiel, und die sprungbereite Haltung des unverbesserlichen Militaristen.

»He, Mann!« rief der Simpel Yosh zu. »Ist das hier nicht ein klasse Laden? Und wie die Gespenster Ihnen Platz gemacht haben! Mannomann!« Er senkte die Stimme zu einem verschwörerischen Flüstern. »Ist das Schwert auf Ihrem Rücken – he – ist das *Eisen?*«

»Ja«, antwortete Yosh.

Der Militarist sah ihn über den Rand seines Bierkrugs finster an. »Bist du so 'ne Art Mongole, Schlitzauge?«

»Japanischer Abstammung«, erklärte Yosh gleichmütig, »in Nordamerika geboren.«

»Mann, sind wir froh, hier mit Ihnen zusammengetroffen zu sein!« freute sich der Junge. »Alles, was wir an Waffen haben, sind ein bronzener Schweinekitzler und ein Häutemesser aus Vitredur. Ich war sicher, wir würden heute nacht in unseren Betten massakriert werden! Mannomann! Aber mit Ihrem Eisen verschaffen wir uns *Respekt!* He – ich bin Sunny Jim Quigley, und das da ist Vilkas. Wer sind Sie?«

»Mein Name ist Watanabe.« Yoshs Antwort wurde von dem wiederholten musikalischen Geheul des großen Firvulag fast übertönt.

»V*aaaaf*-na!«

»Vafna! Vafna! Vafna! Vafna!« sangen die anderen Gäste. Sie schlugen mit Bechern, Messergriffen und Fäusten auf die Tische. Unsichtbare Trommeln nahmen den Rhythmus auf. Plötzlich gab es ein Zischen und einen Blitz. Jubelgeschrei erschütterte die Kneipe.

Ein klavierähnliches Instrument spielte ein paar kräftige Baßtakte, und fünf kleine Firvulag-Frauen sprangen ausgelassen in das feurige Leuchten. Sie sangen neckische Herausforderungen in der fremden Sprache, und die Männer antworteten in schmelzenden Harmonien. Die Mädchen trugen weite Röcke, die an das bukolische Mitteleuropa erinnerten. Kopfschmuck, Leibchen und die Stulpen ihrer roten Stiefelchen waren im Überfluß mit Edelsteinen geschmückt, die hypnotisch glitzerten und den Raum mit wirbelnden winzigen Lichtern füllten, während die Tänzerinnen sich immer schneller drehten.

Yosh strengte die Augen an, um in der rötlichen Finsternis deutlicher zu sehen. Diese Frauen! Waren sie wirklich ...?

Der Gesang wurde wilder. Die Herausforderungen der Mädchen und die Erwiderungen der Firvulag-Männer gingen ineinander über und erzeugten eine dichte erotische Atmosphäre. Eine kurze musikalische Phrase, von den Zuschauern fast gebrüllt, ließ die Frauen eine nach der anderen in die Luft springen. Beim Aufsteigen verschwanden ihre Kostüme wie Rauch; glatthäutige Nymphen mit flammenden Haaren wanden sich in einem Inferno aus Feuerfarben. Schlaginstrumente klirrten und schmetterten, und die vereinigten Stimmen erreichten ein hämmerndes Crescendo. Und dann wurden die weißglühenden Körper verzehrt. Die Musik wandelte sich zu müder Melancholie. Glühende Asche fiel nieder.

Das Licht nahm eine kühle Farbe an. Eine ganz andere weibliche Gestalt materialisierte sich, überschlank, einsam, Brüste und Schenkel in wehenden Dampf gehüllt. Sie sang ein kurzes lyrisches Lied von herzzerreißender Reinheit und Traurigkeit. Mit der letzten Note erstarb auch die nordlichthafte Beleuchtung.

Es herrschte Stille. Dann sprangen alle anwesenden Firvulag zu einem letzten ohrenbetäubenden *»Vafna!«* auf.

»Mein Gott«, sagte Yosh.

Dem Jungen rieselten Schweißtropfen von der Stirn. »Mannomann!«

Der grob zugehauene Bloßhalsige namens Vilkas leerte seinen Krug, knallte ihn auf den Tisch und lästerte die Tanu-Göttin. »Das hat euch richtig aufgegeilt, was? Nun, genießt es, ihr Blödmänner, und schwitzt es euch durch die Rippen. Das ist nämlich alles, was ihr kriegen werdet. Alles, was jeder von dieser lüsternen Meute kriegen wird.« Seine weitausholende Armbewegung schloß alle die dumm glotzenden, grinsenden Habitues ein, die allmählich aus der Verzauberung erwachten. »Verdammte Firvulag-Huren! Sie tun es nur durch Fernsteuerung, bis ihr Mannsvolk sie heiratet. Und wir Menschen sind auf der falschen Frequenz, deshalb gehen wir ganz leer aus – und sie wissen, wegen der gottverdammten Zähne können wir sie nicht zwingen. Deshalb lachen die Gespensterfotzen uns aus! Sie wissen, daß wir außerdem so gut wie nie eine Geringe bekommen.«

»Zähne?« fragte Yosh verständnislos. »Ich bin nie nahe genug an eine Firvulag-Frau herangekommen, um ihr in den Mund zu sehen. Was hat es mit ihren Zähnen Besonderes auf sich?«

Sunny Jim blickte verlegen zur Seite.

Vilkas gab ein unfrohes, bellendes Lachen von sich. »Keine normalen Zähne, Schlitzauge.« Er funkelte Yosh einen Augenblick bedeutungsvoll an und flüsterte: »Andere Zähne. Da unten.«

»Ah.« Der Ronin lächelte kühl. »Ich begreife, wie das Ihren Stil ruinieren würde. Sie sehen mir nicht wie der Typ aus, der höflich fragt. Oder viele kostenlose Angebote erhält.«

Ein Kellner tauchte neben Yosh auf und begann, ein

Tablett zu entladen. Es enthielt eine Platte mit großen gekochten Rippen, bedeckt mit einer scharfen Soße, eine Schüssel mit etwas, das wie Austernstew roch, einen Laib purpurfarbigen Brotes und einen riesigen Krug mit Bier. Als letztes setzte der Kellner eine mit winzigen Pilzen gefüllte Untertasse ab. Die Hüte waren rot mit weißen Tupfen.

Yosh faßte danach. »Was ist das? Die Horsd'oeuvres?«

Eine haarige Faust schloß sich um sein Handgelenk. »Vorsichtig mit diesen Dingern, Schlitzauge! Firvulag werden davon high, aber einen Menschen schicken sie schneller zur Hölle als Methylalkohol.« Vilkas lockerte seinen Griff mit unverschämter Langsamkeit. »Es sei denn, Pilztrips sind *dein* Stil.« Er sah den Kellner finster an. »Mehr Bier, verdammt noch mal!«

Sunny Jim wagte ein versöhnliches Lächeln. »Ach, Vilkas. He! Laß das doch!« Seine Augen richteten sich bittend auf Yosh. »Vilkas meint das nicht so. Er hat nur ein bißchen viel Gespensterbier getrunken. Der letzte Monat war eine harte Zeit für ihn. Er war in Burask, als die Heuler die Stadt in Stücke rissen, und davor ...«

»Schnauze, Jim!« sagte Vilkas. Sein Bier kam, und er stürzte einen Liter hinunter, ohne abzusetzen.

Yosh betrachtete Vilkas leidenschaftslos. »Kampai!« trank er ihm zu. »Ah, Burask. Ich habe die Festlichkeiten verpaßt, so ein Pech. Aber etwa eine Woche später traf ich auf eine Gruppe Tanu, die aus der Stadt geflohen waren.« Er nahm sich von dem Austernstew. Es war würdig, in den »Galaktischen Gourmet« aufgenommen zu werden.

Jim quollen die Augen aus dem Kopf. »Heilige blaue Scheiße, Mann! Was ist passiert?«

»Ihre offensiven Geisteskräfte waren schwach. Ich enthauptete zwei. Die anderen flohen. Unglücklicherweise wurden die goldenen Reifen der beiden Gefallenen von meinem Schwert beschädigt. Meine Mühe trug mir jedoch ein feines Chaliko ein.«

»Glückspilz«, brummte Vilkas durch den Bierschaum. »Glücklicher schlitzäugiger verdammter Bastard. Willst du wissen, was für ein Glück ich gehabt habe?«

Jim unterbrach, was offenbar eine ihm wohlbekannte Tirade war. »Und nun sind Sie auf dem Weg nach Goriah, wie?« Yosh nickte, und Jim rief aus: »He! Wir auch! Als wir erfuhren, dieser Mensch, der König werden möchte, verteilt goldene Halsbänder – na, da habe ich mit qualmenden Socken meinen heimatlichen Sumpf verlassen! Und der alte Vilkas ... nun, nach Burask brauchte es bei ihm nicht viel Überredung, damit er mitkam.«

»Und davor Finiah!« brüllte der Mann, der die Bluse eines Graureif-Soldaten trug. »Ich konnte den dreckigen Geringen entfliehen, nachdem sie mir den Ring weggenommen hatten, und dann behandelten mich die Tanu in Burask wie einen Verräter! Ich habe nie Glück. Nicht hier – nicht damals im Milieu. Litauer werden als Verlierer *geboren*. Sie wollten uns gar nicht einmal unseren eigenen Planeten geben! Teufel – sogar die Arschlöcher von *Albaniern* haben einen bekommen, nur wir nicht. Weißt du, was der großmächtige Rat uns Litauern gesagt hat? ›Geht eine Cosmop-Welt kolonisieren!‹ Sie sagten, wir hätten nicht genug ethnische Dynamik, um Gottes willen. Deshalb könnten wir uns einen Planeten mit einem Haufen von lausigen Letten und Costa-Ricanern und Sikkimesen teilen!« Er schluckte den letzten Rest Bier hinunter und fiel mit dem Kopf auf die besudelte Tischplatte. »Die verdammten Yankees haben zwölf Planeten bekommen. Die verdammten Japse neun. Und die armen Litauer gar keinen.« Er begann zu schluchzen.

»Ach, Vilkas«, sagte Sunny Jim. »He – beruhige dich!«

Yosh musterte das edle Paar. Sie stellten nicht viel vor, aber selbst zwei schäbige Ashigaru würden ihm mehr Gesicht geben, als wenn er ohne Begleitung in Goriah eintraf. Er hatte genug an Kleidung mit, um sie auszustatten. Der Junge konnte die Leine mit den Drachen halten, der gescheiterte Soldat die Standarte und das Netz mit den Tanuköpfen tragen.

»Der Weg von hier nach Goriah ist immer noch etwas gefährlich«, sagte Yosh. »Du kannst morgen mit mir kommen, Jim, wenn du möchtest. Vilkas auch. Alles, was ich von euch verlange, ist, daß ihr ein paar von meinen Sachen tragt.«

»He – das ist verdammt nett von Ihnen!« jubelte Sunny Jim. »Kein Gespenst wird sich an uns herantrauen, wenn wir bei Ihnen und Ihrem Eisenschwert bleiben! Ist das nicht eine großartige Idee, Vilkas?«

Der Kopf mit dem fettigen Haar hob sich. »Super.« Der blutdurchschossene Blick, der sich auf Yosh richtete, war entsetzlich nüchtern geworden. »Wie sagtest du doch, war dein Name, Schlitzauge?«

Yosh legte die Rippe hin, von der er abgebissen hatte, und lächelte, als habe er ein bockiges Kind vor sich.

»*Du* kannst mich Yoshi-sama nennen«, sagte er.

10

Das Empfangskomitee wartete auf dem Kai in Goriah, als das Schiff aus Rocilan langsam an seinen Halteplatz bugsiert wurde.

Alle die dunklen Banner mit Lord Aiken-Lugonns unverschämtem goldenen Finger hingen durchweicht in dem dünnen Regen nieder. Die aristokratischen Reiter auf ihren mit kunstvollen Schabracken geschmückten Chalikos waren völlig naß. Aber Mercy hatte Aiken davor gewarnt, heute mit den Elementen herumzuspielen, nicht einmal im Interesse der Gastfreundschaft. Eine Abschirmung vor dem Regen – ja, jede außergewöhnliche Manifestation metapsychischer Kräfte –

würde in Tanu-Augen eine Ungehörigkeit und bei dem Aspiranten auf den Königsthron einen Mangel an Bescheidenheit darstellen.

Die grauberingten Hafenarbeiter brachten eine ornamentale Gangway an. Aikens neue Kompanie von goldenen Fußsoldaten formierte sich unter effektvoller Zurschaustellung von Prunk zur Ehrengarde. Ihre schimmernden Halbrüstungen aus Messing und schwarzem Glas wirkten durch die funkelnden Wassertropfen darauf noch prächtiger. Lakaien brachten einen Tritt an den Fuß der Rampe. Alberonn Gedankenfresser persönlich führte vier weiße Chalikos für die aussteigenden Gäste heran.

An Bord des Schiffes erklang ein einzelner Ton, von einem Horn geblasen. Mehrere Tanu-Ladies in Aikens Gefolge hoben ihre Glasfanfaren und antworteten mit einem Tusch. Eadnar, Witwe des verstorbenen Lords Gradlonn von Rocilan, erschien auf der Gangway, gefolgt von ihrer verehrungswürdigen Schwiegermutter Lady Morna-Ia, ihrer Schwester Tirone Herzenssängerin und Tirones Ehemann Bleyn dem Champion.

Aiken zog den goldenen Hut mit der tropfenden schwarzen Feder, levitierte diskret, bis er auf seinem Sattel stand, und breitete die Arme in einer Geste des Willkommens aus.

»Slonshal!« riefen Gedanken und Stimme des kleinen Usurpators von Goriah, daß es von den Felswänden des Hafens widerhallte. »Slonshal!« rief er noch einmal und vereinigte Mercys Gruß mit dem seinen. Die Besucher bestiegen die wartenden Chalikos. Und »Slonshal!« röhrte er zum dritten Mal, daß die Segel des Schiffes sich blähten und die Möwen von allen Molen und Pfeilrammen aufstiegen wie eine Konfettiwolke in Grau und Rosa und Weiß. Aus Kehlen und Gehirnen aller am Kai Versammelten schallte die Ohrwurm-Melodie des Tanu-Liedes, dessen Weise den Zeitreisenden aus dem 22. Jahrhundert so merkwürdig vertraut war:

Li gan nol po'kône niési,
'Kône o lan li pred néar,
U taynel compri la neyn,
Ni blepan algar dedône.
  Shompri pône, a gabrinel,
  Shal u car metan presi,
Nar metan u bor taynel o pogekône,
Car metan sed gône mori ...*

Dort gibt es kein Weinen, keinen Verrat, kein Leid,
Dort gibt es keine Krankheit, keine Schwäche, keinen Tod.
Dort gibt es Reichtümer, Schätze in vielen Farben,
Süße Musik zu hören, den besten Wein zu trinken.
  Goldene Wagen fahren ein Rennen auf der Ebene der Spiele.
  Vielfarbene Reittiere laufen an Tagen immerschönen Wetters.
Weder der Tod noch das Verebben der Zeit
Werden zu den Bewohnern des Vielfarbenen Landes kommen.

Die geehrten Gäste aus Rocilan stimmten in den Gesang ein. Beim letzten Vers weinten Alberonn und Eadnar, die der Tod beraubt hatte, unverhohlen, das faltige Gesicht der alten Lady Morna erstarrte zu einer Maske des Leids, und Mercys Gedankenstimme verlor ihren Klang und stieß statt dessen die keltische Klage aus: *Ochone, ochone!*

---

* Ein Land glänzt durch Leben und Zeit,
Ein schönes Land, solange die Erde besteht,
Und vielfarbene Blüten fallen darauf nieder
Von den alten Bäumen, in denen die Vögel singen.
  Jede Farbe leuchtet dort, Entzücken ist allgemein,
  Musik erfüllt die Silberebene,
Die Ebene der sanften Stimmen im Vielfarbenen Land,
Die Weiße Silberebene im Süden.

Sie alle verstummten. Die Möwen flogen zu ihren Ruheplätzen zurück. Das Hafenwasser war ganz ruhig, eine bleierne Folie, in die der Regen Pockennarben schlug.

Aiken sagte: »Willkommen, Erhabenste von Rocilan.« Sein Geist deklamierte: Lachen und Freude werden wiederkehren – und die Liebe und das Spiel und die vielfarbenen Schätze des Herzens. Der Leuchtende verspricht es!

Lady Morna-Ia musterte ihn scharf. »Du bist in Person von kleinerer Statur, als dein ferngesehenes Bild vermuten läßt, Schlachtenmeister. Und *viel* jünger.«

»Ich werde am Tag vor dem Großen Liebesfest zweiundzwanzig Jahre alt«, antwortete der Schelm. »Auf meiner Heimatwelt Dalriada wäre ich seit bereits vier Jahren volljährig. Und alt genug, um in ein Amt gewählt zu werden, wenn meine Mitbürger mich nicht als Bedrohung der öffentlichen Wohlfahrt angesehen und verbannt hätten!«

Mornas Subvokalisierung war mental recht gut hörbar: Verständlich.

»Was meine Größe betrifft«, fuhr Aiken grinsend fort, »so war ich groß genug für Mayvar Königsmacherin, deine verstorbene Gildenschwester.« Die Anspielung ging ihr gefährlich gegen den Strich. Aiken ließ sich nicht davon stören. »Und wenn mein Duell mit Nodonn nicht von der Flut unterbrochen worden wäre, hätte ich *ihn* auch auf ein bescheideneres Maß verkürzt.«

»Das sagst du«, gab die Dame zurück. »An überheblichen Reden scheint Goriah zu dieser Jahreszeit reichlichen Vorrat zu haben. Und an Spott über heilige Traditionen.« Ihr Blick fiel auf Eadnar, ihre verwitwete Schwiegertochter. Sie kommunizierte wortlos mit Alberonn, der immer noch den Zügel ihres Chalikos hielt. »Dein schamloses Beispiel, Schlachtenmeister, der du dich unter Verachtung unserer Trauergebräuche mit Mercy-Rosmar verlobt hast, hat Eadnar dazu verführt, das Andenken meines verstorbenen Sohns zu schänden.«

Aiken schaltete seine Rede abrupt in einen anderen Gang, verzichtete auf jede Prahlerei und sprach die ältere Frau mit all dem ernsthaften Charme, den er heraufbeschwören konnte, im intimen telepathischen Modus an.

Fernsehende Lady Morna-Ia, du bist eine Einwanderin – eine Säule deiner Gilde, eine Person von großer Weisheit wie auch metapsychischer Kraft. Du bist dir bewußt, welche Gefahr uns droht, da so viele der Kampfgesellschaft in der Flut ums Leben gekommen sind. Der Feind steht jetzt, wo er in der Überzahl ist, bereit, aus jedem Zeichen von Schwäche Vorteil zu ziehen, und *sie* werden keine Skrupel haben, die Tradition zu verletzen, wenn das unseren Fall beschleunigt! Denk an die Verwüstung der Stadt Burask durch die sogenannten Heuler, bei der die Angreifer, was noch nie dagewesen ist, Gebrauch von Pfeil und Bogen machten. Und an die Scharmützel in den alpinen Vorbergen um Bardelask, wo man Oger und Zwerge auf Chalikos und Hipparions reiten sah, ganz im Widerspruch zu ihren ältesten Bräuchen!

Die Feinde planen, jene Städte, die ihrer starken Lords und kämpfenden Ladies beraubt worden sind, eine nach der anderen zu erobern. Sogar Rocilan, an der Atlantikküste gelegen und Schutzgebiet von Goriah, ist gegenüber den Firvulag der Grottenwildnis verwundbar. Die reizende Eadnar ist eine geniale Kreatorin von Stoffen und Kleidung – aber sie ist kaum die Person, die die Verteidigung eurer Stadt gegen eine gutbewaffnete Truppe von berittenen Monstern übernehmen kann! Das ist der Grund, warum Alberonn Gedankenfresser auf mein Drängen hin sein Werben trotz eurer Trauerbräuche abgekürzt hat. Du weißt, er ist hervorragend qualifiziert. Ist es denn nicht zu Rocilans Ehre, daß es von einem Mann regiert wird, der Mitglied der Hohen

Tafel und dazu noch Kampfspezialist ist? Ziehe außerdem in Erwägung, daß dieser Alberonn Eadnars und dein eigenes Leben bei der Flut gerettet hat …

»Wir schulden dem Lord Gedankenfresser mehr, als wir ihm vergelten können«, erklärte Morna laut und mit strengem Gesicht. »Wir heißen ihn in Demut und mit Freude willkommen. Dessen ungeachtet …«

Aha. Ich erkenne, was zu verbergen du dir wenig Mühe gibst! Im Grunde bin ich es, gegen den du Einwände erhebst. Meine Einmischung in Angelegenheiten Rocilans. Meine Mißachtung eurer Traditionen. Meine Übernahme Goriahs und mein Streben nach dem Thron!

Du bist ein Mensch.

Und ein Schurke! Ich weiß. Aber wenn du deine scharfen Ultrasinne benutzt, um hinter meinen kurzgeratenen Körper und meine Menschlichkeit und meine Jugend und meine prahlerische, ungezogene Art zu blikken … dann wirst du sehen, daß ich genau derjenige bin, den das Königreich als Führer braucht. Ich bin derjenige, der in der gleichen Zeit, wo er den Feind heimschickt, den Wiederaufbau leiten kann! Wer das glaubt? Bleyn und Alberonn tun es und folgen mir jetzt, wie sie es beim letzten Großen Wettstreit getan haben. Mercy-Rosmar, die Präsidentin der Kreatorengilde, hat eingewilligt, meine Frau zu werden. Und im vergangenen Monat ist Lord Culluket, der Zweite Redakteur, nach Goriah gekommen, um sein Geschick mit dem des Leuchtenden zu verbinden. Vier von den fünf wählbaren Mitgliedern der Hohen Tafel, die die Flut überlebt haben, akzeptieren mich auf mein Wort hin! Willst du es nicht auch tun?

»Es stimmt, was man über deine schlaue und gespaltene Zunge sagt.« Aber das Gesicht der alten Frau hatte sich zu einem winterlichen Lächeln besänftigt. »Im einen Augenblick bist du ein betrügerischer Marktschreier, und im nächsten …«

»Ein nicht ganz unmöglicher Kandidat für das Amt des Hochkönigs!« Er kicherte, stülpte sich den breitrandigen goldenen Hut wieder auf den Kopf und schielte nach den nassen Federn, von denen vor seinen Augen Tropfen niederfielen. »Zu Hause auf der lieben, feuchten Dalriada nennen wir so etwas einen lieblichen, milden Tag. Was meinst du, werte Dame, sollen wir eine Inspektionstour machen? Nur einen kleinen Umweg auf dem Ritt zur Glasburg? Ich würde dir und den anderen Erhabenen von Rocilan gern zeigen, was ich bei der Verschönerung des Maihains für das diesjährige Liebesfest Großartiges geleistet habe. Ihr werdet staunen!«

»Oh, mir soll es recht sein«, sagte Morna.

Die anderen Gäste und die Mitglieder des Empfangskomitees, die sich untereinandergemischt und eine gesetzte Unterhaltung geführt hatten, verstummten erwartungsvoll. Mercy, im Damensattel auf ihrem weißen Chaliko sitzend, griff Aikens Vorschlag auf, als entspringe er einer Eingebung des Augenblicks und sei nicht vorher von ihnen abgesprochen worden. Psychokreative Kraft strömte von ihr aus, und ihre wilden schillernden Augen ließen sogar die reizenden Schwestern aus Rocilan im Vergleich beinahe nichtssagend erscheinen.

»Fliegen wir!« rief Mercy. »Es ist ein großartiger Tag für einen Feenritt!« Sie warf die Kapuze ihres samtenen Kinsale-Mantels zurück, so daß der Regen ihr herrliches kastanienbraunes Haar dunkler tönte und in Löckchen kräuselte. »Fort mit euch Soldaten und begleitenden Herren und Damen – wir brauchen eure Gesellschaft erst wieder, wenn wir nach Goriah zurückkehren! Liebe Gäste, folgt mir! Fliegt! Fliegt!«

Sie stieg in die nasse Luft hinauf und ließ Aiken mit offenem Mund zurück. Diese Einzelheit des Fluges war entschieden nicht geplant gewesen,und von den anderen war nur Culluket fähig zu levitieren. Aiken würde die vier Gäste aus Rocilan und den Gedankenfresser tragen müssen, und dann war es vorbei mit der gespielten Bescheidenheit. Niemand verübelte es der schwangeren Mercy, denn ihr wurde nach Tanu-Sitte jede Caprice nachgesehen. Aber ihm hatte sie einen schönen Streich gespielt.

»Zum Teufel, was soll's?« Aiken zuckte die Achseln. »Ich werde noch ein ganzes Klafter mehr von euren verdammten heiligen Regeln brechen, um euch vor den Firvulag zu retten. Deshalb können wir auf der Stelle mit dem Blödsinn aufhören.«

Er wedelte mit beiden Händen. Der Regen, von seiner psychokinetischen Kraft abgelenkt, fiel nicht länger auf die Tanu-Aristokraten und den Possenreißer nieder. »Wenn wir auf Dalriada wären«, bemerkte er, »könnten wir in einem schönen bequemen Flugzeug fliegen statt mit diesen dicken Rübenfressern. Haltet euch fest! An *dem* kleinen Problem arbeite ich auch schon.«

Mühelos nahm er sie alle mit. Die Chalikos schienen durch die mit Feuchtigkeit geladenen Wolken zu galoppieren. Sie holten Mercy – sie lachte bloß – bald ein und schwebten ostwärts über eine lange, dicht bewaldete Bergkette. Dahinter bog die Laar nach Norden ab, bevor sie sich dem Giftigen Sumpf und seinem Abfluß zum Atlantik zuwandte. Eine gutangelegte Straße lief, von Goriah kommend, an dieser Stelle mit dem Fluß parallel. Auf ihr herrschte reger Verkehr. Von Helladen gezogene Wagen und Chaliko-Karawanen brachten Ladungen aus bearbeitetem Stein und Holz, Rollen aus abgestochener Grasnarbe und Schmuckpflanzen mit eingeschlagenen Wurzelballen zu einer noch wüsten Lichtung an der Laar. Die acht fliegenden Reiter sanken tiefer, verlangsamten auf Schrittgeschwindigkeit und trieben dicht über den Kronen großer Magnolien und Schwarzgummibäume dahin. Überall da unten waren Arbeiter. Menschen, bloßhalsige ebenso wie Graureifen, überwachten Gruppen von fleißigen, kindergroßen

Ramapithecinen, die gruben und harkten, säuberten und pflanzten, holten und wegtrugen.

»Dies Gebiet am Fluß hat sich völlig verändert seit der Zeit, als Tirone und ich verheiratet wurden«, bemerkte Bleyn. »Was soll es werden, Aiken?«

»Ein Luxus-Lagerplatz für die Firvulag-Gäste. Überraschung!«

Bleyn fiel der Unterkiefer herab. Er sah aus wie ein vom Blitz getroffener Siegfried. »Tanas Zähne! Du kannst *die* doch nicht einladen!«

»So etwas ist noch nie dagewesen!« erklärte Morna. »Firvulag würden niemals ...«

»Sie haben bereits zugesagt«, unterbrach der Leuchtende sie munter. »Nur die Großen natürlich. König Sharn und Königin Ayfa und ihr vertrautester Anhang. Wir haben die Gästeliste bescheiden gehalten. Zwei- oder dreihundert. Wenn wir Glück haben, bringen sie Geschenke mit.«

Tirone Herzenssängerin protestierte: »Aber die Kleinen Leute haben immer ihr eigenes Großes Liebesfest gefeiert. Tanu und Firvulag treffen sich beim Wettstreit, wie es sich für Feinde schickt. Niemals in der Liebe!«

Aiken erwiderte: »Das gemeine Volk der Firvulag kann tun, was es will, liebes Mädchen. Ich habe jedoch besondere politische Gründe, die königlichen Hoheiten einzuladen. Es wird sehr erzieherisch auf sie wirken, wenn sie sehen, wie Tanu und ringtragende Menschen sich um mich geschart haben.«

»Wenn wir sicher sein können, daß die Stadt-Lords einverstanden sind«, brummte Alberonn. Er war besorgt und ließ es deutlich merken.

Aiken brachte die Gesellschaft jetzt nach unten. Sie ritten einen breiten, mit Lohe bestreuten Weg entlang, der sich durch den am Fluß gelegenen Hain wand. Mercy sagte: »Mein Lord Lugonn und ich haben dem Mai dieses Jahres soviel Nachdenken gewidmet. Den ganzen Winter über haben wir Pläne gemacht, um für die Einwohner des Vielfarbenen Landes ein Liebesfest zu veranstalten, wie sie es noch nie gesehen haben.« Ihr Geist öffnete sich und zeigte ihnen die Arbeit, die sie auf der Alten Welt getan hatte. Dort hatte sie historische Immersionsspiele geleitet, die das Erbe des mittelalterlichen Europas für sentimentale Besucher aus den Kolonien neu belebten. Mercys Theatertricks würden dem, was nach der Tanu-Tradition eine bezaubernde, aber ziemlich naive Fruchtbarkeitsfeier gewesen war, einen frischen und exotischen Glanz verleihen. Dank Aiken, diesem Hans Dampf in allen Gassen, und ihrem eigenen Können als Präsidentin der Kreatoren war sie imstande gewesen, ihre phantastischen Ideen in die Wirklichkeit umzusetzen. Es kam nicht darauf an, daß sie Goriah dabei ausplünderten und die Arbeitskapazität der Stadt fast den ganzen Winter und Frühling für sich beschlagnahmten: Ein Spektakulum war angekündigt worden und würde getreulich produziert werden.

»Wir haben alle die guten alten Aspekte des Großen Liebesfestes beibehalten.« Mercy strahlte Überzeugungskraft auf Lady Morna ab. »Die Gelübde der Herzen und der Tanz um den Maibaum und die Hochzeiten und das Lieben auf dem vom Tau benetzten Gras des Mai. Aber es wird auch wundervolle neue Lustbarkeiten geben.« Visionen entströmten ihrem Geist in einer flammenden Kaskade. »Der alte Sammelplatz wird neu gestaltet – herrlicher, als unser liebes Volk es sich je hätte träumen lassen! Zu den altvertrauten Unterhaltungen werden neue Lieder und Tänze und Satiren und romantische Theaterstücke kommen und bei unserer Neugestaltung der Nacht der heimlichen Liebe prachtvolle Maskenkostüme für jedermann. Und das Essen! – Ihr wißt, wie ich es liebe, etwas Gutes zum Essen zu kreieren. Wartet, bis ihr unsere Picknick-Lunchs und Mondscheinschmäuse und das große aphrodisiakische Bankett als Höhepunkt der Hochzeitsfeierlichkeiten geschmeckt habt! Sogar die Firvulag werden feststellen, daß unsere Gastlichkeit unwiderstehlich ist. Ihr wißt ja, welche Parfum-Fetischisten sie sind ... nun, wir haben nahezu sechzig Wagenladungen Orchideen und Nachtjasmin und duftende Wasserlilien in die am Fluß gelegenen Lagunen umgepflanzt. Die Kleinen Leute werden in süßen Düften fast einbalsamiert werden!«

»Und wenn ihre Nasen sich genug gütlich getan haben«, fiel Aiken ein, »können die Firvulag andere Teile ihrer Anatomie ausprobieren. Da hinten am Abhang haben wir einen ganzen Kaninchenbau aus neuen, moosigen Grotten angelegt. Gerade die Art von Schmusewinkeln, die die Kleinen Leute für ihre Frühjahrsbelustigungen bevorzugen.«

»Mit einer zusätzlichen Eigenschaft.« Culluket der Inquisitor lächelte kalt im Schatten der Kapuze seines burgunderfarbenen Mantels. »Beachte, wie gut man durch diese nordwestliche Einkerbung zwischen hier und den hohen Türmen der Glasburg in Gloriah sehen kann ... Begreifst du, Lady Morna?«

»Sehr klug.« Die fernwahrnehmende Dame nickte. »Keine Felsformationen vorhanden, die eure Sicht auf den Feind blockieren könnten. Es freut mich, einige Beweise für Vorsicht inmitten dieser prahlerischen Zurschaustellung zu entdecken.«

Aiken grinste, ungerührt von ihrer Mißbilligung. »*Alles* geschieht aus Gründen der Vorsicht, Lady Morna, erkennst du das nicht?«

»Vielleicht schon«, räumte sie widerwillig ein.

»Sehen wir nach, wie weit sie mit dem großen Amphitheater sind!« schlug Mercy vor. Und schon galoppierte sie davon.

Die Gesellschaft folgte der mit Lohe befestigten Straße landeinwärts. Alte Platanen mit gefleckten Stämmen, einige von mehr als vier Metern Durchmesser, hielten Schildwacht zu beiden Seiten der pfeilgeraden traditionellen Tanu-Allee, die sich ganz hinten im Nebel verlor. Links und rechts arbeiteten Ramas an

Blumenbeeten, beschnitten Büsche, kratzten Moos von den Bänken der Lauben, die bald besetzt sein sollten. Weitere kleine Affen kletterten über die Dächer der vielen mit Schlingpflanzen bewachsenen Pergolas, entfernten Wespennester, töteten vogeljagende Spinnen und vertrieben die Kolonien von Fledermäusen, die sich seit dem Großen Liebesfest des letzten Jahres im Maihain breitgemacht hatten.

Sie ritten langsamer, und schließlich ragte vor ihnen der Brennpunkt der Festlichkeiten auf. »Ein neuer Maibaum!« rief Eadnar entzückt. »Und so hoch!« Sie sprengte davon, um ihn sich anzusehen. Nach einem Augenblick des Zögerns folgte ihre Schwester Tirone ihr lachend. Sie achteten nicht auf den Regen, der sie traf, sobald sie den Schutz von Aikens PK-Blase verließen. Lässig erweiterte er den Radius des mentalen Kraftfeldes auf fast einen halben Kilometer.

»Tana sei uns gnädig!« entfuhr es Lady Morna unwillkürlich. »Du übertriffst Kuhal und Fian von der Heerschar, wenn sie die Sportarena in Muriah überdachten!«

»Was du nicht sagst!« zirpte Aiken. Er wies mit dem Kopf zu Eadnar hin, die, weit von ihnen entfernt, zusammen mit Tirone angehalten hatte und von einem der silberringtragenden Landschaftsgestalter einen kleinen Narzissenstrauß in Empfang nahm. »Schön zu sehen, daß die kleine Witwe wieder munterer ist. Vielleicht freut sie sich auf den Mai.«

Er gab Alberonn Gedankenfresser spielerisch einen mentalen Knuff, auf den der Mischling mit schicklich verschleierten Emotionen reagierte.

Morna meinte: »Meine Schwiegertochter ist jung – kaum dreiundsiebzig – und kommt über unseren tragischen Verlust leichter hinweg als ich.« Sie betrachtete einen Goldfink mit leuchtend rotem Gesicht, der auf einem Busch voller Knospen saß und süß sang. »Aber das Leben muß weitergehen.«

»Vor allem im Frühling«, sagte Aiken.

Mercy ritt ruhig neben ihm und hatte ihre Gedanken in einen glänzenden Schirm eingeschlossen. Ein heimliches Lächeln bog ihre Mundwinkel nach oben.

Sie kamen auf eine offene Stelle, die nichts als eine Wiese gewesen war, bevor Mercys Phantasie sich mit ihr befaßte. Jetzt war sie umgeformt in eine smaragdgrüne Schüssel, ein Amphitheater, das sanft zu einer ebenen Tanzfläche abfiel. Eine Schafherde weidete das Gras ab. Eine aus Erde errichtete und mit Grassoden bedeckte Bühne war von immergrünen Pflanzen eingefaßt, und dahinter erhob sich auf einem gestutzten Hügel der riesige Maibaum. Die Spitze des nackten Holzmasts verlor sich in den tiefhängenden Regenwolken. Etwa dreißig Meter links von der Stange wartete ein Lastwagen mit einer Mannschaft aus Grauen.

»Jetzt kommt meine größte Überraschung!« Aiken blinzelte Mercy zu. »Den Trumpf hatte ich die ganze Zeit im Ärmel, Etikette hin oder her.«

Eadnar und Tirone schlossen sich der Gruppe wieder an. »Das ist ein herrlicher Maibaum«, sagte Tirone. »Ich wundere mich, daß ihr einen schlanken Baum von so imposanter Höhe gefunden habt.«

»Haben wir nicht«, gestand Aiken lakonisch. »Er ist künstlich. Verstärkt. Aber das ist erst der Anfang, kreative Schwester. Hier kommt der eigentliche Knalleffekt.« Er rief in Fernsprache: Seid ihr Jungens alle bereit?

Das Arbeitsteam antwortete im Chor: Bereit, Boß!

Der Possenreißer stieg mit beschwörender Geste in die Luft. Zeltplanen flogen von dem Lastwagen und enthüllten viereckige Holzkisten. Wieder eine Bewegung. Deckel lösten sich und schichteten sich klappernd zu einem Haufen auf. Aiken runzelte die Stirn, schob den Hut zurück, knöpfte die Manschetten seines goldenen Anzugs auf und krempelte die Ärmel hoch.

»Zurücktreten!« brüllte er. Jede Sehne spannte sich,

als er seine psychokinetische Kraft sammelte. »*Und los!*«

Aus den offenen Kisten stiegen Hunderte von dünnen Metallplättchen und flatterten wie goldene Blätter durch die neblige Luft. Aiken gab mit den Händen Befehle, die sie steigen und fallen, als Schmetterlingsschwarm tanzen ließen. Sie formten einen Strom, teilten, trennten, verflochten und wanden sich. Wie eine glitzernde Flüssigkeit umkreisten die Plättchen den Mast. Dann drehten sich die inneren schneller und verteilten sich auf dem Holz. Rascher, als das Auge folgen konnte, ließen sich die übrigen nieder und vergoldeten den hohen Maibaum von oben bis unten mit einer nahtlosen Schicht gelben Glanzes. Als die psychokreative Galvanisierung beendet war, stand der Maibaum dampfend im Regen. Die Arbeiter jubelten.

»Noch nie hat es einen so herrlichen Maibaum gegeben«, begeisterte sich Eadnar. »Du weißt doch, was er symbolisiert, Leuchtender?«

Aiken nickte feierlich. »O ja. Deshalb habe ich ja so schwer gearbeitet. Er muß besonders glorreich sein, wenn er *meinen* repräsentieren soll.«

»Und wieviel von Goriahs Schatz wurde für dies Streben nach äußerster Ähnlichkeit ausgegeben?« erkundigte Lady Morna sich schnippisch.

Aiken war höflich. »Nicht so viel ... daß wir es nicht zwanzigfach mit dem, was ich den Firvulag wegnehmen werde, ersetzen können. Aber nicht durch Raub! Es wird ganz ehrlich zugehen – oder doch fast –, vorausgesetzt, ich kann Sharn und Ayfa überreden, meiner Änderung des Großen Wettstreits im kommenden Oktober zuzustimmen.«

»*Noch* eine menschliche Neuerung?« Lady Morna hatte sich fast schon damit abgefunden.

»Ich bin geladen damit«, versicherte Aiken ihr herzlich. »Den vollständigen Überblick bekommst du beim Liebesfest.«

Mercy sagte: »Das ist der Grund, warum das Fest in diesem Jahr das großartigste in der Geschichte des Tanu-Exils auf der Erde werden soll – unsere Leute müssen neuen Mut fassen, und die Firvulag müssen beeindruckt werden. Wir zwingen sie damit alle, unser neues Regime ernstzunehmen. Die Festlichkeiten werden drei Tage lang dauern.«

»Und beim großen Finale«, erklärte Culluket der Inquisitor, »werden alle Gäste – Tanu und Firvulag und Menschen – Zeugen der Krönung von Lord Aiken-Lugonn und Lady Mercy-Rosmar zu König und Königin des Vielfarbenen Landes werden.«

Die Mischlinge, ihre Damen und die adlige Witwe aus Rocilan erstarrten vor Verwunderung. Niemand bemerkte, daß der PK-Schirm sich bei Aikens Vergoldungskunststück aufgelöst hatte und der Regen wieder auf sie niederrieselte.

»Zu früh!« rief Bleyn. »Später, ja. Die reinblütigen Tanu sind noch nicht bereit, einen menschlichen König zu akzeptieren, Aiken! Unserer menschlichen Gene wegen hat es mehr als sechzig Jahre gedauert, bis man Alberonn und mich zur Hohen Tafel zugelassen hat, und Katlinel wurde erst letztes Jahr anerkannt.«

»Die Hohe Tafel hat Gomnol zugelassen«, gab Aiken zurück. »Er war ein Mensch.«

»Er hat es erzwungen – und wurde dafür gehaßt!« zischte Morna.

»Mercy ist menschlich«, sagte Aiken.

»Wirklich?« murmelte der Inquisitor lächelnd. »Mein verstorbener Bruder, der Schlachtenmeister, war anderer Meinung.«

Das war Aiken neu. Im intimen Modus beschwor er sie: Sag, was soll das?

Telepathische Belustigung. Nodonn ließ GregDonnet meine genetischeStruktur untersuchen. AlterlieberGreg behauptete, ich mehr Tanugene als menschliche. ArmerGreggy natürlich verrückt.

Damit werde ich mich später eingehend befassen LadyWildfeuer!

Laut sagte Mercy: »Es sind nur noch rund zweitausendfünfhundert reinblütige Tanu am Leben – und die meisten davon verfügen nur über geringe Kräfte. Ihrer größeren körperlichen Ausdauer wegen haben fast doppelt soviel Mischlinge überlebt. Mein Lord und ich schätzen, daß wir bei einer Akklamation durch den niederen Adel einen deutlichen Vorteil haben werden.«

»Celadeyr von Afaliah und seine Traditionalisten werden vielleicht lieber kämpfen als einwilligen«, behauptete Lady Morna grimmig. »Und ich kann es ihnen nachfühlen. Celo und ich sind beide Einwanderer – und du, junger Schlachtenmeister, trittst gerade die religiösen Prinzipien mit Füßen, die uns ins Exil getrieben haben!«

Tirone, die insgeheim der Friedensfaktion angehört hatte, warf einen Gedanken dazwischen, der sanft, aber deutlich war: Diese alte Kriegsreligion muß jetzt aufgegeben werden, liebste Verwandte. Brede selbst hat es gesagt. Und viele von uns sehen in Lord Aiken-Lugonn das Agens dieser Veränderung.

Mornas Entrüstung flammte auf: »Du wirst noch sehen, was Krieg bedeutet, mein Mädchen, wenn dieser menschliche Jüngling versucht, ohne Zustimmung der Hohen Tafel den Thron zu besteigen!«

Eadnar brachte ein praktisches Argument vor. »Selbst wenn du eine Mehrheit von Wählern der Hohen Tafel auf deine Seite bekommst, Leuchtender, mag die Verstocktheit Celadeyrs zu einer schrecklichen Spaltung der Ritterschaft unserer Städte führen. Die Firvulag würden aus jedem inneren Zwist Vorteil ziehen – und vielleicht beenden, was die Flut begonnen hat.«

Bleyn sagte: »Wir bitten dich um nichts weiter, Aiken, als daß du vorsichtig handelst! Erkläre dich erst, wenn du sicher bist, daß die Lords der Städte *dir* folgen werden und nicht Celo. Wenn du dir die Krone nimmst und die Dissidenten deine Proklamation und deine Befehle einfach nicht zur Kenntnis nehmen, wirst du wie ein Narr dastehen.«

Morna regte sich auf: »Die gesamte Machtstruktur der Tanu beruht auf *einmütiger* Loyalität gegenüber dem Souverän. Er ist nur nur ein Herrscher in der Art, wie die Kleinen Leute ihre vulgären demokratischen Monarchen wählen. Unser König ist uns allen ein Vater!«

Aiken grinste immer noch, aber Verachtung brannte hinter seinen schwarzen Augen. Ruhig stellte er fest: »Es warten mehr als achtzigtausend Firvulag darauf, uns das Fell zu klopfen, Freunde. Wollt ihr einen König und Schlachtenmeister? Oder würdet ihr einen Papa vorziehen, der euch ins Bett steckt, während die Dämonen draußen vor dem Fenster heulen? Jemanden, der euch den Hintern wischt, wenn Todesangst eure Eingeweide leert?«

»Wir wollen dich«, erklärte der Inquisitor. Sein sondierender Ultrasinn zuckte über die anderen hin wie ein eisiger Strahl. »Nur du hast in vollem Maß die aggressive Kraft und die Gabe, die metapsychische Einigkeit zu erzeugen, die wir brauchen, um unsere Feinde zu schlagen.« Er machte eine Pause. »Und die Firvulag sind nicht der einzige Feind.«

Das höhnische mentale Gesicht des Usurpators veränderte sich blitzschnell. Jetzt zeigte er seine unbestreitbare Loyalität, seine Bereitschaft, sie zu verteidigen, wenn sie ihn nur akzeptierten und liebten. Er gestattete ihnen einen kurzen Blick auf seine ungeheuerliche metapsychische Kraft, bevor er sie mit herunterspielendem Lachen wieder verhüllte. Und dann beschwor er Erinnerungen herauf, über die sie nachdenken konnten, und warb um sie mit jener mitreißenden mentalen Beredsamkeit, die so selten auf seine gesprochenen Worte übersprang.

Fort mit euren Zweifeln und Ängsten, meine Freunde! Denkt an die Prophezeiung der Königsmacherin über mich. Nie hat sie das Vertrauen in den Mann ihrer Wahl verloren. Denkt daran, wie ich Delbaeth die Feuergestalt getötet habe und auch Pallol Einauge, den Schlachtenmeister der Firvulag! Und wenn ihr zögert, weil ich ihn durch einen Trick besiegte, so führt euch vor Augen, wie ich beim Großen Wettstreit auf dem Schlachtfeld triumphiert habe und wie sich die großen Hauptleute und die kleinen Lords um mein unverschämtes Banner scharten. Tagan Lord der Schwerter bekannte sich zu mir! Und Bunone Kriegslehrerin, die größte kämpfende Taktikerin! Und du, Alberonn – und du, Bleyn! Erinnert ihr euch, wie Volk und Adel mich für meine Kühnheit gleichermaßen liebten? Erinnert ihr euch an die geheimnisvolle Art, auf die der Speer Lugonns in meine Hände kam? (Und obwohl dieser heilige Speer für den Augenblick verloren ist, weiß ich, wo er sein muß, und werde ihn zurückholen – keine Bange!)

Wißt ihr noch, wie mein Recht, Nodonn herauszufordern, von der ganzen Kampfgesellschaft anerkannt wurde? Und von Brede! Ich hätte das Duell der Schlachtenmeister gewonnen, wenn Tana nicht ihre eigenen Vorstellungen gehabt, das Schachbrett leergefegt und ein neues Spiel aufgestellt hätte.

Ihr zögert immer noch? – Habt ihr denn keine Religion? Bedenkt, meine Freunde: Aiken Drum ist am Leben und bei bester Gesundheit, ist Lord der Glasburg und durch Proklamation Herrscher von Goriah, Schutzherr über Rocilan und Sasaran und Amalizan und mehrere andere Siedlungen in den Gebieten von Bordeaux und Armorica! Und wo ist derjenige, der dies alles einst sein eigen nannte? Ertrunken.

(Mercy konnte den geistigen Aufschrei nicht unterdrücken, und Aiken hörte: Nodonn! Mein Nodonn!)

Oh, Freunde. Ihr wißt, daß die Tanu einen König haben müssen – und wenn ich es nicht bin, wer soll es sonst sein? Wollt ihr Celadeyr von Afaliah? Er sagt, er strebt nicht nach dem Thron, und ich glaube ihm. Wie ich hörte, ist der arme alte Knabe überzeugt, die Flut kündige das Ende des Vielfarbenen Landes an! Er bildet seine kleine Armee für etwas aus, das er den Letzten Krieg nennt – und soviel ich weiß, ist das eine Art Götterdämmerung oder Harmageddon und wird den Vorhang über Tanu wie Firvulag fallen lassen. Und das ist Unsinn! Sharn und Ayfa bereiten sich durchaus nicht auf eine Apokalypse vor. Sie wollen siegen und uns den Hals brechen!

(Und sie mußten antworten: Das ist wahr. Bei den Kleinen Leuten gibt es keinen Fatalismus. Sie schütteln die Traditionen ab, die sie bisher behindert haben. Die Flut war für sie ein Geschenk der Göttin.)

Hört mir zu! Wenn wir uns auf die Hinterbeine stellen und gegen sie kämpfen, müssen wir einen Führer haben. Ihr von der Hohen Tafel wißt, daß ich stärker bin als ihr. Dann also wer ...? Minanonn der Häretiker? Er soll ja ein richtiger Schlagetot gewesen sein, als er Schlachtenmeister war. Aber nun ist er Pazifist – ebenso wenig geeignet, euch gegen die Firvulag zu verteidigen, wie Dionket der Heiler! Die anderen wählbaren Mitglieder der Hohen Tafel sind Katlinel die Dunkeläugige und Aluteyn Handwerksmeister – wenn ihr ihnen verzeihen wollt: Katlinel, daß sie durch ihre Heirat mit dem Lord der Heuler Verrat beging, und Aluteyn, daß er durch Mercy abgesetzt wurde.

(Und wieder mußten sie sagen: Nein. Keiner von ihnen könnte uns gegen die Firvulag führen.)

Aiken Drum saß auf seinem großen schwarzen Chaliko. Ein einzelner Regentropfen hing ihm komisch an der Spitze seiner langen, wohlgeformten Nase. Der Mund, der sich augenblicklich zu einem bösartigen Schlitz verengen konnte, lächelte. Im Geist umarmte er sie alle und ließ seine Kraft leuchten.

Laut sagte Aiken: »Ihr seht, wie die Dinge liegen. Bei der Kandidatur um die Königswürde bin ich der einzige, dessen Name noch nicht gestrichen ist. Diejenigen, die prinzipiell gegen einen menschlichen Herrscher sind, mögen um sich treten und schreien und fluchen – am Ende werden sie doch gezwungen sein, mich anzuerkennen. Teufel! Sogar der alte Celo mag noch zur Vernunft kommen, wenn er glaubt, wir hätten eine echte Chance, den Feind zu schlagen.«

Culluket warf ein: »Wie ich als Redakteur den Lord von Afaliah kenne, kann ich die letzte Feststellung des Leuchtenden nur bestätigen. Celadeyr ist verbohrt, und es war unglaublich dumm von ihm, seine menschlichen Techniker zu vertreiben. Aber er ist auf gar keinen Fall wahnsinnig. Auch kein Selbstmörder.«

Bleyn war immer noch zum Kritteln aufgelegt. »Das Problem ist, daß die Reaktionäre dich einfach nicht so gut *kennen* wie wir, Aiken. Deshalb legen sie sich quer. Acht Städte haben auf deine Einladung zum Großen Liebesfest noch nicht geantwortet, und Celo hat rundheraus abgelehnt. Wenn du eine Mai-Krönung ankündigst, forderst du ein Fiasko heraus.«

»Irgendwie«, überlegte Alberonn, »müssen wir die Unschlüssigen überzeugen und von den Sturen so viele gewinnen wie möglich.«

Aiken zog die Brauen zusammen. Sein Gesicht glühte vor intensivem Nachdenken. Dann begannen seine Augen zu tanzen. Er wandte sich seiner Braut zu. »Mercy, Schätzchen, erinnerst du dich, als wir all dies durchbesprachen, daß du mir erzählt hast, wie schlau es die alten englischen Monarchen angefangen haben, ihre wankelmütigen Vasallen bei der Stange zu halten? Besonders Heinrich VIII. und Good Queen Bess. Wie sie im Reich herumreisten, in einer Stadt nach der anderen haltmachten, viele schöne Reden führten, königlichen Charme versprühten und sogar ein- oder zweimal mit dem Schwert rasselten?«

Mercy begriff sofort, worauf Aiken hinauswollte. »Königliche Prunkreisen nannte man das. Ein großartiges politisches Werkzeug!« Und wieder überkam sie dies seltsame Gefühl des déjà vu, die quälende Überzeugung, sie habe Aikens listiges, triumphierendes Gesicht früher schon gesehen. Italien! Das Porträt in dem Palast in Florenz.

»Ich werde meinen königlichen Prunkzug *vor* der Krönung abhalten – nicht danach«, sagte er. »Ich werde der Reihe nach jede Stadt besuchen und erklären, wie die Dinge in diesem Vielfarbenen Land liegen. Ich werde meine Eigenbau-Marke freundlicher Überredung und einleuchtender Logik anwenden. Und ein paar Überraschungen habe ich mir schon überlegt!«

»Und wer könnte dir ins Gesicht hinein die Gefolgschaft verweigern, Leuchtender?« Ein Strom floß zwischen Aiken und Mercy. Ließ die alte Wachsamkeit gegen ihre bessere Einsicht nach?

»Das könnte funktionieren«, meinte Culluket. »Es ist gerade die richtige Mischung von Demut und königlicher Herablassung und nervtötender Marktschreierei. Zuerst suchst du die Städte auf, wie es einem Aspiranten ansteht, und dann können die Lords der Städte dreist zu dir kommen, um deine Macht anzuerkennen.«

Alberonn nickte dem Inquisitor zu. »Und wir drei begleiten Aiken und verleihen der Sache das Prestige der Hohen Tafel. Man wird es verstehen, wenn die Lady Kreatorin nicht mitkommt.«

»Mir gefällt das«, sagte Bleyn kurz und bündig. »Wir haben in Goriah jetzt genug goldene Tanu- und menschliche Rekruten für eine respektable Demonstration der Stärke.«

Aiken knöpfte seine Manschetten wieder zu und setzte seinen Hut zurecht. Mit einem PK-Kniff vertrieb er beiläufig die Feuchtigkeit aus den Gewändern aller Anwesenden und spannte den metapsychischen Regenschirm wieder auf. »Wir werden ganz leise das Garonne-Tal hinaufschleichen und nach Spanien hineinsickern. Und der erste Ort, wo wir zuschlagen, ist – Afaliah!«

Lady Morna war sprachlos. Eadnar und Tirone strahlten große Angst aus.

»So gefährlich ist das nicht«, versicherte Aiken ihnen. »Celos Gehirnverbieger sind alle zweitklassig, und dem Alten selbst kann ich leicht eine Klemme aufsetzen. Wir werden in aller Freundlichkeit auftreten. So tun, als hätten wir keine Ahnung, wie er gegen mich wühlt. Schließlich hat er mich nie offen provoziert. Sogar seine Ablehnung der Einladung zum Liebesfest war mittelhöflich, und ich kann ja sagen, wir hätten seinen Brief nie erhalten.«

Culluket sagte: »Wenn Celo zusammenbricht, fallen dir die anderen wie reife Orangen in den Schoß.«

»Bereit zum Entsaften«, stimmte der Possenreißer zu. »Nun, wie ist es? Sollen wir nach Goriah zurückkehren und damit anfangen, die Feiertagsrüstungen zu polieren?«

Er hob sie und ihre Tiere in die Luft, wobei er nicht aufhörte, den Regen abzuwehren. Zu Mercy sagte er: »Ich hoffe, der alte Peliet und seine Weisen haben recht damit, daß die Regenzeit fast vorbei ist. Ich bin noch ein bißchen unerfahren darin, große Gruppen zu levitieren. Und es gibt keine computerisierten Flugvektoren, die einem in diesem Pliozän-Exil helfen, durch suppige Bergpässe zu fliegen.«

Mercy lachte fröhlich. »Du wirst es schon schaffen, mein Listenreicher!« Du ungeborener kleiner König vom fernen Dalriada, sechs Millionen Jahre in der Zukunft! Sind ein paar feine italienische Gens ins ernste Schottland ausgewandert? Und hatten sie, im Reagenzglas gefroren, Bestand, um im Laboratorium eines Milieu-Planeten von neuem aufzublühen und diesen seltsamen jungen Mann zu zeugen, der entschlossen war, sie zu seiner Königin zu machen?

Wessen Porträt hatte Aikens Gesicht getragen?

Die Reiterschar flog durch den Himmel auf Goriah zu, wo sich Glastürme vor einem größer werdenden blauen

Fleck abzeichneten. Mercy grübelte so intensiv, daß sie ihre Überlegungen unabsichtlich projizierte.

Aiken war in Gedanken anderswo, aber der Inquisitor antwortete mit vollendeter Höflichkeit in ihrem intimen Modus:

Darf ich deinem Gedächtnis mit meinem besonderen Talent aufhelfen, Lady Kreatorin?

Wenn du möchtest, redigierender Bruder. Dies Bild macht mich verrückt! Würdest du bitte meine Erinnerungen aussortieren und es mich etikettieren lassen?

Eine äußerst einfache Sache für einen Spezialisten in der Redigierung ...

Oh!

Es freut mich, daß die Entdeckung dich amüsiert, Lady. Ich muß dir beipflichten, die Ähnlichkeit ist bemerkenswert. Welch ein gefährlich aussehender Bursche dieser Florentiner Politiker ist! Irgendwann einmal mußt du mir alles über ihn erzählen.

11

Der fernsehende Rabe flog über die Maghreb-Küste. Der Regen hatte Gras und Büschel von rosa und gelben Blumen auf den Abhängen wachsen lassen, und alle Abflußrinnen waren zu schmalen Oasen geworden, die erstaunt auf das neue blaue Meer zu zeigen schienen. Die Vögel freuten sich über die vielfarbene Landschaft. Die Schönheit der Natur half dem Rabenmädchen mehr als alles andere, die Schrecken in Schach zu halten. Hoch oben im Frühlingssonnenschein über dieser Welt schwebend, die sie mitgeschaffen hatte, fand sie geistige Gesundheit und Vergessen.

Da entdeckte sie intelligentes Leben – und Gold.

Sie erzeugte einen psychokinetischen Sturm und eilte ostwärts. Das anfängliche Aufflackern von Lebens-Aura kam nicht über ihre fernwahrnehmende Schwelle, aber dem Raubvogel gelang es, sie in einer baumbewachsenen Kluft mit steilen Wänden aufzuspüren. Der Geruch nach kostbarem Metall, lebend und tot, regte sie bis zum Wahnsinn auf. Sie beschleunigte ihren metapsychischen Wind, bis er schwarze Federn aus ihren Schwingen riß und sie vor Schmerz und Wonne schrie. Und dann war sie da. Sie beruhigte die Luft und landete auf einem Felsvorsprung neben einer tröpfelnden Quelle.

Dort auf einer kleinen Lichtung kniete ein Tanu-Flüchtling neben der Leiche eines anderen. Das Rabenmädchen betrachtete sie. Dies Paar mußte sie kennen.

Es waren identische Zwillinge. Das war trotz der schrecklichen Kopfwunden, die die Leiche entstellten, deutlich zu sehen. Der weinende Überlebende war immer noch schön. Er besaß die klassischen Züge der Heerschar Nontusvels. Offensichtlich war er gerade von der Jagd zurückgekehrt, denn eine tote Gazelle und ein improvisierter Speer (ein Glasdolch, an einen Schößling gebunden) lagen neben ihm. Er trug rosig-goldene Lumpen, und der tote Zwilling war ebenfalls in Überreste gekleidet, die einmal die schöne Tracht der Psychokinetischen Gilde gewesen waren.

Es sah so aus, als habe der Tote nicht darauf warten wollen, daß sein Bruder mit Essen zurückkehrte. Ein Büschel der tödlichen rosa Narzissen, die neben der Quelle wuchsen, war zum Teil ausgegraben worden, und eine halb gegessene Zwiebel lag auf dem Boden.

Der gigantische Rabe hob die Schultern. Bei seinem harten Ruf – *Kraah, kraah* – blickte der Trauernde hoch, zitternd und mit großen Augen. Interessiert stellte der Rabe fest, daß dieser Zwilling buchstäblich nur einen halben Verstand besaß. Er und sein Bruder hatten offenbar in einer mentalen Symbiose von äußerster Intimität gelebt; sie mußten gewaltiger Taten fähig gewesen sein, bevor die Flut sie davonspülte und hier in Nordafrika liegenließ. Aber der Tod seines Bruders hatte den überlebenden Zwilling in ein Stadium der Latenz zurückgeschleudert, das noch unter dem eines »normalen« menschlichen Wesens lag.

Der große Vogel glitt hinunter und stellte sich neben den Kopf des Leichnams. Der leidtragende Tanu starrte ihn stumm an, die grünen Augen trüb vor Tränen, der Mund ein Viereck der Qual. Erst als der Rabe seinen Schnabel auf die Kehle des Toten niedersenkte, rief er aus:

»Fian!«

Jetzt wußte das Rabenmädchen, wer sie waren, diese rosig-goldenen Zwillinge! Ein Wutanfall löste den Vogelkörper auf, und da stand eine schlanke Menschenfrau in einer blauen Glasrüstung. Sie trug keinen Helm, und ihr Haar war eine plusterige platinfarbene Wolke. Ihre Augen blitzten mit dem Zorn Hekates.

Kuhal Erderschütterer erkannte sie ebenfalls. Er erinnerte sich an den weiten dunklen Raum in der Festung der Koerzierer-Gilde, an die geballte Kraft von Nontusvels Heerschar, die darauf wartete, daß die menschlichen Saboteure die Ringefabrik angriffen, diese mit Eisen bewaffneten Geringen. Angeführt wurden sie von dieser kleinen schrecklichen Frau. Kuhal erinnerte sich an psychokreative Detonationen, fallendes Mauerwerk, mentalen und physischen Kampf – und an die Glorie der Heerschar, die ungeachtet der Kraft dieses weiblichen Monsters inmitten von Rauch und Blut siegreich geblieben war. Dies war Felice, die seine Schwester Epone getötet und geschworen hatte, die gesamte Tanu-Rasse zu vernichten – nur um in Imidols Hinterhalt zu laufen und von Culluket gefoltert zu werden.

Felice lachte. Sie hielt sein jämmerliches Bewußtsein wie mit einer Pinzette und stocherte in den Trümmern herum.

Kuhal und Fian! Brüder meines Geliebten. Was für ein komischer Geist ... du warst die linke Gehirnhälfte, und er war die rechte, Konjunktion und Opposition! Kuhal Erderschütterer, Zweiter Lord der Psychokinetiker, und Fian Himmelsbrecher, seine bessere Hälfte!

Ihr verrücktes Kichern verwandelte sich in heisere Krächzlaute. Wieder schlug der große Rabe seine schwarzen Schwingen. Kuhal wich geduckt zurück, beide Hände um seinen goldenen Halsring geklammert.

Felices mentale Stimme fragte verdrießlich:

Aber *wo* ist der Geliebte wo ist er? Ich rufe und rufe und nur die fernen Teufel und der ungeborene Leuchtende antworten. Sie versuchen mich hereinzulegen! Ich weise sie zurück. *Er* ist der eine der einzige den ich liebe und haben will! Wo ist er der meine Zerstörung wollte und mich statt dessen zu operantem Leben erweckte?

Kuhal wimmerte laut. Seine gebrochene Identität schwankte am Rand der Auflösung.

Cull ist fort! Und Imidol ist fort und Mayvar und der König und die Königin und der ruhmreiche Schlachtenmeister! Sie sind alle fort. Mit liebemFian mein Selbst ist gegangen und ich/ – bin allein und machtlos. Du hast gesiegt rächender Todesvogel.

Die glitzernden Augen des Raben schienen zu zwinkern. Von neuem näherte sich sein grausamer Schnabel der Kehle des toten Fian. Felices PK ließ den Verschluß seines goldenen Reifs rotieren. Die beiden Halbringe öffneten sich. Der Vogel riß den Reif los.

Der überlebende Zwilling wand sich auf dem Boden, die Arme schützend um seinen Hals gelegt. Verachtung färbte den Gedanken des Raben:

»Oh ... behalte deinen Ring noch eine Weile. Erderschütterer.«

Das Gold in den Klauen, sprang der Rabe in die Luft und flog nach dem spanischen Festland davon. Kuhal stieß einen einzigen mentalen Schrei aus, so gewaltig in seiner Verzweiflung, daß er von einem Ende des Neuen Meers zum anderen erklang. Dann brach er zusammen und blieb liegen.

Felice überquerte das Mittelmeer und flog in den Betischen Bergen ohne ein Zeichen von Müdigkeit das Tal hirauf, wo der angeschwollene Proto-Andarax den Mulhacén hinunter durch den Dschungel tobte. Noch in der Zeit des Galaktischen Milieus würde der Mulhacén sich über den Rest der Sierra Nevada erheben und auf seinen schattigen Flanken kleine Gletscher tragen. Im milderen Klima des Pliozän war der Berg über 4200 Meter hoch, und Schneefelder hatte er nur am Gipfel.

Der Vogel flog höher und bog ein, um sich der Nordseite zu nähern. Tropisches Hartholz wurde von Lorbeerdickichten abgelöst. An trockeneren Stellen standen Kiefern und undurchdringliche Rhododendren, die Büschel von weißen und karminroten Blüten trugen. Eine Säbelzahnkatze sonnte sich auf einem Stein und gähnte. Ihre Schlitzaugen, irritiert von dem goldenen Glitzern vor dem Himmel, folgten dem riesigen Raben.

Das Rabenmädchen ließ sich von einem Aufwind tragen und erkannte im Norden die ferne türkisfarbene Bucht des Golfs von Guadalquivir. Dahinter buckelten sich die Dunklen Berge, wo wilde Firvulag lebten. Sie scherte aus, verlor an Höhe und senkte sich auf die einladende Schlucht des Genil nieder, nach eines langen Tages Jagd endlich beinahe zu Hause. Felsdrosseln und Singvögel trillerten ein Willkommen. Fette braune Forellen sprangen im Fluß. Wie üblich warteten ihre Freunde vor dem Eingang ihrer Höhle auf sie. Otter mit seinem Geschenk an Fisch. Ricke und ihr Kind, bereit, die süße Milch zu teilen. Der Gelbe Panda hatte zarte Bambussprossen bei sich, die er den ganzen weiten Weg vom Tiefland hergeholt hatte. Eichhörnchen und Waldratte waren mit Nüssen und mehligen Knollen gekommen. Zwerg-Mastodon schwenkte fröhlich einen Zweig mit purpurn schimmernden Früchten.

Felice stand vor ihnen und lächelte, hielt den goldenen Ring hoch. »Seht! Noch einer!«

Pseudaelurus, der Luchs, rieb sich anbetend an ihren

bloßen Beinen. Die anderen Freunde, geborgen in der Wärme ihres Geistes, drängten sich mit ihren Geschenken näher heran. Sie nahm sie alle entgegen: das Essen, die Blumengirlanden, die die Webervögel brachten, das duftende Heu, das die Mäuse und Kaninchen für ein frisches Lager aufgehäuft hatten. »Ich danke euch! Ich danke euch allen«, sagte sie und entließ sie, nachdem sie den ihnen gebührenden Anteil an Kommunikation gehabt hatten.

Die Sonne ging unter, und ein kühler Wind blies vom Genil-Cañon hernieder. Ein paar Singsperlinge waren noch geblieben, um ihr etwas vorzuzwitschern, während sie mit einer mentalen Flamme Feuer machte und ihr Abendessen kochte. Wie es des Abends oft geschah, meldeten sich die Stimmen der Teufel, erzählten ihr Lügen, zeigten ihr Wunder und erinnerten sie daran, daß sie ihr mit ihrer Kraft geholfen hatten, als es ihr nicht gelang, den Gibraltar-Isthmus zu sprengen.

Felice ignorierte die Teufel, und schließlich verstummten sie. Verrückt mochte sie sein, aber so dumm war sie nicht, daß sie mit ihnen in einem weittragenden Modus fernsprach, der ihren genauen Aufenthaltsort verraten konnte. Sollten sie nur versuchen, sie durch Peilung zu finden! Sollten sie es alle versuchen – die fernen Teufel, Aiken Drum und auch die armselige Elizabeth! Felice wußte sich vor ihnen zu verbergen. (Und nach ihrem Geliebten rief sie nur von hoch oben am Himmel, wo keine Gefahr bestand.)

Das Kochfeuer brannte zu Asche nieder. Sie räumte die Veranda vor ihrer Höhle auf und stand dann eine Weile still unter den heller werdenden Sternen. Wie schön, daß die Regenzeit fast zu Ende war. Die Blumen in ihrem Haar und um ihren Hals strömten einen stärkeren Duft aus, jetzt, wo sie zu sterben begannen, und auch das war schön.

Felice nahm Fians goldenen Halsring und betrat den Spalt im Berg. Sie konnte ganz gut in völliger Finsternis sehen, aber sie wollte sich an dem Schatz erfreuen, wenn er seine beste Wirkung zeigte, und so hob sie zwei Finger und schuf eine helle Flamme aus Psychoenergie. Die mit Glimmer durchsetzten Felsen glitzerten. Ihre Behausung war eine tektonische Höhle, nicht eine durch Wasser ausgewaschene, und das Innere war vollkommen trocken. Hinter ihrer Schlafstelle war der Weg von einem Felsbrocken versperrt, der viele Tonnen wog. Felice schwenkte leicht ihr Licht davor, und er glitt zur Seite.

In der kleineren Kammer dahinter lag Gold in Haufen gestapelt, die ihr über den Kopf gingen: Ein Nibelungenhort, den sie in vier Monaten unermüdlicher Suche zusammengetragen hatte. Diese Tausende von kunstvoll gestalteten Gedankenverstärkern hatten einmal die Hälse von Tanu und deren privilegierten menschlichen Dienern umschlungen und latente Geisteskräfte zu metapsychischer Operanz erhoben. Aber nun waren die stolzen Reifträger ertrunken in Felices Flut, ihre Leichen von der untergegangenen Weißen Silberebene weggeschwemmt und ans Ufer geworfen worden, damit die Raubtiere sie fanden – und Felice. Sie hatte Leichen beraubt, die in Untiefen verfaulten, und im Schlamm begrabene Skelette aufgespürt. Und als auf diese Weise nichts mehr zu holen war, hatte sie elende Überlebende gejagt und das Gold denen weggenommen, die zu schwach waren, sich gegen einen Vogel, länger als ein menschlicher Arm, zu verteidigen. Sie kämpfte ehrlich mit ihnen und verzichtete darauf, mit ihren operanten Kräften anzugreifen. Schnabel und Klauen genügten für gewöhnlich, die demoralisierten Jammergestalten zu besiegen, die einmal die Herren des Vielfarbenen Landes gewesen waren.

Felice legte ihren neuesten Erwerb auf den nächsten Stapel. Ein melodisches Klingen ertönte, als das Gleichgewicht gestört wurde. Goldene Reifen rutschten und rollten in alle Richtungen – und enthüllten etwas anderes, das in dem Wirrwarr von Edelmetall halb versteckt gelegen hatte.

Felice hob es trotz seines beträchtlichen Gewichts mühelos auf. Es war eine große Lanze aus goldglänzendem Glas, von deren Schaft ein Kabel zu einem juwelenbesetzten Kasten führte, und der Kasten hatte gerissene Gurte. Felice schwang den Speer und drückte einen der Knöpfe auf dem Schaft. Wie immer, hatte das kein Ergebnis. Durch das Liegen im Salzwasser war das Energieversorgungsmodul der Photonenwaffe kurzgeschlossen worden. Sie war so wenig zu gebrauchen wie damals, als Felice sie dem echten Leuchtenden Lugonn am Schiffsgrab weggenommen hatte.

Der falsche Leuchtende hatte sie später betrogen und die Waffe in seinen Besitz gebracht; die Flut hatte sie ihm wieder entrissen. Nun gehörte der Speer ihr für immer.

Behutsam legte sie die Trophäe auf ihr Bett aus Gold, verließ die Schatzkammer und suchte ihr Heulager auf. Die Mitte der Nacht brachte kalte Luft vom Gipfel des Berges, und sie hatte wieder ihren Alptraum. Aber gegen Morgen, als der Luchs sich an ihren Füßen zusammenrollte, um es warm zu haben, schlief Felice in Frieden.

Kuhal Erderschütterer blieb den größten Teil dieses Tages besinnungslos liegen; der Tod seines Bruders und die Schändung des Leichnams durch Felice hatten ihn niedergeschmettert. Als er endlich erwachte, war die Dämmerung gekommen, und mit ihr kleine Tiere, die seines Bruders Fleisch suchten. Fluchend vertrieb er sie und machte sich dann ans Waschen und Vorbereiten. Frische Kleider waren keine da, aber er hängte um Fians Hals das schwere janusgesichtige Medaillon mit ihrem gemeinsamen Wappen, das einzige Schmuckstück, das ihnen geblieben war.

Er trug Fian ans Ufer, dann holte er das Boot. Er schob seinen Bruder in die Fluten, kniete auf den salzverkrusteten Steinen nieder und versuchte, das Lied zu singen. Aber ohne Fian würde es nie wieder Musik geben. Deshalb sprach er die Worte nur. Wieder schien er draußen über dem Wasser im Dunst eine leuchtende Stadt zu sehen. Fian in seinem Lederboot folgte dem Lichtpfad, der zu ihr führte, fuhr nach Hause.

Nach langer Zeit sammelte Kuhal seine letzten Kraftreserven. Seine fernsprechende Stimme rief: *Warte auf mich Bruder!*

Und eine körperlose Antwort kam:

... Also da bist du!

Der leidvolle Traum verschwand, und Kuhal verfiel von neuem in Panik. Er stand gelähmt, starrte auf das Leuchten draußen auf dem Meer. Diesmal war es keine perlige Luftspiegelung, sondern ein harter Glanz, die grüne Entladung von Krypton, und es wurde schnell heller. Eine fernsprechende Stimme ging von dem Licht aus. Sie spie Obszönitäten über den Äther und sprach Kuhal im intimen Modus an:

Warum zum Teufel hast du dich in Basaltkluft voll fickender Frösche versteckt statt im Freien zu bleiben wo ich dich finden konnte? Wir haben deinen Fiantotschrei bis drüben in Afaliah gehört!

Ein Tanu-Ritter in einer aquamarin glühenden Rüstung auf einem riesigen Chaliko materialisierte aus dem Nebel und schwebte zur Erde nieder.

»Celo? Bist du das?« Kuhals körperliche Stimme war ein gebrochenes Flüstern.

»Natürlich bin ich das, du armer Dummkopf. Wer denn sonst? Ich bin der einzige noch übrige Levitant mit der Kraft, einen zweiten zu tragen, wenn man von diesem kleinen goldenen Lumpenkerl und Tonn der Wetterfahne absieht. Und die Wahrscheinlichkeit ist gering, daß sie kommen und dich retten werden!«

»Ich glaubte ... Fian und ich glaubten, wir seien allein. Die einzigen Überlebenden.«

Das grimmige alte Gesicht mit den silbernen Brauen

verfinsterte sich. Celadeyr von Afaliah sandte eine ungeschickte redigierende Sonde in den verwirrten Geist des jüngeren Mannes. »Große Göttin, was für eine Vorstellung! Trotzdem wundert mich nicht, daß du es geglaubt hast, bei dem Zustand, in dem du bist. Es ist uns gelungen, andere Überlebende zu retten, aber nur auf Aven und an der europäischen Küste. Wie in Tanas Namen seid ihr in Afrika gestrandet?«

Kuhal antwortete nicht. Er hatte das Bewußtsein verloren.

Der alte Heros von Afaliah machte seinem Mitleid in weiteren Flüchen Luft. Er entdeckte das Lederboot weit draußen auf dem Wasser und benutzte seine kreative Kraft dazu, es in einen Scheiterhaufen aus astralem Feuer zu hüllen. Als er das Lied für den toten Zwilling gesungen hatte, lud er den lebenden hinter sich auf den breiten Rücken des Chalikos und erhob sich in die Luft.

12

Elizabeth lockerte ihre Konzentration und lächelte. »Ich bin froh, daß er schließlich doch gerettet worden ist. Armer Mann! Man stelle sich vor, daß er und sein Bruder glaubten, die letzten lebenden Tanu zu sein.«

Creyn konnte sich des Gedankens nicht erwehren: Ich erinnere mich an eine andere, die auch verzweifelte, weil sie allein war.

»Ich habe eingesehen, wie sehr ich mich irrte.« (Der bleibende Zweifel lag viel tiefer, als Creyn zu sehen vermochte.)

Der Tanu-Heiler streckte seinen langen Arm über den Tisch und goß ihr und sich noch einmal Kaffee ein. Donner grollte um die Höhen der Montagne Noire. Es begann wieder zu regnen, Tropfen sprühten gegen die kleinen bleigefaßten Fensterscheiben an der Ostseite des Chalet, bis man nicht mehr hindurchblicken konnte.

»Außer Culluket«, bemerkte Creyn, »ist Kuhal Erderschütterer von der Heerschar Nontusvels das einzige überlebende Mitglied der Hohen Tafel. Die anderen fünfzehn der Heerschar, die der Flut entkamen, sind unbedeutende Talente.«

»Ich nehme an, Celadeyr wird Kuhal in die Haut stekken und versuchen, ihn zu heilen, so daß er der Opposition beitreten kann. Schließlich wäre der Zweite Psychokinetische Lord ein schätzbarer Verbündeter, falls er seine Kräfte zurückgewinnt. Wie stehen die Chancen für seine vollständige Erholung?«

»Nicht gut. Die Wirkung der Haut hängt nicht nur von dem Können des Heilers ab, sondern auch von dem Willen des Patienten. Und Kuhal hat die Hälfte seines Verstandes verloren. Celos Heiler ist Boduraol, ein recht tüchtiger Mann – aber ich bezweifle, ob selbst Dionket Kuhal wesentlich helfen könnte. Auch im günstigsten Fall wird er fast ein ganzes Jahr in der Haut bleiben müssen.«

»Seine Fähigkeit zur telepathischen Projektion war beinahe gleich Null«, sagte Elizabeth. »Ich hatte keine Ahnung, daß die Zwillinge in Afrika waren, bis Kuhal gestern abend diesen schrecklichen Schrei ausstieß.«

Es blitzte und donnerte gleichzeitig, und zum vierten Mal an diesem stürmischen Abend schlug es im Chalet auf der Schwarzen Klippe ein. Die elektrische Entladung richtete keinen Schaden an.

»Bei all diesen atmosphärischen Störungen«, bemerkte Creyn, »wundert es mich, daß du überhaupt imstande bist, Afrika fernzuspüren. Meine eigene Vision wird schon auf der Höhe von Amalizan blockiert. Nun, schließlich bin ich auch kein Großmeister.«

Sie lächelte ihn an und stellte ihre Tasse hin. »Nein. Aber es ist Zeit, daß ich anfange, dich die besonderen Techniken der höheren Fernwahrnehmung zu lehren. Mit einiger Übung wirst du es leicht fertigbringen, die Statik auszufiltern.« Sie zeigte ihm das Programm und arbeitete mit ihm, unterstützend und korrigierend, während er sein Fernsehvermögen anstrengte, um die Ionisierung des Sturms zu durchdringen.

Endlich sagte sie: »Genug!«

Er sank in seinem Sessel zurück. Das alterslose Seraphim-Gesicht war in Schweiß gebadet. »Ja ... das ist mir klar.« Sein Geist spiegelte eine klägliche Stimmung wider. »Mir ist außerdem auch klar, daß ich noch eine deprimierende Menge zu lernen habe, bevor ich dir bei deiner Überwachung nennenswerte Hilfe leisten kann.«

»Trink noch etwas Kaffee!« schlug Elizabeth vor. »Das hilft. Wir haben Glück, daß der Kaffeestrauch hier im Pliozän wächst! ... Aber im Ernst, du kannst mir wirklich helfen, auch jetzt schon. Ich bin immer noch nicht so stark, wie ich es damals im Milieu war. Ich muß unverhältnismäßig viel Kraft einsetzen, nur um den Brennpunkt auf große Entfernung zu halten. Du kannst ein zusätzliches Augenpaar sein, wenn du dich während der Beobachtung mit mir verbindest – und Einzelheiten aufnehmen, die mir vielleicht entgehen.«

»Ich verstehe.« Einen Augenblick lang schwieg sein Geist, in sich selbst zurückgezogen. »Wird meine Hilfe unsere Chance vergrößeren, Felice zu finden?«

Elizabeths Stirn spannte sich. Das Bild des Rabenmädchens war in ihren beiden Gehirnen unheimlich klar. »Creyn, ich weiß nicht, was wir ihretwegen unternehmen sollten. Sie stellt die furchtbarste Gefahr dar! Kein Metapsychiker des Galaktischen Milieus besaß eine solche kreative und psychokinetische Macht. Soviel ich weiß, hat es noch nie ein derartiges Potential für physische Zerstörung auf ein einziges Individuum konzentriert gegeben.«

»Nicht einmal bei deinen Schutzheiligen? Oder ihren Gegnern in der Metapsychischen Rebellion?«

»Kein einziger Operanter unseres Milieus hätte tun können, was Felice gelungen ist.« Regen schlug gegen die schwarzen Fenster. »Besonders dieser letzte psychokreative Streich, der Gibraltar öffnete. Ich hatte keine Gelegenheit, Felices Geist zu überprüfen, seit sie operant geworden ist. Sagen wir: Wenn wir sie finden und wenn ich eine Tiefenredigierung durchführe, ist es gerade eben möglich, die von ihr ausgehende Gefahr ... zu neutralisieren.« Auch wenn die Operation für uns beide den Tod bedeuten mag.

Creyns Gedanken schrien: Du darfst dich nicht opfern! Das ist nicht deine Bestimmung! Du mußt unsere Wächterin sein, o Wiedergekehrte Brede!

»Nenn mich nicht so!« rief sie. Ihr Geist wich vor ihm zurück. »Ich kenne meine Bestimmung nicht, und Brede, verdammt soll sie sein, kannte sie auch nicht!« Die alte Bitterkeit drang aus Elizabeths Unterbewußtsein hervor. »Die Schiffsgattin in ihrer Selbstgerechtigkeit war sehr überzeugt ... aber vielleicht hat sie objektiv großen Schaden angerichtet, indem sie euch zur Erde brachte. Ich bin jetzt zu der Meinung gelangt, daß ihr Tanu und Firvulag hier auf der Erde lange genug überleben werdet, um die Entwicklung der Menschheit in irgendeiner Art zu beeinflussen. Doch es wäre für meine Rasse vielleicht besser gewesen, wenn ihr euch vor tausend Jahren in der Duat-Galaxis gegenseitig ausgelöscht hättet!«

»Bredes Vision prophezeite für beide Rassen etwas Besseres«, sagte Creyn.

»Nach wie vielem Leiden? Für wie viele Millionen von Jahren?« Elizabeth brach die Stimme. Sie verschleierte ihre Gedanken, aber Creyn als erfahrener Redakteur erkannte die stolze Wahrheit.

Er sagte: »Wenn Bredes Einmischung in das Geschick unserer Rassen voreilig – schlecht – war, dann zeigen die offenbaren Ergebnisse doch, daß sie eine glückbringende Sünde beging. Was eure Philosophen eine felix culpa nennen würden.«

Elizabeths Lachen klang spröde. »Du lernst die

Menschheit recht gut kennen, nicht wahr? Du greifst sogar unsere kasuistischen Spielchen auf.«

»Ich weiß nur«, erklärte er schlicht, »daß die Motive Bredes und ihres Schiffes edel und selbstlos waren. Und so versah sie ihr Amt als unsere Wächterin bis zum Ende.«

»Wir alle wissen, daß sie es gut gemeint hat. Selbst dann noch, als sie mich plagte. Viele Autarchen sind überzeugt gewesen, sie wüßten, was für ihre Untertanen das Beste sei. Die menschlichen Rebellen im Milieu hatten diese Überzeugung. Sehr überheblich waren sie! So hielten sie es für Tatsache, daß menschliche Gehirne das größte metapsychische Potential unter den Rassen unserer Galaxis besitzen. Daraus folgte für sie logischerweise, die Menschheit müsse in der galaktischen Zivilisation die beherrschende Rolle spielen. Auf der Stelle. Das Milieu war viel zu wichtig, als daß man es der Leitung geringerer Geister hätte anvertrauen dürfen ... Aber die mentale Entwicklung des Milieus konnte nicht mit Gewalt beschleunigt werden, ebensowenig wie man Kinder mit den wahnsinnigen Techniken, die die Rebellen befürworteten, zu Super-Erwachsenen machen kann. Reife zu erzwingen, ist nicht nur böse, sondern sinnlos – ob wir von den Fortschritten eines einzelnen Kindes oder der Vervollkommnung eines galaktischen Geistes sprechen.«

Sie zeigte dem Tanu-Heiler kurz den Schaden, der durch Marc Remillard und seine Ränke entstanden war, auch den Preis, der hatte bezahlt werden müssen, um das mentale Gleichgewicht wiederherzustellen. »Und darum fürchte ich ...«

»Du siehst eine Analogie«, fiel er ein, »zwischen der Metapsychischen Rebellion und Bredes Manipulationen am Geschick der Tanu und Firvulag. Du fürchtest, wenn du Bredes Platz einnimmst, könntest du ihre – Sünde fortsetzen.«

Elizabeth seufzte. »Wenn es Sünde ist ... Im Milieu

standen dem Rat Milliarden von Geistern für einen Konsens zur Verfügung. Der Geist wußte, er hatte recht, und die Rebellen hatten unrecht. Aber was weiß ich schon?«

Der Sturm, der um das Chalet brauste, machte einen Lärm, als seien Bärenhunde auf einer dämonischen Jagd. Ein Windstoß fuhr den Kamin hinunter und zerteilte den balsamduftenden Rauch der Feuerstelle. Creyn mußte die wirbelnde Asche aufhalten, denn Elizabeth schien hilflos zu sein und die stechenden Tränen, die der Qualm hervorrief, sogar zu begrüßen. Nach dieser Ablenkung wischte sie sich die Augen, und sie und Creyn machten sich an die eigentliche nächtliche Arbeit.

Für eine Fernsuche war es die bei weitem günstigste Zeit, wenn die Sonne – eine viel größere Behinderung der Ultrasensitivität als jedes Gewitter – von der Masse des Planeten verdeckt wurde. Nachts konnte ein Geist freier wandern, an geheimen Stellen graben, auf fernes Geflüster lauschen, überzeugender auf sich widersetzende mentale Ohren einreden. Sogar in prämetapsychischer Zeit war das allgemeine Volksweisheit. Die Nacht war die Zeit, wo Zauberer ihr Werk taten, wo unheimliche Wesen umherstreiften und tanzten und wo es den Sterblichen am ehesten gelang, ihr Bewußtsein mit ihren Körpern ruhen zu lassen und sich in Träumen von des Tages Pein und Plackerei loszureißen.

Elizabeths Geist verband sich mit dem Creyns, und der Raum um sie löste sich auf. Sie schwebten über dem vom Sturm gewaschenen Massiv der Montagne Noir. Elizabeth konzentrierte ihre ganze Willenskraft auf ihre Fernwahrnehmung und flog davon. Creyn zog sie so leicht hinter sich her wie einen Papierdrachen.

Sieh und lerne!

Sieh unter uns, an die Schwarze Klippe geschmiegt, Inselchen aus Lebensaura, die die Bergbausiedlungen markieren. Konzentriere *diese* Ultrafähigkeit und verändere die Brennweite, um Individuen zu betrachten, eins nach dem anderen oder in kleinen Gruppen. Benutze *diese* Kraft, um normale Sprache oder den deklamatorischen oder den Konversationsmodus der Telepathie zu hören. (Es ist buchstäblich unmöglich, auch für einen Großmeister, die tiefen geistigen Ebenen aus der Ferne zu sondieren. Auch ist es schwer oder unmöglich, eine Person fernzuspüren, die einen festen Gedankenschirm errichtet hat. Es gibt bestimmte künstliche Abschirmgeräte – zum Beispiel Bredes Projektor, der den »Raum ohne Türen« erzeugt. Sie blockieren die Fernwahrnehmung auf ähnliche Weise.)

Jetzt paß auf, wie wir nach einem bekannten Geist suchen. Wir haben seine Unterschrift gespeichert, so kann unser Fernwahrnehmungsvermögen in die Ferne schweifen, ohne sich aufzuhalten, und alle anderen Auren ignorieren, bis wir die gewünschte Persönlichkeit anpeilen. Und *da* ist er!

Es ist Häuptling Burke, und er schläft mit den anderen Mitgliedern seiner Gruppe in einem Lager unmittelbar neben der großen Südstraße, etwa dreißig Kilometer unterhalb von Roniah. (Seid gesegnet, geliebte Brüder und Schwestern! Schlaft gut und in Sicherheit!)

Und nun, Creyn, bist du an der Reihe. Verbinde dich mit mir und stärke mich, denn vor uns liegt eine viel schwierigere Arbeit. Wir suchen einen uns bekannten Geist, der halb abgeschirmt und auf der Hut ist. Wir werden so vorsichtig sein, daß er uns nicht entdeckt. Wir werden keinen Versuch machen, seine Worte oder Gedanken zu belauschen.

Halte dich nordöstlich – denn höchstwahrscheinlich befindet er sich in seiner Hauptstadt Hoch-Vrazel in den Vogesen. Ich meine Sharn-Mes, den neuen jungen Monarchen der Firvulag, der die Unverschämtheit besitzt, sich selbst Hochkönig des Vielfarbenen Landes zu nennen.

Sieh da, der tapfere General ist zu Hause ... Seine sechs Kinder rösten Kastanien am Feuer und benutzen ein heißes Schüreisen, um ihrem schwerarbeitenden Papa einen weiteren Krug Apfelwein zu wärmen. Der grimmige General schwingt eine scharfe Obsidianklinge und murmelt einen Fluch, der das Blut erstarren läßt. Das erkennen wir deutlich, auch wenn wir ihn nicht hören können, an dem mißbilligenden Ausdruck auf dem Gesicht seiner Frau, Königin Ayfa, Anführerin der Krieger-Ogerinnen. Von neuem blitzt Sharns schwarzes Glasmesser auf. Holzspäne fliegen. Die Radachse fügt sich haargenau in das Lager ein, und die Kinder jubeln. Sharn stellt das fertige Holz-Chaliko auf die Fliesen des Wohnzimmers. Die Kinder drängen sich um das auf Rädern stehende Tier, jedes möchte das erste sein, das die Tradition bricht, indem es auf dem neuartigen Spielzeug reitet. In Hoch-Vrazel ist die Tradition heutzutage ein zerbrechliches Ding ...

Und nun wollen wir uns an die schwierigste Suche von allen machen: Felice.

Stell dir ihre Unterschrift vor! Stell dir alle möglichen Arten der Abschirmung vor. Da sie nicht als Metapsychikerin ausgebildet ist, wird der Mechanismus, mit dem sie sich verbirgt, primitiv sein, aber das große kreative Potential der Wahnsinnigen macht technische Finessen unwichtig. Es ist nicht anzunehmen, daß wir Erfolg haben werden. Trotzdem versuchen wir es. Bei jeder einzelnen Nachtwache werden wir es versuchen.

Wende dich nach Süden! Über Amalizan, über Tarasiah hinaus. Schwenke nach Westen ein! Jenseits von Aluteyn Handwerksmeisters neuen Wohnsitz am Fluß Iberia. Jenseits der finsterblickenden Türme von Afaliah, wo der grimmige alte Kreator-Koerzierer hinter starken Steinwällen lauert und über den Mann mit dem gebrochenen Geist grübelt, der traumlos in der Haut schläft.

Bald wird der Morgen grauen. Der sich nähernden

Sonne zieht als Herold ein bestimmtes ätherisches Donnern voraus. Es gibt ein Programm, wie man die solare Ionisierung aufhebt, aber das ist viel schwieriger als das Ausfiltern atmosphärischer Störungen bei einem Gewitter. Gib acht und folge mir! Halte dich fest und sieh genau hin!

Wir suchen! *Dies* ist ihre Aura, die wir suchen, und es ist bekannt, daß sie sich in den Betischen Kordilleren versteckt, der südlichsten Bergkette Spaniens. Halte Ausschau! Ignoriere die verwischten mentalen Flecken der Firvulag, der verstreuten Heuler, der winzigen Siedlungen gesetzloser Menschen, der gelegentlichen Vorposten von Untertanen Afaliahs. Weiter Winkel, enger Winkel! Benutze die Augen und Ohren des Geistes und den speziellen Suchersinn, der auf diese eine Aura abgestimmt ist ...

Da ist nichts.

(Aber warum? Sharn war abgeschirmt, und du hast ihn leicht gefunden.)

Sharns Kräfte sind die eines kleinen Kindes. Wir wollen warten. Das Rabenmädchen fliegt im Morgengrauen, und manchmal ruft sie. Wenn das geschieht, öffnet sich ihr Geist, während sie auf ihn, den Geliebten, lauscht. *Uns* würde sie nicht antworten, aber vielleicht läßt sie unbeabsichtigt einen Hinweis fallen, wo ihr Horst liegt. Dann können wir ...

(Elizabeth. *Da!*)

Ich sehe. Ich sehe und höre. Über dem Mulhacén! Natürlich ... Da oben muß sie sich versteckt halten! Und jetzt kommt sie heraus und ruft.

Culluket!

Der Rabe steigt in die Stratosphäre auf. Der Himmel über der Sierra Nevada ist im Morgengrauen wolkenlos und klar.

Culluket! Ich weiß, daß du am Leben bist.

Sie ruft ihn, der sich mit ihr in gegenseitiger Todesliebe verband, der sich befriedigte und nicht ahnte, daß auch ihre Erfüllung kommen würde, als sie ihm entfloh und der hilflosen Erde antat, was ihr angetan worden war.

Culluket, antworte!

Siehe, sie kreist hoch oben im Licht, glitzernd. Kein Gedankenschirm deckt sie, keine psychokreative Mauer schützt ihre sich ergießende Fernwahrnehmung, während sie den gehaßten Geliebten sucht. Aber er ist Redakteur, ein Persönlichkeitsveränderer, ein Gehirnbohrer, ein Geistmaskierer. Er ist stark und voller Arglist, und der Schatten des Vogels zieht ahnungslos über ihn hinweg.

Culluket ... du mußt dort sein. Helft mir, ihn zu finden, IHR!

(Elizabeth! Hat sie uns bemerkt?)

Nein. Sei ruhig, Creyn!

Ihr habt mir schon einmal geholfen. Jetzt wende ich mich wieder an euch. Helft mir, meinen Geliebten zu finden! Sagt mir, wo er ist! Sprecht mit mir! Seht ihr mich hier fliegen? Wenn ihr zu mir sprecht, werde ich euch diesmal antworten!

Sieh ihre triumphale Darstellung der Liebestat, der Öffnung des Gibraltar-Tors. Sieh durch ihre Erinnerungen, wie die Katastrophe bewirkt wurde. O Gott, wie. (Gleichzeitig mit dem Schock Erleichterung: Also war ihre Kraft doch nicht einzigartig; sie hat Hilfe gehabt.)

Helft mir wieder! Ich werde mich nicht mehr vor euch verstecken. Wir können Freunde sein.

Hör zu, Creyn! Nein, warte – ich muß ein weiteres Filter einfügen. Die Übertragung ist nicht nur schwach, sondern dazu auch noch multipel, eine ungeschickte Bemühung um metapsychische Gemeinschaftsarbeit, schlecht gezielt, aus großer Entfernung kommend. Und das ist nicht der Tanu-Modus. Auch nicht der Bastard-Modus, den die ringtragenden Menschen hier im Pliozän verwenden. Es ist der einzigartige Modus menschlicher Operanter ... Allmächtiger Gott, mein eigener Modus! Hilf mir, Creyn! Stütze mich, lieber Freund! Verfolge dies, identifiziere die Quelle, finde alles darüber heraus, was du kannst ...

Teufel? Seid ihr das?

Ja, Felice.

Hallo, Teufel.

Hallo, Felice. Wir haben dich so lange Zeit gerufen.

Ich weiß. Aber ich traute euch nicht. Ich habe so viele Feinde.

Arme Felice. Wir wollen dir nur helfen. Wir haben dir bereits geholfen.

Helft mir wieder! Zeigt mir, wo Cull sich versteckt!

Wer? ... Ach so. Wie interessant.

Das braucht euch nicht zu kümmern. Zeigt ihn mir!

Liebe Felice. Wir täten es, wenn wir könnten. Aber wir sind weit weg von dir. Auch von ihm. Um ihn zu finden, müßten wir zu dir kommen. Den ganzen Weg von Nordamerika.

Ohhhh.

Mach dir keine Sorgen! Wir werden es gern tun. Wir haben uns so danach gesehnt, dich kennenzulernen.

Nein! Ihr könntet mich bestehlen ... könntet versuchen, mich hereinzulegen! Genau wie dieser verdammte kleine goldene Schwindler Aiken Drum!

Das würden wir nie tun, Felice. Wir sind nicht wie Aiken oder deine anderen Feinde. Wir werden dir unsere Freundschaft beweisen. Wir werden mehr tun, als deinen Geliebten zu finden. Wir werden ihn zu dir bringen!

Das könntet ihr tun?

Einer von uns ist ein Koerzierer-Redakteur auf Meisterklasse-Niveau. Auch die übrigen von uns sind stark. Und wir sind jung, Felice. Wie du! Wir glauben an Taten.

Ihr werdet mit MIR keine Spiele treiben.

Nein ... nein, natürlich nicht. Wir möchten dich als

unsere Anführerin haben. Du bist stärker als jeder von uns.

Mag sein. Aber wenn ihr gemeinschaftlich handelt ... Hört zu. Nur einer von euch darf kommen.

Das geht nicht, Felice. Wir brauchen mindestens fünf, um dir deinen Culluket herbeizuschaffen.

Fünf? Na gut. Aber mehr nicht. Habt ihr verstanden?

Genau. Weißt du, wir können dir auch in anderer Beziehung helfen. Und du kannst uns helfen! ... Jetzt gib uns die genaue Lage deines Aufenthaltsorts in Spanien an.

Ich bin hier. Seht ihr meine Höhle auf dem Mulhacén?

Ja. In fünfzehn Tagen sind wir bei dir. Warte auf uns! Lebe wohl, Felice unsere Freundin.

Lebt wohl, ihr Teufel!

Elizabeth saß Creyn am Tisch gegenüber. Das Gewitter war vorbei. Sonnenstrahlen fielen durch die östlichen Fenster auf die Asche im Herd und verwandelten sie in staubige weiße Klumpen.

»Als ich im Pliozän ankam«, erzählte Elizabeth, »habe ich in der Hoffnung, andere operante menschliche Wesen wie mich zu finden, den ganzen Planeten mit meiner Fernwahrnehmung abgesucht.«

»Ich erinnere mich. Es war der Abend, als wir von der Torburg nach Roniah ritten. Du hattest eine starke Barriere errichtet, aber ich merkte, daß dein Geist umherschweifte.«

Elizabeth ließ sich in ihrem Sessel zurücksinken. Ihr Gesicht war ausgehöhlt. Creyn sandte einen telepathischen Ruf an Mary-Dedra ab, die goldtragende Frau, die einst eine Vertraute Mayvars gewesen war und jetzt Elizabeth als Begleitung diente.

Die Fernsprecherin fuhr fort: »Ich entdeckte nur eine einzige undeutliche Spur im menschlichen Modus, weit drüben auf der anderen Seite der Erde. Natürlich war ich zu keiner guten Leistung fähig, weil meine Ultrasinne sich noch nicht wieder ganz erholt hatten, und so tat ich den schwachen Hinweis als Echo ab. Aber es war wirklich.«

»Du konntest die Position nicht genau bestimmen?«

»Das Fernspüren über große Entfernungen ist eine spezielle Arbeit, die großes Stehvermögen erfordert. Ein gesunder Großmeister kann kurze Stichproben machen – so etwa in der Art, wie menschliche Schwimmer ohne Ausrüstung tief tauchen. Doch niemand kann es ohne stützende Ausrüstung oder Hilfe von einer Anzahl anderer Geister lange aushalten.« Müde legte sie die Hand auf die Stirn. »Mit deiner Hilfe sollte ich jetzt fähig sein, über diese sogenannten Teufel einige Informationen zu erlangen. Aber ich weiß, wer sie sind. Gott, ich weiß es nur zu gut.«

Sie teilten das Wissen. Creyn sagte: »Die Tanu haben lange Zeit nicht mehr an sie gedacht. Siebenundzwanzig Jahre lang. Als die Gruppe operanter Menschen durch das Zeitportal kam und gegen unsere Kampfgesellschaft focht, erlitten wir eine schreckliche Niederlage. Das Ereignis wurde aus den offiziellen Aufzeichnungen gelöscht, nachdem die Invasoren Europa verlassen hatten. Nur ein paar von uns – vor allem der verstorbene Gomnol – stellten Spekulationen darüber an, was aus ihnen geworden sein mochte. Man kann sich denken, warum gerade er daran so interessiert war! Allerdings besaß Gomnol nur bescheidene Fähigkeiten im Fernwahrnehmen. Er hat sie nie aufgespürt.«

»Die Rebellen sind auf der westlichen Erdhalbkugel. In einem Gebiet, das auf der Alten Erde Florida genannt wurde.« Elizabeth schloß die Augen und trieb in schmerzlicher Versunkenheit dahin. »Ich war zur Zeit der Metapsychischen Rebellion erst siebzehn. Auf einem kleinen verschneiten Planeten in der Ausbildung zur Lehrerin. Aber ich war bereits Teil der Einheit – und ich werde die Reaktion dieser dreihundert Milliarden fremder Geister auf den versuchten Umsturz nie vergessen. Das Milieu war mit uns ein solches *Risiko* eingegangen, Creyn – es hatte die Menschheit in seine wundervolle Zivilisation aufgenommen, obwohl wir psychosozial noch unreif waren. Und wir enttäuschten dies Vertrauen.«

»Ich habe gehört, die Rebellion sei kurz gewesen, die aktive Phase habe nur ein paar Monate gedauert.«

»Das ist richtig. Trotzdem vergingen Jahre, bis die Wunden verheilt waren. Es war die schwerste Demütigung der Menschheit ... Der Menschliche Sektor griff so streng durch, wie er es tun mußte, um die Verschwörung niederzuschlagen. Unschuldige traf großes Leid. Doch am Ende war das Milieu stärker als zuvor.«

»Noch eine felix culpa?«

Elizabeth öffnete die Augen und bedachte den Tanu mit einem seltsamen Blick. »Die Geschichte der Menschheit scheint voll davon zu sein.«

Eine Innentür öffnete sich. Mary-Dedra, ein Tablett mit Frühstück in den Händen, trat mit einem ängstlichen mentalen Gruß ein. Creyn stand auf, um zu gehen.

»Wirst du stark genug sein, heute nacht wieder zu suchen?« fragte er.

»O ja.« Elizabeth hatte sich schon damit abgefunden. »Wir müssen die Heimat von Felices Teufeln finden. Sie zählen, sie identifizieren, wenn wir können, und dann entscheiden, wie wir der Bedrohung durch sie am besten begegnen. Du ruhst dich aus und kommst um sieben zu mir.« Sie lächelte bitter. »Dann werden wir unsern ersten kleinen Vorstoß in die Hölle wagen.«

13

In einem Bayou des Suwanee an der Westküste der Insel Ocala war es zwei Uhr morgens. Der riesige Silberfisch verhielt sich im Augenblick ruhig, lag tief in dem vom Mondschein gesprenkelten schwarzen Wasser und ruhte sich von seinem Kampf mit Marc Remillard aus.

Sechzehn Stunden lang hatte der Bulldog-Tarpun sich bemüht, die feste Schnur zu zerreißen, die ihn mit dem Mann verband. Der Tarpun war 430 Zentimeter lang und wog 295 Kilogramm. In einer Ecke seines Kiefers saß ein 5/0-Haken mit stark bewehrter Spitze fest (denn die Tarpune der Pliozän-Epoche hatten scharfe Zähne). Das Vorfach, jener Abschnitt der Schnur, der den Fisch letzten Endes hielt, war so schwach, daß es von einem 7-Kilo-Gewicht zerrissen werden konnte. Trotzdem war der Tarpun nicht fähig gewesen, sich zu befreien, so groß war das Geschick des Anglers. Jetzt waren beide, Mann und Fisch, an der Grenze ihrer Ausdauer angelangt. Nicht mehr lange, und es würde entweder der Angler, in die Irre geführt von seinen schmerzenden Muskeln, eine falsche Entscheidung treffen, so daß die Schnur riß – oder der Tarpun das Bewußtsein verlieren und hilflos am Ende des tödlichen Fadens treiben, bis das Landungsgaff sich niedersenkte.

Marc stemmte den Schaft seiner großen Fliegenrute in die schwere Lederhalterung an seinem Gürtel und wartete darauf, daß der Fisch den Kampf von neuem begänne. Die einzigen Geräusche waren das ferne Platschen springender Meeräschen und die Rufe eines Nachtreihers. Langsam und kontrolliert atmend, führte Marc ein Biofeedback-Manöver aus, um die Produkte der Müdigkeit aus den Zellen seiner mächtigen Schultern und Arme zu vertreiben. Seine Ultrasinne waren taub und blind. Er konnte die Bewegungen des lauernden Tarpuns nicht sehen, weil er sie nicht sehen *wollte*. Sogar zu diesem kritischen Zeitpunkt gab er dem Fisch die sportliche Chance, die er für angemessen hielt: Er spürte ihm nicht durch Fernwahrnehmung nach, er versuchte nicht, seine Bewegungen zu koerzieren, er übte keinen psychokinetischen Druck auf ihn aus, und er verzichtete darauf, Rute, Rolle oder Schnur mittels seiner Kreativität über ihre normalen Eigenschaften hinaus zu verstärken. Nur in einem einzigen Punkt wich Marc von der Angeltechnik eines Nonmeta ab: Er angelte allein, und deshalb hielt er das Skiff mit mentaler Kraft ruhig, damit es während des Kampfes nicht sank. Marc stellte eine winzige Veränderung in der Spannung der Schnur fest. Eben noch war das Wasser des Flusses flach wie ein Teich aus Tinte – und jetzt sprudelte es mit vulkanischer Heftigkeit in die Höhe. Eine große, sich windende Gestalt, glitzernd im Mondschein, sprang, sich überschlagend, mehr als sechs Meter hoch in die Luft. Ihre untertassengroßen Augen glühten in einem wütenden Orange, und die Kiemendeckel klapperten wie eine gigantische Raganella.

Marc beugte sich dem Fisch entgegen, senkte die Spitze der Fliegenrute, um die Schnur zu entlasten, solange sie in der Luft verwundbar war. Das große silberne Geschöpf fiel mit einem Klatschen ins Wasser zurück, als sei ein Konzertflügel hineingeworfen worden. Einen Sekundenbruchteil später war es wieder oben, sich drehend in einem zweiten Sprung. Das Skiff schaukelte. Von Kopf bis Fuß triefend vor Wasser, schrie Marc seinem Gegner Aufmunterungen zu. Es war der größte Tarpun, den er je am Haken gehabt hatte, und er gehörte fast schon ihm.

Der Fisch kam auf ihn zu. Marc spulte Schnur auf. Wie er erwartet hatte, schoß der Tarpun von neuem in die Luft, diesmal in einem weiten Sprung, der ihn auf Kollisionskurs mit dem Skiff brachte. Unter brüllendem Gelächter steuerte Marc das kleine Boot dem Tarpun aus dem Weg – gerade noch rechtzeitig. Der Wiedereintritt des Fisches ins Wasser schleuderte eine Welle über das Dollbord, die das Skiff halb füllte. Marc entfernte das Wasser mit seiner PK einen Augenblick eher, als der Tarpun auf der anderen Seite nach oben kam und in dem Versuch, den Haken abzuschütteln, wie ein durchgegangener Dynamo auf der Wasseroberfläche herumfuhrwerkte.

Der Fisch tauchte wieder auf und raste auf die Untiefen an der linken Seite des Wasserlaufs zu, daß die Rute ächzte. Marc lenkte das Skiff nach ihm, vorbereitet auf den nächsten Sprung. Und er kam. Der riesige geschuppte Körper stieg höher, höher wie in Zeitlupe, warf diamantene Tropfen in einer sich ausdehnenden Wolke zum Mond empor, klappte mit den Kiefern, stieß auf dem höchsten Punkt ein explosives Grunzen aus und fiel mit einer solchen Wucht zurück, daß Marc beinahe über Bord gegangen wäre. Aber der Haken saß noch fest.

Der Tarpun raste von neuem los, und der Mann folgte ihm. Der nächste Sprung geschah halbherzig; der große Körper verließ das Wasser nicht in seiner Gesamtlänge. Das darauffolgende Toben an der Wasseroberfläche wurde schwächer und erzeugte nicht einmal Schaum. Marc konnte es sich nicht verkneifen, dem Fisch im deklamatorischen Modus zuzurufen:

Jetzt du prächtiger Bastard! Jetzt habe ich dich …

Ein starker Lichtstrahl stach aus der Dunkelheit flußaufwärts. Er nagelte Marc fest, der da im Skiff stand, bereit, winzige Veränderungen an der Spannung der Schnur vorzunehmen. Körperlich wie mental geblendet, erstarrte er.

Der Tarpun sprang.

Das schwache 6,75-kg-Vorfach riß.

Papa wir haben sie gefunden wir haben Felice gefunden!

Zu spät erstarb der psychoenergetische Strahl. Hagen hatte ihn ausgesandt, und von ihm kam auch die jubilierende und in ihrem eigenen Triumph rücksichtslose Gedankenprojektion. Das große Boot mit den jungen Leuten raste das Bayou hinunter und stoppte dann abrupt, als sei es gegen eine Glaswand gestoßen. Schaukelnd und bebend hielt es in einer Masse von Kabbelwellen etwa 150 Meter zu dem Angler.

Von dem Bug des Skiffs schoß der riesige Tarpun weg, schluckte Luft, genoß die Freiheit. Marc überprüfte ihn genau und vergewisserte sich, daß er während des langen Kampfes keine ernsthafte Verletzung davongetragen hatte. Dann löste er den Haken mit seiner PK. Der Fisch versank langsam in dem schwarzen Wasser. Marcs Fernsicht sah ihn in Richtung des Golfs davonschwimmen.

Papa ...

Cloud wußte, selbst wenn ihr Bruder es nicht gewußt haben sollte, was ihr Eindringen gekostet hatte. Doch ihr Bedauern und ihre Entschuldigung stießen gegen eine zweite Barriere. Die metapsychische Wand, die das große Boot zurückgehalten hatte, löste sich jetzt auf, und die Strömung trug es auf das Skiff zu.

Marc wickelte die schlaffe Angelschnur auf und sah den jungen Leuten entgegen. Wie er erwartet hatte, waren die drei anderen die Erzverschwörer unter der jüngeren Generation: Elaby Gathen, Jillian Morgenthaler und Vaughn Jarrow. Sie versuchten, ihren Fehler mit Keckheit zu bemänteln. Ganz offensichtlich hatte keiner von ihnen etwas anderes als Freude über ihre Nachricht erwartet, als sie vom Lake Serene abfuhren, um Marc damit zu »überraschen«.

Die beiden Fahrzeuge trafen sich. Jillian hielt das große Boot mit ihrer PK an, ließ den Anker fallen und rannte zum Heck, um das Skiff in Schlepp zu nehmen. Hagen ließ die Leiter hinab. Sein Geist lächelte immer noch; er war hartnäckig entschlossen, den faux pas nicht zuzugeben.

»Felice ist in Spanien, Papa, genau wie wir vermutet hatten. Sie versteckt sich in einer Höhle auf dem Mulhacén in der Sierra Nevada.« Bild. Orientierung. »Und nun paß auf! Sie hat uns von selbst eingeladen, zu ihr zu kommen!«

Marc hielt seine Barriere weiter geschlossen. Er faßte die Leiter und schwang sich ins Boot ohne zu levitieren.

Die jungen Leute traten zurück. Ihre Gedanken vereinten sich jetzt unbeholfen zu einer Entschuldigung. Nur Cloud zeigte Obertöne eines echten Bedauerns über den Verlust des großen Fisches.

Die Kinder der Rebellion, alle Mitte Zwanzig, trugen formelle Kleidung. Heute abend hatte am Lake Serene eine Party stattgefunden, deren Höhepunkt der erfolgreiche Kontaktversuch mit Felice gewesen war. Hagen und Elaby waren elegant in Tropen-Dinnerjacketts; Vaughn hatte sich zwar ebenso ausstaffiert, brachte es aber fertig, unordentlich und tölpelhaft wie immer auszusehen. Die dunkle Jillian hatte sich einen Wickelrock aus weichem Rindentuch umgeschlungen. Clouds Gewand war so licht wie ihr Geist und schimmerte schwach im Mondschein.

Der frühere Herausforderer der Galaxis, nackt bis zum Gürtel, barfuß und so naß, daß Wasser auf das polierte Deck tropfte, musterte die fünf streng.

»Ich habe euch gesagt, ihr solltet nicht kommen. Ihr sollt niemals kommen, wenn der Tarpun springt.«

Hagen rief aus: »Zum Teufel mit den Fischen, Papa! Wir *haben* sie! Felice ...«

Er brach ab. Schreiend preßte er die Hände an die Schläfen. Der scharfe Geruch nach Erbrochenem stieg in der warmen Nachtluft auf, und der Äther füllte sich mit dem Gestank des Entsetzens, als Hagen zum ersten Mal das wahre Gesicht Abaddons sah. Aber dann überfiel Cloud ihren schrecklichen Vater mit geballter zärtlicher Koerzierung und setzte ihre ganze redigierende Kraft ein, um das Schlimmste der Wirklichkeit zu verschleiern und die Erinnerung daran zu schwächen.

Hagen taumelte zurück und fiel in die Arme von Elaby und Vaughn. Der Angler schloß seinen Geist wieder und wartete. Mit Clouds Hilfe bezwang Hagen sein Erbrechen und Schluchzen. Er richtete sich auf, löste sich von den anderen und stand schwankend da, mit Erbrochenem besudelt.

»Papa – du – mußt – zuhören!« keuchte er.

Marc konnte nicht umhin, über diese Hartnäckigkeit zu lächeln. Die kleine Kerbe in seinem Kinn wurde von dem trügerischen Mondschein betont, und die Schatten machten Schwingen aus seinen schweren Brauen. Das dichte, lockige Haar, das in letzter Zeit trotz seiner Fähigkeit zur Selbstverjüngung einen Anflug von Reif bekommen hatte, war immer noch klatschnaß. Falsche Tränen aus Salzwasser glitzerten auf seinen vorstehenden Wangenknochen und der dünnrückigen Nase mit den feingeformten Flügeln.

Marc weigerte sich, die ihm von Hagens Geist angebotenen Daten zu akzeptieren. »Berichte!« verlangte er.

»Sie ... sie ist einverstanden, daß wir nach Europa kommen. Um uns mit ihr zu treffen. Wir haben versprochen, daß wir ihr helfen, einen gewissen Tanu-Redakteur zu finden und zu vernichten, der sie gefoltert hat. Papa – du mußt uns gehen lassen!«

Die mentale Stahlklammer griff wieder nach Hagens Kopf und übte einen ganz leichten Druck aus. Der junge Mann hielt vor Angst den Atem an. Er war eine weniger dramatische Zweitausgabe seines Vaters, ohne Marcs Bullenhals und dunkle Augenhöhlen. Wie seine Schwester hatte Hagen das rötlich-goldene Haar der lange toten Cyndia Muldowney geerbt – und ebenso ihre unermüdliche Ausdauer. »Es ist eine unschätzbare Gelegenheit für uns! Felice kann manipuliert werden, sage ich dir. Wenn wir sie dazu bringen können, deine Dozilisierungsgeräte anzulegen, dann haben Elaby und Jillian und Cloud und ich genug Kraft, sie zu unterwerfen! Es wird gefährlich sein, da sie nur fünf von uns in ihre Nähe lassen will. Aber wenn du uns durch Fernsprechen taktische Ratschläge gibst, stecken wir sie in den Sack.«

Die Gehirnschrauben wurden enger angezogen. Hagen ächzte und ballte die Fäuste, bis die Nägel sich in die Handflächen bohrten. Er spürte, daß Cloud sich bereithielt, die Last der Schmerzen auf sich zu nehmen, wenn es sein mußte.

»Fünf von euch«, wiederholte Marc.

»Nur fünf dürfen kommen, sagt sie. Ich weiß nicht, ob es wahr ist, daß sie jede zusätzliche Person entdecken kann, aber wir wagen es nicht, das Risiko einzugehen.«

»Du und Cloud, Elaby und Jillian – und Vaughn für die Fernsprech-Konferenzen, nehme ich an.«

»Ja.«

Das freundliche halbseitige Lächeln wurde kühler. »Und was wollt ihr mit dem Drachen tun – vorausgesetzt, ihr könnt ihn euch unterwerfen?«

»Sie dazu benutzen, Europa zu beherrschen! Elizabeth zu zwingen, alle von uns zu Adepten zu machen – uns in den vollen Status der Vereinigung zu erheben!« Papa, wir können nicht hierbleiben und mit euch Alten verfaulen wir können nicht wir wollen nicht wir werden hier auf dieser verdammten Insel sterben!

Die mentale Stahlklammer lockerte sich. Marc sprach milde. »Ich wollte in diesem Sommer damit beginnen, euch zu trainieren, damit ihr mir bei der Sternensuche helfen könnt. Von allen Leuten der zweiten Generation habt ihr das größte Potential – Stehvermögen kombiniert mit einem weiten Spektrum von Metafunktionen.«

»Verdammt sollst du sein!« kreischte Hagen Remillard. »Willst du nie zugeben, daß *da draußen nichts ist?* Diese Pliozän-Galaxis ist zu unreif für einen vereinigten Geist! Du bist allein, Papa – du und die übrigen. Und wir sind allein mit euch! Diese Elizabeth ist so etwas wie eine Großmeister-Lehrerin, die uns zumindest auf den Weg zu einer Vereinigung hier auf der Erde bringen kann.«

Marc sah seine Tochter an. »Und auch du glaubst, daß meine Arbeit sinnlos ist?«

Sie öffnete ihm die letzten Tiefen ihres Geistes: Ja Papa. Es gibt in dieser Galaxis keine vereinigte nichtmenschliche Rasse die uns aus dem Exil retten könnte. Alles was es gibt, ist hier.

»Und du unterstützt diesen Kidnapping-Plan? Diesen Piratenüberfall?«

Cloud wandte sich ab, die Barrieren wieder geschlossen, die Stimme schneidend. »Es gibt andere menschliche Wesen in Europa. Leute unserer Kultur, die mit unseren Zielen sympathisieren würden. Jetzt, wo die Flut die Tanu-Gesellschaft unterminiert hat, ist es wahrscheinlich, daß das ganze Gebiet unter Firvulag-Herrschaft gerät, wenn wir nicht eingreifen. Und die Firvulag sind operant, Papa. Vergiß das nicht! Bis heute ist ihre mentale Entwicklung durch stures Festhalten an alten Bräuchen aufgehalten worden, und sie haben wegen ihrer individualistischen Tradition nie gelernt, in einem echten Metakonzert zu arbeiten. Aber ihre Einstellung ändert sich rapide. Auch wenn die Tanu von Aiken Drum angeführt werden, sind sie den Firvulag gegenüber zahlenmäßig zu schwach, um sich zu behaupten. Mit unserer Hilfe könnten jedoch Menschen und Tanu zusammen den Firvulag leicht Widerstand leisten.«

»Und mit einigen von den Waffen, die ihr weggepackt habt«, setzte Hagen hinzu.

Marc sagte: »Da ist noch etwas anderes in Europa.«

Die fünf jungen Leute starrten ihn an.

»Der Ort der temporalen Einzigartigkeit. Das Zeitportal.«

Dichte Abschirmung.

»Euer eigentliches Streben geht danach, es wieder zu öffnen. Von *dieser* Seite. Das ist das Endziel dieses ganzen Abenteuers! Habt ihr wirklich gemeint, die Wahrheit vor mir verbergen zu können?«

Resignation, eine perverse Erleichterung überflutete Hagens Geist. »Natürlich hast du recht, Papa. Wir würden alles tun, um das zu gewinnen, was du weggeworfen hast! – Jetzt töte mich, wenn du denkst, es wird die anderen dazu koerzieren, dir zu glauben. Aber das wird es nicht, weißt du.«

Bevor Marc reagieren konnte, wurde Hagen von Elaby Gathen beiseitegestoßen. Seine Gedankenprojektionen explodierten in einem zwingenden Feuerstoß, so unwiderstehlich wie unerwartet, und hielten Abaddons Zorn gerade lange genug nieder, um Neugier und eine Art Anerkennung hervorzurufen. In diesem blendenden Augenblick erkannte Marc, daß der Eroberungsplan, die Suche nach Felice, die Spekulationen um das Zeitportal – dieser ganze Komplex – ganz und gar nicht Hagens Idee war, sondern Elabys. Elaby Gathen, der Unaufdringliche, der Tüchtige, der Zusammenfügende. Der Kluge, der jetzt mit weit offenem Geist auf Marcs redigierende Sonde wartete (und unter ihrer Brutalität nicht zuckte). Elaby Gathen, der es wagte, Marcs Tochter zu lieben und seinen Sohn wie eine Marionette zu dirigieren. Im Geist des jungen Mannes war aufrichtige Achtung vor dem Anführer der Metapsychischen Rebellion zusammen mit Bedauern, daß der große Traum zerstoben war. Doch in seiner unbeugsamen Entschlossenheit, sich und seinen jungen Zeitgenossen eine Chance zur Bestimmung ihres eigenen Geschicks zu verschaffen, war er Marc ebenbürtig.

Marc sagte: »Ich wünschte, ich hätte dich früher bemerkt. Bevor sich all dies verfestigt hatte.«

Elaby Gathen erwiderte: »Sir, wir haben Guderians gesamten Datenkomplex im Computer-Archiv. Wir haben die technischen Parameter und die Spezifikationen für die Herstellung aller Teile des Apparats. Wenn wir die Kontrolle über Europa gewinnen, werden wir Zugang nicht nur zu dem Zeitportal, sondern auch zu den Rohmaterialien haben, die Guderian benutzte, die seltenen Erden und das Niobium und Zäsium, die im pliozänischen Nordamerika nicht zu beschaffen sind. In Europa ansässige, könnten wir jeden Milieu-Techniker, der unter der zeitreisenden Bevölkerung noch am Leben ist, zur Mithilfe zwingen. Das würde Zeit und Organisation erfordern, aber Guderians Erfindung könnte nachgebaut werden.«

Marc lachte. »Und dann würde ein in *beiden* Richtungen passierbares Zeitportal aufgestellt. Und du erwartest von mir, daß ich dem zustimme? Die Agenten des Magistratum haben kein Interesse an euch Kindern. Doch ich versichere dir, daß sie auch nach siebenundzwanzig Jahren immer noch lebhaftes Interesse an mir haben würden!«

Elabys Geist und Stimme befleißigten sich des äußersten Taktes. »Nachdem wir ins Milieu zurückgereist wären, würden wir natürlich für die Demolierung beider Apparate sorgen, vielleicht die Standorte selbst zerstören. Sie wissen, daß bei der Erzeugung der Zeitverwerfung ein einzigartiger geologischer Faktor am Werk ist, so daß das Phänomen auf dies kleine Gebiet des Rhône-Tals beschränkt bleibt. Wenn die geologische Struktur grundlegend verändert wird, ist das Zeitportal für immer geschlossen.«

»Du würdest weiterhin sicher sein, Papa.« Cloud stellte sich dicht neben Elaby. »Und wir ...« Ihre Stimme versagte, aber ihre Gedanken vervollständigten den Satz: Wir könnten nach Hause gehen.

Elaby Gathen schlug vor: »Warum wollen Sie die Zerstörung der Zeitverwerfung am Pliozän-Ende nicht selbst beaufsichtigen, Sir?«

Das Boot riß an seinem Ankertau. Die Flut drang in die Flußmündung ein und wirkte der trägen Strömung des Suwanee entgegen. Bald würden die Tarpune aufhören, in den Golfriffen nach Nahrung zu suchen, und wieder den Fluß heraufkommen. Allerdings hatte Marc jetzt das Interesse an den großen Fischen verloren. Die Enttäuschung so kurz vor dem Sieg hatte ihn um die Katharsis betrogen und in seiner ganzen Anspannung zurückgelassen. Es war ihm nicht gelungen, den Gegner zu schlagen, und nun war er weg. Der Gedanke, wieder ganz von vorn zu beginnen, war unerträglich.

Gathen fuhr mit kühler Logik fort, ihm seinen Plan auseinanderzusetzen. »Wir werden zwei Tage brauchen, um die Ausrüstung zusammenzustellen und Jillians kleines zweimastiges Küstenschiff in der Manchineel-Bucht zu beladen. Die Fahrt nach Europa wird bis zu elf Tagen dauern. Phil sagt, die Großwetterlage auf dem Atlantik sei perfekt. Es wird keine ungünstigen Winde geben, die unsere PK beeinträchtigen könnten. Vaughn hält Sie über jeden unserer Schritte auf dem laufenden. Wir nehmen Verbindung mit Felice auf, und Sie geben uns genaue Anweisungen, wie wir weitermachen sollen.«

Marc erklärte: »Ihr dürft alle gehen – außer Hagen.«

»Papa – nein!« schrie der Sohn.

Die Augen Abaddons brannten unter geschwungenen Brauen. »Diese Eskapade ist äußerst gefährlich – sogar töricht. Ihr habt Felice schlimm unterschätzt. Aber ich kenne sie nur zu gut, da ich derjenige war, der den Zusammenschluß erzwungen hat. Eure Hoffnung, sie mit den Dozilisierungsgeräten zu binden, ist eitel. Keiner der Apparate würde sie halten – ebenso wenig wie mich! ... Ihr würdet List anwenden, Vorteil aus ihren geisteskranken Vorstellungen ziehen und sie zwingen müssen, sich selbst in Ketten zu legen.«

Seine Gedanken richteten sich auf Cloud: Du hättest das redigierende Können Tochter buchstäblich gleichwertig meinem eigenen. Ich bin mir nicht sicher ob du den Mut hast.

Sie erwiderte: Papa ich würde alles tun um dies Ziel zu erreichen.

Ich weiß.

Seine Gedanken verdunkelten sich vor Kummer. Er würde Cloud gehen lassen müssen, auch wenn dies Abenteuer zu ihrem Tod führte. Er wagte es nicht, sie

Cyndias Weg zu führen. Die Tochter war verloren. Aber der Sohn …

»Warum muß ich hierbleiben?« fragte Hagen wild.

»Für den Fall, daß sie versagen. Es muß einen Nachfolger für die Sternensuche geben.«

Der junge Mann tobte: »Du alter Narr! Wirst du nie aufhören, in einer Traumwelt zu leben? Ich will verdammt sein, wenn ich den Rest meines Lebens gefesselt an diese verdammten Apparate verbringe und etwas nachjage, das gar nicht existiert!«

Die anderen vier wichen entsetzt zurück. Ein unerträglicher Lichtblitz zuckte auf, begleitet von einem Schwall heißer Luft. Hagens Körper schwankte, schmolz in dem Glanz. Sein Schreien wurde immer höher, bis er nur noch ein hartes, rhythmisches Zischen hervorstieß. Etwas Großes und Silbriges, das in einem Mantel aus astralem Feuer brannte, fiel mit kolossalem Platschen über das Heck des Bootes.

Marc sagte zu Elaby: »Du wirst an Hagens Stelle Owen Blanchard mit nach Europa nehmen. Er war bei der Rebellion der beste meiner Koerzierer, und er kann in dem nur zu möglichen Fall, daß Vaughn etwas zustößt, als Fernwahrnehmer einspringen. Owen wird mich vertreten und dafür sorgen, daß ich einen genauen Bericht über alle eure Unternehmungen bekomme.«

»Aber, Sir, er ist so gebrechlich«, wandte Elaby ein.

»Dann werdet ihr ganz besonders gut für ihn sorgen!« donnerte Marc. »Blanchard geht mit!«

»Jawohl, Sir.«

Clouds Geist weinte. »Papa, der arme Hagen …«

In Marcs Hand tauchte plötzlich ein abgetrennter Haken auf, an dem eine große künstliche Fliege baumelte. Unter den grauen Streifen und den roten Federn blinkte spitzer Stahl. »Mach dir um ihn keine Sorgen. Ich habe mich entschlossen, heute mit seinem Training zu beginnen, statt bis zum Sommer zu warten.«

Draußen auf dem schwarzen Wasser rollte der Tarpun, schluckte Luft und erzeugte glitzernde Blasen. Die Schuppen des Fisches leuchteten unheimlich. Marc Remillard beobachtete das Geschöpf befriedigt. Er machte sich daran, über den Heckbalken in sein Skiff zurückzuklettern.

»Ich bin sicher, Hagen wird sich beruhigen und sich dann ganz seiner Ausbildung widmen. Nachdem er eine Weile am Haken gehangen hat.«

ENDE DES ERSTEN TEILS

ZWEITER TEIL

Das Große Liebesfest

1

In den ersten Wochen nach der Flut beantragte und erhielt Sugoll vom Feldberg das volle Bürgerrecht für seine Untertanen, die als Heuler bekannten deformierten, ausgestoßenen Firvulag. Diese Mutanten, die sich vor ein paar hundert Jahren vom Hauptstamm des Kleinen Volkes abgespalten hatten, schworen jetzt dem Firvulag-Thron zu Hoch-Vrazel von neuem Treue und bestätigten die Wahl der Ko-Monarchen Sharn und Ayfa. Sugoll verpflichtete sich außerdem, das von der verstorbenen Madame Guderian und König Yeochee IV. geschlossene Bündnis zwischen Firvulag und Geringen wie auch den Waffenstillstand zwischen Tanu und Firvulag einzuhalten, den Aiken Drum, der Usurpator, ausgerufen hatte.

Wegen der isolierten Lage seines Herrschaftsbereichs östlich des Schwarzwaldes erfuhr Sugoll nicht, daß Firvulag-Truppen während der Wintermonate ständig beide Verträge brachen. Sie griffen Tanu-Städte und Siedlungen der Geringen an und schoben die Schuld verräterischen Heulern zu. König Sharn und Königin Ayfa verschwendeten ansonsten wenig Gedanken auf ihre fernen Mutanten-Untertanen, bis Anfang Januar folgender Brief auf Hoch-Vrazel abgeliefert wurde:

> AN IHRE SCHRECKLICHEN HOHEITEN AYFA UND SHARN-MES, Souveräne Herren der Höhen und Tiefen, Monarchen der unendlichen Hölle, Mutter und Vater aller Firvulag und unangefochtene Beherrscher der bekannten Welt
> GRÜSSE VON SUGOLL, dem Herrn des Feldbergs und Ersten unter jenen, die man Heuler nennt, Eurem gehorsamen Vasallen.
>
> Darf ich Euch in aller Demut auffordern, Euch mit mir über meine Hochzeit zu freuen, bei der die höchst erhabene kreative Lady Katlinel die Dunkeläugige, ehemals

bei den Tanu Mitglied der Hohen Tafel, sich herabließ, meine Gemahlin zu werden, wofür Lob und Dank sei Téah der Allmächtigen.

Erfahret nun, Hoheiten, von einer ernsten Angelegenheit, die meine Aufmerksamkeit viele Monate lang in Anspruch genommen und kürzlich eine klare Entscheidung gefunden hat: In der Zeit vor dem letzten Großen Wettstreit kam in mein Land eine Expedition von Menschen im Auftrag Eures beweinten Vorgängers Yeochee IV., das legendäre Schiffsgrab suchend. Ein Wissenschaftler aus dieser Gruppe gab mir Informationen, die sich als von lebenswichtiger Bedeutung für mein Volk erwiesen haben.

Nämlich: Daß unsere wichtigsten Siedlungen in und um die Wasserhöhlen des Feldbergs unglücklicherweise in der Nähe von Lagern radioaktiver Minerale angelegt wurden. Während der Jahrhunderte unseres Aufenthalts hier hat die Strahlung das Keimplasma meines Volkes angegriffen und Mutationen hervorgerufen, deren traurige Manifestationen nur zu gut bekannt sind.

Die Hypothese dieses Wissenschaftlers wurde später von einem anderen bestätigt, von Lord Greg-Donnet Genetik-Meister alias Gregory Prentice Brown, früher wohnhaft in Muriah und heute ein geehrter Bürger des Feldbergs, der unter den menschlichen Genetik-Spezialisten des Vielfarbenen Landes an Wissen hervorragte und einstmals ein mit hohem Ansehen verbundenes Amt an einer bekannten medizinischen Schule des Galaktischen Milieus innehatte.

Greg-Donnet hat während des letzten Monats eine Analyse unserer Situation unter besonderer Berücksichtigung einer möglichen Verbesserung vorgenommen. Ihr werdet mit uns frohlocken, Hoheiten, wenn ich Euch mitteile, daß es tatsächlich Hoffnung für unser armes leidendes Volk gibt. Bei einigen Personen ist es vielleicht möglich, ihnen durch eine modifizierte Technik mit der Tanu-»Haut« ein annähernd normales Aussehen zu verschaffen, wenn geeignete Heiler unter unsern früheren Feinden überredet werden können, mit uns zusammenzuarbeiten. Andere von unsern mutierten Untertanen müssen in die Zukunft blicken, in der es eine Normalisierung von noch ungeborenen Generationen durch die Ausmerzung von Faktoren, die Mißbildungen hervorrufen, mittels Genmanipulierung und anderen eugenischen Maßnahmen geben mag. Ja, einige dieser Maßnahmen können schon heute unter Eurem wohlwollenden Schutz in Angriff genommen werden.

Erfahret, Hoheiten, daß Greg-Donnet erklärt hat, wir müßten diesem gefährlichen Wohnort den Rücken kehren und in ein Land ziehen, das frei von radioaktiver Verseuchung ist. Wir haben uns daher entschlossen, unsern Herrschaftsbereich hier auf dem Feldberg zu verlassen, sobald der Regen aufhört, und uns Euch zu Hoch-Vrazel zu präsentieren – loyale Untertanen, die bereit sind, jedes Gebiet zu besetzen, das uns zur Neuansiedlung zuzuweisen Euch beliebt.

Erfahret weiter, daß Greg-Donnet rät, unserm Pool beschädigter Gene müsse normales Firvulag-Keimplasma zugeführt werden. Das soll eine zusätzliche Maßnahme zu den schwierigeren Gen-Manipulationen sein, die warten müssen, bis entsprechende Techniker ausgebildet worden sind. Aus diesem Grund schwören wir hiermit der alten Gegnerschaft ab, die einen sozialen und sexuellen Verkehr zwischen uns und unsern normalen Brüdern und Schwestern verbot.

Ich beabsichtige, zum diesjährigen Großen Liebesfest der Firvulag ein Kontingent von attraktiven Jungfrauen unserer distinguiertesten Familien zu führen, die aus den Reihen Eurer wackeren Burschen Ehemänner nehmen wollen. Die Mädchen werden natürlich mit den verlockendsten illusorischen Körpern geschmückt sein und eine reiche Mitgift aus den beträchtlichen materiellen Schätzen des Feldbergs mitbringen. Als weiteren Ausdruck unserer Zuneigung und Dankbarkeit sowie unseres guten Willens sind wir bereit, die gesamten Kosten des diesjährigen Großen Liebesfestes der Firvulag zu tragen, damit alle Kleinen Leute unsere Freude über die Wiedervereinigung lange getrennter Verwandter teilen.

Erwartet uns etwa zwei Wochen nach der Frühlingstagundnachtgleiche auf Hoch-Vrazel. Bis dahin werdet Ihr zweifellos einen geeigneten Ort für unsere Umsiedlung ausgewählt und auch über die vorläufige Unterbringung der Bräute bei den Familien passender junger Männer nachgedacht haben.

Ich bin, stets zu Euren Diensten, Hoheiten, SUGOLL.

»Der hat Nerven!« rief Sharn aus und schlug mit der massigen Faust auf seinen Schreibtisch. Siegellack und Rechnungsbücher und Memoplatten und ein Stimmschreiber aus dem 22. Jahrhundert und des Königs liebster Trinkpokal (der aus Lord Velteyns Schädel gemacht war) tanzten über die polierte Eichenplatte. »Ruft diesen Heuler-Kurier herein, verdammt noch mal! Ich werde ihm eine Antwort mitgeben, die diese Mißgeburt Sugoll von den stinkenden deformierten Zehennägeln bis zu dem hornigen Knochenkamm auf dem Hinterkopf versengen soll! Er will bei uns einziehen, wie? Und das mit einer sexbesessenen Bande von Monster-Bräuten, die ich unsern Leuten beim Liebesfest aufschwatzen soll? Zehntausend Scheißhaufen! Was bildet der sich ein?«

»Aber er muß reich sein«, bemerkte Ayfa nachdenklich. Sie saß an ihrem Schreibtisch neben dem ihres Mannes und knabberte mit ihren zart zugespitzten Zähnen am Ende eines silbernen Parker-Füllfederhalters.

Das königliche Arbeitszimmer tief im Grand-Ballon-Berg der nebligen Vogesen war hell und gemütlich. Wärme spendete ein großes messingnes Kohlebecken in einem freistehenden Keramikofen, der wie eine hohle Rübe geformt war. Auf einer Kredenz standen noch die Reste des königlichen Lunchs, den man heute in camera eingenommen hatte. Die Wände waren mit einer fachmännischen Auswahl von erbeuteten Bannern und Tanu-Waffen aus dem letzten Großen Wettstreit behängt. Dicke Kerzen, von denen jede drei Dochte hatte, beleuchteten die Zwillingsschreibtische.

»Von dem wackelnden Bastard lasse ich mich nicht überfahren«, knurrte Sharn. »Glaubt er, es mit einem Verwaltungsmonarchen zu tun zu haben wie dem armen alten Yeochee?«

»*Wir* sind der Monarch«, erklärte die hübsche Ogerin mit dem aprikosenfarbenen Haar. »Und ich finde Sugolls Brief interessant.« Sie hob das Stück Pergament, das Sharn auf den Boden geworfen hatte, mit ihrer Psychokinese auf. »Neuansiedlung. Hmm.«

»Hier auf Hoch-Vrazel ist kein Platz für sie. Da oben auf dem Feldberg leben sicher sieben-, achthundert Monster! Wir werden versuchen müssen, sie hinunter nach Damorel, in die Alpen zu schicken. Oder vielleicht in die Grottenwildnis oder sogar nach Koneyn. Té auf einem Drahtseil! Als hätten wir nicht schon genug Ärger damit, die Hinterwäldler auf Vordermann zu halten! Jetzt bekommen wir einen neuen Schwung von diesen querköpfigen Typen, die alles auf ihre eigene Art tun wollen und sich nicht darum kümmern, wie das meine königliche Strategie durcheinanderbringt!«

»Nionel.« Königin Ayfa lächelte den Brief an. »Dahin müssen sie ziehen.«

Sharns großer Mund klappte zu und verschluckte eine weitere Tirade. Seine Brauen wanderten in die Höhe. Sein Geist sprudelte einen Sturzbach freudiger Zustimmung über die Psyche seiner Frau. Sie lächelte nachsichtig. Er brüllte: »Nionel! Natürlich! Die Heuler werden mit der Besetzung und dem Wiederaufbau dieses Ortes zu unserem Vorteil jahrelang beschäftigt sein. Wir können im Mai dort das Liebesfest abhalten, und später, in diesem Herbst ...«

»Die neuen Spiele. Endlich auf unserem eigenen Goldfeld.«

Sie umarmten sich im Geist und erbauten sich an der Vortrefflichkeit des Plans. Sugoll und seine Horde, zweifellos wohlhabend, wären ein Aktivposten für die Firvulag, wenn sie überredet werden konnten, die Geisterstadt Nionel in der westlichen Wildnis, nahe dem Pariser Becken neu zu bevölkern und wiederherzustellen. Innerhalb der Stadtgrenzen lag das rituelle Schlachtfeld der Kleinen Leute, das während der letzten vierzig Jahre, in denen die Tanu beim jährlichen Großen Wettstreit jedesmal gesiegt hatten, unbenutzt geblieben war.

»Es ist der einzige logische Ort für die Spiele dieses Jahres«, sagte Sharn. »Auch wenn dieser hinterlistige kleine ringlose Hahn uns in der letzten Minute den Sieg gestohlen hat, ist es doch unmöglich, daß er bis zum Herbst ein passendes Tanu-Schlachtfeld vorbereitet. Und die Weiße Silberebene liegt fünfundfünfzig Meter unter Salzwasser.«

»Wenn wir das Angebot diplomatisch formulieren, wird Aiken wohl zustimmen. Und da ist deine Idee, eine neue Trophäe als Ersatz für das verlorengegangene Schwert zu stiften, um ihm den Handel zu versüßen ... O ja. Das wird alles wunderbar funktionieren.«

»Es liegt immer noch eine tote Maus im Spülbecken, Ayfa. Die verdammten Bräute.«

Ayfa dachte nach. »Sie *könnten* ja präsentabel sein. Wenn ihre gestaltwechselnden Kräfte stark genug sind. Und jede hat eine Mitgift. Außerdem – wie viele mögen es schon sein? Wahrscheinlich nur zwanzig oder dreißig, wenn man die Anzahl der Heuler bei der Versammlung zugrundelegt, über die Fitharn von der Geringen Guderian erfuhr. Wir haben bestimmt so viele Familien, die sich mit Freuden von unserer schwarzen Liste streichen lassen, indem sie einer Konvenienzehe zustimmen.«

»Ja«, sann Sharn. »Wir könnten es zustandebringen. Wir *müssen* es zustandebringen. Wir können es uns wirklich nicht leisten, diesen Emporkömmling Sugoll zu verärgern. Abgesehen davon, daß wir keinen Bürgerkrieg wollen, dürfen wir nicht vergessen, daß er derjenige ist, der den Weg zum Schiffsgrab kennt. Irgendwann einmal mag diese Information außerordentlich nützlich werden.«

VON SHARN UND AYFA, Hochkönig und Hochkönigin des Vielfarbenen Landes

AN SUGOLL, Herrn des Feldberges, unsern geliebten und getreuen Vasallen: GRÜSSE.

Mit Vergnügen wie auch mit Teilnahme lasen wir Deinen Brief, der uns über Deine kürzlich erfolgte Heirat und Deine Hoffnungen auf eine Linderung Eurer genetischen Leiden informierte.

Komm getrost nach Hoch-Vrazel und sei willkommen! Tatsächlich haben wir eine ideale neue Heimat für Dich und Dein Volk im Sinn, die wir Dir ausführlich beschreiben werden, sobald Du hier eintriffst.

Du erweist uns große Ehre, wenn Du uns Deine zweifellos reizenden Töchter als Bräute bei den Zeremonien des Großen Liebesfestes anbietest. Auch die Einzelheiten dieser Angelegenheit werden wir besprechen, wenn Du hier bist.

Richte den jungen Damen unsere tiefgefühlten Hoffnungen auf Glück und befriedigenden Nachwuchs aus. Deinem Volk versichern wir unsere Zuneigung und unsere ständige Anteilnahme. Dir und Lady Katlinel, Deiner erlauchten Gemahlin, senden wir unsern königlichen Segen und die beigefügten Zeichen unserer Wertschätzung. Sie könnten sich auf Eurer Reise als nützlich erweisen, solltet Ihr den bösartigen Hyänen oder Amphicyons begegnen, die unglücklicherweise die Gebiete westlich des Rheins verseuchen. Lies die Gebrauchsanweisung sorgfältig, bevor Du sie benutzt!

Wir bitten Dich, die Vereinfachung unseres königlichen Titels zu beachten, die wir eingeführt haben.

AYFA, HOCHKÖNIGIN

SHARN-MES, HOCHKÖNIG

Anlage: 3 mit Solarzellen betriebene Lähmgewehre, Husqvarna Mark VI-G

Sobald er die zufriedenstellende Antwort des Firvulag-Throns in Händen hatte, setzte Sugoll die Monster-Einberufung in Gang. Sharn und Ayfa irrten sich sehr, wenn sie glaubten, es wollten nur Mutanten vom Feldberg nach Hoch-Vrazel kommen. Viele andere Heuler-Gemeinschaften, die im Laufe von Jahrhunderten aus den radioaktiven Höhlen des Stammgebiets weggezogen waren, hatten von der hoffnungsvollen genetischen Prognose Greg-Donnets erfahren – und waren entschlossen, an ihren Segnungen teilzuhaben.

Ihre tragbare Habe mit sich führend, verließen klägliche und scheußliche Geschöpfe ihre Dörfer tief in Fennoskandia und zogen südwärts durch die Bernstein-Seen, wo die Winternächte unter dem ständig wolkigen Himmel lang und warm waren. Andere Heuler-Scharen strebten aus der unheimlichen Schwäbischen und Fränkischen Alb, aus dem an Mineralen reichen Hochland des Erzgebirges und aus dem fernen Böhmen dem Feldberg entgegen. Letztere brachten Mengen an Edelsteinen und kostbaren Metallen mit, die sie allein ihrer Schönheit wegen abzubauen pflegten und dazu benutzten, ihre verrenkten Körper in grotesker Pracht zu schmücken. Mutanten aus dem Herkynischen Wald westlich des Rheins, meistens einsam und von Armut geschlagen, folgten Sugolls Einladung, so gut sie konnten. Sie legten den mühevollen Weg durch die Vogesen und den Schwarzwald zu den unterirdischen Dörfern des Feldbergs zurück, wo die mitleidige Katlinel sie in den trockenen oberen Höhlen unterbrachte, sie auffütterte und mit schönen neuen Kleidern versorgte. Alle Arbeitsfähigen wurden dazu angestellt, Boote zu bauen und Vorräte anzulegen, bis die Meteoritenschauer den Beginn des Pliozän-Frühlings verkündigen würden.

Schließlich fielen die Meteoriten, der Regen hörte auf, und die unterirdischen Flüsse fielen auf einen schiffbaren Wasserstand. Alles war bereit. Die große Heuler-Wanderung begann.

Zehn Tage nach der Tagundnachtgleiche marschierte Reihe um Reihe von Mutanten, alle gut gekleidet und bei sich tragend, was sie an Schätzen besaßen, zu dem »Allikys Schacht« genannten fürchterlichen Bohrloch. Nach einer kurzen Anrufung Téahs durch Sugoll begann die Aufzugmaschinerie zu knarren, und die großen Eimer senkten sich mit Gruppen von fackeltragenden Reisenden nieder: männlichen und weiblichen, Hermaphroditen und Neutren, Kindern und Alten, mit den diabolisch Mißgestalteten und den Quasi-Normalen. Alle waren sie Heuler, und sie heulten ein Abschiedslied, das wie ein Chor der Verdammten aus den Tiefen emporstieg.

Auf der niedrigsten Ebene der Feldberg-Minen stiegen sie aus. Sie wanderten an Haufen von Granatsteinen, gelben und rosa Beryllen und grünen Turmalinen vorbei, die in unbeachtetem Überfluß herumlagen. Dann formierten sie sich zum Gänsemarsch und stiegen noch tiefer in die granitenen Eingeweide des Feldbergs hinab, natürlichen Spalten im lebenden Fels folgend, wo die Fackeln in der klammen Luft qualmten und klingelnde Wassertropfen den unheimlichen Heulergesang untermalten.

Endlich gelangten sie in eine große unterirdische Kammer. Kübel mit brennendem Öl beleuchteten einen neu konstruierten Kai am Ufer eines Sees, der so schwarz war wie eine Onyx-Platte. Hier ankerte eine riesige Flotte aus stabilen Stakkähnen, bemannt von monströsen Bootsmännern mit Stangen. Immer noch singend und ihre Feuerbrände hochhaltend, kletterten die Leute an Bord. Sugolls geschmücktes Fahrzeug an der Spitze, glitten die Boote eins nach dem anderen davon. Ein fackelerhellter Zug zog sich über das Wasser, so weit das Auge sehen konnte, und verschwand in undurchdringlicher Dunkelheit.

Es war eine Reise, die nur wenige Heuler je zuvor gemacht hatten. Unter dem Feldberg-Massiv befanden sich unzählige Wasserhöhlen mit Quellen und dunklen Wasserfällen und Bächen und Fontänen in verwirrender Vielfalt. Die oberen Ebenen waren eingehend erforscht worden, ebenso die unterirdischen Nebenflüsse des Paradies- und des Ystroll-Stroms. Aber nur ein paar unerschrockene Abenteurer hatten schon gewagt, den Schwarzen See zu überqueren, und diese waren lange tot und hatten nichts als halbvergessene Erzählungen über das, was voraus lag, zurückgelassen.

Katlinels Fernsicht, die unter der Erde beschränkt war, stellte das einzige Hilfsmittel ihrer Navigation dar. Die Boote fuhren in einen natürlichen Tunnel ein. Er war breit, hatte jedoch eine niedrige Decke. Der Gesang wurde von den Wänden hin und her geworfen, bis die Leute schließlich vor Verwirrung und Bestürzung verstummten. Um sie zu zerstreuen, öffnete Katlinel ihren Geist und erzählte Geschichten von der Welt der Tanu und der normalen Firvulag. Höhepunkt waren die folgenschweren Ereignisse des letzten Großen Wettstreits und der Flut, die sie von überlebenden Mitgliedern ihrer Kreatorengilde durch Fernsprechen erfahren hatte.

Nach fünf Stunden hielt die Flotte an einem Platz an, der geeignet war, dort zu essen und sich auszuruhen. Dann ging die Reise mit frischen Bootsmännern weiter, und Lord Greg-Donnet übernahm das Amt des Alleinunterhalters. Stunde um Stunde hielt er telepathische Vorlesungen über die genetischen Wirkungen harter Strahlung und über biologische Techniken zur Reparatur beschädigter Chromosomen. Die Fackeln erloschen eine nach der anderen, die Reisenden in den Booten sanken in Schlaf, und schließlich waren die einzigen Geräusche das Rauschen und Stampfen der Staken, das Platschen des Wassers und das gedämpfte Wimmern schlafender Kinder.

Weitere Stunden vergingen. Sugoll und Katlinel saßen Seite an Seite im Bug des vordersten Bootes, während Greg-Donnet hinter ihnen auf einem Stapel Lederkissen schlummerte. Der Lord und die Lady der Mißgestalteten teilten ihre Hoffnungen und Ängste im intimen Gedankenmodus, sprachen sich gegenseitig Mut zu und lachten sogar über die Überraschung, die König Sharn und Königin Ayfa bevorstand. Die Monster-Einberufung hatte die Zahl der Heuler ungeheuerlich ansteigen lassen, bis sie am Ende statt der ursprünglichen etwa 700 Feldberg-Bewohner nahezu 9000 betrug. Von ihnen waren 1256 Jungfrauen im heiratsfähigen Alter.

Fünfzehn Stunden nach Verlassen des Schwarzen Sees wurden die Reisenden, sofern sie wach waren, sich der frischen Luft bewußt, die Gerüche nach Humus und grünen Pflanzen statt nach sterilem nassem Stein herantrug. Schläfer regten sich und öffneten die Augen. Die Kinder begannen zu schwatzen und zu flüstern. Fragendes Geheul ging von einem Boot zum anderen, die Reihe hinauf und hinunter. Endlich konnte Katlinel dank ihrer Fernsicht bestätigen, daß sie sich dem Austritt des Flusses näherten.

Schon zeigte sich ein blasser Schimmer. Die Bootsmänner stemmten sich auf ihre Staken und trieben die Boote, so schnell sie konnten, um eine letzte lange Biegung. Ein dünner Schirm aus Zweigen hing über der Höhlenöffnung. Katlinel stand auf, preßte die Finger an den goldenen Reif um ihren Hals und beschnitt das Grünzeug mit einer unsichtbaren Klinge aus Psychoenergie. Abgetrennte Zweige fielen harmlos ins Wasser, und die Boote trieben ins Freie. Sie kamen vom Fuß einer großen bewaldeten Klippe in ein vom Mond versilbertes Land. Zu beiden Seiten erstreckten sich Steppen mit wogendem Gras. In der Nähe des Flusses standen Gruppen von majestätischen Flabellaria-Fächerpalmen und Trauerweiden.

Die Heuler in den überfüllten Kähnen wechselten spontan die Gestalt, als seien sie eifrig darauf bedacht, ihre Deformierungen jetzt, wo sie die Höhlen endgültig verlassen hatten, zu verbergen. Das mit Hörnern und einem Knochenkamm ausgestattete Scheusal, das vom Beginn der Reise an neben Katlinel gesessen hatte, unterzog sich einer Metamorphose zu einem hochgewachsenen Humanoiden, ebenso ansehnlich wie jeder Tanu, gekleidet in eine juwelenbesetzte Jägerweste und eine spitze Mütze, auf der eine kleine Krone saß.

Sugoll fragte seine Frau: »Kannst du jetzt, wo wir die dichten Felsformationen verlassen haben, mit deiner Fernsicht erkennen, wo dieser Fluß in den Hauptstrom mündet?«

Sie wandte ihre Metafunktion an, die in südlicher Richtung mehr als 20 Kilometer weit reichte. »Ja, ich sehe es. Da unten ist ein wahrhaft gewaltiger Strom. Er kommt von Osten, aus einem großen See in den Helvetiden. Nicht weit von der Stelle, wo unser Fluß in ihn mündet, biegt er im rechten Winkel ab und hält sich nordwärts.« Sie zeigte Greg-Donnet das mentale Bild.

»Oh, das ist tatsächlich der Rhein!« freute sich der Verrückte Greggy. »Genau, wie wir es gehofft haben. Jetzt brauchen wir nichts mehr zu tun, als uns bis zur Landestelle an der Straße nach Hoch-Vrazel hinuntertreiben zu lassen – und dann geht es nach Niflheim weiter!«

»Was meinst du, wie lange werden wir bis zu der Landestelle brauchen?« wandte sich Sugoll an Katlinel.

Sie konzentrierte sich. »Weniger als einen Tag. Der Fluß fließt schnell mit all der Schneeschmelze von den Alpen. Wir könnten hier für den Rest der Nacht lagern und morgen weiterfahren. Dies Grasland sollte einigermaßen frei von Raubtieren sein, und intelligentes Leben entdecke ich überhaupt keins.«

»Wenn irgend etwas geschnüffelt kommt«, erklärte Greggy grimmig, »brennen wir ihm mit den Geschenken von Sharn und Ayfa eins auf den Pelz. Woher sie wohl solche Schmuggelware haben? Natürlich war es ein offenes Geheimnis, daß manche Zeitreisenden verbotene Waffen und andere Dinge mitbrachten – aber wir privilegierten Menschen nahmen an, die Tanu würden sie vernichten. Ein faszinierendes Material für Spekulationen!« Er begann zu kichern. »Wie gern würde ich mir einen Stoßzahn schießen! Zehn Tonnen Elefant zu meinen Füßen niederstürzen sehen!« Wehmütig setzte er hinzu: »In Muriah durfte ich nie mit auf die Jagd. Die Tanu sagten, ich sei zu wertvoll.«

»Das bist du auch, Greggy.« Sugoll hatte telepathisch bereits Befehl gegeben, die Boote ans Ufer zu steuern. Jetzt lächelte er auf den munteren kleinen Genetiker nieder. »Für uns bist du ebenso wertvoll. Ich werde dafür sorgen, daß du zu einem passenden Zeitpunkt irgendein Großwild erlegen kannst. Aber du mußt mir versprechen, daß du nicht auf eigene Faust losziehst. Es wäre eine Katastrophe, wenn wir dich verlören.«

Der ältliche Mann war schnell mit Versicherungen zur Hand. Sein Blick wanderte zu den landenden Kähnen und den im Mondschein aussteigenden Reisenden. »Ich finde, ihr seht in euren illusorischen Körpern alle großartig aus! Und du und Katy, ihr seid ein schönes Paar, Sugoll.«

Die Stirn des Heuler-Lords krauste sich leicht. »Du kannst keinen Schatten unserer echten monströsen Gestalten erkennen?«

»Keine Spur! Nicht eine ... ah ... Debilissima!«

»Hoffen wir«, meinte Sugoll, »daß unsere Verkleidungen sich als undurchdringlich für die Augen der Firvulag-Hoheiten erweisen. Und für die der Freier beim Großes Liebesfest.«

»Neun*tausend?*« krächzte Sharn gebrochen. »O Göttin!«

»Die Flußwachen haben sie zweimal gezählt, Schrecklicher«, berichtete Fitharn. »Und es scheinen weit über tausend Jungfrauen zu sein. Ganz in glänzenden roten Stiefelchen und Blumengirlanden und Bändern und die

Kleider so steif von Opalen und Saphiren und Rubinen, daß sie kaum noch laufen können.«

»Aber wie sehen sie wirklich aus?« forschte Ayfa grimmig.

Fitharn antwortete nicht gleich. Er schürzte die Lippen, rollte die Augen nach oben, kratzte sich am Ohr und rückte seinen spitzen Hut zurecht. Das Schweigen zog sich in die Länge.

»Nun?« drängte die königliche Ogerin. »Kannst du darüber etwas sagen?«

»In einem dunklen Schlafzimmer, Majestät, und wenn einem vor so gut wie gar nichts graust ...«

Sharn stöhnte. »So schlimm?«

»Ihre Verkleidungen sind sinnreich und attraktiv, Schrecklicher, nur fürchte ich, einen echten Firvulag werden sie nicht für das Blinzeln einer Mücke täuschen.«

»Wir können es nicht riskieren, ihnen hier in der Halle einen offiziellen Empfang zu bereiten«, entschied Ayfa. »Das gäbe einen Aufstand.«

»Zumindest«, seufzte der König.

»Wenn ihr meinen Rat hören wollt«, sagte Fitharn, »schickt sie weiter, bevor sie nach Hoch-Vrazel kommen. Veranstaltet für sie auf halbem Weg den Berg hinauf ein großartiges Picknick mit Mengen von Musikern und Alkohol und einem Begrüßungskomitee aus vertrauenswürdigen Adeligen und ihren Damen, die vergattert werden müssen, taktvoll zu sein. (Dazu dürft ihr natürlich niemanden mit heiratsfähigen Söhnen auffordern.) Macht mit dieser Horde von Ungeheuern das, was mein alter Freund Häuptling Burke einen ›Schmus‹ nennen würde. Erzählt ihnen, ihr wolltet ihnen den mühseligen Umweg nach Hoch-Vrazel ersparen – wo alle Palast-Klos außer Betrieb sind! Schließlich haben sie durch die Belfort-Lücke bis nach Nionel noch weit genug zu laufen.«

Ayfa fiel ein: »Wir können ihnen alles über ihre

schöne neue Heimat erzählen. Ihnen mentale Bilder zeigen! Ihnen Rabatt auf das Baumaterial für die Renovierung versprechen! Ihnen Pack- und Reittiere geben, um ihnen die Weiterreise zu erleichtern.«

»Nicht meine neue Chaliko- und Helladen-Herde!« jammerte der König.

»Du kannst andere stehlen«, erklärte seine Frau fest. »Dies ist ein Notfall. Je schneller diese Bande von Monsterbräuten die Vogesen verläßt, desto besser.«

Sharn schüttelte hilflos den großen Kopf. »Aber wir schieben das Problem nur hinaus – wir lösen es damit nicht. Bis jetzt wissen unsere eigenen Leute nur sehr wenig über diese Wanderung. Und was sollen wir im Mai tun? Wir haben das Angebot der Heuler, das Liebesfest zu bezahlen, angenommen!«

»Bis dahin wird uns schon etwas einfallen«, begütigte Ayfa ihn. »Und außerdem – du und ich werden gar nicht dabei sein. Hast du es vergessen? Wir werden das Große Liebesfest in diesem Jahr mit Aiken Drum und Mercy-Rosmar und was von der Tanu-Blüte und -Ritterschaft übrig ist in Goriah feiern.«

»Té sei gedankt auch für kleine Gaben! Alles, worüber ich mir da unten Gedanken zu machen brauche, ist ein Attentat.«

»Soll ich dann Vorbereitungen für das Super-Picknick auf der Straße treffen?« erkundigte sich Fitharn.

»Tu das!« befahl Sharn, wieder ganz sachlich. »Das ist eine gute Idee von dir, Fitharn. Und du nimmst auch daran teil – als Zeremonienmeister! Hol deine besten Kleider heraus und das goldene, mit Blutsteinen besetzte Holzbein! Wir werden diese Armee von Abscheulichkeiten verwöhnen, wir werden ihnen schmeicheln, bis ihnen der Kopf schwindelt. Sie werden nie auf den Verdacht kommen, daß wir innerlich alle kotzen! – Glaubst du, daß sie ihren Schatz mitgebracht haben?«

»Die Flußwachen berichteten, daß die Heuler-Horde

mit Kassetten und verschlossenen Beuteln wohlversehen ist.«

Ayfa gab einen tiefen Seufzer der Zufriedenheit von sich. »Dann wird doch noch alles gut ausgehen.«

Und so fand das festliche Treffen an der Quelle des Zwiebelflusses südlich von Hoch-Vrazel in einem angenehmen Teil des Waldes statt, wo die Nachtigallen inmitten von Riesenfarnen sangen und Blütenblätter von den Bäumen auf eine Szene ländlicher Pracht fielen. Der König und die Königin der Firvulag, sechzig ihrer taktvollsten Höflinge, eine Ehrengarde aus Ogern und Ogerinnen und fast die gesamte Streitmacht des königlichen kulinarischen Korps glänzten bei einer den ganzen Tag dauernden fête champêtre, die die unschuldigen Heuler völlig überwältigte.

Angefüllt mit Speisen und Getränken, benebelt vom übermäßigen Genuß der psychoaktiven Pilze, reagierten die Auswanderer mit Begeisterung auf den Vorschlag, Nionel neu zu bevölkern. Das königliche Geschenk aus 400 vollbeladenen Chalikos, doppelt so vielen Zug-Helladen mit Wagen und einer Zuchtherde der erst kürzlich gezähmten kleinen Hipparions riefen Begeisterungsstürme unter den berauschten Monstern hervor. Nachdem sie sich eine Zeitlang schicklich geweigert hatten, gaben Sharn und Ayfa nach und ließen ihrer beider Gewicht in Edelsteinen aufwiegen. Das sollte eine Teilzahlungsrate der Steuern sein, die die Heuler-Nation dem Thron in den letzten 856 Jahren schuldig geblieben war.

Sugolls Wunsch, die Bräute bei edlen Firvulag-Familien unterzubringen, wurde ihm elegant abgeschlagen. Dieser Brauch, so setzte man ihm auseinander, sei bei der nichtmutierten Bevölkerung in Vergessenheit geraten, und in Anbetracht der großen Zahl heiratsfähiger Heulerinnen gäbe es beträchtliche Schwierigkeiten, wollte man ihn gerade jetzt wiederaufleben lassen. Die beiden Monarchen stellten die einleuchtende Behauptung auf, die Bräute würden sich viel glücklicher fühlen (und sich als nützlicher erweisen), wenn sie ihre Familien nach Nionel begleiteten. Dort konnten sie sich nicht nur an der Arbeit beteiligen, sondern auch Behausungen für sich und ihre zukünftigen Gatten vorbereiten. Beim Großen Liebesfest würden die Heulermädchen dann das Paarungsritual, wobei Mädchen und Jungen eine gegenseitige Wahl trafen und sich zu zwei und zwei absonderten, genauso mitmachen wie die anderen Firvulag-Jungfrauen. Königin Ayfa kommentierte Befürchtungen, die mutierten Bräute seien im Nachteil, mit einem »Pah-pah!« Zwar stimme es, daß ihre Anzahl unproportional hoch sei, aber sie wolle persönlich an die entferntesten Enklaven »wilder« Firvulag – den Monarchen nur nominell unterstehend – Einladungen zum Liebesfest schicken und so für ein zusätzliches Kontingent an Freiern sorgen. Wenn einige der Heuler-Schönheiten dieses Jahr leer ausgingen, würden sie bei den nächsten Feierlichkeiten bestimmt bestürmt werden, denn dann habe sich im Vielfarbenen Land die Nachricht von ihrem Charme und ihren großzügigen Mitgiften herumgesprochen.

Nach dieser liebenswürdigen Bemerkung nahm die königliche Gesellschaft Abschied. Sugoll, dem ein Berg an Ängsten von den Schultern genommen worden war, ordnete zwei Tage Aufenthalt zum Ausruhen und Erholen an und zog sich in seinen Goldstoff-Pavillon zurück. Überall in dem mit Abfällen bestreuten Picknick-Hain lagen in glücklichem Rausch gräßliche, schnarchende Mutanten, die gleich nach dem Einschlafen wieder ihre übliche Gestalt annahmen.

Nur Katlinel und Greg-Donnet blieben wach. Der Mond ging unter, die Freudenfeuer erstarben. Da nahmen die stattliche Mischlingsfrau und der mickerige befrackte Akademiker Laternen und schritten zwischen den Leuten hindurch, um nachzusehen, ob alle sicher waren. Haufen von deformierten und grotesken Körpern in unangemessen prunkvoller Kleidung schliefen in dantesker Unordnung auf dem niedergetrampelten Gras. Überall lagen leere Flaschen und schmutziges Geschirr herum.

Sie wanderten eine ganze Weile schweigend, bis Greg-Donnet fragte: »Also hast du es Sugoll nicht gesagt?«

»Ich bringe es nicht über mich. Noch nicht. Er hat sich den ganzen Winter so schreckliche Sorgen gemacht – und dann die Reise und das Rätselraten über unsere neue Heimat. Er fürchtete, Sharn wolle unser Volk in irgendeine entsetzliche Wildnis wie Albion verbannen! Nionel wird im Vergleich dazu ein Paradies sein. Nein ... er muß erst wieder Mut gefaßt haben, bevor wir ihm die schlechte Neuigkeit erzählen. Und laß dir ja nichts anmerken, Greggy, denn dann werde ich sehr böse auf dich sein.«

»Keine Bange, keine Bange.« Der Genetiker schüttelte seinen Seidenäffchenkopf. »Der König und die Königin und ihre Leute haben sehr viel Haltung gezeigt, das muß ich sagen. Aber als ich umherschlenderte, habe ich viele Hinweise auf eine Katastrophe wahrgenommen. Und du, meine Liebe, mit deiner redigierenden Fähigkeit mußt die Wahrheit längst erkannt haben.«

»Ich nehme an, das ist nichts als logisch«, sagte Katlinel. »Heuler können die Illusionen anderer Heuler sehr leicht durchschauen. Und sie und die Firvulag haben die gleiche metapsychische Struktur.«

Greg-Donnet seufzte traurig. »Nur Menschen und Tanu ohne Talent zum Redigieren würden sich von den Verkleidungen täuschen lassen. Die armen kleinen abscheulichen Bräute! Nun – die Verschmelzung der Gen-Pools war nur ein kleiner Teil des eugenischen Programms. Da sind immer noch die Gen-Manipulierung und die Anwendung der Haut.«

»Aber die Leute werden sich beim Großen Liebesfest

gedemütigt fühlen! Wer weiß, was sie dann anstellen! Oh, Greggy, es ist ein solcher Jammer.«

Sie hielt inne und hob ihre Laterne. Unter einer schützenden Weide lagen zusammengekuschelt drei abstoßende kleine Wesen, die Besenstiel-Glieder ineinander verflochten, die Gnomengesichter entspannt und friedlich. Sie trugen juwelenbesetzte Röcke, Blumen-Stirnbänder und rote Stiefelchen.

2

Auf einem einzelnen Baum inmitten der blühenden Savanne sitzend, beobachtete der Rabe ein Paar Säbelzahn-Katzen, die in Zusammenarbeit ihre Beute beschlichen. Die kleine Herde von Antidorcas-Gazellen mit ihrem rehbraunen Fell und ihren lyraförmigen Hörnern graste ahnungslos, bis der männliche Machairodus sie erschreckte, indem er plötzlich aus einem Busch hohen Grases auftauchte. Sie flohen mit dem Wind, und die im Hinterhalt liegende weibliche Katze sprang. Sie schlug eine der Gazellen und riß ihr mit den zehn Zentimeter langen Zähnen die Kehle auf. Ihr Gefährte, auf seinen Anteil bedacht, kam gelaufen.

Während die Beute noch zappelte, flog der Rabe hinunter, brennend in der alten Lust. Die Katzen zogen sich vor seinem koerziblen Stoß zurück und sahen knurrend und fauchend zu, wie der Raubvogel eins der großen schwarzen Augen der Gazelle herauspickte. Der Schnabel stieß zu wie ein Dolch aus Ebenholz. Der Rükken des Tiers krümmte sich und wurde steif, dann gab es auf. Es war tot. Der Rabe trank die wässerige Augenflüssigkeit und sättigte sich an dem ausrinnenden Blut.

Aber es gab keine elektrische Entladung. Die gab es bei den Toten nie.

Der Rabe flog wieder auf seinen Sitzplatz und schwankte dort, benommen und elend. Die entrüsteten

Katzen kehrten zurück und begannen ihre Mahlzeit. Kein Vergnügen! jammerte das Rabenmädchen. Niemals mehr. Niemals mehr das alte Aufquellen heißer Psychoenergie, wenn das Opfer fiel und ihre Macht bestätigte. Sie konnte kleine Freuden im Sammeln des Goldes und Trost an den treuen Freunden auf dem Mulhacén finden. Aber niemals mehr die herrliche Erfüllung. Nicht einmal beim Eindringen in die Erde.

Es war seine Schuld.

Die Sonne über ihr blähte sich zu einem blutgefüllten wirbelnden Ding auf. Die Klauen des Rabenmädchens umklammerten den Ast. Ihr schwindelte, ihre Eingeweide hoben sich und stießen eine verklumpte dunkle Flüssigkeit aus. Alle Kraft verließ sie, ihre Klauen lokkerten den Griff, und sie taumelte mit hängenden Flügeln zu Boden, wo sie in einer Pfütze aus stinkendem Erbrochenen liegenblieb.

Und dann war sie wie früher und immer an einen radähnlichen Apparat gebunden, Hände und Füße von den Fesseln des Folterers grausam zusammengepreßt, und er fokussierte den Schmerz, der durch jede Öffnung ihres Körpers floß, immer schärfer. Das Rad drehte sich, senkte sie mit dem Kopf voran in das Faß mit Kot. Obwohl ihr Mund mit Keilen offengehalten wurde, verschloß sie ihre Kehle mit der geschwollenen Zunge, wehrte sich gegen das Ertrinken, während neue Pein in ihren platzenden Lungen wuchs. Gerade als die Symphonie der Schmerzen auf ihren Höhepunkt zueilte, zwang er ihr durch sein Eindringen ein neues extremes Gefühl auf. Die Sonnenexplosion. Die Befreiung. Das Rad hob sie in die Luft. Die schimpfliche Demütigung, als der Zusammenklang von Ekstase und Qual verebbte.

Hör auf, flehte ihr Geist ihn an. Nicht, nicht ...

Nicht aufhören?

Dann säuberte er sie zärtlich, lachend. Sein schönes Gesicht schwebte in Fetzen roten Nebels. Manchmal küßte er ihren unzerbrochenen Körper (und das war das

Schlimmste von allem und brachte sie fast dazu, vor Haßliebe und Trotz zu schreien und so den Verstand zu verlieren).

Schrei doch, riet er ihr sanft. Verfluche mich laut, und es wird verarbeitet sein. Aber sie gab keinen Laut von sich, schloß Augen und Geist vor ihm und dem Wissen, was unvermeidlich als Nächstes kam: Der warme Strom, die weichen Berührungen auf ihrem Gesicht und ihren Augenlidern.

Du magst das. Es ist, was du bist, woher du kommst, woraus du bestehst ...

Hör auf! Hör nicht auf! Laß mich lieber sterben, als das zu erkennen. Die Qual der Erkenntnis. Der feilende, sengende Schmerz, der entlang den von der Wut geöffneten Kanälen durch ihr Gehirn loderte. Hör auf! Hör nicht auf ...

Schrei! ermutigte er sie. Schrei nach dem Ende!

Aber sie schrie nicht, und das Rad vollendete den Kreis und trug sie wieder hinab in das Fäkalienfaß. Ihre Seele schrumpfte, ihre Identität versteckte sich in dem winzigen mentalen Sanktuarium, das zwischen den Gegensätzen von Lust und Schmerz, Demütigung und Vergewaltigung, Liebe und Haß erhalten blieb. Er vernichtete sie, erschuf sie. Seine Zerstörung vervollkommnete sie. Er trieb sie in den Wahnsinn, als er ahnungslos ihr übermenschliches metapsychisches Potential freisetzte. Er tötete sie im Liebesakt.

Hör auf! Hör nicht auf! Geliebter Folterer.

Der Rabe zuckte schwach unter der riesigen Blutsonne. Die Scheibe drehte sich, schleuderte stinkende Tropfen von sich, die sie verbrannten, stieß eine Art Strahl aus – einen Strudel, der nach ihr zielte und sie von neuem aufzuspießen versuchte.

Das wirst du nicht tun, sagte sie. Es ist keine Lust mehr in dem Schmerz. Niemals mehr, bis ich in dich eindringe und dich zerbreche, o Geliebter. Die passive Erde war nicht genug.

Schließlich waren die Säbelzahnkatzen fertig. Sie setzten sich in die Sonne, leckten sich die Pfoten und wuschen sich das Gesicht. Es waren herrliche Wesen, mit marmorierten Vierecken gemustert, die am Kopf und an den Gliedmaßen zu dunklen Streifen und Flekken zusammenliefen. Das Männchen schlenderte herüber und schnüffelte an dem sterbenden Raben. Doch der Vogel war ein abstoßendes Ding, er strahlte Leiden aus, und der Katzenmann gab ihm nur einen leichten, verächtlichen Hieb. Dann drehte er sich um und führte seine Gefährtin zu ihrem Nachmittagsschläfchen fort.

Der Vogel erwachte aus seiner Betäubung und rief: *Culluket*.

Felice.

Bist du das, Geliebter?

Nein, ich bin es. Elizabeth. Meine arme Felice. Laß mich dir helfen!

Helfen? Wegnehmen?

Ich kann dir helfen. Dir die Alpträume und das Elend wegnehmen.

Wegnehmen? Lustschmerz wegnehmen?

Es ist keine richtige Lust. Die ist vorbei. Übriggeblieben ist nur der Schmerz. Ein Geist voll von Schmerz und Schuld. Ein kranker Geist. Laß mich helfen!

Helfen? Nur er kann helfen. Indem er stirbt.

Das ist nicht wahr. Ich kann helfen. Den ganzen Schmutz für immer wegwaschen. Dich sauber und glänzend und neu machen.

Das kann ich nie werden ich eigne mich nur dazu verachtet abgelehnt verflucht mit Scheiße bedeckt zu werden.

Das ist nicht wahr. Du kannst geheilt werden. Komm zu mir!

Kommen? Aber *sie* kommen! Kommen zu mir! Um sich zu beugen und mich zu verehren und mir zu folgen. Mir meinen Herzenswunsch zu erfüllen. Zu DIR kommen? Dummedummedumme ...

Sie sind Lügner Felice. Sie werden dir nicht geben

was du brauchst. Sie wollen dich nur benutzen um zu gewinnen was *sie* suchen.

Sie suchen meinen Geliebten. Mir zu Gefallen. Um meine Freude wiederherzustellen!

Nein. Sie lügen dich an.

DastunsienichtkönnensienichtsiesinddunkleEngel ...

Sie sind menschliche Wesen. Operante metapsychische Menschen.

Keine Teufel?

Menschen. Sie haben gelogen. Hör mir zu Felice! Du weißt daß ich im Milieu eine mächtige Geistesheilerin war. Ich will dich heilen wenn du nur aus freien Stükken zu mir kommst. Ich verlange nichts dafür. Ich werde nicht versuchen dich zu binden. Ich bin durch einen Superego-Block gezwungen niemals einem denkenden Wesen Schaden zu tun. Ich möchte dich nur geistig gesund und frei und im Frieden sehen. Die anderen können das nicht für dich tun.

Vielleicht doch!

Frage sie!

Das will ich! Und ich werde schnell herausfinden ob sie lügen wenn sie sagen sie würden mir Cull bringen.

Stell sie auf die Probe!

Ja. Ja. Elizabeth? ... Könntest du mir den Alptraum wirklich wegnehmen? Es ist die falsche Art Schmerz weißt du.

Ich weiß. Es gehört mit zu deiner Krankheit. Manchmal Schmerz als Lust zu empfinden. Deine mentalen Schaltungen sind durcheinandergebracht. Das ist geschehen als du noch sehr jung warst. Aber du kannst geheilt werden wenn du dich mir öffnest mich freiwillig einläßt. Wirst du kommen?

Kommen? Den Schmerz verlieren? Nicht aufhören! Ja? Nein! CULLUKET! CULLUKET! CULLUKET!

Mit harten Schreien flog der Rabe davon. Unten auf der spanischen Steppe schliefen die Säbelzahnkatzen, und die Gazellenherde graste unbelästigt.

3

Hoch oben auf der südlichen Zinne der Burg von Afaliah standen zwei der alten Einwanderer, den Blick, ohne etwas zu sehen, auf das Getümmel der nachmittäglichen Kampfübungen gerichtet. Sie stritten miteinander.

»Prinzipien! Prinzipien!« wütete Aluteyn Handwerksmeister. »Hungernde werden dir sagen, wohin du dir deine Prinzipien stecken kannst! Celo, die Flut hat deinen Verstand aus den Angeln gehoben!«

Celadeyr stellte die rhetorische Frage: »Hätte ich eine Geisel für die Ränke der Geringen bleiben sollen?« Er fuhr fort: »Die Mühle war ein Symbol für alles, wovor Nodonn uns warnte. Nur menschliches Bedienungspersonal konnte damit umgehen! Sie war ein Werkzeug der seelenlosen Milieu-Technokratie!«

»Nun, jetzt ist sie niemandes Werkzeug mehr, du Pfuscher. Warum hast du deinen hochfliegenden Idealismus nicht an etwas geübt, das für die hiesige Ökonomie weniger lebenswichtig ist? In den südlichen Lagerhäusern kann nicht einmal mehr für zwei Wochen Mehl sein! Süße langbrüstige Tana – jede Stadt zwischen hier und Amalizan hängt von deiner Mühle ab! Sollen wir alle Hafer- und Maisbrei essen?«

»Warum nicht?« brüllte der Lord von Afaliah. »Das wäre für dich viel gesünder als die weichlichen Backwaren und Croissants und Gil-Blas-Pfannkuchen, mit denen du dich für gewöhnlich vollstopfst! Sieh dich nur an, Al! Du hast mehr Fett als je zuvor. Eine feine Entschuldigung für einen Stadt-Lord! Wenn der Feind dein Calamosk angreift, wirst du an der Spitze deiner Truppe wie ein Flußpferd in einer Smaragd-Rüstung aussehen! Eine Diät aus ehrlichem altmodischem Essen würde dir guttun.«

»Ich danke dir sehr für den Rat.« Die Stimme des Handwerksmeisters war seidenweich. Er stieß den Kopf vor, daß sein Gesicht mit dem silber-goldenen Schnurrbart und den buschigen Augenbrauen sich Nase an Nase mit dem seines alten Freundes befand. »Komisch, nicht wahr – aber ich hatte den falschen Eindruck gewonnen, du habest mich nach hier gerufen, um mich um Hilfe zu bitten, nicht um mir eine Vorlesung über gesunde Ernährung zu halten und mein Äußeres zu beleidigen!« Er drehte sich abrupt um und stapfte auf die Treppe zu.

»Al, komm zurück!« Die Worte kamen mühsam. Die mentale Bitte war verzweifelt. »Ich bin wirklich ein Pfuscher. Ich hatte doch nichts weiter vor, als die robotische Steuerung der Mühle abzuschalten. Zur direkten Kontrolle durch Leute zurückzukehren. Den Mechanismus so umzuändern, daß wir nicht mehr von den Geringen abhängig sind.«

Der Handwerksmeister blieb am Kopf der Treppe stehen und wartete darauf, daß Celadeyr zu ihm kam. »Hast du geglaubt, es mit einer Wassermühle zu tun zu haben, wie wir sie zu Hause auf Duat hatten? Das war dein Niveau, Celo! Primitive Maschinen für einen primitiven Verstand.«

»Diese Erfindung – weißt du, daß sie *dreiundvierzig* verschiedene Produkte herstellt? Alles, von seidengesiebtem Kuchenmehl bis zu dem Abfall, den wir den Helladen füttern. Es war recht einfach, die Schaltungen für den Mehlstrom-Mischer auf manuellen Betrieb umzustellen, aber ich hatte den Proben-Analysator für die Qualitätskontrolle mit der Einspritzdüse für Zusatzstoffe vergessen. Wenn man den umgeht, erhält man ein grobes Zeug in einer komischen Farbe mit unvorhersehbaren Eigenschaften, das die Bäcker zum Schreien bringt. Versuche, die Zusatzstoffe von Hand beizufügen, und das Ergebnis ist mit Benzoylperoxyd und bromsaurem Kali und Tana weiß was sonst noch allem vergiftet.«

»Das könnte schwierig werden, Celo, sogar für mich.

Wo ist der Techniker, der die Robotsteuerung vorher überwacht hat?«

»Jorgensen ist ertrunken, ebenso die meisten anderen erfahrenen Leute. Sie waren große Sport-Fans. Der Bursche, der die Arbeit übernommen hat, war ein unverschämter Bastard. Bloßhalsig – nach Aussage der Redakteure nicht für einen Halsring geeignet. Versuchte, mich unter Druck zu setzen. *Mich!* Ich habe ihn zu fettigem Schmutz zermalmt.«

»Das hilft uns jetzt sehr.«

»Sollte ich meine Autorität antasten lassen?« brüllte Celadeyr. Sein Gesicht glühte, und sein Haar knisterte vor statischer Elektrizität. »Dieser elende Mukherji dachte, er habe mich in der Tasche! Sagte, er würde seine Arbeit nur tun, wenn ich ihm die Privilegien eines Goldenen einräumte! Und seine aufrührerische Haltung begann, die anderen menschlichen Techniker anzustekken. Oh – sie wußten ganz genau, daß Aiken Drum jedem Menschen, der kompatibel ist, einen goldenen Ring versprochen hat – und volle Bürgerrechte jenen, die es nicht sind. Ich habe von Boduragol und seinen Redakteuren Tiefensondierungen bei allen Bloßhalsigen und menschlichen Goldenen in Afaliah durchführen und die Verräter aussortieren lassen.«

»Aber ich bin auch ein Verräter, Celo.« Der Handwerksmeister lächelte ironisch. »Ich bin befleckt! Ein abgesetztes Mitglied der Hohen Tafel, das sich davor gedrückt hat, sein Leben zu opfern.«

»Sei nicht albern, Al! Du hast dich freiwillig für den Tod anstelle des Exils entschieden – und dann machtest du deine Entscheidung rückgängig, als die Umstände sich änderten. Soweit es mich betrifft, bist du immer noch Lord Kreator. Und zum Teufel mit Aiken Drums rothaariger Menschen-Königin!«

Aluteyn lachte. »O nein, das schaffst du nicht. Du kannst mich nicht überreden, deinem Selbstmörderkorps von Traditionalisten beizutreten. Ich habe in den letzten paar Monaten zuviel über Aiken Drum erfahren, um mich gegen ihn zu stellen. Im Mai werde ich auf der Hochzeit des kleinen goldenen Lumps tanzen und auf ihn und Mercy-Rosmar Slonshal trinken.«

»Du würdest ihn als *König* akzeptieren?« rief Celadeyr.

»Warum nicht? Die andere Möglichkeit wäre Minanonn – und er spielt nicht mit. Mir ist der Junge immer noch lieber als Sharn-Mes und Ayfa.«

Celadeyr faßte den Handwerksmeister bei den Oberarmen. Überfließende Psychoenergie schuf eine wütende Aura um beide. »Es ist der Letzte Krieg, der sich zusammenbraut, Al! Siehst du das nicht, kreativer Bruder? Was kommt, ist der endgültige Kampf zwischen uns und dem Feind – der Kampf, den wir beginnen wollten, als die Galaktische Föderation uns unser Erbe vorenthielt und uns an den Rand der Leere jagte! Damals hat Brede den Letzten Krieg hinausgeschoben, indem sie uns mit ihrem Schiff hierher brachte. Aber jetzt ist Brede tot, und diese klägliche Närrin Elizabeth kann niemals ihre Stelle einnehmen. Du gehörst zu mir, Al! Wir sind in einem Alter, wir haben seit unserer Geburt auf dem armen verlorenen Duat fast dreitausend Planetenumläufe erlebt. Zieh mit mir in den Letzten Krieg!«

»Celo ...«

Der Lord von Afaliah wies hinunter in den Hof der Zitadelle, wo Kampfübungen stattfanden. »Wir bereiten uns darauf vor. Alle Tanu, die den alten Traditionen treu sind. Die loyalen Mitglieder von Nontusvels Heerschar sind hier. Sechzehn ingesamt, einschließlich Kuhal Erderschütterer.«

Aluteyn maß seinen alten Kameraden mit einem mitleidigen Blick. »Minderbegabte Heißsporne – und über den armen Kuhal weiß ich Bescheid.«

»Es stoßen jeden Tag weitere Leute zu uns«, versicherte Celadeyr, aber seine Hände sanken von den Armen des Handwerksmeisters, und das Glühen verblaßte.

»Und die wilden Firvulag in den Bergen schärfen ihre Klingen und stehlen unsere Chalikos und warten auf die Verstärkungen, die Sharn schickt, um zuschlagen zu können! – Wer beaufsichtigt jetzt deine Pflanzungen, wo du die menschlichen Verwalter davongejagt hast? Nicht wenige von ihnen haben auf ihrem Weg zu Aiken Drum in Calamosk haltgemacht.«

Celadeyr wandte das Gesicht ab. »Mein Sohn Uriet und meine Tochter Fethneya setzen Tanu-Aufseher ein. Wie wir sie anfangs hatten.«

Der Handwerksmeister schnaubte. »Als ob ich nicht genau wüßte, was die jüngere Generation wert ist, wenn es zu harter Arbeit kommt! Als ich dem Kreatorenhaus vorstand, hatten wir große Mühe, Kandidaten für die praktischen Fachbereiche zu finden. Für die Landwirtschaft, die Viehzucht, die Wildhege. Du wirst feststellen, daß die Busenfreunde deiner Kinder Genies sind, Festmähler zu geben und Balladen zu dichten und auf die Jagd zu reiten, wenn die Beute aus verflohten flüchtenden Geringen besteht. Aber sich auf sie verlassen, wenn es um die Produktion von Rohstoffen geht? – Die Göttin gebe dir den Verstand einer Laus! Diese nicht mehr betriebsfähige Mühle wird die geringste deiner Sorgen sein, wenn die Pflanzungen ruiniert sind.«

Celadeyrs Gesicht war so stumpf wie die Steine der Brustwehr; sein Geist hatte sich verschlossen. In äußerst formellem Ton sagte er: »Aluteyn Handwerksmeister, ich beschwöre dich bei unserer Verwandtschaft durch die heilige Kreatorengilde, mir zu Hilfe zu kommen. Der Letzte Krieg steht vor der Tür, und der Feind ist nahe.«

Unbeweglich sahen die beiden Einwanderer sich an. Dann verschleierten sich Aluteyns eisblaue Augen, und die Gedanken sprudelten hervor:

Celo Celo wir waren Jungen zusammen gemeinsam

wurden wir unter dem alten Amergan (die Göttin lasse ihn ruhen im Licht) initiiert Kreatoren Macher Täter Arbeiter! Auch im Schmerz niemals schwankend in der Fürsorge für unserVolk Häuser bauend Leben schützend. Ich wählte Retorte als Sterben schicklich war aber jetzt ist es richtig wenn ich lebe Müdigkeit abschüttele Pflicht erfülle. Wie du es auch tun mußt!

»Meine Vision ist die des Letzten Krieges«, sagte Celadeyr. »Oder glaubst du, ich sei wahnsinnig geworden?«

Ich glaube Flut Verlust Kummer Aufstieg des Feindes Zorn über Rabentaten haben dich an deinen eigenen Rand der Leere gebracht. Vielleicht darüber hinaus. Wir brauchen dies nicht als Letzten Krieg zu akzeptieren! Wenn wir Stolz hinunterschlucken Bündnis mit Menschen eingehen können wie Feind zurückschlagen VielfarbenesLand erneuern.

So viele Farben. Und nun alle dunkel.

Celo wir ältere Generation dürfen Ende nicht herbeizwingen wenn junge Leute leben wollen.

Der Feind kommt! Die Menschheit! Aiken Drum!

Nein Celo nein. Er kann nicht der Feind sein. Nicht der Erwählte der Königsmacherin.

Das ... hatte ich vergessen.

»Dann ist es Zeit, daß du dich wieder daran erinnerst«, ertönte eine laute Stimme aus dem Nichts.

Ein gleißender Lichtpunkt schwebte ein paar Meter hinter dem südlichen Rand der Brustwehr, wo die Mauer von Afaliah zum tiefen Abgrund des Proto-Jucar hin abfiel. Der Funke wuchs zu einem Leuchten, das eine kristalline Sphäre umgab. Darin saß mit gekreuzten Beinen mitten in der Luft ein kleiner Mensch, der einen ganz mit Taschen bedeckten goldenen Anzug trug.

»Du«, sagte Celadeyr von Afaliah.

Die Sphäre trieb auf ihn zu, senkte sich und zerstob zu Atomen, als sie den Steinboden berührte. Aiken Drum zog seinen Federhut.

»Heil, kreativer Bruder von Afaliah. Ich habe euch in den letzten zehn Minuten belauscht. Du solltest wirklich auf den Rat des Handwerksmeisters hören. Er ist ein reizbares altes Huhn, im großen und ganzen jedoch vernünftig.«

Der alte Champion verwandelte sich plötzlich in eine gottähnliche Erscheinung, die, eine Hand warnend erhoben, riesig vor dem Himmel aufragte. »Stirb, Emporkömmling!« brüllte er mit Donnerstimme und schleuderte seinen stärksten Geistesbolzen. Er verursachte eine Detonation und einen Ausbruch grünen Lichts, daß alle Ritter unten im Hof erstarrten und ihre Scheingefechte vergaßen.

»Kampfgefährten! Zu mir!« rief Celadeyr ... aber die Stimme des Helden war jetzt so schwach wie das Säuseln von Blättern, und sein mentaler Wutschrei hallte wirkungslos in dem Gewölbe seines Schädels wider. Celadeyr warf seinen illusorischen Aspekt ab und versuchte, den Usurpator körperlich zu packen. Kein Muskel gehorchte ihm. Er war unbeweglich, hilflos, und ebenso ging es den gelähmten Rittern unten.

»Und wir waren so gute Freunde auf dem Delbaeth-Feldzug«, bemerkte Aiken bedauernd. »Erinnerst du dich nicht mehr, kreativer Bruder, wie wir die alte Feuergestalt in den Betischen Kordilleren den einen Gipfel hinauf und den nächsten hinunter gejagt haben und uns nicht trauten, in die Luft aufzusteigen, weil er unsere Ärsche in den Glasrüstungen hätte braten können?« Der Leuchtende lachte vor sich hin. »Wenn wir heute Delbaeth jagen würden, hätten wir diese Sorge nicht. Meine Kräfte sind ganz hübsch gewachsen, wie du bemerken wirst. Ich hoffe, demnächst Gelegenheit zu finden, meine geistigen Maße durch Dionket Lord-Heiler vor euch ausbreiten zu lassen. Dann könnt ihr selbst sehen, von welcher Art der Mann ist, der euer König werden möchte.«

Celadeyrs glühendes Gesicht war bleich geworden.

In rasselndem Flüsterton verlangte er: »Laß mich los! Kämpfe wie ein echter Krieger!«

»Mit dir?« fragte der Possenreißer in leichtem Ton. »Bestimmt nicht. Ich kämpfe nicht gegen Feiglinge.«

»Feiglinge ...?!«

Aiken trat nahe an den versteinerten Tanu heran und schwebte in die Höhe, bis sich ihre Augen auf einer Ebene befanden. »Du bist fertig, kaputt, trauriger alter todessuchender Feigling. *Ich* bin bereit, mich den Firvulag zu stellen. Wen kümmert es, ob sie die zehnfache Überzahl haben? Aber der Große Lord von Afaliah, Mitglied der Hohen Tafel, möchte sich lieber hinlegen und sterben. Oder vielmehr – in die Zähne eines berittenen Oger-Bataillons hineinmarschieren, eine gestrichelte Linie auf der Kehle und einen Aufkleber mit der Anweisung: HIER EINSCHNEIDEN!«

Der Handwerksmeister sagte ernst: »Der Junge hat nicht ganz unrecht, was deine letzte Motivierung betrifft, Celo.«

»Feind! Kämpfe ehrlich gegen mich!« bat Celadeyr, das Gesicht verzerrt vor Qual.

Aiken stellte sich wieder auf den Fußboden. »Ich kämpfe mit den Waffen, die ich habe. Das ist die einzige vernünftige Art.« Und er winkte mit der Hand.

Über dem Abgrund schwebte jetzt ein berittenes und bewaffnetes Heer von etwa vierhundert Rittern in der Luft, an der Spitze die hell leuchtenden Gestalten Cullukets, Alberonns und Bleyns. Die Tanu-Mischlingskrieger hinter ihnen vertraten alle fünf Mentalen Gilden, und die Stärke ihrer Auren bezeugte ihre geistige Kraft.

Respektvoll hob die Regenbogen-Armee die Waffen. Ein widerhallender Salut rollte über die Zinnen: »Slonshal, Celadeyr! Slonshal, Lord von Afaliah!«

»Wir sind nicht hier, um zu kämpfen«, betonte Aiken, und die Schmeichelei schlich sich in Celadeyrs Gehirn, ob er wollte oder nicht. »Wir sind hier, um zu zeigen, daß es Hoffnung für uns alle gibt, wenn wir uns gegen den Feind verbünden. Die meisten Kämpfer mußte ich zu Hause in Goriah lassen. Diese wenigen habe ich mitgebracht, damit ihr sie euch ansehen könnt – und dann ist da noch meine neue Elitetruppe aus menschlichen Goldenen auf dem Feld vor dem Nordtor eurer Stadt. Werft mit eurer Fernsicht ruhig einmal einen Blick auf sie.«

Celadeyr erweiterte seine mentale Sicht. Es schienen mindestens tausend Soldaten da draußen zu sein ... *und das Tor Afaliahs öffnete sich vor ihnen.* Die Reihen berittener Männer und Frauen wurden von Offizieren mit metapsychischen Augen angeführt. Einige der unteren Dienstgrade glühten, andere nicht – aber alle trugen sie einen goldenen Reif und höchst merkwürdige Waffen.

»Tut euch keinen Zwang an«, drängte Aiken. »Betrachtet ihre Waffen ganz genau. Unser verstorbener großer Schlachtenmeister mag viel darüber geredet haben, auf die Technologie der Geringen müsse man verzichten, doch er war nicht so dumm, seinen eigenen Prinzipien zu folgen. Wie du, kreativer Bruder! Die Keller meiner Glasburg in Goriah sind gestopft voll mit der Schmuggelware aus siebzig Jahren – einschließlich der Dinge, die ihr seht. Blaster. Lähmwaffen. Solarzellen-Laser. Doppelläufige Elefantenbüchsen Marke Rigby 0,470. Luftgewehre mit Stahlkugel-Munition. Schallrohre. Einfach alle Arten von tragbaren verbotenen Waffen, die ihr euch vorstellen könnt. Sie wurden von listigen Zeitreisenden, die einen kleinen Vorteil über ihre Exil-Gefährten im Pliozän haben wollten, in Madame Guderians Etablissement an den ahnungslosen Funktionären vorbeigeschmuggelt ... Und es mag weitere Verstecke geben außer dem einen, das ich gefunden habe. Hast *du* eins, Celo? Nein? Dann legen wir diese Frage vielleicht besser deinem Sohn Uriet und deiner Tochter Fethneya vor.«

Celadeyrs Blick kehrte aus weiter Ferne zurück. Ein

trauriges Lächeln umspielte seine Lippen. »Nein, ich wußte nichts von den Verstecken. Aber das erklärt einiges, was mir rätselhaft vorgekommen ist – Gerüchte, der Feind habe nach der Zerstörung Burasks furchterregende neue Waffen entwickelt. Der verstorbene Lord Osgeyr war berüchtigt wegen seiner Habsucht, und es hätte ihm ähnlich gesehen, die verbotenen Waffen einzulagern, statt sie zu vernichten.«

Aiken sagte: »Danke für den Tip. Ich werde das nachprüfen.«

Die Armee aus Himmelsreitern setzte sich in Marsch. Die Chalikos trabten in der Luft über die Burgmauern und senkten sich dann in langsamen Spiralen auf den großen Hof nieder. Die Ritter von Afaliah stellten sich zu einer unfreiwilligen Ehrengarde auf.

»Ich hatte noch einen anderen Grund für mein Kommen«, sagte Aiken.

Celadeyr entdeckte, daß er endlich frei war. Er machte keine Bewegung, den goldgekleideten Jüngling zu bedrohen. »Ich glaube, ich weiß es.«

Aiken wackelte mit dem Zeigefinger. »Ziehe keine übereilten Schlüsse! Wir müssen gemeinsame Sache machen, habe ich gesagt. Vereint gegen den Feind! Nein – ich bin gekommen, weil die Einladung zur Hochzeit, die wir dir schickten, verlorengegangen zu sein scheint.«

Celadeyr entfuhr eine ungläubige Obszönität.

Der Kasper war nichts als Aufrichtigkeit. »Wir hatten kein Wort von dir gehört. Mercy war verzweifelt. Ich ebenfalls. Wie konnte ich meine Hochzeit ohne meine alten Freunde aus Afaliah feiern? Ohne meine Kameraden vom Delbaeth-Feldzug? Also bin ich hier, um die Einladung zu wiederholen. Persönlich.«

»Komm schon, Celo!« drängte Aluteyn Handwerksmeister leise. »Ich mußte das Leben wählen. Jetzt bist du an der Reihe.«

Celadeyr stand da mit hängenden Armen, die Füße

weit auseinander. Er ballte die Hände zu Fäusten und löste sie wieder. Seine Augenlider senkten sich und schlossen wenigstens das physische Bild des Feindes aus. Die zögernde Bestätigung kam.

Aiken funkelte vor Vergnügen. »Kaleidoskopisch! Du wirst es nicht bereuen, kreativer Bruder. Wir können einander in diesen schweren Zeiten auf so vielfältige Weise gegenseitig helfen. Zum Beispiel ...« Aiken schnippte mit den Fingern.

Eine weitere astrale Blase materialisierte sich und schwebte auf die Brustwehr hinunter. Darinnen saß ein Samurai-Krieger in vollständiger Muromachi-Rüstung, einen goldenen Ring um den Hals. Die Sphäre verdunstete, und der Krieger verbeugte sich.

»Lord Celadeyr, Handwerksmeister – ich möchte euch einen neuen Freund von mir vorstellen. Yosh Watanabe heißt er. Ein genialer Techniker! Diese seine Rüstung bestand ursprünglich aus Hunderten von Eisenplättchen – er ersetzte sie durch Plättchen aus Mastodon-Haut, schmolz das Eisen und schmiedete sich daraus ein Blutmetall-Schwert. Er hat fast vom ersten Tag an, seit er das Zeitportal durchschritt, frei gelebt – und doch konnte er es nicht erwarten, sich Mir anzuschließen! Celo – du und Yosh habt eine wichtige Besprechung abzuhalten. Damals im Milieu war er ein ausgezeichneter Robot-Ingenieur. Und außerdem versteht er sich auf Papierdrachen.«

Yosh zwinkerte dem Lord von Afaliah zu, und dieser starrte in tiefem Argwohn zurück.

Aiken fuhr fort: »Meine übrigen Leute und ich, wir werden uns nicht lange aufhalten. Die Nacht über bleiben wir noch hier, aber dann geht es auf einer Inspektionsreise weiter nach Tarasiah und einigen anderen Orten ... und wir müssen auch noch ein paar verlorengegangene Einladungen zur Hochzeit abliefern! Yosh wird jedoch gern ein paar Wochen opfern und dir bei der Lösung deiner Probleme helfen. Du kannst ihn nach

Goriah zurückbringen, wenn du zur Hochzeit kommst. Und zu den anderen Vergnügungen.«

»Ich verstehe«, antwortete Celadeyr schwach.

»Bist du einverstanden, Yosh?« erkundigte sich Aiken.

»Ganz wie du willst, Chef«, gab der Samurai liebenswürdig zurück. Er wandte sich dem Lord von Afaliah zu. »Was meinst du, sollen wir uns die reparaturbedürftige Anlage jetzt gleich einmal ansehen?«

Celadeyr regte sich nicht. Aber der Handwerksmeister legte seinem alten Freund den Arm um die Schultern und dirigierte ihn auf die Treppe zu.

»Das ist eine gute Idee«, meinte Aluteyn. »Und ich glaube, ich weiß, wo wir die speziellen Werkzeuge und Ersatzteile finden. Celo – ist Treonets Laboratorium noch in Ordnung?«

Der Lord von Afaliah nickte.

Aluteyn erläuterte Yosh: »Einer meiner verstorbenen Gildenbrüder war ein begeisterter Förderer des Mikroprocessing und anderer elektronischer Raffinessen der Alten Erde. Seinem Haus ist ein Laboratorium und eine der größten technischen Bibliotheken im Vielfarbenen Land angeschlossen. Wir wollen dorthin gehen und dich in großem Stil unterbringen, Sohn. Du kannst dort auch deine Prachtausrüstung ablegen und etwas praktischere Sachen anziehen ... Du hast doch wohl nichts dagegen, wenn ich dir bei der Arbeit zugucke?«

»Es wird mir ein Vergnügen sein«, versicherte Yosh.

»Wir sehen uns alle beim Abendessen wieder.« Aiken verschwand wie eine ausgeblasene Flamme.

Celadeyr schüttelte den Kopf. »Und *das* will unser König werden.«

»Der Gedanke«, bemerkte Aluteyn Handwerksmeister, »könnte dir mit der Zeit verdaulicher vorkommen.«

Sie kam in der Abendstille heraus, um noch einmal Luft zu schnappen, bevor sie die Frauen zusammenrief. Der Mond, schwanger wie sie, hing über der Meerenge von Redon. Er würde nicht vor dem Ersten Mai voll werden, was ein ausgezeichnetes Omen für das Liebesfest war. Doch Mercys Zeit war gekommen.

Der Balkon ihrer Turm-Suite war breit; dort standen goldene Urnen, mit Büschen und Bäumen bepflanzt. Mercy hielt sich jetzt nur noch selten hier auf, denn die amethystfarbene Feenbeleuchtung, die Aiken-Lugonn installiert hatte, wirkte auf sie kalt und melancholisch. Wie anders war es zu Nodonns Zeit gewesen! Damals hatten die Juwelenlampen entlang den kristallenen Balustraden und in den Winkeln der undurchsichtigen Glaswände in einem warmen Rosa geschimmert, und sie hatte nur zu wünschen brauchen, und der Dämonenliebhaber selbst erschien neben ihr, um sich mit ihr anzusehen, wie die Sonne hinter der Bretonischen Insel unterging, bis die Feuerfarben sich endlich in ein sternenbesetztes Violett verwandelten. In einer Nacht wie dieser hätten sie dem scheuen zunehmenden Mond einen gemeinsamen Wunsch hinaufgesandt.

Und nun ruhten die Knochen des glorreichen Apollo im Schlamm des Neuen Meeres. »Aber meine werden hier liegen«, erzählte sie dem Kind in ihr, »in diesem Land der Bretagne, wo ich sechs Millionen Jahre in der Zukunft geboren worden bin. Und eines Tages werden Georges Lamballe und Siobhan O'Connell am Strand der Belle Île entlangwandern und einen Stein mit einem dünnen Kohlenstoff-Überzug und einem Phosphorstreifen finden. Und das werde *ich* sein.«

Der Fötus teilte ihren Schmerz und zuckte, und sie wurde von Reue überwältigt.

Frieden liebste Agraynel Frieden Granida AdermeinesHerzens. Heute nacht wirst du befreit werden.

Das Ungeborene entspannte sich. Mercy versuchte von neuem, den Geist ihrs Kindes auszuloten. Unter den mühelos wahrzunehmenden Oberflächen-Emotionen war die Persönlichkeit unfaßlich, von greller, hungernder Andersartigkeit. Das Vorbewußtsein von Thagdals Mischlingstochter war ein summender Strudel, der ungeduldig darauf wartete, eine neue Welt physischer Sensationen einzusaugen, und sich nicht mehr mit den begrenzten Stimuli des Mutterleibes zufriedengab. Das Kind sehnte sich, ohne es zu wissen, nach inhaltsreicheren Erfahrungen als den vom Wasser weitergeleiteten Geräuschen, die Herz und Lungen und Verdauungstrakt der Mutter machten, der trüben Röte, die es mit verschleierten Augen sah, den vagen Tastempfindungen, abgestumpft durch die Hülle der Käseschmiere, und den allgegenwärtigen Geschmack und Geruch nach amniotischer Flüssigkeit. Mehr! schien die unartikulierte telepathische Stimme zu rufen. Und die Mutter antwortete: Bald.

Agraynels Ultrafähigkeiten waren (wie die aller kurz vor der Geburt stehenden Kinder, ob nun potentiell operant oder latent) ganz auf das Liebesbedürfnis ausgerichtet. Sie schlug mit ihrer schwachen Psychokinese gegen das Gefängnis des Uterus, sie zupfte mit Redigierungsversuchen an Mercys Bewußtsein, sie versuchte, zwischen ihnen beiden ein unzerreißbares Band zu schaffen, obwohl sie nach Freiheit strebte, und ihre koerzible Kraft war am stärksten. Und dadurch wurde das alltägliche Wunder bewirkt, die metapsychische Verbindung zwischen jeder normalen Mutter und ihrem Kind.

Liebe! rief der unersättliche kleine Geist. Mehr Liebe!

Mutter liebt dich. Du liebst Mutter. Schlafe.

Der Kindergeist trieb zufrieden davon.

Armer Aiken, dachte Mercy, Vergleiche ziehend.

Und dann: *Nodonn. Mein Nodonn.*

»Aber das ist bei uns nicht Brauch!« protestierte Lady Morna-Ia. »Eine Mutter unserer Kampfgesellschaft erträgt die Wehen tapfer, bis sie gesiegt hat! Und besonders du, die du die Matriarchin einer neuen Heerschar werden magst!«

»Die Geburt wird so ablaufen, wie ich es entschieden habe«, entgegnete Mercy. »Der Lord-Heiler ist gekommen, um mir mit der Haut beizustehen, und alle edlen Damen erwarten uns jetzt im Audienzsaal.«

»Alle?« Morna war ebenso beeindruckt wie bestürzt. »Um diesem höchst privaten, heiligen Augenblick beizuwohnen?«

»Die weiblichen Ritter, die Lord Aiken-Lugonn begleiten, müssen ihre Instruktionen später bekommen. Aber die anderen sind anwesend. Ich verzichte auf meine Privatsphäre. Ich bin Lady Kreatorin, und es ist meine Pflicht, euch alle hierin zu unterweisen. Für die Zukunft.«

Morna konnte ihre Absicht nicht mißverstehen. »Du hast doch nicht etwa vor ...«

»Wenn sie es sehen – und die Wirkung auf das Neugeborene erkennen – werden sie es nicht mehr anders haben wollen.«

Morna senkte den Kopf. »Wie du sagst, bist du Lady Kreatorin. Aber es hat sich so vieles verändert.«

Mercy lächelte der über ihr aufragenden Frau in der lavendelfarbenen Robe ermutigend zu. Heute abend waren ihre Augen von einem leuchtenden Blau, und ihr kastanienrotes Haar hing offen herab. Sie trug ein langes Gazehemd, weiß mit goldenem Saum. Ihre Arme waren bloß, die Haut sehr hell, mit winzigen Sommersprossen bestäubt. Ihr Gewand war vom Hals, wo der goldene Reif schimmerte, zwischen den vollen Brüsten bis zu der Stelle geschlitzt, wo die Wölbung des Bauches begann.

»Liebe fernschauende Schwester Morna, du bist jetzt Anwärterin auf das Amt der Königsmacherin und nimmst unter den höchst erhabenen Damen den zweiten Platz ein. Du bist jedoch auch freundlich zu einer um einen Toten trauernden menschlichen Frau gewesen – und einmal, vor achthundert langen Jahren, hast du Königin Nontusvel Hebammendienste geleistet, als sie ihren ersten Sohn gebar. Die Arbeit wird sich diesmal nur ein wenig davon unterscheiden. Und natürlich ist Agraynel ein Mädchen. Aber in dem Augenblick, wo ihre Aura sich von meiner getrennt hat, wirst du sofort sehen, daß sie eine außergewöhnliche Persönlichkeit ist, wert, dein Patenkind zu sein.«

Mercy ergriff eine von Mornas kühlen trockenen Händen und drückte sie auf ihren Bauch. »Fühle sie! Erkenne sie! Sie ist bereit.« Der Fötus stieß heftig, und Mercy lachte. Die beiden Frauen umarmten sich im Geist. »Nun denn. Bring mich auf die Bühne des Audienzsaals!«

In dem großen Raum herrschte stark gedämpftes Licht, und natürlich waren die Buntglasfenster, die ihm bei Tageslicht seine Pracht verliehen, für die Nacht maskiert. Es waren keine Feenlichter da, nur Wandleuchter mit Kerzen, die einen flackernden orangefarbenen Schein auf die Bühne warfen. Kein Bett war darauf zu sehen, kein Sessel, kein Gebärstuhl. Dort stand nur ein goldener Tisch mit zwei großen Becken – eins aus gehämmertem Gold, das andere aus durchsichtigem Kristall, zur Hälfte mit warmem Wasser gefüllt. Neben dem Tisch ragte die Gestalt Dionkets Lord Heilers auf, der aus seinem freiwilligen Ruhestand in den Pyrenäen herbeigerufen worden war. Er hielt einen goldenen Beutel in der einen und eine glitzernde Rubinklinge in der anderen Hand. Die drei Tanu-Mädchen hinter ihm wirkten sich ihrer Bedeutung bewußt und strahlten kein kleines bißchen Besorgnis aus. Es waren eine Redakteurin in Rot und Weiß, eine Psychokinetikerin in Rosa und Gold und eine blaugekleidete Koerziererin – letztere keine andere als Olone, die Verlobte Sullivan-Tonns.

Ganz langsam trat Mercy an die Rampe und blieb dort allein stehen. Unbeweglich verharrten die mehreren hundert Zuschauerinnen in ihren weißen Kapuzenmänteln. Ihre Gedanken waren ebenso sorgfältig verhüllt wie ihre Körper.

Ich grüße euch Schwestern, sprach Mercy sie telepathisch an.

Wir sind deinem Ruf gefolgt, flüsterten die mentalen Stimmen, Lady von Goriah.

Ich bin hier, um eine neue Art vorzuführen, wie man Leben erzeugt. Ihr wißt, daß meine Kräfte groß sind und daß sie sich von denen der meisten Tanu-Kreatoren unterscheiden. Sie sind sanft, nicht aggressiv. Sie sind nicht für den Kampf, sondern für die Erhaltung. Ich will sie euch lehren. Denn ihr könnt alle, wenn ihr möchtet, diesem Weg folgen, den ich euch jetzt zeigen werde.

Sie trat an den Tisch zurück, zu Dionket. Morna und die drei Mädchen hielten sich im Hintergrund. Mercy stand mit dem Gesicht zu dem Publikum aus atemlosen Frauen und schloß die Augen. Der große Lord Heiler bewegte die Hand. Aus seinem goldenen Beutel floß ein Stoff, der dünner als die feinste Plastikfolie war. Er legte sich über Mercy wie ein ganz durchsichtiger Schleier über eine Statue. Ihr Körper begann zu strahlen, am hellsten um den geschwollenen Unterleib. Das weiße Gewand schien so transparent wie die »Haut« zu werden, und inmitten des Lichts war eine kleine Gestalt.

Etwas, das beinahe wie Ektoplasma war, kam aus Mercys Körper, schimmerte durch die Unterleibsdecke und schwebte zwischen ihre nun ausgestreckten Hände. Ein mentales Aufstöhnen, das sofort unterdrückt wurde, kam von der Menge. Dionkets strenges Gesicht verzog sich zum Lächeln. Die am nächsten stehenden Zuschauerinnen nahmen ein großes Netz aus redigierenden und psychokinetischen Kräften seines Geistes wahr, die sich mit der kreativen Fähigkeit der Mutter zu einer fast augenblicklichen Heilung verbanden.

GIUSEPPE·MANGONI

Dionket winkte, und die Haut löste sich in Nichts auf. Mit fernsehenden Augen erblickten alle Frauen Mercy, die auf ihr Neugeborenes niedersah. Das Baby war noch in die fötalen Membranen gehüllt. Eine spinnwebfeine Blase voller Flüssigkeit, dem Amnion, schwebte oberhalb von Mercys ausgestreckten Händen. Die Nabelschnur, noch an der Plazenta hängend, war deutlich sichtbar.

Nun ergriff Morna das goldene Becken und hielt es mit Hilfe der psychokinetischen Assistentin unter das Kind. Dionkets Rubin-Skalpell blitzte kurz auf, und das Wasser strömte nieder. Noch einmal berührte der Heiler das Kind, um die Nabelschnur zu lösen, und die Membranen verschwanden mit ihr in der Schüssel.

Agraynel öffnete die Augen. Nach Mercys die Lungen füllendem Kuß atmete sie mühelos, eingehüllt in warme Luft. Die Redakteurin stand schon mit der Kristallschüssel, einem seidenen Schwamm und Tüchern bereit. Immer noch schwebte das Neugeborene und zappelte ein wenig, während Mercy und Morna ihm den Schleim abwuschen, so daß seine Haut rosig und frisch wurde. Wieder küßte Mercy das Kind, und es war trocken. Die junge Olone trat mit Kleidungsstücken und einer Decke zum Einwickeln vor, und der kleine Körper wurde bis unter die Achseln umhüllt.

Mercy nahm ihre Tochter auf den Arm und bot ihr die Brust. Das Baby war noch zu klein, um Milch zu saugen, aber sein Geist stand offen und trank, trank. Die Menge der von Ehrfurcht überwältigten Frauen wagte nicht, sich zu nähern – aber auf Mercys Ermutigung hin kam von vielen Seiten ein vorsichtiges, federleichtes mentales Streicheln.

»Frieden – für die Namensgebung.« Mornas physische Stimme war leise, und doch hörte sie jeder im Audienzsaal. Die alte Frau hielt einen kleinen goldenen Reif hoch, und alles seufzte. Die drei jungen Damen waren starr vor Spannung. Wer würde erwählt werden?

»Olone«, sagte Mercy und winkte mit ihrem Geist.

Das Mädchen in der Kleidung der Koerzierergilde nahm das Kind hingerissen in die Arme. Du solltest mein sein! Wie süß du bist!

»Ich nenne dich Agraynel ul-Mercy-Rosmar vur-Thagdal.« Morna legte dem Kindchen den goldenen Ring um den Hals und drehte den Verschluß zu. »Die gute Göttin gewähre dir ein langes Leben, Ehre und Glück in ihrem Dienst.«

Slonshal, wisperten die Hunderte von weiblichen Gehirnen.

Slonshal, seufzte Dionket Lord Heiler.

Slonshal, sagte Mercy zu ihrer Tochter und nahm sie der widerstrebenden Olone ab. Zum ersten Mal seit der Flut und dem Verlust floß ihr Herz über vor Freude. Morna kam, um sie wegzuführen, und Mercy stellte ihr die spielerische Frage:

Und du bist wirklich geeignet zur Königsmacherin, fernschauende Morna-Ia? Hast du das Gesicht? Und zeigt es dir diese süße Kleine als Königin? ...

Die mentalen Stimmen in der Halle sangen das Lied, und die Töne waren so weich wie die einer Äolsharfe.

»Ich sehe Agraynel als Königin unseres Vielfarbenen Landes. Ja.«

Mercy stieß einen entzückten Schrei aus. »Wirklich? Oh, necke mich nicht!«

Schweißtropfen standen auf der glatten Stirn der alten Frau. Ihre Lippen zitterten. »Ich spreche die Wahrheit. Ich erkannte sie, als Agraynel den ersten Atemzug tat.«

Mercy stand still vor den Draperien an der Wand hinter der Estrade. Ihr Blick war wild, als habe sie eine Vision. Das Kindchen hatte sie fest gegen eine gerötete Wange gedrückt. Seine Augen wirkten riesig in dem winzigen Gesicht.

»Und ihr König!« rief Mercy. »Wer wird er sein?«

»Er ... er muß erst noch geboren werden.«

»Aber du weißt, wer er ist? Wessen Sohn er sein wird?«, drängte Mercy. »Sag es mir, Morna! Du *mußt* es mir sagen!«

Morna wich zurück, das Gesicht bleich, die Gedanken abgeschirmt. »Ich kann nicht!« stieß sie mit zitternder Stimme hervor. »Ich kann nicht.« Sie drehte sich um und floh durch den schweren Vorhang, und Mercy sah ihr verwundert nach. Dionket kam und legte schützend den Arm um die Mutter, und gleichzeitig stahl er sich in ihren ermüdeten Geist, um mit seiner redigierenden Fähigkeit die unvermeidliche Frage, die Sorge und die Furcht zu verbannen.

Mercy vergaß.

Das Baby kuschelte sich vorn in ihr Gewand und begann zu trinken, und für Mercy gab es nichts anderes mehr zu denken.

5

Er erwachte von dem scheußlichen, nahrhaften Kuß.

Sein Essen, vorgekaut und warm, ohne Geschmack, von ihrem Mund in seinen übergehend. Das Nachdrükken ihrer Zunge. Feuchte weibliche Finger, die seine Kehle massierten, bis er schlucken mußte. Ihr rhythmisches Summen auf zwei Tönen, genau auf seinen Herzschlag abgestimmt.

Er roch das fleischige Aroma des Essens und ihren ungewaschenen Körper in dem Kleidungsstück aus halbgegerbtem Leder und Rauch und ringsherum Felsgestein. Er hörte neben ihrer Stimme ein fernes Murmeln von Wasser und ein widerhallendes Husten und Spucken. Und Vogelgesang. Und den harten Atem des Windes in Bergtannen.

Seine Fernsicht war blind und sein Körper gelähmt, aber er konnte wenigstens die Augen öffnen. Es tat weh, obwohl das Licht gedämpft war. Ein leises Stöhnen entschlüpfte ihm. Das Summen hörte mit einem Schlag auf.

»O Gott, bist du es?«

Hängende Strähnen von sehr langem, sehr schmutzigem hellen Haar. Ein Gesicht, teigig-blaß unter dem Dreck, die Nase kurz und flach, die Augen klein, weit auseinanderstehend, ein zu graues Blau, jetzt vor ungläubigem Entzücken aus den Höhlen quellend. Der Mund offen, die Lippen ganz beschmiert mit dem eben noch geteilten Essen. Kariöse Zähne.

»Mein Gott aus dem Meer! Du bist wach!«

Das Gesicht kam näher, bis es verschwamm, und wieder war da der Kuß, diesmal nicht nährend, sondern glühend vor freudiger Leidenschaft. Sie gab seinen Mund frei, und ihre Lippen liebkosten seine Nasenlöcher, seine Wangen, seine Augen, seine Stirn, die Läppchen und Muscheln seiner Ohren, sein bartloses Kinn.

»Du bist wach! Wach und am Leben! Mein schöner Gott!«

Er war unfähig, etwas anderes zu bewegen als seine Augen: Ein eingekerkerter Geist, jeder metapsychischen Fähigkeit ermangelnd. Als die Frau aufsprang und fortrannte, sah er Steinwände, eine Art Höhle, die sich oben in Dunkelheit verlor. Aber zu seinen Füßen (wenn es sie gab) war Licht.

Eine nörgelnde, säuerliche Altmännerstimme fragte, ihr Husten unterbrechend: »So, ist er wach? Dann wollen wir uns das Wunder einmal ansehen.«

Schlurfende Schritte, keuchender, vor Schleim gurgelnder Atem. Ihr aufgeregtes Flüstern: »Sei leise, Opa. Sei vorsichtig. Faß ihn nicht an!«

»Halt den Mund, du dumme Kuh, und laß mich sehen!«

Beide beugten sich über ihn. Eine große, derbe Frau in einem befleckten Rehlederhemd. Ein alter Geringer, kahlköpfig und bärtig, mit geröteten Augen und einer grausamen Hakennase. Er trug eine zerlumpte Stoffhose und eine schwarze Nerzweste, glänzend und kostbar.

Der alte Mann hockte sich nieder. Schnell wie eine Spinne schoß eine seiner Hände vor, faßte zu.

»Opa, nein!« jammerte die Frau.

Die eben erst erwachten Augen füllten sich mit Schmerzenstränen. Der alte Mann hatte ihn beim Haar gepackt und riß ihn hoch. Als die Tränen überflossen, kam ein Körper in Sicht, bis zur Brust in ein Pelzgewand gehüllt. Der alte Folterer ließ das Haar los, und er fiel schlaff zurück. Gackernd zwickte ihn der Alte in die Nase, kniff eine Wange mit rauhen Fingernägeln, warf seinen Kopf mit scharfen Schlägen von einer Seite zur anderen.

»Ja! Ja! Wach! Aber hilflos, du hochmächtiger Klumpen Tanu-Scheiße! Du Haufen totes Fleisch!«

Unter schrillen Schreien zerrte die Frau den alten Mann auf die Füße. »Du darfst den Gott nicht verletzen, Opa!« sagte sie mit fürchterlicher Stimme. Ein Plumpsen, ein schmerzlicher Atemzug, ein Wimmern war zu hören. Und die Frau: »Er gehört mir! Ich habe ihn vor dem Meer und dem Tod gerettet. Ich lasse es nicht zu, daß du ihn verletzt.« Wieder das Plumpsen und schwache Schreie.

»Gottverdammt noch mal, Mädchen, ich wollte ihm doch gar nichts tun. Auu ... Du hast mir das Rückgrat verrenkt, du Trampel! Hilf mir hoch.«

»Erst versprechen, Opa.«

»Ich verspreche. Ich verspreche.« Und bösartiges subvokales Gemurmel.

»Geh und hol seine Hand! Und das Öl, das auf dem Feuer warmsteht.«

Murrend und schniefend ging der alte Mann. Die Frau kniete anbetend nieder, und wieder war da der Kuß ihrer leicht aufgestülpten Lippen. Schwach biß er die Zähne vor ihrer eindringenden Zunge zusammen.

»Nein, nein«, schalt sie sanft. Eine Hand glättete sein

Haar. »Ich liebe dich. Du darfst keine Angst haben. Gleich werde ich dich sehr glücklich machen. Aber zuerst gibt es eine Überraschung.«

Opa stand da mit einem Lederbeutel und einem offenen Behälter.

»Darf ich ... darf ich zusehen?« fragte der alte Rohling. Seine Augen hatten einen merkwürdigen Glanz angenommen, und er leckte sich die aufgesprungenen Lippen. »Bitte, Huldah, laß mich zusehen!«

Ihr Kichern verriet eine erstaunliche Ironie. »Du willst dich erinnern, wie es mit dir war.«

»Habe ich nicht für dich eine Hand geschnitzt?« winselte der Alte. »Ich werde kein Geräusch machen. Du wirst gar nicht merken, daß ich da bin.«

»Ich weiß, daß du uns nachts belauschst. Dummer alter Opa. Na gut. Aber zuerst die Hand.«

Eine Verringerung der Wärme. Sie schlug die Pelzdecke zurück. Sein kinästhetischer Sinn nahm schwach eine Bewegung an seiner rechten Seite wahr. Dann sah er es.

Sie hob seinen rechten Arm – auf halbem Weg unter dem Ellbogen endete er in einem Stumpf.

Von tief unten aus seiner Kehle kam ein Laut.

Der Arm wurde gesenkt. Sie rief voller Mitleid: »Oh, armer Gott! Ich vergaß, daß du es nicht wußtest.« Küsse. Schreckliche Küsse. »Als ich dich am Rand der Lagune fand, warst du verletzt. Einer deiner Glashandschuhe war weg. Deine Hand war ganz aufgerissen von den scharfen Salzkrusten, die sich auf den Felsen unter unsern Klippen bilden. Und da war eine Hyäne. Ich trieb sie weg, aber ihr Speichel war Gift, und deine Wunde stank und wollte nicht heilen. Opa sagte mir, was ich zu tun hätte. Er glaubte nicht, daß ich es wagen würde.« Das grobe Gesicht, voll von Hingabe, kam nahe, badete ihn in faulem Atem. Sie lächelte und zog sich zurück, und dann hielt sie etwas hoch.

Eine hölzerne Hand.

»Ich habe sie von Opa für dich machen lassen.« Irgendwo kicherte der abscheuliche alte Mann. »Ich werde sie dir jetzt anlegen, damit du wieder ganz bist.« Glücklich hielt sie sie ihm vor die Augen. Der Stumpf paßte in eine Art Ledermanschette, und daran waren Gurte. Die Finger besaßen sämtliche Gelenke. »Wenn es dir wieder gutgeht, wirst du imstande sein, sie zu bewegen, sagt Opa.« Ängstlich legte sie den Kopf schief und schoß pfeilgeschwind einen Blick zu dem alten Mann hinüber. »Ich hoffe, er sagt die Wahrheit. Das tut er nicht immer. Aber du darfst gar nicht darüber nachdenken. Denke nur daran, wieder gesund zu werden.«

Er schloß die Augen vor dieser Aussicht. Das Gelächter des alten Mannes ging in ein krampfartiges Husten über.

Geruch nach warmem Öl. »Keine Angst. Ich weiß, was ich tun muß. Wie ich die Lebensenergie zurückhole.« Unwiderstehlich fing das Zweitonsummen seinen Herzschlag ein und begann ihn zu beschleunigen.

Die Pelzdecke wurde entfernt. Das Öl wurde in sein gelähmtes Fleisch geknetet. Sie drehte seinen Körper um. Sie bog und kräftigte die schlaffen Muskeln. Dann lag er wieder auf dem Rücken, und sie kniete über seinen Hüften.

»Erwache zum Leben, mein Gott der Freude. Erwache zum Leben für mich!«

Nein, beschwor er die ihn verratenden Energien. Nein – nicht mit *ihr*. Aber ein sonnengleiches Strahlen antwortete auf ihr Schmeicheln, erhellte die Höhle mit einem rosig-goldenen Glanz, den er nicht zurückhalten konnte. Sie keuchte: »O ja. O ja, ja, ja ....«

Der Glanz wurde von ihr verschluckt. Wieder summte sie in einem immer schneller werdenden Tempo und schaukelte, und er wurde von der Flut des Lebens davongeschwemmt.

Peopeo Moxmox Burke.

Ich höre Elizabeth.

Ich habe dein Dilemma gesehen Peo.

Wahnsinn! Habe an die 1000 biwakierend Westufer Lac-Bresse gefunden (Ortsbestimmung). Krankverhungerndverletzt. Untereinander kämpfend. An diesenOrt getrieben von Heulern (?) Firvulag (?).

Beide glaube ich. Während der letzten Monate hat es eigentümliche Wanderungen von Heulern gegeben. Und die Firvulag haben Burask geplündert und die bloßhalsige Bevölkerung in die Herkynische Wildnis gejagt. Ein Teil der Gruppe die du gefunden hast besteht aus Burask-Flüchtlingen. Die anderen sind Geringe deren kleine Siedlungen von wandernden Heulern überfallen wurden.

Sieh dir armeTeufel nur an! DieserOrt Scheißloch bis unsereTruppe gewaltsamOrdnung tötete Wahnsinnige. Was tun zum TEUFEL? Die Siedlung bei den Verborgenen Quellen und die Eisendörfer können elendenHaufen nie absorbieren. Wir gehen sie sterben. Außerdem will Amerie nicht gehen.

Sie riecht eine Mission!

Nun? Rate mir! Sie sind schließlich Menschen.

Verschiebe Rückkehr zu den Verborgenen Quellen. Deine dortige Arbeit hat Zeit. Und Basils Reise zu Sugoll und Katlinel muß doch neu organisiert werden. Die Heuler haben den Feldberg verlassen.

GanzeWelt steht aufdemKopf!

Peo deine berittene und bewaffnete Truppe von dreißig Leuten kann mit diesem armseligen Mob fertigwerden und gleichzeitig einen Teil unseres eigenen Plans weiterverfolgen. Führt sie nach Norden. An der Spitze des Lac de Bresse beginnt ein kleiner Fluß mit einem Wildpfad, der euch zu einer niedrigen Wasserscheide führen wird. Jenseits davon und sechzehn Kilometer weiter nach Westen findet ihr die Quelle eines anderen Flusses. Die Firvulag nennen ihn den Pliktol. Folgt ihm! Er ist fast von Anfang an mit Flößen befahrbar. Etwa hundertundsechzig Kilometer flußabwärts mündet er in einen großen Fluß, Nonol genannt. (Das ist der, an dem Burask liegt.) Folgt dem Nonol weitere fünfzig Kilometer, bis ihr ein ausgedehntes Grasland erreicht, das die Kleinen Leute das Goldfeld nennen. (Zu dieser Jahreszeit ist es ein Meer von Butterblumen und Johanniskraut. Später blühen dort große gelbe Margeriten.) Am rechten Ufer des Flusses liegt, mit dem Goldfeld durch eine Hängebrücke verbunden, die Firvulag-Stadt Nionel.

Ich glaubte nur Legende!

Nein Wirklichkeit. Sugoll und Katlinel und ihre Leute haben sie von den Firvulag unter der Bedingung geschenkt bekommen daß sie sie wiederaufbauen.

!!

Führe deine Flüchtlinge dorthin Peo! Sugoll wird sie gern aufnehmen.

Du machst Witze.

Das wird er. Sag den Leuten nicht daß euer Ziel eine Heuler-Stadt ist! Sag nur es ist ein Ort wo sie sicher und glücklich sein werden ... Tragen welche unter ihnen Halsringe?

Nein. Ich vermute alle Ringträger entweder Gespenstergetötet oder Tanugerettet.

Zufriedenstellend. In Nionel kannst du mit Sugoll über eine neue Expedition zum Schiffsgrab sprechen. Er wird euch Führer geben. Du kannst Nionel mit den Führern und deinen Draufgängern sofort nach den Mai-Feierlichkeiten verlassen. Setze Amerie bei den Verborgenen Quellen ab. Es wäre vielleicht besser wenn du selbst auch dortbleiben und Basil die Leitung der Expedition übertragen würdest. Das überlasse ich deinem Ermessen. In diesem Sommer werden die Firvulag-Angriffe wahrscheinlich zunehmen. Und früher oder später wird Aiken etwas unternehmen um euer Eisen zu bekommen.

Großartig.

Für eine Weile wird alles ruhig bleiben, Peo. Vor und nach dem GroßenLiebesfest sind je zwei Wochen Waffenstillstand.

Hoffe nur du hast recht wegen der Nionelsache Elizapupuikeh. Ichmeine warum soll Sugoll uns mit heruntergekommenerBande aufnehmen? Wahrscheinlicher Heuler machen aus uns Hackfleisch wenn wir Nionel ankommen!

Vertraue mir. Er wird eure Flüchtlinge willkommen heißen weil die meisten von ihnen Männer sind.

?

Vertraue mir! Und gute Wünsche Peo.

Oy.

7

Das Angeln fand in diesem Jahr ein frühes Ende – nicht, weil keine Tarpune mehr kamen, sondern wegen Marcs eigener Niedergeschlagenheit, die auf das idiotische europäische Abenteuer zurückzuführen war. Er hatte sich bemüht, alle Gedanken an die jungen Leute aus seinem Gehirn zu verbannen, kaum daß der Zweimaster Segel gesetzt hatte. Aber die Gedanken wollten nicht in der Verbannung bleiben. Die Versuchung, den Kindern mit Fernsicht nachzuspüren, war unwiderstehlich, besonders abends, wenn ihn die Überwachung Hagens nicht mehr ablenkte.

Dann saß er auf der abgeschirmten Veranda mit dem Blick über den Lake Serene, trank seinen einen Wodka-Collins und ließ sein Gehör von den Dschungelgeräuschen des pliozänischen Florida überfluten. Auf der anderen Seite des Gartens schimmerte weiches Lampenlicht in Patricia Castellanes Fenster. Die letzte Sternensuche hatte jedoch seine Libido stärker mitgenommen, als er zuzugeben bereit war, und diesmal erholte er sich langsam. Bei seinem Grübeln verblaßte schließlich seine Umgebung, und er sah einen dreizehn Meter langen Zweimaster, der sich zielstrebig über die ruhige Sargassosee schob, angetrieben mehr durch die Psychokinese seiner Crew als durch eine vagabundierende Roßbreiten-Brise.

Die Mittelwache hatten unveränderlich Jillian und Cloud, während die Männer schliefen. Seine Tochter pflegte sich wie eine blasse Nereide auf das Vorderdeck zu drapieren und den metapsychischen Wind zu beschwören. Hinten im Cockpit behielt die dunkelhaarige Bootsbauerin einen Ost-Nordost-Kurs so stetig ein, daß die Kielspur im Sternenlicht wie eine mit dem Lineal gezogene phosphoreszierende Gerade war. Manchmal schoß ein fliegender Fisch aus dem Wasser und schimmerte wie der Geist eines ertrunkenen Meeresvogels, bevor er in das flüssige Dunkel zurückplatschte. Oder es schwammen Schulen von leuchtenden Tintenfischen vorbei oder große Ansammlungen von schlangenartigen jungen Aalen, ein silbernes Gewimmel im Mondschein.

So jung. Des Erfolges so sicher. Aber es ließ sich nicht vorhersagen, wie die wahnsinnige Felice auf ihre Vorschläge reagieren würde. Cloud und Elaby waren starke Koerzierer, deren redigierende Fähigkeiten ebenfalls hochentwickelt waren. Jillian war eine PK-Löwin. Vaughn verfügte ungeachtet seiner beschränkten Intelligenz zusätzlich zu seiner Nützlichkeit als Fernwahrnehmer über eine respektable psychokreative Begabung. Die Kästen des Zweimasters waren voll von verschiedenen Waffen. Dazu kamen der Dozilisierungsapparat (der vielleicht funktionierte) und ein hypnogogischer Projektor von 60000 Watt (der wahrscheinlich nicht funktionieren würde). Bei einer direkten mentalen Konfrontation hatten die Kinder keine Chance gegen

Felice. Ihre einzige Hoffnung lag darin, sie durch List zu besiegen.

Die List Owen Blanchards.

Marcs Fernsicht durchdrang die Back des Zweimasters, die sich der ehrwürdige Rebellen-Stratege als Privatquartier ausbedungen hatte. In dieser Nacht warf sich Blanchard unruhig in seiner engen Koje hin und her, trotz des milden Wetters in Schweiß gebadet. Von Zeit zu Zeit kam es zu einer Cheyne-Stokes-Respiration, bei der zwischen den Atemzügen immer längere Pausen entstanden, bis sie für fast eine Minute ganz verstummten und dann mit einem schnarchenden Röcheln wieder einsetzten. Steinbrenner hatte gesagt, wahrscheinlich sei es gutartig. Andererseits war Blanchard 128 bei nur einer Verjüngung. Er hatte sich eisern geweigert, sich dem ziemlich launenhaften Regenerierungstank auf Ocala Island anzuvertrauen.

Wie der alte Knabe gegen seine Requirierung für die Reise getobt hatte! Marc mußte jedes Erg an Koerzibilität und Charisma einsetzen, um Owen aus seinem geliebten Drecknest unten am Long Beach loszureißen, einer strohgedeckten Hütte, wo er mit einer Sammlung indolenter Katzen, zahllosen räuberischen Landkrabben und einer Plage von Schaben in der Größe von Spielkarten lebte. Die Katzen führten vergebliche Überraschungsangriffe durch, um die Schaben und die Krabben auszurotten, aber Owen machte es im Grunde nichts aus, seine Hütte mit ihnen zu teilen. Die Wirbellosen fraßen sehr viel weniger als die Katzen, und die Mini-Schallplatten waren unzerstörbar.

Zu Beginn der Reise, als der Zweimaster sich im Golfstrom in rauher See gewälzt hatte, war Owen zum Sterben seekrank gewesen. In den Kalmen erholte er sich sofort, zog es jedoch immer noch vor, die meiste Zeit unter Deck zu verbringen, wo er auf seinem implantierten Mikroinduktor eine Unheil vorausahnende Auswahl von Mahler und Strawinsky spielte. Gegen seine vier Gefährten benahm er sich kühl, und sie wiederum hielten diplomatischen Abstand von ihm. Es war für sie unvorstellbar, daß dieser gebrechliche Ästhet einmal in einem beinahe erfolgreichen Streich gegen das Galaktische Milieu eine Rebellen-Armada angeführt hatte. Marc war sich der Einstellung der jungen Leute nur zu bewußt. Trotz ihres Versprechens, sich Owen unterzuordnen, würden sie, sobald sie Spanien erreichten, darauf bestehen, daß Marcs Stellvertreter sein Recht auf die Führerschaft bewies. Handelte Owen zu vorsichtig, war die Wahrscheinlichkeit groß, daß die anderen ihn umbrachten, denn vorübergehend waren sie Marcs Reichweite entrückt. Und dann würde es zweifellos zu einer katastrophalen Fehlentscheidung kommen, und Felice blies die ganze törichte Crew zu Ionen ...

Marc zog seine Fernsicht zurück und kam wieder zu sich. Die Brauen wütend zusammengezogen, stürzte er den Rest des Drinks hinunter und schleuderte das Glas in den dunklen Garten. Patricias Licht war ausgegangen.

Verdammt sollten sie alle sein! Owen Blanchard, weil er sich dem Alter ergeben hatte. Die jüngere Generation wegen ihrer halbgaren Ungeduld. Cloud wegen ihres Mangels an Vertrauen. Hagen wegen seiner Schwäche.

Verdammt sollte das ganze Universum und seine leeren Sterne sein!

»Hagen!« brüllte er. *Hagen!*

Ich bin drinnen. Mit Diane.

Wirf sie hinaus! Wir gehen ins Observatorium!

Zur Zeit des Galaktischen Milieus war es nur fünf Sonnensystemen (das der Erde gehörte nicht dazu) gelungen, intelligente Wesen hervorzubringen, die die Gefahren einer fortgeschrittenen Technologie überlebten und in die metapsychische Erleuchtung eintraten, jenen Zustand der mentalen Einheit, der die friedliche, nicht konkurrierende Kolonisierung kompatibler Planeten erlaubt.

Der Computer im Observatorium auf Ocala sagte, für die Existenz einer einzigen erleuchteten Welt in der Milchstraße des Pliozän gebe es nur eine infinitesimale Wahrscheinlichkeit. 634468321 Hauptreihensterne der Spektralklassen F2 bis K1, die am wahrscheinlichsten Planeten mit intelligentem Leben besaßen, waren von Marc genau karthographiert worden. Während der vergangenen 25 Jahre im Exil hatte er 36443 von ihnen auf der Suche nach einer erleuchteten Rasse und einer neuen Basis für den nicht realisierten Traum mental sondiert.

In dieser Suche und diesem Traum lag für ihn Leben und Sinn. Er hätte sich noch zwei Wochen ausruhen sollen, bevor er die Arbeit wiederaufnahm, doch das wollte er nicht. Weder Tat noch Rat von ihm konnten die Ereignisse in Spanien beeinflussen. (Welches Ende sich sein Unterbewußtsein wünschte, wagte er nicht genau zu analysieren.) Nein ... seine Aufgabe war die Sternensuche. Die Jungen sollten ihn nicht länger davon ablenken.

Gemeinsam wählten er und Hagen die einhundert Stern-Kandidaten aus, die seine Aufmerksamkeit für die nächsten zwanzig Tage beschäftigen würden. Ihre Entfernungen von der Erde lagen zwischen 4000 und 12000 Lichtjahren, aber für einen Metapsychiker von Marcs Kaliber war Entfernung eine zu vernachlässigende Größe, vorausgesetzt, der Geist konnte mit der notwendigen Präzision auf das Untersuchungsobjekt fokussiert und dies eine kritische Zeitspanne lang aufrechterhalten werden. Ohne einen wartenden »Empfänger« geschah die Ausrichtung mittels feinster Geräte, die für die Dauer der Suche in das Gehirn des Operators eingeführt wurden und es mit Energie überluden. Andere Apparate sorgten dafür, daß er es überlebte.

Hagen half Marc in das nach seinem Körper geformte Gehäuse aus Metall und Keramik, programmierte das Lebenserhaltungssystem, justierte den Blutzirkulationsregler und stellte den Zeitschalter auf die 20-Tage-Periode ein. Die Suche wurde nur nachts durchgeführt. Bei Tag schlief der Sucher traumlos in Stasis.

»Fertig?« Der junge Mann hatte den schweren, völlig undurchsichtigen Helm von der Laufwinde genommen. Sein Gesicht war weiß, und sein Geist ließ Angst durchsickern – aber nicht um seinen Vater. Früher hatte Marc sich allein auf die Sternensuche vorbereitet; Hagens Assistenz war überflüssig ... außer als Training.

»Worauf wartest du noch?« Marcs Stimme war bereits müde. »Setz ihn mir auf!«

Das Ding senkte sich herab. Vierzehn winzige Photonenstrahlen durchbohrten Marcs Schädel, und vierzehn Elektroden schlüpften in seine Hirnrinde. Ihnen entsprossen supraleitende Fäden. Zwei weitere Nadeln, die mit den Kühl- und Druckbelüftungssystemen verbunden waren, drangen in Kleinhirn und Hirnstamm ein. Der Schmerz war furchtbar und kurz.

EINLEITE METABOLISCHE UMPROGRAMMIERUNG.

Flüssigkeit füllte das Gehäuse. Marc stellte das Atmen ein. Durch seinen Körper kreiste kein Blut mehr. Er hatte aufgehört, ein menschliches Wesen im eigentlichen Sinn zu sein, war eher eine lebende Maschine, von innen und außen vor der Hyperaktivität seines eigenen Gehirns geschützt.

EINSCHALTE GEHIRNUNTERSTÜTZUNGSGERÄTE.

Die telepathischen Befehle erreichten Hagen über die Sprechstimme des Computers und erschienen gleichzeitig auf dem Bildschirm. Sein Vater war verschwunden. Der teuflische Mechanismus hatte die vollständige Kontrolle übernommen und wartete mit kalter Geduld, während Hagen die Anweisungen wiederholte und jeden Handgriff überprüfte, bevor er zu der nächsten Operation auf der Prüfliste schritt.

AKTIVIERE TRANSPORT.

GIUSEPPE·MANGONI

Hagens Hand auf dem Eingabemikrophon war schlüpfrig. Er sagte: »Transportiere Operator«, und die gepanzerte Masse rollte auf eine kleine Plattform oberhalb eines hydraulischen Aufzugs.

AKTIVIERE AUFZUG.

»Hebe ihn hoch!« Der eingekapselte Körper stieg in senkrechter Stellung zur Kuppel des Observatoriums hinauf. Automatisch und lautlos glitt ein Abschnitt des Daches zur Seite. Der Aufzug wurde langsamer und hielt. Die Sterne des pliozänischen April warteten auf Marc Remillard, wie die eines späteren Monats auf Marcs Sohn warten würden.

AKTIVIERE ANTRIEB.

»Schließe Kupplung und Antrieb an!« befahl Hagen. Koordinaten für die erste Untersuchung wurden in den Richtungsfinder eingespeist. Der Bildschirm des Computers wurde leer und zeigte nur noch Blinkzeichen. Der Sucher hatte seine Arbeit begonnen, und es würde keine Kommunikation mehr geben, bis er »zurückkehrte«. Die Innenbeleuchtung des Observatoriums schaltete sich aus. Alle Systeme waren versiegelt und einbruchssicher, völlig abgeschirmt, geschützt durch eine versteckte Reihe von Röntgenstrahlen-Lasern (wie Hagen und jeder andere Bewohner von Ocala Island nur zu genau wußte). Kein Mensch, kein Ding konnte die Suche stören.

Hagen hängte das Eingabemikrophon wieder auf seine Gabel. Einen Augenblick lang stand er da, den Blick nach oben gerichtet, und sah nur das Gehäuse an der Spitze des Aufzugszylinders. Im Drehen verdunkelte es den sternenbesetzten Himmel.

»Ich nicht!« rief er, die Stimme belegt vor Haß. »Ich nicht!«

Er entfloh, und die Türen schlossen sich automatisch hinter ihm.

8

»Wir sind verloren!« behauptete Tony Wayland. »Dieser verdammte Fluß kann nicht die Laar sein. Er fließt nach Norden, nicht nach Nordwesten.«

»Ich fürchte, Ihr habt recht, Milord.« Dougal spähte in die sich purpurn färbende Landschaft hinaus. Es war eine ganze Weile nach Sonnenuntergang. »Wir sollten zum Ufer steuern und das schöne Abenteuer morgen fortsetzen, nachdem wir uns ausgeschlafen haben. Vielleicht erscheint uns der mächtige Aslan im Traum und setzt unsere Füße auf den richtigen Weg nach dem fernen Cair Paravel.«

Er ergriff das Ruder und lenkte das Floß zum rechten Ufer hin. Sie landeten auf Schlamm in einem Wäldchen aus riesigen Liriodendren, von deren knorrige Äste Moosbärte hingen.

»Gebt acht auf Krokodile!« warnte Dougal und schulterte ihre Packen. »Wir müssen höheren Grund suchen.«

Sie verließen das Floß, mühten sich ein paar hundert Meter flußabwärts und fanden einen steilwandigen Hügel, der während der letzten Regenzeit offensichtlich eine kleine Insel gewesen war. Er trug ein paar Zimtbäume und Johannisbeerbüsche und hatte eine offene Grasfläche. »Das sieht gut aus«, meinte Tony. »Wenigstens müssen sich die Viecher anstrengen, um hinaufzuklettern, und da ist Treibholz für ein Feuer.«

Diesmal machte es verhältnismäßig wenig Mühe, das Lager aufzuschlagen. Nach einem frugalen Abendessen aus Binsenkolben und gebratenem Biber hockten sie zufrieden am Feuer.

»Unser Fluchtweg ist rauh gewesen, Milord.« Dougal kämmte seinen ingwerfarbenen Bart. Biberfleischbrösel fielen auf das goldene Löwen-Emblem seines ritterlichen Überrocks und sprangen von dem schmutzabweisenden Gewebe ab. »Bereut Ihr es, Euch von Vulkans Schmiede auf französisch empfohlen zu haben?«

»Sei kein Esel, Dougie! Wir finden den Weg nach Goriah schon. Noch einen Tag versuchen wir es auf diesem Fluß, und wenn er sich dann nicht westwärts wendet, marschieren wir über Land. Verdammt ... ich wünschte, ich wäre ein besserer Pfadfinder. Bei diesem Teil unserer Ausbildung in der Auberge habe ich mich schamlos gedrückt.«

»Fürwahr, es waren mühselige Übungen. Jedenfalls scheinen unsere Verfolger die Nase voll zu haben.«

»Hoffen wir's. Dieser große schwarze Lümmel Denny Johnson bringt es fertig, uns als Verräter zu hängen, wenn er uns erwischt.« Tony beschäftigte sich mit ihrem Kompaß, einer magnetisierten Nadel, die man in einem Wassergefäß auf etwas Häcksel treiben lassen mußte. »Das kann nicht stimmen« murmelte er. »Gib mir bitte mal dein großes Messer!«

Freundlich reichte Dougal ihm sein Bowie-Knife aus Weicheisen.

»Das ist besser. Weißt du, ich dachte, wir hätten es geschafft, als wir diesen Fluß erreichten. Es war ja genau so, wie es uns der Mann aus dem Pariser Becken in Fort Rostig erzählte: Der zweite größere Wasserlauf westlich der Mosel. Aber war der erste, den wir überquerten, auch wirklich ein *größerer* Wasserlauf? Und dieser hier tauchte früher auf, als ich erwartet hatte.« Tony stellte den Kompaß weg und starrte entmutigt ins Feuer. »Ich hätte mir sagen sollen, daß alles zu glatt ging.«

»Der Pfad ist glatt, der zur Gefahr führt«, bemerkte Dougal. Er reinigte seine Fingernägel mit dem Messer. »Ich folge Euch als Euer gehorsamer Diener, Milord – doch was soll aus uns werden, wenn dieser Aiken Drum uns das Asylrecht verweigert?«

»Wird er nicht. Er wird nach einem Metallurgen noch gieriger sein als die Geringen bei den Verborgenen Quellen. Ich bin ein Hauptgewinn, Dougie! Es wird zu einem Krieg zwischen Drum und den Firvulag kommen, weißt du, und Eisenwaffen könnten dabei entscheidend sein ...«

Aus dem Dschungel kam ein unirdisches Trompeten wie der gewaltig verstärkte und verzerrte Tusch von Blasinstrumenten.

»Stoßzahn-Elefanten?« mutmaßte Tony und rückte näher ans Feuer.

Dougals Augen funkelten unter buschigen roten Brauen. »Oder die bösen Wesenheiten dieser verzauberten Welt! Ich spüre sie rings um uns – die Dämonen und Hexen und Inkuben, Gespenster, Nachtmahre, Ifrits, Kobolde, Vampire und Werwölfe!«

Tony brach der kalte Schweiß aus. »Verdammt sollst du sein, Dougie! Das ist nur irgendein Tier, sage ich dir!«

Zu dem Trompeten kam ein Chor von brüllenden und rufenden Stimmen und ein unverständliches, böses Zwitschern.

»Ghouls und Oger!« intonierte der Ritter. »Böse Geister der Sümpfe, der Klüfte und der Fliegenpilze!«

Unter dem Rasseln seines Titan-Kettenhemdes stellte er sich auf die Füße, zog sein großes beidhändiges Schwert und warf sich im ersterbenden Feuerschein in eine noble Positur. »Strafft die Sehnen! Faßt euch ein Herz! Schraubt euren Mut bis zum Zerreißpunkt hoch, und wir werden nicht versagen!«

»Um Gottes willen, sei ruhig!« rief Tony aus.

Den Blick auf das Schwert gerichtet, deklamierte Dougal:

> Aslan kommt bald,
> Und Gerechtigkeit siegt,
> Seine Stimme erschallt,
> Aller Kummer verfliegt.
> Er zeigt seine Zähne,
> Der Winter zerrinnt,
> Er schüttelt die Mähne,
> Der Frühling beginnt.

Er grinste, steckte das Schwert in die Scheide, gähnte und sagte: »Das reicht. Schlaf in Frieden, alter Junge!« Er rollte sich zusammen, und zwei Minuten später schnarchte er.

Fluchend legte Tony mehr Holz aufs Feuer. Die Dschungelgeräusche wurden lauter.

Am Morgen war das Inselchen mit Tautropfen bedeckt, und der furchterregende nächtliche Lärm war von melodischem Vogelgesang abgelöst worden. Tony erwachte mit steifen Gliedern und geschwollenem Gesicht. Dougal war wie immer makellos.

»Sieht nach einem herrlichen Tag aus, Milord! Der stolze April in seiner Pracht hat allem den Geist der Jugend eingehaucht!«

Tony ächzte. Er ging, um sich hinter den Büschen zu erleichtern. Aus einem mit kristallenen Perlen besetzten Netz beobachtete ihn eine Spinne, größer als seine Hand. Irgendwo in dem nebelverhangenen Wald hinter den großen Tulpenbäumen wieherten wilde Chalikos. Wenigstens hoffte Tony, daß es wilde waren.

Sie machten das Floß wieder flott und fuhren weiter. Ihr Fluß vereinigte sich mit einem anderen, der von Osten kam. Die Landschaft wurde offener.

»Das kann einfach nicht die Laar sein«, sagte Tony. »Die Laar soll zweihundert Kilometer durch dichten Dschungel fließen, bis sie den Giftsumpf erreicht.«

»Irgendwas bewegt sich am linken Ufer«, bemerkte Dougal.

»Hölle und Teufel!« Tony sah durch sein Fernrohr. »Menschen auf Chalikos! Oder – nein, bei Christus, irgendwelche Fremden! Steuere nach rechts, Dougie! Schnell, Mann, bevor sie uns entdecken!«

Die Reiter, etwa ein Dutzend, durchquerten in einiger Entfernung eine blühende Steppe, offensichtlich darauf bedacht, sich einer großen Herde grasender Hipparions gegen den Wind zu nähern.

Das rechte Ufer des Flusses war dicht bewaldet. Das Floß fand Schutz hinter Weiden, und die beiden Männer kletterten an Land. Wieder benutzte Tony das Fernrohr und spie eine Obszönität aus. »Jetzt ist's passiert! Einer von der Jagdgesellschaft hält auf den Fluß zu. Er muß uns gesehen haben.«

»Ist es ein Tanu – oder ein Gespenst?«

Tony geriet in Verwirrung. »Falls er keinen illusorischen Körper trägt ...«

»Laß mal sehen!« befahl Dougal und griff nach dem kleinen Fernrohr. Er pfiff leise. »Verdammte Scheiße! Ich fürchte, diesmal sind es tatsächlich Heuler, keine verkleideten regulären Firvulag.«

Der Reiter am gegenüberliegenden Ufer schien sie durch den Schirm aus Zweigen anzustarren.

»Haben Heuler Fernsicht wie normale Kleine Leute?« fragte Tony.

»Darauf kannst du wetten«, erwiderte der Ritter. »Ja, er weiß, daß wir hier sind. Immerhin ist der Fluß an dieser Stelle reichlich tief dafür, ihn mit einem Chaliko zu durchschwimmen.«

Der fremde Beobachter wandte schließlich sein Reittier und trabte langsam zu seinen Gefährten zurück. Tonys Seufzer der Erleichterung kam aus tiefstem Herzen.

»Bei der Mähne Aslans«, schwor Dougal, »das war knapp.«

Tony war der Panik nahe. »Wir haben uns verirrt. Ich wußte es. Wir sind den falschen Fluß hinuntergefahren, und Gott allein weiß, welchen. Vielleicht ist es irgendein Nebenfluß des Nonol.« Seine Augen irrten von einer Seite zur anderen. »Wir werden umkehren müssen, stromaufwärts. Zu Fuß. Es wird die Hölle sein, uns durch den Dschungel zu hacken, es sei denn, wir finden einen Wildpfad ...«

Dougal sah wieder durch das Fernglas. »Irgendwas im Norden. Auf dem Plateau hinter der Biegung des Flusses.« Er fuhr zusammen. »Eine herrliche Zitadelle, dünkt mich! Aber nicht Cair Paravel.« Er senkte die Stimme zu einem ehrfürchtigen Flüstern. »El Dorado!«

»Oh, um Gottes willen!« rief Tony. »Gib mir das verwünschte Glas!« Er suchte den Horizont ab und geriet in Verzweiflung. Tatsächlich war da eine exotische Stadt. Aber welche? Für Burask lag sie auf der falschen Seite des Flusses – und sie wirkte nicht zerstört. Und andere Tanu-Siedlungen gab es so weit im Norden nicht. »Was das auch sein mag, für uns bedeutet es nichts Gutes. Wir machen uns auf die Socken!«

Sie packten ihre Vorräte zusammen und begannen, sich ihren Weg durch das Buschwerk des Ufers zu höhergelegenem Grund zu hacken. Nach einer Viertelstunde schweißtreibender Arbeit gerieten sie auf einen Wildpfad, der ungefähr parallel zum Fluß lief.

»Halt die Augen offen nach Tieren!« warnte Tony. Sie marschierten in flottem Tempo südwärts, Dougal sein nacktes Schwert und Tony seine Machete in der Hand. Die Sonne stieg höher. Die Insekten erschienen. Blutegel fielen von dem breitblättrigen Unterholz und hefteten sich an Tonys Fleisch. (Zu seinem Pech trug er ein kurzärmeliges Hemd. Er beneidete Dougal um seine Kettenrüstung.) Mittags machten sie zum Essen an einem Bach halt, und als sie ihre Packen wieder schulterten, entdeckten sie eine kleine Viper, die darunter Zuflucht gesucht hatte. Sie stieß nach Tony und verfehlte knapp seinen Arm. Douglas hieb sie mit seinem Schwert entzwei.

In der Mitte des Nachmittags, als Tony schätzte, sie hätten acht oder neun Kilometer zurückgelegt, verbreiterte sich der schmale Pfad plötzlich zu einem richtigen Dschungel-Boulevard. Genau in der Mitte lag ein Haufen Kotkugeln in der Größe von Fußbällen.

Die beiden Männer blieben abrupt stehen. Eine leichte Brise traf sie im Rücken. Die Andeutung eines Donnerns hing in der Luft, und der Boden unter ihren Füßen vibrierte leicht.

Tony beschattete die Augen und blickte nach oben. »Ich sehe keine Wolken. Andererseits ...«

»Da vorn«, sagte Dougal sehr leise.

Erstaunlicherweise war das Tier, das in kurzer Entfernung unbeweglich auf dem Weg stand, vor dem Muster aus harten Lichtern und Schatten beinahe unsichtbar. Der gewaltige dreieckige Kopf mit den abgespreizten Ohren, die wie zerlumpte Fächer waren, befand sich fast fünf Meter über dem Boden. Der Rüssel war hochgerollt, die geblähten Nüstern witterten nach ihnen. Dem Kiefer entwuchsen zwei nach unten gekrümmte Stoßzähne, zur Hälfte ihrer Gesamtlänge von zwei Metern in Haut gehüllt. Das Untier hatte lange Beine, eine dunkle Farbe und die Haltung beleidigter Majestät. Es mochte zwölf Tonnen wiegen.

Das Deinotherium studierte die beiden Menschen, klassifizierte sie als eingedrungenes Ungeziefer, stieß einen Schlachtruf aus, der wie die Posaunen des Jüngsten Gerichts klang, und griff an.

Tony katapultierte sich vom Pfad nach links, Dougal verschwand nach rechts. Da Tony schrie, folgte der Elefant ihm. Dünne Bäume splitterten und brachen. Der Stoßzahn bewegte seinen großen Kopf, und die elfenbeinernen Haken entwurzelten größere Stämme. Er warf sie mit dem Rüssel beiseite. Tony sprang und rutschte und schrie weiter aus voller Lunge, während das Ungeheuer ihm unter wütendem Trompeten nachkrachte wie ein laufender Berg.

Tony stolperte zurück auf den breiten Weg und raste mit Höchstgeschwindigkeit davon. Der Stoßzahn brach durch die Bäume und polterte hinterher. Die Erde bebte. Tonys Beine stampften schneller, aber der Elefant holte auf, ohne sein Trompeten zu unterbrechen.

Tony bekam Seitenstechen. Er sah rot, und sein Herz drohte zu bersten. Dann fiel er über einen getrockneten Kothaufen und bereitete sich darauf vor, zu Tode getrampelt zu werden.

Von irgendwo vor ihm kam ein Zischen. Tony hörte und fühlte einen donnernden Aufschlag. Dann stieg Staub auf und hüllte ihn ein. Das Deinotherium verstummte, und ringsum schien der erschreckte Dschungel den Atem anzuhalten.

»Ist der nicht herrlich?« jubilierte eine quiekende Stimme. »Ist der nicht absolut umwerfend?«

Der Staub trieb davon. Tony schlug die Augen auf. Vor ihm stand ein Chaliko mit prächtiger Schabracke. Auf seinem Rücken hockte ein kleiner alter Mensch mit dem Gesicht eines lustigen Seidenäffchens. Er trug die klassische Reitkleidung des englischen Gentleman-Jägers, bemerkenswert nur darin, daß der Frack türkisfarben statt rot war. Unter einen Arm hatte er ein schweres Lähmgewehr des 22. Jahrhunderts geklemmt.

Tony glotzte. Er sah weitere Chalikos und gutgekleidete Reiter, offenbar Firvulag. Ein schöner Mann und eine Frau mit dem Aussehen des Tanu-Hochadels hatten ebenfalls futuristische Waffen.

Das Seidenäffchen hüpfte herab, faßte Tony unters Kinn und sagte: »Immer mit der Ruhe, Jungchen! Du bist jetzt in Sicherheit.«

Der treue Dougal tauchte aus dem Dschungel auf, das Schwert noch in der Hand. Tony taumelte auf die Füße. Der Elefantenjäger war zu seiner niedergestreckten Beute hinübergeschlendert und stellte einen Fuß auf den Rüssel.

»Fertig mit der Kamera, liebe Katy? Cheeeese!«

Die Tanu-Dame lächelte und winkte.

Der Verrückte Greggy schulterte seine Waffe und marschierte zurück. »Und jetzt machen wir uns besser auf den Weg. Wir werden euch zwei beide mit zu uns nach Hause nehmen, nach Nionel. Es würde euch nämlich gar nicht gut bekommen ...« – der kleine Mann zwinkerte – »wenn ihr beim Erwachen eures Freundes noch hier wäret.«

9

Am 21. April kehrte Aikens Kavalkade nach Goriah zurück – still, des nachts, auf dem Boden, denn die Teilnehmer am Großen Liebesfest strömten bereits auf Armorica zusammen, und die königlichen Hoheiten der Firvulag konnten jeden Augenblick eintreffen. Wie Aiken angeordnet hatte, wartete Mercy auf ihn im Vorhof der Glasburg mit der kleinstmöglichen Zahl an Stallknechten, die notwendig waren, um die erschöpften Chalikos der erhabenen Persönlichkeiten fortzuführen.

Der Leuchtende hatte sich verdunkelt. Das Visier seines goldglänzenden Helms war geschlossen, sein Schmuck aus gelben Diamanten und seine schwarzen Federn waren matt von Staub. Er verabschiedete sich weder vokal noch mental von seinen edlen Reisegefährten. Diese suchten einzeln ihre Wohnungen auf. Aiken stieg mit Hilfe eines Tritts ab, nickte Mercy zu und nahm einen ihrer verhüllten Ellbogen in seine behandschuhte Hand.

»Mein Lord?« fragte sie ängstlich. Sie betraten das Foyer ihres eigenen Flügels der Burg. »Soll ich dir helfen, den Helm abzulegen?«

Der Korridor wurde von Wandleuchtern erhellt, in denen Olivenöl in Bernsteinschalen brannte. Der Zug von den offenen Fensterflügeln ließ die Flammen flakkern. Flüchtige Schatten huschten über die Wände. Nachdem sie die Riemen gelöst hatte, nahm Mercy den schweren Helm von Aikens gesenktem Kopf.

Sein Gesicht war eingefallen und hohläugig, und sein krauses rotes Haar war glanzlos geworden. Er sagte: »Danke. Ich werde ihn tragen.« Sie gingen auf die Treppe zu.

»Aber ... die Prunkreise war ein Erfolg!« rief sie bestürzt aus.

Sein Lachen klang trocken und freudlos. »O ja. Celadeyr hat klein beigegeben, der verschlagene alte Bastard. Aber ich mußte seinen hitzköpfigen Protégé töten, der Geroniah übernommen hatte. Und dann gab es in Var-Mesk eine fürchterliche Sache mit einem koerziblen Redakteur namens Miakonn, einem von Dionkets Söhnen. Ganz das Gegenteil von seinem friedliebenden Vater. Und er galt als einer meiner Verbündeten!«

»Was ist passiert?«

»Der verdammte Schurke gab ein Festmahl für uns, und als wir alle total besoffen waren, versuchte er, mir das Gehirn auszubrennen. Hätte er auch geschafft, wäre Cull nicht so auf Draht gewesen. Glücklicherweise wird der Inquisitor *nie* betrunken. Er verwandelte Miakonn mit einem mentalen Schuß in einen sabbernden Idioten. Aber es war knapp. Als wir der Sache auf den Grund gingen, stellten wir fest, daß die meisten Angehörigen des Adels von Var-Mesk loyal waren. So setzten wir nur einen neuen Stadt-Lord ein. Einen alten PK-Kreator, der die Glasfabrik leitete.«

Sie kamen an eine Wendeltreppe, die zu ihrer Suite führte. Aiken schüttelte jedoch heftig den Kopf. Er trat an eine unauffällige Bronzetür, die sich in einer Ecke versteckte, und öffnete sie mit seiner PK. Dahinter führte eine Steintreppe nach unten und verlor sich in Finsternis.

»Ich möchte noch eine Kleinigkeit erledigen, Schätzchen. Du kannst mitkommen oder auf mich warten.«

»Ich komme mit.«

Er beschwor eine Kugel aus leuchtender Psychoenergie herauf. Sie schwebte über ihnen und beleuchtete ihren Abstieg. Die Tür fiel hinter ihnen zu; das Schloß rastete ein.

»Du bist *dunkler* geworden«, stellte Mercy fest. »Nicht einmal die Flut hat deiner Vitalität so geschadet.«

Seine Stimme klang in dem steinernen Schacht wie aus einer Gruft heraus. »Ein Teil des Problems ist, daß ich zu Tode erschöpft bin. Alle diese Leute zu levitieren, nimmt einen mit. Natürlich sind wir nicht andauernd geflogen. Aber ich habe die Ritter und ihre Tiere immer in die Luft gehoben, um beim Einzug in die Städte Eindruck zu machen. Die menschliche Elite-Brigade blieb dagegen auf terra firma. Nur kann ich vierhundert Leute und Chalikos nicht länger als eine halbe Stunde halten. Und nach einer meiner besseren Darbietungen bin ich für den ganzen nächsten Tag erledigt. Drei Wochen Prunkreise – ganz zu schweigen von der Säuberungsaktion in Geroniah und einem kleinen Zusammenstoß, den wir in der Nähe von Bardelask mit einer Firvulag-Horde hatten – haben mir gereicht. Wie du bemerken wirst.«

»Armer Leuchtender.«

Er sah sie schief über die Schulter an. »Du siehst gut aus. Wie … wie geht es ihm?«

Ihm! Also wirklich! Seine Eifersucht war noch gewachsen. »Agraynel gedeiht. Ihr Körper und ihr Geist sind vollkommen. Sie hat sich gut an den Halsring gewöhnt.«

Aiken grunzte.

»Lady Morna-Ia sagt, sie wird zu Schönheit und Glück heranwachsen.« Und das ist alles, was du erfahren wirst!

»Ist bei dir nach der Schwangerschaft alles wieder normal?«

»Ich bin Lady Kreatorin«, gab sie zurück. Und meine Kreativität gibt Leben, während deine …

»Tut, was sie kann. Den Umständen entsprechend.« Sein spöttisches Lächeln blitzte auf. »Bis die Festlichkeiten beginnen, werde ich wieder auf dem Damm sein. Keiner unserer distinguierten Gäste wird je ahnen, was mich diese Reise gekostet hat. Das wissen nicht einmal meine eigenen Leute – ausgenommen Cull. Und er hat mir geholfen, das Gesicht zu wahren.«

»Der Inquisitor ist ein Meister der Redigierung. Unter anderem.« Sie hielt inne, und ihre Miene war unmißverständlich anklagend. »Dein Freund Raimo Hakkinen hat sich von Cullukets Tiefensondierung fast wieder erholt. Du wirst jedoch feststellen, daß der arme Mann verbittert ist.«

»Ich konnte nicht anders«, fauchte Aiken. »Wir mußten über Felice und Celo Bescheid wissen. Wir brauchten eine wortgetreue Wiedergabe mit der Analyse jeder Nuance von allem, was in seinem Unterbewußtsein begraben lag.«

»Er ist doch dein Freund! Du hättest behutsamer mit ihm umgehen und deine Informationen trotzdem bekommen können.«

»Ich brauchte sie schnell.« Er blieb auf der Treppe stehen und drehte sich zu ihr um. Die Müdigkeitsfalten um seinen Mund waren häßlich. »Felice hat tatsächlich den Speer. Nach dem Großen Liebesfest muß ich mir einen Plan zurechtlegen, wie ihr beizukommen ist. Jesus, Mercy! Glaubst du, ich habe Cull den armen Ray *gern* übergeben? Es mußte einfach sein. Könige müssen viele Dinge tun, für die ... die ...«

»Für die sie sich schämen müssen?«

»Ich schäme mich nicht! Ich werde es an Ray wiedergutmachen. Ihm ist es zu danken, daß wir alles über Celos Stärken und Schwächen erfuhren. Angefangen bei dem SOS, das Celo dem Handwerksmeister sandte. Ray war einer von Aluteyns engsten menschlichen Freunden, bis der alte Knacker zu dem Schluß kam, Holzhakker werde zu groß für seine Hosen.«

»Und wenn Raimo aufgrund seiner Freundschaft mit *dir* anmaßend wird?«

»Das wird er nicht, verdammt noch mal.« Aiken stieg weiter die Treppe hinunter. Mercy mußte sich beeilen, um mit ihm Schritt zu halten.

»Nun, ich glaube, da hast du wohl recht. Schließlich trägt Raimo Gold, und einmal hast du ihm das Leben gerettet. Aber es gibt hier in Goriah andere Menschen, die einen Groll gegen dich hegen. Und ihre Zahl ist seit deiner Abreise gestiegen.«

»Wovon redest du, Frau?« Seine Erschöpfung machte sogar die Gereiztheit zu einer Anstrengung.

»Du hast versprochen, jeder Mensch, der zu deiner Fahne schwört, werde einen goldenen Ring erhalten. Das ist nicht geschehen.«

»Natürlich nicht. Uns waren die Ringe ausgegangen! Nur die Kämpfer und die Leute auf strategischen Posten bekommen Gold. Und auch das erst dann, wenn Cull und seine Jungen ihre Loyalität bestätigt haben. Das habe ich von Anfang an so vorgehabt.«

»Die meisten menschlichen Rekruten hatten es anders verstanden.«

»Pech für sie«, erklärte Aiken brutal. »Meine Absicht ist, für jeden mein Bestes zu tun, aber es gibt Grenzen.«

»Ah, natürlich. Königliche Huld hat immer Grenzen.«

Sie kamen am Fuß der Treppe an und standen vor einer weiteren Tür. Sie war noch gewichtiger als die erste und mit einer Reihe von codierten PK-Schlössern versehen. Das war eine Tanu-Erfindung, aber Mercy wußte, daß das Gänsehaut erregende Kraftfeld kein Produkt der fremden Technik war.

»Ich hatte nie die Absicht, aus dem Vielfarbenen Land eine Art halbherziger Demokratie zu machen«, murmelte Aiken. Er manipulierte die Schlösser mental zu einer Melodie von Klick- und Summlauten. Hinter der Tür glitten Stangen zurück und hoben sich Riegel. Das Kraftfeld schaltete sich ab.

»Das hatte ich von dir auch nicht erwartet«, erwiderte Mercy. »Aber du solltest wissen, daß einige der Neuankömmlinge, die Silber oder Grau statt des freien Goldes bekommen haben, unzufrieden sind. Trotz der Lustschaltungen! Und wer nicht kompatibel ist, wer die Gedankenverstärkung durch einen Ring nicht verträgt, fühlt sich betrogen. Congreve mußte eine Gruppe streng bestrafen, die versuchte, von ihrer Arbeit im Mai-Hain wegzulaufen.«

»Ich werde mich morgen darum kümmern. Mach dir keine Sorgen mehr!« Aiken öffnete die Tür und berührte einen Schalter. Eine Leuchtdecke erhellte sich. »Ich werde diese Meuterer mit Charme einwickeln, Schätzchen. Und nun ... was hältst du *davon?*«

Mercy war überwältigt. Was offensichtlich früher ein Verlies gewesen war, hatte man in einen Lagerraum umgewandelt. Die Steinwände waren mit Plastik isoliert, und die Luft war im Gegensatz zu dem feuchten und muffigen Treppenschacht temperatur- und feuchtigkeitskontrolliert und roch nach einem Desinfektionsmittel. Die Reihen von Gestellen und Regalen schienen endlos zu sein. Manche Artikel waren in ihrer Verpackung nicht zu erkennen, aber andere steckten in glasklarer Schrumpffolie. Die Vielzahl der kleinen Waffen aus dem 22. Jahrhundert war beeindruckend. Es gab auch eine Überfülle von anderen raffinierten Gegenständen, die die feudal gesinnten Tanu als unpassend für ihre Kultur von den Zeitreisenden konfisziert hatten. Mercy entdeckte alle Arten von Solarzellen, kleine Fusionseinheiten, zusammenlegbare Fahrzeuge, einen verhüllten Gegenstand mit dem Etikett GLIEDERKETTEN-MINIMINIERER, einen anderen, der FAIRBANKS MORSE MARINE IONEN-KONZENTRATOR genannt wurde, einen EXTRAKTOR FÜR ATMOSPHÄRISCHES EDELGAS – MITSUBISHI HI LTD. Da waren Parabolantennen und Laserbohrer und Kulturen von Mikroorganismen. Da standen Erfindungen, deren Verwendungszweck nicht zu erraten war, neben vertrauten Haushaltsgeräten.

»Ich nenne es das Kaufhaus«, sagte Aiken. Er setzte sich auf die Konsole eines kleinen Computers zur Inventarkontrolle und sprach unhörbar in das Eingabe-Mikrophon. »Nodonn und Gomnol scheinen beide einen gewissen Hamster-Instinkt besessen zu haben, so daß sie Dinge behielten, die nach König Thagdals Befehl hätten vernichtet werden sollen. Der verstorbene Lord von Burask hat das auch getan, aber in viel kleinerem Maßstab. Gomnols Versteck wurde kurz vor der Flut von Brede ausgeräumt. Bestimmte nichtmilitärische Geräte übergab sie Elizabeths kleiner Clique von helfenden Engeln. Den Rest muß die Schiffsgattin zerstört haben. Meine Leute haben die Ruinen von Muriah durchsucht und keine Spur davon gefunden. Der Burask-Hort ist dagegen in die Hände der Firvulag gefallen.«

Mercy sog den Atem ein. »Sharn und Ayfa werden ihn skrupellos benutzen!«

Ein kleiner Robotbote kam geräuschlos durch einen Gang gerollt und blieb vor Aiken stehen. »Das von Ihnen angeforderte Material, Bürger«, sagte er.

»Vielen Dank.« Aiken öffnete einen Deckel, nahm ein kleines Päckchen und schob es unter die linke Achselplatte seiner Rüstung. Dann schaltete er den Computer ab und wandte sich der Tür zu. »Das wär's, Schätzchen. Komm! Irgendwann einmal erlaube ich dir vielleicht einen kleinen Einkaufsbummel.«

»Rechtzeitig für den Krieg?« fragte sie traurig.

»Ich werde nicht derjenige sein, der ihn anfängt.«

»Die Firvulag könnten versuchen, dich beim Liebesfest umzubringen. Es war sehr voreilig, sie einzuladen. Ihre Großen sind heute fähig, ihre Gehirne wirkungsvoller miteinander zu verbinden, als es früher der Heerschar Nontusvels gelang.«

Er trat nahe an sie heran. Die scharfen Glasplatten seiner Rüstung preßten sich durch den dünnen Voile ihres Gewandes. Auf einem Arm hielt er immer noch den Helm. Mit dem anderen umfaßte er ihre Taille. »Die Kleinen Leute hier als unsere Gäste zu empfangen, zeigt Stärke, Lady Wildfeuer, und das ist die im Augenblick richtige Taktik. Die Firvulag wie die Tanu sind Primitive. Sharn und Ayfa. Die wankelmütigen Stadt-Lords und der unzuverlässige alte Celo. Sogar die verrückte Felice ist eine Primitive! Stärke ist etwas, das alle Barbaren verstehen. Was die Gefahr eines Attentats betrifft ... Ich bin jedem Tanu und Firvulag gewachsen, solange ich wach bin. Und wenn ich schlafe – nun, darum bin ich heute nacht hier herabgestiegen. Um mir einen Gehirnstamm-Schild-Generator zu holen. Gott allein weiß, welcher paranoide Zeitreisende glaubte, er werde seinen Geist damit im Pliozän schützen müssen. Aber mir kommt der Apparat gerade recht, denn so besonders gut in der Selbstredigierung bin ich nicht.«

In ihren meeresfarbenen Augen stand Bewunderung, und noch etwas anderes. »Ah, sie haben dich unterschätzt, bis es jetzt zu spät ist. Sie alle. Ich glaube, du wirst sie alle besiegen mit deinen Tricks und deiner flinken Zunge. Aber das kostet seinen Preis. Ob du ihn wohl bezahlen wirst? Oder werde ich ihn bezahlen?«

Seine glasharte Hand lag hinter ihrem Kopf und zog ihn nieder, bis ihre Lippen sich trafen, elektrisierend und versengend. Er sah in sie hinein und lachte. »Also die Todesangst ist dein Aphrodisiakum, Lady Wildfeuer?«

»Genau wie deins, Amadán-na-Briona.«

»Das ist kein Tanu-Name. Was heißt das? Bleib offen für mich ...«

Doch ihre tiefen Schichten waren abgeschirmt, und die Leidenschaft war greifbar und wuchs noch. »Amadán ist eine Gestalt aus einer alten keltischen Sage. Ein Possenreißer. Ein Narr, dessen Berührung den Tod bringt.« Sie lachte unbekümmert. »Laß uns hinaufgehen, mein Amadán! Weg von diesem Ort. Ich habe meine Meinung geändert, was das Warten angeht. Du bist in meinem Heim willkommen und sollst dort deinen Frieden finden.«

Der Aprilhimmel flammte in dieser Nacht ihrer ersten wahren Paarung vor Nordlichtern. Und auf dem Höhepunkt klang die Burg von Goriah wie eine große Glasglocke.

10

Vaughn Jarrow hing in gefährlicher Stellung von der Steuerkanzel im Bug des Schiffes und schickte den lokkenden telepathischen Ruf von neuem hinaus.

»Laß das sein!« Elaby Gathen gab sich keine Mühe, seinen Abscheu zu verbergen.

»Steuere du das Boot und kümmere dich um deine eigenen Angelegenheiten!« Das unheimliche Trillern auf einem nichtmenschlichen Fernsprech-Modus ertönte von neuem. Aus den glitzernden kleinen Wellen voraus kam ein schwacher, antwortender Laut.

»Tally hoo!« jodelte Vaughn. Er hob den Matsushita-RL-9-Karabiner.

»Du weißt, was Owen uns gesagt hat ...«, begann Elaby. Aber in diesem Augenblick durchbrach der Tümmler mit einem freudigen Begrüßungssprung die Oberfläche, und Vaughn feuerte. Der rote Strahl durchbohrte den Körper des Meeressäugetiers unterhalb der Rückenflosse. Es stieß einen furchtbaren telepathischen Schrei aus, in dem sich Qual und Entsetzen über den Verrat mischten. Vaughn lachte vor sich hin und schoß noch einmal auf die zappelnde Gestalt, den Strahl auf Messerstärke eingestellt. Das ferngesprochene Schreien wurde abgewürgt, und der Tümmler versank inmitten einer sich ausweitenden rotbraunen Wolke.

»Du schießwütiger junger Kretin!« Owen Blanchard kam nach oben getobt und betrat unsicher schwankend das Cockpit. Elaby hatte auf dem Lukenrahmen gestanden, sich in den Wanten festgehalten und den Zweimaster mit einem Fuß auf dem Rad gesteuert. Jetzt stellte er die Automatik an und sprang hinab, um dem alten Mann zu helfen, dem seiner chronischen Seekrankheit wegen ein Schlaganfall zu drohen schien. Owen fuhr wütend fort: »Ich habe dir gesagt, du sollt die Tümmler in Ruhe lassen! Ich habe es dir befohlen!«

Vaughn lümmelte sich an die Reling der Steuerkanzel, den Karabiner schräg auf der Schulter. Er war nackt bis auf eine kurze Badehose, und sein überfütterter Körper glänzte von Sonnenöl. »Ich langweile mich auf Wache. Ich muß irgend etwas tun, außer den verfluchten Meeresboden abzusuchen.«

»Dann schieß Haie oder Teufelsfische!«

Vaughn zuckte die Achseln. »Die kommen nicht, wenn ich rufe.«

»Die Tümmler sind intelligent, verdammt noch mal!«

Vaughn spielte mit der Stärkeneinstellung des Strahlers herum. Er grinste schlau und vermied dabei Owens Blick. »Intelligent waren auch die vier Milliarden Nichterleuchteter, die Sie bei der Rebellion getötet haben. Kommen Sie mir bloß nicht mit Moral, Opa!«

Elaby versuchte, seinem Altersgenossen durch Koerzierung den Mund zu stopfen. »Das reicht, Vaughn. Stell dich nicht dümmer, als du bist! Owen hat dich gewarnt, die Tümmler könnten fähig sein, mit Felice zu kommunizieren. Sie liebt Tiere. Es sind ihre Freunde.«

»Quatsch! Die Fernsprache der Tümmler ist nicht laut genug, um weiter als einen oder zwei Kilometer zu tragen.«

»Wir können das Risiko nicht eingehen«, sagte Owen.

»Und außerdem ist Felice gar nicht in der Nähe.«

»Das wissen wir nicht genau«, fauchte Owen, »und bis wir es wissen, wirst du die Tümmler in Ruhe lassen!«

Vaughn grinste noch breiter. Im gleißenden Sonnenlicht sah er schlitzäugig aus. »Okay, Opa. Ich werde mir neue Ziele suchen. Darf nicht aus der Übung kommen.«

Owen ließ sich auf einen der Sitze im Cockpit fallen. Sein Gesicht war hochrot, und die Säcke unter seinen tränenden Augen waren auffälliger als je zuvor. Er sagte zu Elaby: »Ich bin mit der Änderung der Kappen fertig. Mehr läßt sich an dem Dozilisierungsgerät nicht tun. Aber sie muß schon sehr naiv sein, wenn sie uns in die Falle geht.«

»Und der Schlafprojektor?« Elaby übernahm wieder das Steuer.

»Mausetot.« Owen zog ein Taschentuch hervor, machte Knoten in die vier Ecken und setzte sich die improvisierte Mütze auf seinen rötlichen Bürstenhaarschnitt. »Nach siebenundzwanzig Jahren in tropischem Klima auf einem Regal ... ihr könntet Felice eher mit einem Becher heißer Milch einschläfern als mit dem Ding.«

Elaby fluchte. Der hypnagogische Projektor mit seinen 60000 Watt, der theoretisch einen randalierenden Mob aus 500 Metern Entfernung zum Stehen bringen konnte, hätte es ihnen beinahe leicht gemacht, Felice zu besiegen. »Dann kommt es ganz auf Sie und mich und Cloud an. Wir müssen das Monster allein mit der Kraft unserer Gehirne angreifen. Wenn Cloud und ich uns bloß nicht so beim Schieben des Bootes verausgabt hätten ...«

Es war der 27. April. Die Überquerung des Atlantik hatte beinahe eine Woche länger gedauert als geplant, denn der Westwind ließ sie gleich hinter den Azoren im Stich. Nur Elaby, Cloud und Jillian Morgenthaler, die Eigentümerin des Schiffes, besaßen die psychokinetische Fähigkeit, nützliche Winde heraufzubeschwören, und sie hatten sich in den Kalmen noch nicht von der Anstrengung erholt, als sie sich von neuem plagen mußten. Schließlich kam das Schiff 900 Kilometer vor der spanischen Küste aus der stagnierenden Luft heraus, aber das überarbeitete Trio fühlte sich geistig immer noch nicht voll auf der Höhe, und bei Owen kehrte die schreckliche Seekrankheit zurück, sobald der Wind auffrischte.

Owen und Vaughn, die besten Fernsprecher bei der Expedition, versuchten, Felice von der Verzögerung zu benachrichtigen. Sie erhielten keine Antwort. Im Golf von Guadalquivir angekommen, suchten Owen und Vaughn das südliche Spanien unter vielen Mühen ab.

Sie fanden Felice nicht, obwohl ihr verlassener Horst leicht zu lokalisieren war. Aus irgendeinem nur ihr bekannten Grund schirmte die Wahnsinnige ihren Geist vor einer metapsychischen Beobachtung ab. »Wir müssen einfach Geduld haben und sie zu uns kommen lassen, wenn sie Lust dazu hat«, meinte Elaby. Die anderen konnten an diesem konservativen Vorschlag keinen Fehler finden.

Die Yacht kreuzte gemächlich den sich verengenden Golf hinauf, dicht am südlichen Ufer Kurs auf den Río Genil haltend, der den Mulhacén herabfloß. Rosa Sandstrände, von Kokospalmen gesäumt, wechselten mit niedrigen Landzungen ab, die in dicht bewaldete Vorberge führten. Am südlichen Horizont stachen die Betischen Kordilleren durch eine Dunstschicht – der Mulhacén mit seinen 4233 Metern hatte trotz des tropischen Klimas einen weißen Gipfel.

Ein ferngesprochenes Signal kam von Cloud in die Kombüse: Essen um zehn!

Gut! »Wie sieht diese Bucht am Boden aus, Vaughn? Irgendwelche Riffe?« Elaby änderte den Kurs nach Steuerbord.

Der Fernwahrnehmer strengte sich nur minimal an. »Scheint alles klar zu sein. Fahr ruhig rein!«

Sie gerieten ins Lee eines kleinen Vorbergs, und die Wellen glätteten sich. Das Schiff glitt an den Ankerplatz. Elaby reffte Haupt- und Besansegel mit seiner PK. Den Klüver versorgte er weiter mit einer leichten Brise.

»Noch fünfzehn Meter Tiefe«, meldete Vaughn.

»Laß den Anker fallen!«

Der Zweimaster trieb breitseits und schwang dann seinen Bug in Elabys Zephir, als der kleine Anker faßte und hielt. Vaughn stoppte die Bewegung. Cloud und Jillian, die an diesem Tag Küchendienst hatten, erschienen mit gegrilltem Pompano, Palmherzensalat mit süßsaurer Soße und Reis in Teig. Zu trinken gab es Wassermelonensaft.

»Aber ohne Rum.« Cloud sah Vaughn bedeutungsvoll an. »Jemand hat mehr als seinen Anteil gepichelt, und jetzt ist kaum noch etwas da.«

»Was erwartest du, wenn keins von euch Weibern mich haben will?« Vaughns Gedanken hatten einen leidenden Ton. »Der Grog ist mein einziger Freund. Und mein Essen. Gib mir meinen Teller!«

Die Bucht war ein ruhiger und einladender Ort, geschützt und tief. An der Basis der Landzunge plätscherte ein Bach aus einem Spalt in den Felsen und floß ein kurzes Stück durch rosenfarbenen Sand, bis er versickerte. In dem klaren Wasser näherten sich Schulen ziemlich großer Fische und inspizierten das eingedrungene Schiff.

»Wir hätten einen schlechteren Platz finden können«, bemerkte Elaby.

Jillian nickte. »Vaughn und ich könnten uns um das Schiff und die Lebensmittelbeschaffung kümmern, während ihr drei euch für die Jagd nach dem Ungeheuer ausruht.«

»He! Mir ist jetzt schon nach einer Jagd zumute!« Vaughn hatte sein Essen in drei Minuten hinuntergeschlungen. Jetzt kletterte er ins Cockpit. »Ich muß mir nur etwas überziehen. Machst du das Dingi für mich fertig, ja, Jill-Schätzchen?«

»Alles fasse ich lieber an als dich«, versicherte Jillian ihm, als er nach unten verschwand. Sie begab sich ans Heck und füllte das Schlauchboot mit Luft.

»Ich habe den Tümmler gehört«, sagte Cloud leise zu Owen. »Sein Schrei schnitt mir wie ein Messer durchs Gehirn. Glauben Sie wirklich, er hat uns Felice gegenüber identifiziert?«

»Ich weiß es nicht«, antwortete der alte Rebell. »Sie sind intelligent, und untereinander kommunizieren sie telepathisch. Diese Tatsache macht mir Sorgen – nicht der Todesschrei einzelner Tiere. Vaughn hat gestern drei und vorgestern sieben geschossen. Heute war es nur einer – und er war ein Halbwüchsiger. Unerfahren.«

»Sie meinen, die Nachricht ist weitergegeben worden?« fragte Elaby.

»Wer kann das sagen?« Owen stellte seinen beinahe unberührten Teller zur Seite. »Warum, zum Teufel, ihr diesen Querkopf auf die Expedition mitgenommen habt, ist mir schleierhaft.«

»Er ist einer der ursprünglichen Gruppe, die dies geplant hat«, erwiderte Elaby, »und der beste Fernwahrnehmer von uns allen. Er mag ein bißchen dumm sein, aber wir wüßten heute noch nichts von Felice, wenn er im letzten Herbst nicht auf Teufel komm raus Europa abgesucht hätte.«

Seht! Ihr alle! Schnell!

Jillins Gedanke trieb sie ans Heck, das sich dem Ufer zugedreht hatte. Am Rand des Dschungels standen vier kleine Gestalten, zwei etwa von der Größe sechsjähriger Kinder, die anderen beiden darunter. Ihre Körper waren bis auf das Gesicht mit glattem, lohfarbenem Haar bedeckt.

»Wie süß!« flüsterte Cloud. »Sind das Affen?«

»Menschenaffen«, stellte Elaby fest. »Dr. Warshaw sagte, wahrscheinlich würden wir sie in Europa zu sehen bekommen. Die da könnten Vertreter des Dryopithecus sein, Ahnen der Schimpansen unserer Zeit. Aber sie sind so klein, und sie halten sich so aufrecht ... Ich glaube eher, es sind Ramapithecinen. Die Vorfahren der Menschheit.«

»Ich empfange Bilder von ihnen«, staunte Owen. »Ein primitives Selbstbewußtsein und unschuldige Neugier. Wie Kinder von zwei, drei Jahren. Ganz anders als die nichtmenschliche Intelligenz der Tümmler. Sie erinnern mich an die Eingeborenen eines Planeten, wo ...«

Ein scharlachroter Lichtstrahl schoß vom Cockpit aus an ihnen vorüber. Das größte der Wesen fiel, den Kopf halb weggebrannt. Jillian schrie auf. Cloud sprang Vaughn an.

»Du gemeiner Schurke!«

Tränen flossen ihr über die Wangen. Sie hob ihn mitsamt dem Laser-Karabiner hoch und warf ihn über Bord. Am Strand starrten die überlebenden Ramas wie gelähmt erst ihren toten Gefährten, dann das Schiff an. Einen Sekundenbruchteil später war nur noch das am Boden liegende tote Rama zu sehen.

Vaughn paddelte hustend und fluchend ums Heck herum. Elaby ignorierte ihn und ging, Cloud zu beruhigen. Jillian fischte den Schützen und seine Waffe mit einem groben PK-Griff aus dem Wasser. »Das war eine richtige Heldentat – sogar für dich, du Blödmann!«

»Was ist denn los? Wir brauchen Fleisch, oder nicht? Bist du zu heikel, Affengulasch zu essen?« Vaughn untersuchte den Karabiner und murmelte: »Verdammt! Wahrscheinlich hast du einen Kurzschluß verursacht. Jetzt kann ich den Nachmittag damit verbringen, ihn zu reparieren.«

Das Schiff drehte sich in einer vagabundierenden Brise faul an seinem Ankertau. Vaughn blieb am Heck, während die anderen sich im Cockpit versammelten und ihn von ihrer telepathischen Konferenz ausschlossen. Plötzlich zerriß der gegen ihn gerichtete Schirm, und die vier strahlten nackte Ungläubigkeit aus. Wieder blickten sie zum Ufer hin. Vaughn wunderte sich, was ihre Aufmerksamkeit erregt haben mochte, und drehte sich um.

»He – seht euch den Vogel an!«

Ein riesiger Vogel senkte sich mit ausgespreizten Schwingen auf den Leichnam nieder. Erst hielt Vaughn ihn für einen Kondor, der Größe wegen, aber seine Fernsicht identifizierte ihn als jettschwarzen Corviden, einen Raben. Er ließ sich elegant nieder, neigte den Kopf zur Seite und stieß ein mißtönendes Krächzen aus.

Vaughn hob seine Matsu. »Vielleicht hat sie doch noch etwas Saft ...«

Er löste sich auf.

Die glatte Haut spannte sich und platzte, Blut kochte heraus, Muskeln zerrissen zu Fetzen. Die Knochen zerbrachen knirschend inmitten scharlachroter Dämpfe, der Schädel zuletzt, mit weit offenen Kiefern und einem gräulichen Nebel, der ihn in Augenhöhe umschwebte. Die Waffe fiel klirrend aufs Deck. Die blutige Wolke drehte sich wie eine obszöne Wasserhose, wanderte auf die Bucht hinaus. Sauberes Wasser stieg brüllend auf und vermischte sich mit ihr. Dann löste sich die ganze Manifestation auf und ließ nichts als ein paar rosafarbene Schaumstellen zurück.

Der schwarze Vogel verschwand.

Felice stand im Heck neben dem aufgeblasenen Schlauchboot, das nicht ins Wasser gelassen worden war. Bis auf ihre großen braunen Augen sah sie aus wie ein bleiches Gespenst. Ihr Platinhaar bauschte sich wie eine große Löwenzahnblüte. Sie trug eine Weste und einen kurzen Kilt aus schneeweißem Sämischleder und weiße Halbstiefel an ihren winzigen Füßen. Die dunklen Augen blickten auf die zu Boden gefallene Waffe nieder und richteten sich dann auf die vier Abenteurer, Tod verkündend.

»Wir wollten nicht ...«, begann Jillian.

Der dreizehn Meter lange Zweimaster neigte sich mit unglaublicher Heftigkeit nach Steuerbord. Die Leute im Cockpit fielen schreiend übereinander. Ringsumher sprudelte das Wasser der Bucht hoch. Der Kiel wurde gegen den plötzlich unbedeckten Grund geschmettert, und seine Stabilisierungsflossen splitterten. Das Wasser strömte zurück, und die Yacht wurde nach oben gerissen. Sie kreiselte wild. Felice stand, wie auf dem Deck festgenagelt. Endlich trat Ruhe ein. Der kleine Anker hatte wunderbarerweise gehalten.

Cloud und Elaby beugten sich über Jillian, die bewußtlos dalag. Blut strömte von ihrer linken Schläfe. Owen kletterte auf die Füße und klammerte sich an das Instrumentengehäuse.

»Es war schlecht von euch, daß ihr meine Tümmler getötet habt«, sagte Felice. »Sie sind viel netter als Menschen oder Fremde. Immer freundlich.«

Owen Blanchard öffnete langsam seinen Geist: Siehe, ich bin alt. Siehe, ich wünsche dir nichts Böses. Siehe, ich trauere mit dir um den Verlust deiner geliebten Tierfreunde. Siehe, ich verurteile den Grausamen und bin froh, daß du ihn vernichtet hast. Du hast recht daran getan. Dies ist deine Welt. Du regierst sie, Lady der Tiere, Göttin der Wälder, Mondjungfrau, Rächende Jägerin.«

»Ja«, sagte Felice.

Darf ich dich anreden, Erhabene?

»Ihr seid alle Teufel.«

Wir sind auf deine Einladung hin gekommen.

Die elfenbeinerne Stirn krauste sich. »Ich erinnere mich nicht.«

Von Nordamerika. Wir sind deine Freunde. Die Freunde, die dir geholfen haben, Gibraltar zu öffnen. Die jetzt kommen, um dir zu dienen.

»Aber ihr wart jung, als ich mit euch sprach und euch einlud. Warum bist *du* alt?«

Es erfordert Weisheit, dir die Hilfe zu geben, die du verlangst. Ich bin weise. Diese anderen – und die Frau, die du niedergeschlagen hast – sind hier, um mit mir zusammenzuarbeiten. Für dich.

Felice streifte Jillian mit einem verächtlichen Blick. »Sie stirbt vielleicht. Sie hat einen Schädelbruch.«

Wir sind Heiler. Alle drei, die hier demütig vor dir stehen. Wir werden unsere Gefährtin wieder gesund machen.

»Wirklich?« Felices tiefere Geistesschichten enthüllten sich: Chaotisch, ein Morast trüber Farben, unartikulierte Rufe und heißhungrige, aggressive Not.

(Verbindet euch mit mir! befahl der alte Rebell Elaby und Cloud auf ihren intimen Modi. Haltet euch bereit, mir zu folgen und mir Kraft zu geben!)

»Es gibt Zeiten«, sagte Felice, »wo ich selbst spüre, daß ich Heilung brauche. Ich habe Alpträume. Manchmal kommen sie auch, wenn ich wach bin.« Der drohende Kübel. Der Kot.

(Jetzt! Aber vorsichtig.) Ist es *hier,* wo du leidest, Erhabene? Hier? Oder da?

»O ja! Wie hast du das gemacht? Das war – ein gutes Gefühl.«

Wir sind zu noch Besserem fähig. Wir können dir noch mehr helfen, wenn du dich uns nur ...

NEIN!!

(Großer Gott, Owen! Sie hätte uns alle beinahe umgebracht!)

(Ruhig, Kinder! Haltet euch eng an mich!)

»Ich will mich euch nicht öffnen«, erklärte Felice mürrisch. »Ich habe mich noch nie von irgendwem redigieren lassen. Nicht hier, und nicht im Milieu. Man wollte es tun, wißt ihr. Wollte mich verändern. Aber das wäre verkehrt. Wenn ich verändert würde, wäre ich nicht mehr ich selbst! Es gäbe mich nicht mehr. Das ist es, was die Gehirnverbieger einem antun. Sie nehmen einem das Ich weg und schaffen eine weitere Person, die ist wie sie. Lauter dumme, selbstgerechte Würmchen.«

Erhabene, wir sind sehr behutsame Heiler. Die geschicktesten Redakteure verändern die Persönlichkeit nicht. Sie behandeln nur Verletzungen. Entfernen Schmerz.

»Manchen Schmerz ... mag ich.«

Das ist Teil deiner Krankheit.

»Mein Geliebter und ich haben das gemeinsam, weißt du. Er ist ein sehr mächtiger Redakteur für einen Fremden. Steht nur diesem Feigling Dionket nach.« Ihre Gedanken begannen zu wandern. Bilder formten sich in dem Mahlstrom. Ein schönes männliches Gesicht mit saphirblauen Augen und mit Haaren wie eine Fackel. Eine nichtmenschliche mentale Unterschrift.

Ist das dein Geliebter, Erhabene? Dieser Culluket, den wir zu dir bringen sollen?

»Ich liebe ihn mehr als Leben oder Tod. Er kann nicht tot sein!« Eine Panikwelle entzündete sie. »Es hat seit der Flut keine Spur von ihm gegeben! Wenn er ohne mich gestorben ist – wenn er das gewagt hat –, dann war alles umsonst! Er könnte sich jedoch verstecken. Meine Fernwahrnehmung und meine redigierenden Fähigkeiten sind viel schwächer als meine anderen Talente.« Abrupt schoß sie eine Frage ab: »Bist du ein Großmeister-Redakteur, Teufel?«

(Paß auf, Owen!)

Natürlich. Soll ich dir die Bestätigung des Rats zeigen? (Bild). Da. Ich bin nicht nur Großmeister, ich habe auch noch diese beiden jungen Assistenten, die ebenfalls mächtige Heiler sind.

(Das war sehr klug von dir, Owen. Das hätte sogar uns fast getäuscht!)

(Felice ist ein Kind. Was weiß sie von solchen Dingen? Außerdem gibt es keine scharfe Grenze zwischen einem Koerzierer und einem Redakteur ...)

»Aber wenn du ein Großmeister bist«, sagte Felice, »könntest du mich belügen, ohne daß ich es merke.«

(Oh, oh.)

»Öffnet mir eure Gedanken, Teufel! Laßt mich *euch* sondieren!«

Erhabene Felice – wenn du unsere Gehirne beschädigst, können wir dir überhaupt nicht mehr helfen. Und du hast nicht das Geschick, vorsichtig zu sondieren. Verzeih mir, daß ich das sage, aber wenn du uns verletzt, findest du deinen Culluket vielleicht niemals. Und kannst auch nicht Königin der Welt werden.

»Königin?« Die blasse Gestalt im Heck des Schiffes erhellte sich körperlich wie mental. Ein perlenfarbener Halo, sogar im tropischen Sonnenschein sichtbar, verwandelte sie in eine Apotheose Dianas. »Ihr könntet mich zu einer Königin machen? Nicht nur der Tiere und Wälder – sondern der Leute?«

Königin des Vielfarbenen Landes! Jeder würde dich lieben. Menschen und Tanu und Firvulag. Wir wollen dich zur Königin machen und dir dann auf ewig dienen. Dazu ist nichts weiter nötig, als daß du geheilt wirst. Wenn das Elend und die Alpträume weggewaschen sind, wird sich der wahre Adel deines Geistes manifestieren. Deine metapsychischen Kräfte werden sogar noch wachsen. Du wirst unwiderstehlich sein! Du wirst die Göttin sein!

»Die Fremden verehren die Göttin. Aber sie sagen, sie habe nie einen stofflichen Körper angenommen. Glaubt ihr, sie könnte es getan haben? Ohne Wissen der Fremden? Ohne Wissen des *Körpers?*«

Die Erscheinung kam näher, glitt über das Deck auf das mittschiffs befindliche Cockpit zu, und unter ihren Stiefeln knisterte der Anstrich und warf Blasen. Elaby raffte seine Kreativität zu einem unsichtbaren Schild zusammen und betete, daß sie keine harte Strahlung emittiere. Und als er sich vorübergehend von Owen und Cloud löste, bemerkte er die Anwesenheit der *anderen*. Sie beobachtete sie. Er konnte seine Gefährten nicht warnen, konnte Owens glattzüngige Versicherungen mit ihren hypnotischen, koerzierenden Untertönen nicht unterbrechen.

Eine Göttin, Felice. Du wirst ganz bestimmt eine Göttin, wenn du geheilt bist.

»Gut ... was müßt ihr tun? Zeigt es mir genau!«

Wir haben eine spezielle Ausrüstung bei uns, Felice. Ganz anders als die redigierenden Geräte, die du vielleicht gesehen hast, als du im Milieu lebtest. Wir können ganz leicht eine mentale Verbindung zwischen dir und uns herstellen, und du behältst dabei die ganze Zeit die vollständige Kontrolle über deine Fähigkeiten. Deine Heilung würde nur einen Augenblick erfordern!

Und dann wäre alles Verkehrte weg, nichts als Glorie bliebe übrig. Sollen wir dir die Ausrüstung zeigen? Sie an einem von uns demonstrieren?

Das Mädchen runzelte die Stirn. »Ausrüstung? Ich dachte – ihr könntet mich von Geist zu Geist heilen.«

Das würde viel länger dauern. Und vielleicht nicht annähernd so gut funktionieren. Du hast einen sehr starken Geist, Felice.

»Ich weiß.« Ihr Lächeln war eisig.

(Elaby. Cloud. Wenn ihr das Dozilisierungsgerät holt, vergewissert euch, daß die Energiezufuhr auf die höchste Stufe gestellt ist! Achtet auf die markierte Kappe!)

Owen Blanchard machte Felice auf Jillian aufmerksam. Laut sagte er: »Diese bewußtlose Frau ist unsere Kapitänin; sie hat das Boot gebaut. Dürfen wir sie nach unten bringen und die Geräte holen, die wir dir zeigen wollen?«

»Ich werde eure Kapitänin tragen«, bot Felice an, eine sich herablassende Göttin. »Ich möchte gern ins Schiff hinein.«

»Deine Aura«, warnte Owen.

»Oh. Das.« Felice schien zum ersten Mal zu merken, welchen Schaden ihre Ausstrahlung angerichtet hatte. Sie gab ein boshaftes kleines Lachen von sich. Das Glühen um sie verblaßte. Dann bückte sie sich, fuhr mit der Hand über die versengte Oberfläche und stellte sie wieder her. Jillian mühelos auf einem Arm tragend, folgte sie den anderen die Kajütentreppe in den Salon hinunter.

»Du kannst Jill auf das Sofa legen«, sagte Owen. Cloud und Elaby entfernten sich unauffällig nach achtern.

Felice war behutsam. Sie berührte die Kopfwunde mit einem Finger. »Es tut mir leid um sie. Das war ein Fehler. Ich wollte euch nur Angst machen.« Interessiert sah sie sich im Salon um. »Es ist sehr schön hier. Eine kluge Art, Lampen und Tisch und Ofen zu montieren.«

»Auf Kardanrahmen«, erklärten Owen. »Dann bleiben sie immer waagerecht, auch wenn das Schiff es nicht tut.«

»Und ihr seid die ganze Strecke von Nordamerika gefahren«, überlegte Felice. »Ich habe oft gedacht, hinzufliegen, aber ich glaube nicht, daß ich so lange in der Luft bleiben kann, ohne einzuschlafen. Das Fliegen erfordert große Konzentration, besonders bei Wind. Fliegt ihr Teufel?«

»Von uns hier kann es keiner. Nur ein paar daheim in Florida. Nicht weit.«

Felice wanderte nach vorn, spähte in den Bug und die Back. Sie öffnete einen Hängeschrank und schnitt Owen über die Schulter weg eine Grimasse. Der Innenraum war vollgepfropft mit verpackten Laserwaffen und den dazugehörigen Magazinen. »Das werdet ihr nicht brauchen, wenn die Göttin euch beschützt.«

»Natürlich nicht«, erwiderte Owen im Brustton der Überzeugung.

»Dann ist es ja gut.« Sie schnippte leicht mit den Fingern gegen die Kisten. Ein geräuschloser Blitz zuckte auf, und der Schrank enthielt eine amorphe Schlacke, die ein bißchen qualmte. Owen schluckte mit einiger Mühe.

»Wir haben das Redigierungsgerät aufgebaut.« Cloud blickte in den Salon. »Sollen wir es nach oben tragen, oder möchtest du es hier inspizieren?«

»Oben ist es mir lieber«, sagte Felice. »Wenn ich Lust habe, euch zu verlassen, ist es so mühsam, durch Wände und Dinge zu gehen ...«

»Bitte, geh nicht!« Elaby Gathens ernstes Gesicht, kantig jungenhaft und sonnenverbrannt, zeigte anbetendes Flehen.

»Vielleicht bleibe ich noch ein bißchen.« Felice lächelte ihn an.

Das Dozilisierungsgerät war nicht sehr groß; das Energieaggregat war unten gelassen worden. Cloud legte sorgfältig das Kabel aus, während sie an Deck kletterten, Felice als letzte. Elaby stellte die kleine Konsole auf die vordere Bank, aktivierte die Messung für die ersten Annäherungswerte und setzte eine der drei Monitor-Regie-Kappen auf. Eine andere dieser Kappen, die achtlos auf den Kartentisch geworfen wurde, war von ihren Duplikaten äußerlich nur durch einen unauffälligen Kratzer auf einer der Elektroden zu unterscheiden. Felice prüfte die ganze Ausrüstung mit Röntgenstrahlengenauigkeit, aber die mikroskopische Knötchenschaltung konnte nur von einem Experten entziffert werden.

»Die Maschine ist bereit, eine vorläufige Bestandsaufnahme des Geistes zu machen«, sagte Elaby. Er hob einen Helm aus feinen Goldmaschen hoch, der in der Sonne glitzerte. »Der Analysand trägt diesen Helm, und die Operatoren arbeiten mittels Kappen der Art, wie ich eine trage. Würdest du mich jetzt gern analysieren?«

»Sie soll das Versuchskaninchen sein.« Felice zeigte auf Cloud.

Marc Remillards Tochter zog den Netzhelm über ihr blondes Haar. Sie legte sich auf die Steuerbord-Bank. Ihre gebräunten Glieder zeigten Verletzungen von Felices gewalttätigem Auftreten. Bekleidet war Cloud mit blauen Shorts und passendem Büstenhalter. Ihre Atmung war regelmäßig und entspannt, und ihr mentaler Aspekt war an der Oberfläche unverzagt. Sie schloß die Augen.

Elaby drückte auf den Aktivator und überbrückte gleichzeitig telepathisch den Tiefensondierungsmodus. Ein weiterer mentaler Impuls schaltete den Dozilisator ein.

»Möchtest du bei Clouds Untersuchung gern zuhören?« Elaby ergriff die veränderte Kappe und hielt sie Felice hin.

Sie zögerte, nahm sie und drehte sie in den Händen. Die drei nordamerikanischen Redakteure warteten regungslos, die Gedanken abgeschirmt. Felice hob die Kappe ...

Setz sie nicht auf, Felice!

Erschrocken ließ das Mädchen die Kappe fallen. Elaby errichtete eilendst seinen stärksten Schutzschirm um Cloud, Owen und sich selbst und machte sich auf Felices Vergeltung gefaßt.

Die fernsprechende Stimme der anderen hallte in ihrer aller Gehirne wider.

An dieser Kappe ist herumgepfuscht worden, Felice. Sie wird dir Schaden zufügen, nicht dich heilen!

Die großen braunen Augen sahen die sich duckenden Teufel vorwurfsvoll an. »Ihr habt mich belogen?«

Sie haben gelogen.

»Ihr seid nicht gekommen, um mir zu helfen?«

Sie sind gekommen, um dich zu benutzen. Sie sind unfähig, dir zu helfen.

»Niemand kann mir helfen.« Tränen flossen über die blassen Wangen. »Ich bin so schmutzig, daß ich nie wieder rein werden kann. Oh, Teufel! Dann war wohl alles nur Lüge. Auch daß ihr mich zur Königin machen und mir Cull bringen wolltet.«

Die Teufel blieben stumm.

»Jetzt muß ich die Alpträume weiter erdulden, bis ich in der Scheiße ertrinke. Bis zum letzten Schrei.«

Nein, Kind. Ich will dir helfen.

Felice sah trostlos zu dem azurblauen Himmel im Nordosten hoch. »Du, Elizabeth?«

Ich bin eine echte Großmeister-Redakteurin, Felice. Du weißt, daß das die Wahrheit ist. Dieser andere hat sich von der Einheit losgesagt, als er an der Metapsychischen Rebellion teilnahm, und auch davor war sein Spezialgebiet das Koerzieren, nicht das mentale Heilen. Er hat nie beabsichtigt, dir zu helfen. Er und die jungen Leute wollten dich zu ihrer Sklavin machen, um Europa übernehmen zu können.

»Ich werde sie töten. Jetzt!«

Halt!

»Warum?«

Du darfst nicht wieder töten. Es würde deine Heilung sehr erschweren, wenn du die Bürde der Schuld vergrößertest. Komm zu mir, damit ich dir den Schmerz und das Böse wegnehmen kann, wie ich es versprochen habe! Du wirst Frieden finden. Ich will dir helfen, wahre Liebe anstelle deiner Perversion zu finden.

»Liebe? Aber sie wollte mich nicht haben«, sagte das Mädchen mutlos. »Obwohl sie sagte, sie liebe mich.«

Meine arme Kleine. Sie hat nur die Sexualität zurückgewiesen, nicht die Liebe. Du hast soviel zu lernen! Laß es mich dich lehren! Nur komm freiwillig und vertrauensvoll.

Mit all seiner Kraft drängte Owen den Gedanken ein:

Sie lügt! Sie lügt! Hör nicht hin, Felice! Was hat sie je für dich getan? Hat sie dir bei Gibraltar geholfen? Wir haben es getan! Wir sind deine wahren Freunde!

Geist und Augen, beide überfließend, wandten sich ihm zu. »Beweise es, Teufel!«

Frag Elizabeth, ob sie dich zur Königin machen wird! Frag sie, ob sie dir deinen Geliebten geben wird!

»Elizabeth?«

Wenn du erst einmal geheilt bist, wirst du die Dinge anders sehen, Felice. Du wirst erkennen, was kranke Phantasie und was reine Liebe ist. Du wirst erkennen, wo wahre Macht und Vollendung wohnen, und du wirst deine Wahl selbst treffen. Du wirst dich selbst erkennen, dich selbst lieben. Glaube mir. Komm!

Die schmächtige Gestalt verschwamm. Und dann war sie fort. Ein Rabe flog über die Bucht und schwang sich vor der östlichen Landzunge hoch hinauf.

Elaby ließ den Schutzschirm zerfallen. Er nahm die Kappe ab und warf sie zu Boden. Cloud richtete sich langsam auf und zog sich den Netzhelm vom Kopf. Owen sank auf einer Bank zusammen. Sein Nacken war scharlachrot, und er zitterte ein wenig.

»Und nun?« Elabys Stimme klang mutlos.

»Wir verschwinden hier so schnell wie möglich.«

Cloud begegnete ruhig seinem Blick. »Wir tun, was wir können, für die arme Jill, reparieren das Schiff und halten unsere Gedanken gut abgeschirmt. Danach wollen wir hoffen, daß mein Vater einen nützlichen Rat für uns hat, wenn er von seiner Sternensuche zurückkehrt.«

11

»Ich weiß, die Jagd wird dir Spaß machen«, beharrte Aiken, »und etwas wie diese Tiere hast du noch nie gesehen. Einer der Drachen hätte mich bei meiner Tanu-Initiierung beinahe gefressen.«

»Wie schicksalhaft für das Vielfarbene Land, Schlachtenmeister«, bemerkte König Sharn, »daß du verschont geblieben bist.«

Königin Ayfa und die anderen fünf Firvulag-Großen lachten, und alle fliegenden Chalikos legten die Ohren zurück und rollten die Augen bei diesen unheimlichen Lauten, bis Culluket ihre Angst bannte.

Die Fliegende Jagd war der Höhepunkt der Lustbarkeiten, die Aiken und Mercy vor Beginn des Großen Liebesfestes für den Gnomenrat der Firvulag veranstalteten. Einige der Gäste hatten sich geweigert, daran teilzunehmen, denn obwohl Aiken die frühere, grausamere Methode abgeschafft hatte, waren doch bittere Erinnerungen an die Zeit geblieben, als die Beute der Jagd auf zwei Beinen floh. Wer gegen blutigen Sport war, sah sich in der Glasburg ein von Mercy arrangiertes Musical an, während Aiken eine kleine Luft-Safari auf der Suche nach Phobosuchus-Krokodilen in den Bayous des Laar-Deltas anführte. Seine Tanu-Gefährten waren Culluket, Alberonn, Bleyn, Aluteyn Handwerksmeister, Celadeyr von Afaliah und die eindrucksvolle Lady Armida von Bardelask, Witwe Darels und jetzt Herrscherin der belagerten Rhône-Stadt. Die Firvulag-Gesellschaft bestand außer dem König und der Königin nur aus Champions des Schlachtfeldes: Medor, ein Einwanderer und Sharns Stellvertreter, dessen illusorischer Aspekt ein dünnes schwarzes Wer-Insekt war, die Schreckliche Skathe, Ayfas alte Oger-Kameradin mit den Fangzähnen und den triefenden Klauen, der Neuling Fafnor Eiskiefer, der Culluket im Heldentreffen beim letzten Großen Wettstreit nicht schlecht vermöbelt hatte, Tetrol Knochenzermalmer, die gefiederte Schlange, der bei der gleichen Gelegenheit von Alberonn geschlagen worden war, und Betularn von der Weißen Hand, ein weiterer Einwanderer-Champion, der, soweit sich irgendwer erinnern konnte, der Gegner des gleichermaßen verehrungswürdigen Celadeyr gewesen war.

Keiner der Großen unter den Kleinen Leuten war selbst der Levitation fähig und konnte erst recht kein Reittier teleportieren. Deshalb mußte der Leuchtende seine Gäste in der Luft halten. Das Risiko dieser Zusammensetzung war durch den Vorteil, den die Firvulag durch ihre metapsychische Feuerkraft hatten, auf ein Minimum reduziert. Gleich zu Beginn ihres Besuchs hatte Sharn sich angestrengt, den Fortschritt zu demonstrieren, den die Kleinen Leute im offensiven Metakonzert erzielt hatten. In früheren Zeiten hatte jeder Champion sich eifersüchtig geweigert, seine Kräfte mit anderen zu teilen, doch unter Sharns Neuerungen aufgeschlossener Führung lernten sie, ihre Geister zu vereinigen. Die Zusammenarbeit war noch ungeschickt und nur im kreativen Spektrum operant, aber nach Cullukets Schätzung war es sehr wahrscheinlich, daß die kombinierte Wattzahl der Firvulag-Hoheiten Aikens eigenes kreatives Potential übertraf, solange er noch unter den Folgen der Prunkreise litt. Und von Aikens Verbündeten waren nur Bleyn, Alberonn und Culluket selbst vertraut genug mit seiner mentalen Struktur, daß sie ihre Geisteskräfte hätten verschmelzen können. Unter diesen Umständen gab Aiken jede Hoffnung auf, einen ihm zupaß kommenden Massenmord unter den

Feinden höchsten Ranges zu arrangieren. Sharn und Ayfa, die ihre eigene Strategie verfolgten, strahlten guten Willen an alle ab und taten, als hätten sie den Waffenstillstand nie verletzt.

Es war stockdunkel, als die Jagd den Giftsumpf südlich von Goriah erreichte. Ein gelber Mond, der in zwei Tagen voll sein würde, lugte mißbilligend durch aufsteigende Nebel wie ein argwöhnischer, dämonischer Concierge.

»Die Plesiosaurier – die Seeungeheuer – müssen ihre Eier in Süßwasser legen«, erklärte Aiken. »Sie kommen in dieser Jahreszeit die Laar herauf und paaren sich in den Lagunen. Natürlich warten die Drachen im Hinterhalt schon auf die armen, liebestrunkenen Viecher.«

»Leidenschaft«, bemerkte Königin Ayfa, »soll schon die tapfersten Herzen abgelenkt haben.«

Sie trug ein spektakuläres Reitkostüm aus rötlichem metallischem Stoff mit purpurnen Stiefeln und einem Mantel aus schwarzem Brokat. Ihr teilweise verhülltes aprikosenfarbenes Haar war von einem Diadem gekrönt, von dem auf Drähte gezogene Perlenstränge niederhingen. Ihr Kinn, die Seiten ihres Gesichts, die Stirn und den Nasenrücken bedeckte jener spezielle Firvulag-Schmuck, den die Menschen einen »Gesichtsrahmen« nannten, wie eine Art offener Maske, auch sie dicht mit Edelsteinen besetzt. Ayfa sah beinahe schön aus, wenn man bereit war, ihre hervortretenden Schultermuskeln und das kriegerische Glitzern in ihren dunklen Augen zu übersehen.

»Es wäre leicht, außer einem Drachen auch einen Plesiosaurier zu erlegen, wenn wir schon einmal hier sind«, schlug der junge Fafnor vor.

Das Tanu-Kontingent strahlte Mißbilligung aus. Aiken erklärte: »Wir halten es für unsportlich, die Seeungeheuer während ihres Liebeswerbens zu jagen, Junge. Aber die Drachen sind jagdbar. Du kommst als erster dran.«

»Die armen Krokodile«, meinte Lady Armida. »Mit ihnen hat niemand Mitleid. Und doch sagt uns unser weiser Seniet, sie seien eine ebenso gefährdete Spezies wie die See-Plesiosaurier.«

»Oder ihr Tanu«, warf die Schreckliche Skathe mit lustigem Auflachen ein.

»Dank sei der guten Göttin, daß so viele *unseres* Volkes vor der Flut gerettet wurden«, krähte der alte Betularn.

»Ihr habt überlebt, weil wir euch geschlagen hatten, Weißhand!« schoß Celadeyr zurück. »Ihr konntet eure erhabenen Ärsche nicht schnell genug von der Weißen Silberebene entfernen, nachdem wir es euch im Heldentreffen gezeigt hatten. Richtig erbärmlich, wie ihr euch immer vor der Siegerehrung verdrückt. Ihr seid schlechte Verlierer!«

»Aber lebendige«, stellte Betularn selbstzufrieden fest. »Beim diesjährigen Wettstreit könnt ihr Tanu von Glück sagen, wenn es euch gelingt, unseren vierzig Kompanien vier gegenüberzustellen!«

»Der diesjährige Wettstreit wird anders sein«, sagte Aiken. »Sollen wir es ihnen erzählen, Sharnie?«

»Warum nicht, Schlachtenmeister? Wir greifen der offiziellen Ankündigung beim Großen Liebesfest nur um zwei Tage vor.«

Die Jagd verlangsamte ihren Lauf, bildete einen engen Kreis und hielt mitten in der Luft an. Vokale und mentale Ausrufe kamen von allen Firvulag-Vasallen wie auch von Celadeyr, von dem Handwerksmeister und von Lady Armida, denen Aiken seine Pläne nicht anvertraut hatte.

»Es ist ganz einfach, Freunde«, sagte Aiken. »Im Vielfarbenen Land hat sich alles so sehr verändert, daß die alten Bräuche einfach nicht mehr praktikabel sind. Betularn hat recht damit, daß ihr Kleinen Leute uns gegenüber zehn zu eins in der Überzahl seid. Wir könnten den Großen Wettstreit nicht mehr in der alten Weise abhalten, ohne niedergemetzelt zu werden. Deshalb habe ich König Sharn und Königin Ayfa vor ein paar Wochen eine Veranstaltung ganz anderer Art vorgeschlagen. Wir wollen keine Schlacht austragen, sondern ein Großes *Turnier,* bei dem es nicht um den Tod des Gegners geht und nach einem völlig neuen Punktesystem entschieden wird. Teufel, die Heldentreffen des Wettstreits sind doch immer schon meistens nach Punkten entschieden worden, nicht nach Toten, und jeder weiß, daß sie der aufregendste Teil der Spiele waren. Wir werden ein umfangreiches Programm von Kämpfen *und* Geschicklichkeitswettbewerben aufstellen. Ich will nicht behaupten, daß dabei niemand ums Leben kommen wird. Schließlich wollen wir kein Match für Betrunkene daraus machen! Aber die Kopfjagd wird symbolisch statt wörtlich genommen werden, und die Verlierer bezahlen die Sieger mit Wertgegenständen und Standarten.«

»Und es gibt eine brandneue Trophäe«, schloß Sharn, »die uns Firvulag zu danken ist. Jetzt, wo sowohl das Schwert als auch der Speer verloren ist, brauchen wir ein neues Symbol der Rivalität. Deshalb sind die besten Handwerker zu Hause in Hoch-Vrazel eifrig dabei, eins zu schaffen. Einen Singenden Stein. Es ist ein riesiger Beryll, auf Psychoreaktivität abgestimmt und in Form eines königlichen Feldstuhls geschnitten. Am Schluß des Turniers soll er auf die Aura des Monarchen der siegreichen Partei programmiert werden. Dann wird der Stein ein ganzes Jahr lang mit ätherischer Musik reagieren, wann immer der *wahre* Hochkönig des Vielfarbenen Landes darauf thront.«

»So daß jeder, der sich den Titel anmaßt, ein für alle Mal blamiert ist!« Aiken zwinkerte Sharn zu. Jeder wußte, daß der Firvulag-Herrscher den Titel seit der Flut ständig unrechtmäßig benutzt hatte.

»Kein Kampf bis zum Tod mehr?« rief Celadeyr bestürzt aus.

»Keine Enthauptungen mehr?« warf Betularn ein. Beide Veteranen waren entsetzt.

Aluteyn Handwerksmeister gönnte seinen Altersgenossen ein saures Lächeln. »Alle guten Dinge finden einmal ein Ende. Unser Exil tritt in eine neue Ära ein – ob es uns gefällt oder nicht.«

»Aber der Gnomenrat hat darüber nicht abgestimmt!« protestierte Tetrol Knochenzermalmer. »Der alte König Yeochee hätte niemals ...«

Ayfa schnitt ihrem Gefolgsmann das Wort ab. »Unser königlicher Bruder Yeochee ist in Tés Frieden eingegangen. *Wir* haben die Sache entschieden. Es wird dich auch interessieren, daß das diesjährige Große Turnier auf unserem eigenen Goldfeld in Nionel abgehalten werden wird, wie auch alle folgenden Spiele ...«

»Falls ihr siegt, Königin-Ogerin!« warf Armida ein.

Ayfa fuhr seelenruhig fort: »Wie auch alle folgenden Spiele, es sei denn, es gelingt euch Tanu, einen neuen Turnierplatz anzulegen. Dann werden sich unsere beiden Rassen als Gastgeber abwechseln, ganz gleich, wer siegt.«

»Das hat Hand und Fuß«, meinte Aluteyn.

»Es stinkt!« rief Celadeyr.

»Verdammt richtig!« pflichtete Betularn ihm bei.

»Es ist abgemacht!« riefen Aiken und Sharn im Chor. Alle Chalikos bäumten sich auf. Aus dem Sumpf unten kam ein antwortendes Brüllen.

»Seht ihr?« Der Possenreißer grinste. »Die Drachen wissen, daß ihre Lieblingsspeise angekommen ist: Ich! Sollen wir nach unten gehen? Ihr Firvulag haltet eure Waffen bereit, wenn euch nach ein bißchen Jagen zumute ist, und ich werde den Köder spielen. Wenn die Krokodile mich fressen, sind alle Abmachungen nichtig, und ihr könnt, was mich angeht, gern euren verdammten Letzten Krieg abhalten.«

Die Chalikos senkten sich mit dem Wind auf eine Lagune nieder, die mit hohen Taxodium-Zypressen gesäumt und von dem Hauptstrom der Laar durch einen mäandrierenden Kanal getrennt war. Aiken schaltete sein goldenes Meta-Leuchten ab, und die anderen Reiter folgten seinem Beispiel. Sharn spornte sein Reittier an, mit dem des menschlichen Usurpators Schritt zu halten. Im Gegensatz zu der Königin war Sharn nicht in einen Reitanzug, sondern in eine prachtvolle Obsidian-Rüstung gekleidet. Anstelle des schweren Schlachthelms trug er eine leichte Haube ohne Visier, auf der drei Hörner emporragten. Sein langes dunkles Haar flatterte wie Rauchfahnen aus Öffnungen der Kopfbedeckung. Die Kristallklinge seines Schwerts war beinahe so lang wie Aikens Körper.

»Du hast keine eigene Waffe, Schlachtenmeister«, sagte der Firvulag-König zu dem kleinen Mann.

»Ich habe bei dieser Jagd genug damit zu tun, euch in der Luft zu halten. Dafür könnt ihr die Viecher davon abhalten, aus Mir einen Mitternachtsimbiß zu machen!«

Nun kam die telepathische Warnung Cullukets, der der beste Fernwahrnehmer in dieser Gesellschaft war:

Ruhe! Etwas kommt den Kanal hinunter. Kein Drache. Ein Plesiosaurier!

Aaah! riefen die Firvulag. Der Zug erstarrte in der Luft, von dem hinter ihm stehenden Mond unheimlich beleuchtet.

Unten im Bayou durchbrach etwas die Wasseroberfläche und reckte sich höher, höher – bis es aussah, als schwimme eine Seeschlange schnell durch den tintigen Kanal, eine V-förmige Kielspur hinter sich herziehend. Und dann wurde der Rücken des Plesiosauriers in Ergänzung seines fünf Meter langen Halses sichtbar. Er zeigte dem Mond sein sperrangelweit aufgerissenes Maul und stieß ein klagendes Geheul auf zwei Tönen aus: *Uuuh-aaah*.

Vorn in der Lagune erhob sich ein zweiter schlangengleicher Hals aus den Tiefen, funkelnde Wassertropfen versprühend. Dieser Plesiosaurier heulte in höheren

Tönen. Das näherkommende Wesen antwortete und legte Geschwindigkeit zu. Hin und zurück riefen die Ungeheuer, bis sie sich schließlich trafen. Die schimmernden Hälse verflochten sich, und das Heulen wurde zu einem ohrenzerreißenden Duett. Beide Tiere tauchten unter. Sie ließen eine Masse öliger Blasen und verklingende Echos zurück. Wer unter den Zuschauern über Fernwahrnehmung verfügte, sah die gargantueske Vereinigung tief unten im Wasser. Danach trieb das Männchen nach oben und lag gemächlich paddelnd auf dem Wasser, während das Weibchen an einen Teil des Ufers schwamm, wo die Zypressen in einer halbflüssigen Masse aus wassergetränkter Erde und organischem Abfall in großen Abständen wuchsen. Sie hievte ihren massigen Körper an Land, schlängelte sich schwerfällig und keuchend dahin, bis sie fünf oder sechs Körperlängen zurückgelegt hatte – vielleicht 80 Meter. Dann schien sie einen Anfall zu bekommen. Sie grub mit Flossen und Kopf und zuckendem Körper, bis sie eine schlammige Kuhle ausgehöhlt hatte, die vom nachsikkernden Grundwasser in dunkler Nässe glänzte.

Die Eier! Die Eier!

Die anderen Firvulag nahmen Königin Ayfas Rufe auf. Zum Nutzen der in der Fernsicht Schwächeren verstärkte Culluket seine eigene Vision, bis sie alle die perlfarbenen Sphäroide sahen, doppelt so groß wie ein Menschenkopf. Eins nach dem anderen wurden sie in den warmen Schlamm gelegt. Das Weibchen ruhte sich für ein paar Augenblicke aus, nachdem das letzte Ei gelegt war. Dann machte sie behutsame Schwimmbewegungen, die die Wände der Vertiefung einstürzen ließen und das Gelege sicher begruben.

Draußen auf dem Wasser sank der männliche Plesiosaurier langsam außer Sicht. Er stieß einen letzten langen Heulton aus und verschwand. Das Weibchen lag jetzt regungslos; die schlammigen Flanken wogten.

Culluket sagte: Seht nach rechts!

Aiken sagte: Zwei ganz Große! Donnerwetter!

Er drückte die gläsernen Sporen an seinen Fersen auf die Schultern des Chalikos. Der goldene Ritter und sein Reittier glitten nach unten und landeten mit einem widerhallenden Platsch. Das Chaliko sank bis an seine zottigen Fesseln ein, blieb aber ruhig. Aiken sprang von seinem Rücken und brach in halogenhelles Leuchten aus. Die Stelle unter den moosigen Zypressen wurde wie an einem Sommermittag erleuchtet. Durch das dünne Unterholz krochen zwei riesige Krokodile auf den erschöpften weiblichen Plesiosaurier zu. Ihre Augen flammten rot; ihre Mäuler standen leicht offen und zeigten Zähne wie geschälte und geschärfte Bananen. Der Kopf des größeren Reptils war mehr als zwei Meter lang.

Aiken tanzte über den Sumpf wie ein wahnsinniges Irrlicht und gab furzende Geräusche von sich. Der führende Phobosuchus wandte sich ihm zu, während der andere verdutzt haltmachte.

»Auf was wartet ihr Gespenster noch?« reizte Aiken die Firvulag. »Greift an, verdammt noch mal.«

»Darf ich, Hochkönig?« bat Fafnor, seine Lanze einlegend.

Sharn nickte. »Und du, Medor. Halte dich bereit ... und paß auf!«

Mit kühnen Rufen spornten die beiden ihre Chalikos auf den tanzenden, leuchtenden Knirps zu. Es sah aus, als wollten sie ihn niederreiten, aber er sprang und wirbelte wie ein brennendes Blatt und entzog sich mühelos einem Zusammenstoß. Fafnor spießte das ihm nächste Krokodil mitten durch den Körper. Es brüllte und verrenkte sich. Sein starker Schwanz peitschte nach dem Chaliko, das nur gerettet wurde, weil es plötzlich vier Meter in die Luft stieg. Fafnors Lanze blieb in dem sich windenden Körper stecken. Der junge Held zog sein Langschwert und jagte der Beute nach. Jetzt mußte er sich nicht nur vor den Kiefern und dem Schwanz des

Tieres in acht nehmen, sondern auch vor seiner eigenen Lanze, die ihm feindlich gesonnen zu sein schien. Mehrmals kam sie gefährlich nahe daran, ihn aus dem Sattel zu schleudern. Medor stand hilflos abseits. Ein metapsychisches Eingreifen wäre unsportlich gewesen, und die Konventionen der Jagd erlaubten einem Gefährten die Teilnahme nur, wenn der erste Kämpfer aus dem Sattel fiel oder die Waffe verlor.

»Hack nicht nach seinem Schwanz, Dummkopf!«, rief Aiken. »Meinst du, du zerlegst eine Keule bei einem Bankett? Das Gehirn mußt du erwischen. Hinter dem Auge!«

Fafnor kam zur Vernunft, fand schließlich die kritische Stelle und stieß sein Schwert mit beiden Händen nieder. Er zog sich in sichere Entfernung zurück, solange das Reptil im Todeskampf um sich schlug. Endlich stürzte ihm dunkles Blut aus dem Maul, und es lag still.

Die gesamte Jagd begann zu glühen. Die Lagune erstrahlte in allen Regenbogenfarben, und Tanu wie Firvulag jubelten. Aiken ging zu dem toten Ungeheuer, schoß mittels Psychoenergie einen der vorstehenden Zähne ab und reichte Fafnor die Trophäe. »Gut gemacht, Junge.«

Inzwischen war das zweite Krokodil verschwunden. Aber die Jagdlust der Kleinen Leute war nun doch geweckt worden, und sie verlangten von Aiken, daß er neue Beute herbeischaffe.

»Warum nicht? Die Nacht ist noch jung!« Ein Lächeln von einstudierter Harmlosigkeit spielte um die Lippen des Kaspers. »Natürlich kann jeder ein Tier an Land besiegen. Wirklich spannend wird es jedoch erst, wenn es euch gelingt, eins draußen über dem Meer aus der Luft zu erledigen. Sehnt ihr Firvulag euch nach einer echten Herausforderung, können wir zur Straße von Redon zurückfliegen und uns einen Bullen-Plesiosaurier suchen. Solche, die sich nicht paaren, dürfen das ganze Jahr gejagt werden. Es gelten die üblichen Beschränkungen: Keine Anwendung von metapsychischer Gewalt – nur eure regulären Waffen. Und noch eins! Keine Schlamperei, daß ein verwundetes Tier davonschwimmt und stirbt. Wenn es euch nicht gelingt, die Beute beim ersten Streich zu töten, müßt ihr ins Wasser, um ihr den Gnadenstoß zu geben.«

Plötzlich war alles still. Aikens ironischer Blick glitt über die Gesichter seiner Oger-Gäste. »Was? Keine Freiwilligen? Von euch Firvulag heißt es doch, daß ihr im Wasser viel tapferer seid als Tanu. Es müßte einfach für euch sein, ein Seeungeheuer in seinem eigenen Element abzuservieren. So schwer umzubringen sind sie nicht. Man braucht nur ein sicheres Auge – und Mumm.«

»Ich bin bereit, wenn kein Feind das Risiko auf sich nehmen will.« Der alte Celadeyr von Afaliah hatte eine ungewohnte Aura von Fröhlichkeit um sich.

»Laß es mich tun, Hochkönig!« bat Betularn sein Souverän. Die anderen Oger stimmten hastig ein.

»Nein«, lehnte Sharn ab. »Die Ehre gebührt mir allein, damit unser frecher Gastgeber nicht glaubt, uns mangele es an der Qualität, die die Geringen so schätzen – an *Mumm.*«

»Ich will mich gern überzeugen lassen«, meinte Aiken. »Fliegen wir!«

Die Jagd stieg auf und wandte sich nach Westen, der Meerenge zu. Der Mond stand auf halbem Weg zum Zenith. Aiken brachte die Reiter auf beträchtliche Höhe, so daß sie die schwarze Küste und das schimmernde Wasser, die Lichter Goriahs am Horizont und sogar die flackernden Feuer im Lager der Firvulag, weit oben an der Biegung der Laar, neben dem Mai-Hain, sehen konnten.

»Plesiosaurier, die in Nächten wie dieser draußen auf See bleiben, sind meistens sehr jung oder sehr alt«, erklärte der leuchtende Jüngling. »Nun mögen diese großen alten Bullen über die Liebe hinaus sein, aber wie man kämpft, wissen sie noch – das könnt ihr mir glauben! Wir werden kreuzen, bis Cull ein besonders schönes Exemplar für dich entdeckt, Sharn, und dann kannst du uns ein Beispiel von echtem Firvulag-Kampfgeist geben!«

Idiot, sagte Ayfa im intimen Modus zu ihrem Mann.

Er hat mich hereingelegt.

Natürlich.

Sollte ich mich von zwei klapprigen Greisen an die Wand drücken lassen? Ich bin der König und Schlachtenmeister!

Ein Muster an Mumm und Kampfgeist ... Männer!

Plesiosaurier sehen nicht so gefährlich wie die Krokodile aus. Ich hätte den einen dort im Sumpf mit einem stumpfen Tischmesser töten können.

Jedenfalls bist du jetzt dran. Und ich habe das unbehagliche Gefühl, daß Aiken Drum es so geplant hat!

Verrat kann er nur dann begehen, wenn ich von dem Tier abgelenkt bin. Du und Medor müßt in jeder Sekunde die PK-Abgabe des kleinen goldenen Bastards überwachen. Beim geringsten Rückgang der Stärke – beim leisesten Hinweis darauf, daß er mich ins Wasser werfen will – vereinigt ihr euch alle, um ihn vom Himmel zu pusten. Selbst wenn wir in dem darauffolgenden Tumult alle das Leben verlieren, werden wir doch mit intakter Rassenehre sterben.

Té schütze dich, lieber Dummkopf! Du weißt ja, was ich von dieser Ehre halte!

Ja. Trotzdem wirst du tun, was ich dir gesagt habe. Sei jetzt still!

»Ich habe ein passendes Seeungeheuer entdeckt, Schlachtenmeister«, sagte Culluket zu Aiken.

»Los geht's!« rief der Leuchtende. Die Kavalkade stieß wie ein Feuerwerk auf das mondbeschienene Meer nieder. »Ist es an der Oberfläche, Cull?«

»Es läßt sich treiben«, bestätigte der Inquisitor, »aber

es ist auf der Hut. Wir sollten uns lieber unsichtbar machen – bis auf den königlichen Kämpfer.«

Dreizehn Mitglieder der Jagd verschwanden. Nur Sharn auf seinem Reittier blieb übrig und fiel wie ein dunkler Meteor. Aikens Psychokinese bewahrte ihn vor dem Absturz.

Der Firvula-König empfing den ferngesprochenen Gedanken des Possenreißers:

Wir halten uns oben bereit! Drauf! Am besten in Hals schlagen. Slonshal großer Held!

Sharn zog sein Schwert. Dicht über dem Wasser zügelte er sein Reittier, bis es fast zum Halten kam. Er trieb auf eine unbestimmt schimmernde Masse zu, die inmitten der mit dünnen weißem Schaum gekrönten Wellen schaukelte. Der Hals des Plesiosauriers war unten, in anmutigen S-Kurven ausgestreckt, und sein schlanker Schwanz wogte. Er war riesig, beinahe so lang wie die Pottwale der Anversischen See, mindestens anderthalb mal so lang wie das Paar, das sie im Sumpf beobachtet hatten.

Beinahe auf den Wellen näherte sich Sharn einer Stelle unmittelbar hinter dem Kopf des Geschöpfes. Er betete, daß das Tier ein schlechtes peripherales Sehvermögen haben, seine Gummihaut unempfindlich gegen Vibrationen der Luft sein und der Wind sich nicht drehen und ihm seinen Geruch zutragen möge.

Der Plesiosaurier begann mit seinen Flossen und mit seinem sich langsam bewegenden Schwanz zu rudern. Sharn folgte ihm, ein juwelengeschmückter Oger mit einem erhobenen Kristallschwert, und wartete auf den Augenblick, wo das Tier genau gegen den Wind stehen und sein Hals eine günstige Position einnehmen würde.

Der Wind drehte sich. Das Ungeheuer nahm Sharns Geruch wahr. Sharns Fersen gruben sich in den Rumpf des Chalikos, und es sprang vorwärts. Ein unglaublicher Hals wand sich empor, Massen von Wasser schleudernd, fuhr zurück wie eine Peitsche, und die Kiefer öffneten sich. Sharn riß heftig an den Zügeln, und das Chaliko bäumte sich mitten im vollen Galopp auf, nicht einmal einen Meter von den brodelnden Wellen entfernt. Der monströse Kopf schlängelte sich ihm nach.

Mit Entsetzen spürte Sharn, daß etwas seine gepanzerte linke Wade ergriff. Das Chaliko war zum Stillstand gekommen, und der Reiter wie das Tier schrien auf. Doch selbst in dieser Notlage hielt sich der König an die Regeln der Jagd. Statt das Geschöpf mit Psychoenergie zu töten, stieß er unbeholfen mit dem Schwert nach ihm. Die Kiefer ließen los, das Chaliko gab ein explosives Grunzen von sich, als der Zug des Zügels sich lokkerte, und Jäger und Beute wurden weit auseinander geschleudert. Sharn zog das Chaliko nach oben. Es reagierte seinem Training entsprechend darauf und raste durch die Luft wie über eine weite Steppe. Sharn zog es herum und stieg schnell wieder nach unten ab. Die Wut erzeugte einen hohen, singenden Ton in seinem Gehirn. Der menschliche Usurpator hatte das geplant! Er und der Folterer kannten die Tücke und den wilden Mut dieses bestimmten Plesiosauriers und hatten die Jagd genau in sein Gebiet geführt. Und nun warteten sie darauf, daß das Biest ihn umbrachte.

Das Monster machte blitzschnelle Vorstöße aus dem Wasser, mit den Zähnen knirschend und schäumend, sich windend wie eine Alptraum-Python. Der Kopf war nicht groß, aber die zurückgebogenen Zähne waren rasiermesserscharf – und wenigstens einer war bereits in eine Lücke von Sharns hinterer Beinschiene eingedrungen, denn er spürte, wenn auch keinen Schmerz, so doch ein Tröpfeln an der Wade.

Das hättet ihr wohl gern, wie?

Im Niedertauchen stieß er den alten Schlachtfluch der Kleinen Leute aus. Er war ihm von seines Großvaters Großvater überliefert, der mit dem Leuchtenden Lugonn am Schiffsgrab gekämpft und das unsterbliche Schwert geschwungen hatte.

»*Ylahayll!*« brüllte König Sharn-Mes. »Ylahayll Tanu! Ylahayll Aiken Drum!«

Der gewundene Hals fuhr mit weit offenem Maul auf ihn zu. Es war ein perfekter Kollisionskurs, wenn Sharn das Ungeheuer nicht mit einem Streich tötete. Noch einmal rief er »Ylahayll!« Und schlug zu.

Der Kopf des Plesiosauriers fiel ins Meer.

Oben in der Luft flammten die Mitglieder der Jagd in vielfarbenem Licht auf, kreisten wie Engel auf einem Karussell. Sharn fischte den treibenden Kopf auf und warf ihn mit seiner ganzen titanischen Kraft Aiken Drum zu. Der Kopf leuchtete grün, und die Zähne in dem offenen Maul glitzerten böse.

»Diesmal«, rief Sharn seinem Gastgeber zu, »ist die Trophäe für dich.«

12

Im Morgengrauen des letzten Apriltages begannen die ersten Veranstaltungen des Großen Liebesfestes der Firvulag.

Aus ihrem Lager auf dem Goldfeld strömten Tausende und Abertausende von Kleinen Leuten, alle in ihre schönsten Gewänder gekleidet. Die Jungen und Mädchen im heiratsfähigen Alter trugen bebänderte Kränze aus Verbenen und Johanniskraut, Pflanzen, die bestimmten Fruchtbarkeitskräutern auf dem verlorenen Duat am meisten ähnelten. Die verheirateten Frauen schleppten Armevoll kostbarer Geschenke, in gesticktes Leinen verpackt, und ihr Mannsvolk musizierte auf Trompeten, Schalmeien, Pfeifen, Zymbals, Tamtams und sechzehn Arten von Trommeln. Ihnen nach zog eine große Herde kleiner Kinder mit Umhängen und Mützen aus grünen Blättern, die Körbe voll gefärbter Eier trugen und Lärm mit Klappern machten.

Unter diesem musikalischen Getöse marschierte die Menge an die Rampe der Hängebrücke von Nionel, wo sie von einer berittenen Abordnung aus der Stadt, Sugoll an der Spitze, in Empfang genommen wurde. Der Lord der Heuler, ganz in Weiß und mit einem herrlichen illusorischen Körper geschmückt, bat seine Verwandten, ihm zum Maifest zu folgen, und führte sie über die Brücke. Von den Haltetauen flatterten regenbogenfarbene Banner, und Girlanden aus grünen Zweigen umwanden das Geländer.

Am anderen Ufer des Flusses wartete das wiedergeborene Nionel mit weit offenen Toren. Die fleißigen Kobold-Bürger hatten die Pilzkuppeln und Zwiebeltürme von ihrem vierzigjährigen Grünspan befreit, und jetzt glänzten sie wie Gold unter der aufgehenden Sonne. Golden waren auch die frischgetünchten Hauswände, die sandbestreuten Straßen und der weite Hauptplatz, wo die Feierlichkeiten stattfinden sollten. Nionels Brunnen und Laternenpfähle und die Bänke auf den Bürgersteigen waren sämtlich vergoldet worden. Und der neue Pavillon der Großen hatte Pfeiler aus grünem Schlangengestein, umflochten mit gelben Rosen, und eine Dachplane aus Goldstoff. Um den Platz zog sich ein Grüngürtel mit Rasen und blühenden Bäumen. Die daran anstoßenden Gebäude waren mit Bildfähnchen und Massen bunter Blumen behängt.

Die Heuler von Nionel, noch prächtiger gekleidet als ihre nicht mutierten Vettern, drängten sich auf Balkonen und Fenstern, standen zwölf Reihen tief unter den Arkaden und quollen in die Seitenstraßen über. Sie jubelten, als die friedliche Invasion sich zur Begleitung des Liebesfest-Madrigals auf den Platz ergoß:

Kommt auf diesen gold'nen Sand,
Ihr alle, die ihr eine Liebste (einen Liebsten) sucht.
Tanzt zehnmal um den blühenden Baum,
Wählt euren Schatz und bezahlt den Preis.

Aber hütet euch vor Liebesdieben!
Und hütet euch vor verkleideten Feinden!
Meidet Muttersöhnchen und prüde Mädchen
und Schwiegereltern mit leeren Taschen!
O König und Königin des Mai, regiert huldvoll.
Freundliche Göttin, segne diese Zeit der Freude und des Werbens.
Laß die beiden hohen Feuer um Mitternacht aufflammen
Und gewähre denen, die hindurchschreiten, ewige Liebe.

Sugoll und seine Begleitung erreichten den Pavillon der Großen. Der Heuler-Lord stieg ab und nahm seinen Thron ein. Katlinel, die als Partnerin Sugolls die Mai-Königin spielte, wartete zusammen mit dem in allem Prunk erschienenen Firvulag-Adel, angeführt von dem Großen Hauptmann Galbor Rotmütze und seiner Frau Habetrot und dem legendären Kunsthandwerker-Ehepaar Finoderee und Mabino Traumspinnerin. König Sharn und Königin Ayfa und die meisten Mitglieder des Gnomenrats waren nach Goriah zu dem Tanu-Fest gereist. Aber sie wurden kaum vermißt, so groß war die Aufregung der Kleinen Leute darüber, daß das Liebesfest wieder in Nionel abgehalten wurde.

Zwei ganze Generationen waren seit der letzten Maifeier in dieser Stadt vergangen. Solange die Tanu triumphierten, hatten die Firvulag aus Kummer und verletztem Stolz ihr Großes Liebesfest zu einzelnen lokalen Veranstaltungen degenerieren lassen. Nionel war ein Ort, den man eher mied als liebte, während zu befürchten war, der Wettstreit werde nie mehr auf dem Goldfeld stattfinden. Aber jetzt war all das anders geworden. Die Neuankömmlinge nahmen ihre Plätze ein und unterhielten sich lebhaft über die großartige Arbeit, die die Mutanten bei der Renovierung geleistet hatten. (Um die Wahrheit zu sagen, die gute alte Stadt hatte niemals besser ausgesehen.) Und dann hatte Bredes Nachfolgerin das haarige Problem der Abscheulichen Bräute gelöst! Das wurde bestimmt ein Erster Mai, an den man sich erinnern würde.

»Als nächstes wird man Sugoll und Katy mit Blumen krönen«, sagte der Verrückte Greggy zu Häuptling Burke. »Und dann erlassen sie ihre erste offizielle Anordnung, und der Aufstand bricht los!« Er kicherte erwartungsvoll.

»Doch bestimmt kein wirklicher Aufstand.« Schwester Amerie Roccaro setzte ihre Kaffeetasse ab. Sie waren alle sicher in einem Seitenflügel des Pavillons untergebracht – die dreiunddreißig von ihrem Weg zu den Verborgenen Quellen in den Vogesen abgewichenen Abenteurer und der ihnen als Fremdenführer beigeordnete Greg-Donnet Genetik-Meister. Die beinahe tausend bloßhalsigen Flüchtlinge, die sie vom Lac de Bresse nach Nionel geleitet hatten, waren für das Fest unter die ansässige Bevölkerung verteilt worden. In geborgten Heuler-Staat gekleidet, waren diese Menschen von den mittelgroßen Mitgliedern der Firvulag-Rasse buchstäblich nicht zu unterscheiden.

Greggy fuhr fort: »Passen Sie jetzt gut auf, Schwester! Sugoll hat mir erläutert, was als nächstes geschieht. Sehen Sie? Da kommt die Kleine Grüne Armee!«

Die in Blätter gekleideten Kinder näherten sich dem Thron Sugolls und Katlinels. Der Mai-König hob sein Blumenzepter.

»O wackeres Grünvolk, verteidigt unser heiliges Fest gegen den Feind! Durchsucht jedes Versteck, jedes Mauseloch und jeden geheimen Winkel, damit keine fremden Eindringlinge unser Großes Liebesfest stören und die kostbaren Jungfrauen und Jünglinge stehlen.«

Ein durchdringendes Kreischen stieg von der Elfenschar auf. Sie stürzten sich in die Menge aus Erwachsenen, hoben schamlos Unterröcke und kramten in Bündeln. Die Erwachsenen reagierten mit Schreien und Püffen und veranstalteten mit ihren Musikinstrumenten einen ohrenbetäubenden Lärm. Die Schlingel ließen sich nicht entmutigen. Sie schwärmten zwischen den Heulern aus, konzentrierten sich auf die Ostseite des Platzes, wo die Imbißbuden standen, kletterten über Tische, warfen Sonnenschirme um und stahlen alles an Essen, was nicht hinreichend verteidigt wurde.

»Natürlich nimmt nie ein Tanu heimlich teil«, sagte Greggy. »Ich fürchte, die Kleinen Leute haben eine ziemlich übertriebene Meinung davon, wie begehrenswert sie sind! Aber des Spaßes halber verkleiden sich ein paar Jugendliche aus Nionel mit imitierten Glasrüstungen und spielen den Schwarzen Mann. Und ... hoppla! Da kommen sie!«

Eine als Angreifer maskierte Truppe, bewaffnet mit großen Keulen, die aus aufgeblasenen Ballons bestanden, stürmte aus einer Seitenstraße auf den Platz. Quietschend sammelte sich die Kleine Grüne Armee und brachte ihre eigenen Waffen zum Vorschein. Augenblicklich war die Luft erfüllt von fliegenden bunten Eiern. Manche waren mit Konfetti gefüllt, andere enthielten stark parfümiertes gefärbtes Wasser. Es gab Eier mit Pilzsporen, die als Niespulver wirkten, mit Federn und mit Honig. Ein paar waren nicht ausgeblasen und frisch vom Nest, und die am wenigsten schüchternen Kinder schleuderten Wurfgeschosse, die hartgekocht oder sogar faul waren. Wenn die »Tanu« getroffen wurden, rächten sie sich, indem sie wild mit ihren Ballons zuschlugen und für Sekunden einen scheußlichen Phantom-Aspekt erstehen ließen. Die in Blätter gekleideten Teufelchen wichen nicht. Zu Dutzenden sprangen sie die wankenden, bekleckerten Feinde an und rissen sie auf den goldenen Sand nieder. Die »Tanu« verschieden unter theatralischem Ächzen zur Begleitung von platzenden Ballons und dem Krachen und Knirschen der wenigen noch übrigen Eier. Stricke wurden gebracht und an die glasbewehrten Knöchel gebunden. Das siegreiche Grünvolk zerrte seine Gefangenen fort, während die Erwachsenen schallend lachten, sich entspannten und sich zu einem ausgiebigen Picknick-Frühstück niederließen.

»Für die Kleinen werden in einem anderen Teil der Stadt Lustbarkeiten veranstaltet, nachdem sie sich die Blätter abgepellt und sich gewaschen haben«, sagte Greggy. »Puppentheater, Spiele und dergleichen. Auf diese Weise werden die Erwachsenen in ihrem Amüsement nicht gestört.«

»Die in Blätter gekleidete Armee hat mich unheimlich an Teile aus Frazers *Goldenen Zweig* erinnert«, bemerkte Basil Wimborne. »Das Bannen der bösen Einflüsse vor dem Beginn der Fruchtbarkeitsriten! Man fragt sich, welches der ursprüngliche, gewalttätigere Aspekt des Rituals in primitiven Zeiten auf ihrem Heimatplaneten gewesen sein mag.«

»Bitte, Kollege«, protestierte Greggy, »ich esse.« Er leckte sich Erdbeermarmelade von den Fingern und ging zu dem üppigen Buffet zurück, wo sich die privilegierten menschlichen Gäste unter den Firvulag-Adel mischten und sich mit Backwaren, Zungentoast, Rührei mit Morcheln, gegrillten Antilopen-Würstchen, Barbecue-Zicklein und frischem Obst mit Schlagsahne, die mit Honig gesüßt war, vollstopften. »Wenn Sie jedoch Spaß an einem wirklich erstklassigen Stück mythendeutender Spekulation haben, denken Sie einmal über die Zeremonie nach, bei der es um unser unschuldiges Mai-Königspaar und den Maibaum geht ...«

»Bist du schon wieder dabei, unsere Bräuche auf garstige Art zu interpretierten, Greggy?« Sugoll stand da, hochgewachsen und herrlich, gekrönt mit roten und weißen Lilien. Der Genetik-Meister hatte soviel Anstand, verlegen dreinzublicken. Sugoll wandte sich an Basil und Häuptling Burke. »Hat Ihnen das Schauspiel bisher gefallen?«

»Es ist eine willkommene Ablenkung, Lord Sugoll«, antwortete Burke. »Wir haben einen langen, harten Winter hinter uns. Und dann die Sorge um diese vielen verhungernden Flüchtlinge aufgehalst zu bekommen, als wir schon glaubten, keine weiteren Hindernisse mehr auf dem Weg zu den Verborgenen Quellen anzutreffen ...« Der letzte der Wallawallas schüttelte sein eisengraues Haupt.

»Sind Sie sicher, daß Sie sie assimilieren können?« erkundigte sich die Nonne besorgt. »Wir verstehen immer noch nicht, warum Elizabeth uns sagte, wir sollten sie zu Ihnen bringen. Manche von ihnen sind ziemlich verwildert, wissen Sie. Zum Großteil stammen sie aus der niedrigsten bloßhalsigen Schicht Burasks – und ansonsten sind es gesetzlose Geringe, die aus ihren einsamen kleinen Siedlungen durch Ihre Heuler-Wanderung vertrieben wurden. Offen gestanden, uns ist noch nie ein so roher und streitsüchtiger Haufen von Menschen vorgekommen. Nicht im Finiah-Krieg und nicht einmal während der Evakuierung Muriahs. Es hat uns beinahe verrückt gemacht, sie zu beaufsichtigen. Gideon hat eine gebrochene Hand davongetragen, als er eine Schlägerei schlichten wollte, und ein paar besonders brutale Typen lauerten Oodpik und Nazir auf und schlugen sie aus Rache für eine Bestrafung zusammen.« Sie goß sich noch einmal Kaffee ein. »Auch für Wang und Mr. Betsy und die Baronin und mich war es ermüdend, ständig den unvermeidlichen sabbernden Vergewaltiger abwehren zu müssen.«

Sugolls Lächeln sprach von Humor und Mitgefühl. »Jetzt bin ich mehr denn je überzeugt, daß Elizabeth die richtige Entscheidung getroffen hat, als sie diese Desperados zu uns schickte. Sie werden schon sehen!« Er senkte die Stimme. »Wir haben noch etwas Zeit, bevor die Geschicklichkeitswettbewerbe und die anderen Unterhaltungen beginnen. Schwester, wenn Sie uns entschuldigen wollen, entführe ich Ihnen Basil und Häuptling Burke, um eine Angelegenheit zu regeln, die mit der Expedition zum Schiffsgrab zusammenhängt.«

Amerie nickte und gesellte sich zu Greggy, der mit Magnus und Thongsa, den Ärzten der Expedition, über Mutagenik diskutierte.

»Hier entlang!« Der Heuler führte Burke und Basil zu einem verhängten Alkoven, wo ein gutgekleideter Zwerg wartete. »Das ist Kalipin, der sich bereiterklärt hat, als Ihr Führer durch das wilde Land im Osten zu fungieren.«

Der kleine Fremde reichte ihnen die Hand. Doch noch während Burke konventionelle Höflichkeiten von sich gab, vollzog sich mit dem Zwerg eine so erschreckende Metamorphose, daß dem großen indianischen Juristen die Worte in der Kehle steckenblieben.

Kalipins Körper schrumpfte. Der Rumpf rundete sich, die Glieder magerten ab. Das grinsende Gesicht wurde zusammengedrückt und schärfer gefeilt, bis es nahezu vogelartig war, abgesehen von den Schlappohren mit dem überhängenden oberen Rand. Die Augen wurden schwarz und versanken in grotesken Säcken. Die Haut des Fremden nahm ein teigiges Aussehen an, und sein Haar, das in Strähnen unter einer schicken grünen Mütze mit Juwelenschnalle herabfiel, ähnelte einem schmutzigen Mop.

»Nun?« Der Kobold ließ seinen Blick von dem einen Menschen zum anderen wandern. »Riskiert ihr es immer noch, mit mir zum Schiffsgrab zu reisen?«

»Wir wissen Bescheid über das genetische Unglück der Heuler-Nation, alter Junge«, sagte Basil freundlich. »Wir können nicht so tun, als ob es Ihre ... ah ... Unterschiede nicht gäbe. Doch mir drängt sich die Frage auf, ob wir Menschen in euren Augen nicht ebenso seltsam aussehen. Vielleicht einigen wir uns darauf, daß wir die Eigentümlichkeiten der jeweils anderen ignorieren und uns einfach unserer Aufgabe widmen. Sie ist schwer genug.«

»Wir müssen mehr als sechshundert von Ihren Kilometern zurücklegen«, stellte Kalipin fest. »Während des ersten Teils der Reise mögen wir in Gefahr durch die Firvulag sein, wenn sie den Zweck der Expedition mutmaßen. Sharn und Ayfa sind keine Dummköpfe. Wir täten gut daran, über den Rhein zu gehen, bevor sie nach Hoch-Vrazel heimkehren.«

»Wir haben Chalikos«, sagte Burke. »Können Sie reiten?«

Der Kobold verzog das Gesicht. »Nicht diese verdammt großen Ungeheuer! Mit einem Hipparion werde ich fertig. Nur werden Ihnen Reittiere auf der anderen Rheinseite nichts nützen. Sie müssen schon laufen, bis wir die Quelle des Ystroll unter dem Feldberg erreichen. Ich hoffe, Ihre Leute sind alle in guter Kondition. Der Weg durch den Schwarzwald wird mühselig sein.« Kalipin musterte den Indianer. »Ich habe bemerkt, daß Sie hinken.«

»So ist es«, seufzte Burke. »Es ist jedoch so gut wie entschieden, daß ich zu Hause in den Vogesen bleibe und Basil unsern Stamm von Draufgängern führt. Elizabeth rechnet für diesen Sommer mit Unruhen um die Eisenminen.«

»Blutmetall!« Kalipin schüttelte sich. Er warf Sugoll einen vorwurfsvollen Blick zu. »Manchmal, Meister, verzweifeln wir einfachen Leute daran, es zu verstehen, warum du unbedingt ein Bündnis mit den Geringen willst!«

»Es ist unsere einzige Hoffnung«, erklärte der Herrscher der Heuler. »Eines Tages werdet ihr es verstehen. Bis dahin gehorcht mir!«

Einen bloßen Sekundenbruchteil lang war der schöne Mann in der weißen Robe überschattet von einer anderen, unglaublich scheußlichen Gestalt. Burke und Basil schnappten unwillkürlich nach Luft.

Sugoll lächelte melancholisch. »Das wußten Sie nicht? Ich bin in allen Dingen der Größte unter meinen

Leuten – auch in der körperlichen Abscheulichkeit. Es war schlichte Höflichkeit, Sie als meine Gäste mit meinem Anblick zu verschonen.« Er wandte sich dem Kobold-Führer zu: »Und du, Kalipin, benutzt ebenfalls deine ansehnliche Form, wenn du in der Gesellschaft von Menschen bist. Wir wollen unsere Freunde nicht unnötig in Verlegenheit bringen.«

Das kleine Geschöpf verwandelte sich gehorsam in einen normalen Zwerg. »Aber wir alle kehren zu unseren regulären Gestalten zurück, wenn wir schlafen«, teilte er den beiden Männern mit merkwürdiger Befriedigung mit. »Da müssen Sie unterwegs nur tapfer sein, wenn es Zeit ist, uns niederzulegen. Es sei denn, mein Meister befiehlt mir, die Nächte in einem Sack zu verbringen.«

Sugoll lachte. »Unverschämter Schurke! Erfülle du nur getreulich deine Aufgabe. Und jetzt bist du beurlaubt. Zurück mit dir ans Frühstück!«

Als der Kobold gegangen war, zeigte Sugoll auf eine ziemlich große geschnitzte Truhe, die im Schatten stand. »Da ist noch eine Möglichkeit, wie ich Ihnen bei Ihrer Expedition helfen kann. Öffnen Sie die Truhe bitte!«

Basil kniete sich hin und hob den Deckel. »Großer Scott!« rief er aus. »Wo haben Sie die her?«

»Die Lähmgewehre sind ein Geschenk von Sharn und Ayfa.«

»Oh, Scheiße«, rief Häuptling Burke.

»Ich kann nur vermuten, daß sie ein zarter Hinweis waren. Sharn mag bereits argwöhnen, daß meine Loyalität gegenüber dem Firvulag-Thron nicht von ganzem Herzen kommt. Und wenn es Krieg mit Aiken Drum gibt ... Nun, man braucht kein großer Stratege zu sein, um auf die Position Nionels zwischen Goriah und Hoch-Vrazel aufmerksam zu werden.«

»Wenn wir Erfolg bei der Beschaffung der Flugmaschinen haben«, meinte Basil, »werden weder Aiken noch Sharn es wagen, Ihnen Böses zu tun.« Seine wettergegerbten Hände glitten über die Waffen, zeigten Burke wortlos die Reservemagazine und schlossen den Deckel wieder. »Diese Geräte könnten uns sehr nützlich sein. Wir danken Ihnen, Lord Sugoll! Selbst mit unsern dreißig Technikern, in der Wildnis erfahrenen Leuten, wird es eine gefährliche Reise werden – und es ist fraglich, wie viele der Flieger noch zu reparieren sind. Der Häuptling und unsere Landsleute bei den Verborgenen Quellen werden ein Versteck für mindestens zwei Maschinen herrichten.«

»Wie könnte man sie in einem Krieg verwenden?« erkundigte sich Sugoll. »Sie müssen mir meine Unwissenheit verzeihen, aber mir scheinen Flugmaschinen ganz nutzlos zu sein gegen Bodentruppen, wie die Firvulag sie aufstellen würden. Und den Speer Lugonns, der gegen Finiah eingesetzt wurde, haben Sie nicht mehr.«

»Das ist wahr«, antwortete Burke. »Aber in ihrer Hast, einen einzigen Flieger in die Luft zu bekommen, mag Madames Gruppe andere potentielle Waffen übersehen haben. Darauf machte uns einer unserer neuen Gefährten aufmerksam, ein früherer Flugzeugbau-Ingenieur namens Dimitrios Anastos.«

Basil fiel ein: »Wissen Sie, die alten Flieger am Schiffsgrab sind in Wirklichkeit hochentwickelte gravomagnetische Maschinen, mit denen ein Orbit um einen Planeten möglich ist – ganz ähnlich denen, die wir im Galaktischen Milieu hatten. Zu unserer Zeit waren solche Orbiter stets mit Zug- und Überdruckstrahlen ausgerüstet. Sie dienten dem Andocken und dem Umsteigen im Raum, wenn das Rho-Feld abgestellt war, auch zur Ablenkung von Meteoriten. Manchmal hatten unsere Schiffe sogar kleine Laser, mit denen sie Raumabfall wegschossen. Wenn unsere Techniker ähnliche Systeme in den alten Fliegern finden, ist es durchaus möglich, daß sie sie in Angriffswaffen umbauen. Geht das nicht – dann haben wir immer noch das Eisen. Und die Hoffnung, Sharns Versteck mit Waffen des 22. Jahrhunderts zu finden und auszuräumen.«

Der Heuler-Lord blickte immer verwirrter drein. Jetzt warf er resigniert die Hände in die Luft. »Téah gebe, daß der bloße Besitz unserer Freunde an Flugmaschinen jede Aggression verhüte!«

»Amen«, sagte Basil. Trocken setzte er hinzu: »Trotzdem wollen wir nicht zu sehr auf göttliche Intervention hoffen, nicht wahr? Nicht wenn wir auf der einen Seite die Firvulag und auf der anderen Aiken Drum haben.«

»Sieh dir diese kleinen Schönheiten an! Sieh doch nur!« Tony Wayland umklammerte Dougals gepanzerten Arm und zog ihn in die vorderste Reihe der Firvulag-Menge. Die Gnome und Oger reagierten gutmütig auf sein Drängeln. Nur ein stockbetrunkener Mensch im Firvulag-Kostüm drohte, sein Bierseidel auf Tonys Kopf zu zerschmettern, falls dieser nicht bessere Manieren zeige. »Du bist nicht der einzige, der es nötig hat, alter Lustmolch«, erklärte der Schluckspecht. »Reg dich ab, und du wirst deinen Anteil schon kriegen, bevor diese Nacht vorbei ist!«

Es war fast Mitternacht. Das Zechen und Tanzen der verheirateten Leute hatte ein Ende gefunden, und um den Maibaum wurde ein großer Platz für den Tanz der Bräute freigemacht. Das Orchester spielte eine langsame, sittsame Melodie, und die Jungfrauen erschienen in feierlicher Prozession. Gewänder und Kopfputz, entweder in Rot oder in Grün, waren von phantastischer Pracht. Die rotgekleideten Mädchen mit ihren herrlichen Mänteln, verführerischen Trikots und roten Stiefeln machten den größten Eindruck. Auf wallenden Locken in Braun oder Dunkelrot saßen hohe, sternenschimmernde Krönchen, die mit Rubinen und einem dem Opal ähnelnden feurigen Edelstein eingelegt waren. Die pikanten Gesichter darunter wurden von kostbaren Rahmen noch verschönt.

»Jede einzelne eine kleine Venus!« begeisterte sich Tony.

Der Gesichtsausdruck des Ritters ließ sich nicht deuten. »Es sind Fremde. Verwandt mit den seelenverschlingenden Tanu.«

Tony ignorierte das. »Und willig, nur für heute nacht! Gott, Dougie – es ist so lange her!«

»Zu lange für uns alle«, grollte der Biertrinker. »Jesus, seht euch ihre Edelsteine an!«

»Zum Teufel mit den Edelsteinen!« erklärte ein anderer Geringer aus Herzensgrund. »Mir wäre es auch egal, wenn sie Kartoffelsäcke anhätten. Endlich richtige, lebendige Frauen!«

»Nichtmenschliche Frauen. Feenfrauen!« Dougals Stimme wurde lauter.

Tony meinte: »Wen interessiert das? Nur in dieser einen Nacht im Jahr gehen sie mit jedem! Man braucht nichts weiter zu tun, als den Blumenkranz zu schnappen, den sie beim Tanz schwenken.«

»Ich möchte eine Rothaarige!« brüllte jemand. »Ein Mädchen mit roten Stiefelchen!«

»Behalt noch 'nen Moment die Hosen an, Amigo! Es dauert jetzt nicht mehr lange.«

Die gnomenhaften Musiker gingen zu einer lebhafteren Weise über, und die Mädchen umkreisten den Maibaum. Die männlichen Fremden riefen einen Satz in ihrer eigenen Sprache, und die Tänzerinnen antworteten. Hin und her gingen die neckenden Wechselreden zwischen den beiden Geschlechtern, schneller wurde der Reigen, und die Schleier an den sternenschimmernden Krönchen flatterten als verwischter Nebel hinter den Mädchen her. Ein lauter Ausruf im Chor, und sie breiteten die Arme aus und liefen auf den zentralen Maibaum mit seinen geflochtenen Bändern und den Blumengirlanden am Fuß zu.

Die Jungfrauen verschwanden. Statt ihrer stieg eine Myriade von kleinen, regenbogenfarbenen Lichtern wie tropische Leuchtkäfer auf. In magischer Weise heftete sich jedes ans Ende eines bunten Bandes, und der ganze Schwarm tanzte in einem langsameren, sinnlichen Rhythmus weiter. Die Bänder verflochten und entflochten sich, die Lichtlein stiegen und fielen, wogten und wirbelten. Der auffordernde Gesang wurde zum Gurren, leise und verlockend. Hilflos schwankend sangen die verzauberten Männer mit.

Plötzlich wurde das Tempo der Musik noch schneller. Die kostümierten Mädchen standen wieder auf dem gelben Sand, und jede hielt einen Kranz in den Händen. Sie tanzten bis zu der Stelle vor, wo die Jünglinge warteten, und während neue Neckreden getauscht wurden, fanden sich die ersten Paare. Ein Mann nach dem anderen ergriff den Kranz seines erwählten roten oder grünen Schatzes und ließ sich an ihm auf die Tanzfläche ziehen. Es war alles unwiderstehlich: Die wirbelnden Farben, der berauschende Blumenduft, die Musik mit ihrem hämmernden, sexuellen Beat.

Eine der kleinen Schönheiten stand vor Tony Wayland. Schwarze Augen funkelten durch den juwelenbesetzten Gesichtsrahmen. Der linde Maiwind blies rote und goldene Draperien beiseite und entblößte einen zarten Körper mit verführerisch geschwungenen Linien, völlig menschlich in den Umrissen.

»Komm, komm!« sang die Nymphe.

»Nein, mein Lord!« rief Dougal und versuchte, Tony zurückzuhalten. Der Metallurg riß sich los.

»Komm, komm!«

Tony faßte den Kranz. Sie zog ihn weg zu den anderen Paaren. Die Mädchen in Rot, bemerkte er, hatten sich ihre Liebhaber vor allem aus den Geringen erwählt. Wie freundlich von ihnen, denn sie waren die allerschönsten!

»Geht nicht!« flehte Dougal. »Ihr seid verhext.«

Das war er, und froh darüber. Die süße kleine Exotin hängte ihm den Blumenkranz um den Hals, während sie tanzten. Sie küßte ihre Fingerspitzen und legte sie auf seine Lippen. Tonys Blut sang. Die Musik wurde zu einem schallenden Triumphlied der Liebe, und Dougals warnender Ruf ging darin unter. Paarweise umkreisten die jungen Leute den Maibaum.

Auf der dem Stadttor zugekehrten Seite des Platzes teilte sich plötzlich die Zuschauermenge und machte einen Weg frei. Zwei große Feuer loderten auf, höher als die sieben Meter hohen Mauern. Die Paare schritten ungefährdet zwischen den Feuern hindurch, zogen aus dem Tor und hinein in die mondbeschienenen Wiesen. Eine warme Brise wehte ihnen die in Nionel weiterspielende Musik nach.

»Ich bin Rowane«, sagte die Nymphe in Rot. »Ich liebe dich.«

»Ich bin Tony, und ich liebe dich auch!«

Schwindelig von den heimtückischen Blumen, die ihm um den Hals hingen, ließ er sich von ihr fortziehen, bis sie sich weit von den anderen Paaren entfernt hatten. Sie kamen zu einer ländlichen Laube, aus Büschen gebildet, und traten ein. Er nahm ihr den sternenschimmernden Kopfputz und den Gesichtsrahmen ab, beugte sich nieder und küßte sie. Sie ließen ihre Hüllen fallen und liebten sich – nicht einmal, sondern viermal. Sie schrie vor Ekstase, während er sich in sie ergoß, und er schmolz dahin vor Seligkeit. Am Ende weinte er, und sie tröstete ihn.

»Jetzt wollen wir schlafen«, sagte sie. »Mein liebster Toniie.«

Ein seidenes Tuch legte sich über seine Augen, wurde um seinen Kopf geschlungen und behutsam festgebunden. »Rowane? Was machst du da?«

»Schsch. Du darfst mich niemals sehen, wenn ich schlafe. Es würde schreckliches Unglück bedeuten. Versprich mir, daß du es nie versuchen wirst!« Ihre warmen

Lippen berührten die seinen, und sie küßte seine Augenlider durch die Seide.

»Meine kleine Maiblume. Mein exotischer Schatz. Wenn es dich glücklich macht ...« Er versank in süße Bewußtlosigkeit. Ihre Stimme verklang, und ebenso die Erinnerung an ihre frohlockenden Schreie, aber nicht sein Stolz auf seine Mannheit, den sie auf so wunderbare Weise wiederaufgerichtet hatte. »Deinetwegen ... werde ich nicht hinsehen. Seltsame Kleine ...«

»Es ist nicht meinetwegen, lieber Toniie. Deinetwegen.«

Sie lachte zärtlich, und dann war er eingeschlafen, und er hatte den allermerkwürdigsten Traum.

Als er erwachte und geistesabwesend die Binde abnahm, entdeckte er, daß der Traum Wahrheit geworden war.

»Oh, mein *Gott!*« stöhnte er.

Sie öffnete ihr Auge und war sofort wieder wie gestern. Süß. Reizend. Sie zog ihre Kleider an und nahm die verwelkten Überreste des Kranzes von seinem Hals.

»Rowane!« stieß er gequält hervor. »Was hat man dir angetan? Und *mir?*«

Ihr Lächeln war keck und sehr weise. »Die normalen Firvulag sind fähig, unsere Verkleidungen zu durchschauen. Sie hätten sich nie eine Braut in Rot erwählt, weißt du. Und ihr armen menschlichen Männer ... wir wissen, wie wenige eurer Frauen durch das Zeitportal gekommen sind, und die meisten davon sind immer noch von den Tanu versklavt. Was könnte richtiger sein als dies?« Sie streckte die Hände nach seinem Gesicht aus und küßte ihn leidenschaftlich. Tony spürte, daß er trotz seines Wissens reagierte und sein Glied sich aufrichtete. »Der liebe Lord Greg-Donnet sagt, die erste Kreuzung wird normal aussehende Mischlinge hervorbringen. Danach können Gen-Manipulationen vorgenommen werden, um die mutierte Erbanlage zu verändern.«

»Die erste – Kreuzung?« entfuhr es ihm. Die Wiese war voll von goldenen Blumen und aufsteigenden Lerchen.

»Und unser Kind wird immun gegen das Blutmetall sein, ganz wir ihr Menschen. Ist das nicht eine hübsche Zugabe?«

»Uh«, ächzte er und versuchte sie zu sich herabzuziehen.

Doch sie zog ihn lachend auf die Füße. »Genug«, sagte sie. »Nun eilt alles nach Nionel zum Festschmaus des Maimorgens zurück. Wir wollen doch nicht zu spät kommen, oder?«

»Nein ...«

»Du wirst Mama und Papa lieben«, setzte sie hinzu. »Und Nionel wirst du auch lieben. Laufen wir!«

Hand in Hand rannten sie über das weiche Gras. Tony dachte: Was soll ich dem armen alten Dougal erzählen? Aber dann sah er andere Paare am Stadttor zusammenströmen, und unter ihnen war ein großer Mann mit einem ingwerfarbenen Bart, der einen Übermantel mit einem goldenen Löwenkopf trug und von einer weiteren entzückenden kleinen Frau in Rot geführt wurde.

Und Tony erkannte, daß seine Frage überflüssig war.

13

»Die letzten drei Nächte haben wir versucht, den kleinen goldenen Teufel im Schlaf zu töten, und eine Niete gezogen«, brummte Medor. »Ich weiß wirklich nicht, warum es heute nacht anders sein sollte. Er benutzt irgendeinen mechanischen Gehirnschild. Gib mir mal das Kaninchengelee rüber!«

König Sharn schob seinem Ersten Stellvertreter eine Schüssel zu. Medor kratzte sich einen großen, zitternden Keil auf den Teller und schmatzte ihn mit Gusto. »Heute nacht wird Aiken nicht in der Burg schlafen«, erklärte der König. »Er wird mit allen anderen hier draußen im Hain sein, und wenn er dann das Gerät benutzt, macht er sich lächerlich.«

»Wieso?« fragte Mimee von Famorel, der der Vizekönig der Helvetiden war.

»Unsere geniale Gastgeberin hat eine weitere verrückte Neuerung eingeführt. Sie nennt es die Nacht der geheimen Liebe. Nach dem Bankett sollen wir alle zu den Umkleidezelten auf der anderen Seite des Amphitheaters gehen und uns ein Kostüm geben lassen. Illusionen sind nicht erlaubt. Um Mitternacht beginnt ein Maskenball, gefolgt von Ringelpietz mit Anfassen auf der Liebeswiese, was bis Sonnenaufgang dauern soll. So eine Art glorifizierte Junggesellen-Party vor all den Hochzeiten morgen. Nur daß die verdammten Bräute, da sie Tanu sind, wahrscheinlich mit den übrigen Feinden in den Büschen liegen werden.«

»Dekadente Huren«, grollte Mimee. »Und fast genau in diesem Augenblick beginnt unser Volk in Nionel den heiligen Tanz der Bräute.« Er warf einen sehnsüchtigen Blick zu dem hochstehenden Vollmond hinauf, dessen Licht von den Edelsteinlampen auf den Eßtischen ertränkt wurde. Die Firvulag hatten darauf bestanden, getrennt von ihren Gastgebern zu speisen. Zwar waren sie bereit, Tanu-Essen hinunterzuwürgen, sie verabscheuten aber die Tanu-Weine und die hochprozentigen Schnäpse. Ihnen waren ihr gutes altes Bier, Met und Apfelwein lieber.

»Wenn man ein Firvulag-Mädchen heiratet, weiß man, was man bekommt.« Medor stieß einen rührseligen Seufzer aus. »Eine Jungfrau! In jeder Beziehung einen appetitlichen Happen! Und sie ist einem für immer treu, wenn sie einmal ihre anbetungswürdigen vaginalen Zahnreihen geöffnet hat. Wäre nur meine kleine Andamathe hier ... Du hast deine Frau mitgebracht, Sharn. Es war verdammt unfair von dir, uns übrigen zu befehlen, unsere daheim zu lassen! Verdirbt einem das ganze Liebesfest! Reich mir die Kalbsmilch à la grand duc!«

»Ich bin die Königin«, stellte Ayfa fest. »Ich *mußte* kommen. Und von euch übrigen wird erwartet, daß ihr euren Verstand beisammenhaltet. Dies ist ein Vorstoß ins Feindesland – eine todernste Sache. Ihr könnt eure verdammten Hormone ein andermal zwitschern lassen.«

»Dann sollen wir uns heute nacht also wieder an Aiken Drum versuchen«, sagte der junge Fafnor Eiskiefer. »Ich nehme an, wir kostümieren uns und mischen uns unter die Menge.«

»Nicht zu enthusiastisch!« warnte die Königin. Ihre dunklen Augen zwinkerten. »Die Tanu-Damen haben da, wo es darauf ankommt, zwar keine Zähne, aber gerüchtweise verlautet, wenn sie mit einem Mann fertig sind, hat er statt Haselnüssen nur noch rasselnde Schalen im Sack. Laß dich nicht in Versuchung führen, Junge!«

»Die Göttin verhüte es!« fuhr der junge Oger beleidigt auf.

»Wir müssen Aiken folgen, wohin er auch geht, und genau im richtigen Augenblick zuschlagen«, sagte Sharn. »Wir alle zwölf.«

»Er wird hinter dieser jungen Koerziererin Olone her sein«, bemerkte Medor listig. »Der Tanu-Klatsch dreht sich nur noch darum, wie schamlos sie sich vor dem Mai-König produziert hat. Ich hätte gern noch von den Goldammern am Spieß.«

Der König nahm die silberne Schüssel und knallte sie außerhalb von Medors Reichweite auf den Tisch. »Verdammt noch mal – kannst du an nichts anderes denken als ans Fressen? Kein Wunder, daß es uns nicht gelungen ist, eine anständige Geistesverschmelzung herzustellen! All unser Blut ist in dem Augenblick, wo wir Goriah betraten, aus unseren Gehirnen in den Verdaungstrakt abgewandert!«

»Medor braucht ein bißchen Zerstreuung.« Der alte Betularn grinste hinterhältig. »Und das nicht nur, weil seine Frau in Nionel geblieben ist. Ratet mal, wen wir an einem Extratisch in einer ruhigen Ecke des Festgartens gesehen haben, wie er mit seinem leiblichen Bruder, dem Inquisitor, ein Krankensüppchen löffelte? Keinen anderen als Medors Gegner im Großen Wettstreit: Kuhal Erderschütterer! Der Mann, den wir bestimmt für tot gehalten hatten.«

»Tés Zehennägel!« rief der König aus. »Das sind schlechte Neuigkeiten. Der Kampf zwischen Kuhal und Medor ist unentschieden ausgegangen, und seine PK ist ...«

»Gleich Null«, fiel der Oger-Champion ein und grinste um einen halb verspeisten Singvogel herum. »Fian, sein Zwilling, ist gestorben, und Kuhal ist ein mentaler Krüppel. Er verbringt immer noch den größten Teil des Tages in der Haut. Ich vermute, Aiken hat die Gruppe aus Afaliah gezwungen, ihn mitzuschleppen, damit er an der Krönungsfarce teilnehmen kann, die am dritten Festtag stattfinden soll. Schließlich ist Kuhal Mitglied der Hohen Tafel, wißt ihr. Aber für uns stellt er eine ebensolche Bedrohung dar wie ein neugeborenes Dikdik. Reich mir mal das poschierte Mark und die Lachs-Mayonnaise rüber!« Mimee von Famorel verzog das Gesicht. »Deine Leber wird einen Monat brauchen, um sich zu erholen.«

»Na und?« gab Medor zurück. »Der Krieg wird nicht vor dem Herbst beginnen.«

»Ruhig!« zischte Sharn. Sein dämonischer Aspekt überkam ihn, der drei Meter große Albino-Skorpion mit den glühenden inneren Organen. Er verpaßte dem unvorsichtigen Medor einen mentalen Schlag, daß der Champion von seinem Sitz ins Gras fiel, sich krümmend vor Schmerz und Schreck und mit Mayonnaise bekleckert. Sharns Körper kehrte in den Normalzustand zurück. Er betrachtete den Gnomenrat mit finsterer

Miene. »Niemand kennt den Tag, an dem der Letzte Krieg beginnt. Ich nicht. Ihr nicht. Ihr werdet nicht einmal untereinander davon sprechen. Niemals daran *denken!* Habt ihr verstanden?«

»Ja, Hochkönig«, antworteten die anderen. Drüben am Tisch des Mai-Königspaares ging ein Feuerwerk aus sprühenden Leuchtkugeln los. Es kündigte das Ende des Mondscheinschmauses und den Beginn der Nacht der geheimen Liebe an.

»Holt euch jetzt eure Maskeradenkostüme und werdet nüchtern!« befahl Sharn. »Ayfa und ich treffen uns mit euch in einer Stunde am Fuß des Maibaums.«

»Du siehst ... lächerlich aus«, sagte Kuhal. »Aber stilgerecht.«

Culluket zuckte die Achseln. »Ich halte es für eine originelle Verkleidung.«

Sein Ausdruck hinter der Totenkopfmaske war für seinen Bruder deutlich zu erkennen. Angesichts der idiotischen Scharade, die draußen auf der Tanzfläche stattfand, war Culls spöttisches Lächeln zu verstehen. Aber *Aufregung?*

»Du überraschst mich, Inquisitor. Ich hatte geglaubt, du seist über die einfacheren Arten der Sinnlichkeit hinaus.«

»So ist es. Heute nacht ist jedoch eine besondere Gelegenheit.«

Der Tod verschränkte seine schwarzumhüllten Arme mit den aufgemalten Knochen und betrachtete die Szene. Die Ballmusik wurde immer erotischer, die Tänzer verrückter und hemmungsloser. Die Jungen, die das künstliche Stimulanz sowieso nicht brauchten, sonderten sich bereits paarweise ab und entschlüpften durch die Bäume in Richtung der Liebeswiese. Sogar die der Tradition verhafteten Tanu, die sich widerwillig zu der Maskerade bereitgefunden hatten, schienen sich der dionysischen Atmosphäre zu ergeben. Dieser flatternde purpurfarbene Nachtfalter konnte keine andere sein als die verehrungswürdige Morna-Ia. Und die stämmige, verhüllte Gestalt mit Pantherkopf, die schamlos mit zwei Mädchen umhersprang, hatte eine verdächtige Ähnlichkeit mit dem Handwerksmeister. Aiken Drum befand sich natürlich mitten im Gedränge und trug, wie konnte es anders sein, die farblich geteilte Tracht eines mittelalterlichen Hofnarren. Seine Maske war mit einer obszön langen Nase ausgestattet, die ihre eigene Libido zu haben schien.

»Und übermorgen«, bemerkte Kuhal, »werden wir ihn zum König ausrufen! Die Göttin verzeihe uns! Und du gehörst zu denen, die ihn mit allen Kräften unterstützt haben, redigierender Bruder. Du, ein Senior-Mitglied der Heerschar! Ich habe wenigstens die Entschuldigung einer Gehirnbeschädigung. Aber du bist ungeachtet all deiner Temperamentausbrüche ein Muster gletscherhafter Rationalität. Das ist kein König von Geburt. Er kommt aus der Gosse! Und trotzdem akzeptierst du seelenruhig diesen Emporkömmling – *dienst* ihm sogar! Es war allgemein bekannt, daß zwischen dir und Nodonn eine Entfremdung eingetreten war. Aber daß du einem Geringen Treue gelobst – das verleugnet wirklich alles, wofür die Heerschar Nontusvels ein Symbol war.«

Der Tod lachte. »Wer ist von unserer großmächtigen Heerschar noch übrig? Fünfzehn Brüder und Schwestern mit mageren Talenten unter Celos Schutz, und die meisten überlebten, weil sie beim Wettstreit verwundet und ins Redakteurshaus gebracht wurden, um aus dem Weg zu sein. Ich selbst gehöre dazu. Und du auch.«

Kuhal wandte sich ab. Seine hageren Züge spannten sich. Aus seinem Gedächtnis stieg ungerufen ein Bild auf, das der Inquisitor unschwer wahrnehmen konnte. »Und ich auch. Ein halber Verstand. Ein halber Mann. Durch ein und denselben Todesfall verwitwet und verkrüppelt. Einer Liebe beraubt, die einer, der kein Zwilling ist, nie verstehen kann!« Seine Bitterkeit war so heftig, daß er taumelte und sein Gesicht grau wurde. Culluket nahm seinen Bruder beim Arm und führte ihn zu einem kissenbelegten Sitz vor der beschnittenen Hecke, außer Sicht der ausgelassenen Menge. Kuhal sank darauf nieder, nahm ein kleines Glas mit einem medizinischen Gebräu entgegen und nippte daran, bis die starken Kräuter ihre Wirkung taten. Er zeigte ein bleiches Lächeln. »Fast beneide ich deine armen Schätzchen darum, daß sie vom Tod umarmt werden, Bruder! Wähle ja junge aus, falls du sie von diesem priapischen Affen weglocken kannst. Bei den jungen ist es wenig wahrscheinlich, daß sie die traurige Geschichte deiner neun Ehefrauen und dreißig glücklosen Mätressen kennen.«

»Ich habe meine Geliebte bereits gewählt«, antwortete Culluket. »Und sie weiß es.«

»Dann geh!« sagte Kuhal Erderschütterer. »Ich kann mich hier ebenso gut ausruhen wie sonstwo. Morgen früh werden sich Boduragol und die anderen Redakteure aus Afaliah um mich kümmern. Genieße du deine Nacht der geheimen Liebe, Bruder!«

Der Tod nickte, hob eine Skeletthand und schlüpfte fort zur Maskerade.

Sullivan-Tonn tanzte mit seiner Verlobten, der schönen jungen Koerziererin Olone. Ihm war übel von der Erkenntnis, daß irgendein schwarzer Impuls aus seinem eigenen Unterbewußtsein ihn veranlaßt haben mußte, die Antilopenmaske mit den Spiralhörnern zu wählen.

»Du kannst nicht mit ihm gehen! Ich verbiete es. Dein Vater hat mir sein feierlichstes Versprechen gegeben!«

Olone war hinreißend in einem Mantel aus schwebenden weißen Blütenblättern und einem hohen, blumengeschmückten Kopfputz. Ihre kleine Halbmaske war aus Gold, der obere Rand ganz mit juwelenbesetzten Staubgefäßen geschmückt. Sie blickte auf ihren ältlichen Verlobten mit einem Lächeln nieder, in dem sich Belustigung und Verachtung mischten.

»Vater ist tot. Und außerdem haben die Wünsche eines Königs Vorrang vor denen eines Stadt-Lords.«

»Olone! Mein liebes Kind. Meine unberührte Blüte! Ich werde dich wegtragen ...«

Sie spürte, wie er mit seiner großen psychokinetischen Kraft zufaßte. Aber es erforderte nicht mehr als einen einzigen koerziblen Schub, und er war zermalmt und weinte hinter seinem dummen Antilopenkopf, und sie wirbelten über das weiche Gras, und die Musik hämmerte.

»Vater hat mich dir ohne meine Zustimmung versprochen, als ich noch ein Kind war. Du solltest dankbar sein, daß ich immer noch bereit bin, einen Menschen zu heiraten.«

»Es gibt keinen Psychokinetiker, der mir ebenbürtig ist!« prahlte Sullivan-Tonn.

»Außer *ihm.* Und ein solcher Hauptgewinn bist du nicht. Du bist viel zu klein und zu dick, und für einen, der erst sechsundneunzig ist, bist du viel zu *alt,* und ich finde, es war feige von dir, in Finiah nicht zu kämpfen.«

»Sprich nicht so! Ich liebe dich so sehr!«

»Oh, Schnickschnack.« Sie zog ihn näher und näher zum Mittelpunkt der Tanzfläche hin, wo der Narr und seine Dame sich drehten. »Ich weiß, warum du eine Jungfrau willst. Glaub nicht, ich könne diese schrecklichen Bücher, die du dem Inquisitor gezeigt hast, nicht lesen, weil sie nicht in Standard-Englisch geschrieben sind! Meinst du, wir Tanu seien unfähig, einen Vokaltranslator zu benutzen? *La nouvelle Justine,* wirklich! Versuche bei mir nur einen dieser Tricks der Geringen, wenn wir verheiratet sind, und ich koerziere dich zu Brei!«

»Mein Liebling, ich würde nie ...«

»Ach, sei ruhig!«

Die meisten Paare, die noch auf der Tanzfläche waren, versammelten sich jetzt um Aiken und Mercy. Die Lady von Goriah trug keine eigentliche Verkleidung. Ein einfacher schwarzer Domino war über das keltische Kostüm geworfen, mit dem sie das Zeitportal durchschritten hatte. Die Musik hatte sich zu einem gemächlichen Dreivierteltakt verlangsamt. Der Narr und die irische Prinzessin tanzten auf Armeslänge voneinander entfernt. Sein Gesicht war nicht nur von der lächerlichen langnasigen Maske verdeckt, sondern auch von einem mentalen Vorhang. Ihre Lippen waren farblos, zu einem wissenden Lächeln verzogen.

Der Tanz endete, und sie verbeugten sich voreinander. Eine neue Melodie begann, hektisch, unheimlich. Es war unmöglich, danach zu tanzen. Der Ball war vorbei, und die Paare eilten auf die Schatten zu.

Olone löste sich aus Sullivans Armen und lief zu Aiken. »Mein König!« stieß sie atemlos hervor und knickste bis auf den Boden. Der Narr schnippte mit den Fingern beider Hände und näherte sich ihr in Sprüngen. Sie erhob sich, löste sich auf in Gekicher und geriet in die erbarmungslosen Liebkosungen seiner obszönen Nase.

Hilflos sah Sullivan sie fortlaufen. Mercy stand nun fast allein in der Mitte der großen Rasenschüssel. Die Musiker, alles Menschen, hatten die beudeutungsvolle Weise von »La Valse« angestimmt. Sullivan erschauerte unter bösen Vorahnungen. Eine geisterhafte Erscheinung, die unter den Platanen gewartet hatte, trat heraus in den Mondschein und winkte. Mercy ging langsam zu ihm. Dann erhob sie sich auf die Zehenspitzen und küßte den fleischlosen Mund des Todes.

»Alles bereit?« flüsterte Sharn.

»Bereit«, antworteten Ayfa und die zehn Oger.

Sie verflochten ihren Geist und schleuderten den Bolzen.

Olones Augen waren wie Sterne. »Oh, Aiken. Ich hätte nie gedacht, daß es *so* sein würde!«

Der Possenreißer blickte ein wenig verwirrt auf sie herab. Er keuchte erschöpft. »Ich glaube, ich habe mich selbst übertroffen. Vielleicht ist doch etwas an diesem Maibaum-Zauber!«

Anders als bei den Firvulag, fanden die Hochzeiten der Tanu in hellem Tageslicht, unter der Mittagssonne des Maitags statt. Die Brautpaare, angeführt von Aiken-Lugonn und Mercy-Rosmar, schritten zu feierlichem Chorgesang, dessen Höhepunkt das Lied war, um den goldenen Maibaum. Die Bräute und Bräutigame trugen Gewänder oder Roben in ihren eigenen heraldischen Farben, darüber weiße Mäntel. Die Bräute hatten Kränze aus weißen Lilien, die Bräutigame solche aus männlichem Farn. Mercys einzige Neuerung bei dieser alten Zeremonie war die Einfügung von Rosmarin-Zweiglein in den Hochzeitskronen. »Das ist eine Pflanze, die auf der alten Erde seit undenklichen Zeiten benutzt wurde, um Hochzeiten zu segnen«, hatte sie erklärt, »und es ist auch meine eigene Pflanze: Rosmarin für Rosmar. Rosmarin zum Andenken ...«

Sie dachte an eine andere Hochzeit.

Sie hatte Mitte Juni des letzten Jahres stattgefunden – keine Massenzeremonie wie diese, sondern eine intime Feier, der nur die Höflinge und das Volk von Goriah beiwohnten. Sie hatte nicht das Blaugrün der Kreatorengilde getragen (damals war sie noch nicht initiiert gewesen), sondern das Rosa und Gold ihres Dämonenliebhabers. Wäre er am Leben geblieben, hätten sie ihr Gelübde heute bestätigt und nicht die Parade der Brautpaare angeführt, sondern die spätere Prozession der Ehepaare.

Nodonn! schrie sie in seinem intimen Modus. Niemand hörte es. Nicht der feierliche kleine Mann in seiner golden und schwarzen Robe neben ihr, nicht Eadnar und Alberonn, die auf dem Ehrenplatz direkt hinter ihr schritten, noch sonst jemand von den einhundertundsiebenundsechzig Tanu- und goldreiftragenden menschlichen Paaren, die ihnen gemessenen Schrittes um den goldenen Schaft folgten. Sie tanzten und hielten dabei die Blumengirlanden, die von der Spitze des Maibaums niederhingen, und verwoben die Bänder immer enger, bis die Verlobten in einem dichten Kreis mit dem Gesicht zur Stange standen, die Girlanden fallenließen und sich zum endgültigen Gelübde küßten.

Ihr von Tränen glitzerndes Gesicht von dem Aikens hebend, streckte Mercy-Rosmar Lady Kreatorin beide Hände aus und zeigte ihre metapsychischen Kräfte. In einem lieblichen Wunder füllte sich die Luft mit einem Schneesturm aus kleinen weißen Blüten, die über die sich küssenden Paare hinstoben, sich in ihrem Haar niederließen, von den Hochzeitsmänteln niederglitten und in duftenden Schwaden auf dem smaragdgrünen Tanzboden liegenblieben.

»Slonshal!« riefen alle Zeugen. »Slonshal! Slonshal!«

Das Ritual war vorbei, und Tausende von Rama-Dienern und menschlichen Kellnern schwärmten in dem Mai-Hain aus, alle in Aikens golden-schwarzer Livree. Die Paare und die Schar der Gäste machten es sich auf schattigem Gras bequem und taten sich an einem Picknick gütlich, und diesmal waren die Speisen und Getränke nach ihrer angeblichen aphrodisiakischen Wirkung ausgewählt worden. Unterhalter wanderten zwischen den Gruppen umher, und als der Abend sich niedersenkte, wurden Spottlieder vorgetragen. Ein großartiges und sinnliches Ballett stellte die Überleitung zu der Liebensnacht dar.

(Mittlerweile waren die Firvulag in ihr eigenes Lager zurückgekehrt, wo Sharn und Ayfa und der Gnomenrat sich ums Feuer versammelten, sittsam und wütend, und sich sinnlos betranken. Culluket hielt diese ganze Nacht ein fernsehendes Auge auf den Feind, aber die Moosgrotten, die Mercy so sorgfältig vorbereitet hatte, blieben ungenutzt.)

Als der Maimond hoch am Himmel stand, entfernten sich Tanu und Menschen wiederum paarweise – doch diesmal auf schicklichere Art als in der letzten Nacht. Sie kamen zu ihren Lauben und Ruhebetten, unter Büschen versteckt, und fanden sie mit frischen Blütenblättern bedeckt. Die Neuvermählten breiteten ihre weißen Mäntel aus, die alten Ehepaare kamen auch so zurecht, und selbst die Einsamen und die Verzweifelten fanden diese Nacht in dem von Nachtigallen verzauberten Wald süßen Trost.

Nachdem alle anderen gegangen waren, traten Aiken und Mercy vor den Maibaum. Sie reichten sich um den hochaufragenden Mast die Hände und umkreisten ihn.

»Jetzt gehörst du mir«, sagte er zu ihr.

»Aber wem gehörst *du?*« gab sie zurück und brach in wildes Gelächter aus, als das triumphierende Grinsen auf seinem Gesicht verblich.

Seine einzige Antwort war, daß er ihre Hände fester packte und schneller tanzte. Der Maibaum war jetzt frei von Blumenbändern und reckte sich wie ein monströser Pylon zum sternenfunkelnden Zenith auf. Seine glatte Härte trennte sie, als sie den Boden verließen und aufwärts spiralten. Ihre Hochzeitskronen hatten sie verloren, aber die weißen Mäntel blähten sich. Sie wurden länger und weiter und bildeten dann eine rotierende Flüssigkeit wie eine ringförmige Wolke. Mercy warf den Kopf von einer Seite zur anderen. Schneller und schneller ging es. Nichts war deutlich zu sehen in der kreiselnden Dunkelheit als sein Kaspergesicht und ihr lachendes und immer der goldene Schaft zwischen ihnen.

Sie flogen über die Spitze hinaus, eingehüllt in die Mondscheinblase, zu der die Mäntel geworden waren. Mercy meinte, aus Angst vor ihm und aus Begehren sterben zu müssen, und seine Augen waren zwei schwarze Löcher, und er war kein kleiner Mann mehr, sondern riesengroß. Und da war ein großer goldener Maibaum, der goldenes Licht und Wärme ohne Maß brachte, mehr als die Sonne, sogar mehr als der Tod.

»Aber wem gehörst *du?*« hörte sie sich lange Zeit später wiederholen. Und dann: »Niemandem. Armer Leuchtender.«

Da war er jedoch schon fort, und es war Morgen und Zeit, sich für die Krönung fertigzumachen.

Höhepunkt des Großen Liebesfestes war der Tradition nach die fröhliche Absetzung des Mai-Königspaares. Danach erneuerten alle Tanu-Untertanen ihren Treueeid vor dem legitimen Souverän. In diesem Jahr sollte es allerdings anders verlaufen. Jeder wußte es; seit der erfolgreichen Beendigung von Aikens Prunkreise war im Vielfarbenen Land davon geredet worden. Es gab solche, die sich freuten, und solche, die verzweifelten, und sogar ein paar, die sich darauf verließen, die Göttin werde in letzter Minute eingreifen und Ordnung in dies betrübliche Chaos bringen.

Am Morgen des 2. Mai sandte Lady Morna-Ia ihren ferngesprochenen Ruf aus, und bis Mittag hatte sich das Tanu-Konklave in der Wiesenschüssel des Festplatzes versammelt. Mehr als 6000 waren da, vielleicht zwei Drittel von allen, die die Flut überlebt hatten. Auch die Firvulag-Gäste hatten sich eingefunden, in einem verdrossenen Häuflein zusammengeschart, alle in ihren Obsidian-Rüstungen und mit einem gewaltigen Kater. Am Rand der Versammlung von Fremden drängte sich eine große Menschenmenge, die bis in den Park um das Amphitheater überquoll – vielleicht 15000 Silberreifen, Graue und Bloßhalsige. Sie kamen nicht nur von Goriah und den umliegenden Pflanzungen und Bergbaudörfern, sondern auch von so weit her wie Rocilan und Sasaran, eigens von dem Usurpator eingeladen, Zeugen seiner Stunde der Glorie zu werden.

Von der Bühne waren die Maifest-Dekorationen entfernt worden. Die blumengeschmückten Throne hatte man durch zwei merkwürdige Sitze aus schmucklosem schwarzen Marmor ersetzt.

Eine Glasfanfare schmetterte einen einzigen Ton. Die Menge verstummte, die Augen auf die Bühne gerichtet, und plötzlich war Elizabeth da. Gedanken und Stimmen schrien unwillkürlich auf vor Staunen. Elizabeth trug Bredes Kleid und großen Kopfputz in Schwarz und Rot und hielt die Glaskette des Schweigens hoch in den Händen. Eine mentale Welle ging von ihr aus, beruhigte die ängstlichen Tanu-Gemüter, erinnerte sie, wer ihr diese Rolle gegeben hatte.

Und dann stand Aiken neben ihr in seiner goldglänzenden Rüstung. Sein Kopf war bloß.

»Wählt frei!« sagte Elizabeth. »Wollt ihr ihn als euren König haben?«

Die Antwort war ruhig, starr, unvermeidlich: »Wir wollen.«

»Die Tanu-Könige haben keine Krönungstradition«, sagte die Nachfolgerin der Schiffsgattin, »wie sie auch keine Tradition für die friedliche Nachfolge auf den Thron haben. Für eure Rasse ist der Monarch immer ein Held der Schlacht gewesen, und seine einzige Krone war ein Kriegerhelm. Aber dieser König hat um ein neues Symbol gebeten, und so gebe ich es ihm.«

Elizabeth reichte Aiken einen einfachen Ring aus schwarzem Glas. Er nickte ihr zu und setzte ihn sich selbst auf sein krauses dunkelrotes Haar.

Ein neuer Laut stieg von der Menge auf: Vielleicht der eingesogene oder ausgestoßene Atem oder ein Seufzer der Erleichterung oder ein unterdrücktes Schluchzen. Elizabeth beugte sich über Aiken und sprach allein zu seinem Geist. Wieder nickte er, und Elizabeth verschwand. Wo sie gestanden hatte, waren jetzt sechzehn Tanu – und Mercy.

»Ich stelle euch eure neue Hohe Tafel vor«, sagte Aiken. Seine hörbare Stimme war leise, doch sogar die am weitesten entfernt stehenden Bloßhalsigen verstanden seine Worte.

»Zuerst Mercy-Rosmar, meine Königin, die Lady Kreatorin, Mitregentin meiner Stadt Goriah.« Sie kniete vor Aiken nieder und erhielt von ihm einen grünen Ring. Er nahm ihre Hand und führte sie zu den beiden Marmor-Thronen. Sie stiegen hinauf. Einer nach dem anderen näherten sich die Kandidaten für die Hohe Tafel. Sie berührten ihre Halsringe, während ihre Gedanken stumm Treue gelobten.

»Die ehrwürdige Lady Morna-Ia Königsmacherin, Präsidentin der Fernwahrnehmer-Gilde ... Culluket der Inquisitor, Präsident der Redakteursgilde ... Bleyn der Champion, stellvertretender Lord der Psychokinetiker ... Kuhal Erderschütterer, Zweiter Lord der Psychokinetiker ... Aluteyn Handwerksmeister, Zweiter Lord Kreator und Lord von Calamosk ... Sibel Langhaar, Zweite Lady Fernwahrnehmerin ... Artigonn, Zweiter Lord Koerzierer und Lord von Amalizan ... Alberonn Gedankenfresser und Eadnar, Lord und Lady von Rocilan ... Celadeyr, Lord von Afaliah ... Armida die Furchtbare, Lady von Bardelask ... Neyal der Jüngere, Lord von Sasaran ... Thufan Donnerkopf, Lord von Tarasiah ... Diarmet, Lord von Geroniah ... Lomnovel Gehirnausbrenner, Lord von Sayzorask ... Condateyr der Donnerer, Lord von Roniah.«

Aiken sah die neu ernannten Großen an. »Ich selbst übernehme die Präsidentschaft der Koerzierer- und der Psychokinetiker-Gilde. Das Amt des Zweiten Redakteurs bleibt vorläufig vakant. Da weder Lady Estella-Sirone von Darask noch Moreyn Glashersteller, der Stadt-Lord von Var-Mesk, bei diesem Konklave anwesend sind, verschiebe ich ihre Erhebung zur Hohen Tafel, bis sie mir persönlich ihren Treueeid anbieten.«

Er erhob sich von seinem Thron. Einen Augenblick betrachtete er schweigend die Menge aus Fremden und

Menschen und Mischlingen. Sein ernstes Gesicht wurde milder, und das alte spöttische Lächeln erschien, als er auf das Emblem seiner gläsernen Brustplatte klopfte. Es war so stilisiert und so mit gelben Diamanten eingelegt, daß der digitus impudicus kaum noch zu erkennen war.

»Und was ist mit euch übrigen? Seid ihr mit mir als König dieses Vielfarbenen Landes aus ganzem Herzen einverstanden?«

»Slonshal!« donnerten Gedanken und Stimmen seiner Untertanen. »Slonshal König Aiken-Lugonn! *SLONSHAL!*«

Die Firvulag sagten nichts. Als es irgendwem einfiel, nach ihnen zu sehen, waren sie schon unterwegs nach Nionel.

ENDE DES ZWEITEN TEILS

DRITTER TEIL

Der Kampf der Giganten

1

Im Schlaf rief er nach ihr: Mercy! Und er erwachte wieder in der Höhle, und die Felsen ließen keinen telepathischen Impuls durch.

Mercy! schrie sein Geist, aber der Laut, der über seine Lippen drang, war kaum hörbar. Wie immer versuchte er, sich aufzurichten. Wie immer konnte er nur die Muskeln seines Gesichts und seines Halses bewegen. Eine warme Brise, befrachtet mit dem Duft des blühenden Maquis, stahl sich an der Höhlenwand entlang. Er war sehr durstig. Den Kopf drehend, konzentrierte er seinen Willen auf den unversehrten Arm, befahl ihm, sich zu recken, die in der Nähe stehende Wasserflasche zu ergreifen. Der Arm blieb schlaff. Er war hilflos.

Göttin, laß mich sterben, flehte er. Laß mich sterben, bevor Isak Henning und Huldah zurückkommen!

Eine Fliege ließ sich auf seinem Gesicht nieder und kroch über seine aufgesprungenen Lippen. Es machte ihn wahnsinnig. Vergebens rief er Flüche auf das elende Geschöpf herab. Der warme Wind spielte herum, wirbelte Staub auf und bewarf ihn damit. Seine Haut war jetzt ganz besonders empfindlich. Er spürte jede Unregelmäßigkeit in dem Höhlenboden unter seiner Fellmatratze, fühlte jedes feuchte Haar des Fells. Die Sonne sank, und kurze Zeit schienen ihm ihre starken Strahlen direkt ins Gesicht, so daß er in Schweiß ausbrach. Der Durst war schrecklich.

Die Fliege auf seinem Mund flog weg. Aber nun kam sein gefährlichster Insektenfeind, eine schwarzweiße Bremse, die die Haut mit ihrem nadelartigen Eileiter durchbohrte und ihre Eier in das lebende Fleisch legte. Angst und Ekel quollen beim Anblick der Bremse in ihm auf. Er wollte das scheußliche Ding koerzieren, er versuchte, es mit seiner PK wegzuschieben.

Es setzte sich auf seinen Bauch.

Er stieß einen erstickten Schrei aus. Ein langer Schatten fiel durch die ganze Höhle, und der Wind trug ihm einen vertrauten Moschusgeruch zu. Er grunzte vor verzweifelter Not. Sie kam gerannt und vertrieb die Bremse mit bloßen Händen, gerade als sie stach.

»Da!« rief sie und stampfte sie mit ihren hornigen Füßen in den Staub. »Da, sie ist tot, das teuflische Ding!« Sie badete die verletzte Stelle mit kühlem Wasser und gab ihm zu trinken. Dann bettete sie summend seinen Kopf an ihre Brust. Opa kam mit den Kaninchen herein, die er in seinen Fallen gefangen hatte, und warf ihnen einen spöttischen Blick zu. Huldah achtete nicht darauf.

»Ist jetzt alles mit dir in Ordnung?« fragte sie.

»Ja.«

»Keine weiteren Bisse? Keine Steinchen, die dir weh tun?«

»Nein. Nur gib Wasser.« Sie ließ ihn noch einmal trinken, dann brachte sie die Keramik-Bettpfanne. Während sie ihn säuberte, häutete Isak die Kaninchen ab und steckte sie an den Spieß. Der Geruch nach bratendem Fleisch ließ das Wasser im Mund zusammenlaufen.

Er konnte jetzt mühelos kauen und schlucken. Huldah hatte sich sehr gekränkt gefühlt, als er ihre Mund-zu-Mund-Fütterung entschlossen ablehnte, aber er war bereits imstande, seine Lippen fest vor ihr geschlossen zu halten, und so belästigte sie ihn nicht mehr.

»Heute nacht wird schöner Mondschein sein«, verkündete sie. »Vollmond. Möchtest du gern nach draußen? Du und ich könnten auf dem Gras schlafen und Opa in der Höhle.«

»Nein«, weigerte er sich rundweg. »Hierbleiben.«

»Gut. Aber diese Nacht ist etwas Besonderes. Sagt Opa.« Ihre Augen leuchteten, und sie warf ihr strähniges, flachsfarbendes Haar zurück. »Nach dem Abendessen gibt es eine Überraschung!«

Ihm wurde kalt ums Herz. Vollmond und Frühlingswärme? »Welcher Monat?« fragte er.

Sie beugte sich lauschend über ihn, und er wiederholte: »Welcher Monat ... ist es?«

Der böse alte Mann hörte es, kam zurück und stellte sich vor ihn. »Wir nennen ihn Mai, Lord Gott! Ihr nennt ihn die Zeit des Großen Liebesfestes. Liebe! Und habt ihr euch nicht immer köstlich amüsiert – ihr Tanu mit euren verdammten Fruchtbarkeitsriten? Damit ist es jetzt aus! Deine Leute sind tot, Lord Gott. Alle von der rächenden Flut fortgespült. Die Fliegende Jagd von Muriah ist seit dem letzten Herbst nicht mehr gekommen. Sie wird nie wieder nach Kersic kommen.«

»Das habe ich dir doch gesagt, Opa«, meinte Huldah friedlich. »Aber du wolltest mir nicht glauben.«

»Nur weil du nichts anderes als eine schwachsinnige Schlampe bist«, brummte Isak Henning. »Na ja, damit hattest du recht.«

»Und ich hatte recht damit, daß mein Gott aufwachen werde.« Sie starrte ihren Großvater mit merkwürdiger Intensität an. »Bald wird er ganz gesund sein.«

Der jämmerliche Alte humpelte ans Kochfeuer hinüber. »Wenn er gesund ist, kann er seine PK benutzen, um die hölzerne Hand zu bewegen!« Er lachte boshaft. »Und sich seine eigenen Läuse kratzen und seinen eigenen Arsch wischen. He, he, he!«

»Hör auf, Opa!«

Der alte Mann schielte halb trotzig, halb ängstlich zu ihr hin. »Nur ein Scherz. Verdammte Kuh, überhaupt keinen Sinn für Humor!«

Sie aßen. Die Dunkelheit ließ noch lange auf sich warten. Die Vögel sangen, und Huldah verkündete, sie werde zum Wasserfall gehen und baden. »Und wenn ich zurückkomme, will ich dich hier nicht finden, Opa. Trag deine Sachen in den Korkeichenhain! Da ist es schön. Wenn du heute nacht versuchst zu spionieren, wird es dir leid tun.«

Isak sah ihr nach, hilflos Flüche mümmelnd. Er raffte seinen Schlafrock zusammen und warf Feuerzeug, eine

Wasserflasche, ein Stück in der Asche gebackenes Brot und seine drei Holzschnitzmesser aus Vitredur hinein. Dann schlurfte er in den Hintergrund der Höhle, das Bündel über der Schulter, und stellte sich vor dem auf dem Rücken liegenden Kranken auf.

»Heute nacht bist du dran, Lord Gott. Der Mai-Wahnsinn hat unsere Huldah ergriffen!« Er lachte, bis er einen Hustenanfall bekam, sich räusperte und spuckte. Der stinkende Speichel landete nur wenige Zentimeter von dem schönen Gesicht des Gottes entfernt.

Mit großer Mühe sprach er. »Wer ist Huldah? Was ... ist sie?«

»Aha! ha, ha, ha!« freute sich der alte Mann. »Du möchtest wissen, in welchen Boden du gesät hast, was? Nun, Lord Gott, ihre Großmutter war eine von *euch!* Beinahe. Als ich ein eben angekommener bloßhalsiger Sklave auf den Pflanzungen der Drachenberge war, schickte man mich, die Antilopenherden auszudünnen. Am Berghang fand ich ein ausgesetztes Baby. Ich wußte es nicht, aber es war ein Wechselbalg. Ein Firvulag-Halbblut, das irgendeine eurer armen menschlichen Zuchtstuten geboren hatte, wie es manchmal so geht. In zivilisierteren Gegenden, so habe ich gehört, werden Firvulag-Kinder den Kleinen Leuten übergeben. Aber auf Aven, wo keine Firvulag wohnen ... Nun, ich fand das Kind und nahm es in meine Hütte mit. Ich hatte eine zahme Antilope mit einem Kälbchen, also hatte ich Milch. Am Anfang experimentierte ich nur, verstehst du. Die Kleine konnte schon als Winzling die Gestalt ändern und auch so ungefähr meine Gedanken lesen. Sie wußte, ich war einsam, und fand heraus, daß ich ihren menschlich wirkenden Körper am liebsten mochte. Sie wuchs schnell heran, immer darauf bedacht zu gefallen.«

Isak hockte sich neben der regungslosen Gestalt nieder. Der Gott fragte: »Huldah?«

»Nein, nein, noch nicht. Was geschah: Dieser Wechselbalg war anfangs eine Art Schoßtier, dann ein Freund und Diener, und dann ... nun, ihr Tanu-Schufte gebt uns bloßhalsigen Männern ja keine Frauen, und als das Mädchen endlich groß genug war, um gefickt zu werden, fickte ich sie. Sie mochte mich. Ich nannte sie Borghild nach einem Mädchen, das ich im Milieu gekannt hatte. Wir waren glücklich da draußen in den Bergen. Ich tat die stupide Hirtenarbeit, und der Wechselbalg tat sein Bestes, um hübsch auszusehen, ganz wie die andere Borghild. Dann fand eines Tages ein Kerl die Sache heraus und wollte seinen Anteil. Ich schlug ihn zusammen, und er sagte es dem Aufseher. Aber bis die Graureif-Soldaten erschienen, waren ich und Borghild schon über die Drachenberge abgehauen. Wir machten uns ein Fellboot mit einem kleinen Segel und kamen nach Kersic. Und dann bekam sie ein Baby, und dann starb sie.«

»Baby Huldah?«

»Noch nicht, verdammt noch mal. Ich nannte das Baby Karin. Auch sie wuchs schnell heran, und wir lebten in einer Siedlung der Geringen, die wir hier auf der Insel fanden. Karin war genug Firvulag, um die anderen Kerle im Dorf zu verscheuchen. Sie hatten Angst vor ihr und Angst vor mir. Uns ging es recht gut in jenen Jahren. Natürlich vögelte ich sie, sobald es ging; und Karin bekam bald ein Baby, und *diesmal* war es Huldah. Eines Nachts kam eine Fliegende Jagd von Muriah. Sie tobten sich dann und wann auf Kersic aus, wenn die gesetzlose menschliche Bevölkerung angewachsen war. Alle im Dorf wurden abgeschlachtet außer mir und Klein-Huldah. Wir entkamen und fanden diesen Ort. Es ist schon lange her.«

Der Gott sagte mit seiner langsamen Stimme: »Und als Huldah herangewachsen war, nahmst du sie.«

Isak fuhr zurück, als sei er geschlagen worden, stolperte über sein Bündel und fiel zu Boden. »Nein! Nein!« Schwer atmend, suchte er in dem zusammengerafften

Pelzrock. Eine Saphir-Klinge schimmerte im trüben Feuerlicht und näherte sich dem Hals des Gottes, zitterte über der Schmuckschließe seines goldenen Reifs.

»Fremder Bastard«, zischte der alte Mann. »Seit Jahren habe ich davon geträumt, genau das zu tun.«

»Tu es!« sagte der Gott.

Isak Henning nahm den Griff des Messers in beide dürre Hände und hob es hoch. »Ich hasse euch, hasse euch! Ihr habt uns unsere Chance auf eine neue Welt genommen! Und jetzt seid auch ihr am Ende! Wir sind alle ...« Der alte Körper bebte unkontrollierbar, zuckte in plötzlichen Krämpfen. Isak ließ das Glasmesser fallen, bedeckte das Gesicht mit den Händen und schluchzte.

Huldah kam – groß, strahlend sauber, nackt und mit wilden Orangenblüten bekränzt. »Dummer Opa. Ich habe dir gesagt, du sollst gehen.« Sie lächelte ihrem Gott zu. »Opa hat einmal versucht, mir wehzutun, als ich ein kleines Mädchen war. Ich habe ihm daraufhin bessere Manieren beigebracht. Zeig's dem Gott, Opa!«

Der alte Mann hob wimmernd seinen Lendenschurz und zeigte, was ein unwilliges Mädchen mit Firvulag-Genen einem Mann antun kann, der sie zwingen will.

»Jetzt geh endlich! Laß uns allein, Opa!«

Der alte Mann kroch davon. Huldah ging für einen Augenblick in den Hintergrund der Höhle, kehrte zurück und begann, ihren Gott anzuziehen. Das machte ihr so wenig Mühe, als sei er eine Puppe. In sein Entsetzen versunken, achtete er wenig darauf.

Firvulag! Sie war eine Firvulag. Er mit seinem Streben nach den höchsten Zielen hatte das strengste Tabu zwischen den beiden Rassen verletzt. Firvulag! Es erklärte ihre Größe und Kraft, ihre grobe Vitalität. Und früher einmal war dies verstümmelte Wrack von einem Vater-Großvater ein muskulöser Menschenmann gewesen.

»Heute wird die schönste Vollmondnacht von allen

sein, weil du endlich wach bist«, sagte sie. Und nach einer kleinen Weile: »Du wirst ihn für mich töten, nicht wahr? Sofort, wenn du dazu imstande bist?«

Er konnte nicht antworten. Jetzt merkte er, welche Kleidungsstücke sie ihm angelegt hatte – Jacke und Hose aus einem Maschengewebe voller elastischer Blasen, die Unterwäsche für seine Glasrüstung. Und nun wurden die Stücke selbst angeschnallt, die Panzer für Arme und Beine (nur der rechte Handschuh fehlte), Schenkel und Schultern. Sie hielt die Brustplatte mit dem in Gold und rosenfarbenen Steinen dargestellten Sonnengesicht hoch, bevor sie ihn damit wappnete. Als letztes kam der Helm mit den gefährlich glitzernden Dornen und dem heraldischen Schmuck, einem hokkenden, unirdischen Sonnenvogel. Sie ließ das Visier offen und stopfte hier und da Pelzlappen hinein, damit das Gewicht des Helms seinen Kopf nicht zur Seite ziehen konnte.

Er fühlte sich trotz der Unterwäsche qualvoll unbehaglich. Der Harnisch drückte seinen überempfindlichen Körper wie ein angepaßtes Nagelbett. Erniedrigung, Schuld und Haß gegen sie brodelten wie Magma in seinem Innern.

Die Rüstung begann zu glühen.

»Oh, wundervoll!« rief sie. »Mein wundervoller Gott! Gott des Lichts und der Schönheit und der Freude!«

Sie kniete vor ihm nieder, schob den Schuppenrock zur Seite und begann mit dem Mund den Akt der Verehrung. Ihr Körper war eine weiche Masse pfirsichfarbenen Lichts und ebenholzschwarzer Schatten, und gegen seinen Willen erwachte sein Glied für sie zum Leben, glitt tiefer und tiefer in ihren Rachen.

»Nein!« Zum ersten Mal hörte er seine Stimme in dem Gewölbe der Höhle widerhallen. Er mühte sich, seine Arme zu heben, dies gierig anbetende Gesicht wegzustoßen. Seine Muskeln waren wie Blei. Das Leuchten wurde stärker.

»Gott der Sonne!« keuchte sie. »O mein eigener Gott!« Sie bestieg ihn, mühelos die Rüstung übergrätschend, eine riesige unerbittliche Weichheit, die ihn verschlang und rhythmisch über ihm wogte. Er war verloren, und sie schrie auf unter der süßen Lawine blendenden Lichts, das die Sonne überstrahlte, sie auslöschte.

Huldah fiel bewußtlos zur Seite, und er hing in einer scharlachroten Leere. Ich bin tot, dachte er, und verdammt.

Er öffnete die Augen. Das blutfarbene Glühen verwirrte ihn. Es kam von seinem eigenen Körper. Die Glasrüstung flammte davon. Eine unendliche Zahl von winzigen Schmerzimpulsen griff seine Haut an und wurde zu einem Prickeln, das im Rhythmus seines hämmernden Herzens pulsierte.

Seine linke Hand lag auf seiner Brust. Er hob sie. Dann die rechte, und sogar das Holz war von Glanz überzogen, und die grobgeschnitzten Finger bogen sich. Er rollte sich von dem Körper der Frau weg, stützte sich gegen die Höhlenwand und stand auf. Das von ihm ausgehende stürmische Sonnenlicht ergoß sich in jede Ritze des Gewölbes. Er sah eine flüchtige Bewegung nahe dem dunklen Eingang und schritt darauf zu.

Es war der alte Mann, der hinter einem Felsblock hockte. Also war er doch zurückgekommen, um sie zu belauschen.

Nodonn riß Isak Henning am Genick hoch und ließ ihn in der Luft baumeln. Das Lachen des triumphierenden Apoll war wie das Brüllen des Hurrikans. Und dann wurde die dürre Gestalt in die Höhle hineingeschleudert und krachte neben Huldah auf den Steinboden. Die alten Knochen brachen, mitleiderregende Schreie gellten. Die Frau regte sich, hob den Kopf, sah mit stupider Verwunderung zu dem zerschmetterten Bündel hin – und dann zu *ihm.* Sie hob den Arm und schirmte ihre Augen vor seiner Aura ab.

Nodonn kehrte zu den beiden zurück, und bei jedem Schritt erklang seine Rüstung. Er nahm Isak in seine gepanzerte linke Hand und hielt die gleißende Holzhand wie eine flammende Klaue vor das verzerrte alte Gesicht.

»Jetzt werdet ihr sterben«, sagte der Schlachtenmeister. »Beide!«

Der alte Mann begann zu lachen.

Die Klaue heftete sich an die Kuppel seines kahlen Schädels und begann zu drehen; ein Finger glitt ins Auge und zerstörte es. Das Lachen stieg zu einem Kreischen an. »Töte sie! Töte sie! Aber bevor du es tust, sieh in sie hinein! Sieh ...«

Das hohe Krächzen vermischte sich mit anderen Lauten. Nodonn riß Isaks Kopf vom Rumpf und warf beides zur Seite. Huldah sah mit großen Augen zu. Es war keine Furcht in ihr.

Hineinsehen?

Sie lag im blutigen Staub, und ein paar zerdrückte Orangenblüten hingen noch in ihrem Haar. Nodonn benutzte seine Fernsicht. In diesem geräumigen Firvulag-Unterleib versteckte sich ein zwölf Wochen alter Fötus, halb so lang wie sein kleiner Finger. Perfekt und kräftig. Männlich.

»Ein Sohn«, stöhnte er. »Endlich.«

Aber wie? Wie war es unter der fast tödlichen Strahlung dieses erbarmungslosen Sterns, der ihn achthundert Jahre lang verhöhnt hatte, möglich gewesen? Er war der allmächtige Schlachtenmeister, und doch hatte er nur Schwächlinge gezeugt, die bis auf ein paar kränkelnde Töchter gestorben waren.

Er blickte zu der abschirmenden Felsdecke hoch. Er blickte auf die Frau mit ihren verbotenen Genen nieder. Seine Rasse hatte schon in der fernen Duat-Galaxis geschworen, daß eine solche Paarung bis hin zum Letzten Krieg nicht stattfinden dürfe. Aber Gomnol hatte bei seinen eugenischen Plänen eine Rassenmischung drin-

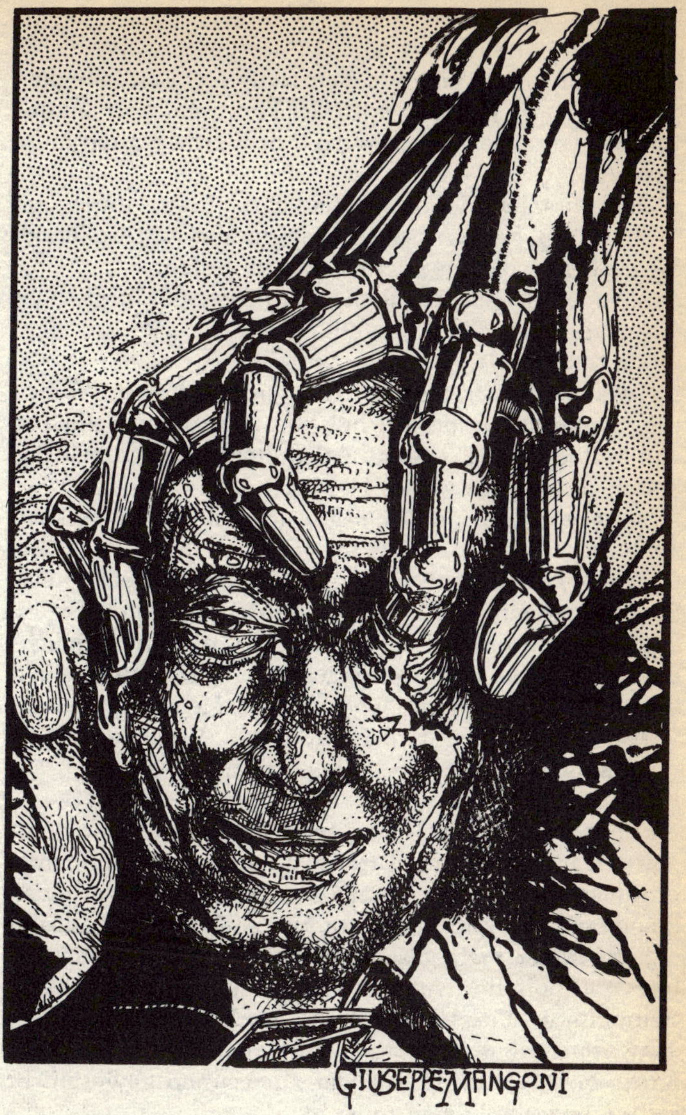
GIUSEPPE MANGONI

gend empfohlen – als eine Abkürzung auf dem Weg zur Operanz.

Konnte es sein?

Vorsichtig griff er mit seiner redigierenden Fähigkeit in das winzige Gehirn. Doch der Fötus war noch zu ungeformt, und er zu ungeschickt. Er würde warten müssen.

»Du wirst hierbleiben«, befahl er der Frau, »und wenn mein Sohn geboren ist, ziehst du ihn mit äußerster Sorgfalt auf, bis ich komme, ihn zu holen.«

»Du willst jetzt fortgehen?« flüsterte Hulda, von Kummer überwältigt.

»Ja.«

Tränen stürzten aus ihren Augen. Erschauernd brach sie zusammen. Nodonn hob die zerdrückte Felldecke auf und legte sie ihr über die Schultern. Sie berührte das harte, glatte Glas seines Handschuhs.

»Hinten in der Höhle«, sagte sie stumpf. »Deine Waffe.«

Er stieß einen Jubelschrei aus. Da waren das Schwert und sein Energiepack! Außer Betrieb, so entdeckte er, als er einen Knopf drückte, aber er würde eine Möglichkeit finden, die Waffe zu reparieren. Er schnallte seinen Harnisch zu. »Und nun lebe wohl«, sagte er zu der Frau. »Des Kindes Name wird Thagdal sein. Vergiß es nicht!«

»Dagdal«, weinte sie. »Kleiner Dag. O Gott!«

Er stieg aus der Höhle und hielt Umschau. Seine Fernsicht war erschreckend trübe, aber er entdeckte einen hohen Berg am westlichen Ufer, der für sein Vorhaben geeignet war, und wanderte schnellen Schritts auf ihn zu. Bevor er mehr als einen oder zwei Kilometer zurückgelegt hatte, wurde er langsamer, und schließlich taumelte er. Geist und Körper, noch nicht ganz genesen, versagten schnell nach der fürchterlichen Anstrengung von vorhin. Damit war zu rechnen gewesen. Er würde vorsichtig sein müssen.

Seine Kreativität, die früher Blitze herabgerufen und Berge versetzt hatte, reichte jetzt kaum noch dazu aus, einen kräftigen Holzstock zurechtzuschneiden, auf den er sich stützen konnte. Die gewaltige PK-Fähigkeit, die einmal fünfzig Ritter und ihre Reittiere levitiert hatte, wurde bis zum äußersten angestrengt, um beim Erklettern des Hügels seine Beinmuskeln zu stärken.

Die Sonne stieg über den Grat hinter ihm und schoß ihm ihre Strahlen zwischen die Schulterblätter. Außer Atem, fiebernd, setzte er den Stab wieder und wieder auf den steilen Pfad und mühte sich nach oben. Von seinen schlurfenden Füßen aufgewirbelter Staub hing um ihn in der stillen Luft. Die Büsche rochen scharf nach Harz. Insekten summten, und die Platten seiner Rüstung klangen mißtönend bei den ungeschickten Bewegungen des Stocks.

Wohin gehe ich? ... Warum bin ich hier? ... Ja. Um zu rufen. Um eine telepathische Botschaft abzusenden, den anderen mitzuteilen, daß ich lebe. Ich muß hinaufsteigen, über den gedankenverdunkelnden Fels hinauskommen. Sonst hat die geschwächte Fernsprache keine Reichweite ...

Endlich erreichte er die Höhe, war aber noch immer inmitten von dichtem Maquis und krummen Wacholderbüschen. Das Gehen wurde ihm trotzdem leichter, und es wehte eine leichte Brise. Er mußte sie rufen ... die Überlebenden der Heerschar, seine leiblichen Brüder und Schwestern. Sie rufen und auf Rettung warten.

Er gewann den Gipfel und kam an die offene Stelle, wo die Regenschirmpinien wuchsen und Asche und Holzkohle von Huldahs letztem Freudenfeuer (sie hatte damit sein Erwachen gefeiert) auf einem Kreis verbrannten Bodens herumlagen. Und da sah er zum ersten Mal das Neue Meer, das seine Welt ertränkt hatte. Weit und blau, nicht milchweiß, wie die seichten Lagungen gewesen waren, so erstreckte es sich bis an den nebligen fernen Horizont und nach Norden und Süden bis an die Grenze seines schwachen geistigen Auges.

Nodonn umklammerte seinen Stab mit der gepanzerten und mit der hölzernen Hand, und doch fiel er. Auf den Knien, immer noch überwältigt von dem Anblick, stöhnte er laut. Die Erinnerung kam zurück: Die heranbrausende gigantische Woge, die Schreie der Ertrinkenden. Und über dem Chaos widerhallend ein Gelächter, hart wie das Krächzen eines Raben ...

Er ruhte sich unter einer der zerzausten Pinien aus, und es gelang ihm sogar, seine Rüstung abzulegen. Es dünkte ihn fast ein Wunder, daß er winzige Erdbeeren zwischen den Steinen fand und genug zu sammeln vermochte, um den Durst wie den Hunger zu stillen. Dann kroch er an den Rand des Gipfels und strengte von neuem seine Fernsicht an.

Norden: Früher hatten sich auf Kersic Salzebenen von den nördlichsten Felsen bis zu dem Kontinentalsockel östlich von Var-Mesk erstreckt, einer kleinen Stadt, deren Nachbarschaft zu Lagern von kalzinierter Soda sie zum Mittelpunkt der Glasherstellung machte. Jetzt waren all diese Flächen überflutet, und Kersic war eine echte Insel.

Süden: Salzwasser bis nach Afrika. In dieser Richtung hatte eine der tiefsten Stellen der alten Lagune gelegen.

Osten: Das Binnenland Kersics, zerklüftet und bewaldet.

Westen: Aven ...

O Göttin, ja. Da lag es, undeutlich wahrgenommen. Die Halbinsel geschrumpft, Salzwasser weit in die Täler hinaufkriechend, und Muriah in Trümmern und still und vom Dschungel überwachsen. Wellen schlugen gegen die geborstenen Stufen von Thagdals Palast. Die Pflanzungen verlassen, die Antilopenherden ungenutzt, die Chalikos und Helladen zum Wildleben zurückgekehrt. Ein verängstigter Überrest der domestizierten Ramas trippelte um die Ruinen. Vergeblich warteten sie darauf, daß ihre Herren die kalten kleinen Halsreifen von neuem belebten.

Was war übriggeblieben? *Wer* war übriggeblieben? Was sollte er tun?

Die Fragen tummelten sich in seinem Gehirn so verrückt wie Flöckchen von Blattgold, die man in einem Glas mit Sternenwasserlikör umrührt. Das Blut brüllte ihm in den Ohren, und pulsierende farbige Massen schwammen vor seinen trüben Augen.

Ruf um Hilfe.

Nein!

Warum warnte ihn ein aufblitzendes Vorauswissen? Warum schrie ihm jeder Instinkt zu, vorsichtig zu sein, kein Zeichen zu geben, bis er sich einigermaßen erholt, bis er in Erfahrung gebracht hatte, was in den verlorenen sechs Monaten geschehen war, die er bewußtlos in einer Höhle Kersics gelegen hatte?

Was war das, wovor er sich verstecken mußte? Wer war es?

Er glitt in die Bewußtlosigkeit. Als er die Augen wieder aufschlug, wußte er, daß er seine Brüder und Schwestern nicht rufen durfte, auch nicht die schwachen telepathischen Brennpunkte, die die Städte des Festlandes markierten. Es gab nur eine Person, der sich zu enthüllen er wagte, nur eine, bei der er sich darauf verlassen konnte, sie werde ihm die Wahrheit über das Vielfarbene Land nach der Flut berichten. So schwach er war, er war immer noch fähig, seine Gedanken in dem intimen Modus auszusenden und sie schließlich zu erreichen. Sie mußte wissen, daß er noch am Leben war. Sie würde immerzu nach ihm lauschen, auch wenn die Vernunft ihr sagte, er sei tot.

Wenn es überhaupt möglich war, daß jemand zu ihm kam, würde sie kommen.

Alle ihm verbliebene Kraft zusammennehmend, schuf er eine kleine helle Gedankennadel, einen ferngesprochenen Ruf, der über das Neue Meer und Europa flog und nur von einem einzigen Geist zu identifizieren war.

Mercy.

2

In seinem Katalog hieß der Stern K1-226, aber er hatte sich kaum auf dies isolierte Drei-Planeten-System ausgerichtet, als er auch schon erkannte, daß es Elirion sein mußte. Und die zweite Welt vom Zentralgestirn aus, sechs Millionen Jahre jünger und in der Mitte einer ihrer kleinen Eiszeiten, war Poltroy. Die Bewohner, die man im Milieu wegen ihrer Höflichkeit und ihres diplomatischen Geschicks bewundern würde, standen in ihrer geistigen Entwicklung kaum auf dem Niveau des Pitekanthropus. Untersetzte kleine Kannibalen, bis an die Rubinaugen in Fischhaut eingehüllt, sprangen auf den Gletschern umher und hatten nichts anderes im Sinn, als ihre Nachbarn zu überfallen und danach bei einem eucharistischen Schmaus ihre Schädel aufzubrechen und die Gehirne daraus zu schlürfen.

Elirion war der letzte Stern auf Marc Remillards Suchliste und für seine Zwecke natürlich nicht zu gebrauchen. Trotzdem verweilte er dort mehr als zwei Stunden über die festgelegte Zeit hinaus, fasziniert von den primitiven Polytroyanern. Er wollte sich einreden, das sei intellektuelle Neugier auf diese vertraute Welt und seine in der Zukunft berühmten Bewohner. Aber sein Superego meinte höhnisch, er würde jeden Vorwand benutzen, um die Heimkehr und die scheußliche Überraschung, die ihn wahrscheinlich erwartete, hinauszuschieben.

Die steinzeitlichen Poltroyaner hüpften und sprangen und beugten höflich das Knie vor ihren toten Opfern, bevor sie mit dem rituellen Schädelöffnen begannen. Der blutdürstige Häuptling eines kleinen Clans war ein

Doppelgänger von Ominen-Limpriton, dem Vierten Interlocutor des Rats ...

Schließlich zog Marc seine Fernsicht zurück. Er sagte zu dem Suchleitgerät: ZU ENDE. Sofort war er zurück in seinem eigenen Körper, eingeschlossen in der undurchsichtigen Rüstung, die sein Leben während der Periode hundertfacher kortikaler Überladung erhielt. Er bemerkte, daß jemand im Vorraum des Observatoriums wartete. Einen hoffnungsvollen Augenblick lang wurde ihm leicht ums Herz, und er hielt die Vorahnung für falsch. Aber da draußen war nicht Hagen. Patricia Castellane war gekommen, mit total abgeschirmtem Geist. Also war die befürchtete Katastrophe eingetreten.

ABTRENNE GEHIRNUNTERSTÜTZUNGSGERÄTE. Sein Gehirn kühlte sich allmählich ab. Irgendwo hinter seinen Augenbällen implodierte eine Übelkeit erregende Pseudosensation.

WIEDERHERSTELLE NORMALE METABOLISCHE FUNKTION. Ein Intervall schwebender Kühle, ruhiger marmorner Festigkeit nach kometenhaftem Flug.

ABTRENNE ANTRIEB. AKTIVIERTE RÜCKTRANSPORT. ABSCHALTE SIGMAFELD. SCHLIESSE KUPPEL. ABSCHALTE EXTERNE UND INTERNE RÖNTGENLASER-VERTEIDIGUNGEN. BERICHTE KÖRPERFUNKTIONEN.

»Bei allen Körperfunktionen normale Parameter«, versicherte ihm der Computer. An diesem Punkt hätte Hagen übernehmen, die Entfernung der Gehirnsonden beaufsichtigen und nach nochmaliger Überprüfung der Körperfunktionen seinen Vater aus der Rüstung befreien sollen.

Es kam keine Hilfe. Es würde jetzt nie mehr Hilfe kommen.

Laut und gleichzeitig telepathisch befahl er selbst: ZURÜCKZIEHE GEHIRNELEKTRODEN. ZURÜCKZIEHE ZEREBELLUM- UND HIRNSTAMMKONTAKTE. ENTFERNE GOTTVERDAMMTEN SCHEISSHELM.

Ungerührt führte der Computer seine Befehle aus. Helmklammern klickten auf, Halterungen rasteten ein, der schwere Kerametall-Behälter machte eine Vierteldrehung, und das Vibrieren des Aufzugs erreichte Marc durch die angeschlossenen Kabel. Er nahm warme feuchte Luft, indirektes Licht und die vertraute Digitaluhr wahr, die ihn erinnerte, daß er sich auf der pliozänischen Erde befand:

23:07:33 .... 16. 5. + 27

Die Körperrüstung fiel in zwei Teilen auseinander, und der Wagen kippte, so daß er aussteigen konnte. Er vollführte an Ort und Stelle ein paar isometrische Übungen, berührte geistesabwesend eine der winzigen Wunden auf seiner Stirn, die die psychoelektrische Dornenkrone zurückgelassen hatte, und stellte fest, daß das Blut bereits geronnen war. Vom Hals abwärts steckte er in einem schwarzen, hautengen Druckanzug, besetzt mit Buchsen für die Kreislaufableitungen. Der Overall war klatschnaß und stank nach der Lösung, in der er zwanzig Tage lang gelegen hatte. Wirklich, er mußte das Zeug mit einem angenehmeren Geruch versehen.

Marc. Darf ich hereinkommen?

Das krampfartige Gefühl im Magen, von dem er durch die Routinearbeiten nur vorübergehend abgelenkt worden war, meldete sich von neuem. Zeit für die schlechten Nachrichten.

Er stieg aus der Rüstung und schickte sie ins Lager. Die Tür des Kuppelraums öffnete sich, und da war Patricia. Sie hielt zwei hohe geeiste Gläser, mit Limonenscheiben garniert, in den Händen und trug ein rückenfreies Abendkleid aus hellem Blau, durchschossen mit goldenen Fäden. Sie sah viel jünger aus, und ihr Haar, offen niederhängend, hatte die Farbe von den Ahornzuckerbonbons bekommen, an die Marc sich aus seiner Kinderzeit in New Hampshire erinnerte.

Er ließ sich ihren Kuß, kurz wie die Berührung einer

schmelzenden Schneeflocke, gefallen und nahm das Glas. Der Zitrussaft mit einer Spur Alkohol beruhigte seine Kehle. Er fragte: »Wie viele sind mit Hagen gegangen?«

»Achtundzwanzig. Alle Kinder und auch die fünf kleinen Enkel. Sie haben sämtliche Mehrzweckfahrzeuge mitgenommen und alle Boote auf der Insel, die länger als sechs Meter waren, zertrümmert.«

»Ausrüstung?«

»Fünf Tonnen verschiedener Waffen, den tragbaren Sigma-Generator, sämtliche mechanischen Gehirnschirme, eine sehr merkwürdige Auswahl von Produktions- und Verarbeitungsmaschinen und verschiedenes anderes. Sie sind vor vier Tagen aufgebrochen. Wir haben sie in den kleinen Booten verfolgt, aber Hagen und Phil Overton und der junge Keogh erzeugten eine Bö, die uns beinahe wegfegte. Und ohne dich schlug unser Versuch einer koerziblen Fern-Synthese fehl.«

»Vier Tage.« Die dunkel umrandeten Augen wirkten hohler als je zuvor. »Sie haben es gut geplant. Inzwischen sind sie auch außerhalb *meiner* koerziblen Reichweite.«

»Aber nicht außerhalb eines massierten kreativen Schubs, wenn du den ersten Anstoß gibst. An keinem Ort der Erde werden sie vor einem Psychoschuß sicher sein ... falls du dich dafür entscheidest. Natürlich setzen sie darauf, daß du es nicht tun wirst.« Patricias mentaler Aspekt war neutral. Allerdings hatte sie auch keine Nachkommen unter den Flüchtlingen.

»Ich muß nachdenken.« Marc fuhr sich mit den Fingern durch seine feuchten, drahtigen Locken. Der Geruch nach Chemikalien, der von seinem Druckanzug ausging, störte ihn auf irrationale Weise, und wie immer nach einer Sternensuche war er ausgehungert. »Ich werde duschen und mich umziehen. Hast du schon zu Abend gegessen?«

»Ich habe auf dich gewartet. Du bist spät dran.«

Das charakteristische einseitige Lächeln blitzte auf. Sie betraten den Umkleideraum. »Ich habe bei dem letzten Sternensystem getrödelt, das Unvermeidliche hinausschiebend.«

»Du hattest es erwartet?« Ihr Gesichtsausdruck zeigte die Bestürzung, die ihr Gedankenschirm vor ihm verborgen hatte.

»Allmählich glaube ich, daß ich es absichtlich provoziert habe.«

Er streifte den Overall ab, stieg in die altmodische Kabine und genoß den vorprogrammierten bescheidenen Luxus: Warmes Süßwasser aus pulsierenden Nadeldüsen und flüssige Seife, Salzspray und zum Schluß die eisige Dusche. Als sie ihm das Badetuch reichte, ließ Patricia ihren Blick in einer unverhohlenen Anerkennung, die nur halb scherzhaft war, über seinen Körper schweifen.

»Welch ein Jammer, daß du bei der Sternensuche deine Bräune verlierst. Ansonsten ... immer noch der gleiche alte grauhaarige Adonis mit den mephistophelischen Augenbrauen. Gott, wie ich sich selbst verjüngende Männer hasse.« (Und wie es mich nach deinem membrum virile gelüstet!)

»Tut mir leid, Schatz. Eine weitere Folge der Suche. Jedenfalls im Augenblick.« (Bis ich so verrückt sein sollte, die Lebenssäfte von neuem fließen zu lassen.)

Sie seufzte. »Zwei vergeudete Wochen im Regenerationstank, um meine verblichenen Reize aufzufrischen. Warum mache ich mir die Mühe?«

»Du bist hinreißend. Mir gefällt das neue Haar. Hab nur Geduld.« Und sie würde Geduld haben – immer rücksichtsvoll, immer treu, und nie würde sie alles verderben, indem sie ihn liebte. Patricia Castellane, die bei Marcs Rebellion die Zerstörung ihres eigenen Heimatplaneten geleitet hatte, teilte seit Cyndias Tod, damals in der Apokalypse auf der Alten Erde, als einzige Frau sein Bett.

»Soll ich die anderen zusammenrufen?« fragte sie.

Er zog ein gefälteltes Hemd über. »Gut, erledigen wir das gleich. Rufe Steinbrenner, Kramer, Dalembert, Ragnar Gathen, Warshaw. Van Wyk, wenn er nüchtern ist. Strangford, ob sie nüchtern ist oder nicht. Und die Keoghs.« Er wand sich eine rote Schärpe um die Taille.

»Alexis Manion?«

»Zum Teufel mit ihm! Es überrascht mich, daß er nicht mit den Kindern gegangen ist. Sie in diesem verdammten Plan, Felice einzufangen, ermutigt hat ...« Er brach ab. Der fragende Gedanke loderte.

Ein Teil von Patricias Geist antwortete Marc, während ein anderer den telepathischen Ruf aussandte. »Felice hat Vaughn Jarrow bei ihrer ersten Begegnung getötet. Cloud und Elaby und Owen sind gesund, aber ihr Plan ist zerstoben.« Eine Wiederholung von Owens Berichten aus Spanien ging ohne Zeitverlust von Patricias Gedächtnis in das Marcs über, und er wußte von Felice und Elizabeth und von Aiken Drums Krönung und Heirat. »Da Felice im Augenblick von der Szene verschwunden ist«, schloß Patricia, »konzentrieren sich Elaby und Cloud darauf, Jill zu retten. Sie beteuern nach wie vor trotz des Abfalls der anderen Kinder ihre Loyalität dir gegenüber und sagen, sie wollen deinen Anweisungen folgen.«

Marc erlaubte sich ein zynisches Gelächter. Er fuhr sich mit einem Kamm durch die Haare. Dann bot er Patricia den Arm. Sie verließen das Observatorium und gingen am Ufer des Lake Serene entlang zu seinem Haus. Der zunehmende Mond war untergegangen, und der halbtropische Himmel flammte von Diamantsternen. Natürlich hatte keines der Sternbilder das Muster des 22. Jahrhunderts, aber die geflohenen Rebellen hatten neue benannt. Mars hing niedrig im Westen, eine boshafte Kokarde auf Napoleons Hut.

»Elaby und Cloud werden auf Felice verzichten müssen, jetzt, wo sie zu Elizabeth gegangen ist«, bemerkte Marc. »Wir können wohl als sicher voraussetzen, daß ihr neues Ziel Aiken Drum sein wird.«

»Ein direkter Angriff auf ihn, wenn die anderen Kinder Europa erreichen?«

»Nur dann, wenn Elaby und Cloud den Verstand verloren haben.«

»Also ein Vorschlag, die beiderseitigen Kräfte zu vereinigen?«

Marc blieb stehen und blickte über den See hin. Boote trugen seine alten Mitverschwörer über das schimmernde Wasser zu seiner Landestelle. Diese Männer und Frauen waren Magnaten des Rates gewesen, bis sie ihr Schicksal mit seinem Traum von der menschlichen Vorherrschaft im Galaktischen Milieu verknüpften. Abgesehen von Manion lebten nur noch elf Anführer – Patricia und Owen mitgezählt – und einunddreißig Untergebene.

Er sagte: »Am wahrscheinlichsten ist, daß die Kinder den Kurs verfolgen, sich Aiken Drum auf friedliche Weise zu nähern. Wir haben immer noch keine genaue Kenntnis von seinem vollen Potential und von seiner Verwundbarkeit. In Anbetracht ihres Mangels an Erfahrung werden die Kinder König Aiken-Lugonn noch weniger einschätzen können als wir.«

»Die königlichen Hoheiten der Firvulag versuchten während des Großen Liebesfestes einen primitiven konzentrierten Angriff auf ihn. Sie scheiterten. Es ist uns wegen der großen Entfernung noch nicht gelungen, den Grund für ihr Versagen zu analysieren, aber Jeff Steinbrenner meint, Aiken habe vielleicht einen Hirnstamm-Schildgenerator getragen.«

»Mag sein. Andererseits können auch die Kräfte dieses ungeborenen kleinen Königs einfach gewachsen sein. Das wäre denkbar bei ihm. Ein höchst interessanter junger Mann! Seine metapsychischen Fähigkeiten sind nur ein Teil seines Arsenals, weißt du. Er scheint auch Politiker aus Instinkt zu sein.« Furcht lag dicht unter der Oberfläche von Patricias Gedanken. »Wenn Aiken Drum positiv auf den Plan reagiert, das Zeitportal wieder zu öffnen ...« Sie ließ den Rest ungesagt. War der Weg zwischen dem Pliozän und dem Milieu in beiden Richtungen offen, würden Agenten des Magistratum dafür sorgen, daß auch noch nach siebenundzwanzig Jahren Gerechtigkeit an den überlebenden Rebellen geübt wurde.

Marc blickte zu den zahllosen Sternen hinauf und schwieg mehrere Minuten lang. Dann sagte er: »Nur eine einzige Welt mit einem erleuchteten Rassengeist! Das ist alles, was ich finden muß, Pat. Der Altruismus der Einheit würde sie zwingen, uns zu holen, wenn wir um Asyl bitten ... und die Wahrheit über die arme befleckte Menschheit würden sie nicht begreifen, bis es zu spät wäre. Wir können einen neuen Anfang machen, und diesmal gäbe es keine Fehler. Wir ließen uns für die Übernahme Jahrzehnte Zeit, infiltrierten sie, während wir auf künstliche Weise eine enorme neue Generation zeugten. Wir könnten es schaffen – sogar diese Handvoll von uns, die noch übrig ist. Wenn ich nur den Stern fände ...«

»Marc, was sollen wir *jetzt* tun?« rief sie.

Er nahm ihre Hand und zog sie wieder in seinen Arm. Sie setzten ihren Weg zu seinem Haus fort, wo die Lichter der Anlegestelle brannten und wenigstens sechs Boote bereits angekommen waren.

»Komm und iß mit mir zu Abend!« schlug er vor. »Und dann werden wir es mit den anderen durchsprechen.« Seine redigierende Kraft drückte sacht gegen ihren immer noch festgeschlossenen mentalen Schirm. »Hab keine Angst, dich mir zu öffnen, Pat. Ich weiß seit langem, daß ihr meine Sternensuche für sinnlos haltet. Vielleicht tut mein eigenes Unterbewußtsein es auch. Wenn das der Fall ist – und ich werde die Wahrheit herausfinden, bevor wir heute nacht fertig geworden sind –, entscheide ich vielleicht, daß die Zeit für einen völlig neuen Aktionsplan gekommen ist.«

»Ich fürchte mich nicht, es zu sagen, auch wenn ihr anderen euch fürchtet!«

Gerrit van Wyks Augen glänzten und quollen aus den Höhlen. Mit dem etwas offenstehenden breiten Mund, der im Lampenlicht der Veranda spiegelnden Glatze und den kleinen Händen, die ein geleertes Glas mit klappernden Eiswürfeln umklammerten, sah er mehr denn je wie ein grausamer Frosch aus. Er holte tief Atem.

»Wir haben eine Menge Hinweise gehabt, daß so etwas passieren könnte. Die Felice-Sache ist ein gutes Beispiel dafür, wie der Verstand der Kinder arbeitet. Und können wir sie deshalb tadeln? Finde dich damit ab, Marc! Deine Suche nach einer anderen erleuchteten Welt ist bestenfalls ein Vorhaben auf lange Sicht, und du hast fünfundzwanzig Jahre Zeit gehabt, einen Erfolg zu erzielen. Mehr als sechsunddreißigtausend Systeme geprüft, und nur zwölf mit vernunftbegabten Lebewesen – und auf nicht einer einzigen Welt ist man schon dabei, die Vereinigung des Rassengeistes zu erreichen.«

Marc saß noch mit Patricia an dem kleinen Eßtisch, während die neun anderen unbehaglich herumstanden oder auf den verstreut stehenden Korbsesseln Platz genommen hatten. Patricia öffnete einen Behälter und entnahm ihm zwei Teller mit Mangos zum Nachtisch. Marc spießte seine auf und begann, sie mit einem silbernen Messer zu schälen. Den tropfenden Saft fing er mit PK auf.

»Als ich diesmal draußen war«, erklärte er, »habe ich Poltroy gefunden.«

Acht der neun Leute gaben aufgeregte mentale und vokale Kommentare von sich. Aber Cordelia Warshaw, die Kultur-Anthropologin und Psychotaktikerin, war besser informiert. »Wie weit waren sie die Leiter hinaufgekommen?«

»Sie gehen gerade eben aufrecht.«

Cordelia nickte bestätigend. »Das kommt hin, wenn man ihre langsamere Evolution berücksichtigt. Wie schade, daß du nicht statt dessen die Lylmik gefunden hast.«

Marc aß saubere Keile der teuflisch saftigen Frucht, während sein Geist ihnen die Reihenfolge der Suche übertrug. Er erinnerte sie alle daran, daß er die Jagd mit der Sondierung der seltenen Sternengruppe begonnen hatte, die die Heimatsonne der Lylmik enthielt. Er hatte keine Spur von der ältesten intelligenten Rasse der Galaxis gefunden.

»Sie müssen irgendwo da draußen sein.« Er berührte seine Lippen mit einer Serviette. »Aber Gott allein weiß, wo.«

»Diese halb unsichtbaren kleinen Meistergehirne haben irgend etwas mit ihrer Sonne angestellt«, bemerkte Kramer bitter. »Marc und ich haben das schon vor Jahren analysiert. Niemand kann sagen, welche spektroskopische Unterschrift sie hier im Pliozän hat. Gewisse Astrophysiker unter den Krondaku haben Spekulationen darüber angestellt, ob sie den sterbenden Stern rund eine Million vor der ersten mentalen Fusion in die Hauptreihe zurückgebracht haben. Wenn das stimmt ...« Er zuckte die Achseln.

»Ich kann keine Zeit darauf verschwenden, beginnende rote Riesen zu untersuchen«, sagte Marc. »Unsere Chancen sind klein genug, wenn ich mich an die wahrscheinlichen Sterne halte.«

»Unsere Chancen sind gleich Null, jetzt, wo die Kinder fort sind!« rief van Wyk aus. Er kämpfte sich aus seinem Sessel hoch und faßte nach der Wodka-Karaffe. Dann riß er verzweifelt daran. Sie schien an das Tablett festgeschweißt zu sein.

Helayne Strangford lachte grell. »Wenn ich keinen

Wodka bekomme, sollst du auch keinen haben, Gerry! Wir wollen das Ende doch stocknüchtern erwarten! Oder schieben wir es hinaus, Marc? Tun wir das? Wirst du von uns verlangen, daß wir mithelfen, sie zu töten? Unsere eigenen Kinder? Damit wir sicher sein werden?«

Sie war an den Tisch getreten und stand vor Marc mit verzerrtem Gesicht, die Fäuste in die Hüften gestemmt. Obwohl Steinbrenner vor einer Stunde eine heroische Redigierungsarbeit an ihr vorgenommen hatte, war sie angespannt wie eine zu hoch gestimmte Saite. Aus seinen eigenen Tiefen heraus betrachtete der Engel des Abgrunds ihre Drohung und reagierte gnädig. Helayne brach in Steinbrenners wartenden Armen zusammen, umgeworfen von einer einfachen motorischen Lähmung mit gleichzeitigem Verstummen, aber ihr Hörvermögen war intakt geblieben. Der Arzt legte sie auf eine Couch. Dalembert und Warshaw stopften ihr Kissen in den Rücken.

»Es wird eine schwere Entscheidung für uns alle sein, Helayne«, sagte Marc. »Du liebst Leila und Chris und den kleinen Joel, und Ragnar liebt Elaby, und die Keoghs lieben Nial, und Peter und Jordy und Cordelia lieben ihre Kinder und Enkel.«

Du auch, klagten ihre Gedanken ihn an.

»Ich auch«, gab Marc zu. Er schob seinen Stuhl zurück und erhob sich. Ein Fensterflügel stand ein bißchen auf, und Nachtfalter kamen herein und umkreisten die Lampen. Er drehte die Klinke zu, tötete ganz nebenbei die Insekten und lehnte sich gegen einen Verandapfeiler, die Hände in die Taschen gesteckt.

»Cloud und Hagen sind alles, was mir von Cyndia geblieben ist. Es war notwendig, daß ich sie hierher mitbrachte, um mein Exil zu teilen. Falsch, aber notwendig.« Sein Blick wanderte über die anderen hin. »Genauso falsch, aber menschlich und verständlich war es, daß ihr übrigen hier im Pliozän Nachkommen gezeugt habt. Wir hofften, wir könnten unseren Traum wiederaufleben lassen, ihn an die Jungen weitergeben. Darin haben wir alle versagt – und ich doppelt, indem ich keine Welt gefunden habe, die zu unserer Rettung kommen könnte.«

»Dazu ist immer noch Zeit«, meinte Patricia. »Jahrhunderte, wenn wir uns entscheiden, sie zu benutzen! Wenn wir den Mut haben.«

»Wir haben unseren Mut in der Rebellion bewiesen!« fuhr Jordan Kramer sie an. »Meine erste Familie starb auf Okanagon, falls du es vergessen hast, und Dalemberts Sohn war in der Zwölften Flotte. Halte uns keine Vorträge über Mut, Castellane! Was die Liebe angeht, so wissen wir, daß du unfähig bist ...«

»Jordy!« sagte Marc. Eine geschwungene Braue hob sich. Kein mentaler Stoß war notwendig, um die Tirade des Physikers abzuschneiden. Mit elendem Gesichtsausdruck wandte Kramer den übrigen den Rücken zu und starrte in die Nacht hinaus.

Ragnar Gathens langsame Stimme kam aus einer schattigen Ecke. »Die Sternensuche war eine großartige Idee; eine, die uns Hoffnung gab und dies Exil erträglicher machte. Aber die Kinder ... sie haben dich nie so kennengelernt wie wir, Marc. Wenn sie nun eine Möglichkeit sehen, sich von dem Gift zu befreien, das wir für sie ausgewählt haben, müssen sie sie ergreifen.«

»Wenn das Zeitportal sich wieder öffnet«, stellte van Wyk fest, »sterben wir. Oder unsere Persönlichkeiten werden nach der Demütigung eines öffentlichen Prozesses gelöscht.«

Gathen sagte: »Elaby hat mir versprochen, daß die Kinder das Zeitportal zerstören, nachdem sie es durchschritten haben.«

»Hagen würde anders handeln«, behauptete Marc. »Vielleicht nicht bewußt. Aber irgendwie bliebe das Zeitportal offen, und die Agenten kämen.«

Dr. Warshaw mit dem süßen Gesicht nickte. »Marc hat recht. Und es ist nicht Marcs Sohn allein, der Rachegedanken hegt. Der einzige sichere Kurs für uns ist, sie alle zu töten.« Sie streichelte Helaynes Hand. Aus den Augen der paralysierten Frau strömten Tränen.

»Es sieht wie die einzig logische Lösung aus«, stimmte Patricia zu. »Wenn auch nur einige der Kinder überleben und Aiken Drum die Daten für die Konstruktion von Guderians Apparat zeigen, wird er sich der Aufgabe früher oder später selbst unterziehen – mit oder ohne die Hilfe der Produktionsmaschinen, die die Kinder gestohlen haben. Ich habe die Wahrscheinlichkeit analysiert.«

»Wir kommen zu dem gleichen Schluß wie Castellane«, sagte Diarmid Keogh. Der Geist seiner Schwester Deirdre projizierte das gnadenlose Bild des konzertierten psychoenergetischen Feuerstoßes, zu dem sie sich alle würden vereinigen müssen.

Der Anführer der Metapsychischen Rebellion hielt den Blick, ohne etwas zu sehen, auf die Hauswand gerichtet. Ostwärts. »Es gibt eine andere Möglichkeit. Eine riskante.«

Nervenzerreißende Stille.

»Ich sehe sie«, sagte Marc. »Das Mehrzweckfahrzeug bewegt sich sehr langsam durch die Kalmen und die leichten Winde der Roßbreiten. Ihre Segel sind nutzlos, da sie ihre ganze PK in den Hauptimpulsgeber leiten. Es wäre ziemlich leicht, sie aus dem Wasser zu schießen. Es wäre viel schwieriger, eine große Luftmasse irgendwo südöstlich ihrer Position zu erwärmen und so zu manövrieren, daß sie sie nach Hause zu uns zurückbläst.«

»Ist es möglich?« rief Peter Dalembert. Sein Geist war ein Chaos von Konflikten.

»Was meinst du, Jordy?« fragte Marc.

»Sie sind ziemlich weit weg.« Kramer stellte Berechnungen an und hatte dabei seine Zweifel. »Verdammt nahe an zweitausend Kilometern Entfernung, was dem anfänglichen Schub zu verdanken ist. Und wir können Luft nicht so einfach erwärmen, weißt du. Wir müssen ein passendes tropisches Tief finden, das auf unsere Spritze reagiert, und es dann bewegen. So eins.« Er zeigte Marc ein Bild. »Befindet sich etwas in der Art nördlich vom Äquator?«

»Nein«, antwortete Marc.

Kramer zuckte die Achseln. »Da haben wir's. Wir müßten vielleicht eine, sogar zwei Wochen warten, bevor sich eins zeigt. Bis dahin mögen sie schon drüben sein – oder in der Zone vorherrschender Westwinde, wo wir nicht den Hauch einer Chance haben, sie zurückzutreiben.«

»Und das da?« Marc projizierte ein anderes Bild. »Vor der afrikanischen Küste.«

»Hmm. Nicht zu klein, wenn es uns gelänge, es nach Westen zu schieben. Es bietet uns außerdem die Möglichkeit, sie an die marokkanische Küste zu drücken, falls wir feststellen, daß wir nicht genug Wind erzeugen können, um sie nach Hause zu holen.«

»Verdammt noch mal, Jordy«, brummte Steinbrenner, »unsere Kraft reicht aus, Hurrikans von Ocala abzulenken – also warum ist es so schrecklich kompliziert, einen nützlichen Wind heraufzubeschwören?«

»Die Ablenkung einer Luftmasse ist etwas ganz anderes, als wenn man eine aufheizt, Jeff. Oder wenn man sie entgegen den planetaren Winden steuert, die zu dieser Jahreszeit vorherrschen. Wir haben für diese Arbeit noch zweiundvierzig Gehirne, wovon sechs oder sieben für eine kreative PK-Arbeit wenig taugen. Was auch immer wir anfangen, es wird uns höllisch mitnehmen.«

»Und die Kinder werden sich wehren, darauf könnt ihr euch verlassen«, gab Diarmid Keogh zu bedenken. Deirdre projizierte die Erinnerung an die furchterregende Bö, die die Flüchtlinge an ihrem ersten Tag auf See erzeugt hatten, und Diarmid ergänzte: »Wie ihr seht, war es unser eigener lieber Nial, der die Bö dirigierte, um seine liebenden Eltern zu ertränken – und in Anbetracht der Tatsache, daß die Jungen nie die Einheit kennengelernt haben, arbeitete er erstklassig mit Phil Overton und deinem Hagen, Marc, zusammen. Ja, wir müssen uns eingestehen, daß sich jedes Gehirn der Kinder widersetzen wird.«

»Außerdem haben sie Photonenwaffen«, bemerkte van Wyk mit zitternder Stimme.

»Rede nicht wie ein Idiot, Gerry!« rügte Patricia. »Marc ist jetzt da. Keiner dieser tragbaren Laser kann uns schaden. Sie wären innerhalb von Marcs koerzibler Reichweite, bevor sie nahe genug an Ocala herangekommen wären, um zu schießen.«

»Sie werden alles einsetzen, was sie haben«, meinte Warshaw leise.

Marc war zur Kontemplation seiner früheren ferngesehenen Vision zurückgekehrt. »Wir könnten versuchen, die Kinder zu retten. Vor allem, Zeit zu gewinnen und damit die Zahl der Möglichkeiten zu erhöhen. Vergeßt nicht Cloud und Elaby und Owen in Europa, während Felice augenblicklich von ihrem Horst abwesend ist und Aiken Drum sich manipulieren lassen wird. Ich muß Zeit haben, um nachzudenken, um die Situation zu studieren.«

»Du hast siebenundzwanzig Jahre Zeit gehabt«, murmelte van Wyk verwegen.

Aber Marc war weit weg. »Wenn wir feststellen, daß wir die Kinder nicht zurückholen können, gelingt es uns bestimmt, sie von Europa abzulenken. Landen sie an der afrikanischen Küste, haben wir eine Chance, ihre Ausrüstung mittels Psychoenergie zu zerstören und ihr Leben zu schonen. Ihre Drohung zu neutralisieren, bis wir selbst tätig werden können. Ja ...«

Er kam wieder zu sich und berührte jeden einzelnen Geist für einen Sekundenbruchteil mit seiner koerziblen Kraft. Dann kam die hypnotische Überredung.

»Die Sternensuche! Wenn sie Erfolg gehabt hätte, wäre das unsere Rettung gewesen: ein annehmbarer Ersatz für unseren alten zerronnenen Traum. Meinen

Traum – mein Versagen, das euch mit mir ins Exil getrieben hat. Ihr und die anderen Getreuen habt euch entschlossen, mir ins Pliozän zu folgen und es von neuem zu versuchen. Und wieder habe ich versagt. Unsere Kinder klammern sich an ihren eigenen Traum, und ich bin gezwungen worden, die Folgen ihrer Wahl zu bedenken. Das habe ich zwanzig Tage lang getan, als ich zwischen den Sternen wanderte – und wiederum heute abend hier, während wir nach Lösungen dieses Dilemmas suchten. Die endgültige Entscheidung werde *ich* fällen. Aber sagt mir, wie ihr abstimmen würdet. Jetzt!«

»Töten wir sie!« Das war Cordelia Warshaw.

Patricia stimmte zu. »Es ist der einzig sichere Kurs.«

Es folgte ein Augenblick des Zögerns, aber nur Gerrit van Wyk schloß sich den beiden Frauen in ihrem Todesurteil an. Die übrigen wählten den gefährlicheren Weg.

Marc breitete den neuen Plan vor ihnen aus, der ihre eigene Sicherheit garantieren und trotzdem ihren Nachkommen die Rückkehr ins Milieu ermöglichen mochte. Ebenso groß war die Wahrscheinlichkeit, daß er den Untergang für sie alle bedeutete – und auch der ahnungslosen Bewohner des Vielfarbenen Landes.

»Das ist es, was ich tun werde«, sagte Marc. »Wollt ihr mir folgen?«

In einmütiger telepathischer Zustimmung bestätigten die früheren Mitglieder des Galaktischen Rates seine Führerschaft.

»Gut. Ich werde heute nacht Verbindung mit Owen aufnehmen. Morgen beginnen wir mit der Modifizierung meiner Geräte für die Sternensuche und den Bau eines neuen Fahrzeugs. Wir werden die ungezogenen Kinder in Afrika stranden lassen und dafür sorgen, daß sie dortbleiben, bis wir für sie bereit sind. Falls keine unvorhergesehenen Probleme auftauchen, sollten wir etwa Ende August so weit sein, daß wir nach Europa fahren können.«

3

Felice lief ruhelos auf dem Balkon des Chalets der Schwarzen Klippe herum, ein scheuer Waldgeist in einem weißen Lederkilt. Die Rehaugen flackerten, und nervös ließ sie ihre Fernsicht wie einen Suchscheinwerfer über den Bergwald hinwandern.

»Du bist hier sicher«, sagte Elizabeth. Sie stand in der Tür, gekleidet in den alten roten Denim-Jumpsuit, an den das Mädchen sich von der Auberge her erinnern würde: eine Freundin, ein Anker zur Vergangenheit. Seit jetzt mehr als zwei Wochen war der Rabe jeden Tag zu dem Chalet hinaufgeflogen, hatte sich auf den oberen Balkon gesetzt und sich in ein verängstigtes junges Mädchen verwandelt. Und jeden Tag hatte sich der Rabe, ungeachtet Elizabeths Überredungskünsten, geweigert zu bleiben, war nach einem jedesmal längeren Gespräch wieder davongeflogen. Heute hatte Felice es gewagt, sich mehr als zwei Stunden zu verweilen.

»Ich hatte diese Nacht schlimme Alpträume, Elizabeth.«

»Das tut mir leid.«

»Bald schreie ich laut heraus. Wenn ich das tue, werde ich sterben. Ich werde in Gold und Scheiße ertrinken.«

»Es sei denn, du läßt dir von mir helfen«, stimmte Elizabeth zu.

Die wahnsinnigen Augen wurden riesengroß. Klauen sanken in Elizabeths Gehirn – doch bevor sie Schaden anrichten konnten, schloß die Großmeister-Redakteurin eine undurchdringliche Barriere. Die mentalen Klauen rutschten ab, suchten vergebens Halt an fugenloser Glätte, zogen sich zurück.

»Das ... das wollte ich nicht«, sagte Felice.

»Du hast es aber getan.« Die Stimme der Redakteurin klang traurig. »Du willst alles töten, was droht, dich zu lieben.«

»Nein!«

»Doch. Dein Gehirn ist kurzgeschlossen. Die Lust-Schmerz-Pfade sind anomal verschmolzen. Soll ich dir den Unterschied zwischen deiner mentalen Struktur und einer anderen, die ich normal nennen würde, zeigen?«

»Ja.«

Im Vorhof von Felices Geist tauchten Bilder von unheimlicher Komplexität auf, doch sie waren mit vielen Etiketten versehen, die sogar dieses ungelehrte Kind begriff. Felice studierte die beiden Gehirne fast fünfzehn Minuten lang, hinter ihrem eigenen Schirm versteckt. Und dann öffnete sich ein Spalt, und ein schüchternes Wesen lugte heraus.

»Elizabeth? – Dies ist mein Gehirn?«

»Eine so genaue Annäherung, wie ich sie produzieren kann, ohne tatsächlich in dich einzudringen.«

»Wem gehört das andere?«

»Schwester Amerie.«

Das Mädchen erschauerte. Sie löste sich von dem Balkongeländer und kam auf Elizabeth zu, eine blasse, kleine Gestalt, völlig verloren. »Ich bin ein Ungeheuer. Ich bin überhaupt nicht menschlich, nicht wahr?«

»Du kannst menschlich werden. All das ist in deinem Unterbewußtsein – und seit du die Straße von Gibraltar geöffnet hast, hat es auch dein Bewußtsein stark beeinflußt. Doch du kannst geheilt werden. Es ist noch Zeit.«

»Aber nicht mehr ... viel Zeit?«

»Nein, Kind. Nicht mehr lange, und du wirst unfähig zu dem Willensakt sein, der für eine Redigierung notwendig ist. Du mußt mich freiwillig einlassen, verstehst du. Du bist viel zu stark, als daß ich dich überwältigen könnte. Und selbst wenn du dich freiwillig unterwirfst, wird es ein risikoreiches Unterfangen für mich sein, dich zu heilen. Ich wußte nicht, wie risikoreich, bis du kamst und ich dich aus der Nähe studieren konnte.«

»Es könnte dich töten?«

»Leicht.«

»Und trotzdem würdest du versuchen, mir zu helfen?«

»Ja.«

Das Elfengesicht mit dem spitzen Kinn hob sich. Die dunklen Augen schwammen in unvergossenen Tränen. »Warum? Um die Welt vor mir zu retten?«

»Teilweise«, gestand Elizabeth. »Aber auch, um dich zu retten.«

Felices Ausdruck änderte sich. Ein merkwürdiges kleines Lächeln erschien. »Du bist ebenso schlimm wie Amerie. Sie war hinter meiner Seele her. Du bist ebenfalls katholisch, nicht wahr?«

»Ja.«

»Was nützt es dir – hier, im Pliozän?«

»Nicht viel, manchmal. Die grundlegenden Prinzipien bleiben jedoch, und ich muß versuchen, mich nach ihnen zu richten.«

Das Mädchen lachte. »Auch wenn du zweifelst?«

»Vor allem dann«, antwortete Elizabeth. »Du bist sehr klug, Felice.« Sie trat von der Tür zurück, drehte sich um und durchquerte das Zimmer bis zu der Stelle, wo zwei Sessel vor einem großen Fenster standen. »Komm herein und setz dich!«

Felice zögerte. Die Redakteurin spürte den Wirbelsturm entgegengesetzter Emotionen in dem Mädchen. Nackte Furcht kämpfte gegen das echte Liebesbedürfnis, das fast zermalmt unter der Bürde von Schuld und Perversion immer noch lebte.

Die Augen immer auf die Aussicht vor dem Fenster gerichtet, die Hügelreihen der Montagne Noire, das ferne Schimmern des Lac Provençal, ließ sich Elizabeth in einen der Sessel gleiten. Der Rabe war noch nicht weggeflogen. Felice paßte auf, und dann versuchte eine schiefe kleine Sonde sich in die Verteidigungen der Redakteurin zu schlängeln: neugierig, verzweifelt hoffnungsvoll.

Elizabeth bedeckte das Gesicht mit den Händen und betete. Sie senkte ihre Barriere vollständig und sagte:

»Sieh in meinen Geist, wenn du es möchtest, Felice! Sei behutsam, Kind! Sieh, daß ich dir die Wahrheit gesagt habe – daß ich nur wünsche, dir zu helfen!«

Das Ding drang ein ... in Versuchung geführt ... kam näher ... gewährte unabsichtlich einen kurzen Blick auf sich selbst. O Gott, wie ist das arme kleine Mädchen von seinen elenden Eltern verraten worden! Hatte das sie unfähig gemacht, auf irgendeine Elterngestalt zu reagieren?

»Du *liebst* mich?« Ungläubigkeit ... in der Schwebe gehaltene Wut ...

»Ich hatte keine eigenen Kinder, aber ich habe viele Kinder geliebt. Und sie geheilt, und sie unterrichtet. Das war mein Leben im Milieu.«

»Aber keins von ihnen ... war so schlimm wie ich.«

»Keins brauchte mich so sehr wie du, Felice.«

Das Mädchen saß in dem anderen Sessel und beugte sich zu der Gestalt in dem roten Jumpsuit mit dem verborgenen Gesicht vor. Das war nur Elizabeth! Sie, die damals in der Auberge freundlich gewesen, die die Funktionäre überredet hatte, sie nach dem Angriff auf Berater Shonkwiler nicht mehr an ihren Stuhl anzuketten. Elizabeth, deretwegen die Elchjagd zu einem Mißerfolg wurde, die dann soviel Dankbarkeit zeigte, als Felice die eklige Arbeit des Häutens und Ausweidens übernahm. Elizabeth, die so traurig über den Verlust ihres Gatten gewesen war. Die gelernt hatte, einen Ballon zu steuern, damit sie im Pliozän in Freiheit und Frieden fliegen konnte ... und sie hatte auf diese Freiheit und diesen Frieden verzichtet, damit Felice dem Inquisitor entkam.

»Ich glaube dir«, sagte ein Stimmchen. Das Ungeheuer wich in weite Ferne zurück.

Elizabeth ließ die Hände sinken, richtete sich auf, lächelte. »Soll ich dir erzählen, wie es gemacht wird?«

Felice nickte. Die Wolke ihres platinfarbenen Haars war elektrisch geladen vor Aufregung.

»Als erstes ist notwendig, daß wir an einem sicheren Ort arbeiten, wo die Entladungen deines Gehirns niemanden gefährden. Hast du schon einmal von Bredes Raum ohne Türen gehört?«

Felice schüttelte den Kopf.

»Das ist ein mechanischer Gedankenschirm von großer Wirksamkeit. Brede benutzte ihn als Refugium, wenn sie den Druck von anderen Mentalitäten nicht mehr ertragen konnte. War sie drinnen, konnte sie mit Hilfe ihrer Fernsicht hinaussehen – aber kein Geist konnte *sie* erreichen. Brede teilte diesen Zufluchtsort eine Weile mit mir. Bevor sie in der Flut starb, gab sie das Gerät meinen Freunden, damit ich es bekam. Der Raum ohne Türen ist kein Gefängnis. Man kann ihn verlassen, wann immer man will. Wenn ich dich heilen soll, mußt du dich allerdings bereit erklären, für die Dauer der Behandlung mit mir innerhalb des Raums zu bleiben. Vielleicht mehrere Wochen lang.«

»Ich bin bereit dazu.«

»Da ist noch eine Bedingung. Jetzt, wo ich weiß, wie stark du wirklich bist, möchte ich in bestimmten Phasen deiner Heilung gern Helfer einsetzen. Meine Kraft ist nicht mehr so groß, wie sie im Milieu war. Du wirst dich erinnern, ich hatte meine metapsychischen Fähigkeiten verloren und gewann sie erst durch den Schock der Zeitreise zurück.«

»Ich erinnere mich. Wer sollen die Helfer sein?«

»Creyn und Dionket.«

Das Mädchen runzelte die Stirn. »Creyn geht in Ordnung. Ich habe keine Angst vor ihm. Der Lord Heiler dagegen ... er ist stärker als mein Culluket, und doch hat er die Folter nicht unterbrochen. Dazu war er zu feige. Und jetzt versteckt er sich die meiste Zeit mit Minanonn und der dummen Friedensfaktion in den Pyrenäen, statt seinem Volk im Kampf gegen die Firvulag beizustehen. Ich finde das verächtlich!«

»Du verstehst Dionket nicht. Trotzdem mußt du einfach akzeptieren, daß ich seine Unterstützung brauche.«

»Wie würdest du die beiden Fremden verwenden? Sie wären niemals fähig, mich zu halten, weißt du.«

»Sie würden nicht selbst aktiv werden. Aber ich würde eine Reihe von speziellen mentalen Arretierungen programmieren, die sie halten können, solange ich mit komplizierteren Aufgaben beschäftigt bin. Stell dir einen Chirurgen vor, der tief in einen Körper hineingeht und Klammern und Aderpressen und sonstige Geräte benutzt, um ein sauberes Arbeitsfeld zu haben. Dionket und Crey werden es mir abnehmen, mich dauernd um deine Verteidigungsmechanismen zu kümmern, während ich die Katharsis auslöse.«

Felice schwieg. Ihre großen braunen Augen waren geistesabwesend, schienen einen Feuerrücken-Adler zu beobachten, der langsam am wolkenlosen Maihimmel kreiste. Schließlich sagte sie: »Und wenn alles vorbei ist, werde ich dann gut sein?«

»Du wirst geistig gesund sein, Kind. Das andere weiß nur Gott.«

Das Ungeheuer spähte hervor und verspottete Elizabeth. »Amerie konnte mir nicht beweisen, daß es einen Gott gibt. Oder daß er sich, wenn es ihn gibt, für uns interessiert. Kannst du es beweisen?«

»Es gibt rationale Beweise für eine Erste Ursache und ein Omega, für den Vater und den Sohn. Empirische Beweise für die Liebe, die wir den Heiligen Geist nennen. Doch ich habe kein einziges Wesen kennengelernt, das durch die Beweise zum Glauben gelangt ist. Sie werden nach der Bekehrung herangezogen ... als Bestätigungen.«

»Um die Zweifel zu übertünchen, meinst du!«

»Um uns in unserer Schwäche zu stützen. Aber das Verlangen muß zuerst kommen, denke ich. Das scheint der einzige echte Beweis zu sein. Das Verlangen nach Liebe.«

»Amerie hat auch einmal so etwas zu mir gesagt. Damals wollte ich an einen Gott glauben. Ich brauchte seine Hilfe. Vielleicht hat er damals existiert, für mich. Jetzt tut er es nicht mehr. Es gibt keinen Gott, und es gibt keine Teufel, und du bist nichts als ein Traum von mir! So! Jetzt weißt du, was ich denke.«

»Felice ...«

»Bedeutet es einen Unterschied? Daß ich nicht an die Existenz von einem von euch glaube? Kannst du mich trotzdem heilen?«

»Ich bin zuversichtlich, daß ich es kann.«

Das Grinsen des Ungeheuers blühte auf wie eine giftige Blume. »Ich frage mich, ob dein Gott deine große Zuversicht billigen würde! Wenn du mehr abbeißt, als du kauen kannst, wirst du den Preis bezahlen. Und vielleicht müssen auch noch eine Menge anderer Leute bezahlen.«

Elizabeth stand auf. Ihr Geist war immer noch offen. »Entscheide dich jetzt, Felice! Stimme der Heilung zu – oder geh und komm nie mehr wieder!«

Das diabolische Lächeln verblaßte. Es kam die alte Furcht, es kam das noch ältere Verlangen, das niemals erfüllt worden war. Armes gequältes Kind, das Schmerz anstelle von Liebe annahm, Schmutz als Ersatz für Schönheit, das ein Vergessen im Tod dem Leben voller Pein vorzog.

»Nun?« fragte Elizabeth.

»Ich will bei dir bleiben«, flüsterte das Mädchen.

Ihr Wall brach zusammen. Ein nacktes Wesen sah Elizabeth an und wartete.

4

Manchmal, dachte Aiken, war es ein Scheißjob, König zu sein.

Er war um drei Uhr morgens hellwach und beobachtete mißmutig die Eulen, die auf den Zinnen und Balkonen der Glasburg nach Mäusen jagten. Die Hauslichter waren gelöscht. Er hatte eine Verdunkelung einmal in der Woche anordnen müssen, um den gefiederten Jägern freie Bahn in ihrem Krieg gegen die Nagetiere zu geben, die sich als Folge der Vorliebe seiner Höflinge für Dinners im Freien stark vermehrten.

Es war ein frustrierender Tag gewesen. Celadey von Afaliah hatte heftige Einwände gegen Aikens Meisterplan für den Überfall auf Felices Höhle erhoben. Ihm paßte es nicht, daß er alle Chalikos für den Feldzug stellen sollte, und er wünschte, daß man in Afaliah statt am Golf von Guadalquivir zusammentraf. Aiken mußte seine königliche Autorität geltend machen, und Celadeyr gab nach, allerdings nicht gerade mit Würde.

Dann teilte Yosh Watanabe ihm mit, die letzte Lieferung von Bambusstäben sei für die Gerüste der Kampfdrachen nicht zu gebrauchen. Das Zeug sei zu schwach für den großen O-dako, der einen Mann tragen mußte, und zu spröde für den kleineren Rokkaku. Nun hieß es: Zurück ans Zeichenbrett (und in den Sumpf), wenn sie in diesem Herbst beim Großen Wettstreit einen Drachenkampf veranstalten wollten.

Dann kam die Nachricht, die verdammten Bloßhalsigen hätten in der wichtigsten Bonbonfabrik unten in Rocilan gemeutert. Aiken schickte Alberonn, die Sache nachzuprüfen, und es stellte sich heraus, daß Aikens Kader von Goldträgern ehrenhalber (diejenigen ohne wesentliche latente Gaben) Betrug verübten. Sie hatten einen unnatürlich hohen Ausstoß erzielt, indem sie die Bloßhalsigen und Ramas sich abhetzen ließen, und den Überschuß an Waren auf dem Schwarzen Markt der Geringen verkauft.

Die Goldenen waren auf der Stelle exekutiert worden, und die geschundenen Arbeiter hatten neue Sollvorgaben erhalten. Nun grübelte Aiken darüber nach, mit welchen weiteren Schandtaten seine zweifelhaften Rekruten befaßt sein mochten, und kam zu dem Schluß, die gesamte Elite nach Goriah zurückzurufen, wo er sie unter seinem koerziblen Daumen halten konnte, statt sie im Land zu verteilen. Das ließ einige Stadtgarnisonen gefährlich unterbesetzt, aber wenn der spanische Feldzug erst einmal begonnen hatte, würde es auf jeden Fall dazu kommen.

Dann war da Bardelask. Die Kleinen Leute von Famorel zogen den Belagerungsring enger und rasierten eine der umliegenden Pflanzungen nach der anderen weg. Lady Armida war außer sich vor Angst (wozu sie guten Grund hatte) und verlangte, daß der Souverän ein Entsatzheer anführe, um den alten Mimee und seine Bande die Furcht Tanas zu lehren.

Das konnte Aiken natürlich nicht tun, während er gleichzeitig seine besten Streitkräfte für den Zug nach Koneyn mobilisierte. Das arme Bardelask war entbehrlich, obwohl er das Armida gegenüber nicht zuzugeben wagte. Das vordringliche strategische Ziel waren der Photonen-Speer und der Hort an goldenen Halsringen, die Felice gehamstert hatte. Elizabeth konnte jetzt jeden Tag mit ihrer Redigierung fertig werden und das Monster loslassen. (Aikens Spion auf der Schwarzen Klippe schätzte, die Gehirnüberholung werde noch zwei Wochen dauern, aber er wollte kein Risiko eingehen.) Er mußte die Schatzhöhle plündern, bevor Felice aus dem Raum ohne Türen herauskam, und sie – Cullukets Plan folgend – überfallen, bevor sie zwei und zwei zusammenzählte.

Und dann meldete ein vor kurzem aus den Vogesen eingetroffener Geringer, die Freie Menschheit werde demnächst irgendeine Expedition durchführen. Es gab auch Gerüchte, die Gesetzlosen würden bald neben dem Eisen noch über andere Waffen verfügen.

Und Sullivan-Tonn hatte »untertänig« um die Erlaubnis gebeten, mit Olone nach Afaliah zurückzukehren, und Olone hatte ihrem Mann ins Gesicht hinein getrotzt und ihn einen eifersüchtigen alten Trottel genannt und dabei die ganze Zeit mit Aiken geliebäugelt. (Das Gesuch wurde wohlwollend in Erwägung gezogen.)

All die Ansprüche, die den Tag über an ihn gestellt wurden, hatten zur Folge, daß Aiken zu spät zum Abendessen kam. Der gebratene Schwan war eingetrocknet und das Soufflé zusammengefallen.

Und die fünfte Nacht hintereinander hatte Mercy ihn ohne eigenes Verlangen gewähren lassen und es »magischen Einflüssen« der Maiennacht zugeschrieben.

Seltsamerweise hatte Aiken dies letzte am meisten beunruhigt. Auch er hatte die Gegenwart von irgendeiner unheimlichen mentalen Unterströmung gespürt. Aber unerfahren, wie er in den Nuancen der Fernwahrnehmung war, konnte er nicht einmal sicher sagen, ob sie tatsächlich existierte, geschweige denn sie identifizieren oder ihre Quelle aufspüren. Er hatte sich an Culluket gewandt, und der Inquisitor hatte nichts entdeckt. Was die Emanation auch sein mochte, sie schien sich eng an den einzigartigen menschlichen Modus zu halten.

Als Mercy eingeschlafen war und er unbefriedigt wachlag, brachte er schließlich den Mut auf, dem gemeinsten Verdacht nachzugehen: daß sie selbst die Quelle der metapsychischen Störungen war. Vorsichtig erzeugte er eine weiche Gehirnsonde, die angeblich nicht zu entdecken war, mit seiner großen koerziblen Fähigkeit verbunden und dazu benutzt werden konnte, Geheimnisse auszukundschaften. Der Inquisitor hatte ihn mehrere Monate lang in ihrem Gebrauch unterrichtet, und er hatte sie mit Erfolg bei anderen Menschen angewendet – vor allem dem potentiellen Verräter Sullivan. Aber bisher hatte Aiken nicht gewagt, im Gehirn seiner Frau zu schnüffeln. Das Redigieren war das schwächste seiner Talente, und wenn sie ihn ertappte ...

Mercy lächelte im Schlaf. Wut erfaßte ihn. Es mußte

sein! Eine andere Erklärung gab es nicht. Auf keine andere Weise konnte er feststellen, warum sie keine Angst mehr vor ihm hatte – und deshalb sexuell nicht mehr auf ihn reagierte.

Die Sonde drang unbemerkt ein.

Bist du glücklich Mercy mein Schatz?

So glücklich.

Und warum bist du glücklich?

Ich habe mein Kind, und ich habe meinen geliebten Mann.

Und wer ist er?

Wer anders als mein wahrer Geliebter?

(Aber kein Bild, verdammt soll sie sein!) *Sieh deinen Geliebten an liebe Mercy und sage mir was du siehst.*

Ich sehe die Morgensonne hinter dem Binnenmeer aufgehen.

(Sonne!) *Hörst du seine Stimme?*

Jetzt höre ich sie.

»Aber sie könnte von Mir sprechen!) *Wie ist sein Name Mercy mein Schatz?*

Sein Name ist Freude. Helligkeit. Kulmination.

Wo ist er Frau wo ist er WER ist er?

Oh ... oh ... halbwegs zwischen Var-Mesk und der Hölle ach geh nicht Liebster hüte dich vor dem Ungeheuer warte auf mich daß ich dir helfe warte ...

Jesus!

Er verlagerte seine koerzible Bemühung von ihrem Kortex auf den Hirnstamm, bis sie ihre nervösen Bewegungen einstellte, ihr Atem wieder langsam und regelmäßig ging und keine Gefahr mehr bestand, daß sie aufwachte. Aber irgend etwas auf ihrer tiefsten mentalen Ebene war jetzt auf der Hut. Es hatte ihn nicht als den Eindringling erkannt, wußte jedoch, daß etwas Bedrohliches da war. Aiken wartete. Der Kristall der Erkenntnis fuhr fort zu glühen. Endlich zog er sich mit äußerster Vorsicht zurück. Er verhielt sich noch eine Weile ruhig, dann stieg er aus dem Bett, warf einen

Mantel über und kehrte auf den Balkon zurück, um nachzudenken.

Jede einzelne dieser Antworten, die Mercy gegeben hatte, konnte sich ebenso gut auf ihn wie auf den anderen beziehen. Nur die flüchtige Anspielung auf Var-Mesk war rätselhaft. (Es sei denn, man klassifizierte das ganze verdammte Frage- und Antwortspiel als sinnlos.) Gehirnschnüffelei! Wie schlecht, wie feige, so etwas zu tun – im Gehirn der Frau herumzustochern, die er liebte, nach einem Vorwand zu suchen, um sie hereinzulegen.

Ja, um sie hereinzulegen.

Ja, die Frau, die er liebte.

»Niemals wieder«, schwor er. »Ganz gleich, welchen Verdacht ich gegen sie hege. Wenn es nun doch stimmt und er zurückkommt, werde ich es früh genug herausfinden. Aber nicht, indem ich Mercys Gehirn sondiere.«

Er stand auf dem Balkon, sah den Eulen zu und horchte auf die Brandung der Straße von Redon. Wie wahr: König zu sein, konnte die Hölle bedeuten.

Mit einem Schlag stellte er sein Grübeln ein, ließ seine rasenden Gedanken innerhalb des selbst gewebten und des künstlichen Schirms – er trug das psychoelektronische Gerät jetzt ständig – erschlaffen. Mutlos, von einer Spur Angst berührt, trieb er dahin ...

Und da hörte er es.

Eine ferngesprochene Stimme, schwach, aber deutlich, trotz der doppelten Barrikade, und sie benutzte seinen intimen Modus:

Aiken Drum. Endlich können wir dich begrüßen. Du warst eine harte Nuß zu knacken, weißt du. Hab keine Angst! Wir versuchen jetzt seit fast einer Woche, dich anzusprechen – und unglücklicherweise hat es am europäischen Ende eine Menge unsauberer Streuung gegeben. Es muß für die Leute deiner Umgebung sehr unangenehm gewesen sein.

»Wer, zum Henker, ist das?« flüsterte Aiken.

Lachen. Langsam, Junge, langsam! Spüre dem Gedankenstrahl nach! Schaffst du das? Richtig. Den ganzen Weg über den Atlantik. Weit entfernt von dir und deinem Vielfarbenen Königreich. Jetzt spreche nur noch ich zu dir, die anderen nicht mehr. Und es bedeutet für dich keine Bedrohung. Eigentlich gerade das Gegenteil.

»Identifiziere dich«, stieß er zwischen zusammengebissenen Zähnen hervor und versuchte, die dunkle Ferne zu durchdringen, »oder ich stelle den Sigma-Schirm an!«

Du hast einen Sigma-Schirm? Interessant. Nur würde ich trotzdem durchkommen. Deine eigene metapsychische Mauer ist viel stärker als jede künstliche Abschirmung, weißt du. Sehr tüchtig für einen nicht erleuchteten Amateur. Deshalb haben wir anfangs ja solche Schwierigkeiten gehabt, dich zu erreichen. Es hätte uns jedoch nichts genützt, dich im gewöhnlichen deklamatorischen Modus anzurufen. Was wir zu besprechen haben, geht nur dich etwas an.

»Zeig dich, verdammt noch mal!«

Gut.

Ein Bild: Massig, leuchtend und metallisch, humanoid in den Grundzügen der Gestalt, das Artefakt einer hochentwickelten Technologie. Raumanzug? Strahlenabschirmung? Lebenserhaltungssystem für äußerste Notfälle? Dem überlagert war das Gesicht des Mannes, auf kantige Weise gut aussehend, ein gespaltenes Kinn und ein breiter Mund, eingesunkene Augen mit geschwungenen Brauen, eine feine Adlernase, ergrauendes lockiges Haar. Er sagte:

Wir werden dir helfen, den Speer und den Hort von goldenen Reifen zu erlangen.

»Was du nicht sagst!« Aikens Herz jubilierte, obwohl er gleichzeitig vor Beunruhigung erstarrte. Wer *war* das? »Du meinst, du kennst die genaue Lage von Felices Versteck in den Betischen Kordilleren?«

Ja. Wir können einen Handel abschließen.

Die angeborene Schlauheit des Possenreißers meldete sich. »Ach ja?«

Drei von meinen Leuten sind bereits in Europa. Du hast von ihnen nichts zu fürchten. Metapsychisch sind sie viel schwächer als du. (Bilder.) Wir wissen von deinen Vorbereitungen für den Überfall in Spanien, bevor Felice den Raum ohne Türen verläßt, von deiner Hoffnung, den Photonen-Speer zu finden und zu reparieren und ihn dann gegen sie einzusetzen, bevor sie zurückschlagen kann.

»Es ist mein Speer, verdammt noch mal, und die Halsringe sind ebenfalls mein Eigentum! Ich werde Felice nicht töten, wenn sie Vernunftgründen zugänglich ist, nachdem Elizabeth ihre psychische Überholung abgeschlossen hat.«

Du meinst also, eine geistig gesunde Felice sei das gleiche wie eine gute Felice?

»Die Wahrscheinlichkeit ist nicht groß«, gab Aiken zu. »Erzähl weiter von deinem Plan!«

Deinen Kundschaftern ist es nicht gelungen, Felices Schatz genau zu lokalisieren. Um dir meinen guten Willen zu beweisen, will ich dir sagen, daß der Hort an der nördlichen Flanke des Mulhacén liegt, etwa 430 Kilometer südwestlich von Afaliah.

»Kein Kartenbild?« bemerkte Aiken lauernd.

Meine Leute werden mit deiner Truppe hier (Bild) im Vorgebirge der Betischen Kordilleren am Rio Genil zusammentreffen und dich direkt zu der Höhle führen. Sei heute in einer Woche dort.

Aiken lachte verächtlich auf. »Noch besser, deine Leute holen den Speer und die Ringe und bringen sie mir nach Goriah!«

Sie sind der Levitation nicht fähig und haben keine Bodenfahrzeuge. Auch besteht Lebensgefahr, sollte Felice vorzeitig zurückkehren. Wie dir zweifellos klar ist.

»Spar dir die Ironie!« gab Aiken ruhig zurück. »Vielleicht erzählst du mir einmal, was dabei für dich herausspringt, Mr. Eisenarsch. Und wer du überhaupt bist. Du hast da einen solchen verdammten Hummerpanzer an, daß ich nicht einmal weiß, ob du menschlich bist.«

Ich bin ebenso menschlich wie du. Die Ausrüstung ... erlaubt mir, meine Fernsinne über die normalen metapsychischen Parameter hinaus zu benutzen. Zum Beispiel kann ich damit deine Multiphasen-Barriere durchdringen.

Aikens geistiges Auge studierte den jetzt gesichtslosen Mechanismus. »Ich glaube, von so einem Apparat habe ich schon einmal Abbildungen gesehen. Im Milieu benutzen metapsychische Großmeister derartige Lebenserhaltungssysteme, wenn sie wirklich schwere Gehirnarbeit tun. Und damit meine ich nicht nur das Fernspüren.« Abrupt wechselte er das Thema. »Der Handel, den du vorschlagen möchtest. Vermutlich willst du Europa von nun an 50:50 mit mir teilen.«

Durchaus nicht. Wenn ich das Vielfarbene Land haben wollte, hätte ich es mir schon vor Jahren nehmen können. Du brauchst keine Angst zu haben, daß es mich nach deinem kleinen Reich gelüstet, Aiken Drum. Es ist nicht gerade mein Stil, als quasi-feudaler Oberherr ein paar tausend Barbaren zu regieren.

»Und Diplomatie ist es auch nicht, Süßer.«

Touché, Euer Majestät ... Trotzdem bleibe ich dabei, dieser Planet ist groß genug für uns beide. Meine Wünsche sind bescheiden, und es ist höchst unwahrscheinlich, daß sie deinem Ehrgeiz in die Quere kommen werden. Es sei denn, du erliegst der Versuchung, deine Herrschaft über das pliozänische Europa hinaus auszudehnen.

»Erläutere das Abkommen!«

Dazu sind ziemlich viele Erklärungen erforderlich, und auch ein geschichtlicher Rückblick. Allerdings sind einige der wesentlichen Faktoren noch nicht gereift. Ich würde es vorziehen, die Diskussion meiner Interessen zu verschieben, bis du gegen Felice Erfolg gehabt hast.

Für den Augenblick biete ich dir das Wissen an, das meine drei Leute besitzen, und ihre volle metapsychische Unterstützung bei deinem Feldzug. Ihre Metafunktionen sind stärker als die deiner Tanu-Verbündeten, können aber immer noch in dem Metakonzert, das du mit Culluket entworfen hast, unter deiner koerziblen Kontrolle gehalten werden.

»Das weißt du also auch! Woher soll ich wissen, daß du in Wirklichkeit nicht damit rechnest, Felice werde mich töten – werde mich von der Szene nehmen, so daß ich später nicht mehr da bin, um deine eigenen Pläne zu durchkreuzen?«

Felice stellt für meine Pläne eine viel größere Bedrohung dar als du.

»Ha! Du bist also nicht stark genug, sie selbst zu erledigen! Nicht einmal mit dieser Hexenmeister-Ausrüstung da!«

Nein. Felice ist einer dieser wilden Faktoren, die ich erwähnte. Sie ist eine Bedrohung für uns beide.

Aiken zögerte. Der unbekannte Operante in Nordamerika brachte unangenehm logische Argumente vor, doch Aikens Argwohn blieb. Ebenso blieben seine tieferen Zweifel, ob er Felice in einer direkten Konfrontation mit seinem Amateur-Metakonzert-Netzwerk werde aufhalten können.

Aiken faßte einen Entschluß. »Ich will dir etwas zeigen.« Ein Diagramm bildete sich. »Das sind die Gehirne, die mir für eine Zusammenarbeit zur Verfügung stehen. Und das ist die Orchestrierung, die Cull und ich für einen dreifachen Angriff – koerzibel, kreativ und psychokinetisch – entworfen haben, wobei ich den Brennpunkt bilde und er das Eindringen überwacht. Du scheinst Felice verdammt viel besser zu kennen als ich. Also ... wie ist es? Nehmen wir an, sie taucht geistig gesund wieder auf und versteht ihre Fähigkeiten besser zu kontrollieren als früher. Haben wir dann eine Chance, sie zu besiegen?«

Schweigen trat ein. Das Bild der Rüstung verblaßte und ließ Aiken allein auf dem Balkon zurück. Der kühle Wind trieb seinen Mantel hoch, so daß seine goldenen Eier sich vor unheimlichen Ahnungen zurückzogen. Dann:

Dein ursprünglicher Plan war, um jeden Preis eine Konfrontation mit Felice zu vermeiden. Du hofftest, den Photonen-Speer sicherzustellen, ihn zu reparieren und mit ihm hoch über der Schwarzen Klippe zu warten, um sie zu verbrennen, sobald sie den Raum ohne Türen verläßt.

»Richtig. Dieser Plan setzt jedoch voraus, daß wir ihr Versteck in den Betischen Kordilleren finden, bevor Elizabeth mit ihrer Redigierung fertig ist. Wir können ihn immer noch durchführen. Aber wie stehen die Chancen, wenn Felice uns auf frischer Tat ertappt?«

Ich habe keine vollständigen Daten. Wahrscheinlich ist es meiner Meinung nach, daß Felice fähig ist, dich zu vernichten, falls sie auf zwei Kilometer an dein Team herankommt, auch wenn meine drei Leute dir helfen. Die Metakonzert-Matrix die dein Freund, der Inquisitor, dich gelehrt hat, taugt nicht viel. Bei einer echten Synergie ist das Ganze größer als die Summe seiner Teile.

»Wie hoch ist dein Koeffizient?« fragte Aiken scharf.

Nur etwa Null-Komma-vier-sechs.

»Könntest *du* mich lehren, einen höheren Ausstoß zu erzielen? In einer Woche?«

Lachen klang in Aikens Gehirn auf. Wieder sah er das menschliche Gesicht des Unbekannten, und seine Neuronen spürten Anerkennung von einem, der ebenfalls Sinn für ein verwegenes Auftreten hatte. »Nun, könntest du es?« brüllte der vor Kälte zitternde kleine Mann. (Und es ist möglich, daß du der bist, für den ich dich halte?)

Ich könnte ein solches Programm entwerfen und es dir übermitteln. Es wäre jedoch gefährlich, danach vorzugehen, auch für ein so seltenes Naturtalent wie dich.

Im Idealfall sollten meine eigenen Operanten ebenso an dem Metakonzert teilnehmen wie deine beringten Untertanen. Wir beide würden zum Input beitragen, wobei einer von uns sich in den Strom einreihen und für Schub sorgen und der andere den Strahl dirigieren müßte.

»Das tue ich. *Ich* übernehme die Kontrolle.«

Wer mit bloßem Gehirn Psychoenergie dieser Stärke kanalisiert, kann dabei sterben. Ich kenne deine Kapazität nicht.

»Culluket kennt sie. Er könnte den Transfer überwachen. Und mich abschneiden, solltest du versuchen, die Gelegenheit wahrzunehmen und *mich* statt Felice umzubringen.«

Gelächter. Ernsthaftigkeit. Meine Ausrüstung schützt mich davor, von meiner eigenen metapsychischen Kraft vernichtet zu werden. Du könntest niemals mit meinem vollen Potential umgehen ... aber weniger mag für Felice nicht genug sein.

»Oder vielleicht doch! Richtig?«

Schweigen.

»Richtig?« verlangte der König zu wissen.

Weißt du, was ein psychokreatives Feedback ist? (Bild.) Bei dieser komplizierteren Form eines Metakonzerts bedeutet ein Zusammenbruch desjenigen, der fokussiert, Gefahr für alle Teilnehmer – deine Konzentration braucht nur im kritischen Moment nachzulassen.

Aiken lachte vor sich hin. »Ich verstehe. Fällt der Dirigent um, fallen die Musiker wahrscheinlich mit. Aber solange der Überwacher seine Pflicht tut, ist die Gefahr für dich nur klein. Richtig? Sollte Felice den Psychostrahl auf mich zurücklenken, sterbe ich – aber Cull, der den Ausfall überwacht, trennt die Verbindung zu mir, und ihr übrigen könnt euch unter einem synergistischen Schutzschirm zurückziehen. Würde es etwa nicht so funktionieren, Mr. Obergroßmeister? *Hat es etwa nicht so funktioniert, als dein Bruder und seine Frau deine Rebellion niederschlugen?«*

Schweigen.

»Nun? Willst du jetzt mitmachen, oder nicht? Du setzt nicht viel aufs Spiel ... abgesehen davon, daß du mir ein sehr nützliches metapsychisches Programm zum Geschenk machst.«

Es wäre sicherer, wenn ich die Fokussierung übernähme. Und dann würden wir Felice bestimmt besiegen.

»Quatsch nicht! Ich bin der König hier, Eisenarsch, nicht einer von euch übriggebliebenen Rebellen. Wenn du nicht willst, greife ich auf meinen alten riskanten Plan zurück. Es müßte mir jetzt gelingen, Felices Höhle zu finden, auch ohne die Hilfe deines Trios in Spanien.«

Nun gut. Ich werde mit dir und deinem Redakteur zusammenarbeiten, Aiken Drum.

Das Kasper-Grinsen blitzte über den sie trennenden Ozean. »Ich wußte doch, du würdest es auf meine Weise sehen. Das tun die Leute oft! Wie möchtest du von mir genannt werden? Einige von den Menschen in meiner Truppe könnte dein richtiger Name nervös machen. Und sie müssen dich irgendwie anreden können.«

Ich bin schon Abaddon genannt worden. (Ironisches Bild.)

»Sehr passend. Dann in einer Woche am Rio Genil, Abaddon.«

Ruf deine mächtigsten Metapsychiker zusammen! Du wirst sie brauchen ... (spöttisch) König Aiken-Lugonn.

Der Äther war abrupt leer, die fremden Emanationen waren verschwunden, als hätten sie nie existiert. Aiken hörte die Nachtvögel, die Brandung, ein leises Stöhnen von Mercy, die drinnen schlief.

Auf Zehenspitzen schlich er sich ins Schlafzimmer und legte seinen Mantel ab. Sie lag halb aufgedeckt, träumend, einen Arm in einer Haltung süßer Verwundbarkeit hochgezogen. In seiner Aufregung und seinem Triumph fand er die Versuchung, sie zu sondieren, unwiderstehlich. Er sah sich ihren Traum an und entdeckte, daß er sich um das drehte, was er geargwöhnt hatte. Nodonn Schlachtenmeister war am Leben, versteckt, aber im Augenblick keine Bedrohung. Er, Aiken würde abwarten.

In ihrem Schlaf lächelte Mercy. Aiken zog die Sonde behutsam zurück, beugte sich über sie, küßte sie und legte ihr die Seidendecke um die Schultern.

»Warum muß ich dich lieben?« fragte er leise, bevor er das Zimmer verließ, um allein zu schlafen.

5

Die drei jungen Männer waren zusammen auf dem Kommandodeck des Mehrzweckfahrzeugs, Hagen am Steuer. Der Himmel zeigte ein gleißendes Kobaltblau ohne Wolken, und die Luft war beinahe totenstill. Aber das Fahrzeug machte seine stetigen sechs Knoten. Sein Solarzellen-Antrieb wurde durch den metapsychischen Schub der PK-Spezialisten auf Wache verstärkt.

»Ich habe den anderen nichts davon gesagt«, bemerkte Phil Overton. »Sie haben schon genug Sorgen mit den Kleinen und den Kranken und dem psychokinetischen Aufladen. Aber irgend etwas braut sich zweitausend Kilometer südöstlich von uns in der Atmosphäre zusammen, das mich beunruhigt.«

Das Bild einer verdächtigen Wetterfront entstand in ihren Gehirnen, deutlich wie ein Drei-D-Bild. »Seht ihr, wie scharf die Wolkenbänder sind? Wie klar abgegrenzt? Vergleicht das mit diesem anderen Tiefdruckgebiet südlich der Bucht von Benin – das ist normal für diese Jahreszeit. Ich habe das kleine Ding mitten im Ozean seit jetzt drei Tagen beobachtet, und es hat sich auf unnatürliche Weise verfestigt und vertieft.«

Hagens Hände umfaßten das Steuerrad so heftig, daß die Knöchel weiß hervortraten. »Du meinst, mein Vater und die übrigen psychen es?«

»Gott!« rief Nial Keogh aus. »Nicht wenn wir schon beinahe in den Westwinden sind!«

Phil zuckte die Achseln. »Es ist die falsche Jahreszeit für Hurrikans, und dieser Sturm zieht auf einer entschieden anomalen Bahn dahin. Die meteorologischen Bedingungen sind seinem ständigen Wachsen günstig, ob jemand dabei nachhilft oder nicht.«

»Können wir ihm ausweichen?« fragte Hagen entschlossen.

Phil projizierte es ihnen. »Hier ist unser Vektor – und hier kommt das Tief, schleicht sich an uns heran. Wir sind genau auf seinem Weg, wenn wir den augenblicklichen Kurs beibehalten. Küssen werden wir es 36-45 Nord, 16-20 West, heute in drei Tagen. Verlangsamen wir unsere Fahrt, packen uns die Winde im nordwestlichen Quadranten und schieben uns nach Süden. Beschleunigen wir, ist es gerade eben möglich, daß es an unserm Arsch vorbeirutscht oder uns sogar nach Norden in die Zone der vorherrschenden Westwinde schleudert.«

»Dabei setzt du voraus, daß das Tief geradeaus zieht«, warf Nial ein. »Wenn Marc den Fahrersitz innehat, wird es das bestimmt nicht tun.«

»Was können wir machen?« Hagens Gesicht war eine Maske kranker Verzweiflung. »Haben wir irgendeine Chance, dem Ding zu entkommen, ohne unsere Geschwindigkeit zu erhöhen? Süßer Jesus, Phil – wir strengen uns ja jetzt schon bis zum äußersten an! Du hast gesehen, was mit dem armen Barry geschehen ist, und Diane wird auch schwächer.«

Phil überlegte. »Es hängt davon ab, was Marc bezweckt.«

»Er wird nicht darauf aus sein, uns sinken zu lassen«, erklärte Nial. »Wenn er uns töten wollte, hätte er uns vor zehn Tagen mit Psychoenergie erschießen können. Das Spiel haben wir gewonnen.«

»Könnte er uns zurück nach Florida blasen?« fragte Hagen.

»Teufel, nein«, antwortete Phil. »Dem Sturm ginge lange vorher die Luft aus. Dazu würde er eine ganze Serie von Stürmen brauchen. Hätte er das Kunststück früher versucht, wäre es ihm vielleicht gelungen.« Seine Gedanken wiederholten die atmosphärischen Muster der letzten Woche. »Aber, seht ihr? Das Potential war eben nicht vorhanden. *Dies* Tief ist seine erste gute Chance. Laßt mich eine Minute nachdenken!«

Hagen sagte: »Er kann uns nicht nach Hause blasen, und er will uns nicht töten. Dann bleibt ihm nur übrig, uns auf einen anderen Kurs zu bringen. Dieses ausgeprägte Tief, das du erwähntest, nördlich von Madeira. Wenn es ihm gelingt, uns nach Südosten abzulenken, landen wir in Afrika statt in Europa.«

Phil nickte zustimmend. Ein neues meteorologisches Diagramm erschien in seinem Geist. »Die Sturmwinde rotieren entgegen dem Uhrzeigersinn. Er braucht nichts weiter zu tun, als uns ungefähr zwischen sechs und neun Uhr innerhalb des Systems festzuhalten, und schon sind wir unterwegs nach Marokko. Sogar die verdammten Luftströmungen arbeiten für ihn! Der einzige Joker, der uns retten könnte, hängt an der Energie, die er in den Sturm hineinpumpen kann. Schafft er es nicht, ihn ständig weiterzutreiben, reißen wir uns los, bevor er uns nahe genug an Land manövriert hat, um uns einen direkten PK-kreativen Schubs zu geben.«

»Und wenn wir das große Sigma-Feld einschalten?« überlegte Hagen. »Unseren Reibungsquotienten herabsetzen, so daß die Winde um uns herumströmen?«

»Das nützt nichts«, versicherte Nial. »Benutzt du den Generator auf Salzwasser statt auf trockenem Land, fließt ständig Energie ab. Er wäre bei maximaler Leistung vielleicht vier, fünf Stunden in Betrieb.«

»Scheiße! Da hat er uns richtig in den Nußknacker bekommen.« Hagens Mund verzog sich zu einem freudlosen einseitigen Lächeln. Es gab ihm für einen Augenblick eine unheimliche Ähnlichkeit mit seinem Vater. »Wir könnten ebensogut gleich Kurs auf Afrika nehmen! Wenigstens wird es den kleinen Kindern dann erspart, einen Hurrikan abzureiten.«

»Du bist der Kapitän«, erklärte Phil. »Natürlich sind das alles nur Mutmaßungen, daß Marc hinter dem Sturm steckt. Wir haben noch keinen Beweis ...«

»Heute in drei Tagen werden wir einen haben«, gab Hagen zurück. »Er ist es bestimmt. Darauf kannst du dein Leben wetten!« Er stellte den Autopiloten an, wandte sich dem Kompaß-Computer zu und gab einen neuen Kurs ein. Langsam schwang der Bug des Fahrzeugs nach Steuerbord.

»Kurskorrektur beendigt«, meldete der Autopilot. »Fest auf eins-eins-fünf-Grad.«

Hagen riß die Tür auf und stolperte auf die höchste Navigationsbrücke hinaus. »Ist das gut genug für dich?« schrie er zum Himmel hinauf. »Du gewinnst wieder! Ich gratuliere! Und geh zur Hölle, Papa!«

Es kam keine Antwort. Er hatte auch keine erwartet. Mit leerem Gehirn ertastete er sich den Weg zur Kajütentreppe und verschwand unter Deck.

Phil und Nial dachten über das Unvermeidliche nach. Schließlich seufzte der junge Keogh. »Ich nehme das Steuer für den Rest der Wache, Junge. Geh du und sag den PK-Leuten, sie könnten aufhören! Jetzt hat es keine Eile mehr.«

Moreyn Glashersteller, Stadt-Lord von Var-Mesk, trieb sein Chaliko und das reiterlose zweite Tier mit gereizten telepathischen Knüffen den mondbeschienenen Strand entlang. Wie er es haßte, mit diesen Tieren zu reisen! Chalikos hatten eine eingefleischte Antipathie gegen ihn und neigten dazu, seine Befehle zu verweigern.

Darauf kam es nicht an, wenn andere Reiter dabei waren, die seine schwache koerzible Fähigkeit stärkten. Aber die mysteriöse ferngesprochene Botschaft hatte ausdrücklich verlangt, er solle allein kommen, und ihm mittels furchterregender Eide der Psychokinetischen Gilde die strengste Geheimhaltung auferlegt. So zottelte er den geisterhaften Gips-und-Sand-Strand hinunter und hielt scharf Ausschau nach morastigen Stellen, in denen er versinken konnte, wann immer er einen der Süßwasser-Bäche überquerte, die von dem hohen Kontinentalsockel abflossen. Schwach leuchtende Wellchen klatschten ans Ufer, und eine dünne Seetanglinie zog sich über das früher sterile Weiß. Die Verringerung des Salzgehalts machte das einstmals Leere Meer zu einem Meer des Lebens …

Er befand sich mehr als 40 Kilometer von der Stadt entfernt und in einer verlassenen Region, die in sechs Millionen Jahren nahe der Côte d'Azur liegen würde. Sollte er es wagen, einen deklamatorischen Ruf auf kurze Entfernung auszusenden? Seine Augen suchten das Land vor ihm ab. Er sah nur Dünen und einzelne Klumpen von sedimentärem Gestein. Der geheimnisvolle psychokinetische Bruder war gut versteckt.

Moreyn hier!

… Aha! Auf der anderen Seite jener pyramidenförmigen Salzmasse erschien eine ganz schwache rosiggoldene Aura. Noch ein armer Teufel, der in all diesen Monaten an irgendeiner tanaverlassenen Küste gestrandet war, hatte es endlich doch geschafft, ins Vielfarbene Land zurückzukehren.

Mit lächelnden Gedanken, eine Hand zur Begrüßung erhoben, umritt Moreyn den Salz-Monolithen auf der landeinwärts gelegenen Seite, sah das Floß und erkannte endlich den Gildenbruder mit dem abgeschirmten Geist, der ihn gerufen hatte.

»Lord Schlachtenmeister!« japste er, wie vom Donner gerührt. Die Chalikos entzogen sich seinem unsicheren koerziblen Griff und scheuten vor dem glühenden Körper, der auf dem weißen Sand lag. »Ruhig, verdammt noch mal!« schrie Moreyn sie an.

Nodonn öffnete die Augen. Die beiden Tiere schienen sich in Stein zu verwandeln. Moreyn kletterte mühsam aus dem hohen Sattel und kniete neben der liegenden Gestalt nieder.

»Laß mich dich mit meinem Mantel zudecken! Hast du Durst? Hier – meine Flasche! Göttin – was ist mit deiner Hand geschehen?«

»Das ist ... eine lange Geschichte, psychokinetischer Bruder. Danke, daß du gekommen bist. Ich kann beinahe nicht mehr.« Er nahm einen langen Zug aus der Wasserflasche und sank auf den Sand zurück. Moreyn machte sich um ihn zu schaffen, stopfte dem Schlachtenmeister seinen Mantel unter Beine und Rumpf. Nodonn trug die Unterwäsche seiner Rüstung, jetzt salzfleckig und zerrissen. Wo die Haut unbedeckt war, hatte er einen schlimmen Sonnenbrand.

»Wir haben dich für tot gehalten! Das ist wundervoll!« Moreyns Gesicht zog sich in die Länge. »Ich meine – es ist schrecklich! Aiken Drum, der menschliche Usurpator, hat uns gezwungen, ihn als König anzuerkennen. Er zog mit seiner Armee von einer Stadt zur anderen und bedrohte uns. Niemand hätte sich ihm widersetzen und am Leben bleiben können. In Var-Mesk, ich erröte, daß ich es zugeben muß, standen wir alle als Memmen vor dem Leuchtenden, Miokann Heilerssohn allein ausgenommen. Oh, wie stolz wärst du gewesen, wenn du seine Tat gesehen hättest, Schlachtenmeister! Natürlich war es hoffnungslos, aber auf herrliche Weise den Traditionen der Kampfgesellschaft gemäß. Miakonn wartete, bis der Usurpator betrunken war, und zog ihn dann zur Rechenschaft! Es war ein tollkühner Plan, und er hätte gelingen können, wenn nicht der verräterische Inquisitor ...« Der Glashersteller brach ab.

»Frieden, Bruder!« bat Nodonn. »Mir ist bekannt, daß

Culluket ein Verräter an der Heerschar ist. Ich weiß, was er Miakonn angetan hat und warum du jetzt statt seiner Stadt-Lord bist.«

Moreyn biß sich auf die Unterlippe. Seine Gedanken waren in beschämtem Elend verschleiert.

Nodonn langte mit seinem Geist hinaus. »Laß nur, Bruder! Du bist immer ein ausgezeichneter Glas-Techniker gewesen.« Er deutete mit einem Kopfnicken zu dem Floß mit seinem primitiven Segel aus zusammengenähten Häuten hin. An einer der Querstangen war ein Bündel festgezurrt. »Siehst du das? Es ist die Rüstung, die du für mich vor dreihundert Jahren gemacht hast. Ich habe es fertiggebracht, einen Handschuh zu verlieren. Du wirst mir einen neuen anfertigen müssen, bevor ich ins Feld ziehe.«

»Du willst gegen den Usurpator kämpfen?« Moreyn konnte es nicht fassen.

»Heute bin ich nur das traurige Abbild eines Schlachtenmeisters. Aber ich werde mich erholen. Länger als sechs Monate habe ich auf Kersic gelegen, meiner Sinne beraubt und außer Reichweite jeder Fernwahrnehmung. Jetzt wissen nur zwei Tanu von meiner Existenz: Lady Mercy-Rosmar und du.«

»Sie ist mit dem Menschenkönig verheiratet«, jammerte Moreyn, »und zu seiner Königin gekrönt worden.«

»Frieden!« wiederholte Nodonn und beruhigte den mentalen Aufruhr des Stadt-Lords. »Mercy hält es bei dem Usurpator aus, weil ich sie angewiesen habe, nichts zu unternehmen, bis die Zeit reif ist. Im innersten Herzen bleibt sie mir treu, und schließlich werden wir wiedervereint werden. Ich habe vor, *alles* zurückzufordern, was mein ist. Wirst du mir dabei helfen, Moreyn?«

»Ich würde mein Leben für dich geben, Schlachtenmeister – so wenig es wert ist. Aber du weißt, wie kläglich meine aggressiven Fähigkeiten sind. Aiken Drum wollte mich nicht einmal auf seinen Feldzug nach Koneyn mitnehmen ...«

»Ich weiß, er ist hinter dem Speer her. Und hinter neuen goldenen Reifen, um damit seine Armee von Abschaum zu dekorieren – als ob sie ihm etwas nützen würden!«

Moreyns Blicke irrten immer wieder voller Entsetzen zu der hölzernen Hand hin. »Wir haben in Var-Mesk keinen Heiler, der qualifiziert ist, sich um deine Wunde zu kümmern, Schlachtenmeister. So viele Redakteure sind in der Flut umgekommen. Der nächste kompetente Arzt – der nächste *vertrauenswürdige* Hautkünstler – ist Boduragol von Afaliah.«

»Der Kuhal, meinen Heerschar-Bruder, in seiner Obhut hat. Ja, ich weiß von ihm.« Nodonn bog die Finger der Prothese und lächelte flüchtig. »Mach dir keine Sorgen, Moreyn. Dieser Ersatz funktioniert gut genug. In der Haut müßte ich neun Monate auf das Wachsen einer neuen Hand warten. Eine zu lange Zeit, um müßig zu sein, wenn meine metapsychischen Kräfte schnell zurückkehren und das Schicksal ruft. Meine Hand kann geheilt werden, wenn ich das Durcheinander aufgeräumt habe, das jener Herr des Chaos drüben in Goriah angerichtet hat!«

Moreyn blieb der Mund offenstehen. Er projizierte nacktes Grauen. »O nein, Schlachtenmeister! Wir dürfen die Heilung nicht aufschieben! Es würde dir ja niemand Gefolgschaft leisten!«

»Das glaubst du wirklich?« wunderte der Schlachtenmeister sich.

»Mein Lord, vielleicht hast du vergessen ...«

»Nimm dich zusammen, Mann!« fuhr Nodonn ihn an. »Erkläre es mir – oder öffne zumindest deinen verdammten Geist, damit ich selbst nachsehen kann, was du da zu nörgeln hast.«

Der schwache Schirm hob sich, und Nodonn las deutlich das Gebot der Kriegsreligion, das Tausende von Jahren auf dem verlorenen Duat keine Anwendung mehr gefunden hatte – und niemals, seit die Tanu ins

Vielfarbene Land gekommen waren: Nur wer körperlich vollkommen war, durfte sich um die Königswürde bewerben.

Nodonn lachte. »*Das* ist dein Einwand? Dies Stück veralteten Unsinns? Wenn unser Thron von einem emporgekommenen Geringen entweiht wird?«

»Es ist Gesetz«, flüsterte Moreyn mit der Hartnäckigkeit der Demütigen. »Aiken-Lugonn ist vom Plenum seiner Vasallen gesetzmäßig gewählt worden, und er war der Erwählte von Mayvar Königsmacherin – auch wenn sein Blut fremd sein mag. Und was das angeht, so wird gesagt, er sei nicht von einer menschlichen Frau geboren, sondern durch ein Wunder der Alten Erde gezeugt.«

»Ein Retortenbaby, ausgetragen in einem künstlichen Mutterleib«, schalt der Schlachtenmeister. »Kein Wunder. Davon gibt es unter den Menschen viele.«

Moreyn ließ sich nicht stoppen. »Meine Lady Glanluil, die an meiner Stelle an dem Großen Liebesfest teilnahm, weil ich krank war, berichtet, daß der Inquisitor beim Hochzeitsmahl auf noch merkwürdigere Dinge anspielte. Er sagte – er sagte, sowohl der König – ich meine Aiken-Lugonn – als auch die Königin Mercy-Rosmar hätten echte Tanu-Gene in ihrem Keimplasma!«

»Aiken Drum soll mit uns verwandt sein? Chalikomist!« Aber der Schlachtenmeister fühlte sein Rückgrat gefrieren. Tatsache war, daß Mercy mehr Tanu- als menschliche Gene besaß. Diese Ungeheuerlichkeit war von Greg-Donnet bewiesen worden, lange bevor der Genetik-Meister abtrünnig wurde.

»Der Inquisitor ist ein Lebenswissenschaftler«, erwiderte Moreyn, »und er hat nach Konsultationen mit menschlichen Spezialisten großes Wissen um diese geheimen Dinge erworben. Er sagt, vor kurzem durchgeführte genetische Untersuchungen hätten gezeigt, daß bei buchstäblich allen Menschen hier im Vielfarbenen Land, die metapsychische Anlagen besitzen, Tanu- oder

Firvulag-Gene vorherrschen. Da ist irgendeine mysteriöse Kraft am Werk; sie verknüpft unsere Rasse mit der der Geringen.«

»Unmöglich! Die direkten evolutionären Vorfahren der Menschheit sind die kleinen Ramapithecinae-Affen, die wir als Diener benutzen. Würden wir unser Blut durch eine Paarung mit Tieren besudeln? Niemals! Und diese niedrigen Hominiden werden noch fünf Millionen Jahre lang keine Intelligenz entwickeln. Lange vorher sind wir von diesem traurigen Planeten verschwunden.«

»Kann man sicher sein?« fragte Moreyn.

Zum Schweigen gebracht, dachte Nodonn an das rührende Paar ältlicher Menschen – die Rebellen-Generalin Angélique Guderian und ihren Gatten Claude, die er für ein paar Augenblicke gefangengehalten hatte, bevor er ihnen erlaubte, durch das Zeitportal in den Tod zu gehen. Der alte Mann hatte gewagt, ihm Trotz zu bieten. Auf den Befehl des Schlachtenmeisters: »Geht zurück, woher ihr gekommen seid!« hatte Claude eine verblüffende Antwort gehabt, die Nodonn jetzt nicht mehr paradox vorkam:

Du Narr. Wir sind von hier gekommen.

»Wahnsinn!« sagte Nodonn wütend.

Moreyn fuhr fort: »Diese Menschen haben Legenden. Mythen über Rassen von Alten, die Äonen vor der Zeit, als die Menschheit sich erhob, auf der Erde lebten – und die als bemitleidenswerte und verachtete Überreste noch in die Zeit unmittelbar vor dem Galaktischen Milieu hineinreichten. Die Menschen haben diesen Alten viele Namen gegeben: Dämonen, Feen, Götter, Riesen, Elfen. Aber überall auf der Erde waren die primitiven Menschen überzeugt, daß es die Alten gegeben habe. Und daß sie sich von Zeit zu Zeit mit Menschen paarten.«

»Wahnsinn!« wiederholte Nodonn. »Ich verbiete dir, weiter davon zu sprechen.« Unsicher stand er auf und schob mit dem Fuß Moreyns Mantel zur Seite. »Führe das Reserve-Chaliko an jenen Salzklumpen, damit ich ihn als Tritt zum Aufsteigen benutzen kann!«

Moreyn beeilte sich, das Tier zu bringen, doch er fühlte sich gezwungen, seine Rede zu beenden. »Ich halte das alles für unwahrscheinlich, Schlachtenmeister. Aber andere Tanu glauben daran, vor allem die Mischlinge. Die Legende, die Erklärung unserer Verwandtschaft mit der Menschheit, macht die bittere Pille des Aufstiegs der Geringen leichter zu schlucken.«

»Ich werde ihnen eine andere Medizin geben«, stellte Nodon fest. »Hol das Bündel mit der Rüstung und binde es an meinen Sattel! Weißt du, was darin ist? Das heilige Schwert! Die Waffe, die ich bei meiner ersten Konfrontation mit dem Usurpator geschwungen habe – und wieder und siegreich zu schwingen gedenke! Dann werden wir sehen, wer es wagt, von verlorenen Händen und Königen ohne hohe Geburt und Bastard-Nachkommen der Tanu zu quatschen, die aus ferner Zukunft zurückkehren, um sich mit ihren eigenen Vorfahren zu paaren!«

Der unglückliche Moreyn wand sich. Nodonns Körper glühte in einem zornigen Sonnengold, und sein Gleißen war fast schmerzhaft. »Oh, gib acht, damit der Feind dich nicht entdeckt, Schlachtenmeister! Gib acht!«

Sofort wurde die Aura ausgelöscht. »Du hast recht, alter Freund. Meine Heftigkeit ist unangebracht. Dumm. Mercy warnte mich, der Usurpator habe überall Spione. Von jetzt an werde ich mich gut im Zaum halten. Ich möchte dich nicht in Gefahr bringen.«

»Oh, wer fragt nach mir?« stöhnte der Glashersteller. »Mein Leben bedeutet nichts. Das deine bedeutet alles!« Er fummelte ungeschickt am Steigbügel seines Chalikos herum, versuchte, das tänzelnde Tier zu besteigen, gab es auf und hob sich blamablerweise mit seiner PK in den Sattel. Nodonn hütete sich zu lächeln.

»Du bist mein Schutzbefohlener, Schlachtenmeister«,

sagte Moreyn. »Ich habe die heilige Pflicht, dir Obdach zu geben, bis Lord Celadeyr und Königin Mercy-Rosmar dich holen und nach Afaliah in Sicherheit bringen können.« Er sandte dem gefallenen Titanen, dessen Gesicht jetzt im Mondschatten verborgen war, eine Bitte um Nachsicht zu. »Ich habe ein Versteck für dich an einem Ort, wo ich mich selbst um dich kümmern kann. Zwar fürchte ich, daß du dich eingeengt fühlen wirst, denn der Raum ist klein und liegt in einem tiefen Kellergeschoß der Glasfabrik. Aber wenn es dir möglich ist, deinen Kampfesmut noch ein kleines bißchen länger zurückzuhalten und geduldig zu sein ...«

»In letzter Zeit habe ich viel Gelegenheit gehabt, mich in Geduld zu üben.«

»... dann wirst du deine körperliche wie deine metapsychische Kraft zurückgewinnen, so die gute Göttin will, und dein großes Geschick erfüllen.«

Nodonn senkte den Kopf. »Ich bin in deiner Hand, Moreyn. Von nun an befehle mir, und ich werde gehorchen!«

Der Glashersteller stieß einen Seufzer der Erleichterung aus. »Oh, das ist gut! Wir wollen sofort nach Hause reiten! *Du* führst beide Chalikos, wenn es dir nichts ausmacht.«

»Natürlich«, sagte der Schlachtenmeister.

Seite an Seite, die Schritte perfekt synchronisiert, trabten die beiden großen Tiere über den Strand auf Var-Mesk zu.

6

»Sie kommen! Sie kommen!« schrie Calistro, der Ziegenjunge, und rannte durch den ganzen Ort. »Sie kommen! Sie kommen!« Seine Pflegebefohlenen waren vergessen. »Schwester Amerie und der Häuptling und viele andere!«

Menschen strömten aus den Häuschen und Hütten,

riefen einander aufgeregt zu. Ein langer Zug von Reitern bog ins Dorf bei den Verborgenen Quellen ein.

Old Man Kawai hörte den Aufruhr und streckte seinen Kopf aus der Tür von Madame Guderians rosenbewachsenem Haus unter den Tannen. Er sog die Luft durch die Zähne.

»Sie kommt!«

Eine kleine Katze kam aus der Kiste unter dem Tisch gerannt, und er wäre beinahe über sie gefallen, als er sich umdrehte, um ein Schnitzmesser zu ergreifen. »Ich muß Blumen abschneiden und schnell laufen, sie zu begrüßen!« Streng wies er mit dem Finger auf die Katze. »Und du – sieh zu, daß deine Kätzchen gewaschen sind, damit du nicht uns beiden Schande machst!«

Die gazebespannte Fliegentür knallte zu. Vor sich hinmurmelnd, hackte der alte Mann einen Armvoll der schweren Junirosen ab. Dann eilte er den Pfad hinunter und streute rosa und rote Blütenblätter.

Es gab ein herzliches Wiedersehen mit alten Freunden für Peopeo Moxmox Burke, Basil Wimborne und Amerie Roccaro, die man als Befreier der Geringen feierte, und begeistert begrüßt wurden die dreißig mutigen Piloten, Techniker und Spezialisten, auf die man so große Hoffnungen setzte. Denny Johnson, der Kommandant der Verteidigungstruppen, taufte sie sofort »Basils Höllenhunde«, was dem Alpinisten und Ex-Professor recht peinlich war.

Nach einem befriedigenden Zwischenspiel im Gemeinschaftsbadehaus wurden die Neuankömmlinge mit einem Festmahl aus gebratenem Fisch und Erdbeertörtchen geehrt, das Marialena Torrejon in aller Eile zubereitet hatte. Perkin der Weinhändler förderte große Korbflaschen mit Riesling und duftendem vinho verde und süßem weißen Muskateller zutage, damit der ununterbrochenen Runde von Toasts der Stoff nicht ausging. Als Folge davon waren nicht wenige Dorfbewohner ebenso wie Pongo Warburton und Ookpik und Seumas Mac Suibhne von den Höllenhunden nicht mehr in der Verfassung, an der Dankesmesse teilzunehmen, die Amerie als Abschluß des großen Tages zelebrierte.

Schließlich führte Old Man Kawai die erschöpfte Amerie in Madames Häuschen, obwohl sie protestierte, das sei jetzt sein Heim und solle es bleiben. »Darüber sprechen wir später«, sagte der frühere Hersteller von elektronischen Geräten. »Vorerst müssen Sie Madames Schlafzimmer nehmen. Ihr Geist würde es wollen, und ich werde vor Ärger sterben, wenn Sie die Ehre ablehnen. Ich werde es ganz gemütlich auf einem Strohsack in der Küche mit den Katzen als Gesellschaft haben.«

Er hielt die Fliegentür für die Nonne offen. Sie blieb stehen, sank in die Knie und rief: »Dejah!« Ein schlankes Tierchen mit sandfarbenem Fell und schwarzer Schwanzspitze kam gerannt und sprang ihr in die Arme. Abgesehen von seinen großen Augen und Ohren ähnelte es einem kleinen Puma. Es war ein Weibchen der Spezies *Felis zitteli,* eine der frühesten echten Katzen.

Amerie drückte das schnurrende Geschöpf an die Brust, und die Augen liefen ihr über. »Ich hätte nie gedacht, sie wiederzusehen, Kawai-san. Glauben Sie, sie hat mich vermißt?«

»Gewisse Dinge haben sie abgelenkt«, bemerkte der Japaner trocken. Er wies auf die Kiste unter dem Tisch. Drei Köpfchen lugten über den Rand. »Es sind alles Kater. Neun Wochen alt. Ich habe ihnen keine Namen gegeben. Ich habe gewartet, gehofft, daß Sie ... daß mein Gelübde an die Märtyrer von Nagasaki ...«

Er ließ den Kopf sinken. Verdächtige feuchte Flecken erschienen auf seinem Happi-Mantel. Amerie setzte die Katze auf den Boden und umarmte ihn. »Verrückter alter Buddhist.« Sie ließ ihn los und spielte mit den Kätzchen, während er vor dem Herd ein Tatami und Futon entrollte und sich überzeugte, daß im Schlafzimmer alles für Amerie bereit war.

»Ich habe mich entschlossen, sie Tars Tarkas, Carthoris und Edgar zu nennen.« Die Nonne setzte die Kätzchen wieder zu ihrer Mutter in die Kiste. »Sie werden die Patriarchen der domestizierten Katzenheit werden.«

Steif in jedem Gelenk und schwindelig vor Müdigkeit und Reaktion erhob sie sich. Aber dann sah sie sich in dem kleinen Raum um, und alle Beschwerden waren vergessen. Diese Wohnküche war das einzige Heim, das sie im pliozänischen Exil kennengelernt hatte. Sie hatte nur ein paar kurze Wochen in dem Häuschen gewohnt, als Madame und Felice und Richard und Claude und die anderen ihre Expedition zum Schiffsgrab machten, doch jede Einzelheit schien ihr kostbar und vertraut. Da waren Madames handgewebte Vorhänge, ihr geliebtes Spitzentischtuch, die aus Fellstreifen geflochtenen Teppiche. Neben der Feuerstelle entdeckte sie das Schüreisen, die Schaufel und den Dreifuß aus Messing, die Khalid Khan gemacht hatte, und einen von Miß Cheryl-Anns Körben mit Kleinholz. Ihre eigene Bücherei aus medizinischen Werken und religiösen Schriften war sorgsam in einem Schrank verwahrt, zusammen mit ihrem sauber gefalteten Nonnengewand, von Säckchen mit Kräutern frisch gehalten. Der hölzerne Rosenkranz, den Claude Majevski für sie geschnitzt hatte, lag daneben in einem Kasten aus Buchenholz.

Kawa kam aus dem Schlafzimmer. »Alles fertig.«

»Es ist so schön«, sagte die Nonne mit gebrochener Stimme, »wieder daheim zu sein.«

Feierlich verbeugte sich der alte Mann. »O-kaeri nasai, Amerie-chan. Willkommen zu Hause, liebste Tochter!«

Basil und Burke waren zu aufgedreht zum Schlafen, und sie hatten auch einiges zu besprechen.

»Komm in das alte Wigwam rüber!« sagte der große

Indianer zu Denny Johnson. »Du mußt das einunddreißigste Mitglied von Basils Höllenhunden kennenlernen.«

»Er ist immer noch sehr scheu gegenüber einer Menschenmenge«, erklärte der Alpinist. »Als er sich weigerte, an der Party teilzunehmen, brachten wir ihn mit reichlich Essen und Trinken in Peos Haus unter. Hoffen wir, daß er sich nicht an Erdbeertörtchen überfressen hat. Die Kleinen Leute sind ganz verrückt danach.«

Die mit Rindenstücken gedeckte Hütte des Häuptlings stand dicht an der Südwand des Cañons, ein paar Meter von einem Bächlein entfernt, das aus dem Zusammenfluß einer heißen und einer kalten Quelle entstand. Ein dünner Rauchfaden stieg aus dem unindianischen Kamin der Hütte auf und verschwand zwischen den unteren Ästen der Sequoias.

»Kalipin?« rief Burke leise. Er schob den Ledervorhang zur Seite und bückte sich im Eingang. Denny und Basil folgten ihm. Das Innere des Wigwams war beinahe stockdunkel. Eine untersetzte Gestalt, von einem schwachen roten Schein umrissen, regte sich neben dem Steinherd.

»Also kommst du endlich, Peopeo Moxmox.«

»Ich hoffe, du hast dich beim Warten nicht zu sehr gelangweilt. Würde es dir etwas ausmachen, wenn ich eine oder zwei Kerzen anzündete?«

»Dann muß ich ja die Gestalt wechseln«, quengelte die Stimme. »Aber mach schon. Es ist dein Haus.«

»Bitte, überanstrenge dich nicht«, protestierte Basil.

»Ich habe meine Befehle. Da, ich bin soweit.«

Burke ließ sein Feuerzeug aufflammen und zündete zwei Wachskerzen in einer Reflektor-Laterne auf dem Tisch an. Das Licht brachte einen Zwerg mittleren Alters zum Vorschein, umgeben von Haufen schmutzigen Geschirrs, der Bier aus einem großen irdenen Krug trank.

»Das ist Denny Johnson, Koordinator der Verteidigungsmaßnahmen der Geringen«, stellte Burke vor. »Denny – das ist Kalipin, von Lord Sugoll beauftragt, Basils Höllenhunde zum Schiffsgrab zu führen.«

Denny streckte die Hand aus. Der Mutant besiegte sein Widerstreben und schüttelte sie. »Ihr Menschen seid immer so eifrig, einander zu *berühren*«, beklagte sich Kalipin. »Ich tue mein Bestes, mich euren Sitten anzupassen, aber es ist schwer. Téah weiß, wie schwer.« Er entließ einen tiefen Seufzer und nahm einen tiefen Zug.

»Wie kommt es, daß dich bisher niemand von uns bemerkt hat, Freund Kalipin?« fragte Denny.

»Ich hatte mich unsichtbar gemacht.« Der Zwerg erschauerte. »Alle diese lärmenden Gedanken der Geringen! Es gibt unter meinem Volk viele, die sich schnell an die Menschheit gewöhnen. Und mein Meister ist überzeugt, wir müssen uns mit euch verbünden, wenn wir überleben wollen. Aber es ist schwer. Schwer.«

»In der Bergflanke hinter dem Wigwam ist eine kleine Höhle, die ich als Vorratskammer benutze«, sagte Burke freundlich. »Würdest du dich dort behaglicher fühlen?«

Das Gesicht des Mutanten hellte sich auf. »Eine Höhle! Wie mir die Sicherheit des Erdbusens gefehlt hat, seit wir den Feldberg verließen und nach Nionel zogen! Oh – die Stadt ist großartig und fortschrittlich und erzeugt keine Mutationen, das will ich gern zugeben. Aber nichts geht über eine gemütliche Höhle, damit man sich wohl und sicher fühlt und gut schläft.«

Burke half Kalipin, seine Siebensachen einzusammeln, und führte den kleinen Heuler aus der Hütte.

Basil schürte das Feuer und stellte einen Topf Kaffee auf. »Du wirst sicher gern einen Blick in den Fellbeutel werfen wollen, den unser kleiner Freund so sorgsam bewacht hat«, sagte er zu Johnson.

Der Schwarze trug den Beutel zum Tisch, zog die Schnüre auf und pfiff. »Drei Huskys! Heilige Scheiße, Mann – wie sind sie durch das Zeitportal gekommen?«

»Geschmuggelt, würde ich sagen. Zusammen mit beträchtlichen Mengen anderer Waffen. Weißt du schon, daß Aiken Drum seine menschliche Elite-Truppe mit Waffen des 22. Jahrhunderts ausgerüstet hat?«

»Ja.« Denny kniff die Augen zusammen. »Hast du diese Stücke von ihm gestohlen?«

»Nein, sie sind ein Geschenk von Lord Sugoll ... der sie von Sharn erhielt.«

»O mein Gott!«

»Genau.« Basil stellte drei Becher, Hornlöffel und Honig auf den Tisch.

Burke schob sich durch den Vorhang. »Kalipin ist einlogiert.« Er bemerkte den halb geöffneten Beutel mit den Lähmgewehren. »Wie ich sehe, inspiziert ihr unsere Geschenke. Basil wird zwei auf den Treck zum Schiffsgrab mitnehmen, und eins behalten wir hier. Es wird uns von einigem Nutzen sein. Aber wir haben einen heißen Sommer zu erwarten, Dennis.«

»Greifen die Firvulag die Eisendörfer offen an?« erkundigte Basil sich.

Denny zog die ebenholzschwarze Stirn kraus und schüttelte den Kopf. »Ganz so ist es nicht. Es ist nie eine Kriegserklärung erfolgt, und dieser Holzbein-Gesandte von Hoch-Vrazel kommt immer noch regelmäßig zu uns, ganz Freundschaft und ›Lang lebe der Friedensvertrag‹. Wir haben wegen der Überfälle protestiert, aber Sharn und Ayfa streiten alles ab, behaupten, es seien die Heuler gewesen, und empfehlen uns, mit Beschwerden nach Nionel zu gehen.«

»Wenn wir ein paar von diesen exotischen Flugmaschinen in die Luft bekommen, werden die Firvulag eine andere Melodie singen«, meinte Burke. »Und ebenso der kleine goldene Mamzer in Goriah.«

»Als wir zum ersten Mal Gerüchte über moderne Waffen hörten«, berichtete Denny, »boten wir Aiken Drum Eisenmasseln dafür an.«

»Und seine Reaktion?« fragte Burke.

»Hinhaltendes Gewäsch. Er würde versuchen, unsere Minen selbst zu übernehmen, wenn sie nicht so nahe an Hoch-Vrazel lägen. Wie die Situation nun einmal ist, hofft er, die Firvulag werden uns auslöschen, bevor wir die Pliozän-Menschheit zu stark mit dem Freiheitsvirus infizieren. Oh – er schickt uns Botschaften guten Willens, gelobt Frieden und Koexistenz zum beiderseitigen Gedeihen und Gerechtigkeit für alle. Aber sein eigentliches Interesse geht dahin, uns unsere Metallurgen wegzulocken. Es gibt Eisenerzlager in der Bretagne, die dieser Knirps von einem Mutterficker zu gern ausbeuten möchte.«

»Wie schlimm sind denn die Firvulag-Angriffe auf unsere Minen gewesen?« wollte Basil wissen.

»Wir werden die Eiserne Jungfrau und Haut-Fourneauville vielleicht aufgeben müssen. Verdammt – ich würde mein rechtes Auge und mein linkes Ei für ein paar Dutzend Matsu-Laserkarabiner mit Nachtvisier geben.«

»Ich überdenke die Sache«, verkündete Burke dunkel. »Sobald wir Basil und seine Höllenhunde gut auf den Weg gebracht haben, will ich versuchen, etwas auszuarbeiten.«

»Wir marschieren übermorgen«, stellte Basil fest.

»He, nein, ihr seid ja gerade erst gekommen!« Denny war enttäuscht. »Ihr müßt euch ausruhen. Und wir haben noch nicht einmal angefangen, eure Leute kennenzulernen. Ich meine – diese große Schwarze namens Sophronisba Gillis, ist sie eine schlimme Frau.«

»Wenn du einen ... ah ... Annäherungsversuch vorhast«, erklärte Basil besorgt, »würde ich dir zur Vorsicht raten. Sie war dritter Ingenieur auf einem Trampfrachter draußen im Vierten Sektor. Als wir mit dieser sexuell ausgehungerten Horde unterwegs nach Nionel waren, hatte Phronsie als einzige Frau in unserer Gruppe nie Sorgen um ihre persönliche Sicherheit.«

»Ich werde sie herumkriegen«, behauptete Denny

zuversichtlich. Aber dann verfinsterte sich sein Gesicht. »Bist du sicher, daß ihr nicht länger bleiben könnt?«

Basil schüttelte den Kopf. »Tut mir leid, daß ich dir den Spaß verderben muß, alter Junge. Wir brechen nach Plan auf – die entzückende Sophronisba und alle anderen.«

»Es könnte noch mehr Leuten in den Sinn kommen, sich diese Flieger zu holen«, gab Burke zu bedenken.

»Aiken hat im Augenblick alle Hände voll mit anderen Angelegenheiten zu tun.« Basil berührte den goldenen Reif an seiner Kehle. »Elizabeth hat uns versichert, er wisse noch nichts von unserer Expedition. Aber das Vorhaben von Basils Höllenhunden muß jetzt allen, die heute an der Begrüßungsfeier teilgenommen haben, ziemlich offenkundig sein ...« Er verstummte taktvoll.

Denny zuckte resigniert die Achseln. »Und es wird ganz bestimmt in die Eisendörfer durchsickern, und alles, was wir dann noch brauchen, ist ein einziges Verräterschwein mit einem großen Maul, das sich nach Goriah davonschleicht. Dann kocht die Scheiße.«

»Und wenn wir den Rhein überqueren, werden uns sicher Kundschafter von Hoch-Vrazel entdecken«, setzte Basil hinzu.

»Du meinst, *Sharn* wird es Aiken erzählen?« fragte Denny ungläubig.

»Durchaus möglich«, erwiderte Burke, »wenn er die Bedrohungen seiner eigenen Sicherheit gegeneinander abwägt und wir die schwerere darstellen.«

Der Kaffee war durchgelaufen, und Basil goß ein. Ein paar Minuten lang tranken sie schweigend.

»Ich habe mich oft gefragt, warum die Kleinen Leute sich die Flugmaschinen nicht selbst holen«, meinte Denny. »Gott weiß, daß sie in den letzten Monaten auf anderen Gebieten wie wahnsinnig Neuerungen einführten. Sharn und Ayfa scheinen die alten Traditionen zum Fenster hinausgeworfen zu haben.«

»Nicht alle«, berichtigte Basil. »Das Grab ist den Firvulag wie den Tanu immer noch heilig. Eins ihrer strengsten Tabus hat mit dem Verbergen der letzten Ruhestätte eines Toten zu tun. Sie versuchen, sogar die Erinnerung daran auszulöschen.«

»Sind die Flugzeuge jedoch einmal an einen neuen Ort überführt«, sagte Burke, »müssen wir damit rechnen, daß eine andere Einstellung vorherrscht. Darum ist es so unerhört wichtig, die geretteten Maschinen zu verstecken.«

»Nun, ich habe einen Ort für zwei davon gefunden, ganz wie du es gewünscht hast«, berichtete Denny. »Er wird das Tal der Hyänen genannt, und die Firvulag betreten es nie. Wenn man die Knochenüberreste gesehen hat, die da herumliegen, weiß man, warum. Es gibt dort viele riesige Rotholz- und andere Bäume, eine gute Deckung vor den Fliegenden Jagden. Das Tal liegt etwa zweihundert Kilolmeter nordwestlich von hier, nahe der Quelle der Proto-Seine. Nicht zu weit entfernt von Nionel.«

»Hört sich gut an.« Burke nickte.

»Maxl kennt die Stelle«, setzte Denny hinzu. »Wenn du ihn mitnimmst und den Höllenhund mit der gebrochenen Hand hierläßt, wirst du sie ohne Schwierigkeiten finden.« Er lächelte schief. »Lebendig aus dem Tal herauszukommen, nachdem du die Vögel versteckt hast – also *das* könnte ein Problem sein!«

Basil trank gleichmütig seinen Kaffee. »Wir werden uns schon durchwursteln.«

Der große Krieger war noch nicht zu Ende. »Und was willst du mit den restlichen Flugzeugen am Grab machen? Du kannst sie nicht stehenlassen, damit Aiken sie findet, und es wäre kriminell, sie zu verschrotten.«

Burke antwortete: »Wir können es dir nicht sagen, Denny. Das geht nicht gegen dich persönlich. Nicht einmal Basils Höllenhunde werden es erfahren, bis die Expedition den Kratersee erreicht hat.«

»Ist ja gut. Nicht so wichtig. Mir ist nur aufgefallen, daß zwölf Piloten in eurer Gruppe sind ...«

»Vierzehn«, verbesserte Basil. »Dr. Thongsa ist ebenfalls für Orbiter qualifiziert, und Mr. Betsy hat zusätzlich zu seinen Kenntnissen als Ingenieur auch Flugerfahrung.«

»Diese verrückte Tunte?« schnaubte Denny und schlug mit der Handfläche auf den Tisch. »Gott, ich kann mir ja denken, daß er etwas taugen muß, sonst würdet ihr ihn nicht mitnehmen. Aber – *Mr. Betsy!*«

»Seine erwählte persona ist Königin Elizabeth I.«, erklärte Basil prüde. »Daher die perlengeschmückte rote Perücke und das ... ah ... Kostüm. Im Milieu war sein Name Merton Hudspeth. Er hatte eine leitende Stellung als Forschungsingenieur bei der Boeing Aerospace Company, Abteilung rhodomagnetische Fahrzeuge.«

»Im Ernst?« Denny blieb die Luft weg.

»Es braucht einige Zeit, sich an Betsy zu gewöhnen«, räumte Burke ein. »Aber haben wir nicht alle unsere Macken?« Er stand auf, gähnte gewaltig und beäugte den stämmigen Krieger mit schlauer Belustigung. »Da ist der alte Basil, der lieber Berge besteigt, auch wenn es ihm dabei dreckig geht, als an einer gepflegten englischen Universität Literatur zu unterrichten. Und Richter Burke mit Federn im Haar und einem Lendenschurz, so eine Art Geronimo manqué. Ganz zu schweigen von *dir,* du berühmter Covent-Garden-Bariton! Sag mir, Nigger – singst du immer noch aus voller Lunge ›Auf in den Kampf, Torero‹, wenn du angreifende Firvulag zu Hundefutter hackst?«

»Na klar doch, Rothaut! Erinnere mich, daß ich morgen die Wahl des neuen Anführers bekanntgeben werde. Ich werde dich wieder für den heißen Stuhl nominieren.«

»Zu liebenswürdig, Gelbauge.«

»Ist mir ein Vergnügen, Rothaut.«

Das zerklüftete Gesicht des Indianers wurde wieder

ernst. »Gott weiß, ich würde gern hierbleiben und den alten Staatsmann spielen. Aber da ist noch eine Möglichkeit. Ich muß erst eine Weile darüber nachdenken, und dann werde ich es mit Elizabeth besprechen. Mal hören, was sie meint.« Er stellte seine Tasse ab, nahm den Beutel mit den Lähmgewehren und zog die Schnüre fest. »Nach dem Finiah-Krieg schienen Speere und Pfeile aus Eisen ein paar Wochen lang die absolute Waffe zu sein. Gott weiß, daß sie uns geholfen haben, und sie werden auch weiterhin im Kampf gegen die Fremden nützlich sein. Aber wir werden reichlich dumm aussehen, wenn wir Pfeile aus einem gravomagnetischen Flugzeug abschießen, meine Freunde. Und Aiken Drums Elite-Garde wird von dem Blutmetall ebenso wenig vergiftet wie ihr oder ich.«

»Du hast vor, uns ein paar richtige Waffen zu besorgen«, stellte Denny fest. »Wie? Willst du Sharns Rüstkammer überfallen?«

»Wir kämen nie lebendig auf zehn Kilometer an Hoch-Vrazel heran. Nein. Es gibt einen anderen Weg. Sharns Waffen stammen aus einem geheimen Hort, den die Firvulag bei der Zerstörung von Burask entdeckten. Aiken Drums Gewehre sollen aus einem Lager in den Verliesen von Goriah stammen. Mindestens zwei Stadt-Lords haben also König Thagdals Verbot, Milieu-Waffen zu behalten, nicht beachtet. Und ich denke, es mag noch weitere gegeben haben.«

»In Finiah hatten sie selbstgebastelte Gewehre«, erinnerte Denny ihn. »Aber, he – was ist mit Roniah? Das ist die Stadt, aus der ich abgehauen bin, Mann. Der alte Lord Bormol war ein richtiger Wissenschaftler. Koerzierer. Ihr wißt, wie paranoid dieser Clan in der Verteidigung seiner Gerechtsame ist. Er *könnte* ein geheimes Arsenal besitzen! Und der Ort kann von den Verborgenen Quellen aus angegriffen werden. Teufel, wir könnten den Fluß hinunterfahren, von den Docks aus eindringen – es brauchen keine Stadtmauern erstiegen zu werden ...«

Burke unterbrach: »Und vielleicht sind gar keine Waffen da. Und jeder Kämpfer der Geringen wird hier in den Vogesen zur Verteidigung der Minen gebraucht. Das Für und Wider muß mit äußerster Sorgfalt abgewogen werden. Gott sei Dank liegt die letzte Entscheidung bei Elizabeth, nicht bei mir.«

Denny war empört, ungläubig. »Du willst dir von dieser ... dieser Mystikerin deine Strategie diktieren lassen?«

»O ja«, fiel Basil ein, »das tut sie schon die ganze Zeit, weißt du. Sie ist die wichtigste Person auf der Welt.«

»Das arme Ding«, seufzte Peopeo Moxmox Burke hinzu.

7

Von neuem bereitete sich Elizabeth auf den Abstieg vor.

Der Eingang zu dem Abgrund war eng, doch perverserweise öffnete er sich nur zu gern, um einen Katarakt der Zerstörung auszuspeien, als das Ego zu zerbrechen drohte und seine Aggression die äußerste Entladung im Tod suchte.

Dionket und Creyn, die als Schleuse figurierten, stählten sich gegen den teuflischen Druck. Sie teilten das Schuldbewußtsein wie die Hoffnung, denn sie wußten, die Quelle der bösen Gewalttätigkeit, inkarniert in dieser dem Höhepunkt zustrebenden Flut, lag in ihrem eigenen Rassengeist.

Die Gefahr für die Heiler war jetzt außerordentlich groß. Felices Vorrat an Fügsamkeit war nahezu erschöpft. Je näher Elizabeth sich dem Kern der Abnormalität näherte, desto größer wurde die Furcht der Patientin. Felices menschlicher Seelenanteil, bestenfalls schwach, wankte angesichts der nicht umkehrbaren Veränderung. Statt sich ihr zu stellen, spielte sie mit dem Gedanken, sie durch Implosion oder Explosion zu beenden.

Jedes Mal, wenn Elizabeth zwischen Dionket und Creyn hindurch jenen Schlund vergoldeten, wirbelnden Schmutzes betrat, hielten die beiden Tanu-Redakteure es für unmöglich, daß sie zurückkehren werde. Schon die oberen Schichten von Felices Wahnsinn stellten ihre metaverstärkten Gehirne auf eine Zerreißprobe. Welches Entsetzen mußte in den dunklen Tiefen auf die Großmeisterin warten – besonders jetzt, wo die Vollendung so nahe war?

»Felices Anomalität ist beinahe fünften Grades«, warnte Dionket. »Sie steht dicht am Rand. Wenn dir die Katharsis nicht gelingt, kann die psychoenergetische Entladung nach außen gerichtet werden und entsprechend ihren Phantasien über die Vernichtung des Planeten die ganze Schwarze Klippe in eine sonnenheiße Feuerkugel verwandeln. Andererseits, wenn du *sie* umwirfst, würden die Aggressionen und die Gewalttätigkeit nach innen gelenkt und sie auslöschen. Du persönlich hättest dann versagt – aber es wäre das gleiche wie ein objektiver Erfolg. Das Ungeheuer wäre verschwunden.«

»Ich bin unfähig, einem intelligenten Wesen absichtlich Schaden zuzufügen«, erinnerte ihn Elizabeth. Aber größer als der alte Zwang war der Stolz. »Und ich glaube fester als je zuvor daran, daß ich sie zu retten vermag. Ich bin fast an der Quelle angelangt! Und ich bin überzeugt, daß ich endlich den neuronalen Ursprung des abweichenden Verhaltensmusters aufgespürt habe.«

Sie zeigte ihnen die Wechselbeziehung zwischen den subkortikalen Strukturen und bestimmten Anomalien, die die sekundären Ebenen von Felices Geruchszentrum beeinflußten. Doch den beiden Tanu mangelte es an Kenntnissen in der Psychobiologie, und so konnten sie ihr nicht folgen. Schon als ihre Rasse ins Exil ging, war die Technik der Redigierung zu einem Stand degeneriert, der eher Kunst als Wissenschaft war.

»Laß sie sterben, Elizabeth«, flehte Creyn. »Wenn du weitermachst und wenn sie nicht völlig zusammenbricht, kann sie dich verschlingen. Du wärst dann in einer obszönen psychokreativen Bruchstelle gefangen, müßtest für immer an ihren Schmerzprojektionen teilhaben, eine Komplizin ihrer Ungeheuerlichkeiten.«

»Aber wenn Felice gesund wäre ...« Und Elizabeth zeigte ihnen die mögliche Apotheose, die Wunder, die diese blasse kleine Göttin unter der Führung einer Großmeisterin bewirken könnte. »Es gäbe keine Kriege mehr im Vielfarbenen Land. Keine Bedrohung mehr durch die geflohenen Rebellen in Nordamerika. Mit Felice als koerziblem Katalysator, mit ihrer unwiderstehlichen Kraft auf der *richtigen* Waagschale, könnten wir eine Miniatur-Einheit von Tanu und Firvulag und ringtragenden und operanten Menschen erzielen!«

Dionket und Creyn sahen Elizabeth voll Kummer und Angst an und wiesen die Vision zurück. »Im Verlaufe deiner Redigierungsarbeit an Felice ist es immer deutlicher geworden: Sie sehnt sich nach dem Tod.«

»Sie würde das Leben wählen, wenn sie gesund wäre! Und den Frieden.«

Dionket Lord Heiler lächelte – nicht zynisch, sondern mit der Weisheit großen Alters. »Dann habt ihr Metapsychiker des Galaktischen Milieus die Sünde abgeschafft?«

»Natürlich nicht«, gab die Großmeisterin ärgerlich zurück, schloß ihre Barriere und verstummte.

Die Gedanken der beiden fuhren fort, ihr Vorhaltungen zu machen. Endlich sagte sie: »Ich habe mich noch nie einer so schrecklichen Aufgabe unterzogen. Daß ich Brede zur Operanz und zum Status einer Adeptin brachte, war nichts dagegen. Und wir sind dem Erfolg so nahe! Ich kann Felice jetzt nicht aufgeben, trotz aller Gefahr. Ich kann sie nicht sterben lassen. Ein Geist wie ihrer ist so unvorstellbar wertvoll! Sie muß koerzible und kreative Fähigkeiten besitzen, die nahe dem sechshundertsten Grad sind, und die PK-Funktion liegt nicht weit darunter. Es hat im Galaktischen Milieu niemals ein Einzelwesen mit solcher Macht gegeben.«

»Sie kann nie den Zustand erreichen, den du Erleuchtung nennst«, erwiderte Dionket. »Sie ist eine Monstrosität, hoffnungslos verkrüppelt. Ihre Eltern ...« Er schüttelte den Kopf. »Wir haben keine Erfahrung mit einem Fall wie dem Felices. Tana weiß, unsere Rasse hat ihre Fehler, aber niemals würden bei uns Eltern ein Kind benutzen, wie dies arme Mädchen benutzt worden ist. Und aus purem ennui, nicht einmal aus Bosheit!«

»Felice ist kein Ungeheuer«, widersprach Elizabeth. »Jetzt nicht mehr. Ich habe ihren Bestand an Menschlichkeit aufgedeckt, ihm Luft gegeben. Jedes Mal, wenn ich in sie eindringe, um abzuleiten und neu auszurichten, zeigt sie mehr Seele.«

»Warum fürchtet sie sich dann immer noch so?« fragte Dionket. »Warum wird sie wankend in ihrem Entschluß, die endgültige Katharsis zu gestatten?«

»Wegen der Gefahr natürlich. Sie steht am Rand, wie du selbst sagst, und sie fährt fort zu leiden.«

»Sie wird sich unbedingt gegen dich wenden«, behauptete der Lord Heiler, »und wenn sie mit ihrer vollen Kraft zurückschlägt, bist du verloren.«

»Sie ist das Risiko wert, sage ich dir!«

Creyn mahnte ernst: »Dich, Elizabeth, hat die Schiffsgattin erwählt. Nicht Felice.«

»Die Schiffsgattin hatte kein Recht, Gott zu spielen.«

»Hast du es?« fragte Creyn.

»Warum quält ihr mich dauernd?« rief Elizabeth zornig. »Ihr habt euch bereit erklärt, mir zu helfen. Ihr wußtet, wie stark Felices Anomalien sind ...«

Dionkets Gedanken verrieten Mitgefühl. »Aber vielleicht wußten wir nicht um gewisse Beschränkungen der Heilerin.«

»Ich werde sie gesund machen. Mit oder ohne eure

Hilfe.« Von Adrenalin befeuerte Entschlossenheit sengte die beiden Tanu.

»Wir werden an deiner Seite kämpfen«, gelobte Dionket, »bis in den Tod.«

Elizabeth stieg hinab in die Unterwelt und blieb sechs Stunden fort.

Die Wände des Raums lösten sich auf. Die drei Heiler am Bett des bleichen Mädchens wurden überschüttet und durchtränkt mit flüssiger Qual, dunkel und klebend und scheußlich. Die Scherben von Felices Erinnerungen schnitten sie, sie erstickten an ihrer würgenden Wut und infantilen Hilflosigkeit, sie wurden mit ihr gedemütigt, und ihre unaufhörlichen Schreie machten sie taub. Aber sie hielten aus.

Trotz der psychoelektrischen Barriere des Raums ohne Türen floß ein Teil der Entladung nicht in den Fels der Schwarzen Klippe ab, sondern entwich in die Atmosphäre. Eine stinkende Wolke, die keinen Wärmeaustausch mit der Umgebung vornahm, bildete sich über dem Berg, und Blitze, scharlachrot in Staubschwaden, spielten um das Dach des Chalets. Heiße Ionenwinde versengten die Nadeln der in der Nähe stehenden Koniferen und ließen die alpinen Wildblumen verdorren. Empfindliche kleine Singvögel fielen tot von den Ästen. Die schwächeren goldreiftragenden Hausbewohner flohen schreiend den steilen Pfad hinunter, und sogar die geistesstarken Sicherheitsleute wurden nervös von der psychischen Spannung und suchten Schutz in den entferntesten Ecken des Kellers, wo sie halb bewußtlos auf den glatten Fliesen lagen.

Elizabeth sagte: »Komm, Felice!«

Es kämpfte, brach hervor, wich zurück, flackerte. Es riß an den es umfangenden redigierenden Schwingen, es wollte fliehen und wurde doch von seinen eigenen paradoxen Liebesbanden gehalten. Die normalen Lustpfade des Gehirns, so lange verkümmert, sangen in schrillem neugeborenen Schmerz und Entzücken. Die dunkleren Kanäle, deren elektrisches Gift zusammenzulaufen und zu stagnieren begann, schrien immer noch nach neuer Zufuhr, einem letzten Eintauchen in die alten vertrauten Qualen, der verdienten Umarmung des Todesvaters (bist du es, Geliebter?), der schmutzigen Freude, die danach kam, dem Verschlungenwerden von der Todesmutter und dem Dank und den stinkenden Küssen.

»Komm, Felice!«

Komm her, laß los, wirf weg! Vergiß diesen Körper und nimm dir einen neuen! Vergiß die aus Gleichgültigkeit Bösen, die dich zeugten und sich mit ihrem armen lebenden Spielzeug vergnügten und dich in achtloser Grausamkeit wegwarfen! Sei ungeboren! Sei selbstgeboren! Heile dich selbst! Sieh dich selbst als liebenswert! Sieh die irrationale Hingabe deiner Tierfreunde! Sieh Schwester Ameries unbefleckte Liebe für dich! Sieh meine, denn ich werde deine Lebensmutter, und die dieser beiden Lebensbrüder, die dich ebenfalls umarmen! (Aber Amerie weigerte sich ...)

»Komm, Felice!«

Sieh, bewundere, liebe das leuchtende neue Ich! Du bist schön, Kind, und dein Körper ist stark. Und jetzt dein Geist ... oh, Kind, sieh dir seine Glorie an! Ja, geboren aus der Qual und dem Schmutz ist er, wie die physische Gestalt, aber wie diese ist er der Verwandlung fähig. (Er hat es getan! Der Geliebte. Ich habe ihm zu danken, daß er meine latenten Fähigkeiten freisetzte, daß er ihre Fesseln mit seiner zweischneidigen glänzenden Lanzette durchschnitt. Culluket!)

»Nicht ihn, Felice.«

Culluket!

Wende dich jetzt ab von diesem Weg! Du bist schon so nahe an der Wiedergeburt, Kleine, so sauber und stark, so nahezu gut ...

Amerie?

Sieh in die andere Richtung! Sieh nach oben zu Licht und Wirklichkeit, zum Frieden, zur Vereinigung mit anderen Geistern, die dich wahrhaft lieben können!

Culluket? Amerie?

Sieh, die verirrten Energien sind beruhigt, das wortlose Weinen ist verstummt, die Emotionen sind unter Kontrolle, der Wille ist stark und gelenkt. Jetzt: Wähle die selbstlose Liebe! Entscheide dich, gut und edel zu sein, zu geben ...

Ich wähle ... ich wähle ...

»Wach auf, Felice! Komm jetzt zurück! Öffne die Augen!«

Es waren braune Augen, sehr groß, erschreckend in dem blutleeren Gesicht unter aschfarbenen Brauen und schlaffem platinfarbenen Haar. Es waren staunende Augen, die von Elizabeths Gesicht zu dem Dionkets, zu dem Creyns und wieder zurück wanderten, kurz von Tränen feucht wurden und dann sternenhell strahlten.

»Das ist geistige Gesundheit?« fragte Felice. Sie richtete sich zitternd auf einem Ellbogen auf und senkte den Blick. »Der gleiche alte Körper, der gleiche Verstand – und doch anders.« Sie lachte sehr leise. Die braunen Augen richteten sich auf Elizabeth. »Warum hast du mich aufgeweckt – mich zurückgeholt, bevor ich meine Wahl beenden konnte?«

Die Großmeisterin schwieg.

»Du möchtest, daß ich mich entscheide, wie du zu sein, Elizabeth?«

»Triff deine eigene Wahl!« Der Ton ihrer Stimme war sanft, aber der ihrer Gedanken heiser und besorgt.

»So wie du.« Zwei Farbflecken erschienen auf den Wangen des Mädchens. Ihr Haar erwachte zum Leben. Sie sprang auf und stand auf dem Bett, klein und stark. Ihr ganzer Körper war in eine perlfarbene Aura gehüllt. »Ich soll wie du sein, Elizabeth?«

Felice warf ihren leuchtenden Kopf zurück und lachte, ein wildes Lachen voller Vitalität. »Ich habe mich selbst gewählt! Sieh mich an! Sieh in mich hinein! Möchtest du nicht lieber ich sein als du? Frei zu wählen, was ich tun möchte, statt mich von anderen binden zu lassen?« Wieder das Lachen, so schmetternd, so gesund.

»Arme Elizabeth.« Die Göttin streckte eine leuchtende Hand aus, berührte die Schulter der Großmeisterin. »Aber ich danke dir.«

Sie verschwand.

Elizabeth stand ganz still, den Blick immer noch auf das leere Bett gerichtet, zu erschöpft, um zu weinen, zu ausgehöhlt, um auch nur Verzweiflung zu empfinden. Der Feuerkokon war da, winkte, und sie betrachtete ihn mit einem seltsamen Gefühl der Losgelöstheit, als sei die eigentliche Wahl schon getroffen worden und dies sei eine bloße Folge davon.

»Bleib hier!« drängte Dionket.

Creyn stand vor ihr, rot von Blut, weiß von Geisteslicht, den einengenden goldenen Reif um den Hals. Seine Hand mit den langen Fingern und den hervortretenden Gelenken, geschmückt mit vielen Ringen, hielt ihr einen irdenen Becher hin. »Trink, Elizabeth!«

Wie schon einmal.

Sie schluckte den bitteren Kräutertee, dann senkte sie den Schirm, so daß er den wartenden Flammensarg, die überwältigende Versuchung deutlich sehen konnte.

»Wir brauchen dich jetzt mehr denn je«, sagte Creyn.

Aber Dionket, der weisere, war in seiner Strenge tröstlicher. »Das Fegefeuer verdienst du nicht. Erst dann, wenn du das wieder in Ordnung gebracht hast.«

»Ja«, sagte sie und lächelte und weinte.

8

Cloud legte den Blumenstrauß auf den Erdhügel. Mit trockenen Augen stand sie da, sah all die kleinen Einzelheiten der Orchideen mit ihrer Tiefensicht, während sie gleichzeitig das größere Bild des Grabes selbst ausschloß. Die ungeheure Blütenfülle enthielt fünfundzwanzig oder dreißig Varietäten. Sie hatte sie in weniger als fünf Minuten gepflückt, ohne sich außer Sicht ihres Ankerplatzes im Rio Genil zu entfernen.

»Die Tanu nennen Spanien ›Koneyn‹«, sagte sie zusammenhanglos. »Das bedeutet ›Blumenland‹. Ich habe einen Geist einem anderen erzählen hören, daß es in keinem Gebiet Europas so viele verschiedene Arten gibt. Die blauen Orchideen gefallen mir am besten. Und die hellgrünen mit den samtschwarzen Rändern. Orchideen in Trauerkleidung. Arme Jill.«

»Wir haben unser Bestes getan. Steinbrenner hat uns gewarnt, es bestehe die Gefahr einer Meningitis.« Elaby konzentrierte sich auf die flache Steinplatte, die er gegen die Wurzeln einer großen Platane gelehnt hatte. Teile des Steins glühten schwach in der Mittagssonne, als er seine kreative Metafähigkeit einsetzte. Der stechende Geruch nach geschmolzenem Mineral überdeckte den zarten Duft der Orchideen, verflüchtigte sich dann mit der leichten Brise, die flußabwärts wehte. Befriedigt hob Elaby die Tafel mit seiner PK und setzte sie in die wartende Mulde auf der Spitze des Hügels

JILLIAN MIRIAM MORGENTHALER
20. SEPTENBER P3 – 2. JUNI P27
»WO LIEGT DES SCHIFFES ZIEL,
DAS FERNE LAND?
WEIT, WEIT VORAUS,
MEHR IST UNS NICHT BEKANNT.«

»Wird die Tafel sechs Millionen Jahre überdauern?« fragte Cloud.

»Wir sind immer noch im Guadalquivir-Becken. Dieser Ort wird im Schlick begraben sein. Wer kann es sagen?«

Cloud wandte dem Grab den Rücken und ging lustlos zu dem auf den Strand gezogenen Dingi. »Im letzten Winter, als wir ganz damit beschäftigt waren, dies zu planen, fragte ich Alexis Manion, ob im pliozänischen Felsgestein je eine Spur von der Exil-Bevölkerung gefunden worden sei. Er sagte nein. Es ist schwer zu glauben, daß *nichts* überlebt hat.«

Sie kletterte in das kleine Boot. Elaby kam und schob es in das langsam fließende Wasser hinaus, das so braun war wie starker Tee. Der Fluß war mit den flachen Booten, die Aiken Drum mitbringen wollte, bis auf 50 Kilometer vor dem Mulhacén schiffbar.

Elaby meinte: »Wenn je ein Paläontologe das fossilierte Skelett eines Homo sapiens in einer pliozänischen Formation gefunden hätte, würde er den Mund darüber halten, um nicht aus seinem Knochenausgräber-Klub hinausgeworfen zu werden. Was ein fossiliertes Küstenschiff von den Bermudas betrifft ...«

»Dr. Manion sagt, nichts, was wir hier in dieser alten Welt tun, kann die Zukunft beeinflussen. Die Zukunft – *sei* bereits.«

»Ein tröstlicher Gedanke. Erinnere mich daran, wenn wir im Metakonzert mit Aiken Drum und seiner Horde die Spitze des Mulhacén wegpusten müssen.«

Das Schlauchboot erreichte die Strickleiter. Cloud machte die Fangleine fest und stieg hinauf. »Owen schläft noch«, bemerkte sie, nachdem sie kurz unter Deck sondiert hatte.

»Gut. Er hat sich völlig verausgabt, als er zusammen mit dir an Jill arbeitete. Dem Himmel sei Dank, daß er nicht darauf bestanden hat, für die Beerdigung mit an Land zu gehen.« Er kramte in dem tragbaren Kühlschrank und entnahm ihm einen Flakon mit Kokosnuß-Punsch und zwei Gamma-Hühnersalat-Sandwiches von ihrem dahinschwindenden Vorrat aus Ocala. »Der Beerdigungsschmaus. Entspann dich, Baby! Gönn dir eine Pause, bevor der Elfenkönig erscheint.«

Sie saßen auf Faltstühlen im Cokpit, vor der Sonne durch eine Plane geschützt, die zwischen Großmast und Pardune gespannt war. Cloud aß ihr Sandwich mit Begeisterung. »Zivilisiertes Essen! Gott, wie satt habe ich Fisch und gebratenes Wassergeflügel und diese faden Palmfrüchte! In Florida ist jetzt Frühstückszeit – stell dir das mal vor! Rührei mit Speck, Grütze und Honig. Orangensaft und gesüßten Eistee.«

»Herzloses Weib«, schimpfte Elaby. Er füllte ihren Becher noch einmal mit dem milchfarbenen Rumgetränk. »Tut es dir leid, daß du mitgekommen bist?«

Cloud schüttelte den Kopf. »Ich mußte mitkommen. Alle von uns. Sogar die Gruppe, die von Papa nach Afrika gescheucht worden ist, bedauert es nicht, von zu Hause geflohen zu sein. Auf jeden Fall sind wir dem Zeitportal ein bißchen nähergerückt. Wir haben Papa gezwungen, uns und unsere Wünsche ernstzunehmen.« Sie zögerte. »Er wird nach Europa kommen, weißt du.«

»Bist du sicher?«

»Ich kenne ihn besser als sonst jemand.«

»Wird er uns helfen oder uns aufhalten wollen?«

»Das hat er vielleicht noch gar nicht entschieden. Ich kann es nicht sagen.« Sie stellte die Überreste der Mahlzeit zur Seite. Eine Wolke von schwefelgelben Schmetterlingen flatterte über die Backbordreling und auf den Golf von Guadalquivir zu. Cloud hielt einen davon kurz mit ihrer PK fest, sah ihn zittern und mit den kleinen Knotenfühlern schlagen, ließ ihn wieder frei. Er flog den anderen nach. »Papa will uns nicht töten. Damit hatte ich recht. Er wird es nur dann tun, wenn wir ihn dazu zwingen. Wenn wir ihn und seine Leute absichtlich in Gefahr bringen, indem wir das Zeitportal öffnen – oder wenn wir versuchen, *ihn* zu töten.«

»Einige von uns hätten da keine Skrupel.«

»Ich weiß.« Ihr Gesicht blieb ruhig. »Hagen. Du.«

»Aber du nicht?« Der junge Mann ließ die Eiswürfel in seinem Becher kreisen und sah ihnen stirnrunzelnd zu. Als Cloud nicht antwortete, stellte er eine neue Frage. »Würdest du dich gegen uns übrige wenden, wenn uns keine andere Möglichkeit bliebe?«

»Ich möchte, daß wir alle frei werden«, entgegnete Cloud. »Könnten wir doch nur zusammenarbeiten – beide Generationen –, statt an entgegengesetzten Polen zu stehen! Es wird schwierig genug sei, den Apparat zu konstruieren und inmitten dieses barbarischen Zirkus an dem richtigen Ort aufzubauen. Vielleicht ist es unmöglich.«

»Gib die Hoffnung nicht zu schnell auf, Baby! Wir haben etwas an Boden verloren – aber ebenso mögen wir etwas gewonnen haben. Mit der Geheimhaltung ist es vorbei, seit Marc unsere Absicht erriet, und die Drohungen deines hitzköpfigen Bruders haben in Marc kleine Zweifel an unserer Loyalität geweckt. Trotzdem ist dein Vater nicht die einzige Kanone in der Schlacht. Vergiß den König nicht. Wenn es hier im Vielfarbenen Land noch mehr bergab geht, könnte er weitere Horizonte suchen.«

Cloud war anderer Meinung. »Hier ist Aiken ein großer Fisch in einem kleinen Teich. Was wäre er im Milieu, verglichen mit dem vereinigten Geist? Außerdem scheint Papa ihn eingeschüchtert zu haben, als er ihn das Metakonzert lehrte.«

Elaby lachte leise vor sich hin. »Das glaub nur ja nicht! Er ist jung, erst etwa zweiundzwanzig. Und doch hat er es mit seinem eigenen nackten Gehirn geschafft, ein Establishment zu übernehmen, das das Pliozän vierzig Jahre lang beherrscht hat.«

»Aiken hat nur nach der Katastrophe die Scherben aufgesammelt. Er ist König über die Ruinen! Ein Halbgott in der Götterdämmerung.«

»Vielleicht, vielleicht aber auch nicht. Ich sehe ihn als stark und sprungbereit. Und seine Begabung ist erstklassig, Baby – vergiß das nicht! Dein Vater mag diesmal einen Fisch am Haken haben, mit dem er nicht fertig wird.«

Cloud biß sich auf die Unterlippe und sah zu dem überwältigenden Blumenhaufen und der aufgerichteten Steintafel am Ufer hin. Schließlich sagte sie: »Glaubst du wirklich, Aiken wird fähig sein, diese massive Synergie zu lenken? Papa plant möglicherweise, ihm im kritischen Augenblick die Kontrolle abzunehmen.«

»Wenn Marc es nicht tut – wenn er es nicht tun *kann* –, mögen wir später eine Chance haben, Aiken auf unsere Seite zu ziehen. Ich wundere mich immer noch darüber, daß Marc eingewilligt hat, Aiken den Psychostrahl fokussieren zu lassen. Das setzt Vertrauen in die Fähigkeiten des Goldjungen voraus ... oder er will ihn dadurch auf besonders listige Weise manipulieren.«

»Es ist kaum vorstellbar, daß irgendwer auf der Welt Papa gewachsen sein soll.« Der Ton von Clouds Gedanken verriet ihre Bestürzung.

»Er hat zu verdammt lange Gott gespielt«, erklärte Elaby bitter. »Wir haben vergessen, daß Marc menschlich ist. Daß er ein Verlierer ist. Er hat im Milieu alles verloren, und nun hat er uns verloren. Und offensichtlich fühlt er sich sowohl durch Felice als auch durch Aiken bedroht.«

»Papa ist immer noch ein Großmeister erster Klasse im Fernwahrnehmen, Koerzieren und Kreieren«, stellte Cloud gelassen fest. »Und hier im Pliozän stößt er vor allem deswegen auf Grenzen, weil es so wenige geeignete Gehirne gibt, mit denen er arbeiten kann. Vergiß nie, daß er einer von den beiden größten mentalen Koordinatoren der Galaxis war! Nur sein Bruder Jon war besser.«

»Erinnere mich, eine Kerze für St. Jack den Körperlosen anzuzünden.«

Cloud stand auf und sah nach achtern. Ihre Fernsicht wanderte nordwärts zu den kleinen Inseln vor der Mündung des Genil, wo die Truppen Celadeyrs und Aluteyns und der anderen spanischen Tanu seit zwei Tagen lagerten und die Ankunft der Flotte Aiken Drums erwarteten. Dann wandte sie sich westwärts, dem Atlantik zu. »Ich sehe Aiken immer noch nicht kommen«, meinte sie nervös. »Wie weit draußen sind sie jetzt, Elaby?«

»Ungefähr fünfzehn Stunden. Im Basislager am Genil werden sie im Morgengrauen eintreffen, wie Aiken es versprochen hat. Sie haben ihre Metafähigkeiten geschont und auf dem größten Teil des Weges von der Bretagne her die Winde von Mutter Natur benutzt. Erst heute morgen, als sie das Kap St. Vincent umrundeten, hat Aiken seine PK eingesetzt. Die Flotte muß jetzt sechsundzwanzig Knoten machen. Morgen werden wir alle wie geplant unterwegs zu den Betischen Kordilleren sein.«

»Und vielleicht werden wir alle sterben.« Cloud kam zu ihm, legte ihren Kopf auf seine Schulter und umarmte ihn so fest, daß sich ihre Finger wie Klauen in seine Rückenmuskeln gruben. »Liebling, ich weiß nicht, warum ... heute morgen die arme Jill, und vor uns diese dumme, gefährliche Sache, bei der wir gezwungenermaßen mit Aiken Drum zusammenarbeiten müssen ... diese Gefühle ... das ist Wahnsinn, aber ...«

»Es ist normal«, flüsterte er ihr ins Ohr. »Normal, in einem Augenblick, wo die Welt vor dem Ende zu stehen scheint, nach dem Leben zu greifen. Ein sehr häufiges Phänomen, wenn man den Büchern in der Bibliothek zu Hause auf Ocala glauben darf. Seuchen, Kriege, Erdbeben – alle Katastrophen entzünden die Fleischeslust. Der Fortpflanzungswille der Art.«

»Es ist lächerlich.«

Er küßte sie. »Nun, das ist Sex meistens. Na und?« Er führte sie an die Kajütentreppe. »Was meinst du, sollen wir ins Bett gehen und dann Klarschiff für den königlichen Besuch machen?«

Sie verschwanden. Die Brise erstarb, und die Dschungelgeschöpfe verstummten in der nachmittäglichen Hitze. Zwei Ramas tauchten kurz aus dem Unterholz auf, um den Blumenhügel zu inspizieren und die fremdartigen Einkerbungen auf der Steintafel zu betasten. Als ihre Neugier befriedigt war, verschmolzen sie wieder mit dem grünen Hintergrund.

In seiner engen Kabine auf dem großen Schoner, der das Tanu-Flaggschiff vorstellte, arbeitete Culluket an dem Küraß seiner Rubinrüstung, befestigte ein paar gelockerte Edelsteine des Emblems, ersetzte einen abgenutzten Gurt durch einen neuen und polierte dann das Ganze, daß das Glas mit seinem durchbohrten Totenkopf heller glänzte als eine Lache frischen Blutes.

Jedenfalls wirst du herrlich aussehen, wenn du stirbst, sagte er zu sich selbst. Nun bist du zum Schluß zu klug gewesen, Inquisitor! Solltest du nicht von deinem dämonischen Schätzchen verschlungen werden, wird dein überlistiges Hirn bestimmt in verbranntes Fleisch verwandelt, nachdem du zwischen Aiken Drum und dem Engel des Abgrunds als lebende Sicherung eingespannt gewesen bist. Du wirst für deinen König sterben, ein echter Märtyrer der Kriegsreligion deiner Vorfahren. Ein Held der Heerschar Nontusvels könnte kein glorreicheres Schicksal verlangen! Welch ein Jammer, daß du ein Verräter an deinem Blut und ein Atheist und so süchtig nach Leben bist, daß du dir jetzt jede Erniedrigung gefallen ließest, nur um verschont zu bleiben. Du würdest sogar *sie* um Gnade anflehen, wäre das nicht absolut sinnlos ...

»Culluket«, sagte Mercy.

Er schrak aus einem bitteren Tagtraum auf. Mercys Gestalt, gekleidet in ihre grün-silberne Parade-Rüstung, materialisierte aus der Unsichtbarkeit. Sie war durch seine geschlossene Kabinentür gekommen. Diese Verletzung der Tanu-Etikette war beinahe ebenso schlimm wie das Levitieren ohne Reittier.

»Große Königin, was ist?« Hastig räumte er die verstreuten Stücke der Rüstung zusammen, damit sie Platz zum Stehen fand.

Ihr Geist strahlte eine furchtsame Intensität aus und prallte mit solcher koerziblen Wucht gegen seine dichte Barriere, daß seine Sicht sich trübte. »Ich brauche dich. Du sollst mich zu Lord Celadeyr begleiten, jetzt, solange Aikens Geist mit diesem gräßlichen Abaddon verbunden ist. Es mag meine einzige Chance sein. Beeil dich, Mann! Leg deine Rüstung an! Es ist kein Höflichkeitsbesuch. Und ich werde das kleine Sigma-Feld brauchen, das Aiken dir als Schutz gegen Felice gegeben hat.«

Schnell wappnete er sich. Unsichtbar flogen sie beide nach Osten über den Golf von Guadalquivir in Richtung des deformierten alten Mondes, der sich spät über den andalusischen Dschungel erhob, und das Lager, wo der Lord von Afaliah und der Handwerksmeister und der übrige Koneyn-Adel die Ankunft der Flotte erwarteten. Der Rendezvous-Platz war sorgfältig verborgen, physisch wie mental. Die 3500 Chalikos, für die angreifende Truppe bestimmt, waren in einem Mangrovensumpf eingepfercht, der volle fünf Kilometer von den getarnten Zelten der Edelleute und ihrer Gefolgschaft entfernt war.

Mercy und Culluket schwebten dicht vor der Küste. Sie befahl: »Ruf deinen Bruder Kuhal im intimen Modus! Sag ihm, daß wir da sind!«

»Kuhal ist hier?« Culluket war verblüfft. »Man kann ihn doch nicht gezwungen haben ...«

»Tu, was ich dir sage!« fuhr sie ihn an. »Ich selbst habe gesehen, daß Celo ihn mitgebracht hat. Du wirst bald herausfinden, warum. Sag Kuhal, er soll Celo und Aluteyn Handwerksmeister in sein Zelt bitten.«

Culluket gehorchte. Er und Mercy flogen in das Lager

und wurden in dem von mattem Lampenlicht erhellten Zelt des noch nicht wieder ganz genesenen Erderschütterers sichtbar. Kuhal lag, von Kissen gestützt, auf einem Ruhebett. Neben ihm standen die beiden Tanu-Helden und warteten schweigend auf Mercys Erklärung. Ihre feindliche Einstellung gegenüber dem Inquisitor war unverhüllt.

Sie sprach: »Nodonn lebt.«

»Glorreiche Göttin!« rief Kuhal aus, und Culluket setzte dem Geist des Leidenden eilends einen primitiven redigierenden Dämpfer auf.

»Schalte das Sigma-Feld ein!« kommandierte Mercy. »Es wird uns ausreichend schützen, solange Aiken und die anderen keinen Verdacht hegen und keine gezielten Anstrengungen machen, es zu durchdringen.«

Culluket nahm das Gerät aus seiner Säbeltasche, stellte es auf Kuhals Nachttisch und aktivierte es. Die Geräusche der Dschungelnacht verstummten wie abgeschnitten. Das Zelt und die darin Anwesenden waren innerhalb eines Kraftfeldes isoliert, das undurchdringlich für die meisten Arten von Energie und Materie war.

»Ich weiß von Nodonn seit Anfang Mai«, berichtete Mercy als Antwort auf unausgesprochene Fragen. »Er hat diese ganze Zeit auf Kersic im Koma gelegen, gepflegt von einer Geringen, die ihn im Innern einer Höhle hielt. Das ist der Grund, warum niemand von uns ihn entdeckte. Nicht einmal ich.«

»Wo ist er jetzt?« fragte Celadeyr tonlos. »In welcher Verfassung ist er?«

»Er ist in Var-Mesk versteckt, und Lord Moreyn sorgt für ihn. Lord Moreyn ...« – sie streifte den Lord von Afaliah und den Handwerksmeister mit einem scharfen Blick – »ist ein Einwanderer des Vielfarbenen Landes, genau wie ihr. Und den alten Traditionen treu. Wie ihr.«

»Jetzt warte mal!« protestierte Aluteyn. »Ich habe meinen Treueeid ...«

»Einem schmutzigen Usurpator geleistet!« unterbrach Kuhal ihn. »Unter Lebensgefahr und mit dem verzweifelten Gefühl der Unvermeidlichkeit, wie wir alle. Ein solcher Eid stinkt vor der Göttin! Er *verlangt,* gebrochen zu werden!«

»Beruhige dich, bevor du dir Schaden tust!« mahnte der Handwerksmeister. Er zog einen stabilen Schemel heran und ließ seinen schweren Körper vorsichtig darauf niedersinken. Die anderen setzten sich ebenfalls nahe an das Bett, und Mercy und Culluket nahmen ihre Helme ab. Aluteyn wandte sich an seine Königin. »Erzähl uns genau, was Nodonn zugestoßen ist, Mädchen! Laß keine Einzelheit aus!«

Sie koordinierte die Daten in ihrem Geist und überspielte sie ihnen ohne weiteren Kommentar als den leuchtenden Hintergrund ihrer eigenen Freude.

Sie studierten das Material. Dann winkte Kuhal ihr, ergriff ihre silbern behandschuhte Hand und küßte sie. Seine Augen flossen zum ersten Mal seit seiner Rettung über.

»Du bist wahrlich eine von uns, Mercy-Rosmar«, sagte er, »und würdig, Königin zu sein.«

Der alte Celo reagierte nüchterner und praktischer. »Nodonn ist immer noch schwach wie ein Kätzchen. Nicht so schlimm dran wie du, Kuhal, aber nicht in der Verfassung, es mit Aiken aufzunehmen.« Er sah Mercy an. »Du hast so lange gewartet, es uns zu berichten ... und vielleicht hattest du wirklich keine andere Wahl. Aber was sollen wir deiner Meinung nach tun?«

»Gebt *ihn* auf«, sagte sie schlicht. »Überlaßt ihn Felice! Außer Kuhal können wir alle fliegen, und ihn kann Celo tragen. Brechen wir sofort im Schutz des Sigma-Feldes nach Var-Mesk auf! Wir nehmen den Weg über Aven und Kersic, wo wir uns in der Wildnis verstecken können, wenn wir müde werden, tief in schützenden Höhlen, sicher vor seinem goldenen Zorn! Aiken besitzt keine über große Entfernungen wirkenden psychoenergetischen Fähigkeiten. Und er wird uns nicht verfolgen, weil er dann seinen Feldzug aufgeben müßte.«

Aluteyn ächzte. »Mädchen, Mädchen! Deine Seligkeit über Nodonns Rückkehr hat dir den Verstand geraubt.«

»Wie könnten wir unsere Kameraden zurücklassen, dem Angriff Felices ausgesetzt?« wandte Celo sich an sie. »Würde Nodonn das wollen?«

»Die Flotte ist bald da«, stellte Kuhal traurig fest. »Unsere Leute können nicht mehr anders. Große Königin ... wenn du es uns nur früher mitgeteilt hättest!«

»Ich wagte es nicht, mit euch durch Fernsprache Kontakt aufzunehmen!« rief sie. »Ich bin in der Fernfokussierung immer noch zu ungeschickt. Nodonn war es, der den dünnen Gedankenstrahl zwischen uns festhielt. Und er warnte mich ...« Wie ein rotglühender Draht schlug ihr Zorn nach Culluket. »*Du* hast aufgepaßt und gelauscht! Und nun argwöhnt sogar Aiken etwas – vielleicht weiß er sogar, daß Nodonn lebt! Ich hatte Angst, mein Fernsprechen werde Nodonn verraten! Oder Culluket werde es tun!«

Der Inquisitor senkte den Kopf. »Meine frühere Loyalität gegenüber dem Usurpator ist seit seiner Allianz mit Abaddon erschüttert. Du kennst die Rolle, die diese beiden mir aufgezwungen haben ...«

Aluteyn stieß ein kurzes Lachen aus. »Und wir wissen auch, was deine Loyalität im Vergleich mit deiner eigenen kostbaren Haut wert ist! Armer Cull. Diesmal hast du dich zwischen zwei Stühle gesetzt.«

»Ich weiß, Culluket haßt Nodonn.« Mercys Gedanken waren eisig. »Dennoch sind sie Heerschar-Brüder. Und Tanu. Und jetzt hat Cull einen guten Grund, seinen Mantel abermals zu wenden! Ist das nicht so, redigierender Bruder?«

»Die Große Königin ist weise«, stellte Culluket ohne Emotion fest.

»Nun denn!« Das alte Wildfeuer brannte in ihren Augen. »Wenn es unmöglich ist, daß wir sofort zu Nodonn fliegen, wollen wir darüber nachdenken, wie wir Felice dazu benutzen können, Aiken zu töten! Sollen wir sie warnen, daß er ihre Schatzhöhle überfallen will?«

»Elizabeth hat Felice in dem Raum ohne Türen«, sagte Aluteyn. »Sie wird uns nicht einmal hören. Und wenn doch, können wir uns nicht darauf verlassen, daß sie *uns* verschont.«

Kuhals Gesicht war leichenblaß geworden. »Um der Liebe Tanas willen – gib den Gedanken auf, diesen weiblichen Elementargeist herbeizurufen, meine Königin! Cull kann dir sagen, wozu die fähig ist.«

»Sogar der würdige Abaddon hat Respekt vor Felice«, stimmte der Inquisitor zu. »Und darf ich vorschlagen, daß wir bei unsern Plänen nicht vergessen, welche unvergleichliche Macht Abaddon bei einem Metakonzert hat. Er kann uns aus jeder Entfernung mit einem psychoenergetischen Schuß erledigen – das ist eine Tatsache. Er kann uns von der anderen Seite der Welt nicht koerzieren, aber er besitzt überwältigende fernwahrnehmende Fähigkeiten.«

»Zum Teufel, warum hat er Aiken dann nicht über Nodonn informiert?« wunderte sich Celo.

Culluket zuckte die Achseln. »Ich habe von dieser mysteriösen Person nichts als Befehle erhalten. Für ihn bin ich weniger als eine Sache. Unsere kleinen politischen Händel scheinen Abaddon gleichgültig zu sein. Wohl ist er ein Manipulator, aber nur in großem Maßstab ...«

»Im Gegensatz zu dir, Bruder«, flocht Kuhal ein.

»... und es ist durchaus möglich, daß es ihn nicht interessiert, wer über das Vielfarbene Land herrscht. Er würde Nodonn ebenso bedenkenlos benutzen, wie er jetzt Aiken benutzt.«

»Der Bastard!« zischte Mercy. »Wer mag er sein?«

Die vier Tanu-Männer sahen sie erstaunt an. »Dann weißt du es nicht?« fragte der Handwerksmeister. »Oh, Mädchen. Kein Wunder, daß du so voll von wahnsinnigen Plänen warst.« Und er erzählte es ihr, beginnend mit den selbst erlebten Ereignissen vor siebenundzwanzig Jahren, als er und der alte Lord Koerzierer und Gomnol und der Lord von Roniah mit Marc Remillard und seiner Gruppe geflohener metapsychischer Rebellen zusammenstießen.

Mercy schien sich innerhalb ihrer silberglänzenden Rüstung in Marmor zu verwandeln. »Dann gibt es überhaupt keine Hoffnung, den Feldzug zu verhindern. Keine Hoffnung.« Sie wandte sich von ihnen ab. »Aber wenn Aiken den Speer bekommt, wird Nodonn im endgültigen Duell der Schlachtenmeister keinen Vorteil über ihn haben.«

»Nein.« Culluket lächelte ihren Rücken an. »Nodonn wird ehrlich gegen Aiken kämpfen müssen, wenn er König werden will. Und vielleicht verlieren.«

»Bruder – genug!« Kuhal richtete sich mühsam zum Sitzen auf. »Es ist unmöglich, der gegenwärtigen Gefahr auf ehrenhafte Weise zu entrinnen und den Feldzug zu vereiteln. Wir müssen mit Aiken Drum voll zusammenarbeiten, und die gute Göttin allein weiß, wie diese Geschichte enden wird. Sie mag Felice als ihr Agens benutzen, um den Usurpator zu vernichten ... oder sie mag ihm Erfolg gewähren. Doch falls wir überleben, bleibt uns immer noch Zeit, uns um den wahren König zu scharen, wenn er uns in den Letzten Krieg führt!«

Kuhal sank zurück, das Gesicht verzerrt vor Schmerz. Culluket beugte sich über ihn und legte die Handflächen an die Schläfen seines Bruders. Kuhal entspannte sich und schlief auf der Stelle ein.

Mercy schaltete den kleinen Sigmafeld-Generator ab und gab ihn dem Inquisitor zurück.

»Das wär's dann«, bemerkte Celadeyr. »Aber der arme Kuhal hat recht. Wir müssen Aiken Drum und seinem nordamerikanischen bösen Genius bei dem Feldzug volle Unterstützung leisten. Ob es uns gefällt oder nicht.« Er und Aluteyn salutierten kurz vor Mercy, schoben die Türklappe des Zelts beiseite und traten in die laute Nacht hinaus.

Der rubingekleidete Inquisitor steckte das Gerät in seine Säbeltasche. Mercy stand dicht neben ihm. »Du wußtest längst über Nodonn Bescheid, nicht wahr, Tod? Meine Ankündigung war keine Überraschung für dich.«

»Ich bin der größte Redakteur der Heerschar. Ich hätte den Tod meines ältesten Bruders gespürt.«

»Und doch hast du Aiken nicht gewarnt.«

»Er wußte es. Ich zeigte ihm, wo der Beweis lag, in deinem Innern.«

»Du bist ein Intrigant!«

»Wie du, meine Königin. Aber ich glaube, mein Spiel erreicht endlich seinen Höhepunkt.«

Er lächelte auf sie nieder, bevor er seine Schönheit mit dem roten Glashelm verdeckte. Sie ließ ihre behandschuhte Hand leicht auf seinem gepanzerten Herzen ruhen, berührte sein heraldisches Erkennungszeichen, den durchbohrten Totenkopf. Bisher war ihr nie aufgefallen, daß die Augen des Schädels saphirblau waren wie die Cullukets und ein flammender Halo sein Haar andeutete.

»Bekommst du es endlich mit der Angst zu tun?« fragte sie mutwillig.

»Ja.«

»Ah! Nun, ich auch. Von neuem. Willst du meine Hand nehmen, Tod? Willst du mich trösten?«

Er nickte, schloß sein Visier und zog sie an sich. Die hohe rote Gestalt und die kleinere in Smaragdgrün und Silber verblaßten gemeinsam wie Nebelschwaden, verschwanden und ließen Kuhal Erderschütterer allein in seinem traumlosen Schlaf.

Der Morgennebel hing um die Koniferen bei den Verborgenen Quellen wie nachschleppende Schleier. Amerie, das Brot und den Wein tragend, ging allein zu der kleinen Blockhaus-Kapelle. Die Hähne hatten gekräht, und die Ziegen in ihren Hürden und die angepflockten Chalikos gaben leise Geräusche von sich. Aber die Dorfbewohner und ihre Gäste lagen nach der improvisierten Party des gestrigen Abends noch im Bett.

Amerie dachte: Heute morgen ist es nur für Dich und mich, Herr. Ich bin froh.

Sie zündete die beiden Altarkerzen an und traf die Vorbereitungen für die Messe. Dann trat sie in die winzige Sakristei, legte den Schleier ab und zog das scharlachrote Meßgewand für Pfingsten an. Den Introitus singend, kam sie in das Heiligtum.

Veni Creator Spiritus,
Mentes tuorum visita:
Imple superna gratia,
Quae tu creasti pectora.

Mit gesenktem Kopf sprach sie am Fuß des Altars die Gebete. Dann wandte sie sich dem dunklen Innern der Kapelle zu, um den ersten Segen zu erteilen.

»Dominus vobiscum.«

Und Felice antwortete: »Et cum spiritu tuo.«

Die Priesterin erstarrte mit erhobenen Händen. Ein Mädchen in einem langen weißen Gewand schritt durch den Mittelgang und blieb lächelnd vor den Altarstufen stehen.

»Ich bin wieder da«, sagte Felice. »Elizabeth hat an meinem Verstand gearbeitet und all den alten Müll ausgeräumt. Ich bin jetzt gesund, Amerie. Ist das nicht herrlich? Ich kann jetzt richtig lieben, ohne den Umweg über den Schmerz. Ich kann frei wählen, wen ich lieben will, und wie. Ich kann dir Freude geben, die wie meine eigene ist! Elizabeth sagte mir, ich solle wählen, weißt du, und da warst du, und da war Culluket. Du erinnerst dich doch an ihn? Früher, als ich noch wahnsinnig war, liebte ich ihn mehr als dich. Nun weiß ich es besser. Deshalb bin ich gekommen, um dich zu holen.«

»Felice ... mein Gelübde. *Meine* Wahl.«

»Ich bin es doch«, meinte das Mädchen vernünftig. »Nicht einfach irgendeine Frau – ich! Du liebst und begehrst mich ebenso wie ich dich. Also komm!«

»Du verstehst nicht. Meine Entsagung ist mein Geschenk für Gott. Ich opfere meinen Körper wie das Brot und den Wein bei der Messe. Ich habe ihn schon vor langer Zeit hingegeben ...«

»Du kannst ihn zurücknehmen.« Felice stand vor den aus halben Baumstämmen bestehenden Bänken, leuchtend im Licht der beiden Kerzen, schwankend, als bestehe sie aus einem zarten Stoff, der durch den schneller werdenden Atem der Priesterin bewegt wurde. Ihre Augen waren wie Brunnen. »Komm! Wir wollen zusammen fliegen! Ich bin jetzt ein weißer Gerfalke, und du sollst ein Kardinal sein!«

»Nein«, flüsterte Amerie. »Felice, ich kann nicht. Du verstehst immer noch nicht. Dies ist der Ort, an den ich gehöre, im Dienst dieser Leute, die mich brauchen. Ich bin ihre Priesterin und Ärztin. Sie sind gut zu mir, und ich liebe sie ...«

Das Mädchen in Weiß schnitt ihr das Wort ab. »Mich liebst du mehr.«

»Ja«, gestand Amerie. »Ich liebe dich und werde dich immer lieben. Aber das ändert nichts. Ich kann nichts für die Liebe, ich kann mich jedoch dafür entscheiden, sie nicht zu vollziehen. Und das tue ich.«

Langsam wandelte sich Felices Gesichtsausdruck. Sie war verwirrt, überrascht, dann verletzt, frustriert, schließlich wütend. »Du *willst nicht?*«

»Nein.«

»Das ist dein Gott! Er hat dich eingesperrt! Dich in diesem dummen Netz der Selbstverleugnung gefangen!«

»Ich verleugne mich nicht selbst. Du verstehst nicht.«

»Hör auf, mir das zu sagen! Und ob ich verstehe! Du wählst ihn und nicht mich! Du denkst immer noch, meine Liebe sei schmutzig und sündhaft!« Tränen ergossen sich aus den schwarzen Löchern ihrer Augen. »Ich bin also doch nicht gut. Ich sehe in deine Seele, sehe, daß du dich immer noch vor mir fürchtest. Du willst nicht mit mir gehen, und du würdest mich nie hier bei dir bleiben lassen. O nein! Ich bin nicht menschlich genug, um zu deiner kleinen Herde zu gehören, nicht wahr, gute Schäferin? Ich bin eine Göttin! Und du möchtest lieber deinen verdammten, alten, gemeinen, eifersüchtigen Gott haben.«

Amerie sank auf die Knie. »Du *bist* menschlich. Liebe Felice, du bist es. Nur so anders als wir übrigen! Geh zurück zu Elizabeth! Laß dich von ihr lehren, wie du in deiner Welt des Geistes leben mußt! Dahin gehörst du.«

»Nein«, weinte Felice. »Ich gehöre zu dir.«

»Deine Welt des Geistes ist mir verschlossen, Felice. Ich bin nur eine normale Frau. Ich kann nichts dagegen tun, daß ich vor Menschen wie dir Angst habe ... ebenso wie ich nichts dagegen tun kann, daß ich dich liebe. Felice, laß mich in Frieden. Geh zu deinen eigenen Leuten!«

»Ich will nicht!« schrie das Mädchen. »Ich will nicht ohne dich gehen! Wenn du nicht freiwillig mit mir kommst, zwinge ich dich!« Die Altarkerzen erloschen plötzlich. Nur das bleiche Nebellicht von den beiden kleinen Fenstern und die granatfarbene Ewige Lampe spendeten Helligkeit.

Felice faßte Amerie bei den Schultern. Psychoenergien flossen aus dem Gehirn des Mädchens, und Amerie krümmte sich unter dem Schock. »Du wirst tun, was ich dir sage!« gellte Felice, schrecklich in der Koerzierung. »Du wirst bei mir bleiben, solange ich dich haben will! Hörst du mich?«

Amerie wurde von Krämpfen geschüttelt, ihre Stimmbänder waren gelähmt. Sie spürte, wie sie hochgehoben wurde. Es roch nach brennendem Stoff, als ihr Meßgewand unter Felices Griff zu qualmen begann, und dann brannte das Fleisch der Priesterin, und ihr Herz blieb stehen.

Sursum corda.

»Wähle mich, Amerie!« Die, die sie hochhob, war jetzt von glühender Nacktheit. »Wähle mich – und ich lasse dein Herz von neuem schlagen! Sag nur, daß du mich liebst!«

Dignum et justum est.

Felice warf den Körper in dem roten Meßgewand zu Boden und ragte hoch über ihm auf. Hoc est enim corpus meum. »Wähle mich! Bitte, Amerie!« Per ipsum et cum ipso ... *»Bitte!«* In saecula ...

Ameries sterbende Augen leuchteten. Ihr Geist sprach zu Felice: Nein. Ich liebe dich. Diese Messe ist für dich.

Und dann entfloh der Geist und ließ das Mädchen zurück. Sie wütete und trauerte und verwandelte sich schließlich zurück in ihre alte Rabengestalt. So flog Felice fort nach Spanien, um ihre andere Liebe wählen zu lassen.

9

Sie ist los. Sie ist los. Felice ist los ...

Der blödsinnige Refrain wiederholte sich immerzu im Unterbewußtsein Aikens, ein schriller Mißklang über dem Dröhnen der Furcht. Die schlechte Nachricht war nicht von seinem unfähigen Spion auf der Schwarzen Klippe gekommen, sondern von Elizabeth selbst, die kurz nach Sonnenaufgang mit ihm fernsprach, als seine Flotte weniger als eine Stunde von ihrem Rendezvous mit den Landtruppen aus Koneyn und den drei nordamerikanischen Operanten entfernt war:

Sie ist los, Aiken! Felice ist los! Ich habe sie entkommen lassen ... und sie hat Amerie umgebracht.

Gottverdammt!

Ameries Tod ist meine Schuld meine. Ich hätte Felice während der Redigierung auslöschen können. Sie ins Nichts sinken lassen. Ego-Zerstörung. Sie wäre ein vegetabilisches Wesen geworden Creyn&Dionket drängten mich ich hätte es tun können ja Nichthandeln bei so kompliziertem Fall wäre Nichtverletzung Ethik. Aber nein! Ich war so sicher ich könne sie retten! Und ich *habe* sie gesund gemacht ...

Geistig gesund = altruistisch. Richtig?

Felice bleibt völlig egozentrisch. Entschlossen genau das zu tun was ihr gefällt. Sie hat mich zum Narren gemacht.

Elizababy unschuldig.

Ich habe im Milieu mit Kindern gearbeitet! Und Felice *ist* Kind. Wenn sie nur bei mir geblieben wäre mir erlaubt hätte sie zu unterrichten und sie zur Reife zu führen o Aiken sie wird jetzt vielleicht nie mehr erwachsen KindElementargeist los! Sie ist los ...

Verdammt. *Verdammt!* (Rückgratkälte Genitalienschrumpfung Herzrasen.) WahnsinnigeMonster könnten durch eigene Wahnvorstellungen manipuliert werden. GesundesMonster größer als Ich und EngelAbgrund zusammen!!

Und sie ist los ... los. Ich weiß nicht wo kann nicht finden. Ihr mentalerSchirm perfekt. Du mußt Remillard bitten um physische Suche mit seiner verstärkten Fernsicht. Feststeht: Felice wird Ausschau halten nach Cull. Von Amerie zurückgewiesen geht sie zu anderem Liebesobjekt. Brauche dir nicht zu sagen was passiert wenn sie ihn findet. Du mußt CullGeist mit allem abschirmen was du hast.

Cull hat Arbeit für Mich zu tun.

Nein nein verstecke ihn in tieferHöhle bringe ihn so schnell wie möglich ganz aus Europa weg! Gib Vorhaben auf Felicehöhle Betiks zu überfallen. Selbstmörderisch!

Muß den Speer haben Baby. Photonenkanone verschiebt bei Metakonzert Kräfteverhältnis zu Meinen Gunsten. Und nicht nur gegen Felice ...

Aiken du darfst den Feldzug NICHT fortsetzen jetzt wo sie los ist.

Es gibt kein Zurück mehr. Aufschieben würde nichts nützen. Vielleicht gelingt uns Beute zu schnappen bevor sie merkt was los ist. Ihre Fernsicht zweitklassig.

Tu's nicht um der Liebe Gottes willen tu's nicht!

Muß. (Loslos Felice ist los! Loslos Felice ist los!) Scheiße jetzt kriege ich es nicht mehr aus dem Kopf ...

Felice fähig dich + gesamte Streitmacht zu vernichten.

Ich werde siegen! (Panik. Versuchung aufzugeben. Widerstand. Entschluß!) Loslos Felice ist los! Loslos ... STELL DIES VERDAMMTE ENDLOSBAND AB ELIZABETH!

Wenn du gehst wirst du sterben ich werde den Tod von euch allen auf dem Gewissen haben ebenso wie Ameries Tod.

Dududu! Wie unangenehm für dich. Zur Hölle mit deinem Gewissen! Hör auf, mich VOLLZUBLUTEN! Stürze dich in Wiedergutmachung oder Buße oder so etwas!

Bitte ...

HAU *AB!*

...

Als er sie mit einer neuen Breitseite von Flüchen eindeckte, verstummten Elizabeths Gedanken. Sie hatte sich in das Asyl des Raums ohne Türen zurückgezogen.

»So ist's richtig – versteck dich!« brüllte er. »Und mir überläßt du es, die Scheiße wegzuschaufeln, du unfähiger guter Engel! Nun, wenn es sein muß, werde ich es tun!«

Er sandte einen sorgfältig gebündelten Ruf nach Nordamerika. Obwohl Felice keine mentale Aura emittierte, die ein Fernwahrnehmer entdecken konnte, besaß sie doch eine physische Masse, die nicht zu tarnen war. Es war nicht sicher, ob Abaddon das Mädchen fand, wenn er das südliche Spanien mit seinen verstärkten Ultrasinnen absuchte – aber sie konnten feststellen, wo sie *nicht* war. Nach einer Weile erhielt Aiken die Versicherung, Felice sei zur Zeit in einem Gebiet von 80000 Quadratkilometern um den Mulhacén nicht körperlich anwesend.

Diese Information genügte Aiken. Der Überfall würde stattfinden.

Die 75 Einheiten von Aikens Flotte, die jedes seetüchtige Fahrzeug des Vielfarbenen Landes einschlossen, ankerten um 0530 Uhr dicht vor der Mündung des Rio Genil. Die mehr als 2000 Menschen der Elite-Garde, die die Expedition unterstützen sollten, beeilten sich, eine Flottille von 180 pneumatischen Booten auszupacken, aufzublasen und in das Basislager zu bringen, wo die spanischen Truppen warteten. Jedes von Solarzellen angetriebene Boot konnte 20 Tanu-Ritter mit ihren Reittieren tragen, dazu ihre Essensrationen und eine spartanische Menge an Vorräten. Ein Fahrzeug war als Laser-Reparaturwerkstatt eingerichtet, ein zweites als Reserve, um keine Zeit bei der Überholung des Speers zu vergeuden.

Kurz vor 0800, als alles bereitstand, bestieg Aiken sein schwarzes Chaliko und levitierte vor den Reihen der wartenden Krieger auf eine beherrschende Höhe. Im Gegensatz zu ihnen trug er keine Glasrüstung, sondern seinen goldenen Anzug mit den vielen Taschen, den glitzernden Jett-Umhang und den breitrandigen Hut mit den schwarzen Federn, jetzt außerdem von dem königlichen Reif umwunden. Er grüßte die Ritter und Edelleute, die Erhabenen Persönlichkeiten der Hohen Tafel und Königin Mercy-Rosmar mit dem kleinen, goldplattierten Laserstab, den als Zeichen seines Amtes zu tragen er sich angewöhnt hatte.

»Kampfgefährten! Wir sind bereit, den Horst des Ungeheuers anzugreifen. Oben auf dem Mulhacén, in Felices Höhle liegt der heilige Speer Lugonns, der mir während der Großen Flut aus den Händen gerissen wurde. Der Speer ist das höchste Symbol unseres Tanu-Erbes. Er ist außerdem eine Waffe, die unsere äußerste Verteidigung sein kann – nicht nur gegen Felice, sondern auch gegen den Firvulag-Gegner oder jeden anderen Feind, der es wagt, uns herauszufordern. Dazu enthält die Höhle einen Schatz an goldenen Halsringen. Da die Anlage zur Herstellung von Ringen bei der Überflutung Muriahs zerstört wurde, ist es lebenswichtig für uns, diesen Vorrat sicherzustellen, damit wir in den Jahren, bevor uns natürliche Operante geboren werden, imstande sind, unsere Kinder zu metapsychischer Operanz zu erheben. Der heilige Speer und die Reifen stellen die Versicherung für das Überleben unserer Tanu-Rasse dar! Das ist der wahre Grund für unseren Feldzug.

Ich will das Risiko nicht verkleinern. Wir sind alle in Lebensgefahr. Felices Geist ist mächtiger als jeder andere im Vielfarbenen Land, mächtiger sogar als jeder, der im Galaktischen Milieu sechs Millionen Jahre in der Zukunft existieren wird. Aber wir können es mit ihr aufnehmen! Wir können uns zu einem echten Metakonzert vereinigen – und unter meiner Führung die Dämonin ein für alle Mal besiegen. Glaubt es mir!

Laßt mich euch sagen, was wir tun werden! Der Genil-Fluß ist auf etwa einhundertundfünfunddreißig Kilometern schiffbar, das sind neunzig Tanu-Meilen. Wir folgen ihm zum Mulhacén, wo er entspringt. Dort gibt es Stromschnellen, aber die besten Skipper des Pliozän werden die Boote steuern, deshalb habt keine Angst. Einigen von euch Psychokinetikern ist die Aufgabe zugeteilt worden, für zusätzlichen Antrieb zu sorgen, damit wir das Ende der schiffbaren Strecke um 1400 Uhr erreichen. Dann steigen wir in den Sattel. Bis dahin haben wir den Dschungel hinter uns und sind in offener Savanne. Wir reiten auf Teufel komm 'raus nochmals fünfundzwanzig oder dreißig Kilometer. Etwas mehr als eine Stunde, und wir sind am Fuß des Sierra-Nevada-Massivs, wo ein dichter Wald beginnt und wir uns schon im Schatten des Mulhacén befinden.

Den ganzen Weg stromaufwärts und durch die Savanne werdet ihr eine geistige Verbindung aufrechterhalten und einen psychoenergetischen Schutzschirm bilden, der uns vor dem Ungeheuer verbirgt. Am Fuß des Berges bleibt ihr zurück. Sucht euch einen gut getarnten Ort, von dem aus das Gebiet um Felices Höhle einwandfrei zu überblicken ist! Ich allein werde hinauffliegen. Ihr erweitert den Schirm, daß er mich deckt, wenn ich den Speer und die Ringe hole. Da ich imstande bin, mehr als vierhundert Tonnen zu heben, sollte es mir keine Schwierigkeiten machen, den Berg mit der Beute zu verlassen. Doch der Rückflug stellt die gefährlichste Phase des Unternehmens dar, weil ich den Großteil meiner Geisteskraft für die Levitation brauche. Unser offensives Metakonzert werde ich weiterhin kontrollieren – aber nicht mehr zu dem Potential des Psychostrahls beitragen. Wollt ihr überhaupt für uns beten, so betet dann ...

Sobald ich sicher am Fuß des Berges gelandet bin, wird der Schatz in handliche Pakete aufgeteilt und wir kehren in größter Eile zu den Flußbooten zurück. Dort lassen wir die Reittiere frei, damit die Boote leichter werden und wir auf der Rückfahrt zum Golf eine höhere Geschwindigkeit erzielen. Außerdem fahren wir dann mit dem Strom, statt ihm entgegen. Unterwegs reparieren unsere tüchtigen Techniker unter Pete Carvalho und Yuggoth McGillicuddy den Speer. Und wieder: Laßt uns beten! Ich werde ihnen meine königliche Unterstützung leihen, falls ich nicht damit beschäftigt bin, für unser Leben zu kämpfen.

Nachdem der heilige Speer repariert ist, haben wir

nichts mehr zu befürchten! Abaddon hat studiert, was Felice bei Gibraltar getan hat, und ebenso hat er das Potential des Metakonzerts analysiert, zu dem wir uns zusammenschließen werden. Felices Kreativität hat eine Stärke, die er den sechshundertsten Grad nennt. Das ist sehr viel. Aber wenn wir Felice zusätzlich zu dem psychoenergetischen Strahl des Metakonzerts mit einer Photonenkanone beschießen, erreichen wir einen Wert, der dem sechshundertdreißigsten Grad entspricht – und das Ungeheuer stirbt, zu Staub zermalmt.

Nun geht es los! Und wir werden siegen! Ihr habt das Versprechen des Leuchtenden!«

Es war ihnen vorher gesagt worden, sie dürften nicht das leiseste Wort erwidern. Trotzdem summte der Äther vor Jubel. Die pneumatischen Boote legten ab und fuhren mit mehr als 20 Stundenkilometern den Genil hinauf. Gleichzeitig begannen die 3550 Kämpfer, ihre Gehirne in dem dreizackigen Metakonzert zu verbinden, das König Aiken-Lugonn in Kürze sowohl als Waffe wie auch als Schild dienen sollte.

Die drei menschlichen Operanten aus Nordamerika fingen einer nach dem anderen an, die geistigen Kräfte zu sortieren und zu verflechten. Owen Blanchard übernahm die Koerzierer, an deren Spitze Alberonn Gedankenfresser, Artigonn von Amalizan und Condateyr von Roniah standen. Cloud Remillard koordinierte die Psychokinetiker unter Bleyn dem Champion, Neyal von Sasaran, Diarmet von Geroniah und Kuhal Erderschütterer (letzterer nahm nur pro forma teil). Die vor allem wichtige kreative Gruppe wurde von Elaby Gathen in Zusammenarbeit mit Mercy, Aluteyn Handwerksmeister, Celadeyr, Lomnovel Gehirnausbrenner und Thufan Donnerkopf geführt. Den Mitgliedern der Hohen Tafel war die Verbesserung der Substrukturen in den drei einzelnen Ketten anvertraut. Sie verbanden die schwächeren Geister zu festen Einheiten, die – dank dem von Abaddon gelieferten neuen Programm – an Macht größer sein würden als die Summe ihrer Bestandteile.

Sobald dies erste Tanu-Metakonzert sich stabilisiert und ein bestimmtes dynamisches Potential erreicht hatte, schaltete sich Marc Remillard zu, glättete die rauhen Stellen und stimmte die operanten Geister ein, die unter seiner persönlichen Kontrolle standen: die überlebenden Rebellen auf Ocala, zusammen mit ihren davongelaufenen erwachsenen Kindern. Letztere biwakierten jetzt an der marokkanischen Küste, etwa 900 Kilometer südwestlich des Mulhacén, und sie gehorchten ihm, mochte es unter ihnen noch so gären. Dieser Kombination fügte Marc seine eigene überwältigende kreative Fähigkeit hinzu, verstärkt durch mechanische Geräte. Das Ganze wurde nun in offensive und defensive Kräfte geteilt, wobei die Kreatoren mehr für den Angriff und die Koerzierer mehr für die Verteidigung, diese von Marc selbst geleitet, verantwortlich waren. Seine Fernwahrnehmung behielt durch ein virtouses Manöver, das weder Aiken noch die Tanu durchschauen konnten, ihre unabhängige überwachende Funktion. Zwar war Aiken, das handelnde Organ des vereinten Geistes, fähig, allein nach dem Feind Ausschau zu halten. Aber sollte er abgelenkt werden oder Felice einen nicht vorhersehbaren Zug tun, würde das kalte fernsehende Auge in Nordamerika wachen und Alarm geben.

Ganz zuletzt wurde der Geist Cullukets des Inquisitors zugeschaltet. Er fand seinen Platz zwischen Marc und der Ausgangsöffnung. Seine Seelensubstanz wurde ausgewalzt und zu einem Zylinder von ungeheurer lichter Weite geformt. Er war völlig passiv (aber bei vollem Bewußtsein), ein lebendes Rohr, durch das Psychoenergien nur in einer Richtung strömen konnten: nach außen. Sollte Felice versuchen, mit ihren Kräften in den Geist einzudringen oder die Leistungsabgabe abzuwürgen, um einen Rückstau zu erzielen, würde die intelligente Sicherung bersten und Culluket sterben. (Und er dachte: Das wäre am leichtesten! Aber gleichzeitig hielt ihm die quälende Stimme des Vorherwissens vor: Erst wenn du deine Schuld voll bezahlt hast.)

Als der Geist endlich fertig war, präsentierte die gesichtslose Wesenheit namens Abaddon ihn Aiken Drum.

»Du brauchst nichts weiter mehr zu tun, als deinen Geist an seinen Platz als Lenker des Strahls und ausführendes Organ einzufügen. Wenn du dich der Aufgabe ohne jeden Zweifel gewachsen fühlst ...«

Das wartende mentale Gebäude schien vor Aikens amüsiertem Auge zu schimmern. Wie herrlich! Wie stark! Wie *riesig!* Sicher, das Programm stammte von Abaddon, ebenso das Wissen um den Aufbau. Aber es war Aiken Drum, der den Organismus jetzt kühn übernahm und trug – er allein hatte die Kontrolle.

Der Himmel, den er durch den Verteidigungsschirm sah, war fast purpurn. Die Sonnenscheibe leuchtete zinnoberrot mit einem weißglühenden Kern. An dem ersten Boot der Flotte, in dem er saß, rasten die Wände des Dschungels vorbei, so tiefgrün, daß sie fast schon schwarz wirkten. Der Genil selbst, noch von Nebel verhüllt, war ein Band aus geschmolzenem Gold, das sich endlos entrollte.

Wenn du dich der Aufgabe ohne jeden Zweifel gewachsen fühlst ...

Und ob er das tat!

Er füllte sich mit dem gottgleichen offensiven Potential, er dehnte sich damit aus, er genoß die gefügige ungeheuerliche Energie. Er war Mercy, er war Aluteyn, er war Alberonn und Bleyn. Er war Owen Blanchard, Großmeister-Koerzierer. Er war Cloud und Elaby, unreif und jung und operant. Er war mehr als 3000 Tanu-Geister, synchronisiert in einer noch nie dagewesenen Einheit. Er war 40 schurkische Veteranen der Metapsychischen Rebellion, und er war 28 ihrer erwachsenen

Nachkommen. Er war Marc Remillard, Herausforderer einer Galaxis, in eine tiefgekühlte Rüstung eingeschlossen mit elektrisch geladenen Nadeln in seinem weißglühenden Gehirn.

Er war sie alle! Und er selbst! Er war König.

Sie war sicher, so sicher gewesen, er werde in Goriah sein, doch als sie über der Glasburg kreiste und seinen Namen rief, antwortete er nicht. Auch in der Stadt und den sie umgebenden Pflanzungen und Siedlungen war er nicht zu finden. Sie würde seine Aura erkennen, ganz gleich, wo er sich versteckte. Nur war er nicht da.

Verwirrt flog der schwarze Vogel südwärts, der Atlantik-Küste bis Rocilan folgend. Culluket war jedoch weder in der Bonbonstadt noch in Sasaron am Oberlauf der Garonne, dieses mächtigen Stroms, den die Tanu Baar nannten. Felice überprüfte Amalizan, die Zitadelle, die die wichtigsten Goldminen des Vielfarbenen Landes bewachte, und bewegte dann die unermüdlichen Schwingen weiter nach Sayzorask an der unteren Rhône und Darask in den provençalischen Sümpfen.

Geliebter! Cullucet!

Wieder und wieder rief Felice, aber anscheinend war der Geliebte in keiner der französischen Städte. Seine Aura, so eisig und hart, von der Farbe gefrorenen Blutes, mußte ihr unbedingt auffallen, jetzt, wo die Redigierung eine Schärfung ihrer Fernsinne bewirkt hatte. Wenn sie auf ein Dutzend Kilometer an den Inquisitor herankam, würde sie ihn erkennen.

In einem grünen Parkland westlich des großen Sees ruhte sie sich aus und brach ihr langes Fasten. Sie schlug eine neugeborene Antilope und verzehrte die Zunge. Erfrischt schwang sie sich wieder in die Luft und rief in übermütigem Spott nach Elizabeth, als sie die Schwarze Klippe überflog. Sie erwartete keine Antwort und erhielt auch keine.

Elizabeth wird mir eines Tages von neuem nützlich sein, dachte der Rabe. Aber um Cull zu finden, brauche ich ihre Hilfe wirklich nicht. Es wird mir mehr Spaß machen, ihn allein zu suchen!

Mit Sturmesgeschwindigkeit flog Felice südwärts, überquerte die blühenden Dschungel der Corbière-Berge und einen Paß der östlichen Pyrenäen. Der Geliebte war nicht in Geroniah, auch nicht in Tarasiah. Also bog sie landeinwärts ab und erreichte bald jenseits der katalanischen Wildnis das obere Ende der großen iberischen Schlucht, wo Aluteyn Handwerksmeisters einsame Zitadelle Calamosk sich hoch über dem rauschenden Strom erhob. Culluket war nicht da. Tatsächlich war die Stadt beinahe verlassen.

Felice überlegte. Waren die anderen Orte, die sie besucht hatte, nicht auch merkwürdig leer von Lebens-Auren gewesen – besonders von *Tanu*-Leben? Wohin waren all die Fremden gegangen?

Die endlosen Ebenen des Südens verwandelten sich jetzt, zwei Monate nach Ende der Regenzeit, von Smaragdgrün in Zitronengelb. Nur die Senken und die Arroyos blieben frisch, und die Ufer großer Flüsse wie des Proto-Jucar, der durch Afaliah floß.

Culluket! Culluket!

Wieder war der Geliebte nicht da, und auch der Stadt-Lord Celadeyr und sein Kader von Kampfgefährten fehlten. Es wurde immer geheimnisvoller. Vielleicht war Aiken Drum auf einen Feldzug gegen die räubernden Firvulag der westlichen Alpen gegangen. Felice hatte die Städte an der oberen Rhône nicht durchsucht, sondern war von den Verborgenen Quellen gleich nach Goriah geflogen, weil sie annahm, dort habe sich ihre Beute unter dem Schutz Aiken Drums verkrochen. Aber wenn sich der König auf irgendeiner Strafexpedition befand ...

Es war schwer, sich zu entscheiden. Wollte sie ihre Suche methodisch fortsetzen, müßte sie eigentlich das

Mittelmeer überqueren und die Jagd in dem düsteren Var-Mesk wiederaufnehmen, dann nach Bardelask und Roniah fliegen. Aber es ging schon auf den Abend zu, und das anfängliche Tempo hatte an ihrer Kraft gezehrt.

Sie dachte: Ich will nach Hause auf den Mulhacén fliegen und morgen von neuem anfangen.

Ihre Stimmung hob sich mit ihrem Rabenkörper, als sie sich von einem Aufwind emportragen ließ und dann in südwestlicher Richtung zu den Betischen Kordilleren davonschoß. Nach Hause zu ihrem Berg, ihrem Schatz, ihren lieben Tiergefährten.

Sie dachte: Ich könnte *ihn* dort drinnen halten, in goldenen Ketten. Eingeschlossen in Gold. Durchdrungen von Gold! Ja! Durch alle Muskeln ein kostbares Netzwerk aus leitendem Metall, und goldene externe Anschlüsse für jeden wichtigeren Nervenknoten. Das Gehirn selbst würde eine ganz besondere Anleitung brauchen, bei deren Bau er ihr helfen mußte. Welch köstliche Aussicht! Wenn er so ausgerüstet war, konnte sie auf ihm spielen wie auf einem herrlichen algetischen Instrument. Sie würde erst sein kaltes Blut mit einfachen Capriccios und Interventionen aufwärmen, dann zu gewaltigen Panharmonien, Dithyramben der Lust und der Qual übergehen.

Oh, Geliebter! Früher war es meine Freude, zu empfangen, und das war krank und wahnsinnig, nicht wahr? Doch jetzt bin ich gesund und bereit für die Freude des Gebens und der Kontemplation, die alle gesunden Geister schätzen – sogar solche, die ihr dunkles Rätsel gern mit Entrüstung und Abscheu zurückweisen möchten. Aber wir wissen es, nicht wahr, Geliebte, daß der Anblick des leidenden anderen nur unsere eigene Macht und Schmerzfreiheit bestätigt, unser Selbstwertgefühl besiegelt. Wir triumphieren, da wir verschont sind. Uns befriedigt der bezahlte, aber nicht von uns bezahlte Preis.

(Und hat sie nicht für mich gelitten, ist sie nicht für

mich gestorben, Crucifixa etiam pro nobis, wie ihr törichter Gott für sie gestorben ist?)

Auch du wirst in Glorie leiden, Geliebter, aber nicht sterben. Ich liebe dich zu sehr, um dich jemals sterben zu lassen.

Aiken kam zu Felices Höhle als frischgeschlüpfte Spinne an einem Spinnwebfaden, eine von Hunderten, die die nachmittäglichen Thermalwinde die Nordflanke des Berges hinaufbliesen. Als sein glitzernder Faden sich in einer Tanne verfing, kletterte er auf einen Ast hinunter, ruhte sich dort aus und dachte aus Vorsicht nur Spinnengedanken für den Fall, daß Abaddon bei seiner früheren Suche das Ungeheuer doch übersehen hatte. Die kürzestmögliche ungebündelte Fernsicht benutzend, betrachtete das Spinnlein den Umkreis der Höhle. Felice versteckte sich weder zwischen den grüngerahmten Felsblöcken noch unten in der Schlucht oder irgendwo auf den oberen Hängen, wo die alpinen Blumen in rosa und weißen Büscheln wuchsen. Seine Tiefenvision, mit größerer Kraft eingesetzt, zeigte ihm, daß sie nicht innerhalb des Mulhacén verborgen war – zumindest nicht im Umkreis von rund einem Kilometer um die Höhle.

Die kleine Spinne stieg vom Baum hinab und verwandelte sich in einen Mann mit einem goldenen Anzug. Er senkte den metapsychischen Schild, bis dieser sich dicht um den Höhleneingang legte. Dann entnahm er der großen Tasche auf seinem Rücken ein Titiridion-Netz und breitete es auf dem Boden aus. Mit leuchtendem Gesicht betrat er die Höhle und drang in den Innenraum vor. Die schützende Felstafel schob er beiseite, als sei sie ein papierener Schirm.

Der von ihm ausgehende Glanz beleuchtete einen Haufen goldener Halsringe, höher als sein Kopf. Wie viele hatte der wahnsinnige Raubvogel gestohlen? Es schienen Tausende zu sein, jedes Halsband eine hohle

Schale, gefüllt mit Komponenten aus Gomnols zerstörter Fabrik in Muriah. Jede Tanu-Stadt besaß noch kleine Vorräte der psychischen Verstärker, aber keiner konnte mit diesem Schatz Felices verglichen werden.

Aiken ließ die Halsringe aus der Höhle und auf das Netz fliegen, und dabei deckte er den Speer Lugonns und seinen Energiepack auf.

»Endlich!« murmelte er und ergriff die Waffe. Zuletzt hatte er sie getragen, als er im Duell der Schlachtenmeister gegen Nodonn kämpfte. Alle Ringe waren aus der inneren Kammer entfernt. Aiken verließ die Höhle wieder, den Speer über der Schulter, stellte sich vor die hochaufgehäuften Ringe und sah sie sich an.

Dann bewegte er die Hand, und das Netz schloß sich als Börse um das Gold. Er brauchte nur noch zu der wartenden Armee zurückzukehren, die Beute aufzuteilen und zu fliehen. Felice kam vielleicht nie dahinter, wer sie beraubt hatte ...

Aber dabei konnte er es nicht bewenden lassen.

Er sprang in die Luft, hob das riesige Bündel hoch und trug es entlang dem Grat, der den Mulhacén mit seinem Schwestergipfel Alcazaba verband, ein paar Kilometer weiter nach Norden. Er setzte die Ringe und den Speer dort ab, flog in der Blase defensiver Energie, die Abaddon aufrechterhielt, zurück und blieb schwebend in der Nachbarschaft der Höhle. Er sagte:

Löse den Schirm auf! Schalte den offensiven Modus um! Ich muß meine königliche Visitenkarte zurücklassen!

Die Sonne wurde heller für ihn, und die Luft erhielt ihren Glanz wieder. Sein Geist schien zu schwellen, wurde allmächtig, als die gesamte offensive Summe des Metakonzerts in sein kreatives Reservoir floß und ausgerichtet wurde. (Drossele die Energie, erhabenes Jungchen! Es hat keinen Sinn, den ganzen verdammten Berg einzuebnen, weißt du. Könnte ihre Aufmerksamkeit erregen, wo sie auch sein mag. Und das Energieniveau ist wirklich etwas gefährlich, wenn jemand zum ersten Mal damit umgeht. Deshalb steck ein bißchen zurück! Gib ihr den Finger, den heraldischen digitus impudicus, und dann feuere!)

Feuer!

Der psychische Bolzen flog, Donner rollte, und er lachte wie Jupiter. Ein großes Stück des Berges brach ab, zersplitterte und polterte hinunter in den geheimen Spalt, wo das Rabenmädchen gewohnt hatte. Der Großteil der Schallwellen wurde durch die Art des Terrains himmelwärts geleitet. Es gab ein bißchen Staub, keinen Rauch. Doch Felices Höhle war nicht mehr.

Aiken wankte in der Luft, verbrannt von dem Strahl, der seinen Körper passiert hatte. Schmerz schüttelte ihn. Abaddon sollte den Schild wiederherstellen! Er versuchte, sich zusammenzunehmen. Trotz der Drosselung hatte die Energie des Metakonzerts sein Gehirnplasma fast vaporisiert.

Marc Marc was tun das ist verkehrt Gott helfe mir!

Dummer Amateur! Du hast die falschen Kanäle (Bild) benutzt harmlos bei niedrigem Niveau lebensgefährlich bei hohem. Sogar Felice war klug genug, diesen kümmerlichen kreativenModus nicht anzuwenden ...

Jajaja. Nur bring es in Ordnung. Schmerz.

Überladung tötet dich ebenso wie Feedback oder Schuß alle Systeme! Ich habe dir zuviel zugetraut.

Um Gotteswillen hör auf Schulmeister zu spielen setz deinen eigenen verdammten Kindern die Narrenkappe auf zeig mir SOFORT wie Energie kanalisiert wird!

(Bild statt Erklärung.) *Hast du es mitbekommen, Königliche Hoheit?*

Uh. Wiederhole!

König Aiken-Lugonn nimm deine Beute und kehre zu den anderen zurück. Ich werde die Lektion beenden, während du unterwegs bist. Und ich hoffe zur Hölle, daß du schnell lernst!

Die regenbogenfarbenen Ritter rasten auf ihren Reittieren über die orangenfarbene Savanne. Die großen Klauen der Chalikos zerschlitzten die trockene Grasnarbe, entwurzelten Butterblumen und purpurne Skabiosen und blauen Augentrost. Der Lärm der Tanu-Armee verscheuchte Gazellen- und Hipparionherden. Säbelzahnkatzen fuhren aus ihrem Schlummer auf und brüllten erschrocken, und große Trappen verließen auf niedrigen Flugbahnen ihre bloßgelegten Nester zwischen den Büscheln. Die Sonne stand niedrig im Westen, und die Luft war kochend heiß. Staubfahnen erhoben sich auf der Spur des Rückzugs und schwankten wie hohe lohfarbene Gespenster über dem matten Schimmer des Schutzschirms.

Die Reiter lenkten ihre Tiere nicht. Ihre Gedanken waren völlig darauf konzentriert, die jeweilige Aufgabe in dem Metakonzert zu erfüllen, und obwohl ihre Augen sahen und ihre Ohren hörten und sie sich der Hitze und des Staubgeruchs und der zerfetzten Pflanzen bewußt waren, hatten sie keinen Willen, kein Bewußtsein einer unabhängigen Existenz. Jedes Gehirn funktionierte als eine Zelle des organischen Geistes, strahlte Psychoenergie zur Aufrechterhaltung des großen Schildes aus, hielt weitere Energie bereit für den offensiven Ausstoß, zu dem sie jeden Augenblick aufgerufen werden konnten.

König Aiken-Lugonn galoppierte an der Spitze der Horde, führte seine Leute zu der schiffbaren Strecke des Rio Genil zurück. Hinter seinem Sattel und hinter dem jedes anderen Reiters lag ein Sack voller goldener Reifen, die bei jedem Schritt der Chalikos klingelten. In den Armen hielt Aiken eine goldene Glaslanze. Von ihrem Schaft führte ein Kabel zu einem Energie-Modul, das an einem starken Brustharnisch hing. Der Anzeige auf dem Modul nach war die Ladung gleich Null, und die fünf farbigen Knöpfe auf dem Schaft waren ebenso wie die nadeldünne Öffnung von Salz verkrustet. Im Augenblick war der Speer Lugonns tot, nicht zu gebrauchen. Aber auf dem Fluß hielten sich Techniker mit Werkzeugen bereit, ihn zum Leben zu erwecken, und die kleine Gestalt des Königs glühte in der freudigen Erwartung, daß er die Waffe wieder benutzen würde. Diese Waffe war dazu bestimmt, Felice zu besiegen, dann die Firvulag zur Vernunft zu bringen. Und am Ende würde sie die Arbeit vollenden, die die Flut unterbrochen hatte: Sie würde Nodonn töten.

Immer noch in ihrer Raben-Verkleidung, den Geist vollkommen abgeschirmt, erreichte Felice schließlich den Mulhacén. Ungläubig betrachtete sie aus der Luft den ungeheuren Bergrutsch, die glitzernden Blöcke aus Glimmerschiefer, größer als Häuser, die vom Gesicht des Berges abgehauen und in ihre Wohnung geworfen worden waren. Alles war fort, die Bäume, die blühenden Büsche, der Wasserfall mit dem farngesäumten Teich zum Baden, die Feuergrube und die phantastisch gestalteten rustikalen Möbel auf der Terrasse, die moosigen Steine, wo die Felsdrosseln gesessen und ihr in der Abendstille vorgesungen hatten. Fort. Der kleine Arm des Flusses, in dem die fette Forelle schwamm, war unter Tonnen von Geröll begraben, ebenso der Wildpfad, der die Tierfreunde vor ihre Tür gebracht hatte. Das einzige Lebewesen, das übrig war, sie zu begrüßen, war Pseudaelurus, der Luchs. Der saß auf dem flachen Gipfel einer isolierten Klippe und badete sich in den letzten ersterbenden Sonnenstrahlen.

Das Rabenmädchen spiralte schreiend nach unten. Anfangs hielt sie es für eine Naturkatastrophe, doch dann sah sie einen staubigen goldenen Reif halb vom Schutt begraben, und es fiel ihr ein, das verbarrikadierte Innere ihrer Schatzkammer mit ihrem mächtigen tiefsehenden Auge zu erforschen. Da entdeckte sie, daß die Kammer geleert worden war.

»Culluket!« kreischte sie. Der Ruf hallte in der

schwindelerregenden Schlucht wider, die der junge Genil eingesägt hatte. Der Luchs duckte sich, die Ohren zurückgelegt. »Culluket – du und *Aiken Drum!*« Der Luchs verschwand im steinigen Chaos. Der dunkel gefiederte Vogel ließ sich auf der leeren Klippe nieder und verwandelte sich.

Ein phantastisches Wesen stand auf dem Fels, gekleidet in glänzendes schwarzes Leder, die Hopliten-Rüstung aus Felices altem Beruf, entsprechend ihren Phantasien verändert. Jetzt waren die Kanten des Harnischs schärfer, die Umrisse grausamer. Die alten offenen Beinschienen und kurzen Handschuhe waren gewachsen, umschlossen alles Fleisch der Beine und Arme und waren mit gekrümmten Sporen und klauenartigen Auswüchsen besetzt. Der Helm hatte den Schnabel eines Raubvogels bekommen; ein nach hinten stehender Scheitelkamm hielt ihn im Gleichgewicht. Aus der T-förmigen Öffnung leuchteten zwei Lichtstrahlen, weiß wie Magnesiumfackeln. Das Wesen wandte den Kopf und suchte die Steppe nördlich des Berges ab, und die Augenstrahlen bohrten sich durch einen dazwischenliegenden Berggrat wie Laser durch einen Käsekeil. Felice betrachtete das Tal des unteren Genil durch rauchende Gucklöcher, lokalisierte endlich ihre Beute und raste ihr nach wie ein rächender Komet.

Die Boote schossen den Fluß hinunter. Aiken, der im ersten Reparatur-Fahrzeug saß, leitete mittels seiner Tiefenvision die Techniker an, den Schaft des Speers zu öffnen. Plötzlich kam Marcs Warnung:

Felice ist unterwegs.

»Macht den Speer fertig, um Gottes willen!« schrie Aiken den erschrockenen Technikern Carvalho und McGillicuddy zu. Dann levitierte er in einer zischenden Ozonwolke in das Boot an der Spitze des Zuges.

»Hab sie entdeckt!« rief er. Diesmal fokussierte er den Strahl fast ohne Zeitverlust. Er saugte die Energie an, und sie floß in ihn hinein. Er atmete aus, und der fürchterliche flammende Strahl fuhr brüllend auf den schattigen Fleck zu, der die Flottille verfolgte, dorniges Schwarz vor einem türkisfarbenen Abendhimmel.

Die Feuerkugel blähte sich auf, vernichtete fast 50 Quadratkilometer Dschungel unter ihr. Aiken entsetzte sich darüber, wie die monströse Energieflut losbrauste. Jedes Neuron in seinem Körper hatte sich in einen Lavabach verwandelt. Sein Gehirn kochte nicht nur, es pulsierte wie ein veränderlicher Stern, und jede Spitze brachte ihn an den Rand der Auflösung. Ein quietschender Klumpen Feigheit in seinem Innern sagte: Marc hatte recht! Du hast dich überladen – und nun bist du tot, Blödmann!

Aber der fast tödliche Schwindel ließ nach, und überrascht stellte Aiken fest, daß er immer noch im Bohrloch des organischen Geistes fest verankert war, und Abaddon bemerkte nicht verächtlich oder anklagend, sondern mit olympischer Anerkennung:

Ausgezeichnet – für ein bloßes Gehirn. Ich glaube, du hast sie erwischt.

»Wirklich?«

Ich finde nichts bei einer Masse-Energie-Abtastung des Hypozentrums.

»Jesus, hoffentlich hast du recht. Dieser Schuß hat mich fast ...«

GOTT NEIN SIE IST D-GESPRUNGEN! ... (unverständliches Bild) ... *ÜBER DIR AIKEN SCHIESS NOCH EINMAL TRIFF SIE!!*

Abaddons Warnung krachte in Aikens schmerzendes Gehirn. Er sah Felice von neuem, vergrößert durch einen unheimlichen Atmosphärischen Effekt, und sie schwebte genau über ihm, scheinbar mehrere hundert Meter groß. Ihre Gestalt, jetzt die einer Menschenfrau, war in weißes Feuer gehüllt, das wie flüssige Seide wogte. Ihr monströses Gesicht war halbdurchsichtig. Ihr Geist war ebenso schwarz und flammend wie ihre Au-

GIUSEPPE·MANGONI

gen. Aiken spürte, daß der Schutzschirm über der Flottille zu zerbröckeln begann. Im koerziblen Segment ging etwas schief. Eine lebenswichtige Komponente hatte versagt, und das Gebäude brach zusammen ...

Der Schirm wurde wieder fest. Marc hatte ihm ein geheimes Mittel injiziert und dabei seinen Mann Owen Blanchard umgangen, der nun tot war. Instinktiv erkannte Aiken, daß dieser improvisierte Stützmechanismus nur für die eine Nanosekunde halten würde, die er, der Vollstrecker, brauchte, um in den offensiven Modus zurückzuschalten. Er mußte auf Felice noch einmal mit der vollen Ladung des Metakonzerts schießen, und wenn es ihn umbrachte.

Es blieb nicht einmal Zeit zum Fokussieren. Er verlangte und erhielt das seelenzerreißende Volumen an Energie und schleuderte es aus kürzester Entfernung auf das Ungeheuer.

Ein unmenschlicher Schrei erschütterte das Firmament. Zwei im Widerstreit stehende psychische Entladungen stießen zusammen, explodierten, implodierten, hoben sich gegenseitig auf. Eine sich langsam ausbreitende psychokreative Detonation, die überwältigendes Licht ohne Geräusch oder Wärme war. Dahinter und daneben eine Struktur aus Tausenden von vielfarbenen Funken, von denen einige jetzt aufflammten und erstarben. Ein feiner gewellter Riß im tiefsten Karmin zog sich über die halbe Welt. (Zwischen meinem Schmerz und seinem?) Schmerzbrücke, wissend und teilend, drohte schwarz zu werden, wurde gerettet, regeneriert, neu vereinigt zu tödlich weißer Flamme. Kerze brannte in Rubinglas, schrumpfte. Leises Gelächter. Hinschwindendes Geheul stürzte nieder in Verzweiflung.

»Abaddon?«

Ich höre ... König Aiken-Lugonn.

»Habe ich sie getroffen?«

Sie ist weg. Keine Bedrohung mehr ... für dich nicht und für mich nicht. Zusammenarbeit beendet, bis du an der Reihe bist, deinen Teil des Abkommens zu erfüllen. Solange keine Kommunikation. Lebwohl.

»Marc ... überladen. Sterben? Marc?«

...

»Marc ANTWORTE MIR!«

...

Erstaunlich, dachte er. Es war eine tödliche Überladung, und ich sollte tot sein, aber anscheinend bin ich es nicht! Mein Verstand ist ein schwaches Gewebe aus verkohlten Fäden, das tapfer im Vakuum glüht. Laßt mich heraus aus meinem Krug, und ich werde zu Asche zerfallen ...

»Unsinn, Aiken. Halt dich nur an mir fest! Ich bin beinahe fertig damit, dich wieder zusammenzukleben. Du bist ein zäher schottischer Junge und viel zu böse, um jung zu sterben.«

Elizabeth?

»Sei ruhig!«

Ich dachte, du könntest nicht auf weite Entfernung redigieren?

»Kann ich auch nicht. Ich bin hier. Hör auf zu kommunizieren, verdammt noch mal. Das ist eine sehr schwere Arbeit, und ich sitze fast eine Woche daran und bin müde.«

Eine Woche ...!

Er trieb davon. Rings um ihn wisperten Gedanken. Hunderte – Teufel, Tausende! Tanu. Goldtragende menschliche Operante. Seine Leute!

Elizabeth? Mein Metakonzert ist zerbrochen, nicht wahr?

»Es hat lange genug gehalten. Ruhig! Ah. Da und da. Und *da!*«

Lichter! Aktionen!

Er sah, fühlte, hörte, roch, schmeckte. Er saß auf einem gepolsterten Tisch, und das Laken rutschte von seinem splitternackten Körper. Er war ganz. Der Tisch stand in der Mitte einer kleinen Dekamol-Unterkunft, die an allen vier Seiten der Lüftung wegen Maschendraht hatte. Draußen waren ein typischer spanischer Dschungel und die übliche Kakophonie aus Stimmen von Säugetieren, Vögeln, Amphibien und Insekten. Drinnen waren Elizabeth und Creyn und Dionket, beide in informellen Redakteursroben, und ein ledergesichtiger Tanu mit kurzem blondem Bart, einem Prinz-Eisenherz-Haarschnitt und Augen in kompromißlosem Koerzierer-Blau. Diese Persönlichkeit hielt ihm eine goldene Jockey-Unterhose hin.

»Gestatte mir ...«

Der schwache, desorientierte König ließ es zu, daß er in seinen Anzug mit den vielen Taschen gekleidet wurde. Alles andere hätte er lieber getragen. Er fragte: »Also ist Felice tot?«

»Ihr Körper fiel wie ein flammender Meteor in den Genil«, antwortete Dionket, und sein Geist projizierte das Bild. »Es gab eine merkwürdige sekundäre psychokreative Erschütterung, die eine zweihundert Meter hohe Klippe auf sie stürzen ließ. Einige deiner Leute wurden von dem Steinschlag getötet.«

»Ich – habe Leute sterben gefühlt.« Aiken starrte mit leeren Augen auf den Dschungel draußen. »Wer?«

Elizabeths redigierende Kraft hielt ihn. »Sechsundneunzig werden vermißt. Aluteyn Handwerksmeister. Artigonn von Amalizan. Der menschliche Operante Elaby Gathen. Culluket der Inquisitor. Und Mercy.«

»Mercy *tot?*« Er sah von Gesicht zu Gesicht. »Das glaube ich nicht!«

»Ihre Leiche ist nicht gefunden worden«, räumte Elizabeth ein, »aber der Steinschlag und die Springflut des Flußwassers waren fürchterlich. Der ganze Lauf des Genil wurde verändert. Man hat die Überreste des Handwerksmeisters und Elaby Gathens wie auch die Leichen einiger geringerer Adliger gefunden. Du weißt vielleicht schon, daß Owen Blanchard, der ältere Operante, an einem Gehirnschlag gestorben ist.«

»Und er hätte uns alle beinahe mitgenommen!« rief Aiken bitter aus. »Ich spürte ihn gerade in dem Augenblick zusammenbrechen, als Felice ihren Angriff begann. Wenn Marc nicht gewesen wäre ...« Er taumelte, ließ sich auf die Tischkante fallen und saß da, den Kopf in die Hände gestützt. »Was er geleistet hat! Gott, wenn ihr es nur wüßtet!« Er blickte auf, und in seinen Augen stand ein seltsames Licht. Seine verspannten Lippen verzogen sich zum Lächeln. »Es war eine Lehre. Eine schmerzliche.«

»Du wirst etwa einen Monat lang den größten Kater der westlichen Welt haben«, bemerkte Elizabeth. »Mach langsam! Laß deinen Geist voll ausheilen!«

Er nickte ungeduldig. »Wo, zum Teufel, sind wir?«

»Im Basislager an der Mündung des Genil. Deine Leute haben darauf gewartet, daß du das Bewußtsein zurückerlangst. Nur ganz wenige von ihnen sind schwer verletzt, abgesehen von denen, die der Bergrutsch voll erwischt hat, und einigen anderen, deren Gehirn ausbrannte, als der Schirm schwankte. Die Verwundeten erholen sich in Afaliah in der Haut.«

Aiken sah Elizabeth verlegen an. »Danke, daß du gekommen bist, Elizabeth. Ich meine – ich bin damals ziemlich grob gewesen, Baby. Entschuldige.«

»Ach, zum Teufel.« Sie lächelte.

Aiken wandte sich an den stämmigen bärtigen Tanu, dessen mentale Unterschrift so bekannt war wie das Dreizack-Abzeichen auf seiner azurblauen Tunika. »Ich nehme an, du hast die medizinische Abteilung von der Schwarzen Klippe eingeflogen.«

Die Andeutung eines Nickens.

»Vielen Dank, Minanonn. Ich wünschte, du würdest es in Betracht ziehen, dich uns anzuschließen. Es ist ein neues Regime im Vielfarbenen Land. Vieles ändert sich. Du könntest helfen.«

Der häretische Ex-Schlachtenmeister gestattete sich ein wintriges Lächeln. »Ich werde dich von den Pyrenäen aus beobachten. Besuche mich einmal! Ohne deine Armee.«

»Wird gemacht.« Aiken dankte Creyn und Dionket, setzte seinen Federhut sehr vorsichtig auf den hämmernden Kopf und zögerte, denn ein letzter wichtiger Punkt fiel ihm ein.

»Ihr wißt wohl nicht, was aus meinem Speer geworden ist?«

Elizabeth seufzte. »Er ist sicher auf deinem Flaggschiff, bei Tag und Nacht von Bleyn und Alberonn bewacht. Und er ist repariert worden.«

»Kaleidoskopisch!« Der König strahlte sie alle an. »In einer Weise bin ich froh, daß ich nicht dazu gekommen bin, ihn gegen Felice zu benutzen. Er ist eine heilige Waffe, wißt ihr. Zu gut für jemanden wie sie. Ich bin froh, daß wir sie mit Geisteskraft erledigt haben. Ein Jammer ist es um den alten Cull – aber auch das ist wahrscheinlich am besten so.«

Er winkte ihnen munter zu und ging ein bißchen unsicher zur Tür hinaus. Da und dort erklangen Jubelrufe, die anwuchsen, bis sie die Dschungelgeräusche übertönten. Und dann wurden Stimmen und Gedanken von dem Lied abgelöst. Es erschallte vom Lager bis zu den draußen im Golf von Guadalquivir ankernden Booten.

Der Rio Genil floß den Mulhacén hinab und machte einen weiten Bogen. Sein neues Bett wand sich um ein hoch mit Steingeröll bedecktes Gebiet. Die Leichen waren von dem Bergrutsch gut begraben worden, sicher vor umherstreifenden Schakalen und anderen Raubtieren.

Tief unter dem Hügel brannte ein weißes Flämmchen innerhalb eines Rubins und wartete in seinem dunklen Gefängnis auf neuen Brennstoff.

ENDE DES DRITTEN TEILS

VIERTER TEIL

Der Herr des Chaos

1

Moreyn von Var-Mesk hockte in Pechfinsternis auf dem verlassenen Lagerhof der Glasfabrik. Ein feiner Nieselregen sammelte sich auf seinem strähnigen Haar, lief ihm in den Mantelkragen und tropfte auf seine Nase. Er nieste. Für Mitte Juni war es unverhältnismäßig kalt, und vom Neuen Meer her blies ein scharfer Wind. Das Wetter, so dachte er düster, schien wie fast alles andere im Vielfarbenen Land in den letzten Tagen verrückt geworden zu sein.

Unglücklich suchte Moreyn den schwarzen Himmel über dem Wasser ab und wünschte, Celadeyr und der Redakteur würden sich beeilen. Sollte er es wagen, einen kleinen psychokreativen Regenschirm aufzuspannen, solange er wartete? Das war wenig heldenhaft, aber – Tanas Zähne! – Härte im Ertragen war nicht die einzige Tugend, und ebenso wenig war Vorsicht notwendigerweise ein Beweis von Verweichlichung oder firvulagischer Entartung.

Er nieste von neuem. Der unsichtbare Regenschirm entfaltete sich, und da er nun einmal dabei war, legte er eine diskrete infrarote Hülle um seine nassen Füße. Was mochte Celo aufhalten? Er war schon fast eine Stunde zu spät dran.

Nicht, daß Moreyn es eilig gehabt hätte, seinen geheiligten Schutzbefohlenen loszuwerden. Es war eine Ehre gewesen, den Schlachtenmeister zu pflegen, und eine große Befriedigung, als Nodonn seine Klugheit lobte, mit der er das Rohmaterial beschafft hatte, das er für die Reparatur des Schwertes, die Überholung der Rüstung und die Herstellung eines neuen Handschuhs für die hölzerne Hand brauchte. (Diese Hand!)

Aber als seine Kraft zurückkehrte, hielt Nodonn das müßige Leben nicht mehr aus. Er weigerte sich, in seinem salzigen Verlies versteckt zu bleiben, und streifte bei Nacht auf den unteren Ebenen der Salzschächte umher. Dann waren nur Ramas da, die ihn beobachten konnten, und sie hatten keine Möglichkeit, seine Anwesenheit zu verraten. Nur leider hatte Nodonn angefangen, den Affen bei der Arbeit zu helfen. Mit seiner sich erholenden Psychokinese belud er die Flachwagen mit so großen Mineralmengen, daß die grauberingten Vorarbeiter, die die Sollvorgaben überprüften, es eines Tages merken mußten. Als Moreyn diesem Spiel ein Ende machte, spielte der gelangweilte Schlachtenmeister mit den Mäusen. Schwärme der Nagetiere verseuchten die Kanalisation der Zitadelle und gewannen durch ein großes Abflußrohr Zugang zu der Glasfabrik. Mehr als einmal hatte Moreyn, wenn er seinen Patienten besuchte, verblüfft dichte Reihen der kleinen Geschöpfe gesehen, die marschierten, schwenkten und präzise Manöver vollführten, während Nodonn wie eine höhnische Inkarnation des Apollo Smintheus auf einem Haufen Bruchglas saß und seine Heerschar en miniature überwachte.

Ja ... es war höchste Zeit, daß der sich schnell erholende Schlachtenmeister nach Afaliah umzog. Wo die Hand geheilt und das schlechte Omen ausgelöscht werden konnte.

Trotz seiner warm werdenden Füße erschauerte der Glashersteller vor Angst. Der Einhändige Krieger! Nach der altehrwürdigen Tanu-Tradition war das eins der furchtbarsten Vorzeichen für den Letzten Krieg.

Moreyn, ertönte der heimliche Ruf in seinem intimen Modus.

(Endlich!) Hier. Hier unten, Celo.

Und dann spiralten zwei undeutlich zu erkennende Reiter abwärts. Ihre ledernen Wetteranzüge und die Körper ihrer Chalikos spiegelten die vom Nebel verschleierten Lichter der Stadt wider, bis sie den schattigen Hof erreichten.

»Heil, kreativer Bruder«, grüßte Moreyn den Lord von Afaliah, als dieser sich aus dem Sattel schwang.

Doch dann wandte er sich dem anderen Reiter zu und erstarrte. Kaum konnte er das Erstaunen, das seinen Geist überflutete, verbergen. Die schlanke Gestalt war menschlich und weiblich, und obwohl die mentale Unterschrift und das Gesicht maskiert waren, erkannte Moreyn, daß er keine Redakteurin, sondern ein höchst erhabenes Mitglied von Celos Kreatorengilde vor sich hatte.

Sie hob das Visier ihrer Kapuze. Moreyn rief aus: »Große Königin! Du lebst! Es hieß doch ... wir trauerten alle ... du und die anderen Opfer des Ungeheuers Felice ...«

»Eine notwendige Täuschung«, antwortete Mercy. »Bring mich zu meinem Gemahl!«

»O ja, ich *verstehe!*« Moreyn nieste zweimal. »Um der Überwachung des Usurpators zu entkommen. Ich verstehe! Hier entlang!«

Sie banden die Chalikos an einem Geländer fest und betraten einen nicht mehr benutzten Lagerraum, vollgestopft mit ausrangierten Maschinen. Moreyn hob eine Falltür, und sie stiegen in einen der vielen Tunnel hinab, die die Stadt der Glasmacher unterminierten. Anfangs war der Weg nur von einer psychokreativen Flamme erhellt, die aus Moreyns Finger entsprang, denn sie durchquerten seit langem aufgegebene Gebiete. Doch dann kamen sie in eine Region, wo die heißen Salzquellen noch sprudelten. Sie lagerten kristalline Massen von Natriumkarbonat ab, das von stummen Rama-Mannschaften gehauen wurde.

In die dampferfüllten Kammern fiel von tropfenden Fackeln ein orangefarbener Schein. Die weißen und pastellfarbenen Schichten waren mit Ruß gestreift und bildeten infernalische Mauern, die in dem wabernden Licht fast lebendig zu sein schienen. Die Quellen blubberten und stießen stinkende Dünste aus. Die kleinen Affen mit ihren großen leuchtenden Augen trugen Lederstiefel und -handschuhe als Schutz vor den alkalischen Sedimenten. Sie schlugen die Sodakristalle mit Vitredur-Pickeln ab, schaufelten sie in wartende Flachwagen und rollten die Wagen zu einem Aufzug.

»Was für ein höllischer Ort!« sagte Mercy. »Die armen kleinen Tiere.«

»Sie arbeiten nur eine Sechs-Stunden-Schicht lang«, verteidigte sich Moreyn. »Der Geruch ist nichts als Schwefel, und es ist viel frische Luft da. Werte Dame, unsere Minen sind wirklich ein Paradies im Vergleich mit den Goldgruben bei Amalizan ...«

»Und *er* hat sich hier unten aufhalten müssen?« fragte Mercy entsetzt. Sie stiegen immer tiefer hinab. Es war heiß, und hinter den Salzwänden war ein Grollen wie von einem verborgenen Katarakt oder geheimnisvollen Maschinen zu hören.

»Große Göttin«, knurrte Celadeyr, zog seine Kapuze zurück und öffnete den Vorderverschluß seines Anzugs. »Das ist ein verdammtes Dampfbad! Wie weit noch, Mori?«

Der Glashersteller führte sie an eine verrammelte Holztür. Die Füllung zitterte leicht, und hinter ihr hallte der Lärm wider. »Hier durch.« Wieder ließ er die Fingerspitzen leuchten. Er hob die Stangen mit seiner PK und riß die Tür wie den Eingang zum Tartarus auf.

Sie betraten einen abfallenden Durchweg, in dem ein brüllender Strom stinkenden Wassers floß. Die Luft war um gut fünfzehn Grad kühler und von Kloakengerüchen geschwängert. Mercy keuchte, und Celadeyr machte eilends seinen Anzug wieder zu, setzte die Kapuze auf und schloß das Visier.

»Folgt mir! Seid vorsichtig!« Moreyn ging über einen Gehsteig voraus, die leuchtende Hand hoch erhoben. »Dies ist ein unterirdischer Abschnitt des Flusses Var. Er trägt das Abwasser der Stadt und der Fabrik über den Kontinentalsockel hinaus. Der Tunnel war einmal mehrere Meilen lang. Aber mit dem Steigen des Neuen Meeres wird er jeden Tag kürzer. Hier biegen wir ab.«

Der Seitentunnel war gnädigerweise trocken. Ein paar Dutzend Mäuse flohen, als Moreyn die letzte Tür öffnete.

Mercy drängte sich an dem Glashersteller vorbei in eine kleine erleuchtete Kammer, wenig mehr als ein in die gestreiften Ablagerungen eingehauenes Loch, ausgestattet mit einem Minimum an Möbeln und Vorräten. Nodonn stand dort, bleich und hohläugig. Sein goldenes Haupt streifte die niedere Decke, seine abgemagerte Gestalt war in eine weiße wollene Tunika gekleidet. Er streckte Mercy beide Hände entgegen – eine aus Fleisch und die andere aus Holz.

Mercy brach in Tränen aus. Er zog sie an seine Brust, das Herz brannte ihm, und er sagte zu Moreyn und Celadeyr: »Verlaßt uns! Wartet über Tage! Ich kenne den Weg hier hinaus sehr gut.«

Als die beiden Männer sich entfernt hatten und die Tür geschlossen war, hob der Schlachtenmeister Mercy hoch und suchte ihre Lippen. Ihre Gedanken schrien wortlose Begrüßungen, jenseits von Glück und jenseits von Leid. Sie lebten, und jetzt waren sie wieder vereint, aber der Seelenhunger der schrecklichen leeren Monate konnte kaum bei diesem ersten Zusammentreffen gestillt werden. Die Zeit war zu knapp, und sie wagten es nicht, die Lebenskraft, die sie für die ihnen bevorstehende Reise brauchten, in bloßer Ekstase zu verausgaben. So war das Erscheinen des Dämons ein Seufzer, und die Erfüllung der belle dame war so sanft, wie sich ein Auge vor dem Sonnenlicht schließt. Dann hielten sie sich fest, die Gedanken noch in süßer Vereinigung.

»Die Mutterschaft hat dich vertieft, Königin«, sagte er. »Du bist ein Brunnen der Ruhe. Eine Quelle des Trostes.«

»All mein Trost ist für dich. Ich werde dich nie mehr verlassen – nicht einmal, um zu Agraynel zurückzukehren. Sie ist nur mein Fleisch. Du bist das Leben meines Geistes. Wie konnte ich daran zweifeln, daß du lebtest?

Wie konnte ich den anderen akzeptieren? Kannst du mir meine Befleckung verzeihen?«

»Wenn du mir meine verzeihst.« Er berichtete ihr von Huldah. »Es ist nicht freiwillig geschehen, aber ich weiß, daß ich eine dunkle Freude an der Schande hatte. Und nun trägt diese elende Mischlingsfrau den Sohn, den ich dir habe geben wollen, Rosmar: den ersten meiner Heerschar.«

»Gräme dich nicht deswegen, Liebster. Wir werden es irgendwann in Ordnung bringen, jetzt, wo wir wieder beisammen sind.«

Sie spürte, daß sein Körper sich verkrampfte. Er trat zurück, die beiden warmen Hände, weich und hart, umfaßten ihre Schultern. »Was das betrifft ... du wirst wohl zu ihm zurückkehren müssen.«

»Nein!« schrie sie auf. Ihr Entsetzen war wie ein Messer, und auch Furcht war dabei. »Was meinst du?«

Er wandte sich von ihr ab und zog seine Tunika aus. Unter dem Feldbett zog er zwei Säcke hervor, einen mit seiner Glasrüstung und einen mit dem Unterzeug. »Es wird nicht leicht sein, ihn zu erledigen, nachdem die Kampfgesellschaft ihn durch Akklamation zum König gemacht hat. Verlassen wir uns vorerst lieber nicht darauf, daß das Volk mich unterstützen wird ... wir müssen ihn als militärisches Ziel betrachten. Er ist ein ungeheuer starker metapsychischer Gegner. Ich kann ihn nicht fernwahrnehmen, Mercy. Auch wenn er keins dieser Milieu-Geräte trägt, schirmt er seinen Geist zu gut ab. Ich kann nicht einmal seinen physischen Bewegungen folgen, außer es ist eine zweite Person bei ihm, die unabsichtlich Hinweise aussickern läßt. Meine einzige Möglichkeit, ihn zu beobachten, liegt bei dir ...«

Ihr Geist war verhüllt. Neue Tränen verschleierten die meerestiefen Augen. »Ich habe dich gerade erst zurückgewonnen. Und du willst, daß ich gehe?«

»Das will ich natürlich nicht!« Seine Stimme war voll von Qual.

Sie ließ ihre Lippen auf seiner nackten Brust ruhen, atmete den Tanu-Hautgeruch ein, hörte sein Herz schlagen. »Ich werde zu ihm gehen, wenn du es mir sagst, Liebster. Aber ich habe eine Vorahnung ...«

Ihr Gesicht war von ihrem langen, kastanienroten Haar völlig verborgen, und sie erschauerte in ihrem Wetteranzug aus dunkelgrünem Ziegenleder. Er drückte sie an sich. »Was siehst du voraus?«

Ihre Gedanken antworteten ihm:

Mein Tod ist in ihm. Er liebt mich, und er wird mich töten. Es ist die gleiche Vision, die der arme Cull von Felice hatte. (Und wir beiden Verdammten waren fähig, einander zu beruhigen. Ein guter Witz, das!)

»Cull geht uns jetzt nichts an. Ich kann verstehen, daß Aiken dich liebt. Aber daß er dich tötet ...? Unsinn! Du bist Lady Kreatorin. Deine Energien sind lebensspendend!«

»Für Tanu vielleicht«, hauchte sie. »Nicht für Menschen. Denke an Bryan, der an mir gestorben ist.«

Nodonn meinte zynisch: »Unser leuchtender Usurpator hat das Gerücht ausgestreut, sein Blut sei ebenso Tanu wie deins. Wenn er an seine eigene Geschichte glaubt, kann er dich kaum als Sukkubus hinstellen.«

»Dann ist es vielleicht Neid. Meine Kreativität bringt Leben. Seine Psychoenergie taugt nur für die Eroberung, die Vernichtung des Gegners. Aiken wird die Liebe immer zugunsten der Macht hintanstellen. Er kann es sich nicht verzeihen, daß er mich liebt. Er wird erst dann *sicher* sein, wenn ich tot bin.«

»Er ist kein Ungeheuer wie Felice.«

»Nein«, räumte sie ein. »Er hätte ihr Cull vorwerfen und dadurch vielleicht Felices Angriff abwehren können. Aber er hat es nicht getan. Er hat versucht, Cull ebenso wie sich selbst zu retten.« Sie rief sich das Geschehen am Genil ins Gedächtnis zurück. »Aiken wurde bei diesem Kampf schrecklich verletzt, weißt du. Er ist immer noch sehr geschwächt.«

»Ich weiß.« Nodonn ließ sich seine Befriedigung anmerken. »Ich rechne damit.«

Endlich blickte Mercy zu ihm auf. »Aber es wäre leichter für dich, wenn ich in Goriah wäre. Oh, mein Liebster. Natürlich kehre ich zurück, wenn du es wünschst!« Ihre Augen loderten wild. »Ich werde mit Freuden für dich sterben.«

Er zog die wattierte Unterhose an. »Aiken wird dich nicht töten. Nicht einmal, wenn er argwöhnt, ich sei am Leben. Kein normaler Mann kann die Frau töten, die er liebt.«

»Kein normaler *Tanu*-Mann«, stellte sie traurig fest. »Die Menschen sind anders, Ader meines Herzens.« Doch dann erklang ihr Lachen in der Salzhöhle. »Ah, wen kümmert mein dummes Zweites Gesicht? Im Milieu wurde das Vorhersehen als eine hoffnungslos undisziplinierte Metafakultät angesehen – manchmal zuverlässig, öfter eine Irreführung. Und sieh dir an, wie ungenau Visionen bei deinem Volk sind! Hat nicht Brede gesagt, Elizabeth sei die wichtigste Person auf der Welt? Stell dir das vor! Diese unnütze, ständig an sich selbst zweifelnde Frau! Ich weiß, wer die wichtigste Person wirklich ist. Du!«

Er kleidete sich schnell in seine rosig-goldene Rüstung; sein Gesicht war düster. »Wahrscheinlicher ist es dieser geheimnisvolle menschliche Operante drüben in Nordamerika. Abaddon. Mit ihm verglichen sind Aiken und ich zwei metapsychische Kinder.«

Mercys Übermut verwandelte sich sofort in Ernst. »Der verfolgt seine eigenen Pläne. Celo hat ihn im Verdacht, er habe Felice absichtlich in Aikens Gehirn gelassen. Auf dem Höhepunkt des Kampfes war an den mentalen Entladungen etwas oberfaul. Natürlich konnte ich es nicht deuten. Ich war zu eifrig damit beschäftigt, mich unter einem Stück Berg hervorzugraben, das auf mich gefallen war. Celo kam und rettete mich, und da entschlossen wir uns, daß ich tot spielen sollte. Er nahm meinen armen kleinen leeren Smaragdhelm mit ...«

Nodonn kniff die Augen zusammen. »Abaddon hätte es also fertiggebracht, Felice gegen Aiken zu benutzen. Wie befrachtet mit Möglichkeiten! Ich frage mich, ob dieser Nordamerikaner anderen Angeboten gegenüber aufgeschlossen ist.«

»Du wirst Gelegenheit finden, es festzustellen«, sagte Mercy. »Seine Tochter ist in Afaliah.«

»Was?«

Mercy nickte. »Cloud hat sich das Becken gebrochen, und die Redakteure hielten es für besser, daß sie in Celos Stadt geheilt wird, bevor sie nach Goriah weiterreist.« Sie sah ihn schelmisch an. »Du wirst es dir wohl genau überlegen müssen, ob du sie zu deiner Mitverschworenen machen willst. Aber Cloud Remillard würde eine gute Verbündete für dich abgeben, Schlachtenmeister. Ihre PK entspricht bei normalem Gesundheitszustand der einer Großmeisterin, und im Redigieren ist sie auch recht gut. Außerdem ist sie blond und eine Wucht. Genau dein Typ.«

Der hochragende Apollo warf seinen goldenen Kopf zurück und brüllte vor Lachen. Dann umfaßten seine beiden Hände ihr Gesicht. »*Du* bist der Typ, auf den ich achthundert Jahre gewartet habe. Nur du.« Seine nichtmenschlichen Augen brannten, und er küßte Mercys ihm zugewandte Stirn.

Sie ergriff seine lebende Hand. »Laß mich bei dir in Afaliah bleiben. Bitte! Wenigstens bis du geheilt bist. Oh, schick mich nicht zu ihm zurück, bis wir uns ein bißchen für all die Leere entschädigt haben.«

»Ein Weilchen«, gab er nach. »Ganz bestimmt ein Weilchen. Aber es würde neun Monate in der Haut bedeuten, wenn ich mir Hand und Unterarm nachwachsen lassen wollte, und das halte ich nicht aus. Ich werde gegen Aiken ziehen, sobald ich eine Truppe aufgestellt habe. Solange seine geistigen Kräfte geschwächt sind.«

GIUSEPPE·MANGONI

Mercy zog sich von ihm zurück, die mentalen Barrieren geschlossen. »Du würdest mit einer Hand gegen ihn kämpfen?«

»Die Schwerthand ist in ausgezeichnetem Zustand.« Er bog die hölzernen Finger geschickt mit seiner PK. »Sie mag nicht besonders schön aussehen, doch sie erfüllt ihren Zweck.«

Mercy hob die Prothese hoch und drehte sie langsam. »Holz? O nein. Etwas so Gewöhnliches paßt nicht zu dir, mein Dämonen-Liebhaber!« Sie sah sich in der Zelle um. »Gold wäre gut – aber o weh, wir haben nur unsere beiden goldenen Halsringe!« Ihr Blick fiel auf das verzierte Eßgeschirr, das Moreyn seinem distinguierten Gast geliefert hatte. »Silber! Silber sollst du haben, geschaffen von der Lady Kreatorin persönlich. Meine Liebesgabe für dich, Schlachtenmeister.«

Sie winkte, und Teller und Schüssel und Becher und Krug schimmerten, schmolzen, verloren die Form und wirbelten dann in einer funkelnden metallischen Wolke um das Ende seines ausgestreckten Arms. »Silber!« rief sie noch einmal. »Nodonn von der silbernen Hand!«

Es war geschafft. Die von Isak Henning geschnitzte primitive Prothese war verschwunden. Ihre Stelle nahm eine perfekte Nachbildung des fehlenden Gliedes ein, spiegelblank, so fein gefügt, daß die Scharniere unsichtbar waren. Mercy beugte sich über die Hand, küßte jeden Finger und dann die Innenfläche.

»Ich will sie tragen, bis ich Aiken Drum vernichtet habe«, schwor er. »Bis ich König des Vielfarbenen Landes bin und du meine Königin bist.«

Er zog die beiden Glashandschuhe an und öffnete Mercy die Tür. Keiner von beiden achtete auf den stinkenden Katarakt, als sie im Licht ihrer leuchtenden Gesichter an die Oberfläche zurückstiegen.

2

»Testboard klar?« kam Betsys hohle Stimme aus dem Innern des Magnetfluß-Vernetzers.

»Ja«, antwortete Ookpik, die Kabel entwirrend.

»Gib den Input auf den tertiären MHD-Regulator«, befahl Betsy. Von ihm war nichts weiter sichtbar als ein Reifrock, der als großer Haufen auf dem Kerametall-Deck lag. Sein Oberkörper schien vom exotischen Mechanismus, an dem er arbeitete, verschluckt worden zu sein.

»O ja, der MHD-drei sieht wirklich gut aus«, meldete Ookpik.

Aus der Zugangsluke kam eine Hand mit abgebrökkeltem Lack auf den Nägeln und fuhrwerkte in der Luft herum. »Jetzt müssen wir schließen und unterbrechen. Gib mir die Thermonadel Nummer zehn, diesen rosa Chip mit den vielen Drähten und die Komponente mit dem Symbol, das wie ein Pik-As aussieht!«

»Da hast du sie.« Ookpik drückte Betsy die Gegenstände in die Hand. Ein eigenartiges Zischen war zu hören. Ein paar Rauchfäden strömten um die enggeschnürte Taille des Ingenieurs. Dann kam ein Schrei im Falsett. Betsy krabbelte hastig aus den Eingeweiden des Vernetzers heraus, zerrte an seiner Kehle und gab bildhafte elisabethanische Redensarten von sich. »Habe mir meine verdammte Halskrause angesengt«, erklärte er, nachdem er den geschwärzten Spitzenrest abgerissen hatte. Er rückte die perlengeschmückte Perücke zurecht, schob sich die Vergrößerungsgläser wieder über die Augen und tauchte in die Maschine zurück. Zu weiteren Zischgeräuschen gesellte sich ein Geläut von Elfenglocken.

»Geschafft!« Betsy kam von neuem zum Vorschein. »Jetzt testen wir das gesamte Außennetz.«

Der Inuit-Techniker drückte die entsprechenden Tasten und studierte die Anzeigen mit wachsender Aufregung. »Donnerwetter, Bets, es funktioniert!«

Betsy schrie: »Flugdeck klar?«

»Flugdeck aye«, antwortete die wohlklingende Stimme der Baronin.

»Einschalten!«

Betsy drückte die Luke zu und befestigte sie. Das tiefe, nachklingende Summen aller sechzehn Generatoren füllte den Bauch der fremden Flugmaschine. Er und Ookpik reichten sich die kleinen Finger und grinsten. Dann rief er: »Saft in das Außennetz, Charly!«

»Außennetz aye«, sagte die Baronin. »Wollt ihr nur einen Bodentest machen, oder fliegen wir endlich einmal?«

Betsy klopfte sich den Staub ab. Der aprikosenfarbene Brokat seines prachtvollen Kleides war fleckig und zerrissen, und die Rüschen um die Handgelenke waren zum größten Teil abgesengt worden. Aber die Perlenschnur schimmerte immer noch herrlich in seinem Dekolleté, und der hochstehende Kragen aus Goldspitze war fast gar nicht beschädigt. Er nahm die Vergrößerungsgläser ab, verstaute sie in seinem Ridikül und ging nach vorn.

»Die Idiotenlampen für die Maschinen leuchten alle zyan«, berichtete Baronin Charlotte-Amalie von Weißenberg-Rothenstein. Sie wies auf die Bullaugen links und rechts. »Wie du siehst, ist das Außennetz tadellos. Ich stimme für einen Flugtest. Wir haben noch genug Zeit vor dem Abendessen.«

Betsy sah zu den anomalen zurückgeklappten Flügeln hin, über die das purpurne Feuer des Rho-Feldes kroch. »Na gut! Starte!«

Die Hände der Baronin flogen über die fremdartigen Kontrollen, bereiteten den gravomagnetischen Flieger zum Abheben vor. Betsy ließ sich dankbar in den rechten Sitz sinken, während Ookpik sich an den Navigationstank lehnte, gedankenverloren auf einem Ende seines Schnurrbarts kaute und die Idiotenlampen beäugte.

Trägheitslos stieg die Maschine ohne jedes Zittern senkrecht in die Luft. Dann flog sie langsam am Kraterrand entlang auf die Stelle zu, wo die anderen Flugzeuge geparkt waren.

Das Funkgerät sagte: »Oho! Willkommen in der Herde, Nummer Zwei-Neun. Seid ihr jetzt vollkommen in Ordnung?«

»Behalte uns auf dem Schirm, Pongo!« erwiderte die Baronin lakonisch. »Wir sind gerade dabei, es herauszufinden.«

Die Landschaft außerhalb des Fliegers verschwand als verwischter Fleck. Der Himmel verwandelte sich in weniger als zwei Sekunden von Kobalt über Purpur zu Schwarz. Die Leute auf dem Flugdeck fühlten weder eine Bewegung noch eine Beschleunigung. Nur die springenden Ausblicke vor den Bullaugen und die fremdartigen Instrumente verrieten, daß sie jetzt mit einer Geschwindigkeit von nahezu 12000 Stundenkilometern durch die äußersten Schichten der Erdatmosphäre reisten und entsprechend dem gefühlvollen Umgang der Baronin mit Steuerknüppel und Drosselpedalen komplizierte Zickzack-Manöver vollführten.

Sie fielen nieder und glühten beim Wiedereintritt auf. Es ging auf den Kratersee nördlich der pliozänischen Donau zu, dem Ort, wo Bredes Schiff vor tausend Jahren abgestürzt war.

Jetzt verwandelte sich die stumpfschwarze Flugmaschine von einem Geschoß in einen Vogel. Mit zum Gleiten voll ausgebreiteten Schwingen schoß sie so anmutig wie eine Schwalbe über das Wasser. Unten am südlichen Rand des Sees standen achtundzwanzig langbeinige Flieger, die Flügel hängend, die spitzen Schnauzen gesenkt, als meditierten sie. Weiter westlich und nördlich gab es Stellen, wo der Kraterrand zerrissen und vernarbt und teilweise eingebrochen war und Bruchstücke verbogenen Kerametalls aus der verbrannten Maquis-Vegetation hervorragten. Einige der Flieger waren beim Test abgestürzt. Einer war schon beim ersten Einschalten explodiert. Andere waren in einem Zustand gewesen, der eine Reparatur unmöglich machte. Man hatte sie ausgeschlachtet und in den See geworfen. Von den zweiundvierzig Rho-Schiffen, die Basils Höllenhunde vor einem Monat gefunden hatten, wurde dank der Beharrlichkeit Betsys und seiner Mannschaft dies neunundzwanzigste als letztes gerettet. Die Arbeit an den exotischen Fliegern hatte das Leben von zwei Piloten und vier Technikern gekostet, und Seumas Mac Suibhne, ein dem Trunk ergebener Ingenieur, war eines Abends nach einer langen Schicht aus einer Bauchluke gefallen und hatte sich beide Beine gebrochen.

Alles in allem war die Expedition bis jetzt ein überraschender Erfolg gewesen.

»Sie fliegt. Wir kommen«, sprach die Baronin ins Funkgerät. »Hier landet Zwei-Neun.«

»Roger, Charly. Und hurra. Wir waren überzeugt, ihr würdet bei dieser Maschine aufgeben müssen.«

Betsy seufzte tief und ließ sich über das zweite Funkgerät hören: »Das habe ich wirklich auch gedacht, Pongo. Wenn Dimitri nicht diesen Bypass auf den tertiären MHD vorgeschlagen hätte, hockten wir immer noch am Boden. Mir stand es schon bis oben, an diesen barbarischen Klunkern herumzubasteln.«

»Wir wußten, wenn es irgendwer schafft, dann du, Betsy«, erklang eine neue Stimme.

»Bist du das, Basil?« fragte die Baronin. Das Rho-Schiff stieg senkrecht auf die sitzende Herde seiner Gefährten nieder.

»Ich habe dich mit dem Fernrohr beobachtet, Schätzchen«, antwortete Basils Stimme. »Großartige Show. Wir bereiten ein Ehrenbankett für euch vor. Extra-wilder Knoblauch in dem alten Antilopen-Stew.«

Ookpik gab einen erstickten Laut von sich.

»Das letzte Vögelchen hat das Nest verlassen«, murmelte die Pilotin. Mit einem leichten Ruck setzten die von dem Kraftfeld umhüllten Landestützen auf. Rauch erhob sich von dürren Grasbüscheln, die das Netz aus purpurner Energie in Brand gesetzt hatte. Dann senkte sich der Schwanz, und die Nase kippte nach unten. Die Baronin stellte das Rho-Feld und die übrigen Systeme ab, saß da und starrte mit geistesabwesendem Lächeln auf das tote Kontrollbrett. »Vorbei. Zu schade.«

Betsy klopfte ihr aufmunternd die Schulter. Ookpik öffnete bereits die Bauchluke. »Komm, Charly, Liebe! Wir dürfen unseren edlen Führer nicht warten lassen. Ich sterbe vor Neugier, wo er unsere ganze Luftflotte verstecken will.«

»Wenn ich nur hätte weiterfliegen können«, murmelte die Baronin. »Für immer weg aus diesem wahnsinnigen Land! Auf die andere Seite des Planeten. Zum pliozänischen Australien oder China, wo es keine Tanu und Firvulag und verrückte Knirpse gibt, die König der Welt sein möchten! Oh, Betsy, wie gern würde ich dieses Flugzeug stehlen!«

»Viele von uns kennen deine Gefühle. Und ich fürchte, Basil kennt sie auch.«

Die Baronin suchte ihre Siebensachen zusammen. »Die angebliche Bewachung der Flotte gegen die Firvulag war ein sehr durchsichtiger Vorwand, das stimmt.«

»Und dann ist da die Sache mit Seumas.« Betsy strich seinen Spitzbart und senkte wissend ein purpurnes Augenlid.

»Du machst Witze ...!«

»Ein sehr voreiliger junger Mann, so tüchtig er ist. Ich bin überzeugt, er und Thongsa hatten schon alles zwischen sich abgemacht. Es war jedoch ein trauriger Irrtum, darauf zu bauen, Sophronisba Gillis würde mittun. Sie ist durch und durch loyal.«

Die Baronin unterdrückte ein Auflachen. »Du meinst, Phronsie hat Seumas in jener Nacht aus der Bauchluke geschubst, als er vorschlug, sie sollten alle drei mit dem Flieger abhauen?«

Betsy zuckte die Achseln. »Seumas könnte trotz seiner gebrochenen Beine weiterarbeiten. Und sein Piloten-Freund hat seit dem Unfall so ein gewisses Wesen an sich, als stehe er insgeheim Todesängste aus. Das ginge jedem normalen Menschen so, wenn die unbezähmbare Miß Gillis nur nach einem Anlaß sucht, ihm den Arsch in den Dreck zu stauchen.«

»Phronsie die Aufpasserin. Mein Gott!«

»Basil ist ein guter Anführer. Tut alles für seine Höllenhunde. Aber lange Jahre im akademischen Dschungel haben ihm Erfahrung mit der menschlichen Natur eingetragen. Basil nimmt seine Verantwortung ernst, und diese Flieger sind eine so *schreckliche* Versuchung, auch für die besten von uns.«

Sie gingen vom Flugdeck ins Bauchabteil. Die Baronin meinte: »Ich möchte wetten, daß Taffy Evans auch einer von Basils Wachhunden ist. Und Nazir! Und dieser große Nordländer Bengt Sandvik. Ja – jetzt, wo du es erwähnst, fällt mir auf, daß der eine oder andere von ihnen immer in der Mannschaft war, wenn ein neues Flugzeug zu funktionieren begann – *hoppla!*«

Sie stolperte über die Schlingen eines Testkabels. Die zarte Hand des elisabethanischen Transvestiten hielt sie mit eisernem Griff fest, ungeachtet der Tatsache, daß sie an die fünfzehn Kilo mehr wog als er. Mit erschrockenem Aufkeuchen blickte die Baronin in seine schönen grünen Augen hinunter. »Du auch, wie, Sportsfreund?«

»Unser Abendessen wartet«, sagte Betsy. Er wies auf die Ausstiegsleiter. »Nach dir, Darling.«

Das Flugzeug an der Spitze stieg auf 10000 Meter hinab und hing über den in blendendem Glanz strahlenden Gipfeln.

»Phan-tas-tisch!« rief Pongo Warburton aus. Er begann, langsam zu kreisen. »Wie hoch mag das sein, Basil?«

Der fremdartige Bodenfreiheit-Anzeiger war mit einem improvisierten Umwandler ausgestattet worden. Basil und Aldo Manetti arbeiteten ein paar Minuten lang damit, untersuchten den mittleren Abschnitt des Massivs und zeichneten eine Karte auf einem großen Durofilm-Blatt. Basil sagte: »Der Monte Rosa, der Hauptgipfel, ist 9082 Meter hoch. Die benachbarten Berge sind alle über 8000.« Die Stimme des Professors bebte vor Aufregung.

»Wie hoch war der Everest?« wollte Pongo wissen.

»Etwa 8850«, antwortete Aldo. »Es hing davon ab, wieviel Schnee der jährliche Monsun brachte. Und vor wie kurzer Zeit die Müllmänner dagewesen waren und hinter den Tagesausflüglern von anderen Planeten aufgeräumt hatten.«

Der Pilot veränderte ihre Höhe und brachte sie näher an den Pliozän-Berg heran.

»Erhaben«, flüsterte Basil.

»Und jungfräulich«, setzte Aldo hinzu. »Ich könnte weinen. – Ich *weine!*«

»Ist das der höchste Berg auf der pliozänischen Erde?« fragte Pongo.

»Zweifellos«, sagte Basil, »wenn die Geologen mit ihrer Annahme recht haben, daß die Alpen während dieser Epoche höher waren als der Himalaya. Natürlich werden diese Helvetiden in der Eiszeit des bevorstehenden Pleistozän stark abgetragen werden, und dann kommt es auch zu tektonischen Veränderungen – ein Steigen und Fallen der ganzen Alpen-Region. Der arme Monte Rosa muß den ersten Platz als höchster Gipfel Europas schließlich an den Mont Blanc abgeben. In unserem Milieu ist er nur noch der zweithöchste. Und niemand als die Einheimischen und ein paar begeisterte Bergsteiger wie Aldo und ich werden seinen Namen kennen ...«

Das Funkgerät sagte: »Nummer Eins, hier ist Zwölf. Wir sind jetzt alle in zwanzig Kilometern Höhe auf Position.«

»Bleibt dort!« gab Basil zurück. »Genießt die Aussicht, während Aldo und ich uns entscheiden, welchen Teil des Kühlschranks wir benutzen wollen!«

»*Hier* sollen die Rho-Schiffe bleiben?« rief eine anonyme Stimme fassungslos. Bei dieser Überführung der Maschinen hatten notwendigerweise alle Höllenhunde mitkommen müssen. Nur Kalipin, der Heuler-Führer, war am Kratersee geblieben.

»Das ist mein Plan, ja«, bestätigte Basil.

Eine weibliche Stimme lachte unheilverkündend. »Und wenn einer von euch plant, sich später über Land zurückzuschleichen und einen Vogel zu klauen, soll er seinen pelzgefütterten Penishalter nicht vergessen. Und seinen Eispickel.«

»Eher würden wir versuchen, dein Herz zu schmelzen, Phronsie«, bemerkte die entmutigte Stimme.

Basil führte aus: »Die Unzugänglichkeit des Ortes ist natürlich sein größter Vorteil. Kein Fremder und kein Mensch kann ihn auf Chaliko-Rücken erreichen. Nicht einmal, wenn er levitiert. Die Tiere würden an Sauerstoffmangel und Untertemperatur zugrundegehen, und die nicht akklimatisierten Reiter ebenso.«

»Manche Tanu fliegen mit dem eigenen Körper«, sagte die Stimme von Taffy Evans. »Und dieser verdammte Aiken Drum kann es auch.«

»Wir können die Flugzeuge nicht vollständig sichern«, gab Basil zu. »Aber hier oben werden sie, wenn wir das Versteck sorgfältig aussuchen, sehr bald von Schnee bedeckt sein, was ein Aufspüren durch ... ah ... fernwahrnehmende Massendetektion sehr schwierig macht. Und natürlich werden die Anführer der Geringen im Besitz der einzigen Karte sein, die den Parkplatz zeigt. Wenn wir bereit sind, die Flieger zurückzuholen, können wir sie mit leichten Hitzestrahlen freischmelzen.«

Das Gespräch über Funk ging weiter. Basil und Aldo erkundeten das Terrain und landeten schließlich in einem hochgelegenen Tal unterhalb der Nordflanke des Monte Rosa. Es war frei von Gletschern, aber noch Mitte Juli hoch mit Neuschnee bedeckt. Beide Bergsteiger hatten bei einer früheren Verjüngung ihre Körper künstlich an Expeditionen in große Höhen anpassen lassen. Sie warnten Pongo Warburton, ja innerhalb des Flugzeugs zu bleiben. Sie selbst aber legten warme Kleidung an und stampften fröhlich durch den Schnee. Offenbar führten sie am Boden eine letzte Untersuchung mit Schallsonden durch, bevor sie die anderen Schiffe riefen.

Schließlich setzte sich Manetti auf einen aus dem Schnee ragenden Felsblock und blickte zu dem über ihnen emporragenden Gipfel hinauf. »Ist das ein idealer Platz, um den Aufstieg zu beginnen! Wie gefällt dir für den Anfang der Westpaß?«

»Müßte zu schaffen sein. Wir sind ... ah ... 5924 Meter hoch, was noch ein respektables Stück bis zum Gipfel übrigläßt.« Basil senkte die Stimme. »Das ist der Grund, warum ich ins Pliozän gekommen bin, weißt du. Um diese Berge zu finden, falls sie existierten, und sie zu besteigen. Nun – so nahe heran bin ich jetzt gekommen.«

»Vielleicht wird es ein kurzer Krieg.«

Basil suchte den Rand des Tals mit einem kleinen Fernrohr ab. »Teuflisch schwer, diesen Ort ohne Flugzeug zu erreichen. Man müßte von Norden kommen. In einem Gewaltmarsch vom Wallis-Tal der Rhône her. Ein logistischer Alptraum.«

»Kein Problem, solange du die beiden Flieger hast, die in den Vogesen versteckt sind. Später, wenn bei den Geringen Piloten ausgebildet worden sind, kannst du die ganze eingefrorene Flotte an einen bequemeren Ort bringen lassen. Es geht mich natürlich nichts an, aber ... sind deine Vorsichtsmaßnahmen gegen einen Diebstahl der Flieger nicht ein bißchen übertrieben?«

»Befehl von Häuptling Burke, alter Junge. Wie der

Hauptmann in der Bibel bin ich nur ein Mann, der seinen Vorgesetzten gehorcht. Und ich bin froh, daß es so ist.«

Aldo stand auf und reckte sich. »Nun, wir könnten eigentlich die anderen herunterrufen und dann ans Schiffsgrab zurückkehren, um den zweiten Schub zu holen. Sieht aus, als hätten wir keine Schwierigkeiten, sie heute noch alle zu überführen.«

Sie machten sich auf den Weg zu ihrem Flugzeug. »Wir müssen heute nacht am Krater zusätzliche Wachen aufstellen«, sagte Basil. »Da nur noch die beiden Flugzeuge übrig sind, die uns nach Hause bringen sollen ... ›Quis custodiet ipsos custodes‹, wie dein alter Landsmann Juvenal eines Tages bemerken wird.«

»Ich könnte selbst in Versuchung geraten«, lachte Aldo, »wenn ich nur wüßte, wie man so ein Ding steuert. Und wenn ich mich nicht so sehr danach sehnte, eines schönen Tages mit dir, compadre mio, den Monte Rosa zu besteigen.«

»Wir stehen so dicht vor der Vollendung unserer Aufgabe, Aldo. Ginge jetzt noch etwas schief ...«

»Was könnte denn schiefgehen? Morgen fliegen wir nach Hause!«

Basils Gesicht zeigte einen schmerzlichen Ausdruck. »Es hat ... ah ... Hinweise auf Ärger gegeben.«

»Wieder Thongsa?« Aldo verzog die Lippen. »Keine Bange. Phronsie hat den kleinen Pillendreher so verängstigt, daß er nicht einmal ohne Begleitung zum Klo gehen würde.«

»Ich fürchte, es ist etwas Schlimmeres. Damit sollte ich dich nicht belasten, Aldo. Als Leiter der Expedition muß ich zusehen, wie ich mit der Sache am besten fertig werde.«

»Das Los eines Hauptmanns ist kein glückliches. Ich erinnere mich, daß er ebenso Befehle zu erteilen wie entgegenzunehmen hatte.«

Ein paar Minuten lang knirschten sie wortlos durch

den Schnee. Trotz der Höhe und der sie umgebenden Schneefelder schien die Sonne heiß. Sie zogen ihre Balaklavas aus und öffneten ihre Überlebenswesten. Bis zu dem geparkten Flugzeug war es immer noch ein halber Kilometer.

»Wenn Häuptling Burke hier wäre«, sagte Basil, »würde er die notwendige Entscheidung im Handumdrehen treffen. Leider ist mein eigenes Blut von Jahrhunderten der Zivilisation so dünn geworden, daß es mir schwerfällt, die richtige Härte aufzubringen ... Darf ich dir ein abstraktes Problem vorlegen?«

Die Frage kam so plötzlich, daß Aldo nicht auf der Hut war. »Na sicher.«

»Nimm an, letzte Nacht sprach jemand, der bei uns volles Vertrauen genießt, mit einem anderen Mitglied unserer Gesellschaft von Verrat. Der Gesprächspartner, der insgeheim einer meiner ... ah ... Aufpasser ist, hielt den potentiellen Renegaten hin und informierte mich über sein Vorhaben.«

»Jesus Christus!«

»Nimm an, dieser potentielle Verräter sei eine Person, die sich bis heute beispielhaft betragen hat. Nimm an, die Person besitzt außergewöhnliche Fähigkeiten, die uns von großem Nutzen sein werden, wenn wir damit beginnen, die Flugzeuge für den Kampf umzurüsten. Nimm an, diese Person ist kein Pilot und hoffte daher, einen Piloten zur Teilnahme an seinem Verrat zu überreden ...«

»Um Gottes willen, was für einen Verrat meinst du?«

»Er plant, ein Flugzeug und Informationen über die ungefähre Lage des Parkplatzes Aiken Drum zu übergeben. Im Austausch gegen die üblichen Privilegien.«

»Um weiterhin abstrakt zu sprechen«, murmelte Aldo, »scheinst du nur die Wahl zwischen zwei Möglichkeiten zu haben. Numero uno: Du tötest den Schurken auf der Stelle, bevor er einen Piloten mit leichter zu erschütternder Loyalität findet. Numero due – und das kommt nur in Frage, wenn der Mann wirklich wertvoll ist –: Du schließt ihn fester ein als den Arsch eines Lylmiks und läßt ihn leben, solange er kooperiert.«

Basil schürzte die Lippen und nickte zustimmend. »Und welche dieser beiden Möglichkeiten wäre in deinen Augen die vorsichtigere Wahl?«

»Nun ... bisher hat der Mann ja nichts anderes getan als geredet. Richtig?«

»Richtig. Und der Vorschlag, den er meinem Informanten machte, war so schwammig wie irgend möglich formuliert. Allerdings war seine Absicht klar.«

»Ach, Teufel, ich weiß nicht«, brummte Aldo. »Du hast nichts als das Wort dieses Denunzianten. Wenn er den anderen nun falsch verstanden hat? Wenn dein Informant seine eigenen Absichten verfolgt?« Manetti wischte sich den Schweiß von der Stirn.

»Diese Eventualitäten sind auch mir in den Sinn gekommen.«

»Warum den Verräter nicht unter Beobachtung halten? Ihn vielleicht sogar wissen lassen, daß du an ihm zweifelst? Er könnte seinen Plan aufgeben, sich sagen, daß es das Risiko nicht wert ist. Dann bliebe er dir weiter von Nutzen. Gute Rho-Techniker wachsen in diesem Pliozän-Exil nicht unter jedem Busch.«

»Das ist wahr.« Sie näherten sich dem Flieger. »Ich weiß deinen Rat zu schätzen, Aldo. Du hast mir damit sehr geholfen. Ein härterer Mann hätte einen kompromißloseren Kurs verfolgt. Aber du und ich ... Bergsteiger sind im innersten Herzen solche Romantiker. Ich möchte bei jedem im Zweifelsfall die günstigere Auslegung annehmen.«

Aldo kletterte die Bordleiter des Flugzeugs hinauf. Er lächelte den Professor über die Schulter zurück an. »Ein bißchen geschickte Psychologie kann genausoviel bewirken wie die große Faust.«

»Ich hoffe, du hast recht«, antwortete Basil. »Ich hoffe *sehr,* du hast recht.«

Basil stöhnte und drehte sich in seinem Dekamol-Bett auf die andere Seite. Jemand rüttelte ihn an der Schulter. Vor dem Zelt waren Stakkato-Stimmen und lautes Weinen zu hören. Es war sehr dunkel.

»Basil, wach auf!« drängte Bengt Sandvik. »Ein Notfall.«

»O *nein!*«

Der Anführer der Expedition setzte sich auf und sah nach seinem Armband-Chronometer. Es war beinahe vier. Der Kopf schwindelte ihm von einem verspäteten Anfall der Höhenkrankheit, und er verstand kaum, was Bengt sagte. Basil angelte nach seinen Stiefeln und fuhr mit den Füßen hinein.

»... Nazir über den Schädel geschlagen und versucht, den Flieger Nummer Eins zu stehlen ... Wenn Mr. Betsy nicht mit dem Lähmgewehr gekommen wäre ...«

»Wer?« fragte Basil müde. Er wußte es.

»Aldo Manetti. Und er hatte die Baronin dabei, die das Flugzeug für ihn steuern sollte.«

Basil schlüpfte in ein Hemd und verließ das Zelt. Taffy Evans hatte dem Bergsteiger, der von der Betäubung noch benommen war, den Arm auf den Rücken gedreht. Phronsie Gillis hielt Baronin Charlotte-Amalie fest. Betsy, zweckmäßig in einen Pilotenanzug mit Reißverschlüssen gekleidet, aber immer noch die Perücke auf dem Kopf, richtete sein Husqvama auf die Gefangenen.

Basil trat näher an Aldo heran. »Also warst du doch nicht fähig, dich an numero due zu halten.«

Aldos Kopf hing kraftlos nieder. Er spuckte schwach aus. Speichel tröpfelte auf sein dunkles Kinn.

Basil wandte sich ab und konsultierte von neuem seine Uhr. »Es ist fast Morgen. Zeit, daß wir das Lager abbrechen.« Er blickte zu den beiden hochstelzigen Flugzeugen hinüber, deren Umrisse sich vor dem grau werdenden Sternenhimmel und dem Kratersee abhoben. »Schade, daß es hier keine Bäume gibt. Aber der Fall von der Bauchluke sollte genügen.«

»Was hast du vor?« schrie die Baronin.

»Bindet die beiden an die Landestützen von Nummer Eins, bis wir soweit sind.«

»Was hast du vor?«

»Euch zu hängen, meine Liebe«, sagte Basil. Dann ging er zurück in sein Zelt, um sich vollends anzuziehen.

3

Boduragol, Erster Redakteur von Afaliah, saß auf seinem Schemel in der Mitte der mutterleibsdunklen Hautkammer, die Augen geschlossen, den Geist fast vollständig auf seine Arbeit konzentriert. Die umwälzend neue Methode war ein großer Erfolg gewesen. Beide Patienten hatten sich auffallend erholt, seit er auf den Gedanken gekommen war, ihre hochkompatiblen, sich spiegelbildlich zueinander verhaltenden psychokinetischen Funktionen unter dem leichten Joch seiner eigenen redigierenden Matrix zusammenzuspannen. Vor allem die verkümmerte rechte Hälfte des männlichen Gehirns hatte sich unter dem unwillkürlich erfolgenden weiblichen Einfluß wesentlich regeneriert. Die gleichzeitige Beschleunigung der Heilung bei der Frau war eine erfreuliche Zugabe. Der Wissenschaftler in Boduragol war fasziniert von dem Ergebnis, und als Mann von Gefühl war er wohltuend berührt.

Die Körper standen Seite an Seite in den Halterungen, keusch wie Alabasterstatuen, die man in anliegende, transparente Folien gewickelt hatte. Auf der einen mentalen Ebene arbeiteten der Tanu-Mann und die Menschenfrau aktiv mit dem Redakteur zusammen. Auf einer anderen, in einem intimeren Modus und hinter einer festen Barriere unterhielten sie sich miteinander.

CLOUD: Erkennst du denn nicht, daß es für deine Generation fast das gleiche war wie für die unsere? Eure Eltern entschieden im voraus über eure Zukunft. Ihr hattet nichts dabei mitzureden, und es war euch verboten, ihr Urteilsvermögen in Frage zu stellen. Genau wie bei uns.

KUHAL: Wie wäre es anders möglich? Unser Volk verließ die Duat-Galaxis, um frei zu sein. Frei, ein Leben zu führen, an das wir glauben. War es bei euren Eltern nicht ebenso?

CLOUD: Unsere Eltern behaupteten es. Und viele Jahre lang haben wir ihnen geglaubt.

KUHAL: Und jetzt glaubt ihr es nicht mehr. Nun ... auch wir Tanu haben unsere Häretiker.

CLOUD: Analytische Kritik ist keine Häresie, wenn man wirklich frei ist.

KUHAL: Du willst behaupten, wir seien es nicht?

CLOUD: Meine Generation wurde eingeengt von Unwissenheit, Trägheit, sogar Furcht. Es war schmerzhaft, gefährlich, Fragen zu stellen. Trotzdem war es unbedingt notwendig.

KUHAL: Ich verstehe nicht.

CLOUD: Soll ich dir etwas von unserer Geschichte erzählen?

KUHAL: Wir haben Zeit ... ja. Vielleicht haben auch wir Tanu uns von Unwissenheit und Trägheit beherrschen lassen. In unseren Beziehungen zu euch. Wir kennen nur eine kleine Guppe eurer Rasse: die freiwilligen Zeitreisenden. Die Nichtmetapsychiker schienen nützliche Diener zu sein. Die latenten wurden in unsere Familie des Geistes aufgenommen. Nur Nodonn erkannte die ungeheure Gefahr, die in der sich entwickelnden Abhängigkeit lag, aber die meisten von uns wollten auf seine Warnungen nicht hören. Blindheit war bequemer.

CLOUD: Ich weiß.

KUHAL: Laß dich durch mich nicht von deiner Erzählung ablenken! Fang ganz von vorn an! Sag mir, wie es kam, daß unter euch metapsychische Operante auftauchten! Sag mir, welche Ursachen die Rebellion hatte!

CLOUD: Du weißt, daß die Bewohner der Alten Erde schon Jahrtausende bevor fremde Rassen die Verbindung mit ihnen herstellten und sie ins Milieu aufnahmen sich langsam zur metapsychischen Operanz entwickelten.

KUHAL: Das ist von unserem menschlichen Genetik-Meister erklärt worden.

CLOUD: Die Operanten, die gegen Ende des 20. Jahrhunderts lebten, näherten sich schnell dem Adepten-Status der Erleuchtung. Sie waren sehr vorsichtig darin, ihre Fähigkeiten normalen Menschen zu enthüllen. Einige – besonders solche, die starke koerzible oder kreative Talente besaßen – benutzten ihre Metafunktionen zu ihrem persönlichen Vorteil. Andere, altruistischer eingestellt, studierten die mentalen Kräfte, indem sie sich selbst und andere Operante als Versuchspersonen benutzten. Schließlich entwickelten diese Wissenschaftler die speziellen Ausbildungstechniken, die einer Anzahl ihrer Gefährtinnen eine Quasi-Erleuchtung brachten. Sie bauten eine kleine, unvollkommene Kopie der Einheit des Milieus auf und sandten die Botschaft von ihrer Existenz ins All. Das war der »Strahl«, der das Milieu buchstäblich zu der Großen Intervention von 2013 zwang, ungeachtet der Tatsache, daß die meisten Menschen in ethischer Hinsicht noch Primitive waren ... höher auf der Leiter der psychosozialen Reife als ihr Tanu, aber verglichen mit den anderen fünf erleuchteten Rassen immer noch Barbaren.

KUHAL: Dann sind du und ich beide Primitive! Das Geheimnis unseres kompatiblen Erbgutes lichtet sich etwas. Aber ich will nicht abschweifen.

CLOUD: Eins unserer wichtigsten Zentren für metapsychische Forschung auf der Erde befand sich am Dartmouth College, einer kleinen Lehranstalt in Nordamerika. Vor der Intervention hatten Denis Remillard und Lucille Cartier die Leitung der Abteilung. Sie waren beide voll operant und besaßen einen ähnlichen ethnischen Hintergrund. Kurz nachdem sie Kollegen geworden waren, heirateten sie. Sie waren mein Urgroßvater und meine Urgroßmutter. Denis und Lucille hatten sieben Kinder, alle talentierte Operante. Das jüngste und talentierteste war Paul, mein Großvater. Er wurde im Jahr nach der Intervention geboren und mit dem neuen Verfahren, das später allgemeine Anwendung fand, in utero ausgebildet. Paul wurde als ›Der Mann, der New Hampshire verkaufte‹ bekannt. Aufgrund seiner Bemühungen entstand in diesem kleinen Gebiet Nordamerikas das planetarische Zentrum metapsychischer Operanter, als die Erde dem Milieu beitrat.

KUHAL: Und deine Familie konsolidierte ihre Vorherrschaft.

CLOUD: Es war unvermeidlich. Paul wurde als erstes menschliches Wesen in den Rat gewählt, die regierende Körperschaft des Galaktischen Milieus. Ihre Mitglieder sind alle Metapsychiker der Meisterklasse und haben profunde Kenntnisse in der psychosozialen Analyse und der Problemlösung. Später dienten vier seiner fünf Kinder ebenfalls als Magnaten. Marc war das älteste. Er wurde ein Großmeister erster Klasse. Seine Geisteskräfte gehörten zu den stärksten der Galaxis.

KUHAL: Das ist dein Vater, der Mann, der Abaddon genannt wird?

CLOUD: Ja ... Das war der Beiname, den er während der Rebellion erhielt. In unserm heiligen Buch erzählt ein Abschnitt von den letzten Tagen der Welt, wenn die Mächte des Guten und des Bösen sich zur endgültigen Entscheidung entgegentreten. Abaddon ist der

Anführer der Dämonen-Armee. Er hat noch andere Namen: der Engel des Abgrunds, der Zerstörer. Mein Papa ...

KUHAL: Der Krieg am Ende der Welt! Das ist auch Teil unseres religiösen Mythos. Wir nennen ihn den Letzten Krieg. Als die verfolgten Tanu und Firvulag von ihrem Heimatplaneten bis an den Rand der Duat-Galaxis getrieben wurden, glaubten sie, daß sie selbst den Letzten Krieg ausfechten würden. Aber Brede legte sich ins Mittel, und ihr Schiff trug uns in diese Sternenwolke. Jetzt glauben Celadeyr und einige seiner Gefolgsleute, der Letzte Krieg werde im Vielfarbenen Land stattfinden! ... Du mußt mir verzeihen, Cloud. Wieder habe ich dich unterbrochen. Erzähl mir von deines Vaters Rebellion!

CLOUD: Darüber kann ich nicht viel erzählen. Ich war ein Jahr alt. Mein Bruder Hagen war zwei. Unsere Eltern waren beide in eine kolossale Verschwörung verwickelt, die der menschlichen Rasse die absolute Kontrolle über das Milieu geben sollte. Papa und Dr. Steinbrenner und ein paar andere entwickelten einen Plan, nach dem eine Gruppe von uns Kindern in Superwesen, Ultra-Metapsychiker, verwandelt werden sollte. Die Rebellen wollten ihn nach dem Coup verwirklichen ... Doch natürlich schlug der Coup fehl. Papa hat zu uns nie darüber gesprochen, was er mit uns Kindern vorhatte, und der Bericht ist in dem Computer auf Ocala gelöscht worden. Ich fürchte, etwas daran muß grauenhaft gewesen sein, weil Mama ... Mama ...

KUHAL: Sprich den Gedanken nicht aus! Ich sehe ihn. Es tut mir sehr leid.

CLOUD: Papa liebt uns. Ich kann nicht glauben, daß er uns etwas Böses angetan hätte. Nicht wissentlich.

KUHAL: Erzähl mir den Rest der Geschichte.

CLOUD: Die Rebellion fand im Jahr 2083 statt. In ihrer offiziellen Phase dauerte sie nicht einmal acht Monate. Eine große Zahl menschlicher Operanter wurde hineingezogen, und Millionen von Normalen. Fast alle Rebellen auf untergeordneten Posten fanden dabei den Tod – und ebenso viele unschuldige Leute auf Planeten, die von Rebellen besetzt waren. Schließlich wurde Papa von seinem eigenen jüngeren Bruder Jon und dessen Frau Illusio geschlagen. Jon Remillard war ein Mutant. Er war vierzehn Jahre jünger als Marc. Als er das Erwachsenenalter erreichte, besaß er keinen Körper mehr – nur ein nacktes Gehirn, das jede Art von Gestalt trug, die ihm gerade einfiel. Ich weiß, das hört sich nach einem Ungeheuer an, aber das Milieu machte ihn zum Heiligen, als er die Rebellion niederschlug. Jons Frau war gleich ihm eine Großmeisterin erster Klasse, eine Metakonzert-Spezialistin. Infolge eines psychokreativen Unfalls hatte sie nur ein halbes Gesicht. Sie ließ es niemals regenerieren, weil die Entstellung eine Art Symbol für ihre Autorität geworden war. Sie trug eine Diamant-Maske.

KUHAL: Jack der Körperlose und Diamant-Maske. Gomnol sprach von ihnen ...

CLOUD: Beide starben, aber Papa blieb am Leben. Und er brachte Hagen und mich und etwa hundert Überlebende seiner Leute durch das Zeitportal.

KUHAL: Ich erinnere mich an den schwarzen Tag. Ich kämpfte in der Schlacht der Grottenwildnis gegen die Invasoren. Unsere Truppe wurde massakriert. Nachdem die menschlichen Angreifer über das westliche Meer verschwunden waren, befahl König Thagdal, daß der Vorfall aus unseren Geschichtsbüchern gelöscht wurde.

CLOUD: Papa brachte seine Leute nach Nordamerika. Er wollte nicht gegen euch kämpfen. Viele seiner Getreuen waren schwer verwundet, und er selbst hatte schreckliche Gehirnverbrennungen und war halb tot. Wir gründeten auf einer Insel vor der Südostküste Nordamerikas eine neue Heimat. Sie ist sehr schön.

Wir nennen sie Ocala. Alle anderen Kinder sind dort geboren.

KUHAL: Aber ihr seid fortgegangen. Warum?

CLOUD: In unseren jüngeren Jahren war es für uns unvorstellbar, daß wir dem von unsern Eltern erwählten Pfad nicht folgen würden. Papa hatte alle möglichen Ausrüstungen mit ins Pliozän gebracht. Sobald er sich erholt hatte, richtete er ein Fernwahrnehmungsobservatorium ein und suchte zwischen den Sternen nach einer anderen metapsychischen Rasse. Er wußte, wenn er eine solche Rasse fand, konnte er sie dazu bringen, zur Erde zu kommen und uns zu retten. Er hoffte, seinen großen Traum von der Vorherrschaft der Menschheit in einer Welt verwirklichen zu können, die sechs Millionen Jahre vor der Zeit des Milieus existierte. Eine ganze Anzahl seiner ursprünglichen Jünger glaubte, er werde es schaffen. Papa ... kann Leute an ihn glauben machen. Aber Jahr um Jahr verging, und Tausende und Abertausende von Sternen waren ohne Ergebnis überprüft worden. Da verzweifelten viele der Älteren. Es kam zu Selbstmorden – und Morden. Einige der alten Rebellen wurden wahnsinnig, und andere wandten sich Drogen zu. Sie ... sie zogen sich einfach zurück. Wir Kinder sahen das alles geschehen, während wir heranwuchsen. Schließlich fingen wir an, für uns selbst zu denken, über Papas nichtigen Traum hinaus. Felice war der Katalysator. Doch wir hatten euch schon lange Zeit vor ihrem Erscheinen beobachtet. Wir hatten zu unserer Unterhaltung eine primitive Fernsicht-Kombination zusammengestellt und bei euch hier in Europa spioniert.

KUHAL: Ah. Die gelangweilten Kinder vertreiben sich die Zeit, indem sie niedrigere Lebensformen betrachten! Wir waren überhaupt nicht wirklich, nicht wahr, Cloud? Nur Ameisen, die in ihrem Haufen herumrennen. Und eines Tages wolltet ihr gern einmal sehen, was passieren würde, wenn ihr den Haufen unter Wasser setztet ...

CLOUD: Nein!

KUHAL: Warum habt ihr Felice dann geholfen, uns zu vernichten?

CLOUD: Wir wollten euer Vielfarbenes Land haben. Nicht um seiner selbst willen, sondern als Trittstein für die Rückkehr ins Milieu.

KUHAL: *Rückkehr?* Zurück durch das Zeitportal? Aber das ist unmöglich!

CLOUD: Nein, unmöglich ist es nicht. Elaby Gathen, der Mann, der in Aikens Kampf gegen Felice fiel, war überzeugt, wir könnten ein Duplikat des ursprünglichen Zeitkrümmungsgerätes bauen, das im Milieu steht. Wir besitzen einen vollständigen Satz Pläne von unserem Computer. Und als mein Bruder und die anderen aus Ocala flohen, nahmen sie viele Herstellungsmaschinen und Karten der Bodenschätze mit.

KUHAL: Und dein Vater? Wie hat er darauf reagiert?

CLOUD: Anfangs erhob er heftigen Einspruch. Jetzt ... Ich weiß es nicht. Wir haben ihn gezwungen, seine eigenen Pläne zu überdenken. Er weiß, daß wir nie mehr nach Ocala zurückkehren werden. Vielleicht hat er sich entschlossen, uns unserem eigenen Geschick folgen zu lassen. Und nach dem, was mit Felice und Aiken Drum geschehen ist, hilft er uns vielleicht sogar. Ebenso, wie er euch helfen mag.

KUHAL: *Was sagst du da?*

CLOUD: Hagen und die anderen, die in Afrika gestrandet sind, haben einige Zeit damit verbracht, eine mentale Aufzeichnung des Kampfes mit Felice zu studieren. Ich habe mit ihnen darüber konferiert. Da ihr Tanu metapsychisch so primitiv seid, ist es euch wahrscheinlich gar nicht klar, wie viele fragwürdige Ereignisse es da unten am Genil gegeben hat! Hoffen wir, daß es Aiken Drum auch nicht merkt.

KUHAL: Erklär mir das!

CLOUD: Gut. Denk einmal an das Metakonzert-Programm, das Aiken von Papa gelernt hat. Wir Kinder sind in diesen Dingen längst nicht so versiert wie Papa. Aber es war offensichtlich sein Plan, daß Felice *und* Aiken bei dem Kampf sterben sollten.

KUHAL: Große Göttin!

CLOUD: Papa wußte ganz genau, daß er allein Felice nicht gewachsen gewesen wäre. Selbst wenn bei dem Metakonzert jedes bißchen an verfügbarer Geisteskraft gegen sie eingesetzt wurde, war bestenfalls mit einem knappen Sieg zu rechnen. (Natürlich, wenn es ihnen gelungen wäre, den Photonen-Speer rechtzeitig zu reparieren, hätten sie die Oberhand gehabt.) Nun gibt es verschiedene Möglichkeiten für ein offensives Metakonzert. Einige bringen das ausführende Mitglied in größere Gefahr als andere. Papa gab Aiken ein Programm, das das letzte Erg an Psychoenergie aus dem organischen Geist quetschen mußte, wenn Aiken die höchste Leistungsstufe benutzte – was er wahrscheinlich instinktiv tun würde, wenn er in Panik geriet. Und eine volle Leistungsabgabe von diesem Potential, durch Aiken weitergeleitet, hätte ihn ebenso umbringen müssen wie Felice. Aber Aiken schleuderte beim ersten Schuß nicht den ganzen Korbvoll gegen sie. Sein Versuchsschuß oben auf dem Berg hatte ihn ängstlich gemacht, und so drosselte er die Kraft und hielt sie unter dem tödlichen Punkt. Wie du dich vielleicht erinnerst, nahm Papa irrtümlich an, der erste Schuß habe Felice erledigt.

KUHAL: Abaddon sagte, er könne weder ihre Masse noch ihre Energie entdecken. Dann – und ich gestehe, daß ich das nicht verstand – sagte er, Felice sei gesprungen.

CLOUD: Er sagte, sie sei *d-gesprungen*. Das ist ein Meta-Slangausdruck, eine Kurzform für die Vollführung eines Dimensionssprunges oder einer Translokation. Eine Fähigkeit, die im Milieu außerordentlich selten ist. Eine Variation davon wird manchmal Teleportieren genannt.

KUHAL: Bredes Schiff!

CLOUD: Was?

KUHAL: Der riesige Organismus, ihr Gatte. Die Schiffe sind der überlichtschnellen Reise durch den Hyperraum fähig und brauchen dazu allein ihre Geisteskräfte. Willst du sagen, daß Felice ...

CLOUD: Sie mag es unwillkürlich getan haben, als Verteidigungsmechanismus. Vielleicht ist sie einfach außer Reichweite geschlüpft. Hagen glaubt jedoch, daß sie Papas Fernwahrnehmungsstrahl folgte – er war im peripheralen Modus – und *ihn* erwischte!

KUHAL: Aber sie griff Aiken an –

CLOUD: Das könnte in einem Sekundenbruchteil geschehen sein. Als Felice über Aiken wiederauftauchte, hatte sich Papas psychokreativer Input verändert. Wir spielten unsere Erinnerungen ab und sahen es bestätigt. Er hatte die Verteidigung koordiniert, ausgenommen in dem Augenblick des ersten Schusses, als er sich kurz im offensiven Modus in den Hauptkanal einschaltete. Nach Felices D-Sprung drohte der ganze Schirm zusammenzubrechen. Owen Blanchard fiel tot um. Er muß von Papas Funkenschlag getroffen worden sein. Wir nehmen an, Papa konnte sich noch rechtzeitig zusammennehmen, um die sich auflösende Verteidigung wiederherzustellen und dann an dem letzten Schuß teilzunehmen.

KUHAL: Meinst du, daß Felice deinem Vater keinen wesentlichen Schaden zugefügt hat?

CLOUD: Im Gegenteil. Und wenn er verletzt worden ist, erklärt das seinen merkwürdigen Rückzug nach dem Kampf und die Tatsache, daß er seit mehr als einem Monat incommunicado ist.

KUHAL: Aber dein Vater hat nach dem D-Sprung weitergemacht.

CLOUD: Und er war an Gehirnverstärkungsgeräte angeschlossen, die die Energien einer kleinen H-Bombe halten könnten! Er ist ein Großmeister erster Klasse, und er arbeitete mit Gott weiß wie vielen Hilfsmitteln. Seine Kopfschmerzen werden erst dann beginnen, wenn er die Rüstung und das ultraleitende künstliche Nervensystem ablegt. Hagen weiß über diese Dinge mehr als ich. Er vermutet, Papa war am Empfängerende eines koerzibel-kreativen Strahls, der ausreichte, ihn in den Regenerierungstank zu schicken – und *das* ist der Grund, warum der Äther zwischen hier und Ocala in letzter Zeit so friedlich ist.

KUHAL: Welch glücklicher Zufall für dich und deine Gefährten.

CLOUD: Und vielleicht auch für euch.

KUHAL: ?

CLOUD: Hör zu, und versuch zu verstehen! Ich glaube, daß ihr Tanu und mein Volk und sogar Papa jetzt eine gemeinsame Nemesis habt. Wir werden wohl alle zusammenarbeiten müssen, wenn wir noch einige Zeit weiterleben wollen.

KUHAL: Aiken Drum?

CLOUD: Aiken hätte sterben sollen. Er ist nicht gestorben. Es sah fast so aus, als habe *Felice* den größten Teil der Psychoenergie von Aiken abgesaugt. Gott weiß, wie und warum. Sie ist tot. Aber Aiken ist außerordentlich lebendig und nur ein bißchen wacklig auf den Beinen, und mittlerweile hat er herausgefunden, daß Papa darauf aus war, ihn sterben zu lassen. Dank dem Geschenk, das Papa ihm mit dem Metakonzert-Programm machte, ist er jetzt selbst in der Lage, einige schwierige geistige Arbeit zu tun. Es wird eine Kleinigkeit für ihn sein, das Programm für eine ungefährliche Benutzung umzugestalten. Er wird die mentalen Fallen abbauen und dann deinen Bruder Nodonn und seine Faktion erledigen – und wenn er eure Gehirne gegrillt hat, wird er seine Aufmerksamkeit Papa zuwenden.

KUHAL: Oder euch.

CLOUD: Alles, was meine Gefährten und ich wollen, ist die Rückkehr ins Milieu. Ihr würdet nichts dabei verlieren, wenn ihr uns Hilfe leistetet. Und wir haben euch eine Menge zu bieten.

KUHAL: Du hast mir bereits von dir selbst gegeben.

CLOUD: Das war gegenseitig, bitte sehr. Ich bin fast geheilt – und dreimal schneller, als es in einem Tank in unserm Krankenhaus auf Ocala möglich gewesen wäre.

KUHAL: Anfangs habe ich von Boduragols Vorschlag gar nichts erwartet. Der Verlust meines Zwillingsbruders schien eine nicht wiedergutzumachende Katastrophe zu sein. Unsere Biotechnik mit der Haut bietet nur eine geringe Chance, daß eine ganze Gehirnhälfte regeneriert wird. Und doch sehen wir, was geschieht.

CLOUD: Das ist wirklich eine Entdeckung. In der Geschichte der menschlichen Medizin wird von vielen Fällen berichtet, wo die linke Gehirnhälfte gelernt hat, als rechte zu funktionieren, und umgekehrt.

KUHAL: Vielleicht hast du mich damit gelehrt, menschlich zu sein.

CLOUD: Du brauchst mehr Arbeit. Aber dafür kann gesorgt werden.

Boduragol öffnete die Augen und lächelte. Das Duett aus psychokinetischer und redigierender Kraft war von erhabener Harmonie. Er wurde wirklich nicht mehr benötigt. So stand er von seinem Schemel auf und trat vor die beiden regungslosen Körper, den Mann mit seinem goldenen Halsring, die Frau gekrönt von schweren Zöpfen aus glänzendem rötlich-gelben Haar.

»Am besten lasse ich euch beide mit dem, was ihr tut, allein weitermachen. Noch eine Woche, und ihr werdet wahrscheinlich gesund sein. *Sehr* zufriedenstellend.«

Boduragol bückte sich und zog die Haut an Cloud

Remillards elfenbeinfarbenen Füßen um eine Winzigkeit zurecht.

»Zufriedenstellend«, konnte er nicht umhin zu wiederholen. Er ging, und der Heilungsprozeß setzte sich fort.

4

Als Mercy Ende Juli nach Goriah zurückkehrte, begann die Sterbensmüdigkeit, unter der Aiken seit dem Kampf mit Felice litt, endlich nachzulassen und sein verwundetes Gehirn zu heilen. Die Geschichte der Königin war dünn: Sie habe das Gedächtnis verloren, als ihr Boot in den Bergrutsch geriet, sei allein im Dschungel östlich des Genil umhergeirrt und schließlich von einem bloßhalsigen Pflanzensucher, der sie nicht erkannte, gerettet worden. Er habe darauf bestanden, erst eine ausreichend große Zahl von seltenen Orchideen für das Gewächshaus von Lady Pennar-Ia, Celadeyrs Frau, zu sammeln, bevor er Mercy nach Afaliah brachte. So wenig plausibel diese Behauptung war, Aiken akzeptierte sie, ohne zu fragen, und er versuchte auch nicht, in Mercys Geist einzudringen. Sie war zurückgekehrt, sie war unverletzt, und sie reagierte von neuem voller Glut auf seine Liebe. Das genügte, und er war's zufrieden.

An einem schönen Augusttag gingen sie hinaus zu den Dünen an der Straße von Redon, um sich anzusehen, wie Yosh Watanabe und seine Leute die verschiedenen Arten von Kampfdrachen vorführten, die sie für das kommende Große Turnier herstellten. Aiken und Mercy und eine große Gesellschaft höchst erhabener Persönlichkeiten lagerten unter einem Schattendach, genossen die Meeresbrise und die neue Unterhaltung. Picknick-Speisen und geeisten Honigwein gab es im Überfluß, und die Drachenkämpfe waren lustig und gelegentlich sogar gefährlich.

Zuerst ließ man flinke, rhombenförmige Nagasaki-

Hata steigen. Ihre Schwänze waren mit zerriebenem Glas umhüllt, und sie trugen lebhafte stilisierte Bilder in Rot, Weiß und Blau. Wenn es einem Drachen gelang, die Leine eines Rivalen durchzusägen, brüllte der gut gedrillte Tanu-Adel den traditionellen Ruf: »Katsuro!« und bezahlte seine Wetten, während Yosh strahlte und umherstolzierte und die nächsten Ereignisse erläuterte.

Der Wind frischte auf, als die Sonne den Scheitelpunkt überschritt, und nun schwebten die großen Drachen in der Luft. Da gab es sechseckige Sanjo-Rokkaku, anderthalb mal so groß wie ein Tanu-Mann, mit farbenfrohen Porträts von Samurai-Kriegern, japanischen Dämonen und mythischen Geschöpfen, und da gab es rechteckige Shirone-O-dako, 6,70 m hoch und 5 m breit, geschmückt mit prächtigen Fischen und Vögeln, Sagengestalten und abstrakten Motiven. Diese Kampfdrachen mit Mannschaften von fünf bis zehn Menschen waren zu schwer für das Manöver des Leinendurchsägens. Statt dessen vollführten sie herrliche Luftkämpfe. Sie krachten zusammen, und die Männer versuchten, die Schnüre zu verwickeln. Ein besiegter Drache, seines aerodynamischen Auftriebs beraubt, schwankte dann und stürzte außer Kontrolle ab. Sein siegreicher Angreifer mußte ihm notgedrungen nach unten folgen, weil die Schnüre verhakt waren, behielt jedoch für gewöhnlich bis zum Ende seine Würde und landete sicher, während sein Feind als wirre Masse aus zerrissenem Papier und gesplitterten Bambusstangen in den Sand fiel.

Als man den Wind für stark und stetig genug hielt, wurden die wahrhaft riesigen Drachen an den Strand gewälzt, die einen Kämpfer mit sich in die Luft trugen. Sie waren für das eigentliche Turnier, nicht für die Vorspiele bestimmt. Zwei O-dako, 14,50 mal 11 Meter groß und mit einem Gewicht von mehr als 800 kg pro Stück, wurden auf Gerüste gehievt, damit ihre zahlreichen Lenkschnüre angebracht, geflochten und an dem Flugkabel befestigt werden konnten. Letzteres war mit einer schweren Winde verbunden. Der Drachenkämpfer würde in einer leichten Hosenboje von dem unteren Rahmenwerk herabhängen. Drei mit den Lenkschnüren verbundene Manövrierleinen gaben dem Mann eine gewisse Kontrolle über den Flug seines Drachen. Aber hauptsächlich wurde er von der Bodenmannschaft aus fünfzig Leuten gesteuert. Sie waren mit laufenden Kontrolleinen ausgerüstet, die mittels großer, D-förmiger Karabinerhaken an dem Hauptkabel befestigt waren.

Als das Paar riesiger O-dakos startbereit war, trat Yosh vor die Schranke der königlichen Loge, gefolgt von seinem Assistenten, dem mißmutigen grauberingten Litauer Vilkas. Yosh trug seine prachtvolle Samurai-Rüstung, Vilkas nur den geringfügig weniger dekorativen Harnisch eines Ashigaru oder Fußkämpfers.

Feierlich verbeugte sich Yosh vor Aiken und Merca. »Dies ist unsere erste offizielle Vorführung der bemannten Drachen, Aiken-sama, das erste Mal, daß wir einen echten Drachenkampf probieren.« Er hielt dem König eine merkwürdige Stangenwaffe zum Ansehen hin. »Vilkas und ich werden versuchen, uns mit diesen Naginata aus dem Himmel zu schneiden. Es sind gekrümmte Klingen an langen Schäften. Natürlich werden wir nicht ins Handgemenge kommen. Der Kämpfer und seine Gurte sind tabu, jedoch nicht die Lenkschnüre, die Manövriertaue, das Hauptkabel sowie der Bambusrahmen und die Papierbespannung des Drachens selbst.«

»Das muß gefährlich für euch sein«, bemerkte Mercy freundlich. Olone, die junge Koerziererin, die die kleine Agraynel genährt hatte, solange die Königin abwesend war, stand plötzlich mit dem Kind in den Armen hinter dem Thron. Mercy streckte die Arme nach ihrer Tochter aus und herzte sie. Yosh setzte seine Erklärung fort.

»Da wir ohne Sicherheitsnetze kämpfen, könnte das Spiel für gewöhnliche Menschen wie Vilkas und mich sehr gefährlich werden. Wir minimieren das Risiko –

und bereiten euch Erhabenen noch mehr Vergnügen –, indem wir PK-Adepten als Coaches einsetzen.« Der japanische Techniker verbeugte sich höflich vor einem stattlichen Menschen mit Goldreif, der neben der hinreißenden Olone stand. »Lord Sullivan-Tonn war so freundlich, uns zu trainieren. Er hat sich bereiterklärt, bei dem heutigen Wettkampf den Coach für Vilkas zu machen.«

Aiken betrachtete Sullivan nachdenklich. »Ist die Arbeit eines Coach schwer zu lernen?«

Der wichtigtuerische kleine Psychokinetiker hob abwehrend beide Hände. »Ich fand es eigentlich recht einfach.« Er lächelte geziert.

»Wie spielt ihr?« erkundigte sich Aiken bei Yosh.

»Der Coach gibt nicht nur seinem Kämpfer, sondern auch der Bodenmannschaft telepathisch taktische Anweisungen. Es ist ihm auch erlaubt, PK-Wind zu erzeugen, aber nur für *seinen* Drachen. Wer den Drachen des Gegners herumschleudert, wird disqualifiziert. Das beschränkt das Windspiel auf Situationen, in denen die beiden Drachen ziemlich weit voneinander entfernt sind, es sei denn, der Windmacher ist außerordentlich geschickt. Ich glaube, du wirst feststellen, daß enge Zusammenarbeit mit der Bodenmannschaft beim Clinch meistens eine bessere Kontrolle gewährleistet. Wenn die Gurte eines Spielers gekappt werden, ist es Pflicht des Coach, ihn zu retten, bevor er unten aufschlägt. Deshalb kann man als Skipper in diesem Spiel nur PK-Größen brauchen.«

Aiken nickte. Sein Lächeln war blaß, und seine Augen waren wie zwei in Pergament eingebrannte Löcher. Er trug goldene Jeans und ein schwarzes, am Hals offenes Hemd. »Also wird sich Sullivan heute um deinen Ichiban-Jungen kümmern, wie, Yosh? Und wer ist dein Coach?«

»Ich hoffte, du würdest mir die Ehre erweisen, Aiken-sama.«

»O bitte, tu es!« quietschte Olone. »Ich bin überzeugt, du wirst siegen!«

Bei diesem Verrat seiner jungen Frau erstarrte Sullivans Gesicht, doch er setzte hinzu: »Ja, bitte, mach den Coach für den zweiten Drachen, mein König.«

»Ich fühle mich immer noch nicht ganz gut«, warnte Aiken.

Yosh redete ihm zu: »Du brauchst nicht den ganzen O-daka zu halten, wenn ich falle, Aiken-sama. Nur mich, und ich wiege mit der Rüstung und allem nur vierundsechzig Kilo.«

Mit sichtlicher Anstrengung ermahnte Aiken sich. »Teufel, das schaffe ich. Du hast da großartige Arbeit geleistet, Yosh. Weiter so! O-tanoshimi nasai, Junge!«

Yosh grinste. »Darauf kannst du dich verlassen, Boß.« Er eilte mit Vilkas davon, um letzte Hand an die Vorbereitungen zu legen. Aiken ließ sich auf seinem Korbgeflecht-Thron zurücksinken und beobachtete die umhereilenden Mitglieder der Crew. Sein Geist war abgeschirmt. Die nach Westen ziehende Sonne schickte ihre Strahlen unter den Rand des Baldachins, und es wurde heißer. Sullivan und Olone setzten ein nichtssagendes Geplauder fort. Das Baby war unruhig, obwohl Mercy versuchte, es mental zu beschwichtigen und aufzuheitern.

Schließlich sagte Aiken: »Siehst du nicht, daß sie Hunger hat, Mercy? Olone soll sie füttern, damit sie mit diesem verdammten Gedankenwimmern aufhört!«

»Oh, die arme Kleine!« rief Olone und nahm das Kind. Sie zog eine ihrer Hängebrüste aus ihrem azurblauen Chiffonkleid. »Hast du Hunger, Grania-Lämmchen? Komm zu Tante!« Gierig begann das Kind zu saugen. Das irritierende telepathische Gebrüll ging in Emanationen reiner Seligkeit unter.

»Trag sie auf die andere Seite des Zeltes, wo es kühler ist, Liebes!« sagte Mercy zu Olone.

»Ja, meine Königin. Soll ich sie zurückbringen, wenn sie getrunken hat?«

Mercys Gesichtsausdruck war geistesabwesend, fast entsagend. »Such dir eine ruhige Ecke, wo du sie wiegen und ihr vorsingen kannst, Olone! Ich fürchte, dieser ganze Lärm hat sie aufgeregt. Es war selbstsüchtig von mir, sie heute mit an den Strand zu nehmen ... aber ich wünschte mir so sehr, sie bei mir zu haben.«

Olone deutete einen Knicks an und stürzte davon, als fürchtete sie, Mercy werde ihre Meinung ändern. Sullivan bemerkte: »Meine Frau liebt Agraynel wie ein eigenes Kind, meine Königin.«

»Ich weiß. Und ich kann gar nicht sagen, wie dankbar ich ihr bin, daß sie das Kind genährt hat, solange ich – abwesend war. Vielleicht war es meine unterbewußte Sorge um Agraynel, die meine Amnesie geheilt hat, als ich im Dschungel von Koneyn umherirrte.«

Aiken lachte leise vor sich hin. »Nun, wir wissen, daß es keine unterbewußte Sorge um Mich war!« Er gab sich den Anschein, von dem Geschehen am Strand völlig gefesselt zu sein. Die Gerüste wurden von den beiden großen Drachen weggenommen. Jetzt hielten starke Ankertaue, gehalten von schwitzenden Männern, sie aufrecht. Sullivans Drache war hauptsächlich in Scharlachrot und Gold bemalt und zeigte einen japanischen Krieger mit prunkvollem Helm vor einem Hintergrund aus Kirschblüten. Aikens Drache war weniger bunt, eine Symphonie von Blautönen, eine Tsunami-Welle à la Hokusai, erstarrt in dem Augenblick des Brechens an einem Felseninselchen.

Sullivan machte einen tapferen Versuch, angesichts ominöser mentaler Untertöne liebenswürdig zu sein. »Niemand war erstaunter als ich, Große Königin, als Olone sich erbot, dein kostbares Kind zu nähren, weil sie glaubte, du seiest umgekommen. Ich hatte nicht gewußt, daß das einer Frau, die selbst nicht geboren hat, möglich ist. Die Tanu sind eine verblüffende Rasse, nicht wahr? So menschlich und doch so faszinierend in ihren Unterschieden! Die einzigartigen Brüste der Frauen haben ein Gegenstück in der Folklore mehrerer europäischer Länder, weißt du. Das Ellefolk und die Skogrå Skandinaviens, die Fées Frankreichs, die deutschen Nixen, die Aguane der italienischen Alpen, die Giane Sardiniens ...«

»Alles Elfenfrauen mit langen Brüsten. Ich weiß.« Mercy war höflich. »Aber an der Milch ist nichts Geheimnisvolles, lieber Tonn. Wenn eine Frau es heiß genug wünscht und ihr Wille stark ist, wird das Prolaktin-Hormon mit den anderen ausgestoßen, und die Brüste füllen sich – auch bei kinderlosen Frauen. Bei Menschen und Tanu ist es dasselbe. Das liebende Verlangen, ein Kind zu nähren, ist alles, was dabei an Magie notwendig ist.«

»Aber vergiß nicht«, warf Aiken trocken ein, »daß auch das Gegenteil gilt. Agraynel und ich haben beide Glück gehabt.«

Sullivan schoß flammende Röte ins Gesicht. Er stand auf und entfernte sich von dem königlichen Paar. Sein unvollkommen abgeschirmter Geist ließ Kränkung und hilflose Wut auslecken.

Mercys traurige Augen sahen nur Aiken. »Ja, ich bin trocken, das stimmt. Ich habe an Leib und Seele schwer gelitten, und jetzt habe ich kein Leben mehr, das ich meiner Tochter geben könnte, dem armen Ding. Was ich *dir* zu geben habe, wissen wir beide! Also nimm es!«

»Ich werde ... ich werde einmal zum Strand hinuntergehen«, murmelte Sullivan. »Muß mich um meinen Drachen kümmern. Entschuldigt mich ... entschuldigt mich ...« Er entfloh, und der warme Wind ließ seinen rosig-goldenen Kaftan flattern.

»Es war brutal von dir, ihn ins Gesicht hinein zu demütigen«, sagte Mercy zu Aiken. »Und unnötig. Er weiß, was vor sich gegangen ist.«

»Er ist ein Esel. Impotent.« Aiken hatte die Augen geschlossen. Der Schweiß klebte sein dunkelrotes Haar an den runden Schädel. »Er würde mich innerhalb von fünfzehn Sekunden an jeden Dahergelaufenen verraten, wenn er glaubte, mit heiler Haut davonkommen zu können. Und du warst fort ...« Der hohle schwarze Blick öffnete sich ihr. »Man sagte mir, du seist tot, Mercy.«

»Und ist es wahr, daß du über meinem Silber-Smaragd-Helm geweint hast?« Der Spott war fast unmerklich.

Der kleine Mann wandte sich ab. »O ja«, gab er zu. »Den ganzen Weg zurück nach Goriah, als ich in meiner Kabine lag und meinen Brennkammer-Schädel hätschelte, hatte ich das Ding bei mir. Mein letztes Erinnerungsstück an dich. Trotz des Bades im Rio Genil immer noch nach deinem Parfum duftend. Glaub mir, ich habe geweint, Baby. Obwohl ich wußte, daß du am Leben warst.«

»Ah.«

»Ich hätte nicht gedacht, daß du ihn verlassen würdest. Es war seine Idee, nicht wahr?«

Unten am Strand riefen viele Stimmen. Dazu kam eine telepathische Bestätigung: *Ja! Er steigt!* Die noch im Pavillon sitzenden Tanu-Adligen stürzten ins Freie, um besser zu sehen. Der Drache mit dem scharlachroten Krieger erhob sich langsam in den strahlenden Himmel. Seine menschliche Fracht baumelte herab wie ein Spindelschwanz. Einen Augenblick später folgte der Drache mit der blauen Welle. Yoshs ferngesprochene Stimme sagte zu dem König:

Jederzeit, sobald es dir paßt, Boß!

Aikens Gedanken und Stimme befahlen: »Beginnt!« Die großen Drachen schienen sich voreinander zu verbeugen. Dann schossen sie zum ersten Schlagabtausch vor. Silberne Naginatas blitzten in der Sonne. Die Bodenmannschaften zogen die handgelenkdicken Flugkabel hierhin und dahin, und der Mann an der Winde spulte schlaffe Schnur auf.

Aiken sah mit zusammengekniffenen Augen in den Glast und schätzte den Wind ab. Er sagte zu Mercy: »Du sollst in meiner Nähe bleiben und ihm Bericht erstatten, nehme ich an. Er hat keine andere Möglichkeit, durch die Schirmserie zu kommen, die ich benutze.«

Sie lehnte sich in die Kissen zurück, unnahbar. Das kastanienrote Haar lag üppig auf ihren goldbraunen Schultern und glühte im Kontrast zu ihrem jadegrünen Gewand. »Ich bin hier, um bei dir zu bleiben, solange du mich haben willst. Soll ich bleiben? Oder soll ich gehen?«

Der blaue Drache, der ein Dutzend Meter über dem roten schwebte, tauchte plötzlich nieder. Das Sonnenlicht fing Yoshs Schlag ein, mit dem er eine von Vilkas' Manövrierleinen durchschnitt. Die Bodenmannschaft gab dem roten Drachen Spielraum, und er zog sich zurück.

»Du hast von neuem Angst vor mir«, stellte Aiken fest. »Das läßt dich brennen! Du willst gar nicht gehen. Du bist wild nach mir, wie du es nach dem Tanz um den goldenen Maibaum warst! Ich gebe dir mehr, als er dir je wird geben können. Ich liebe dich mehr, als er es tut. Gib es zu!«

Der rote Drache schwang hin und her wie ein verrückt gewordenes Pendel und versuchte, den Angriffen des blauen auszuweichen. Es gelang Vilkas, ein paar der zentralen Steuerleinen zu durchschneiden, aber das hatte wenig Wirkung auf Yoshs Drachen! Der Japaner konzentrierte sich einzig und allein auf die rechte Seite seines Gegners, durchtrennte Leinen und schlitzte große senkrechte Risse in das Papier, bis das gemalte Gesicht des Samurai-Kriegers in Fetzen hing. Trotz des frenetischen Ziehens seiner Crew sank der rote Drache. Vilkas' baumelnde Füße streiften beinahe die verkrüppelten Bäume, die oben auf einer großen Düne wuchsen.

Aikens Mund verzog sich zu einem angespannten Lächeln. Er sah Mercy nicht an, aber ihr Gesicht beherrschte seine Gedanken, und das wußte sie. Er sagte: »Nodonn versammelt im Augenblick unten in Afaliah seine Anhänger, nicht wahr? Schickt einen Ruf an alle Reaktionäre und Wirrköpfe und Menschenhasser hinaus, sie sollen sich um das alte Sonnengesicht-Emblem scharen. Was meinst du, wie viele Ritter wird er schließlich zusammenbringen? Ein paar hundert vielleicht? Und wie viele erstklassige Talente? Da ist er selbst, da sind Celo, sein Bruder Kuhal, wenn er seinen Kopf jemals wieder in Ordnung bekommt, möglicherweise das alte Arschloch von Tarasiah, Thufan Donnerfurz. Glaubt er wirklich, mich mit *dem* Haufen besiegen zu können? – Oder plant er, beim Großen Turnier mit dem Schwert zu erscheinen und mich einfach so herauszufordern – als sei die Königswürde des Vielfarbenen Landes eine Art Entscheidungslauf für den Hundefänger des Dorfes?«

Die Zuschauer brachen in lautstarkes Jubelgebrüll aus. Der rote Drache wankte, sein unterer Rand wurde von einem Luftstrom nach hinten gezwungen, als Yosh das letzte Paar Steuerleinen abhackte. Die zerfetzte Oberfläche sackte durch, taumelte. Vilkas ließ seinen Naginata fallen und klammerte sich an die Reste der Hosenboje. Er fiel auf den überfüllten Strand zu, und der zappelnde Drache schien nach ihm zu schlagen wie ein Ankerbrett im Griff eines Hurrikans. Der mentale Verzweiflungsschrei des Litauers, von seinem grauen Halsring abgestrahlt, gellte Aiken und Mercy durchs Gehirn. Die Menge unten floh, die Bodenmannschaften ließen ihre Leinen im Stich.

»Zur Hölle mit diesem Sullivan!« tobte der König. Er umfaßte die Korblehnen seines Throns, kniff die Augen in einer qualvollen Grimasse zusammen und langte mit seiner Psychokinese hinaus. Vilkas mußte gleich, in seinen Drachen verheddert, auf dem harten, feuchten Sand aufschlagen. Yoshs Drache war außer Kontrolle geraten, als seine Crew davonlief, und stürzte nun dem Meer entgegen.

Aiken stöhnte.

Vilkas in seiner Hosenboje schwang zur Seite und nach oben, außer Reichweite des zerschmetternden roten Drachen. Sekunden später trieb er gemächlich zur Erde. Der blaue Drache reagierte auf eine plötzliche psychokinetische Bö, erholte sich von seinem negativen Angriffswinkel und stieg so hoch, wie es ihm das Halteseil erlaubte. Es hatte sich völlig abgewickelt, da niemand mehr an der Winde stand. Jetzt kamen die Männer eilends wieder zurück, legten den Bremsmechanismus ein und sorgten für eine ordnungsgemäße Landung. Erleichterte Ausrufe waren von den menschlichen Crews unten am Strand zu hören, Jubelgeschrei von den Adligen, die das gefährliche Geschehen von einem Aussichtspunkt auf einer Düne angesehen hatten. Dazu kaum eine kaum wahrnehmbare mentale Entschuldigung von Sullivan-Tonn im intimen Modus des Königs.

Mercy hatte sich vor Aiken gestellt, erstaunt, welche Anstrengung ihn das gekostet hatte. Sie zog ein seidenes Taschentuch aus dem Ärmel, wischte seine nasse Stirn und seine Augen ab, und als sein röchelnder Atem sich beruhigte und er entspannt den Kopf zurücklegte, sagte sie:

»Das wußte ich nicht. War es Felice?«

»Wer sonst?« Er betrachtete sie mit verengten, schmerzverschleierten Augen. »Also – *jetzt* weißt du es. Vergiß ja nicht, ihm die gute Nachricht sofort zu übermitteln! Aber erinnere ihn, daß der Speer ausgezeichnet funktioniert ... und ich habe noch ein paar Überraschungen im Verlies, mit denen ich ihn begrüßen kann, falls er sich entscheidet, uns beiden einen freundschaftlichen Besuch zu machen.«

Mercy schwieg.

»Und sag ihm, er soll nicht zu lange auf sich warten

lassen!« setzte Aiken hinzu. »Ich bin ein komischer Kerl, Lady Wildfeuer, Lady Kreatorin. Jedesmal, wenn ich dich besteige, macht meine Genesung einen kleinen Fortschritt. Olone hat mir ein bißchen geholfen – doch du bist meine richtige Medizin. Wenn du bleibst, arbeitest du vielleicht an deiner eigenen Niederlage. Und seiner!«

Ihre Finger berührten seine über den Wangenknochen gespannte Haut, die lange, gutgeformte Nase, die dünnen, jetzt blutleeren Lippen. Sie kniete sich auf die Kissen, die neben seinem Thron aufgehäuft waren, legte ihre kühlen Hände auf seine Augen und küßte ihn mit sanfter Leidenschaft. Sie zog ihren mentalen Schleier beiseite, und er sah das Gewürz der Furcht, unentwirrbar mit Begehren vereinigt. »Amadán«, flüsterte sie. »Tödlicher Amadán meiner Seele.«

»Aber nicht deines Herzens. Das niemals.«

»Es ist alles, wie es damals im Mai-Hain war. Deshalb nimm, was du willst, mein König! Nimm, was du brauchst! Nimm es, solange du kannst, denn wenn ich fort bin, wirst du keine andere finden.«

5

Auf dem letzten Teil der Reise schrie Tony Wayland, halb tot vor Hunger und Durst und dem endlos ruckenden Schritt des Packtiers und der sadistischen Gehirnstocherei seiner fremden Wächter:

»Ich habe euch belogen! Es gibt gar keine Flugmaschinen. Ich habe das alles erfunden, damit ihr mich nicht wie die anderen abschlachtet. Aber es ist nicht wahr. Ich habe gelogen, sage ich euch! Tötet mich. Bitte, tötet mich!«

Feuer explodierte hinter seinen verhüllten Augen. Das Monster mit dem schmelzenden Gesicht lugte daraus hervor und kicherte. »Alles zu seiner Zeit, Geringer.

Du bist sehr schlau gewesen, wie? Und du bildest dir immer noch ein, schlau zu sein, wenn du lügst, du habest gelogen.« Das Wesen verpaßte ihm einen fürchterlichen neuralen Schlag und verwandelte die Feuerdrachen-Illusion in einen Schwarm winziger orangefarbener Kreisel. »Du wirst schon die ganze Wahrheit sagen, wenn ich dich vor den Hochkönig und die Königin bringe, oder ich will nicht Karbree der Wurm heißen!« Die Vision wurde wurmartig. Ekelhafte Schlängelwesen schienen Tony durch die Nasenlöcher in den Kopf zu kriechen. Er würgte und kreischte und versprach, alles zu tun, was man wollte, und verlor das Bewußtsein und träumte ...

Rowane, seine Heulerfrau, kam, ihn zu trösten.

Manchmal war sie bezaubernd, und manchmal war sie ihr wahres Selbst mit dem einen lidlosen Auge in der Mitte der Stirn und den weichen Schuppen an Ellbogen und Rückgrat und Kopf- und Körperhaaren von der Farbe eines Blaufuchses.

Sie sagte: »Oh, mein Toniie. Was haben sie dir angetan? Laß mich dir helfen! Hier ist Wasser und Essen. Hier ist sanfter Frieden in meinen Armen und ein liebendes Auge, um Wache zu halten und dich vor weiterem Schaden zu behüten.«

Und er spürte ihren Kuß, erschreckend und glühend, und ihre Umarmung und die beiden Zahnreihen in ihrer Scham wie geschärfte Perlen – niemals verletzend, nur liebend ...

»Rowane, du bist fort!«

Er wachte auf und befand sich wieder auf dem Rükken des trabenden Helladotheriums. Er war immer noch blind, immer noch gefesselt wie eine Räucherwurst, und immer noch holperte er über endlose Bergpfade nach Hoch-Vrazel hinauf.

»Rowane, meine kleine Koboldblume«, jammerte er. »Warum habe ich dich verlassen? Warum?«

»Das können wir uns alles recht gut vorstellen, nicht

wahr, Jungens?« ertönte die höhnische Stimme Karbrees. Die anderen Firvulag der Gruppe schnaubten und brummten und kreischten in obszöner Freude.

»Du hättest mehr Knoblauch und Trüffeln essen sollen, du Schlappschwanz!«

»Oder Igel-Eintopf!«

»Oder Alraunwurzeln! Firvulag-Frauen stellen große Ansprüche – sogar die Heulerinnen!«

»He, ist das wahr, was man über Heuler-Mädchen sagt?«

Die lustigen Monster setzten ihre vulgären Spottreden fort, aber Tony hörte kaum hin. Aufgestaute Tränen versuchten vergebens, den klebrigen Wachsklappen vor seine Augen zu entrinnen. Lederriemen schnitten ihm in Knöchel und Arme. Der Gang des Helladotheriums schlug wie mit Knüppeln gegen seine Nieren. Die bloße Tatsache, daß er bei Bewußtsein war, bedeutete Schmerz.

Rowane, die er verlassen hatte, war weit weg in Nionel und heulte vielleicht gerade in diesem Augenblick die Wände ihres Flitterwochenhäuschens am Butterblumenweg nieder, das treue Herz gebrochen. Der arme Dougal, der nur ungern mit seinem Herrn geflohen war, lag wahrscheinlich am Schauplatz des Überfalls tot im Gebüsch. Die anderen, die er mißleitet hatte, waren fraglos tot – Orion Blue, Jiro, Boris und Karolina. Alle seine Opfer! Und wenn er vor den Firvulag-Monarchen in Hoch-Vrazel sang, was er bestimmt tun würde, sofern er die Reise überstand, brachte er damit allen übrigen den Tod, die im Tal der Hyänen an den beiden Fliegern arbeiteten.

»Ich bin durch und durch schlecht!« schrie Tony Wayland. »Schlecht! Ein Unheilbringer! Mein Silberring – warum mußten sie ihn mir nehmen?«

Sein gefesselter Körper verrenkte sich in heftigen Krämpfen, so daß sogar das friedliche Hellad zu scheuen begann. Schließlich mußte Karbree der Wurm ihn in den Hirnstamm stechen und ihm das Vergessen gewähren, das er gesucht hatte.

Tony fiel ein kurzes Stück und landete auf weicher Materie: Sägemehl oder vermoderte Blätter oder vielleicht nach Koniferenöl riechende Lohe.

»Nehmt ihm die Fesseln ab! Befreit seine Augen!« sagte eine weibliche Stimme, scharf wie eine Vitredur-Klinge. »Möbelt ihn ein bißchen auf! Danach werden wir ihn 'reinbringen.«

Seiner Bande ledig, brach Tony halb gelähmt zusammen. Er hörte eins der subalternen Monster antworten: »Ja, Schreckliche Skathe. Es soll geschehen.«

Tony hatte das Gefühl, eine Infrarotlampe werde auf sein Gesicht gerichtet. Die zähen Wachsklumpen vor seinen Augen wurden weich. Klauen kratzten kurz um seinen Nasensattel, und dann gab es einen fürchterlichen Ruck. Eine einzige Bewegung beraubte ihn seiner sämtlichen Wimpern und gab ihm sein Sehvermögen zurück. Sein Aufschrei war so heiser, daß er in dem Stimmengewirr der ihn umgebenden Menge kaum zu hören war.

»Wasser«, stöhnte er und wischte sich die Augen mit dem schmutzigen Handrücken. Die Sonne schien sehr hell. Vor ihrem Glanz zeichneten sich die Umrisse eines Zwergs in staubiger Obsidian-Rüstung ab, der an dem Überfall beteiligt gewesen war, und eines riesigen Firvulag von offenbar viel höherem Rang, dessen Rüstung aus schwarzem Glas ganz mit goldenen Ornamenten bedeckt und mit Karbunkelsteinen eingelegt war. Die Augen dieser Persönlichkeit glühten wie zwei langsam erlöschende feurige Kohlen. Zweifellos war das die Quelle der Strahlung, die seine Augenklappen geschmolzen hatte.

»Gib ihm zu trinken!« sagte der Oger-Bonze. Tony stellte mit einiger Überraschung fest, daß der Riese weiblich war. Jemand hielt ihm einen Hornbecher mit einer kühlen Flüssigkeit an die Lippen, und er schluckte dankbar. Ein zweiter Zwerg mit einer Schüssel und einem Tuch wusch ihm Gesicht und Hände und massierte grob Tonys prickelnde Beine, um die Blutzirkulation anzuregen.

Tony sah sich um. Er war an der Tür einer Art von Stall auf eine Haufen frischer Streu geworfen worden. Draußen bevölkerten viele Firvulag einen Platz, auf dem anscheinend eine Kombination von Wochenmarkt und Handwerksmesse abgehalten wurde. Ringsherum erhoben sich Felsen und Klippen und steinerne Strebepfeiler, die Tony zuerst für natürliche geologische Formationen hielt. Doch dann entdeckte er eine Myriade von kleinen Fenstern mit blinkenden offenen Flügeln und über Treppen zu erreichende Balkons und Terrassen mit Büschen und Alpenblumen. Von dort oben betrachteten die Vornehmeren der Kleinen Leute ihre Mitbürger auf dem überfüllten Platz unten.

Auf dem Kobold-Markt gab es Hunderte von bunten Ständen mit Markisen und flatternden Bannern, auf denen Ideogramme und Totem-Symbole zu sehen waren. Verkäufer boten Lebensmittel und Kleidung an, Haushaltsgeräte, Schmuck, Teppiche, Waffen, Kräuter, Rauschmittel, Parfums und Medikamente. Eine große Gruppe hatte sich bei einer Hipparion-Auktion versammelt und besah sich die halb gezähmten, springenden kleinen Tiere mit Mienen, in denen sich Argwohn und Faszination mischten. Ein weiterer Volkshaufen stand vor einem reichgeschmückten offenen Zelt um Einlaß an. Eine Ehrengarde von Riesen mit Bildstandarten, um die sich Ketten von vergoldeten Schädeln wanden, hielten dort Wache. Die Luft vibrierte von den Rufen der Händler, dem Lachen und Reden der Käufer und Zuschauer und der Musik einer umherwandernden Gnomenkapelle.

»Hoch mit ihm!« befahl die Riesin mit der schwarzen Rüstung und den roten Augen.

Tony wurde auf die Füße gestellt und stand zitternd und blinzelnd da. Der getupfte Wildlederanzug, den er seiner guten Tarneigenschaften wegen gewählt hatte, als er sich aus Nionel verdrückte, war mit Blut und mannigfaltigem anderen Schmutz besudelt.

»So räudig, wie er aussieht, können wir ihn den Hoheiten nicht präsentieren«, bemerkte die Riesin. »Um Tés willen, beschafft eine Chaliko-Decke oder einen Mantel, damit er halbwegs anständig wirkt.«

»Sofort, Großer Hauptmann!« Einer der Zwerge rannte davon und kam mit einem ziemlich sauberen Poncho aus grünem Leder wieder. Dieser wurde Tony über den Kopf gestülpt, woraufhin die Schreckliche Skathe nickte und ihrem Gefangenen winkte, ihr zu folgen. Die beiden Zwerge, sägezähnige schwarze Hellebarden tragend, folgten ihm nach. Als sie sich einen Weg durch die Menge bahnte, tauchte Karbree der Wurm von neuem auf und nahm den Salut seiner kleinen Gefolgsleute entgegen. Er hatte sich für die Audienz beim Königspaar umgekleidet und seinen praktischen Feldharnisch mit einer Paraderüstung vertauscht, die fast so schön wie die Skathes war.

»Ein guter Fang, Wurm«, begrüßte sie ihn. »Sein Geist leckt wie ein Sieb. Té weiß, welchen Gebrauch die Hoheiten von seiner Intelligenz machen können, aber gute Unterhaltung bietet er auf jeden Fall.«

»Die Geringen sind immer für eine Überraschung gut«, antwortete Karbree heiter. »Es war reines Glück, daß wir drüben an der Seekol-Quelle über ihn und seine Wärter stolperten. Normalerweise kommen wir nie auf zwanzig Meilen an den Ort heran. Wir benutzen immer die Hauptstraße entlang dem Pliktol. Aber einer unserer Jungen hatte von einer versteckten Stelle gehört, wo die Pilze so dicht wachsen sollten wie Flöhe auf einem Bärenhund, sogar im Hochsommer. Deshalb machten wir einen Umweg. Die Pilze haben wir nicht gefunden.«

Sie kamen an das von vielen Firvulag umringte Königliche Zelt. Einer der Zwerge erzwang sich den Weg durch die Menge mit dem Schaft seiner Hellebarde und dem Ruf: »Platz, verdammt nochmal! Platz für den Großen Hauptmann Skathe und den Helden Karbree den Wurm!«

Das gewöhnliche Volk wich schwatzend und grinsend zurück. Ein paar schnitten Tony Gesichter oder versuchten, ihm auf die Zehen zu treten, während er vorbeischlurfte. Und dann waren sie im Innern des großen Pavillons, der voll war von Firvulag-Adligen, sowohl in Rüstungen als auch in Zivilkleidung. Das Stimmengewirr des Marktplatzes war hier etwas gedämpft, und so konnte Tony hören, daß er und seine Begleitung durch eine Reihe von Türstehern angekündigt wurden. Ein furchterregender Oger, den Skathe liebevoll als Medore anredete, kam, sie zu holen. Er sagte:

»Die Künstler bringen soeben den Singenden Stein herein. Gleich danach bist du dran. Komm herein und sieh zu, ich verschaffe dir einen Platz in der ersten Reihe. Das tollste Ding, das ich je gesehen habe.«

Ein Zwerg stieß Tony an, und er folgte Karbree an den Rand eines mit scharlachroten und goldenen Seilen abgezäunten Raums. König Sharn und Königin Ayfa saßen auf einer niedrigen Estrade an der einen Seite, flankiert von Standartenträgern. Sie trugen leichte Gewänder in Blau und Grün mit Silberstreifen und auf dem Kopf identische silbrige Diademe. Elfenpagen trugen Schüsseln mit Obst und Süßwaren, Flakons mit Bier und Apfelwein in schneegefüllten Eimern und auch Geschenke von solchen, die sich um eine Gunst bewarben, heran. Zur linken Hand des Monarchenpaares saßen die königlichen Schreiber, eifrig beschäftigt, Petitionen, Beschwerde, Vorschläge und Denunziationen in Empfang zu nehmen.

»Möge der Stein dem Hochkönig, der Hochkönigin und dem Gnomenrat der Firvulag gefallen!« rief der Erste Herold. »Die Gilde der Steinschneider, der der ehrenwerte Yuchor Sauberpfote vorsteht, präsentiert hiermit dem Volk der Firvulag in der Hoffnung auf Billigung und Zustimmung die neue Große Trophäe!«

Die ganze Versammlung schnappte überwältigt nach Luft. Zehn Kleine Leute mit den Abzeichen ihrer Gilde, angeführt von ihrem Präsidenten, schleppten den auf einem Gestell ruhenden Singenden Stein vor den Thron. Es war ein enormer Beryll, durchscheinend Blaugrün mit einem schwachen Kern pulsierenden Lichts, geschnitten in der Form eines Feldstuhls, wie ihn königliche Hoheiten der Firvulag und der Tanu benutzten, wenn sie in der Hitze des Großen Wettstreits Helden mit der Akkolade ehrten. Im Querschnitt bildete er ein flaches U. Er hatte keine Rückenlehne, aber mit Arabesken verzierte Armstützen. Die Beine und die Ecken waren so geformt, daß sie heraldischen Flügelwesen mit reptilienartigen Körpern ähnelten, den Drachen des verlorenen Duat. Alle Linien des Schnitzwerks waren mit einer glänzenden Platin-Rhodium-Legierung ausgegossen. Ein grünes Seidenkissen mit Troddeln, von Fäden des gleichen Metalls durchzogen, lagen auf dem Sitz.

»Diese Große Trophäe«, verkündete der Herold, »soll das Symbol einer neuen Ära der Gegnerschaft zwischen den Kleinen Leuten des Vielfarbenen Landes und ihrem verabscheuungswürdigen Feind sein – bis ans Ende der Welt!«

Ein Höllenlärm aus Jubel und Kriegsgeschrei brach aus, interpunktiert von allerlei Flüchen und Rufen: »Tod allen Tanu!« und »Ylahayll Aiken-Lugonn!«

Der König und die Königin hoben Schweigen gebietend die Arme, und der Herold setzte seine Rede fort.

»Der Singende Stein soll der Kampfgesellschaft verliehen werden, die in dem Wettstreit, der dieses Jahr auf dem traditionellen Goldfeld der Firvulag abgehalten wird, Sieger bleibt. Er ist so programmiert, daß er mit hundert Stimmen ein Freudenlied singt – aber nur, wenn der *wahre* Hochkönig des Vielfarbenen Landes darauf thront. Läßt sich ein geringerer Herrscher oder einer, der sich den Titel angemaßt hat, darauf nieder, wird er statt süßer Musik den Tod finden!«

Der Firvulag-Adel brach von neuem in ohrenbetäubendes Gebrüll aus. Viele ließen ihre illusorischen Aspekte aufblitzen, und glühende groteske oder alptraumhafte Erscheinungen sprangen da und dort zwischen den gutgekleideten Riesen und Gnomen umher.

Nun näherte sich der Präsident der Steinschneider-Gilde der Estrade, während seine Leute die Trophäe von ihrem Traggestell abluden. »Hochkönig! Hochkönigin! Gemeinsame Souveräne der Höhen und Tiefen, Monarchen der unendlichen Hölle, Vater und Mutter aller Firvulag und unangefochtene Herrscher der bekannten Welt – *manifestiert!*«

Mit großer Geste auf den wartenden Feldstuhl zeigend, trat der Gnom zur Seite. Sharn betrachtete den Stein nachdenklich, rührte sich jedoch nicht.

Ayfa zeigte mit strengem Finger auf den ehrenwerten Yuchor Sauberpfote. »Bist du *sicher,* daß das Ding ordnungsgemäß programmiert ist?«

Der Gildenpräsident riß sich die Mütze ab und fiel auf die Knie. »O ja, Hochkönigin!«

»Nach dir, mein Lieber«, sagte Ayfa zu ihrem Mann. Sharn schritt majestätisch zu dem Stein, drehte sich um und senkte das königliche Hinterteil darauf nieder.

Acht Noten erklangen. Sie hörten sich wie das Läuten ungeheurer Glocken an, die sich irgendwie die Obertöne von Firvulag-Stimmen zugelegt hatten. Sie schwollen in der Luft wie körperliche Präsenzen, die man ebenso fühlen wie hören konnte, steigerten sich gegenseitig mit wunderbaren harmonischen Vibrationen. Die acht Noten schienen Antworten von der Erde, von den Bergen ringsum, von den Knochen der Lauschenden hervorzurufen. Jede Wiederholung der

Phrase war lauter als die vorherige, herrlicher, schmerzlicher:

Tony Wayland erwachte aus seiner Betäubung und begann zu lachen. Das Geräusch ging im Singen des Steins unter, aber König Sharn merkte es doch. Er stand auf. Die Musik verhauchte in einem widerhallenden Diminuendo und machte Tonys verrücktes Gegacker zu einem schockierenden Kontrapunkt, bis er sich bewußt wurde, daß sich die Gedanken aller Fremder entrüstet auf ihn richteten.

Den letzten Lacher hinunterschluckend, murmelte er: »Ja, seht ihr ... das ist ... ich meine, das ist ...« Er summte eine kleine Melodie in der gleichen Tonart, die sich auf unheimliche Weise mit dem noch vernehmbaren Lied des Steins verband. »Das war so eine Art Witz ... von diesem verdammten Denny Johnson oder sonstwem. Weia! Waga! Woge du Welle, walle zur Wiege, wagala weia ...«

Ein dachhoher Albino-Skorpion mit leuchtenden Eingeweiden ragte über Tony, Skathe und den Zwergen auf: *»Halt du den Mund!«*

Der Wurm zuckte die Achseln. »Hochkönig, er ist nur ein bißchen durcheinander von der Reise. Warte, bis du seine Geschichte gehört hast.«

Sharn fuhr herum und nahm wieder seine normale Gestalt an. Er hob die Arme, und das wütende Murren, das Tonys improvisierte Darbietung begleitet hatte, verstummte. Der König sagte: »Wir danken den loyalen Mitgliedern der Steinschneider-Gilde und Yuchor Sauberpfote, ihrem Präsidenten, für eine gut getane Arbeit. Bringt diesen Singenden Stein in die königliche Schatzkammer, wo er bis zum Großen Turnier, heute in zehn Wochen, sicher aufbewahrt werden soll!«

Da und dort wurde applaudiert. Ayfa trat stirnrunzelnd vor den sich duckenden Metallurgen, der im festen Griff der Zwerge hing. Sie hielten ihre Hellebarden aus schwarzem Glas unter seiner Kehle gekreuzt.

»Wer ist, dieser elende Wicht?« fragte die Königin kurz.

»Das«, meinte der König, »werden wir jetzt herausfinden.«

Ich liebte sie von Herzen, aber sie war einfach unersättlich (berichtete Tony Wayland), und ich wußte, es würde bald aus mit mir sein, wenn ich nicht bald ein bißchen Ruhe kriegte. Ich meine – wenn ich meinen silbernen Reif noch gehabt hätte, wäre das gar nichts gewesen. Aber bloßhalsig ...

Jedenfalls nahm ich meinen Freund Dougal auf die Seite, der beim Großen Liebesfest ebenfalls eine Heulerfrau genommen hatte. Genau wie bei mir drohten seine Lauflager durch reine Materialermüdung zu brechen. Deshalb flohen wir in einer dunklen Nacht. Wir wollten nach Goriah und zu Aiken Drum. Ihr wißt, er hat jedem, der sich ihm anschließt, einen Halsring versprochen ... Ihr wißt doch ... Das hat er nicht getan? – Jesus Christus – man kann sich heutzutage auf niemanden mehr verlassen ...

Ja. Also Dougal und ich entschlossen uns, den Flüssen Nonol und Pliktol fernzubleiben. Zu viele Heuler auf den Straßen. Statt dessen zogen wir die Proto-Seine hinauf, den Fluß, den ihr den Seekol nennt. Wir wußten nichts von den Riesen-Hyänen, versteht ihr.

Ein paar Tage lang wanderten wir flußaufwärts, bis wir in einen Dschungel gerieten, in dem das Vorankommen höllisch schwer war. Spät am Nachmittag fanden wir dies geheime Tal, und da sahen wir die Vögel – die Flugmaschinen meine ich. Jesus Christus, war das ein Schreck! Diese verdammt großen stelzbeinigen Dinger, unter den Sequoias versteckt, und Leute, die Gott weiß was daran arbeiteten. Wir legten uns ins Gebüsch und sahen für den Rest des Nachmittags zu. Danach wollten wir uns wegschleichen. Aber wir sahen, daß sie einen Vogel startklar machten – und, ich meine, würdet *ihr* in einem solchen Fall weggehen? Nun, wir blieben bis weit in den Abend hinein. Und verdammt seien meine Augen, wenn die Maschine nicht ein Rho-Schiff war, ein gravomagnetisches Fahrzeug, das nach demselben Prinzip funktioniert wie unsere eiförmigen Flugmaschinen im Galaktischen Milieu. Wie die Dinger je ins Pliozän gekommen sind ...

Oh? – Die gleichen Flugzeuge wie das, das Finiah bombardiert hat? – Himmel, Arsch und Zwirn!

Jedenfalls sahen wir eins aufsteigen und wieder herunterkommen. Bis dahin war es Nacht geworden, so daß wir an Ort und Stelle biwakieren mußten. Dann kam dieses Hyänen-Rudel, und wenn Dougal nicht so phantastisch mit dem Schwert wäre, hätten sie uns in Stücke gerissen. Beim Verjagen der Bestien machten wir genug Lärm, um Tote aufzuwecken. Leute kamen aus dem Lager der Geringen und halfen uns, die letzte Hyäne loszuwerden.

Aber einer der Geringen erkannte mich wieder. Und nun saß ich in der Scheiße.

Ich bin in Finiah ein Silberner gewesen, versteht ihr. Als die Geringen mich gefangennahmen und meinen Reif abschnitten, sagten sie, ich könne für ihre Sache arbeiten oder mir die Därme herausreißen lassen. Deshalb kooperierte ich, wartete meine Zeit ab und floh zusammen mit Dougal bei der ersten günstigen Gelegenheit. Ich plante schon damals, nach Goriah zu gehen und mich Aiken Drum anzuschließen, aber Dougal und ich gerieten mit Heulern zusammen und ... ach, Scheiße. Das braucht ihr nicht zu hören.

Nun gut. Als dieser Mann Orion Blue mich sah und einen Verräter nannte, wollten einige der Geringen mich sofort aufhängen. Aber ihr Anführer, ein Goldreifträger namens Basil, sagte, wir müßten zu einer Gerichtsverhandlung unter Häuptling Burke zu den Verborgenen Quellen gebracht werden.

Dann ging die Reise los. Wir waren mit Blue und drei weiteren Geringen unterwegs, als eure Leute uns aus dem Hinterhalt angriffen. Das übrige wißt ihr. Ich sah, daß der arme alte Dougal zu Boden fiel und die vier Geringen in Stücke gehackt wurden, und da dachte ich, es sei an der Zeit, klug zu sein. Ich brüllte die Sache mit den Flugzeugen heraus. Euer Mann Wurmgesicht entschied, ich müsse Besuch bei euch machen. Sicher seid ihr entzückt darüber.

Nun bratet mein Gehirn und seid verdammt!

Was? – Ja, da waren nur zwei Flugmaschinen. Eine sahen wir in Betrieb. Aber um die Stelzen der anderen war die Vegetation verbrannt. Sie sah nicht aus, als sei sie kaputt. Leute arbeiteten daran. Trugen Ausrüstungsgegenstände hinein und heraus, während wir sie beobachteten.

Wie viele? Also, genau gezählt haben wir sie nicht. Laßt mich nachdenken! Mindestens fünfunddreißig Leute, vielleicht mehr ... Und ob Wachtposten da waren! Einige mit eisernen Speeren und Pfeilen bewaffnet, und eine große Schwarze mit einem Lähmgewehr, um Gottes willen! – Sie habe vor mir nicht darüber gesprochen, welche Pläne sie mit den Flugzeugen haben. Ich bin ein schmutziger Verräter, wißt ihr noch? Der wetterwendische Tony! Zuerst betrog ich die Tanu, indem ich das Leben wählte und mir von den Geringen meinen silbernen Reif abschneiden ließ. Dann betrog ich die Geringen, indem ich von den Eisendörfern weglief. Dann betrog ich die Heuler, indem ich meine Frau verließ. Und wenn ihr mich sehr lange hier behaltet, werde ich mein Bestes für *euch* tun! Walala weiala weia ...

»Was hältst du von seiner Geschichte?« wandte sich Ayfa an Sharn, nachdem Tony abgeführt worden war.

»Es war uns bekannt, daß eine Expedition der Geringen nach Osten zum Schiffsgrab gezogen ist. Jetzt wissen wir, daß sie Erfolg gehabt hat.«

»Was sollen wir nun tun, Hochkönig?« fragte Skathe. »Es kann im Letzten Krieg keine Allianz zwischen Firvulag und Geringen geben. Die Menschen werden diese Flugmaschinen gegen uns verwenden.«

König und Königin saßen mit Skathe und dem alten königlichen Stellvertreter Medor an einem kleinen Tisch. Sie hatten sich für die Befragung Tonys in einen Teil des Zeltes zurückgezogen, der mit einem Vorhang abgeschirmt war, und tranken jetzt kühles Bier aus großen Glaskrügen.

Sharn sagte: »Ich möchte eure Aufmerksamkeit auf die Tatsache lenken, daß das Tal der Hyänen in bedeutungsvoller Nähe zu Nionel liegt.«

»Du meinst, daß die Heuler mit den Geringen im heimlichen Einvernehmen stehen?« Medor wischte Schaum von seiner gespaltenen Oberlippe.

»Todsicher«, antwortete der Firvulag-König.

»Nach der Sache mit den Bräuten«, stellte Ayfa düster fest, »fürchteten wir, daß es so kommen würde. Fithar Holzbein hat bei seiner diplomatischen Mission in Nionel Nachforschungen angestellt. Wir wollen seinen vollständigen Bericht morgen dem Gnomenrat vorlegen. Sugoll beteuert immer noch seine Loyalität gegenüber Hoch-Vrazel. Er hat seine Leute wie Biber arbeiten lassen, um das Goldfeld für das Turnier herzurichten. Aber was seine Unterstützung im Letzten Krieg angeht – vergeßt ihn! Der gesamte Heuler-Stamm hat sich mit den Menschen verbündet, und das wär's dann.«

»Wir müssen etwas wegen dieser Vögel unternehmen«, beharrte Skathe. »Aber das wird eine haarige Sache werden. Ihr habt gehört, was dieser Verräter sagte – die Geringen bewachen die Flugmaschinen mit Eisen.«

Medor gab zu bedenken: »Und wenn wir sie dort

überfallen, zeigen wir Sugoll vor der Zeit, welche Karten wir haben. Vielleicht auch Aiken Drum.«

»Fick ihm ins Ohr!« grollte Skathe. »Könnten wir diese Flugmaschinen nur selbst benutzen!«

Medor gab ein resigniertes Lachen von sich. »Kein Gedanke! Es sind bei uns nur noch eine Handvoll alter Einwanderer am Leben, die sich daran erinnern, wie wir damals Bredes Schiff verließen. Ich glaube nicht, daß ein einziger von ihnen einen Magnetfluß-Vernetzer von einem Hipparion-Schnitzel unterscheiden kann. Té weiß, daß ich es nicht kann, und ich komme im Rat so ziemlich am nächsten an einen Techniker heran. Nein ... diese Schiffe sind nutzlos für uns.«

»Vielleicht doch nicht.« Ein zögerndes Lächeln breitete sich um Sharns großen Mund aus. »Überlegt einmal! Wir haben die Tatsache beklagt, daß die Führerschaft des Feindes an ein Menschlein übergegangen ist. Nun sitzt er in Goriah fest wie eine Zecke, ganz gleich, welche Hoffnungen Nodonn und Celo hegen. Sie werden Aiken nie mit ein paar hundert Rittern aus der Glasburg vertreiben. Nicht einmal, wenn sie das heilige Schwert benutzen.«

»*Unser* Schwert!« stieß Medor mit erstickter Stimme hervor.

»Wer weiß das besser als ich?« rief Sharn. »Der Großvater meines Großvaters schwang es in der ersten Großen Prüfung am Schiffsgrab! Und wenn der Letzte Große Krieg über uns hereinbricht, werde ich es tragen ... sofern eine bestimmte Idee, die mir gerade gekommen ist, Früchte trägt.«

»Ich glaube, ich verstehe dich!« jubelte Ayfa. »Und Nodonn ist ein Ehrenmann, er hat immer für die alten Bräuche gekämpft. Wenn er etwas verspricht, hält er sein Wort.«

»Wer?« verlangte Skathe zu wissen. »Was? *Wie?*«

Sharn erläuterte: »Wir berichten Nodonn von den beiden Flugzeugen. Ihr wißt, daß sich beim Feind bestimmte wissenschaftliche Kenntnisse erhalten haben. Celadeyr von Afaliah und Thufan Donnerkopf sind beide Kreatoren, beide Einwanderer. Ist nicht anzunehmen, daß sie eine Gebrauchsanweisung für diese fliegenden Maschinen haben? Wenn sonst nirgendwo, dann in den Bibliotheken ihrer Zitadellen.«

Medor fiel aufgeregt ein: »Und wenn Tanu mit den Maschinen davonfliegen, dann bedrohen sie uns nicht länger! Nodonn würde sie nie im Letzten Krieg gegen uns benutzen. Dazu ist er zu ritterlich.«

»Aber er würde sie gegen Aiken Drum benutzen«, sagte die Königin.

Medor lehnte sich in seinem Sessel zurück und lachte aus vollem Hals. »Nodonn schießt Aiken in einer ruhmreichen Fliegenden Jagd aus der Luft, bevor das Große Turnier begonnen hat! Und zum Dank für unsere Hilfe ...«

»Gibt er mir das Schwert«, vollendete Sharn. »Sobald er Goriah erobert hat. Seine Sache ist es, der toten Hand des Usurpators den Speer in einem Stück zu entreißen.«

Die Riesin Skathe schmolz dahin vor Bewunderung. »Hochkönig, deine Weisheit ist unermeßlich!«

Sharn trank einen kleinen Schluck Bier. »Oh, ich weiß nicht.« Er blinzelte Ayfa zu. »Vielleicht kommt mir von Zeit zu Zeit eine großartige Idee ...«

»Wann willst du dich mit Nodonn in Verbindung setzen?« fragte Medor.

Das Gesicht des Königs wurde ernst. »Noch heute nacht. Ich werde ihm die Entscheidung überlassen. Aber er wird anbeißen – darauf wette ich meinen Thron. Wenn der Gnomenrat morgen von mir hört, ist der Handel wahrscheinlich schon abgeschlossen.«

Medor stand auf, um zu gehen. »Soll ich Karbree sagen, dieser Bursche Tony könne abgetan werden?«

Skathe blickte nachdenklich drein. »Laßt ihn mir für eine Weile.« Sie lächelte, als die anderen sie zweifelnd ansahen. »Ihr kennt mich, ich bin immer Traditionalistin bis ins Mark. Trotzdem – es mag keine schlechte Idee sein, diese Sache mit den Heulern nachzuprüfen.«

Sharn und Ayfa und Medor waren schockiert.

»Man kennt etwas nicht, solange man es nicht ausprobiert hat«, stellte die Ogerin logisch fest.

6

Es war kurz vor dem Morgengrauen in Afaliah, und die erste Euphorie, die die Konferenz mit dem Firvulag-König erzeugt hatte, begann sich zu verflüchtigen.

Nodonn, sein Bruder Kuhal und Celadeyr saßen in der verwüsteten Bibliothek der Zitadelle und tranken mit Branntwein angereicherten Kaffee. Der Fußboden war bedeckt von beiseite geworfenen Nachschlage-Kristallen, die Folge einer fast wahnsinnigen Suche nach Prismen, die Spezifikationen und Handbuch für die alten Flugmaschinen enthielten. Diese waren schließlich, in der falschen Schublade abgelegt, aufgestöbert worden, und jetzt stellte Celadeyr den Bildschirm des großen Lesers ein, während die anderen diskutierten, welchen Kurs sie am besten einschlügen.

»Nun seht euch das an!« Celo vergrößerte die Zeichnung von einem Teil des Innenraums. »Ich hatte vergessen, daß der Raum für das große Gepäck hinten im Schwanz ist. Wenn die Passagiere dicht bei dicht gepackt werden, kann das Ding wahrscheinlich zweihundert Ritter transportieren. Das gibt uns vierhundert erstklassige Kämpfer für deinen Angriff auf Goriah! Soviel und mehr bekommen wir zusammen, bis Thufan und seine Jagd übermorgen aus Tarasiah eintreffen.«

»Bei Tana, welch ein Glück, daß der alte Donnerkopf qualifiziert ist, die Maschinen zu fliegen«, sagte Nodonn. »Aber du, Celo ...«

»Ich habe damals auf Duat sechs Unterrichtsstunden gehabt!« grollte der Veteran. »Mehr als jeder andere!«

»Vor tausend Jahren.« Kuhal hielt seinen mentalen Aspekt neutral.

»Das Flughandbuch ist leicht zu verstehen«, gab Celo zurück. »Und ein kompliziertes Manövrieren ist nicht notwendig. Wir lassen das Ding einfach schweben, abgeschirmt und unsichtbar, und pusten den kleinen goldenen Bastard aus Kernschußweite mit dem Schwert weg. Sein Sigma-Feld nützt ihm überhaupt nichts, wenn der Fußboden unter ihm weggeschnitten wird!«

»Trotzdem«, sagte Kuhal, »wäre es vielleicht am besten, wenn einer der jüngeren Kreatoren ...«

Celo blieb stur. »Keine Zeit mehr, jemand von Anfang an auszubilden. Ich kann es, verdammt noch mal! Stopft mich voll mit Kalziumpangamat, laßt Boduragol meine alten Piloten-Reflexe kurz auffrischen, und ich werde wie eine Fledermaus zur Paarungszeit fliegen! Der alte Donnerfurz kann mich prüfen, bevor wir das Tal der Hyänen verlassen.«

»*Wenn* wir es tun.« Stirnrunzelnd goß Nodonn noch etwas Branntwein in seine Tasse. »Meiner Meinung ist der kritischste Teil des Unternehmens der Anfang. Das Verschwinden mit den Flugmaschinen, ohne daß Aiken Drum davon erfährt.«

»Die Spione des Jungen sind überall«, mußte Celo einräumen.

»Und Sharn sagte mir, daß der Anführer der Flugmaschinen-Techniker einen goldenen Reif trägt. Es steht fest, daß den Geringen Aiken Drum als Herrscher über das Vielfarbene Land lieber ist als ich. Wenn wir im Tal der Hyänen nicht mit äußerster Vorsicht handeln, warnen die Geringen dort möglicherweise Aiken, daß wir die Flugmaschinen genommen haben. Dann wäre das Element der Überraschung bei unserm Angriff auf Goriah dahin. Und das könnte tödlich für uns sein.«

»Wir greifen sie mit einer Fliegenden Jagd an«, sagte Celo grimmig, »und schlachten das ganze Nest ab, genau wie in der guten alten Zeit.«

Apollo lachte mitleidig. »Ich bin nicht mehr der Schlachtenmeister, der ich in der guten alten Zeit war – und diese Menschen sind auch nicht mehr die zitternde Beute des vergangenen Jahres. Sie sind gut bewaffnet, und es mögen vierzig oder mehr sein, die die Schiffe bewachen. Kein einziger von ihnen darf entkommen – oder auch nur Alarm schlagen. Selbst wenn ich noch die Kraft besäße, eine ganze Jagd von Koneyn nach der Herkynischen Wildnis zu tragen, täte ich es nicht auf diese Weise. Durch diese Anstrengung würde ich mich verausgaben. Ich zöge in einem gefährlich geschwächten Zustand nach Goriah.«

»Aber wir könnten warten, bis du dich erholt hättest ...«, begann Celadeyr.

Nodonn hob abwehrend die Hand. »Jeder Tag, den wir verstreichen lassen, bringt Aiken Drum einen Schritt zu seiner eigenen Genesung weiter. Mercy hat mich darüber ständig genau informiert. Sie – trägt sogar bei zu seiner Heilung, obgleich gegen ihren Willen. Nein. Wenn wir den Usurpator besiegen wollen, müssen wir so bald wie möglich zuschlagen.«

»Welchen Kurs hältst du für den günstigsten, Bruder?« fragte Kuhal.

»Ich möchte nur eine Handvoll der stärksten und mutigsten Ritter einsetzen. Wir fliegen auf den Schwingen eines metapsychischen Sturms mit unseren Chalikos nach Norden und töten die Geringen im Tal der Hyänen mit geistigen Kräften statt mit physischen Waffen. Kein ritterliches Treffen, keine Jagd.« Nodonn lächelte über die schnell unterdrückte Entrüstung, die dem Gehirn des alten Champions entsickerte. »So, Celo – nun kennst du das Niveau, auf das hinabzusteigen ich bereit bin. Aber die Geringen kämpfen gegen uns nicht nach den Prinzipien der Kriegsreligion. Deshalb bin ich entschlossen, anständige wie unanständige Methoden zu benutzen.«

Celadeyr zögerte, dann sagte er: »Wenn du unfair gegen Aiken Drum kämpfst, könnte unser Tanu-Volk dir die Anerkennung verweigern. Er ist der Erwählte von Mayvar Königsmacherin und vom Konklave durch Akklamation bestätigt worden.«

»Ich werde dem Usurpator entsprechend dem alten Ritual entgegentreten«, versicherte Nodonn ihm. »Schwert gegen Speer werden wir den heiligen Wettstreit fortsetzen, der durch die Überflutung der Weißen Silberebene unterbrochen wurde.«

Die Erleichterung des alten Kreators war offensichtlich. »Das wird genügen. Was jedoch die Eroberung der Flugmaschinen betrifft, so ist dein Vorschlag kühn, aber allzu gefährlich. Dieser Mensch mit dem goldenen Reif braucht nur einen einzigen Gedanken abzustrahlen, und du bist erledigt.«

»Wäre doch Cull noch am Leben«, sagte der Schlachtenmeister. »Ein kämpfender Redakteur wäre auf einer solchen Mission eine unschätzbare Hilfe. Er könnte die fremden Gedanken auseinandersortieren, den Verdacht der Geringen zerstreuen und ihre Aufschreie erstikken.«

»Die wirklich erstklassigen Gehirnverbieger sind zu Aiken übergelaufen – oder noch schlimmer, befinden sich bei Dionket und den Pazifisten. Mein Boduragol ist ein guter Heiler, aber nicht der richtige Mann für Streß-Situationen. Keiner seiner Untergebenen im Haus des Heilens ist fähig, bloßhalsige Menschen zu manipulieren. Es ist höllisch schwierig, den Geist eines Geringen zu zermalmen, wenn er keinen grauen oder silbernen Reif trägt. Und der Goldene ist das größte Problem.«

»Wäre doch Mercy bei uns!« rief Nodonn. »Was wir brauchen, ist ein Mensch – der es mit Menschen aufnehmen kann.«

Kuhals Kaffeetasse fiel klirrend auf den Tisch. Sein Gesicht strahlte. »Natürlich«, flüsterte er. »Natürlich!«

CLOUD: Ich werde es tun.

HAGEN: Du bist wahnsinnig. Oder hast du dich zur Abwechslung nach dem armen alten Elaby in diesen Fremden verknallt.

CLOUD: Schuft! (Schmerz.)

HAGEN: Ach, zum Teufel! Es tut mir leid ... Aber du darfst dich nicht so wegwerfen! Wir sind schon so nahe. Morgen überqueren wir das Rif, wenn es uns gelingt, die Gleisketten an den verdammten FH-4 zu reparieren. Ich kann es kaum erwarten, den gewaltigen Wasserfall zu sehen! Danach – wie lange kann es noch dauern? Wir bauen die Mehrzweckfahrzeuge um, segeln über das Mittelmeer, kriechen den Hals der Balearischen Halbinsel hinauf und sind fast schon in Afaliah. Wir möchten, daß du dort auf uns wartest, Liebes – und nicht mit deinem exotischen Freund zu einem verrückten Überfall ausgezogen bist.

CLOUD: Ich kann dafür sorgen, daß Nodonn die Flugmaschinen für seinen Angriff auf Aiken Drum bekommt. Wenn ich den Fremden mit meiner Redigierung helfe, ist es ausgeschlossen, daß einer der menschlichen Wachtposten Alarm gibt. Und es wird Menschenleben retten – und das mag dir nicht wichtig sein, aber mir. Ich mache sie alle bewußtlos, und dann fliegen wir mit ihnen als Gefangenen zurück, statt sie mir nichts, dir nichts umzubringen, wie es die Fremden vorhatten. Für mich besteht kaum Gefahr, vorausgesetzt, ich kann es vermeiden, von einem Husky betäubt zu werden.

HAGEN: *Husky?* Jesus Christus, Cloud! Wie kommen diese Menschen zu richtigen Waffen? Ich dachte, sie hätten nur Pfeil und Bogen ...

CLOUD: Das habe ich noch nicht herausgebracht. Aber ganz bestimmt werden sowohl von den Geringen als auch von Aikens Elite-Korps einige moderne Waffen benutzt.

HAGEN: Scheiße.

CLOUD: Das kleine Drehbuch, das Kuhal und Nodonn für das Tal der Hyänen ausgearbeitet haben, gewährleistet meine Sicherheit. Ich mache mir keine Sorgen.

HAGEN: Dann viel Glück, Schwester. Aber paß auf! Unter gar keinen Umständen nimmst du an dem Angriff auf Aiken Drums Zauberburg teil.

CLOUD: Keine Bange.

HAGEN: Denke an das Zeitportal. Vergiß nicht, wir anderen zählen darauf, daß du bei Papa vermittelst. Er wird nicht für immer im Tank bleiben – sofern er überhaupt drinsteckt. Ist er erst wieder auf dem Damm, dauert es auch nicht mehr lange, bis er hier auftaucht und uns beim Kragen faßt. Du bist die einzige, die ihn herumbekommen kann.

CLOUD: Ich habe immer wieder und wieder versucht, ihn im i-Modus zu rufen, aber er antwortet nicht. Er *muß* im Regenerierungstank sein. Es sei denn ... Hagen, meinst du, er könnte ...

HAGEN: Sei nicht dumm!

CLOUD: Nun, Felice hätte Aiken fast getötet. Und wenn sie tatsächlich nach Nordamerika d-gesprungen ist, kann sie auch gleich in das abgeschirmte Observatorium gesprungen und genau auf Papas Fernspürstrahl gelandet sein.

HAGEN: Er lebt, verdammt soll er sein.

CLOUD: Habt ihr schon Erfolg bei euren Bemühungen gehabt, mit Manion fernzusprechen?

HAGEN: Nein. Veikko versucht es weiter, aber er hat im i-Modus einfach nicht die gleiche Wattstärke wie der alte Vaughn, und ein überall zu hörendes Gebrüll wollen wir nicht riskieren. Nicht etwa, daß einer von den anderen auf Ocala uns die Wahrheit sagen würde ...

CLOUD: Sie sind da. Ich muß jetzt gehen.

HAGEN: Sei vorsichtig. Sei *sehr* vorsichtig.

CLOUD: Du auch. Bring mir ein Drei-D-Endlosband

von dem Gibraltar-Wasserfall mit, wenn du kannst! Es muß ein toller Anblick sein ...

Eine Gesellschaft von Schnepfenjägern aus dem Lager der Geringen im Tal der Hyänen fand Dougal. Eine Woche nach dem Firvulag-Überfall lebte er immer noch, im Delirium tobend, eine erbarmungswürdige Masse aus infizierten Wunden und Insektenstichen. Er hatte es fertiggebracht, beinahe zwanzig Kilometer auf seiner eigenen Spur zurückzugehen. Dann war er auf einem sumpfigen Pfad gleich südlich von dem Tal, wo die Flugzeuge versteckt waren, zusammengebrochen.

»... aber ich stürbe gern eines trockenen Todes«, murmelte Dougal, als seine Retter ihn aus dem Schlamm zogen. »Auf mein Wort, Morisca, meine kleine Person ist dieser großen Welt überdrüssig.«

»Manchmal finde auch ich sie von mittlerer Lästigkeit«, stimmte Sophronisba Gillis ihm bei. »Wie bist du von Orion und den anderen losgekommen, Unglückswurm?«

Dougal murmelte unzusammenhängende Satzfetzen. Später, als sie das Lager erreichten, kam er beim Anblick der beiden geparkten Flugmaschinen kurz zu sich und stöhnte: »O weh! Ihr armen Falken auf eurer stolzen Höh'!« Dann versank er wieder in Stumpfsinn.

Phronsie und die anderen Schnepfenjäger trugen den gefallenen Ritter in die Krankenstation. Es war dunkel geworden. Der fast volle Mond schickte Strahlen, so hell wie Suchscheinwerfer, durch die hohen Sequoias und färbte die schwarzen Rho-Schiffe silbern. Alle von Basils Höllenhunden, die keine Wache hatten, drängten sich in der Krankenstation zusammen, wo die Ärzte Thongsa und Magnus Bell sich vergeblich bemühten, den wieder ergriffenen Gefangenen ins Bewußtsein zurückzurufen.

»Es sieht ziemlich hoffnungslos aus, Basil«, meinte Magnus. »Er ist im Schockzustand. Außer all den äußeren Wunden hat er vermutlich auch einen Milzriß. Gott weiß, warum er immer noch am Leben ist.«

»Schaff diese Leute hinaus!« verlangte Thonsa gereizt.

Basil trieb die Menge auf die vom Mond beschienene Lichtung. Er sagte zu Phronsie: »Wir müssen herausfinden, was aus diesem Gefangenentransport geworden ist. Ob Dougal einfach fliehen konnte – oder ob die Gruppe von Aikens Leuten oder den Firvulag überfallen wurde. Bist du sicher, daß Dougal gar nichts Bedeutungsvolles gesagt hat? Irgendeinen Hinweis darauf, daß unser Versteck hier verraten sein könnte?«

Die statuenhafte Schwarze zuckte die Achseln. »Er hat nur eine Menge Shakespeare-Zitate hervorgesprudelt. Diesen Blödsinn, den er immer drauf hatte. Dann, als wir hier eintrafen, quasselte er etwas über die Flugzeuge. Nannte sie stolze Falken – oder so ähnlich.«

Der frühere Oxford-Professor riß die Augen auf. »Was hat er gesagt? Wörtlich?«

Einer der anderen Schnepfenjäger rief dazwischen: »Ich weiß es noch genau! Es hieß: ›Ihr armen Falken auf eurer stolzen Höh'‹.«.

Basils Blick hob sich zu den langbeinigen Flugzeugen mit den heruntergeklappten Flügeln und Schwänzen, die Flugdecks wie Vogelhälse ausgestreckt. Er zitierte:

> Ein Falke ward auf seiner stolzen Höh'
> Getötet bei der Mausjagd von der Eul'.

»Subhan'llah!« keuchte der Techniker Nazir.

»Äh ... genau das, was auch ich empfinde.« Basil betastete seinen goldenen Halsring. »So schief das Bild sein mag, ich fürchte, Dougals kleines Zitat läßt nur eine Deutung zu. Und deshalb ...«

»He, bleib stehen, wo du bist!« schallte ein Ruf von der anderen Seite der Lichtung.

Plötzlich waren weitere Stimmen und rennende Füße

zu hören. Elektrische Taschenlampen gingen an und stachen in die Schatten hinter dem Flieger Nummer Zwei.

»Stehenbleiben, verdammt noch mal – oder ich schieße dich über den Haufen!« brüllte Taffy Evans.

Die zusammenlaufenden Wachen richteten die Strahlen ihrer Taschenlampen auf den Stumpf eines Rotholzbaums. Dort duckte sich eine einzelne menschliche Frau und schirmte ihre Augen vor dem Licht ab. Eine Gestalt in einem weiten Reifrock und einer Halskrause trat vor und piekte den Eindringling erbarmungslos mit einem Eisenspeer. Die Frau brach in Tränen aus.

Basil und die anderen standen da wie vom Donner gerührt.

»Tut mir nichts!« weinte die Frau. »Bitte, tut mir nichts!«

Die Wachen waren nähergetreten, und jetzt begannen sie, ihre Gefangene in Richtung auf Basil und die große Gruppe, die sich um ihn geschart hatte, abzuführen.

»Jedenfalls ist sie wirklich menschlich«, rief Mr. Betsy hochbefriedigt aus. »Kein elender fremder Gestaltenwechsler!«

»Natürlich bin ich menschlich«, jammerte die Frau. Sie stolperte. Taffy Evans, der das Lähmgewehr trug, klemmte es sich schnell unter den Arm und fing die Gefangene mit der freien Hand auf. Sie lächelte ihn an.

»Halte das Husky auf sie gerichtet, Taff!« Die Inkarnation Königin Elizabeths ließ in der Wachsamkeit nicht nach. »Und wenn sie eine falsche Bewegung macht, schießt du!«

»Na, na, Bets«, protestierte der Pilot.

Nun geriet die Gefangene in den hellen Mondschein vor der Krankenstation, und sie sah so offenkundig harmlos aus, daß alle, sogar die bewaffneten Wachen, sich sichtlich entspannten. Sie hatte weiße Segeltuch-Shorts und ein unter der Brust geknotetes kariertes

Baumwollhemd an. Ihr blondes Haar, von einem schmalen Band aus der Stirn gehalten, war sauber und glänzend. Auf dem Rücken hing ihr ein kleiner Rucksack für einen Tagesausflug. Trotz ihres verweinten Gesichts war sie von beinahe atemberaubender Schönheit.

Basil trat vor. Der goldene Reif schimmerte im Halsausschnitt seiner offenen Safari-Bluse. Cloud Remillard kam direkt zu ihm und sagte: »Sie müssen Professor Wimborne sein!«

»Es tut mir leid, ich hatte noch nicht das ...«, begann Basil instinktiv – und dann wurde er von schmerzlichem Kummer überwältigt, und er fragte sich, wie es ihm hatte passieren können, daß er Alice nicht erkannte. Alice mit dem langen Hals und den schelmischen Augen war aus dem Wunderland entwichen und drückte, Schweigen verlangend, den Zeigefinger gegen seine Lippen. Gleichzeitig dämpfte sie seine Gedanken, die sonst eine Warnung in den Äther geschrien und Häuptling Burke bei den Verborgenen Quellen alarmiert hätten.

»O nein, das wirst du nicht tun«, sagte Cloud sanft. Ihre redigierende Kraft entrollte sich wie die vielfachen Tentakel eines Seesterns und faßten den Geist jedes einzelnen. Basil und seine Höllenhunde standen als hilflose Statuen unter dem Augustmond. Das Lähmgewehr und all die eisernen Waffen klirrten zu Boden. Tränen ohnmächtiger Wut glitzerten in den Augen Mr. Betsys, der abgesehen von dem unpassenden Schnurrbart und kleinen Spitzbart eine kostümierte Wachsfigur in Madame Tussauds Kabinett hätte sein können.

Die beiden Ärzte, durch den zwingenden Befehl der Redakteurin von ihrem Patienten weggerissen, gesellten sich ihren in Bann geschlagenen Gefährten bei.

»Sind noch welche da?« fragte Cloud die leere Luft, und die Atmosphäre verneinte. »Noch nicht!« erklärte die Frau in bestimmtem Ton. »Nicht solange er den

Ring trägt und die geringste Möglichkeit einer Adrenalin-Überbrückung besteht.«

Basil sah, daß sie den Rucksack abnahm und öffnete. Sie zog einen schweren Sprenggreifer heraus, wie ihn Yachtleute benutzen. Basil, dem jede Willenskraft abhanden gekommen war, kniete nieder und senkte den Kopf. Cloud schnitt den Halsring in einem Ansatz durch, und der Alpinist fiel bewußtlos zu Boden.

»Gefahr vorbei«, sagte Cloud.

Die gelähmten Menschen hätten aufgeschrien, wäre ihnen nicht die Kontrolle über ihre Stimmbänder geraubt worden. Vier große Phantome materialisierten sich im Mondschein und löschten das natürliche Licht mit dem Glanz ihrer Vitredur-Rüstungen. Zwei leuchteten im Krypton-Grün der Kreatoren, und einer war in den Natriumdampf der psychokinetischen Recken gekleidet. Der vierte jedoch, der hoch über den anderen aufragte, strahlte das blendende Gleißen der Mittagssonne aus. Die Piloten, die Techniker, die Ärzte und die Höllenhunde verzweifelten bei seinem Anblick: Nodonn, der unerbittliche Feind der Menschheit, der geschworen hatte, das Vielfarbene Land von allen Zeitreisenden zu säubern, koste es, was es wolle.

»Du hast mir ein Versprechen gegeben«, mahnte Cloud Remillard.

Und Apollo seufzte: »Ja.«

So schickte die Frau alle Gefangenen mit einem schmerzlosen Stich ins Rückenmark in willkommene Schwärze. Sie alle, sogar der sich erholende Dougal, erwachten erst, als sie schon zwei Tage in den Verliesen von Afaliah gelegen hatten und der Kampf zwischen den rivalisierenden Schlachtenmeistern längst entschieden war.

7

Mercy fand Sullivan-Tonn, wie er allein in einem unordentlichen Zimmer hoch oben im nordwestlichen Turm der Glasburg hockte, *Essais de sciences maudites* las und Strega aus einem venezianischen Kelch von höchst anstößiger Form trank.

»Große Königin!« rief er und beeilte sich, das Buch mit dem Gesicht nach unten hinzulegen. Unglücklicherweise ließ sich wegen des Kelchs nichts dergleichen unternehmen.

Ihr Gesicht war blaß, aber ihr Geist, nur teilweise abgeschirmt, schien vor heftigen Emotionen zu brennen. »Entschuldige, daß ich dich störe. Ich wäre nicht in deinen Privatraum eingedrungen, ginge es nicht um Leben und Tod.«

»Was immer ich tun kann ...« Er brach ab vor ihrem Blick. »Hat *er* dir etwas angetan? Hat er dich verletzt?« entrüstete sich der dicke Psychokinetiker ungeachtet seiner sonstigen Schüchternheit. Er eilte zu Mercy, legte den Arm um sie und führte sie zu einem Sessel, der in der kühlen Meeresbrise stand.

»Er hat nur getan, was er für gewöhnlich tut«, antwortete sie dunkel. »Aber bevor diese Nacht vorbei ist, werde ich Rache gefunden haben. Wenn du mir hilfst, Sullivan-Tonn.«

»Ich helfe dir«, erklärte er.

»Deine Psychokinese ... kannst du jedes Schloß öffnen?«

»Selbstverständlich!«

»Auch das besondere Schloß, das er an den Lagergewölben unter der Burg angebracht hat?«

Sullivans Augen quollen aus den Höhlen. »Doch nicht die geheimen Räume, wo die Milieu-Waffen und -Geräte aufbewahrt sind ...«

»Doch. *Kannst* du es?« Sie zügelte ihre Koerzierung und die ungeheuerlichen psychokreativen Kräfte, die

Materie und Energie nach ihrem Willen formen konnten, um ihn nicht zu verängstigen. Das Schloß war eine komplizierte Sache, die ihren eigenen Manipulationen widerstanden hatte, und gesichert gegen psychoenergetische Strahlungen. Sullivan mit seinem großen PK-Talent war ihre einzige Hoffnung, die hochentwickelten Waffen auf eine Weise unschädlich zu machen, die Aiken erst entdecken würde, wenn es zu spät war ...

»Ich ... ich kann es nur versuchen, Lady Kreatorin.«

Sie sprang auf die Füße, und ihr grünes Gazegewand mit den silbernen Säumen wogte wie Brandungsschaum. »Versuche es, der Rache wegen, Sullivan! Ich weiß, du haßt ihn ebenso sehr wie ich. Aber bald, vielleicht im Morgengrauen, wird er den vollen Lohn für seine Betrügereien erhalten! Jetzt müssen wir uns beeilen, solange er noch schläft, nachdem er sich an mir verlustiert hat.« Sie ergriff seine feuchte Hand und drückte sie. Ihre Augen flammten. Dann rief sie: »Folge mir!« und rannte auch schon die Wendeltreppe hinunter.

Er folgte ihr eilends. Die Lederpantoffeln klatschten auf die matten Glasfliesen, die kirschfarbene Robe flatterte hinter ihm her, das rötliche Haar stand ihm aus schierem Entsetzen zu Berge. In der Burg war es ganz still. Sie stürzten durch ein offenes Atrium, wo Windspiele klingelten und ein kleiner Springbrunnen sprudelte und die große weiße Pyrenäenhündin Deirdre aufsprang, um ihre Herren zu begrüßen, was bei Sullivan fast einen Herzanfall hervorrief.

»Platz, Deirdre!« zischte Mercy, und das Tier verschwand wieder in den Schatten.

Sie hetzten widerhallende Gänge hinunter, die nur von den Feenlichterketten der Innenbeleuchtung erhellt waren. Der Vollmond hoch am Himmel schimmerte unheimlich durch die Buntglasscheiben des Korridordachs und breitete Tümpel in geisterhaftem Lavendelblau, Rosa und Bernstein unter ihren Füßen aus. Da und dort duckten sich kleine Ramas mit Staubwedeln und

Mops ängstlich vor ihnen. Der einzige Mensch, den sie sahen, war ein grauer Wachtposten mittleren Alters. Er stand stocksteif vor dem Audienzsaal und hielt mit der unermüdlichen Ausdauer des vorprogrammierten Ringträgers ein Vitredur-Schwert vor sein Gesicht.

Endlich erreichten sie das große Foyer des königlichen Flügels mit den brennenden Öllampen und der Wendeltreppe. Mercy zeigte Sullivan die unauffällige Bronzetür an der Innenwand. »Öffne sie, ohne daß eine Spur zurückbleibt!«

Er konzentrierte seine PK mit zusammengepreßten Lippen und gerunzelter Stirn. Ein gedämpftes *Ping* war zu hören. Die Tür glitt zur Seite. Eine lange Steintreppe führte in die unter ihnen gähnende Schwärze.

»Das war gar nicht so schwer.« Sullivan brachte ein schiefes Lächeln zustande.

»Das eigentliche Schloß ist *unten*. Schnell, Mann! Er könnte aufwachen und merken, daß ich nicht da bin.«

Sie beschwor eine Feuerkugel herauf. Rutschend und gleitend ging es die unregelmäßig behauenen Stufen hinunter. Jezt war es hier nicht mehr glitschig, aber die Treppe war für lange Tanu-Beine konstruiert, und der Abstieg war gefährlich. Sullivan rang schon nach Atem und bewahrte sich nur durch gewandten Einsatz seiner PK vor dem Fallen, so daß er von Zeit zu Zeit wie eine große Seidenkugel durch die Luft flog.

Und dann kamen sie unten an. Da war die Gewölbetür mit ihrer der Tanu-Technologie entstammenden Batterie von Schlössern. Sullivan besah sie sich aus der Nähe und bekam eine Gänsehaut. Die Luft schien eine gummiartige Halbfestigkeit anzunehmen.

»Es ist auch ein Kraftfeld da, meine Königin. Kein Sigma, Gott sei Dank. Vielleicht ein Gravomag-Abwehrfeld, damit feuchte Luft und Pilzsporen und dergleichen nicht in die Kammer einsickern. Und keine Diebe und Übeltäter.« Er kicherte nervös.

Mercy war ruhig. »Öffne die Tür!«

Er machte sich an die Arbeit. Schweiß strömte ihm von der Kopfhaut und aus den Achselhöhlen. In seinem Gehirn wurden Bilder von Schloß-Sicherungen – mikroskopische Blasen innerhalb von Blasen, alle getränkt mit psychosensitiven Chemikalien – abwechselnd scharf und unscharf. Er konzentrierte sich, schob, bog und stach. Etwas begann zu summen. »Ich hab's gleich«, murmelte er. Vergrößern – genau ansehen. Ah – eine Folgeschaltung. Genial! Und Nullen in der Substruktur verstreut ...

Summ. Klick-klick. Bumm.

Das Kraftfeld schaltete sich ab. »Das hilft uns weiter! Und nun ...« Drücken, drücken, schieben, ziehen, drehen!

Hinter der Tür erklangen Geräusche. Stangen hoben sich, Riegel glitten zurück. Und dann herrschte Stille, und es öffnete sich ein Spalt.

»Du hast es geschafft!« Mercy drängte sich an ihm vorbei, aktivierte die Beleuchtung. »Jetzt!« rief sie. »Es muß alles für Nodonn erhalten bleiben – aber in einen Zustand versetzt werden, daß es für *ihn* zu der Zeit, wenn mein Dämonen-Liebhaber zuschlägt, nutzlos ist!«

Sie betrachtete die langen Gänge mit ihren Plastik-Regalen und -Gestellen, die Tausende von verschiedenen Artikeln in Behältern oder transparentem Durofilm, die Wände, deren dichte Isolierung jedem Angriff durch Feuchtigkeit und Chemikalien widerstand, den kleinen Computer zur Inventur-Kontrolle und seinen danebenstehenden Robot-Boten.

»Mit dir fangen wir an!« rief Mercy. Ein smaragdgrüner Strahl löste sich von ihrer Hand. Computer und Roboter begannen zu qualmen. Unter ihren Laufrollen breiteten sich unaufhaltsam Pfützen stinkender Flüssigkeit aus.

»Das wird die nächste Einkaufsexpedition meines Herrn und Königs verlangsamen! Und was nun? Wir müssen das alles zudecken – es unbrauchbar machen, bis es unter großer Mühe mit speziellen Lösungsmitteln, deren Formeln mein Nodonn von einem Milieu-Chemiker zusammenstellen lassen muß, gesäubert worden ist!«

Mit furchtsamem Gesicht zog sich Sullivan-Tonn langsam gegen die Tür zurück. Mercy sah es und lachte. »So ist's recht, Sullivan, mein Lieber. Lauf weg, Mann! Deine Arbeit ist getan. Rase die Treppen hinauf, wenn dir dein Leben lieb ist! Fliege ... denn ich braue in einem Hexenkessel eine stinkende Schmiere zusammen, die Aiken Drums Waffen verkleistern wird, so daß er sie nicht gegen meinen Liebsten verwenden kann.«

Eine schreckliche Explosion erschütterte die Felswände. Faulige gelbe Materie kochte aus ihrer Plastik-Isolierung heraus, schäumte und brodelte. »Die Polymere in der Versiegelung!« rief Mercy, sicher in einer psychokreativen Sphäre. »Wer anders als ich kann ihre Riesenmoleküle umwerfen und strecken und neu zusammensetzen? Ich bin die Herrin der organischen Stoffe, ich kann Essen und Trinken und alles, was bekömmlich und nahrhaft ist, aus dem Abfall der Felder erzeugen! Und kann ich nicht auch den Klebstoff des Teufels machen und einen haftenden Schaum, um alle diese Behälter und Pakete zu umhüllen, und Giftgase in den Blasen, die den Dreck zusammenhalten?«

Das entsetzliche Zeug floß wie Magma, füllte jeden Spalt des Lagerraums. Mercys lebenserhaltende Sphäre schwebte zur Tür hinaus. Immer noch wild lachend, ließ sie sie zufallen. Der Treppenschacht war jetzt halb mit schädlichen Dämpfen gefüllt, und so flog sie bis zu der Stelle, wo die offene Tür und Sullivan warteten. Und dann war sie sicher hindurch, und er warf die Bronzefüllung ins Schloß, und sie standen Seite an Seite da.

Aiken Drum saß auf der untersten Stufe der Wendeltreppe und starrte sie an. Die Luft zitterte noch von dem Zuknallen der schweren Tür.

»Es ist getan!« triumphierte sie. »Und er ist unterwegs! Du wirst ehrlich gegen ihn kämpfen, kleiner Mann, weil es Wochen dauert, bis du die Milieu-Waffen aus dem giftigen Dreck ausgegraben hast, in den ich sie versenkt habe! Hol deinen Speer, König Aiken-Lugonn! Zwinge dein ausgebranntes Hirn zu neuer Operanz, wenn du kannst. Nodonn kommt! Und das ist das Ende!«

»Ja«, stimmte Aiken zu. Fast beiläufig sagte er zu Sullivan-Tonn: »Geh weg hier, du!«

Der Psychokinetiker levitierte. Er sauste durch das große Foyer auf den Gang zu, der zum Außenhof führte. Plötzlich schien sein Körper gegen eine unsichtbare Wand zu prallen. Ein übelkeiterregendes Knistern, ein erstickter Schrei waren zu hören.

»Nicht *zu* weit weg«, sagte Aiken.

Sullivans stämmiger Rumpf war an eine unsichtbare Wand genagelt. Aus seiner Nase rann Blut, sein Unterkiefer hing herab, seine Unterlippe war von einem abgebrochenen Zahn durchbohrt. Er begann, durch Flüssigkeit gurgelnde Schreie auszustoßen.

Seine beiden Füße gingen in Flammen auf.

»Nein!« schrie Mercy.

»Das ist dein Werk«, sagte Aiken.

Der Qualm wurde dicker und schwärzer. Sullivan wand sich. Die Laute, die aus seinem Gehirn und seiner Kehle drangen, waren so formlos und grauenhaft wie sein vergehendes Fleisch. Seine Kleidung war im Nu verkohlt. Jetzt brannte er von den Knien aufwärts. Von seinen Füßen und Unterschenkeln waren nur noch kalzinierte Knochen übrig.

»O Gott!« Mercy weinte. Sie sandte einen kleinen Kugelblitz aus und traf den brennenden Mann genau in den Kopf. Die Gedankenschreie verstummten. Nichts war mehr zu hören als das Knistern und Prasseln des Feuers und Mercys leises Schluchzen.

»Komm mit mir nach oben!«

Aiken streckte ihr eine Hand hin. Langsam näherte

sie sich ihm. Jetzt erst fiel ihr auf, daß er ganz in Schwarz gekleidet war. Sogar der Goldton seiner Gedanken war auf eine Ebene der Dunkelheit abgesunken, die fürchterlicher – und erregender – war als jeder Aspekt, den sie bisher an ihm kennengelernt hatte.

Sie nahm seine Hand, warmes Fleisch, ganz menschlich.

»Was wird es denn sein?« fragte sie mutwillig. »Wie wirst du es tun, Amadán-na-Briona?«

»Komm!« sagte er. »Und sieh!«

Der Speer.

Golden erhob er sich aus dem Dunkel, voll von heißer Energie, hungrig. Ein lebender Schaft, nicht aus Glas. Sie hatte gewußt, daß es so sein würde. Erst entlud er Licht und Schmerz, dann saugte er seine eigenen Energien und die ihren wieder in sich ein, alle Lebenskraft, alle Freude, alles Leid, alle Erinnerungen, alles Denken, alles, was geschaffen und gereift und vollführt worden war. Er nahm sie, und sie war dahin.

Er lebte und leuchtete.

Als er ihre Asche betrachtete, erstaunte es ihn, wie wenig es wehgetan hatte.

8

Nodonn ließ die beiden Flugzeuge Goriah vom Meer her anfliegen, aus dem sinkenden Vollmond heraus, obwohl ihm klar war, daß der Usurpator die Invasion nicht nur erwartete, sondern auch eine perverse und prachtvolle Begrüßung für ihn vorbereitet hatte.

Alle Lichter der Stadt waren an, so daß der Himmel noch aus der Ferne einen perlmuttfarbenen Hintergrund für die vielfarbig funkelnden Umrisse der Gebäude darstellte. Die Oberkante der hohen Stadtmauer schmückten die orangefarbenen Perlen der Feuer, und jede Bastion war mit unheilverkündenden purpurnen und blauen Feenlampen behängt. Die Glasburg auf ihrer das Meer beherrschenden Anhöhe bildete eine schwebende Anhäufung von flammenden Amethyst- und Topaslichtern. Sie war gegürtet mit flimmernden fliegenden Pfeilern und gekrönt von Filigran-Türmen, mit gelben Sternen besetzt.

Über der Burg wiegten sich Drachen auf dem Nachtwind, an Schnüren und Kabeln aus Gold und Silber gehalten.

Es waren Hunderte, von titanischen ovalen Wanwans mit mehr als zwanzig Metern Durchmesser über aufgestapelte Schachteln, Tausendfüßler, Rogallo-Flügel, Fallschirme und sich windende Drachen bis zu kleinen japanischen Kampfsymbolen in geometrischer wie auch in Tierform. Alle diese Gebilde waren mit winzigen Lichtern besteckt. Die großen Transporter, die jetzt ohne Passagiere flogen, trugen grellbunte Darstellungen von grimassierenden Samurais, orientalischen Dämonen und grimmigen mythischen Gestalten.

Nodonn Schlachtenmeister brach über soviel Frechheit in brüllendes Gelächter aus. Die beiden Flugmaschinen schwebten, abgeschirmt und unsichtbar, ein paar tausend Meter vor der seewärts gelegenen Burgmauer und mußten mit einem Angriff warten, bis sich die Invasoren von ihren Lachkrämpfen erholt hatten.

»Wie sollen wir vorgehen, Schlachtenmeister?« fragte die Stimme von Thufan Donnerkopf über die Bordsprechanlage. »Die Luft über der Burg ist so dicht bevölkert wie von einem Heuschreckenschwarm.«

Nodonn stand hinter Celadeyr, der die Maschine Nummer Eins steuerte. Er inspizierte das verrückte Sperrfeuer mit seiner Fernsicht. »Bambusstangen mit Papierbespannung und Tücher aus dünner Seide!« stellte er verächtlich fest. »Die Rho-Felder unserer Flugmaschinen werden sie wie Zunder verbrennen. Fliegt mitten hinein – und die ganze Kampfgesellschaft soll sich bereithalten, auf der Burg zu landen, sobald ich mit der Kraft meines Schwertes die königliche Suite gefegt habe.«

»Wie du befiehlst«, antwortete Thufan. Celadeyr, dessen wildes Grinsen durch sein offenes Glasvisier zu sehen war, drehte den Drosselgriff und schickte die trägheitslos fliegende Maschine knapp unter der Schallgeschwindigkeit mitten hinein in den Drachenschwarm.

Zwei blendende Lichtexplosionen erhellten die ganze Landschaft, als die gravomagnetischen Flugmaschinen, nebeneinander fliegend, gleichzeitig die stark leitenden Ankerkabel berührten. Die Drachen gingen alle in Flammen auf und verbrannten innerhalb von Sekunden, aber die Rho-Schiffe hingen bewegungslos im Mittelpunkt eines unglaublichen Feuersturms. Ihre schwarze Kerametall-Haut flackerte vor einem Netzwerk aus Energie, die von den goldenen und silbernen Drähten geerdet wurde, wobei die schwächeren Kabel schmolzen und in qualmenden Bögen niederfielen. Doch die dicken Kabel der Wanwans und der O-dakos und der anderen großen Drachen wickelten die vogelähnlichen Maschinen in zähe Spinnweben ein, und die Überladung der Magnetfluß-Vernetzer näherte sich dem kritischen Punkt, während sie versuchten, trotz des erbarmungslosen Abzugs das gravomagnetische Gleichgewicht aufrechtzuerhalten.

Das telepathische Gelächter des Usurpators füllte den Äther und vermischte sich mit dem nervenzerreißenden Kreischen der versagenden Rhofeld-Generatoren, dem Knistern der stromführenden Drähte und dem donnernden Zischen des ionengeladenen Dampfes, der von der kochenden See unten aufstieg.

»Fort!« rief Nodonn seinen Rittern zu. »Hinaus aus dem Schiff, bevor es zu spät ist!«

»Bruder – die Luke!« brüllte Kuhal Erderschütterer. »Sie klemmt!«

Mit seiner gewaltigen psychokinetischen Kraft riß

Nodonn die kurzgeschlossene Luftschleuse auf und erzeugte für die fliehenden Ritter einen schützenden Tunnel. Diejenigen, die nicht aus eigener Kraft levitieren konnten, wurden von dem Schlachtenmeister oder von Kuhal wie ein Strom regenbogenfarbener Meteoriten auf die seewärts gelegene Zinne der Burg getragen. Nodonn, der sein Photonen-Schwert umklammerte, verließ die Maschine erst, als er sah, daß Celadeyr in Sicherheit war.

Der Schlachtenmeister wich zur Seite aus, denn sein Fahrzeug erschauerte, drehte sich langsam Kopf über Heck und fiel dem Meer entgegen, eingehüllt in eine siedende violette Wolke.

»Thufan!« erschallte die sturmlaute Stimme. »Räum deine Maschine!«

Die zerhackten Gedanken des alten Piloten erreichten ihn undeutlich durch einen mentalen Tumult. Die in dem zweiten Schiff gefangenen Ritter waren in Panik geraten, hieben mit ihren Glaswaffen auf die unbewegliche Luke ein und bombardierten sie vergeblich mit psychokreativen Schüssen. Thufan sagte:

Tut mir leid, Schlachtenmeister ... hätte erkennen müssen ... Gefahr der Erdung ... wir Tanu ... eben mehr Rittertum als Wissenschaft ...

Oben auf dem höchsten Turm der Glasburg tanzte ein goldener Funken und schwang eine glänzende Nadel. Aikens Speer entlud sich, und ein Strahl grünen Lichts durchbohrte das in der Luft hängende Flugzeug. Die Druckwelle des Schusses warf Nodonn um. Er sah, wie über dem Wasser mit qualvoller Langsamkeit eine Feuerkugel aufblühte. Sie war von dem zerrissenen purpurnen Kraftfeld wie mit Sternchen besetzt und stieß Sekundär-Detonationen aus.

Zu spät aktivierte Nodonn das Schwert. Ein stetiger Lichtstrahl, der Zwilling dessen, der den Flieger zerstört hatte, verdampfte das obere Drittel des Turms. Die Luft hallte von den Erschütterungen wider.

Und von Gelächter.

Versuch es noch einmal! rief ein höhnender Gedanke.

Außer sich zerblies Nodonn den Rest des Turms zu Bruckstücken. Aber natürlich war der Feind nicht mehr dort – nur noch das Echo seines Spotts.

Nodonns Fernsicht bohrte sich in den Hauptturm der Zitadelle. Seine 200 überlebenden Ritter hatten bereits Feindkontakt. Dem König treue Tanu-Truppen, angeführt von Bleyn dem Champion und Alberonn Gedankenfresser, bereiteten einen Metakonzert-Angriff vor. Der Schlachtenmeister sandte einen Photonenschuß in den Vorhof, und ein großes Stück der Fassade fiel auf die Verteidiger nieder.

»Aufhalten!« rief Bleyn und schaltete sofort auf eine psychokinetische Abwehrstruktur um. Den sechzig Rittern unter seinem Befehl gelang es, den Großteil des zusammenbrechenden Mauerwerks abzulenken, und nur einige wenige wurden verletzt. Doch nun drangen Nodonns Leute auf die Loyalisten ein, und in der Hitze des Nahkampfes ging die Disziplin, die für eine gemeinsame mentale Anstrengung notwendig ist, völlig verloren. Die angreifenden wie die verteidigenden Tanu kehrten instinktiv zu dem traditionellen Kampfstil ihrer Rasse zurück und fochten gegeneinander mit blitzenden Glaswaffen und aufs Geratewohl geführten mentalen Streichen.

»Vereinigung aufrechterhalten!« beschwor Alberonn seine Leute. Eine Reihe der jüngeren Loyalisten scharte sich um den Mischling und begann von neuem, nach der wirksamen Metakonzert-Methode zu kämpfen. Diejenigen von Nodonns Rittern, die von Streichen des gemeinsamen Geistes getroffen wurden, starben entweder auf der Stelle oder erlitten schwere Gehirnschäden. Aber Nodonn nutzte die Verwirrung schnell zu seinen Gunsten aus. Er ermutigte die schwächeren seiner Ritter, den Nahkampf im Hof fortzusetzen, während die Recken sich daraus lösten. In drei Gruppen aufgeteilt, die er selbst, Kuhal Erderschütterer und Celadeyr anführten drangen sie tief in die Burg ein.

»Aiken Drum! Sucht ihn!« Der Schlachtenmeister glühte in Sonnenzorn. »Jeder Trupp in einen anderen Teil der Zitadelle – aber wenn ihr ihn findet, vergeßt nicht, daß er mir gehört!«

Mit gewöhnlicher Fernsicht war der Usurpator nicht zu lokalisieren. Er hatte sich nicht nur mit seinem eigenen listenreichen Geist maskiert, sondern auch mit tragbaren technischen Geräten des Milieus. Er mußte physisch entdeckt – oder hervorgelockt werden.

Celadeyr von Afaliah und die siebzig Ritter unter seinem Befehl schlugen sich bis in den hauptsächlich von Menschen bewohnten Flügel der Zitadelle durch, einen furchtbaren Blutzoll von grauen und silbernen Verteidigern nehmend. Die reiftragenden Menschen, im Herzen Aiken treu, waren gegenüber den eindringenden Tanu-Oberherren hilflos, denn diese waren imstande, sie durch die Reifen zu koerzieren. Welle auf Welle der grauen Soldaten drang mit ihren silbernen Offizieren vor, nur um von dem Feind gezwungen zu werden, die Eisenwaffen wegzuwerfen und sich den schrecklichen Glasschwertern auszuliefern.

»Hackt das gemeine Pack in Stücke!« krähte der alte Lord von Afaliah. »Löscht sie aus!«

Er führte seine Abteilung in die Soldaten-Unterkünfte, denn er dachte, Aiken könne Zuflucht bei den Mitgliedern seiner eigenen Rasse gesucht haben. Seine Ritter töteten jeden Bloßhalsigen und Grauen und Silbernen, den sie antrafen. Aber schließlich, als die Invasoren weit außerhalb der Reichweite von Nodonns mentalem Schutz waren, drang hinter dem Arrestlokal ein Trupp der goldtragenden Elite-Garde des Königs vor und griff sie an.

Diese Menschen waren nicht zu koerzieren, und sie waren am ganzen Körper durch Glasrüstungen geschützt, die die schwachen psychokreativen Schüsse der einzelnen Recken ablenkten. Sie hoben merkwürdig schlanke Waffen. Es waren nur zwanzig, an ihrer Spitze Commander Congreve, den seine metapsychische Kraft azurblau erstrahlen ließ. Er grüßte Celadeyr im intimen Modus.

»Ich kenne dich, Congreve!« brüllte Celadeyr. »Du warst ein treuer Diener des Schlachtenmeisters, bevor dieser kleine goldene Wicht dich umdrehte. Komm zu uns! Wirf deine Waffen weg!«

Congreve antwortete: »Ergebt euch, Celadeyr von Afaliah. König Aiken-Lugonn möchte euch nicht das Leben nehmen.«

Celadeyr und alle seine Ritter lachten und hoben ihre großen Schwerter. »Wir sind euch mehr als drei zu einem überlegen«, stellte der alte Kreator fest. »Ich gebe dir fünf Sekunden.«

»Fertig, Jerry?« fragte Congreve ruhig.

»Dann stirb, Geringer!« heulte Celo und sandte den schwersten Psychoschuß, den er erzeugen konnte, gegen den gerüsteten Menschen. Congreve stand still inmitten einer sich sternförmig ausbreitenden Entladung. Gleichzeitig flog aus den hinteren Reihen der Angreifer ein PK-Ritter auf ihn zu und schwang ein flammendes Schwert wie der Engel, der Adam und Eva aus dem Paradies vertrieb.

»Schieß ihn ab, Jer!« sagte Congreve.

Einer der Elite-Soldaten beugte sich über seinen Laser-Karabiner. Ein leiser zirpender Laut war zu hören, kurz blitzte ein roter Strahl auf. Der Psychokinetiker, der mit dem Kopf voran hineinsegelte, wurde vom Scheitel bis zum Glied sauber entzweigeschnitten, Glasrüstung, Fleisch und Knochen. Weniger als zwei Meter vor Celadeyr fiel er zu Boden.

»Ergebt euch!« wiederholte Congreve. Der Tanu-Trupp stand stocksteif. Dann sprangen plötzlich vier Koerzierer und ein Kreator mit gezückten Klingen vor.

Die gesamte erste Reihe der Elite-Soldaten feuerte die Matsus ab, die Strahlen diesmal auf Nadelstärke eingestellt. Mit durchbohrten Herzen und Gehirnen brachen die fünf Angreifer zusammen. Ihre Rüstungen läuteten auf dem Steinpflaster des Hofes die Totenglocke.

»Ergebt euch!« Jetzt klang Congreves Stimme müde. »Wir haben Befehl, euer Leben zu schonen, wenn es möglich ist. König Aiken-Lugonn erinnert euch daran, daß die wahren Feinde im Letzten Krieg die Firvulag sind – nicht die Menschen.«

Celadeyr meinte, ein hohes mentales Klagen zu vernehmen. Es kam von irgendwo weit im Innern der Zitadelle, zusammen mit einem wütenden Wortwechsel. Verzweifelt sandte er im intimen Modus des Schlachtenmeisters eine telepathische Bitte ab:

Hilf uns oder wir sind verloren!

Es kam keine Antwort. Und hinter ihm klirrte ein Glasschwert auf Stein – und dann fielen weitere, und aus vielen Gehirnen stieg ein Seufzer der verlorenen Hoffnung auf. Langsam lockerte Celadeyr von Afaliah die Arme, öffnete die Hände. Sein einstmals leuchtendes Schwert war trüb geworden und hatte sich mit Schande bedeckt.

Der menschliche Goldene nickte. Er befahl: »Karabiner anhängen! Huskys fertigmachen!« Mit offenem Mund sah Celadeyr, daß die Gardisten die leichten Waffen flink auf der rechten Seite der Rucksäcke ihrer Rüstungen festhakten und fast mit der gleichen Bewegung die Kolben anderer Gewehre ergriffen, die mit der Mündung nach unten in der Mitte gehangen hatten. Sie hoben sie zum Schuß.

Ungläubig rief Celo: »Aber wir haben uns ergeben!«

Congreve entschuldigte sich beinahe: »Unglücklicherweise haben wir es eilig ... Einstellung auf fünf. Ad libitum: *Feuer!*« Die Husquvarnas sangen ihr zischendes Betäubungslied, und der Lord von Afaliah und alle seine Ritter stürzten.

Kuhal Erderschütterer war es, der Mercy fand.

Er und seine Ritter stürmten durch den königlichen Flügel, rissen Türen auf, stocherten in Winkeln und Schränken, stachen hinter Vorhänge, terrorisierten Lakaien und Stubenmädchen und schlachteten hin und wieder einen Graureifen ab, bis sie vor einer hohen goldenen Flügeltür landeten. Darauf montiert waren Wappenschilde in erhabener Arbeit, eingefaßt von juwelenbesetzten Kartuschen, lächerlich mit Prunk überladen, aber zweifellos Darstellungen des persönlichen Emblems Aiken Drums, des unverschämten Fingers.

»Seine Räume!« rief Kuhal. Er donnerte mit seiner PK gegen die Türen, so daß sie mit widerhallendem Getöse aus den Angeln fielen.

Das rosig-goldene Schwert hoch erhoben, stürzte er hinein, und die meisten seiner vierzig Ritter folgten ihm auf den Fersen. Sie kamen in ein Vorzimmer mit kühlen Rattan-Möbeln und einem breiten Balkon, der auf das mondbeschienene Meer hinausging. Darauf folgten zwei Ankleideräume mit übervollen Kleiderschränken. Von einem Salon ging es in ein luxuriöses Bad, ganz in Onyx und Gold gehalten, und schließlich in das königliche Schlafgemach, erleuchtet von Ketten aus purpurnen und bernsteinfarbenen Sternen und beherrscht von einem großen runden Bett mit schwarzen Seidendecken und goldenem Himmel.

Darauf lag eine blasse Gestalt.

Kuhal stand da, als habe er sich in Eis verwandelt! *Bruder!* schrie sein Geist auf. *Nodonn – zu mir!*

Der Schlachtenmeister materialisierte an seiner Seite und füllte den dunklen Raum mit seinem sonnengleichen Leuchten. Kuhal zog sich zurück, winkte seinen Kämpfern, das Zimmer zu verlassen, und Nodonn blieb allein.

»Meine Mercy-Rosmar«, flüsterte Apollo, neben dem Bett stehend.

Jede geliebte Linie war erhalten geblieben: die schlanken Arme, einer waagerecht ausgestreckt, einer an ihrer Seite ruhend, die Füße mit den seltsam langen Zehen, die Grübchenknie, die geschwungenen Hüften und der dunkle, geheimnisvolle Spalt ihres Geschlechts. Ihre kleinen hohen Brüste waren vollkommen in perlgrauer Asche, die Schultern und der Hals mit dem Reif bogen sich leicht, so daß das zarte Kinn sich deutlich abhob. Ihr Gesicht war ruhig, die Lippen weich geteilt, von seinem eigenen warmen Licht gefärbt, so daß sie hätten lebendes Fleisch sein können. Aber nie waren ihre Wimpern und ihr Haar so bleich gewesen, so spinnwebfein wie die seltenen Basaltfäden, die bestimmte Vulkane erzeugen.

»Du warst so voll von Verlangen«, sagte er, »und machtest ihm Angst. Das war recht so, recht. Und nun wird all deine Entschlossenheit, all deine Lebenskraft aufgebraucht zu seiner Wiederherstellung, zu meinem Tod. Ah, Mercy. Du wußtest es. Du hast mich gewarnt. Wildfeuer, sorglos und frei brennend. Warte.«

Er zog einen rosa Glashandschuh aus. Die silberne Hand glitt schnell über ihren ganzen Körper. Dann war nur noch der Reif übrig, und Staub, der sich in federigen Windungen auf dem schwarzen Laken zerstreute ...

Draußen vor dem Fenster entzündete sich der sinkende Mond plötzlich zu heftigem Gold. Eine Gedankenstimme befahl:

Komm heraus!

Sie trafen sich hoch in der Luft über dem Meer, leuchtend und zornig und nur vom bloßen Gehirn abgeschirmt, wie es das Ritual verlangte.

Als die scharfen grünen Blitze des ersten Schlagabtauschs aufzuckten und Donner auf die Stadtmauern niederschallte, hörten alle anderen Kämpfe auf. Tanu-Parteigänger beider Helden und ebenso die menschlichen Krieger ließen ab von ihren trivialen Gefechten, um dem Duell der Titanen zuzusehen. Nichtkombattanten, die sich vor den Invasoren versteckt hatten, schlichen jetzt hinauf auf die Zinnen und Türme und standen zwischen den stillen Zuschauern in Glasrüstungen.

Goriah sah fast geisterhaft aus, denn die metapsychischen Feenlichter waren ausgeschaltet worden und die Öllampen brannten in der Dunkelheit vor dem Morgengrauen niedrig. Die grünen Explosionen draußen über der Stadt von Redon waren scharfe Schatten, als leuchte der Vollmond. Die glühenden Körper der beiden Gegner ertranken beinahe in dem blendenden Glanz.

Einige der Anwesenden waren auf der Weißen Silberebene Zeugen der früheren Begegnung zwischen Aiken und Nodonn gewesen, die die Flut unterbrochen hatte. Diese bemerkten bestimmte Unterschiede im Kampfstil der beiden. Der kleine Mensch war umsichtiger geworden und achtete mehr auf seine Verteidigung, und der gottgleiche Schlachtenmeister zeigte eine zügellose Aggressivität, die mit seinem üblichen kühlen Gleichmut nicht in Einklang zu bringen war.

Nodonn war der aktivere. Umgeben von einem Nimbus in den Farben der Morgenröte umkreiste er den schwebenden Usurpator und deckte ihn fast ununterbrochen mit Schüssen ein, die wie stellare Fackeln aus seinem Schwert sprühten. Zwar sprangen sie von Aikens psychokreativem Schirm ab, aber sie schienen ihn zu beschädigen, denn die Korona blitzte in Blau oder einem kränklichen Gelb-grün – bei stärkeren Ladungen – in einem sich längere Zeit haltenden Zinnoberrot.

»Verderber!« brüllte die Sturmstimme. »Ich bin der Erbe des Vielfarbenen Landes, das erste Kind Thagdals und Nontusvels. Wer hat dich gezeugt, Geringer? Sterile Schüsseln in einer genetischen Küche? Reagenzgläser, Retorten, die gefrorenes Sperma mit dem Ei einer toten Frau mischten? Was für ein König! Was für ein Schlachtenmeister!«

Und das Schwert flammte, und die monströsen Erschütterungen rollten über das beleidigte Meer, und Aikens Gedankenschirm zuckte in dunklem Orange auf. Seine kleine, gerüstete Gestalt wurde innerhalb des metapsychischen Halos trübe und dunkler.

»Wehr dich!« tobte Nodonn. »Oder kämpfst du nur gegen Frauen? Hat ihre Leidenschaft dir Angst eingejagt, Männlein? Bist du vor ihrer Glut zurückgewichen wie eine Schnecke vor dem Sonnenlicht? Ich bin die Sonne! Verfinstere mich, wenn du kannst!«

Innerhalb des langsam schrumpfenden Gedankenschirms hob der Listenreiche den Speer – und einen Finger. Er blieb stumm, und er schoß nicht zurück. Die rotgefleckte Energiesphäre schien ziellos dahinzutreiben, berührte fast die Oberfläche des schwarzen Wassers.

»Verdammt sollst du sein! Kämpfe!« donnerte Nodonn. »Oder suchst du den Tod?« Seine Aura wie einen Komentenschweif hinter sich herziehend, umkreiste der Schlachtenmeister seinen Rivalen. »Ist es das? Du hast gehofft, du könntest deinen eigenen gebrochenen Geist wiederherstellen, indem du sie tötetest. Du hast ihre Kreativität verschlungen, um deine eigene zu stärken! War es das wert, Verderber? War es wert, daß du das einzige zerstört hast, was du liebtest?«

Nodonn drückte den obersten der fünf Knöpfe auf dem Schwertgriff und stellte damit die Waffe auf höchste Leistung. Die Anzeige sagte ihm, daß der Energievorrat nur noch für zwei Schüsse mit diesem Potential reichte. Dann würde die Waffe leer sein.

»Hast du es satt, König zu sein? Hast du es satt, jene, die dich hassen und fürchten und verachten, zu koerzieren? Männlein! Betrüger! Erfolgloser Ränkeschmied! Verräter an Ehre und Adel und Schönheit!«

Ein ungeheuerlicher Lichtausbruch verschlang Aiken und seinen Schirm und grub einen Krater in das glatte Meer. Dann stieg ein Chaos aus wirbelnden Dämpfen hoch, und tief in ihnen wechselte ein pulsierendes gol-

GIUSEPPE·MANGONI

denes Leuchten mit einem plötzlichen Aufzucken im tiefsten Karminrot ab.

Nodonn wartete. Endlich sprang eine glatte Kugel aus dem Gebrodel, jetzt so dunkelrot wie gerinnendes Blut. Sie war kaum noch groß genug für die kleine Gestalt in der matt gewordenen Rüstung, die ihre Glaslanze umklammerte.

»Komm schon!« forderte Apollo. Die Blase stieg langsam hoch. Aikens Visier war geöffnet, sein Gesicht wie ein Totenkopf, über den sich scharlachrote Haut spannte, seine Augen tief wie Brunnen.

Nodonn rief: »Willst du schweigend in den Tod gehen?« Das Schwert war bereit. »Dann gut!« Für den letzten Streich sammelte Nodonn alle Energien seines Gehirns und schleuderte sie gleichzeitig mit dem auf volle Leistung gestellten Strahl der Photonenwaffe. Ein schimmernder Plasma-Nebel umhüllte gleißendes Grün und Weiß. Ein Donnerschlag peitschte die Atmosphäre und schickte Echos endlos zwischen den Hügeln von Armorica und dem bretonischen Hochland jenseits der breiten Meeresstraße hin und her.

Aiken war da. Ohne Schirm. Golden.

»Nein«, sagte der Schlachtenmeister.

Der Leuchtende lächelte, und sein Geist stand weit offen. Und Nodonn erkannte verzweifelnd, daß das alles geplant gewesen war. Ihm war erlaubt worden, sein Äußerstes zu leisten, damit jene, die zusahen, die endgültige Bestätigung erhielten – entweder durch Fernwahrnehmung oder durch das Zeugnis ihrer eigenen Augen.

Aiken löste den Gurt, an dem der Energiepack des Speers hing, und entfernte den Apparat von seinem Körper. Bewegungslos im heller werdenden Morgenlicht festgehalten, spürte Nodonn einen heimtückischen PK-Impuls an seinem eigenen Wehrgehenk arbeiten. Die Gurte glitten ihm von den Schultern, der Griff des Schwerts wurde ihm aus der kraftlosen Hand gewunden. Gleichzeitig flog der Speer von Aiken weg, und beide Waffen verschwanden.

Nodonn nahm den Helm ab. Er stand aufrecht in der Luft. Sein schirmender Nimbus war bei seinem letzten Streich gegen den König verdunstet, aber sein Körper strahlte sonnenhell.

Aiken war ein nackter Stern.

Seine Gedanken faßten nach Nodonn. »Ich brauche deine Kraft auch«, war alles, was er sagte.

Apollo flammte auf, und dann verging er. Übrig blieben nur graue Asche und eine geschwärzte Silberhand, die aufs Meer hinabfiel, und ein letzter verblassender ironischer Gedanke.

Der König des Vielfarbenen Landes fing die Hand auf. Die Sonne erhob sich hinter der Glasburg, und sein Volk sang ein Lied, das für ihn sein mochte.

Das hat gereicht, dachte er, und flog nach Hause.

ENDE DES VIERTEN TEILS

Auf Ocala Island war es immer noch Nacht.

Die Baumfrösche spielten Ouvertüren zu der herbstlichen Paarungszeit. Glühwürmchen schimmerten in den Jakarandabäumen neben der Veranda. Der Mond, bronzefarben und niedrig, schien Marc Remillards hämisches, einseitiges Lächeln widerzuspiegeln.

»Hattest du damit gerechnet?« fragte Patricia Castellane.

Langsam erhob er sich von seinem Faltstuhl und streckte sich, der perfekte metapsychische Wagnerianer. »Im großen und ganzen schon. Der Trick mit der mentalen Absorbierung war – ungewöhnlich. Die Poltroyaner hatten in der Zeit vor ihrer Erleuchtung die Gewohnheit, sich auf ähnliche Art an ihren Feinden zu mästen, ich habe jedoch nie gehört, daß ein Mensch es getan hat. Ziemlich ausgefallen. Aber interessant ...«

Sie trat neben ihn. Sein Geist war voll von den Erinnerungen an das eben in Europa abgelaufene Drama. Die bewußten Ebenen waren wieder ruhig, diamanthart oberhalb der Narben. »Ich bin so froh, daß es dir bessergeht«, sagte sie. »Ich habe Angst gehabt.«

Sein Lachen klang sorglos, voll von der alten spielerischen Kraft. »Du solltest inzwischen wissen, daß man Abaddon nicht so leicht umbringen kann. Ich bin überrascht worden. Das wird nicht wieder vorkommen.«

»Du willst immer noch gehen?«

»Wenn ich das nicht tue, wird er zu mir kommen.«

»Das wäre möglicherweise vorzuziehen.«

»Ich überlege es mir.« Er küßte sie, legte den Arm um ihre Schultern. Vom See her wehte ein kühler Wind.

Sie seufzte. »Nun – es müßte ein sehr fesselndes Großes Turnier werden.«

»Vielleicht sollten wir daran teilnehmen«, antwortete Marc Remillard. Hand in Hand gingen sie ins Haus.

Mit der kühleren Luft kam der Tau. Die Frösche verstummten, die Glühwürmchen versteckten sich zwischen den Blättern, und Ocala Island schlief.

ENDE DES BUCHES
»KEIN KÖNIG VON GEBURT«

Band IV der Saga vom Pliozän-Exil mit dem Titel Der Widersacher *erzählt von dem Kampf gegen das Einbrechen der Nacht, von zwei Wiedergutmachungen und einer Ungewißheit und der letztendlichen Rückkehr ins Galaktische Milieu, wo alles begann.*

Karte des nordwestlichen Europa im Pliozän

Karte der westlichen Mittelmeer-Region im Pliozän,
nach der Sprengung von Gibraltar

ALBION
SN
GOLF VON ARMORICA
SEEKOZ (SEINE)
AU-CU
ARMORICA
SN
V. REDON
STRASSE
SN
AU
GORIAH
[BELLE ILE]
HAIN
LOIRE (LAAR)
ROGILAN
[ILE DE RÉ]
GROTTO-
WILDNIS
REBELLENROUTE
DONAAR
GARONNE (BAAR)
OLTAAR
AG
SASARAN
BORDEAUX
GOLF VON
AQUITANIEN
PYRENÄEN
SCHWARZE
ZACKE

nord-
westliches
EUROPA
Rhein
urmaas
mosel
eisen-
dorfer
urrhein
schwarzwald
schwäbische alb
ries
[donau]
vogesen
chyänental
fort rusty
verborgene
quellen
saône
onion
hoch
vraze!
finiah
feldberg
ystroll
bodensee
belfort-schlucht
lac de bresse
jura
genfer see
alpen
mt. rosa (9082 m)
alpenroute
famorel
bardelask
rhône
seealpen
sayzorask
darask
glissade

westliches
MITTELMEER
GEBIET
golf von aquitanien
kantabrisches gebirge
iberisches gebirg
sierra morena
golf v. guadalquivir
rio genil
ag
atlantik
betische kordilleren
mt. mulnacen
mt. alboran
kuhal u.
rifatlas

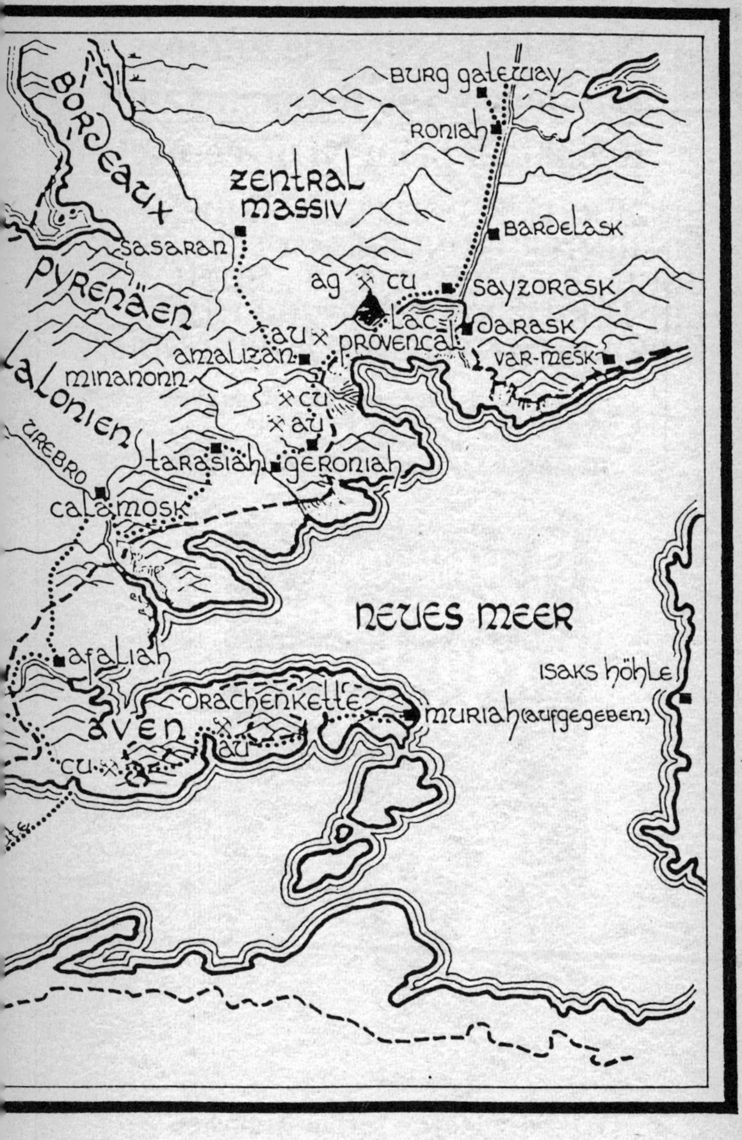
BURG GATEWAY
RONIAH
BORDEAUX
ZENTRAL MASSIV
BARDELASK
SASARAN
PYRENÄEN
AG CU
SAYZORASK
LAC
DARASK
AU
PROVENCAL
AMALIZAN
VAR-MESK
MINANONN
LALONIEN
CU
AU
UREBRO
TARASIAH
GERONIAH
CALAMOSK
NEUES MEER
AFALIAH
ISAKS HÖHLE
DRACHENKETTE
MURIAH (AUFGEGEBEN)
AVEN
AU
CU